Danksagung

Mein Name steht auf dem Einband dieses Buchs, doch ist es kaum in einem Vakuum entstanden. Meine tiefste Dankbarkeit gilt erneut meiner unermüdlichen Lektorin Beverly Lewis, der Lektoratsassistentin Christine Brooks und meinen unvergleichlichen Agenten Jane Rotrosen Berkey, Don Cleary und Stephanie Tade.

Darüber hinaus Dank an:

Dr. Anthony Zietman für den Abend im King's Rook;

Dres. Michael Fifer und Igor Palacios sowie an die Mannschaft des MGH Katheterisierungsraums für eure Kenntnisse und Gastfreundschaft;

Dr. Jerry Faich für das Insiderwissen;

Dr. George Allman für die Bereitstellung seines Wissens und seiner Erfahrung;

Dr. Michael Czorniak für die Artikel;

Dr. Bob Smith und Bill Wilson für das Werkzeug;

Beverly Tricco, Sam Dworkis und Mimi Santini-Ritt für die Lektüre;

Matt, Bekica, Daniel und Luke für die Inspiration und die Hilfe beim Lösen von Problemen;

Und besonderen Dank an Dr. Cary Akins, Renaissancemensch und Heiler gebrochener Herzen.

Die oben genannten Personen haben sehr viel zum Kolorit und der Atmosphäre dieses Romans beigetragen. Jegliche Irrtümer oder Fehlinterpretationen gehen ganz auf mein Konto.

Prolog

Unter Aufbietung ihrer letzten Kräfte schob sich Sylvia Vitorelli mühsam ein drittes Kissen hinter den Rücken. Jetzt saß sie nahezu aufrecht im Bett. Dennoch war ihr weiterhin übel, und sie schnappte verzweifelt nach mehr Luft. Daran waren die Schwüle und Feuchtigkeit Schuld, redete sie sich ein. Zu Hause käme so etwas nicht vor. Aber sie war nicht in ihrer Wohnung in Boston, sondern im Haus ihres Sohnes im ländlichen Norden des Bundesstaats New York. Nicht, dass ihr das Atmen daheim wesentlich leichter gefallen wäre. Seit Monaten waren ihre Fußknöchel und Finger stark geschwollen, und während der letzten Wochen war es ihr immer schwerer gefallen, normal zu atmen, insbesondere, wenn sie sich hinlegte.

Sylvia fluchte leise. Sie hätte diesen Abstecher nach Fulbrook besser unterlassen und Ricky sagen sollen, dass sie sich der Reise nicht gewachsen fühlte. Andererseits hatte sie sich darauf gefreut. Über ihrer Wohnung schwebte der Geist ihres verstorbenen Ehemannes Angelo wie ein beständiger Schatten der Traurigkeit. Und der Lärm und Dreck an Bostons Hauptverkehrsader machten das Leben in ihrem Teil von North End nicht gerade angenehmer. Abgesehen davon hatte ihre Schwiegertochter sie angerufen und eingeladen, zwei Wochen auf dem Land zu verbringen. *Die Kinder fragen die ganze Zeit nach dir, Mama,* hatte sie gesagt. *Und der Herbst hier oben ist einfach wunderbar.* Kein

Wort davon, dass ihre Besuche angeblich immer eine Zumutung waren.

Sylvia sah auf die Uhr. Ricky, Stacey und die Kinder würden noch etwa eine halbe Stunde in der Kirche sein und anschließend bei Freunden vorbeischauen. Sie hatte darum gebeten, nicht mitkommen zu müssen, und Kopfschmerzen vorgeschützt. In Wahrheit hatte sie das Gefühl, sich nicht einmal anziehen zu können. Sie sollte aufstehen, sich vielleicht etwas zu essen machen, die Messe im Fernsehen verfolgen, aber schon beim ersten Versuch überfiel sie plötzlich ein heftiger quälender Hustenanfall, begleitet von einem entsetzlichen Gurgeln in der Brust.

Zum ersten Mal geriet sie in Panik. Das schreckliche Geräusch in den Lungen hielt an. Jetzt rang sie keuchend nach Atem. Der Schweiß rann ihr in Strömen von der Stirn und brannte in den Augen. Ihre Handtasche lag gleich neben ihr auf dem Nachttisch. Mit zittrigen Händen suchte sie darin nach ihren Tabletten, ohne genau zu wissen, was sie damit tun würde, wenn sie sie denn endlich gefunden hätte. Ihre Finger, die schon seit längerem ständig leicht geschwollen waren, sahen wie steife widerliche Würstchen aus und waren bläulich verfärbt und fleckig.

Die Luft in dem modrigen Zimmer schien dick und schwer. Ein zusätzliches Diuretikum brächte vielleicht Erleichterung. Möglicherweise auch eine Nitroglyzerintablette. Verzweifelt entleerte sie ihre Handtasche aufs Bett. Neben mehreren Tablettenröhrchen lag ein Terminzettel für die Herzklinik, das Boston Heart Institute. Schweißtropfen fielen von ihrem Gesicht auf die Tinte. Ihr nächster Termin wäre morgen in einer Woche. Um für elf Tage zu Ricky fliegen zu können, hatte sie eine Vasclear-Behandlung ausfallen lassen müssen – das erste Mal seit fast einem Jahr. Aber die fehlende Medikation konnte unmöglich die Ursache für ihre gegenwärtigen heftigen Atemprobleme sein. Sie erhielt inzwischen nur noch eine Dosis alle zwei Wochen, und sogar die sollte bald auf eine pro Monat herabgesetzt werden. Abgesehen davon hatte ihre Kardiologin ihr am Telefon versichert, sie könne ruhig fahren.

O, mein Gott, dachte sie, während sie in rasender Eile alle Röhrchen öffnete und je eine Tablette hinunterschluckte. *Was ist nur mit mir los?* Plötzlich fiel ihr ein, dass das Nitroglyzerin, das sie seit den ersten Tagen ihrer Vasclear-Behandlung nicht mehr eingenommen hatte, unter der Zunge aufgelöst, nicht geschluckt werden sollte. Sie versuchte, sich eine Tablette in den Mund zu schieben, aber ihre Hände zitterten dermaßen, dass sie die winzigen Pillen über das ganze Bett und den Fußboden verstreute.

Im linken Ringfinger setzte ein Pochen ein. Der Goldring, den sie seit über fünfzig Jahren trug, war völlig im Fleisch vergraben. Der Finger war schrecklich angeschwollen und hatte eine dunkelviolette, fast schwarze Färbung. *O, bitte, lieber Gott hilf mir ... Hilf mir!*

Sie hatte das Gefühl zu ertrinken. Verzweifelt versuchte sie, Luft durch das Gurgeln in ihrer Brust zu drücken. Ein bohrender, beklemmender Schmerz breitete sich pilzförmig von ihrem Brustbein aus und strahlte bis zum Hals hinauf – Angina pectoris, genau wie vor Beginn ihrer Behandlung. Sie musste Ricky ans Telefon bekommen. Oder wäre der Notruf besser? Sie musste dringend etwas unternehmen. Ihr Nachthemd war schweißgetränkt. Sie atmete und hustete gleichzeitig und bekam dadurch ein wenig kostbare Luft in die Lungen. Im Gästezimmer stand kein Telefon.

Mutig schob sie sich über die Bettkante und torkelte zum Büro hinüber. Ihre Füße waren wie Wasserflaschen, die Zehen nur noch winzige Knötchen oberhalb der Schwellung. Ein weiterer Hustenanfall raubte ihr das bisschen Luft, das ihr noch geblieben war. Sie umklammerte den Türrahmen des Büros und war kaum imstande, sich aufrecht zu halten. Der unaufhörliche Husten hatte sie jetzt erbarmungslos im Würgegriff. Schweiß floss ihr in Strömen am Körper herab. Sie hob den Kopf gerade weit genug an, dass sie in den blutbespritzten Spiegel sehen konnte. Ihr aschfahles Gesicht blickte ihr entgegen. Sie sah entsetzlich aus. Ihr Haar klebte vor Schweiß. Blutiger Schaum bedeckte die Lippen und das Kinn.

Eine derartige Todesangst hatte sie noch nie verspürt. Sylvia wandte sich von ihrem Spiegelbild ab, stolperte und stürzte schwer zu Boden. Sie hörte und spürte zugleich, dass ihr linker Hüftknochen brach. Ein jäher sengender Schmerz schoss von dort durch den ganzen Körper. Langsam schwanden ihr die Sinne. Das quälende Ziehen in Hüfte und Brust ebbte ab. *Ricky ... Barbara ... Maria ... Johnny ...* Die Gesichter ihrer Kinder flackerten eines nach dem anderen an ihrem geistigen Auge vorüber. Zuletzt sah sie Angelo. Er lächelte ... und winkte sie zu sich.

Es gibt drei Arten von Unwahrheiten: Lügen,
verdammte Lügen und Statistiken.

BENJAMIN DISRAELI, VON MARK TWAIN ZUGESCHRIEBEN

Teil Eins
Zwei Jahre später

KAPITEL 1

Der Boston Globe

Dschungeldroge verspricht Hilfe bei Herzerkrankungen

Forscher von Newbury Pharmaceuticals in Boston kündigen größeren Durchbruch bei der Behandlung von Herzerkrankungen an, zur Zeit Todesursache Nummer eins in Amerika ...

»Du kannst die Herz-Sieben nicht abwerfen, Brian. Ich habe vorhin die Herz-Acht aufgenommen.«

»Ich gehe jede Wette ein, dass du einen Achter-Satz bekommen hast.«

»Okay ... Wette verloren ... Gin.«

Brian Holbrook sah zu, wie sein Vater Gin plus neunzehn notierte und die Karten geübt und mühelos zusammenschob. Seine Hände waren einmal kräftig und stark genug gewesen, Walnüsse zu knacken. Jetzt, nach dreiundsechzig Jahren in der Sonne, zeigten sie Altersflecken, und nach zehn Jahren Krankheit waren sie knochendürr. Aber mit Karten konnten sie nach wie vor umgehen.

Jack Holbrook – den, solange Brian sich zurückerinnern konnte, viele *Black Jack* Holbrook nannten – war kein professioneller Spieler. Aber er wettete für sein Leben gern und setzte auf alles, angefangen vom Supercup bis hin zu der Frage, ob das nächste Auto, das um die Ecke bog, ein ausländisches oder einheimisches Fabrikat sein würde. Zwei Dollar, zehn, einhundert – die Höhe des Einsatzes spielte für Jack keine Rolle. Es ging um den Wettkampf. Er war schon seit jeher der leidenschaftlichste Spielertyp, den Brian kannte.

Verstohlen, damit sein Vater es nicht bemerkte, warf Brian einen Blick auf die Uhr. Drei Uhr. Seit fast zwei Stunden spielten sie Gin Rommé. Um einen Penny den Punkt. Sie notierten fortlaufend, bis einer von ihnen, unweigerlich Jack, zehntausend erreichte. Zur Zeit lag Brian über siebzig Dollar im Hintertreffen.

»Wie wär's, wenn wir aufhören und uns das Spiel anschauen?«, schlug er vor.

»Wie wär's, wenn wir nach Boston fahren, früh zu Abend essen und in diesen neuen Van-Damme-Film gehen?«

»Ich muss um neun im Club sein.«

»Bis dahin ist noch viel Zeit. Ich weiß nicht mehr, wann wir zuletzt einen ganzen Tag so zusammen verbracht haben.«

Da hatte Jack Recht. Normalerweise war Brian ständig entweder auf Achse oder schlief wie ein Toter lang ausgestreckt auf der Tagesdecke. Schuld daran hatten die beiden Jobs und die wöchentlichen beaufsichtigten Treffen mit seinen Töchtern. Beim ›Club‹ handelte es sich um den ›Club Aphrodite‹, einen der Nachtclubs mit der schrillen Leuchtreklame auf der Lansdowne Street gegenüber vom Fenway Park. Brian war dort Rausschmeißer. Die Rolle stand ihm ganz gut, immerhin war er knapp zwei Meter groß und wog an die einhundert Kilo, obwohl er mit achtunddreißig Jahren für diese Arbeit doch ein bisschen alt war. Hinzu kam seine Ausbildung. Er war Mediziner, Internist und Kardiologe, und stellte somit natürlich eine Kuriosität unter den Rausschmeißern dar. Aber ohne eine Lizenz vom Board of Registration and Discipline in Medicine nutzten ihm diese Qualifikationen letztlich einen Dreck.

Es war einer der seltenen freien Sonntagnachmittage. Becky und

Caitlin waren über das Wochenende bei Phoebes Eltern, daher war sein allwöchentlicher Besuch auf Dienstag verschoben worden. Außerdem war es seinem Chef bei Speedy Rent-A-Car aus unerfindlichem Grund entgangen, dass er Brian nicht für einen weiteren Sonntag zum Dienst eingeteilt hatte. Darryl, ein Karrieremann bei Speedy, übte gern Macht über Menschen aus – insbesondere über die frisch gebackenen Collegeabsolventen, die das Büro als Einstieg in den Arbeitsmarkt benutzten. Brian war schon längere Zeit dort tätig gewesen, ehe Darryl herausfand, dass er examinierter Mediziner war. Seitdem hatte sein Chef jedoch alles darangesetzt, die vertane Zeit wieder gutzumachen.

Rausschmeißer ... Mädchen für alles bei einer Autovermietung ... beaufsichtigte Treffen mit seinen Töchtern ... das Zusammenleben mit Papa ... Brian wusste, dass er nach achtzehn Monaten harter Arbeit – Therapiesitzungen, Treffen bei den Narcotics Anonymous sowie endlosen Stunden mit seinem NA-Betreuer Freeman Sharpe, einem Hausmeister und ehemaligem Heroinabhängigen, der seit zwanzig Jahren clean war – seinen inneren Schweinehund so ziemlich unter Kontrolle hatte. Doch sein Leben ließ von außen betrachtet noch eine ganze Menge zu wünschen übrig.

Brians Samstagsschicht beim Aphrodite-Club hatte bis nach drei Uhr gedauert, also war er erst um zehn aus dem Bett gekommen. Eigentlich hatte er joggen und sich dann vielleicht einigen Jugendlichen anschließen wollen, die im Park Football spielten. Sie fanden es toll, wenn er dabei war, insbesondere, wenn er einen von ihnen in den gegnerischen Bereich schickte und ihm einen erstklassigen Pass über fünfzig oder sechzig Meter zuwarf. Doch nach einem Blick auf Jack hatte er es sich anders überlegt. Der Mann, der Brians Footballtrainer von Kindesbeinen an bis zum College gewesen war, saß, eingewickelt in eine Decke, in seinem Lieblingssessel, wo er den größten Teil der Nacht verbracht hatte. Auf dem Tisch neben ihm standen mehrere Herzmittel sowie

Schmerztabletten. Er wirkte abgespannt und benötigte dringend eine Rasur.

»Heute was Bestimmtes vor, Trainer?«, fragte Brian.

»Klar. Der Sultan von Brunei soll angeblich mit seinem Harem vorbeischauen. Ich habe ihm gesagt, für mich bloß drei.«

»Wie wär's, wenn ich dir ein Frühstück mache?«

Dank des grauen Stoppelhaarschnitts, der feinen Züge sowie eines Rests von Sommerbräune sah Jack jünger – *und gesünder* – aus, als er war. Aber Brian wusste, dass sich der Zustand seines Herzens ständig verschlechterte. Teile seines sechs Jahre alten fünffachen Bypasses waren zweifellos dabei, sich zu schließen. Brian hielt die kleine Flasche mit Nitroglyzerintabletten in die Höhe und prüfte deren Inhalt. Mehr als die Hälfte fehlte.

»Wie viele hast du gestern genommen?«, fragte er.

Jack schnappte ihm das Fläschchen aus der Hand und steckte es sich in die Hemdtasche.

»Um die Wahrheit zu sagen, ich kann mich nicht erinnern, überhaupt eine genommen zu haben.«

»Jack, bitte.«

»Sieh mal, mir geht's gut. Du kümmerst dich einfach um deine Angelegenheiten und ich mich um meine.«

»Du bist meine Angelegenheit, Jack. Ich bin dein Sohn und dazu Kardiologe, hast du das vergessen?«

»Nein. Du bist Rausschmeißer in einer Bar. Das und Autoverkäufer.«

Brian wollte schon auf die bissige Bemerkung antworten, schluckte die Worte jedoch herunter. Jack hatte vielleicht weniger geschlafen als er.

»Du hast Recht, Trainer«, erwiderte Brian stattdessen und bemühte sich nach Kräften, die Zähne wieder auseinander zu bekommen. »Wenn ich wieder als Kardiologe arbeite, kann ich dir Ratschläge erteilen. Vorher nicht. Ich toaste dir ein Bagel, ja?«

Dem Wohnzimmer wie der ganzen Wohnung im ersten Stock,

Jacks Eigentum seit dem Herzinfarkt vor zehn Jahren, fehlte die ordnende Hand einer Frau. Die Wände waren buchstäblich mit Sportfotos und Trophäen zugepflastert. Auf den meisten davon stand Brians Name. So stattete ein Mann seine Umgebung aus, der glitzernde Pokale und laminierte Urkunden zur Aufrechterhaltung seines Selbstbewusstseins benötigte. Für Brian hatte diese Umgebung nach seinem Einzug ein gewisses Problem dargestellt. Aber Freeman Sharpe half ihm, damit umzugehen. *Vergiss nie, dein Vater liebt dich, und er hat immer mehr für dich als für sich selbst gewollt. Und wenn er dich auf die Palme jagt, sage dir immer wieder, dass er darin ein Meister ist, weil er sie schließlich hingestellt hat.* Am Ende bedeuteten Brian die Trophäen wie so vieles anderes, was ihm zunächst wie eine große Sache vorgekommen war, nicht mehr, als er daraus machen wollte.

Auf dem Weg in die Küche warf er einen Blick auf eines der Fotos an der Wand neben der Tür. Es war das offizielle Mannschaftsfoto des UMass-Teams. Das Bild war kurz vor seiner schicksalshaften Junior-Saison aufgenommen worden. Er stand in der Mitte der vorletzten Reihe. Nummer 11. Dann wurde sein Blick zum ersten Mal, solange er zurückdenken konnte, zu einem Gesicht rechts am Ende der letzten Reihe hingezogen. Dr. Linus King, der Team-Orthopäde. Brian hatte das Foto schon zahllose Male zuvor gesehen – so, wie es hing, blieb ihm auch kaum etwas anderes übrig. Merkwürdig, dass ihm der Mann bis heute nie aufgefallen war. Nach zahlreichen Therapiesitzungen und Rehatreffen hatte Brian schließlich akzeptiert, dass er die Verantwortung für seine Schmerzmittelabhängigkeit selbst übernehmen musste. Wenn es aber jemanden gab, der eine Mitverantwortung trug, dann war es King.

Brian unterdrückte den jähen Drang, dem Foto einen Fausthieb zu versetzen. In dem Jahr nach der Wiederherstellung von Brians Knie war Linus King, ein Gott der Sportmedizin, stets viel zu beschäftigt für eine erneute Diagnose gewesen. Schon gar keine Zeit hatte er für ein Gespräch mit seinem Patienten über die ständigen Beschwerden im Kniegelenk. Stattdessen predigte er Geduld, verwies auf die Reha-Maßnahmen und verschrieb Hunderte von Percocets und andere Schmerzmittel. Schließlich brachte eine wiederholte Kernspintomographie eine zuvor unentdeckte Fraktur zu Tage. Ein Gipsverband sowie drei Monate Auszeit kurierten den Bruch, aber bis zu diesem Zeitpunkt hatte Brian bereits eine Anzahl abgehetzter Ärzte abgeklappert, die ihm bereitwillig ein Rezept ausstellten, wenn sie nur nicht zuhören mussten. Jahre bevor Brian das Gesetz und die eigenen Prinzipien brach und das erste Rezept auf den eigenen Namen ausstellte, war seine Sucht bereits voll ausgeprägt gewesen und hatte stets reichlich Nahrung bekommen.

»Jack, bist du wirklich gut genug in Form für einen Abstecher in die Stadt?«, fragte Brian jetzt.

»Weiß ich nicht. Glaube schon. Ich werde etwas kribbelig, mein Sohn. Dich beim Gin zu schlagen ist nicht gerade das, was ich die größte Herausforderung der Welt nennen würde.«

»Ich mache dir einen Vorschlag. Wir heben ab. Wenn du gewinnst, heißt das Van Damme und das Restaurant deiner Wahl.«

»Und wenn ich verliere?«

»Dann fahren wir auch nach Boston. Aber du musst mir versprechen, Dr. Clarkin aufzusuchen.«

»Mir fehlt nichts.«

»Unsinn. Seit deiner Operation sind sechs Jahre vergangen. Clarkin kann diese Transplantate korrigieren oder ersetzen.«

»Kein Clarkin mehr, keine Operation mehr. Das habe ich dir tausend Mal gesagt. Ich habe meinen letzten Katheter und meinen letzten Tubus erhalten.«

Wie so oft bei einem Arzt oder bei der Familie eines Arztes ging bei Jack alles, was postoperativ schief gehen konnte, daneben. Herz-Kreislauf-Stillstand, Infektion, Erneuerung der Implantate, erneute Infektion. Alles in allem acht trostlose Wochen im Krankenhaus, was im Zeitalter einer Nachsorge unter wirtschaftlichen

Aspekten Bände darüber sprach, wie schlecht es um ihn stand. Einen Gutteil dieser Zeit bettelte er buchstäblich darum, sterben zu dürfen. Gewiss, Black Jack war ein größerer Dickschädel als viele andere. Aber Brian hatte den Mann an jedem einzelnen dieser sechsundfünfzig Tage erlebt und konnte es ihm daher kaum verübeln, dass er sich mit Händen und Füßen dagegen sträubte, noch einmal auf dem OP-Tisch zu landen.

»Na gut«, meinte Brian. »Aber ich habe noch nie erlebt, dass du vor einer freundschaftlichen Wette gekniffen hättest.«

»Deswegen stehe ich in dem Ruf, stets meine Spielschulden zu begleichen. Doch die hier werde ich am Ende nicht zurückzahlen können, das weiß ich. Ich mach dir folgenden Vorschlag: Du nimmst die einundsiebzig Kröten, die du mir schuldest, und gehst mit mir zum Essen und ins Kino.«

»Abgemacht.« Brian hob die Pik-Dame ab. »He, vielleicht wandelt sich ja mein Glück.«

Jack erhielt die Karo-Drei. Er starrte die Karte eine Weile an.

»Meins vielleicht auch«, meinte er.

Er zog seine Lieblingsjacke an, eine abgetragene orangefarbene Strickjacke, die Brians Mutter ihm kurz vor ihrem Tod vor fast dreizehn Jahren geschenkt hatte.

»Ist dir warm genug, wenn ich das Verdeck runterklappe?«, fragte Brian.

»Sicher ... Öh ... mein Sohn, ich möchte noch was loswerden, bevor wir fahren.«

»Nur zu!«

»Ich ... ich war nicht ganz klar im Kopf, als ich heute Morgen gesagt habe, dass du kein Kardiologe bist.«

»Ist schon gut. Abgesehen davon habe ich schon früher nie sonderlich auf dich gehört. Warum sollte ich ausgerechnet jetzt damit anfangen?«

»Ich bin enttäuscht, das ist alles. Und ich verstehe nicht, wie du so weit kommen konntest.«

»Ich weiß, Paps, ich weiß. Manchmal müssen wir tief sinken, ehe wir wirklich rauskriegen, wie wir das Leben genießen können.«

»Da wird schon was vorbeischneien.«

Brian wich seinem Blick aus.

»Ganz bestimmt«, sagte er.

Eigentlich war er vom Gegenteil überzeugt, und das aus gutem Grund. Das Board of Registration in Medicine war vor sechs Monaten zu der Auffassung gelangt, dass er sich gut erholte und wieder praktizieren konnte. Ihre Politik bei Drogen- und Alkoholfällen bestand allerdings darin, dass der betreffende Arzt nur eine Stelle annehmen durfte, auf der er ständig unter Beaufsichtigung stand. Zusätzlich wurden nach dem Zufallsprinzip Urintests durchgeführt. Erst danach erhielt er wieder eine Lizenz. Keine Stelle, keine Lizenz. So lautete das unentrinnbare Gesetz. Brian hatte argumentiert, dass es in Boston mit drei medizinischen Ausbildungsstätten und einem Übermaß an Lehrkrankenhäusern Kardiologen wie Sand am Meer gab. Warum sollte jemand ausgerechnet einem Arzt ohne Lizenz einen Job geben?

Wegen der beiden Kinder und Jacks labilem Gesundheitszustand konnte er nicht zu weit vom östlichen Massachusetts wegziehen. Also nahm Brian alles Erdenkliche in Angriff. Er antwortete auf Anzeigen in kardiologischen Zeitschriften sowie im *New England Journal of Medicine* und schickte mindestens zwei Dutzend Bewerbungen los. Er ließ seine Beziehungen spielen, bis er mehr als genug Absagen bekam und erleben musste, wie sich Kollegen, die er für seine Freunde hielt, von ihm abwandten. Er schaltete sogar selbst eine Anzeige:

Ehemaliger Chefkardiologe und Leiter eines Herzkatheterisierungsraums in einem Bostoner Krankenhaus sucht Stelle in Gemeinschaftspraxis im östlichen Mass., Rhode Island oder südlichen New Hampshire.

Keine Arbeit, keine Lizenz. Keine Lizenz, keine Arbeit. Die Katze biss sich in den Schwanz.

In den vergangenen Monaten hatte er die Versuche eingestellt, den Rückzug angetreten und sich Gedanken darüber gemacht, welche Richtung sein Leben vielleicht sonst einschlagen konnte. Das fiel ihm nicht leicht, aber eines hielt ihn stets aufrecht: In all den Monaten der Enttäuschungen und Rückschläge überkam ihn selten die Versuchung, zu trinken oder Tabletten zu nehmen.

»Bist du fertig, Paps?«

»Geh schon mal vor und lass das Verdeck runter. Ich komme gleich.«

Jack Holbrook ging langsam ins Bad. Nachdem sich die Eingangstür geöffnet und wieder geschlossen hatte, stützte er sich rasch an der Wand ab, denn ein sengender Schmerz setzte unterhalb des Brustbeins ein und schoss bis hinauf in die Kieferknochen. Verzweifelt bemühte er sich, wieder ruhig zu atmen, holte mit zittrigen Fingern das Röhrchen mit Nitroglyzerin aus der Hemdtasche und legte sich eine Tablette unter die Zunge. Eine halbe Minute später ebbte der Schmerz ab. Er wischte sich die Schweißperlen von der Oberlippe und holte tief und dankbar Atem.

»Jack, alles in Ordnung?«, rief Brian von der Eingangstreppe herauf.

»Ja, alles in Butter, Brian. Alles in Butter.«

Das Towne Deli lag gerade im Trend. Es war ein kleines Restaurant mit einem guten Salatbüfett und Sandwiches für neun Dollar. Brian ließ seinen Vater aussteigen und verbrachte zehn Minuten mit der Suche nach einem Parkplatz. Jacks Wohnung lag in Reading, einer Arbeiter-Vorstadt zu beiden Seiten der Route 128 nordwestlich der City. Die Fahrt unter der strahlenden Spätnachmittagssonne war an einem Sonntag ebenso sehr ein Vergnügen, wie sie im typischen morgendlichen Berufsverkehr ein Alptraum war. Brians drei Jahre alter roter LeBaron – bei weitem das Beste, was er nach der Scheidung behalten hatte – war für einen solchen Tag wie geschaffen.

Brian wusste, dass ihn Jack unterwegs aushorchen wollte. Aussicht auf eine Stelle? Etwas Neues vom Board? Eine interessante Frau? Aber sein Vater behielt seine Fragen für sich. Vielleicht, weil es heute so warm war oder wegen des Friedens, der zwischen beiden herrschte. Brian seinerseits ließ den Gesundheitszustand seines Vaters unerwähnt, ein Thema, das leicht zu hitzigen Streitereien führen konnte. Stattdessen unterhielten sie sich über Sport oder übten sich in Schweigen.

Brian betrat das Towne Deli und entdeckte seinen Vater an einem kleinen Tisch in der Ecke. Einige Sekunden lang blieb er im Eingang stehen und sah sich an, was von dem Mann übrig geblieben war, der die ersten beiden Jahrzehnte seines Lebens so dominiert hatte. Fast von dem Tag an, als Brian seinen ersten Schritt tat, kehrte sein Vater den Trainer heraus, achtete darauf, was sein Sohn aß, überwachte seinen Umgang und sein Training und hoffte, dadurch einen der großen Quarterbacks zu erschaffen. Wäre da nicht ein bestimmtes Spiel gewesen, hätte er damit vielleicht sogar Erfolg gehabt.

Jack saß reglos da und starrte auf das Essen hinab. Auf einmal rieb er sich fast unbewusst den Brustkasten bis zum Hals hinauf. Brian eilte hinüber. Unter seiner Sonnenbräune war Jack aschfahl. Seine Augen waren glasig.

»Jack, was ist los? Hast du Schmerzen?«

Jack Holbrook zog tief die Luft durch die Nase ein und nickte. »Einige«, brachte er mit einem Grunzen hervor.

Brian fühlte den Puls an beiden Halsschlagadern. Er schlug regelmäßig, jedoch schwach. Ein Schweißfilm hatte sich auf Jacks Stirn gebildet.

»Mein Gott«, flüsterte Brian. »Jack, hast du deine Nitropillen dabei?«

Sein Vater holte das Fläschchen aus der Hemdtasche.

»Hätte nicht nach Boston fahren sollen«, meinte er heiser.

»Quatsch«, erwiderte Brian, der die seltsame, paradox anmutende Ruhe spürte, die jetzt seit vielen Jahren seine Reaktion auf einen medizinischen Notfall war. »Wäre aufs Gleiche hinausgelaufen. Komm schon, Paps. Ich setze dich hier drüben auf den Fußboden und gebe dir eine deiner Nitropillen. Hast du noch das Aspirin, das ich dir in die Brieftasche gesteckt habe? Schön. Ich hol's dir raus.«

Entweder hatte Jack einen schlimmen Anfall von Angina Pectoris – ein Teil seines Herzens erhielt nicht genügend Blut –, oder einen ausgeprägten Herzkranzgefäßverschluss: Ein Myokardinfarkt, bei dem ein Segment des Herzens überhaupt kein Blut erhielt. Handelte es sich um eine verstopfte Arterie, trug das Aspirin unter Umständen dazu bei, den Block aufzulösen, bevor dauerhafter Schaden entstand.

»Gibt's ein Problem, Sir?«

Brian blickte zu dem kahl werdenden Restaurantleiter auf. *Natürlich nicht, ich lege meinen Vater immer in Restaurants auf den Fußboden.*

»Er ist Herzpatient und hat Schmerzen in der Brust«, sagte Brian stattdessen.

»Soll ... soll ich einen Rettungswagen rufen? Nachfragen, ob ein Arzt anwesend ist?«

»Ich *bin* Arzt«, erwiderte Brian zum ersten Mal seit anderthalb Jahren. »Und ein Rettungswagen wäre eine ausgezeichnete Idee.«

Im Stillen verfluchte Brian sich dafür, sich auf die Fahrt nach Boston eingelassen zu haben. Jacks Internist, Kardiologe, Chirurg sowie alle Aufzeichnungen befanden sich in der Suburban-Klinik am anderen Ende der Route 128. Ein ausgezeichnetes Krankenhaus, wohlbekannt für seine orthopädische Abteilung und Reha-Medizin. In einigen Kreisen wusste man sogar noch von einem ehemaligen Chefarzt der kardiologischen Abteilung namens Brian Holbrook.

Erneut prüfte er Jacks Puls und wischte seinem Vater die Stirn.

»Wie stark sind deine Schmerzen, Jack? Eins bis zehn.«

»Sechs. Die Nitropillen helfen. Wie stehen die Chancen für einen Herzinfarkt?«

»Fünfzig zu fünfzig.«

»Schlecht.«

»Bleib einfach so sitzen. Die Rettungssanitäter werden dir etwas Sauerstoff und ein Mittel gegen die Schmerzen verabreichen, dann wird's dir gleich viel besser gehen.«

»Zehn Kröten, dass einer der Sanitäter weiblich ist. Abgemacht?«

»Abgemacht. Bleib ganz ruhig. Willst du dich flach hinlegen?«

»Könnte ich gar nicht.«

In der Ferne hörten sie die herannahende Sirene. Brian prüfte unablässig den Puls an Jacks Handgelenk. Der Schweißausbruch, so typisch für eine Herzattacke, schien etwas nachgelassen zu haben.

»Alles in Ordnung, Paps. Wie stark ist der Schmerz jetzt?«

»Zehn.«

»Der Schmerz ist bis auf zehn angestiegen?«

»Nein, du schuldest mir zehn.«

Jack nickte zur Tür hinüber, wo eine junge Brünette in blauer Sanitäterkleidung am einen Ende einer fahrbaren Trage zog. Brian stellte seinen Vater vor und fasste knapp die Lage sowie die begrenzte Behandlung zusammen, die er hatte durchführen können.

»Sie sind Arzt?«, fragte die junge Frau sogleich.

»Kardiologe. Brian Holbrook.«

»Schön. Wir haben da keine Berührungsängste, Doktor Holbrook«, meinte sie, während sie ein Dutzend Dinge zugleich erledigte, und das auch noch gut. »Wenn wir etwas übersehen, schreien Sie einfach dazwischen.«

»Danke. Jack ist Patient der Suburban-Klinik.«

»Na ja, in wenigen Minuten wird er Patient des White Memorial sein. In Ordnung?«

White Memorial war nicht bloß das beste Krankenhaus der Stadt, es beherbergte auch das Boston Heart Institute, eines der fortschrittlichsten Zentren seiner Art. Brian schoss plötzlich das Gespräch durch den Kopf, das er bei einer Bewerbung für eine Kardiologieausbildung dort verbockt hatte. Der nachfolgende Ablehnungsbescheid war kaum eine Überraschung gewesen. Unter Berücksichtigung dessen, was ihm seither alles zugestoßen war, hatte der Gesprächsleiter ein ziemlich gutes Urteilsvermögen an den Tag gelegt.

Brian bemerkte, dass es Jack nach ein wenig intravenös verabreichtem Morphium sowie einer leichten Sauerstoffzufuhr gleich besser ging.

»Eigentlich«, sagte er zu der jungen Sanitäterin, »wollte ich Sie sogar bitten, ihn zum Boston Heart zu bringen.«

KAPITEL 2

Für die kurze Fahrt von Back Bay nach White Memorial quetschte sich Brian mit in den Rettungswagen. Beim Verlassen des Towne Deli war der Schmerz seines Vaters auf der Skala um etwa zwei oder drei heruntergegangen. Dennoch behielt Brian unterwegs den Monitor ständig wachsam im Auge. Im EKG waren keine zusätzlichen Zacken, was ein gutes Zeichen war, aber es gab deutliche Anzeichen für einen akuten Herzinfarkt.

Jacks Kardiologe im Suburban war Gary Gold, mit dem Brian früher zusammen gearbeitet hatte – der Einzige der vier Kollegen, der geglaubt hatte, dass Brian sich von einer Krankheit erholte. Daher war er der Ansicht gewesen, Brian solle seine Lizenz zurückerhalten, sobald er dazu bereit wäre. Leider hatte Gary Jack nicht viel offensiver zu einer erneuten Herzkatheterisierung und operativen Evaluation gedrängt. Brian verfluchte sich im Stillen. Er hätte darauf bestehen sollen. Dann wiederum hatte Jack sich so eisern gegen eine erneute Operation gestemmt. Welche Möglichkeiten wären noch geblieben?

White Memorial war ein architektonisches Sammelsurium aus einem Dutzend oder mehr Gebäuden und umfasste vier Blocks entlang des Charles River. Wie die meisten großen Kliniken war auch diese eine einzige Baustelle. Räumer und anderes schweres Gerät waren ebenso Teil der Szenerie wie Rettungswagen, und zwei Kräne überragten alles bis auf das höchste Gebäude. Eine neue Ambulanz, verkündete ein Baustellenschild. Ein weiteres prahlte mit dem zukünftigen zwanzigstöckigen Hellman-Forschungszentrum. Ein ewiger Kreislauf von Krankheit und Heilung, Verfall und Reparatur, Tod und Geburt, und das galt nicht nur für die Patienten, sondern auch für die Klinik selbst.

In der riesigen Notaufnahme herrschte eine geräuschvolle, jedoch kontrollierte Unordnung. Die beiden Krankenschwestern waren genervt, und der Warteraum war voll. Brian erfasste die Szenerie, während sie Jack eilig zu einem Bett mit angeschlossenen Überwachungsgeräten im Hintergrund brachten. Die Dramatik und Energie waren für ihn fast mit Händen zu greifen. Er war wieder in seinem Element und kam sich vor, als hätte er zuvor unter Wasser Sauerstoff atmen müssen und das Betreten der Notaufnahme wäre wie das plötzliche Durchbrechen der Oberfläche gewesen. Er hatte schon erwartet, dass seine Gefühle beim Wiedereintritt in diese Welt hohe Wellen schlagen würden. Dennoch überraschte es ihn, wie sehr Brust und Kehle sich zusammenschnürten und wie plötzlich ihm das Wasser in die Augen trat. Vor noch gar nicht allzu langer Zeit hatte er hier dazugehört, und dann hatte er sich so blödsinnig verhalten, dass man ihm alles weggenommen hatte. Jetzt ließ sich unmöglich sagen, wann, oder sogar ob, er je wieder zurückkehren würde.

»Wie geht's dir, Jack?«, fragte Brian und nahm die Hand seines Vaters, während sie darauf warteten, dass die schmale Liege in Zimmer 6 frisch bezogen wurde.

»Mir ging's schon mal besser. Doch der Schmerz ist weg.«

»Großartig.«

»Zwei Kröten, dass ich kein Abendessen kriege.«

Brian warf einen Blick auf den Monitor. Die ST-Strecke im EKG war nicht allzu sehr erhöht – definitiv ein gutes Zeichen.

»Wenn die hier das typische Krankenhausessen servieren«, meinte er, »wirst du gleich doppelter Gewinner sein.«

Er half dem Team, Jack aufs Bett zu legen, und stellte sich dann auf die eine Seite, während ein Assistenzarzt namens Ethan Prince eine rasche Voruntersuchung durchführte. Brian gab dem jungen Mann grollend gute Noten für Schnelligkeit und Gründlichkeit. Dann fiel ihm ein, wo er sich befand. Das Suburban war schon kein allzu schlechtes Krankenhaus, aber keiner der dortigen Internisten oder Assistenzärzte würde jemals eine Einladung zu einem Bewerbungsgespräch im White Memorial erhalten. Wer nicht zu den besten zehn Prozent seines Jahrgangs gehörte, brauchte sich gar nicht erst zu bewerben.

»Kennst du hier jemanden?«, fragte Jack.

Der Assistenzarzt, der ihn mit seinem Stethoskop abhörte, bedeutete ihm zu schweigen.

Hoffentlich nicht, dachte Brian.

»Ich glaube kaum«, flüsterte er.

Wie aufs Stichwort hörte er seinen Namen und schaute zur Tür. Dort stand, die Hände auf den Hüften, Sherry Gordon, nicht viel älter als Brian, aber mehrfache Großmutter. Neben ihr die patentesten Notaufnahmeschwestern, mit denen Brian je gearbeitet hatte.

»He, du gehörst ins Suburban«, sagte er, ging zu ihr und erhielt eine warme Umarmung und ein Küsschen auf die Wange. »Was tust du denn hier?«

»Sahne steigt nach oben. Sie hatten meine Bewerbung seit Jahren in ihren Akten. Hier gibt es nicht allzu häufig freie Stellen.«

»Dir gefällt's hier?«

Sie wies lächelnd auf das Chaos.

»Was meinst du denn?« Sie musterte ihn eindringlich. »So, und was ist mit dir? Geht's dir gut?«

Brian wich ihrem Blick nicht aus.

»Ich war drei Monate in einer Reha-Klinik«, entgegnete er leise genug, dass nur sie ihn verstehen konnte, »und bei etwa einer Milliarde AA- und NA-Treffen, aber ja, mir geht's gut.«

»Freut mich zu hören, Brian. Freut mich wirklich. Das ist dein

Paps, stimmt's? Ich erinnere mich an den Alptraum, den er im Suburban durchmachen musste.«

»Sechs Jahre her. Vier Jahre zuvor hatte er einen Myokardinfarkt, dann wurde seine Angina pectoris immer schlimmer und unerträglicher, und wir haben uns zur Operation entschlossen. Du hast Recht. Es war ein Alptraum. Um die Sache noch schlimmer zu machen, war der Bypass nicht mal sonderlich erfolgreich. Er hat jetzt vielleicht wieder einen kleinen Myokardinfarkt.«

»Nun ja, da untersucht ihn ein Arzt in der Ausbildung zum Facharzt. Er ist eine Kanone! Der Junge erinnert mich an dich.«

»Wäre schön.«

»Sag ihm, er soll versuchen, deinen Paps auf Vasclear zu bringen. Die reden hier jetzt von nichts anderem mehr. Hör mal, ich muss zurück, Dr. Gianatasio assistieren. Er hat da unten in der Halle eine wirklich kranke Dame liegen.«

»Phil Gianatasio?«

»Stimmt genau. Du kennst ihn?«

»Vor Jahren waren wir beide Assistenzärzte, dann zusammen in der Facharztausbildung. Ich wusste nicht mal, dass er in Boston ist. Da kommen alte Erinnerungen hoch. Sag ihm bitte, dass ich hier bin, Sherry. Ich schau vorbei, wenn ich sicher bin, dass mein Paps stabil ist. Wäre das in Ordnung?«

»Warum nicht? Muss los. Viel Glück mit deinem Paps.«

Vasclear. Brian wusste so gut wie nichts über dieses Medikament, und was er wusste, hatte er in erster Linie aus der Zeitung erfahren. Er war medizinisch nicht mehr so auf dem Laufenden wie in den Tagen, als er zweimal die Woche an kardiologischen Besprechungen teilgenommen und ein Dutzend verschiedene Zeitschriften gelesen oder gründlich überflogen hatte. Aber er hatte sich durch Videos und zwei Kurse ganz gut auf dem letzten Stand der Dinge gehalten, und über Vasclear, das neueste in einer langen Reihe experimenteller Arzneimittel, die Arteriosklerose reduzieren sollten, war in der breiten Öffentlichkeit noch nicht viel berichtet worden.

Ethan Prince nahm sein Stethoskop aus den Ohren und reichte es nach einem erneuten Blick auf Jacks EKG an Brian weiter, der es bewusst gelassen entgegennahm. Er wollte dem jungen Arzt seine Ungeduld und seine Dankbarkeit nicht zeigen. Der Ausschlag der ST-Strecke in mehreren der zwölf Standard-EGK-Kurven betrug immer noch konstant zwei Millimeter.

»Sieht nach einer dauerhaften Schädigung des Herzens durch einen Vorderwandinfarkt aus«, meinte Brian.

»Finde ich auch. Ich werde das Prozedere für seine Aufnahme anleiern. Inzwischen müssen wir entscheiden, ob wir versuchen wollen, die Blockade zu beseitigen. Aber zuallererst brauchen wir hier einen Kardiologen. Dr. Gianatasio hat Bereitschaft, aber er hat alle Hände voll mit einer sehr kranken Frau in Raum 4 zu tun. Ich muss rausfinden, wer in der Kardiologie als Verstärkung zur Verfügung steht.« Er wandte sich an Jack, dessen Gesicht wieder etwas Farbe angenommen hatte. »Mr Holbrook, anscheinend haben Sie eine sehr kleine Arterienverstopfung, und aufgrund dessen wird ein Teil Ihres Herzens nicht genügend durchblutet.«

»Ein Herzinfarkt«, meinte Jack. »Ist schon gut. Sie können es aussprechen.«

»Eigentlich können wir uns nicht sicher sein, ob es ein vollständiger Herzinfarkt ist, bis wir einige Bluttests durchgeführt und ein weiteres Kardiogramm aufgenommen haben.«

»Zwei Dollar, dass es einer ist.«

»Wie bitte?«

»Schon gut«, warf Brian ein und nahm erneut Jacks Hand. »Auf der Schule war er ein Football-Lineman – offensiv *und* defensiv. Zu viele Schläge auf den Helm.«

»Ah, ja ... Nun, ich mach mich besser auf die Socken. Ich muss herausfinden, welcher Kardiologe zuständig ist, und zu Dr. Gianatasio zurück.«

»Nur rasch noch eines. Sherry Gordon hat gesagt, ich sollte mal an Vasclear denken.«

Der Arzt zuckte die Schultern. »Sie wissen vielleicht ebenso viel darüber wie ich. Es ist ein Medikament aus der Herzforschung hier in Boston. Gerüchten zufolge sind die Ergebnisse wirklich vielversprechend.«

»Danke sehr.«

»Anästhesie«, tönte es aus dem Lautsprecher über ihnen. *»Anästhesie in die Notaufnahme ...«*

»Mit dieser Dame da in OP 4 geht es wohl den Bach hinunter. Vermutlich rufen sie den Anästhesisten, um sie zu intubieren.«

Ethan Prince eilte davon und ließ eine Schwester zurück, die sich um Jack kümmern sollte. Brian trat unbehaglich von einem Fuß auf den anderen, denn er verspürte zugleich Ohnmacht und Beschämung. Ein Stück weiter den Flur hinab steckte eine Herzpatientin ernsthaft in Schwierigkeiten. Brian konnte ein weiteres Paar geschickter Hände zur Verfügung stellen. Zudem war er ein Kardiologe, mit dem sich Phil Gianatasio besprechen konnte. Er hätte so viel Gutes tun können, doch er galt hier nicht mehr als irgendein Studienabbrecher.

»Dr. Holbrook?«

Die Haltung der stämmigen dunkelhaarigen Krankenschwester in der Tür drückte Autorität aus. Ihr Gesichtsausdruck war grimmig.

»Ja?«

»Dr. Holbrook, ich bin Carol Benoit, die Stationsschwester hier unten. Tut mir Leid, wenn ich störe, aber Dr. Prince hat mir gesagt, Ihr Vater sei ziemlich stabil. Könnte ich Sie bitte einen Augenblick sprechen?«

»Natürlich.«

»Dr. Holbrook, in Raum Vier liegt eine sehr, sehr kranke Frau. Dr. Gianatasio hat gefragt, ob es Ihnen etwas ausmachen würde hinüberzugehen.«

Sogleich verspürte Brian einen Adrenalinstoß.

»Aber selbstverständlich, gerne«, entgegnete er, vielleicht eine Spur zu eifrig.

Er warf einen Blick auf Jack, der beschwerdefrei mit geschlossenen Augen dalag. Seine Atmung klang nicht im Geringsten angestrengt, und das Kardiogramm auf dem Monitor zeigte keine Abweichungen. Er könnte seinen Vater problemlos eine Weile allein lassen. Brian ging einen Schritt auf die Tür zu, aber die Stationsschwester versperrte ihm weiterhin den Weg. Sie drängte ihn zu einer Stelle im Korridor, wo weder Jack noch die Angestellten sie hören konnten.

»Bevor Sie da hineingehen«, sagte sie streng und halb flüsternd, »möchte ich Ihnen etwas sagen. Ich habe darauf bestanden, von Sherry Gordon zu erfahren, wer Sie sind und an welchem Krankenhaus Sie arbeiten. Sie hat mir mitgeteilt, dass Sie Ihre Lizenz verloren haben.«

»Und?«

»Und als ich sie zu einer Erklärung gedrängt habe, hat sie mir den Grund dafür gesagt.«

Brians Haltung der Frau gegenüber verwandelte sich von gesunder Wachsamkeit in ausgewachsenes Misstrauen. Er richtete sich zu voller Größe auf und streckte sich noch etwas mehr.

»Kommen Sie zum Punkt«, sagte er.

»Keiner, verstehen Sie, keiner soll ohne gültige Lizenz in meiner Notaufnahmestation auch nur einen Patienten ärztlich behandeln.«

»Offen gestanden sehe ich nicht so ganz, was eine ärztliche Behandlung damit zu tun haben soll, dass ich meine Erfahrungen und Ideen mit einbringe.«

Carol Benoits Blick war hart.

»Ich werde Sie da drin ganz genau im Auge behalten«, meinte sie.

Brian kehrte zu Jack zurück und versicherte ihm, dass er ganz in der Nähe und gleich wieder zurück sei. Daraufhin lockerte er den verspannten Nacken etwas und eilte hinüber in Raum 4.

Vor zehn Jahren hatten Brian und Phil Gianatasio ihre Ausbildung im Eastern Mass Medical Center absolviert. Während dieser beiden Jahre waren sie bei der Arbeit ein gutes Gespann gewesen. Phil konnte locker mit Brians Extravaganz und Selbstsicherheit umgehen, und Brian wusste an Phil zu schätzen, dass er ein eher ruhiger und methodischer als herausragender Mensch war, der bei der Arbeit nie seine Grenzen überschritt und auch nie zögerte, um Hilfe zu bitten. Nach der Ausbildung zum Facharzt hatte Brian ein Kardiologie-Stipendium an einem der besten Krankenhäuser in Chicago bekommen. Phil hatte die Zeit überbrückt, indem er zu den Streitkräften gegangen war – zur Army, glaubte Brian. Anfangs hatten sie ein paar Briefe gewechselt und hin und wieder Telefonate geführt. Nach und nach war der Kontakt jedoch schwächer geworden und schließlich abgerissen.

Phil begrüßte ihn von der anderen Seite des Betts aus. Er war stets übergewichtig gewesen, aber seit seiner Zeit als Assistenzarzt musste er zehn Kilo zugelegt haben. Sein dunkles Haar lichtete sich, und am Hinterkopf zeigte sich bereits eine kahle Stelle. Er trug das Haar im Nacken länger, als Brian in Erinnerung hatte. Eines hatte sich allerdings nicht im Geringsten geändert, und das waren die Wärme und Freundlichkeit auf seinem Gesicht. In diesem Augenblick wirkte Phil jedoch besorgt. Der Grund hierfür war unschwer zu erkennen.

Auf der Trage lag eine zerzauste Frau mit ergrauendem rotem Haar von etwa Ende sechzig bis Anfang siebzig. Sie war bewusstlos und schnappte röchelnd nach Luft, die Blässe um Augen und Mund stand in einem erschreckenden Kontrast zur dunklen Röte des übrigen Gesichts. Im Raum befanden sich außerdem Dr. Ethan Prince, Sherry, eine weitere Schwester, die Anästhesistin und, in der gegenüberliegenden Ecke, jemand in einem zerknautschten Anzug, aus dessen Jackentasche ein Stethoskop heraushing. Ein älterer Mann, in dem Brian den Hausarzt der Frau vermutete. Es war nur ein flüchtiger Eindruck, aber der Mann wirkte, als sei ihm angesichts einer solchen Krise äußerst unwohl. Auf der Türschwelle, eher beobachtend als teilnehmend, stand Carol Benoit.

EGK-Charakteristika ... Herzfrequenz ... Anzeigen des Pulsoximeters ... Gesichtsfarbe ... Färbung des Nagelbetts ... Kühldecke ... Auf dem Weg von der Tür zur Bettkante hatte Brians Gehirn Hunderte von Informationsbruchstücken verarbeitet. Er sog das aufgeregte und eilige Treiben förmlich in sich ein. Es würde nur ein paar flüchtige Minuten dauern, aber im Augenblick spielte das überhaupt keine Rolle.

»Brian, du bist eine Wohltat für entzündete Augen«, meinte Phil. »Ein Deus ex Machina.«

»He, Vorsicht! Den lieben Gott zu spielen, das war einmal. Damit habe ich mir letzten Endes nur Probleme eingehandelt. Die Fakten, bitte!«

»Also: Mrs Violet Corcoran ist eine achtundsechzigjährige Patientin von Dr. Fred Dixon da drüben. Fred, Brian Holbrook.« Brian und der ältere Arzt nickten einander zu. »Seines Wissens ist sie zuvor nie ernsthaft erkrankt. Erst in dieser Woche.«

Etwas in Phils Tonfall ließ durchblicken, dass allein die Tatsache, Dixon als Hausarzt zu haben, ein gewisses Gesundheitsrisiko darstellte. Aber der Mann hatte seine Patientin an einem Sonntagnachmittag hergebracht, und nach Brians Ansicht sprach das doch für eine gewisse medizinische Kompetenz.

»Er hatte sie wegen einer Infektion der oberen Atemwege mit Erythromycin behandelt«, fuhr Phil fort. »Einige Stunden zuvor hatte ihr Ehemann angerufen und gesagt, dass es ihr nicht sonderlich gut gehe. Ihre Temperatur lag bei 40 Grad. Puls einhundertvierzig. Sie hatte eine ziemlich heftige linksseitige Unterlappenpneumonie. Blutdruck war bei einhundertsechzig. Jetzt ist er auf hundert runter.«

»Septischer Schock?«

»Möglich. Aber sieh mal, was sie tut.«

Phil zeigte auf den Bildschirm, der die Herztätigkeit überwachte. Das EKG deutete mit ziemlicher Sicherheit auf eine anhaltende ventrikuläre Tachykardie hin, die in den meisten Situationen instabil war und oft einem Herz-Kreislauf-Stillstand vorausging.

»Ich sehe da ventrikuläre Tachykardie«, meinte Brian.

»Da sind wir uns einig. Seit ihrer Ankunft sind solche Anfälle immer wieder aufgetreten. Zunächst nur kurz, dann etwas länger.«

»Behandlung?«

»Wir arbeiten uns durch die Apotheke durch. Bislang haben wir Xylocain, Bretylium und Pornestyl ausprobiert und verabreichen gerade etwas Digitalis. Nichts hat angeschlagen.«

»Das geht zu schnell. Da können wir sie nicht mit einem Schrittmacher rausholen.«

»Genau.«

Brian streckte die Hand nach Phils Stethoskop aus.

»Darf ich?«

Carol Benoit hatte genug gesehen und gehört und trat dazwischen.

»Dr. Gianatasio«, sagte sie. »Es tut mir Leid, Sie daran erinnern zu müssen, dass Dr. Holbrook keine Lizenz besitzt. Er darf unsere Patienten nicht behandeln, nicht einmal *anfassen*.«

Einige wenige Sekunden lang rührte sich niemand im Raum. Es war völlig still, bis auf das leise Blubbern der Sauerstoffflasche. Dann nahm sich Gianatasio das Stethoskop vom Hals, ging um das Bett herum und reichte es der Stationsschwester.

»Na gut, Ms Benoit«, sagte er gelassen. »Ich schlage vor, Sie untersuchen diese Frau und teilen uns dann *Ihre* wohl überlegte Meinung mit.«

Benoit verzog das Gesicht und wurde rot. Sie stieß das angebotene Instrument zurück und trat beiseite.

»Ganz, wie Sie wollen«, meinte sie. »Aber ich mache Sie für die Folgen verantwortlich.«

»Das Risiko gehe ich ein. Brian, wenn dir nicht was einfällt, was wir nicht schon probiert haben, dann lasse ich sie von Sule intubieren, und wir versuchen, sie mit einem Elektroschock da rauszuholen.«

Brian nahm Phils Littmann-Stethoskop an sich und trat an die Bettkante.

»Ohne die Ursache ihrer Rhythmusstörung zu kennen und etwas dagegen zu unternehmen«, meinte er, »ist es wohl gleichgültig, ob wir sie mit einem Elektroschock behandeln oder nicht.«

»Es könnte einfach eine heftige Infektion bei einer schon bestehenden Herzerkrankung sein.«

»Möglich.«

»Egal, was es ist, Brian, mach schnell! Sie ist wieder drin.«

Zunächst untersuchte Brian Violet Corcoran von Kopf bis Fuß. Etwas an ihr erinnerte ihn an einen Fall, den er irgendwo während seiner Ausbildung gesehen hatte. *Wo? Was war das gewesen?* Er tastete erst die Herzgegend ab, dann den Hals und zuletzt die Arterien an Ellbogen, Handgelenken und Leisten. Schließlich steckte er sich Gianatasios Stethoskop ins Ohr und ließ es über Herz, Brust und Hals gleiten. Anschließend wiederholte er den Vorgang, diesmal mit der Glocke.

»Sule, los, intubiere sie«, meinte Phil. »Dann müssen wir es wagen und ihr einen Elektroschock versetzen. Verdammt, rutscht uns das schnell aus der Hand!«

Brian reagierte nicht. Er war völlig auf ein Geräusch in Violets Hals konzentriert. Plötzlich fiel es ihm ein. Die Anästhesistin, die links von ihm stand, hatte einen Endotrachealtubus so glatt in die Luftröhre eingeführt, dass es ihm nicht einmal richtig aufgefallen war.

»Wir versuchen es einmal mit zweihundert Joule, dann gehen wir direkt zu dreihundertfünfzig über«, ordnete Phil an.

»Warte!«, rief Brian und zeigte auf die bewusste Stelle an Violets Hals. »Phil, hör dir das mal an!«

Das deutlich vernehmbare Summen war nahezu sicher das Geräusch einer Turbulenz, die in diesem Fall von Blut erzeugt wurde, das durch eine ausgeprägt hyperaktive Schilddrüse strömte.

»Blutdruck fällt ab«, meldete Sherry Gordon. »Neunzig.«

Phil horchte einige Sekunden lang.

»Das habe ich schon bei meiner ersten Untersuchung gehört. Ich habe es aber für ein Geräusch gehalten, das von ihrem Herzen hier hoch übertragen wurde.«

»Glaube ich nicht.«

»Schilddrüse?«

»Da bin ich mir fast sicher. Ich habe in meinem Leben erst einen Fall von Hyperthyreose zu Gesicht bekommen, aber der hier sieht genauso aus. Hohe Temperatur, heftig beschleunigter Puls, Koma, zunehmende Strecken von ventrikulärer Tachykardie.«

Gianatasio hörte sich erneut das Geräusch an.

»Könnte sein«, meinte er aufgeregt. »Verdammt, alles könnte sein. Fred, hat diese Dame schon mal Hyperthyreose gehabt?«

Fred Dixon blätterte mit dem Daumen durch seine Untersuchungsnotizen und Laborberichte.

»Achtzig!«, rief Sherry.

»Na ja«, sagte Dixon mit leicht zittriger Stimme, »mir ist bei ihrer jährlichen Untersuchung eine leicht erhöhte Schilddrüsenaktivität aufgefallen. Aber Leute in ihrem Alter bekommen *hypoaktive* Schilddrüsen, nicht hyperaktive, und abgesehen davon glaube ich nicht ...«

»Brian, wie machen wir weiter?«, ging Phil dazwischen.

»Ruf einen Endokrinologen! Aber in der Zwischenzeit würde ich sagen, hohe Dosen von Steroidhormonen, zugleich intravenös hohe Dosen von Propranolol, um den Einfluss des Hormons auf ihr Herz auszuschalten, und dazu auch eine spezifisch wirkende chemische Blockade der Produktion des Schilddrüsenhormons.

Der Endokrinologe oder ein Buch können uns Auskunft geben, was und wie viel.«

»Dann los«, sagte Gianatasio. »Miss Benoit, suchen Sie die zuständigen Endokrinologen und holen Sie die Leute so rasch wie möglich her oder ans Telefon. Wenn es das Telefon ist, verbinden Sie mit Dr. Holbrook. Dann gehen Sie bitte rüber zum Aufenthaltsraum der Assistenzärzte und besorgen mir Harrisons *Principles of Internal Medicine* sowie das fetteste Buch über Endokrinologie, das Sie auftreiben können. Wenn es keines gibt, das nicht wenigstens fünf Zentimeter dick ist, gehen Sie in die Bibliothek. Ihr anderen, alle mal herhören! Wir segeln jetzt in unbekannte Gewässer ...«

Kapitel 3

»Keine Autogramme, keine Autogramme, bitte. Tut mir Leid, aber Dr. Holbrook wird heute keine Autogramme mehr geben.«

Eine imaginäre Menge abwehrend wich Phil Gianatasio in Raum 6 zurück.

Brian, der allein mit Jack im Zimmer war, sah ihm amüsiert von der Bettkante aus zu.

»Wenn du mit diesem Scheiß nicht aufhörst«, sagte er, »werde ich dir den Hintern signieren.«

»Ah, und was für ein Hintern ist das geworden!«, rief Gianatasio aus und gab sich einen Klaps auf die Kehrseite. »Ein Nashornpo. Hippohintern. Prächtig! Du könntest dein Autogramm und deine Autobiographie draufschreiben und hättest vielleicht noch Platz für ein Sonett oder zwei. Mein Gott, Holbrook, was für eine Glanzparade war das gerade! Was für eine ... Glanzparade! An der alten Violet ist nicht bloß eine normale Kugel knapp vorbeigesaust, sondern eine ganze verdammte Howitzergranate!«

»Was ist los?«, brummte Jack, der aus einem Valiumdämmer erwachte.

Jack hatte seiner Kugel nicht ganz ausweichen können, aber es sah so aus, als hätte er lediglich eine Fleischwunde behalten. Sein erster Bluttest hatte den Herzinfarkt – eine koronare Herzerkrankung – bestätigt, obgleich alle Anzeichen darauf hindeuteten, dass es kein schwerer war und zudem keine unmittelbare Lebensgefahr bestand. Aber mit dreiundsechzig Jahren und seiner Krankengeschichte waren Jacks Tage eindeutig gezählt.

Brian war wie elektrisiert durch seine Glanznummer, war aber zugleich fest entschlossen, seine Gefühle im Zaum zu halten. Sollte Gianatasio doch genügend Begeisterung für sie beide zusammen zeigen! Er bedeutete Phil, sich zu setzen.

»Was gibt's Neues?«, fragte er.

»Neues? Also, da ist dieser Knabe aus der letzten Zuschauerreihe ganz kurz vor Spielschluss nach vorn gestürmt und hat den hoch überlegenen Sensenmann mit drei Pitches erledigt. Das gibt's Neues.«

Brian wandte sich an seinen Vater.

»Paps, diese übergroße Kind hier ist Phil Gianatasio. Du erinnerst dich vielleicht nicht mehr, aber wir beide waren damals im Mittelalter Assistenzärzte.«

»Natürlich erinnere ich mich. Vater Restaurantbesitzer. Hübsche, dunkelhaarige Ehefrau.«

Jack schob die Hand durch das seitliche Gitter des Betts, und Phil ergriff sie.

»Sie haben ein erstaunliches Gedächtnis«, meinte Phil. »Paps hat das Restaurant noch immer, und Joanne ist noch immer die hübsche, dunkelhaarige Frau ... aber leider, leider nicht mehr meine.«

»Brian ist auch geschieden«, sagte Jack, ohne sein Missfallen auch nur im Geringsten verbergen zu wollen.

»Keine Phoebe mehr?« Phil hob eine Braue.

»Trennung vor zwei Jahren. Offiziell geschieden vor etwas über einem Jahr«, erwiderte Brian und spürte seine Euphorie schwinden. »Wir haben zwei kleine Mädchen.«

»Sonderlich glücklich darüber klingst du nicht.«

Brian zuckte die Schultern. »Die Trennung war natürlich nicht meine Idee, falls du das meinst. Phoebe hatte erwartet, einen kleinen Präriedoktor zu heiraten, und am Ende hat sie einen kleinen Doktor in einer Reha bekommen.«

Phil lachte wehmütig.

»Joanne hat den großen Doktor im Krankenhaus gekriegt – rund um die Uhr. Insbesondere, seitdem ich vor drei Jahren hier gelandet bin.«

»Kinder?«

»Vielleicht beim nächsten Mal. Aber genug von mir. Mr Holbrook, wissen Sie, was Ihr Sohn gerade getan hat? In den paar Minuten, als Sie weggedöst waren, hat er eine unglaublich obskure Diagnose aus der Luft gepflückt und einer netten alten Dame das Leben gerettet.«

»Schön«, meinte Jack ohne Begeisterung.

Er wälzte sich zur Wand.

Phil blickte zu Brian, der lediglich den Kopf schütteln konnte. Er hätte die Reha unerwähnt lassen sollen. Jack war auf den meisten Gebieten hart im Nehmen, aber nicht hier.

»Später«, formte er mit dem Mund.

Phil nickte mitfühlend. Er war Arzt. Er hatte auch einen Vater und kannte den Erwartungsdruck.

»Schön«, sagte Phil und räusperte sich für den Themenwechsel. »Wie du dir vorstellen kannst, gibt es von nebenan gute Neuigkeiten. Wirklich gute. Der Endokrinologe ist jetzt bei ihr. Er ist mit der Diagnose und der Behandlung völlig einverstanden. Die Sache mit der schweren Hyperthyreose hat bereits im ganzen Krankenhaus die Runde gemacht. Hier warten wir doch nur auf Fälle wie diese. Und ich war mittendrin und habe es verpasst.«

»Du warst zu nah dran. Du musstest schließlich alles tun, um sie am Leben zu halten.«

»Du bist schon immer nett gewesen.«

»Es ist die Wahrheit.«

Brian wurde von seinem Vater unterbrochen, der die Frage

nach seinem Wachheitsgrad mit einem mächtigen Schnarchen beantwortete.

»Du hast dich im Bereitschaftszimmer genauso angehört«, bemerkte Gianatasio. »Ich hatte keine Ahnung, dass das genetisch bedingt war.«

»Phil, erzähl mir was über dieses Vasclear.«

Gianatasios wirkte auf einmal angespannt.

»Das ist die wirklich große Kiste, Brian. Näher ist die medizinische Wissenschaft dem Jungbrunnen noch nie gewesen.«

»Was ist es?«

»Teils Phospholipid, teils Enzym. Ursprünglich der Rinde eines Baums entnommen, den dieser Art Weber in Südamerika gefunden hat. Jetzt wird es von den Chemikern drüben bei Newbury Pharmaceuticals auf der Südseite der Stadt synthetisch hergestellt. Brian, es öffnet verstopfte Arterien.«

»Wirklich?«

»Die Vorher-Nachher-Arteriogramme sind verblüffend.«

»Nebenwirkungen?«

Gianatasio schüttelte den Kopf.

»Ich weiß, es ist schwer zu glauben, aber Boston Heart steht kurz vor dem Abschluss von Phase II der strikt kontrollierten klinischen Doppelblindversuche, und bislang gibt es keine Nebenwirkungen.«

Brian spürte, wie sein Puls rascher schlug. Er war wie ein Onkologe, der plötzlich von einem Universalmittel gegen Krebs hörte, das keine der Nebeneffekte einer konventionellen Chemotherapie aufzuweisen hatte. Trotz Jacks geräuschvoller Atemtätigkeit senkte er die Stimme zu einem drängenden Flüsterton.

»Phil, wie kriege ich meinen Vater da rein?«

»Weiß ich nicht genau. Wer ist sein Arzt?«

»Er hat noch keinen. Der Assistenzarzt hat den Knaben gerufen, der zur Unterstützung da war.«

»O Gott, nein! Bart Rutstein nimmt Privatpatienten nur deshalb an, weil er nicht genügend Forschungsmittel ergattert, um sein Gen-Splicing-Labor zu unterhalten *und* seine fünf Kinder zu ernähren. Wenn du willst, kümmere ich mich um deinen Vater. Aber da fällt mir was Besseres ein. Carolyn Jessup ist die klinische Leiterin des Vasclear-Programms. Sie hat eine riesige Privatpraxis, und viele ihrer Patienten sind an der Studie beteiligt. Wir sollten schauen, ob sie deinen Vater vielleicht auch nimmt.«

»Carolyn Jessup! Wenn uns das gelingt, wäre es auf jeden Fall großartig! Ich habe vor mehreren Jahren an ihrem Herzkatheter-Kurs teilgenommen. Einen Besseren habe ich seitdem nie mehr belegt.«

Plötzlich sah Brian im Geiste die große, elegant gekleidete, etwa fünfzigjährige Frau vor sich, die selbstbewusst das Podium des Hörsaals betrat, in dem 150 Kardiologen aus aller Welt saßen – eine außerordentliche Lehrerin und Klinikerin, die noch immer so gut aussah wie das coolste Topmodel.

»Dieser Kurs ist am Tag seiner Ankündigung belegt«, meinte Phil. »Und zwar aus gutem Grund. Jessup ist ein bisschen reserviert, manchmal kann sie ein wenig einschüchternd wirken, aber sie ist wirklich eine erstklassige Ärztin. Bei meiner Ankunft hier haben sie gerade einen neuen Institutsleiter gesucht. Alle hielten sie für die aussichtsreichste Kandidatin. Ich weiß noch immer nicht, warum sie die Stelle nicht bekommen hat. Vielleicht lag's an ihrer Art – sie kann ziemlich zurückhaltend sein –, vielleicht an ihrem Geschlecht, möglicherweise hat sie nicht das richtige Parteibuch. Gott weiß, dass sie genügend Veröffentlichungen vorzuweisen hat.«

»Ernest Pickard hat den Posten gekriegt, stimmt's?«

»Vom National Institute for Health. Genau.«

»Na ja, er ist selbst kein kleiner Fisch.«

»Wohl kaum. Außerdem hat er hier eine tolle Arbeit geleistet.

Es ist beiden zu verdanken, dass es seither zwischen ihnen keine Bitterkeit gegeben hat. Du kennst die Gerüchteküche in einem Krankenhaus schließlich ebenso gut wie ich. Wenn es auch nur einen schrägen Blick von der Seite gegeben hätte, hätte es jemand mitbekommen und die Trommel gerührt.«

»Könntest du sie anrufen?«, fragte Brian.

»Ich kann und werde es tun. Wenn sie heute Abend nicht hier ist, kommt sie sicher morgen. Ich sollte dir jedoch erklären, dass ich, obwohl ich eine feste Stelle bekommen soll und sie mich gewiss kennt, noch immer ein paar Dutzend Sprossen unter ihr auf der akademischen Leiter stehe.«

»He, eine Anstellung bei der größten medizinischen Akademie der Welt und beim Boston Heart! Mein Gott, Phil, das ist großartig. Ich bin wirklich stolz auf dich.«

Es folgte ein Augenblick verlegenes Schweigen.

»Brian, ich wollte dir die Sache mit der Festanstellung nicht unter die Nase reiben«, meinte Phil schließlich. »Das weißt du hoffentlich.«

»Glaub mir«, erwiderte Brian, »wenn ich sonst nichts weiß, aber das weiß ich. Außerdem hatte ich auch meine Chancen und habe meine Wahl getroffen, ebenso wie du. Ich hätte vielleicht etwas eher Hilfe gebraucht, aber ich habe nie gedacht, dass da was falsch dran wäre, oder zumindest, dass ich die Sache nicht in den Griff bekäme. Niemand soll wegen dem, was geschehen ist, einen Eiertanz aufführen, auch du nicht. Denn solange ich zurückdenken kann, habe ich ein Leben als Raser auf der Überholspur geführt, wie eine dieser Raketen, die eine gewisse Geschwindigkeit erreichen müssen, um sich aus der Erdanziehungskraft zu lösen. Jetzt muss ich lernen, dass der Kunstgriff für mich darin besteht, in einen niedrigeren Gang zu schalten, wenn ich im Leben etwas erreichen will. Wobei ich nach wie vor nicht sehr gut bin – mein niedrigster Gang ist noch immer höher als der höchste der meisten Leute –, aber ich bessere mich.«

»Allerdings«, sagte Phil. »Das erkenne ich in deinen Augen. Hör mal, was Vasclear betrifft.«

»Ja?«

»Wie gesagt, befindet sich das Mittel noch im Stadium der Doppelblindversuche. Es gibt drei Darreichungsformen – niedrige Dosis, hohe Dosis und Placebo. Die Patientengruppen werden mit Alpha, Beta und Gamma bezeichnet, aber weil der Code noch nicht geknackt ist, weiß niemand ganz genau, welche Gruppe welche ist, nicht Jessup und nicht mal Art Weber, der den Wirkstoff entdeckt hat. Er ist der Projektleiter auf Seiten der Pharmafirma.«

Brian wusste, dass dies genau so sein sollte. Ein Doppelblindversuch war die einzig berechtigte Methode zur Entwicklung eines neuen Medikaments. Um Befangenheit so gut wie möglich auszuschließen, wissen weder Patienten noch behandelnde Ärzte, noch Entwickler der Arznei, ob die verabreichte Dosis aus dem zu untersuchenden Mittel bestand oder ein Placebo war. Diese Information besaß einzig und allein der Computer, der die Behandlungsgruppen zusammenstellte und das Mittel verteilte. Unter idealen Bedingungen fände sogar auf halber Strecke des Versuchszeitsraums ein Austausch statt. Dann würden die Gruppe, die mit einem Placebo behandelt wurde, und diejenige, die das Medikament mit dem Wirkstoff erhielt, wechseln, aber es würde noch immer geheim gehalten, welche Gruppe welche wäre.

»Aber wenn das Medikament so gut anschlägt, wie du sagst«, meinte Brian, »hat doch bestimmt jeder eine Vorstellung davon, welche Gruppe welche ist.«

»Für uns alle steht außer Frage, dass die Betagruppe die hohe Dosis erhält. Von dort stammen die bemerkenswertesten Ergebnisse. Aber der Computer hat noch keine ausreichenden Daten beisammen, also gibt er den Code nicht frei. Da sie erst vor einigen Jahren zu Phase II übergegangen sind, haben sie nur etwa sechshundert Patienten. Das sind zweihundert pro Behandlungsgruppe. Dennoch kursieren Gerüchte, dass der Code vielleicht bald geknackt wird. Ich habe sogar schon gehört, dass das Mittel in Kürze auf den Markt kommen soll – so gut sind die Ergebnisse.«

»Na ja, das wäre prächtig für die Allgemeinheit, vielleicht jedoch zu spät für Jack. Sieh zu, dass es klappt, Phil. Bitte. Der arme Kerl hat viel durchgemacht.«

»Das hat mir der Assistenzarzt auch gesagt.« Gianatasio sah auf die Uhr. »Ich schaue besser mal nach, wie es Thyri geht. So wird Violet Corcoran für jetzt und alle Zeiten am WMH heißen. Jack wird demnächst in die Kardiologie verlegt. Ich werde mich so bald wie möglich um ihn ... «

Ein leises Räuspern von der Türschwelle erregte ihre Aufmerksamkeit. Ein großer, linkischer, gut gekleideter Mann stand dort.

»Ernest!«, rief Phil aus.

»Ich habe gerade etwas Schreibkram erledigt, als das Gerücht von einem bemerkenswerten Rettungseinsatz hier unten zu mir durchgedrungen ist. Ich wollte den verantwortlichen Männern meinen Dank aussprechen.«

Phil stellte Brian dem BHI-Leiter vor und bemerkte, dass in Wirklichkeit er den Dank für das verdiente, was in Raum 4 geschehen war.

»Ich würde die Blumen ja gern entgegennehmen«, meinte Phil, »aber meine einzige Glanztat bestand darin, meinen alten Freund hier zu konsultieren.«

»Manchmal besteht die einzige Glanztat darin, den richtigen Rat einzuholen. Freut mich, Sie kennen zu lernen, Dr. Holbrook.« Pickards Händedruck war selbstbewusst, seine Sprechweise gemessen und kultiviert. »Aber wenn ich mich nicht irre«, fuhr er fort, »sind wir uns schon einmal begegnet.«

»Wie bitte?«

»Zumindest in gewisser Weise. Ich war Mitspieler in Harvard, als Sie fünf Touchdownpässe gegen uns geworfen haben. Das waren doch Sie, nicht wahr?«

»Allerdings.«

»Also, das war vielleicht eine Vorstellung.«

»Möglich, aber Ihre Leute waren bei den schulischen Leistungstests viel besser als wir.«

Pickards Bassgelächter war aufrichtig.

»Kann sein«, sagte er, »kann sein. Als ich Sie an diesem Tag spielen gesehen habe, bin ich davon ausgegangen, dass Sie mit Sicherheit in der Profiliga enden würden, so gut waren Sie.«

Brian wechselte einen Blick mit Gianatasio und sagte dann lediglich: »Es hat nicht sollen sein.«

»Nun, das war ein Gewinn für die Medizin im Allgemeinen und für uns im Besonderen, wenn stimmt, was ich gehört habe. Also berichten Sie mir bitte, was vorgefallen ist.«

»Wenn es Ihnen recht ist, Ernest«, warf Phil ein, »kümmere ich mich um die betreffende Dame. Kommt doch hinterher runter!«

Pickard zog die beiden Stühle im Zimmer vom Bett weg und winkte Brian, er solle sich auf einem davon niederlassen.

»Wenn ich es recht verstehe, ist das Ihr Vater.«

»Er war unser Trainer während des Spiels, das Sie gesehen haben.«

»Er muss sehr stolz auf Sie sein.«

Brian fragte sich, wie viel Pickard von ihm und seiner Situation wusste. Er blickte zu Jack hinüber, dann auf den Überwachungsmonitor.

»Manchmal«, erwiderte er.

»Er ist jetzt stabil?«

»Im Moment.«

»Ausgezeichnet. Wie man mir gesagt hat, haben Sie eine schwere Hyperthyreose nach einer nur zweiminütigen Untersuchung bei einer Dame diagnostiziert, die kurz vor dem Exitus stand.«

»Während meiner Ausbildung habe ich einen solchen Fall zu Gesicht bekommen. Bei ihr sah es genauso aus.«

»Bemerkenswert. Berichten Sie mir, was Sie gesehen haben.«

Für einen Mann seines Kalibers und seiner verantwortungsvollen Position wirkte Pickard entspannt und überhaupt nicht hektisch. Brian stellte ihm seine Untersuchung Schritt für Schritt dar, wies auf die Anzeichen in Violet Corcorans Krankengeschichte, in ihrem EGK-Muster sowie die körperlichen Untersuchungsergebnisse hin, die ihn zu der Diagnose geführt hatten.

Der BHI-Leiter hörte genau zu. Nachdem Brian seinen Bericht vollständig abgeliefert und einige Fragen zur Klärung beantwortet hatte, stand Dr. Pickard auf und schüttelte ihm die Hand.

»Sie haben unter Druck eine hervorragende Schlussfolgerung gezogen«, sagte er. »Ich gratuliere Ihnen und hoffe, Sie werden Ihren Bericht wiederholen, wenn die Patientin bei der Chefarztvisite präsentiert wird.«

»Natürlich.«

»Und wenn ich etwas für Sie tun kann, bitte, scheuen Sie sich nicht zu fragen.«

Schon wandte sich Pickard ab und wollte gehen. Er drehte sich jedoch wieder um, als Brian sagte: »Sie können tatsächlich etwas für mich tun. Man hat mir gesagt, dass Dr. Jessup Leiterin der Vasclearstudie ist.«

»Stimmt.«

»Ich frage mich, ob Sie sie vielleicht dazu bewegen können, meinen Vater als Patienten zu nehmen.«

»Das wird wohl möglich sein. Im Augenblick ist Carolyn zu Hause. Ich habe vor weniger als einer Stunde noch mit ihr gesprochen. Aber ich muss Sie dringend darauf hinweisen, dass ich keinerlei Einfluss darauf habe, wer in das Vasclear-Programm übernommen wird und wer nicht. Das liegt einzig und allein im Ermessen Dr. Webers und Dr. Jessups.«

»Ich verstehe.«

»Na schön«, sagte Pickard. »Ich rufe Carolyn an, sobald ich einen Blick auf Ihre Patientin da geworfen habe.«

Erneut wollte er gehen. Erneut wandte er sich um, als Brian das Wort ergriff.

»Dr. Pickard, da ist noch was«, hörte Brian sich sagen.

»Ja?«

»Wenn es irgend möglich ist – ich brauche dringend eine Stelle.«

Kapitel 4

Der geradezu blitzende Katheterisierungsraum des Boston Heart Institute befand sich im Tiefgeschoss und war nach dem neuesten Stand der Technik eingerichtet. Begleitet von Brian wurde Jack auf seinem Bett durch die Flure des White Memorial hinübergefahren.

Seit dem leichten Herzinfarkt waren zwei Tage vergangen, und wie von seiner neuen Ärztin Carolyn Jessup prognostiziert, hatte es keine weiteren Komplikationen gegeben. Jetzt war es an der Zeit, einen Blick auf seine Koronararterien zu werfen und einige Entscheidungen über seine zukünftige Behandlung zu fällen. Die einzige Behandlungsoption, die ihnen nicht zur Verfügung stand, war Vasclear. Durch Ernest Pickards Vermittlung hatte sich Carolyn Jessup einverstanden erklärt, Jack als Patienten zu nehmen. Aber das Protokoll für die Vasclearstudie wurde buchstabengetreu befolgt und schloss insbesondere Patienten aus, deren Krankengeschichte eine Bypassoperation aufzuweisen hatte.

»Fünf zu zwei, dass sie mich dort unten umbringt«, sagte Jack.

Die Herzkatheteruntersuchung war ein beständiger Grund für Jack, zu nörgeln, aber als Jessup ihn dazu überreden wollte, war sie auf erstaunlich wenig Widerstand gestoßen. Brian hatte den Eindruck, dass der Trainer ein wenig für seine elegante Ärztin schwärmte, was ihm ein amüsiertes Lächeln entlockte.

»Unsinn«, erwiderte Brian. »Sie ist die Beste.«

»Ich habe *dich* für den Besten gehalten.«

»Das zählt nicht.«

Obwohl im Augenblick nur eine vage Aussicht bestand, dass Jack mit Vasclear behandelt werden würde, waren Brians Chancen auf eine Stelle am BHI ziemlich gestiegen. Am Vortag hatte er zwischen seinen Schichten bei Speedy und Aphrodite Ernest Pickard in seinem Büro im fünften Stock aufgesucht, das den Charles überblickte, und fast eine halbe Stunde beim BHI-Leiter verbracht. Sie hatten über Brians Leben, seine Sucht und seine Rekonvaleszenz gesprochen. Am Ende hatte Pickard nicht das Geringste durchblicken lassen, aber später an diesem Abend hatte Brian eine Nachricht von seinem ehemaligen Partner Gary Gold auf dem Anrufbeantworter vorgefunden: Pickard habe ihn angerufen und gefragt, was er von ihm hielte.

Der Pfleger fuhr Jack in den Wartebereich. Brian, von Jessup zur Beobachtung eingeladen, ging in den mit Teppichen ausgelegten Umkleideraum, streifte sich OP-Kleidung über und betrat anschließend den Raum. Von den vielen Gebieten der Kardiologie war ihm die Katheterisierung stets das Liebste gewesen. Bei dieser Prozedur verspürte er eine Energie und Anspannung, wie er sie sonst nur empfunden hatte, wenn er Quarterback spielte. Eine ruhige und sichere Hand war unbedingt notwendig, dazu die Fähigkeit, das zweidimensionale Bild des Monitors in die drei Dimensionen des Patientenherzens zu übertragen. Darüber hinaus drohte natürlich stets die Gefahr einer Herzattacke.

Noch allein im Labor ging er im Geist Schritt für Schritt durch, wie Carolyn Jessup seinem Vater die Katheter anlegen würde. Der erste Schritt bestünde in einer örtlichen Betäubung der rechten Leistengegend. Anschließend würden zwei lange, dünne Röhrchen eingeführt – das erste in seine Oberschenkelvene, anschließend die Vena cava hinauf in den rechten Vorhof und die Herzventrikel; und das zweite unmittelbar daneben in die Oberschenkelarterie, daraufhin die Aorta hinauf in die beiden korrespondierenden Kammern der linken Herzseite. Außer unter gewissen angeborenen und krankhaften Bedingungen waren die beiden separaten Röhrchen notwendig, weil es keine direkte Verbindung gab zwischen den rechten Herzkammern, die das Blut in die Lungen pumpten, und den linken, die das Blut aus den Lungen aufnahmen und es durch die Aorta in die Koronararterien und den übrigen Körper pumpten.

Durch die Röhrchen würden Katheter geschoben, und sobald sie an Ort und Stelle wären, was durch ein Kontrastmittel verifiziert wurde, würde in den verschiedenen Kammern und Gefäßen der Blutdruck gemessen. Daraufhin würde der linke Katheter in Jacks rechte, dann linke Koronararterie versetzt. Das waren die beiden von der Aorta abzweigenden Hauptgefäße, die den Herzmuskel mit Blut versorgten. Kontrastmittel würde injiziert, und eine Videokamera zeichnete den Fluss des Mittels auf und projizierte ihn gleichzeitig auf den Monitor. Anschließend würden die Arterien aus acht verschiedenen Winkeln betrachtet.

Dankbar, wieder in seiner vertrauten Umgebung zu sein, wenn auch nur als Außenseiter, begutachtete Brian die Untersuchungsliege, die leistungsstarke Röntgenkamera und die verschiedenen Kathetertypen, die in sterilen Zellophanpackungen auf etikettierten Haken an einer Wand hingen. Er musterte gerade den Notfallwagen, da wurde sein Vater vom medizinisch-technischen Assistenten hereingeschoben, einem großen, spindeldürren Schwarzen, der sich als Andrew vorstellte.

»Dr. Jessup hat mir Bescheid geben lassen, dass ich Sie hier vorfinden würde«, meinte er. »Sie wird gleich da sein. Herzlich Willkommen!«

»Wie wär's, wenn ihr einfach so tut, als wäre ich gar nicht erschienen, und mich auf mein Zimmer zurückbringt?«, meinte Jack.

»Ist Ihr Vater immer so?«, fragte Andrew mit einem tadelnden Unterton.

»Oh, nein. Ganz und gar nicht. Er ist vielleicht so liebenswürdig, weil er schon unter Medikamenten steht.«

Der Raum, der Brian recht groß erschienen war, als er allein darin umhergewandert war, füllte sich jetzt rapide. Als Nächste erschien die Stationsschwester, nahm ihren Platz hinter der Glaswand ein und bereitete die Apparate zur Überwachung und Aufzeichnung vor. Augenblicke später trat die OP-Schwester aus der Damenumkleide, legte sich den Kittel um, zog daraufhin ein Paar Handschuhe heraus und bereitete ihr Instrumententablett vor. Brian half Andrew, Jack von der fahrbaren Trage auf die Untersuchungsliege zu hieven.

»Meine Güte, Brian, das ist, als würde man auf einen Eisklotz gelegt. Es spricht doch wirklich nichts dagegen, kleine Heizschleifen in diese Tische einzubauen. Überhaupt nichts. Polsterung könnte auch nicht schaden. Durchdringen Röntgenstrahlen etwa keine Polsterung? He, Andrew, wie wär's mit einem Kissen? Ich kann ein Kissen bekommen, oder?«

Jacks Redeschwall und die Klagelitanei bedeuteten vermutlich nur, dass er eine Scheißangst hatte. Andrew, der die Sache offenbar genauso einschätzte, legte ihm beruhigend eine Hand auf die Schulter. Als sein Vater keinen Versuch unternahm, sie wegzuschieben, erkannte Brian, dass er mit seiner Annahme Recht hatte.

»Guten Morgen allerseits.«

Carolyn Jessup war aus der Damenumkleide getreten und hatte sogleich das Kommando im Raum übernommen. Sie trug eine Papierhaube auf dem Haar sowie eine Gesichtsmaske, bequeme Arztkleidung und Tennisschuhe und sah darin ebenso gewinnend aus wie in den Sachen, die sie zu der Vorlesung getragen hatte. Zuerst blieb sie an Jacks Seite stehen.

»Haben Sie sich benommen, Jack?«, fragte sie.

»Habe mich beklagt, aber mich benommen. Sie wirken sehr geheimnisvoll, wenn nur Ihre Augen zu sehen sind.«

Brian stöhnte innerlich. Plötzlich war Black Jack Holbrook, der Mann, der 130-Kilo-Linemen mit einem einzigen Blick dazu brachte, sich für zwanzig Liegestütze hinzuwerfen, wie ein kleines Hündchen.

»Alle Frauen wirken in diesem Aufzug verlockend und geheimnisvoll«, erwiderte Jessup. »Deshalb reißen sie sich auch so lautstark um die Stellen im OP. Haben Sie noch Fragen, ehe wir loslegen?«

»Nein, außer der, was ich hier eigentlich tue?«

»Ohne diese Bilder stochern wir beim Versuch, herauszubekommen, wie wir Ihnen helfen können, bloß im Nebel.«

»Solange diese Hilfe nicht im OP endet.«

Brian hatte mit Jessup die Nachwirkungen von Jacks katastrophalen postoperativen Komplikationen besprochen.

»Unter Umständen lässt er sich auf alles ein«, hatte Brian ihr an diesem ersten Abend gesagt, »außer auf eine erneute Bypass-OP.«

Der Ausdruck in Jessups Augen sagte ihm, dass sie im Bilde war.

»Schauen wir mal«, hatte sie bemerkt.

Jetzt beugte sie sich zu Jack hinab und flüsterte ihm einige ermutigende Worte zu, und dann ging sie zu der OP-Schwester, die ihr in Handschuhe und Kittel half.

Das Spiel kann beginnen, dachte Brian, dem auffiel, wie klein und zerbrechlich sein Vater aussah, eingezwängt zwischen dem Tisch und der gewaltigen Röntgenkamera.

In Handschuhen, Kittel und Maske trat Carolyn an den Tisch, sah die Stationsschwester und alle anderen Personen im Raum fragend an, um sicherzugehen, dass sie bereit waren, und legte los. Ihre Bewegungen waren sparsam und routiniert. Beim Einführen der Röhrchen, die als Schleuse für die Katheter dienten, in die Oberschenkelarterie und -vene zeigte sie großes Geschick.

»Brian, ich habe nach seinen alten Filmen aus Suburban geschickt«, sagte sie, während sie, ohne das Tempo zu verringern, die langen Katheter hinaufschob. »Sie sollten nachher hier eintreffen.«

»Seit der letzten Katheterisierung sind etwa vier Jahre vergangen, also weiß ich nicht genau, inwieweit diese Filme eine Hilfe sein werden. Wissen Sie, einen solchen Arterienkatheter habe ich noch nie gesehen.«

»Das ist sehr gut von Ihnen beobachtet. Es ist ein Prototyp von Ward-Dunlop, den OP-Ausstattern. Wir arbeiten jetzt seit drei Jahren mit ihnen an seiner Entwicklung. Zur Zeit sind wir eine von mehreren Institutionen, die ihn testen. Was anderes benutzen wir hier nicht.«

»Das kann ich gut nachvollziehen. Er stellt bestimmt eine Verbesserung gegenüber denjenigen dar, die wir benutzt haben.«

»Allerdings. In etwa einem Jahr wird er im ganzen Land für Herzkatheteruntersuchungen benutzt werden. He, Jack, sind Sie noch hier?«

»Ich bin bei Ihnen ... Aber ich wäre viel lieber mit Ihnen auf Hawai.«

Jacks Aussprache war langsamer und verwaschener geworden. Die Augen hielt er geschlossen. Die Wirkung der vor der OP verabreichten Medikamente hatte genau nach Fahrplan eingesetzt.

»Schön«, sagte Jessup. »Wenn etwas wehtut oder unangenehm ist, schreien Sie einfach.«

»Werd ich tun.«

»Jetzt, Jack, möchte ich Ihnen sagen, dass ich einen weiteren Arzt gebeten habe, vorbeizuschauen und zusammen mit mir einen Blick auf diese Arterien zu werfen.«

»Von mir aus. Wie Sie wollen.«

»Sein Name ist Dr. Randa. Er ist Leiter der chirurgischen Abteilung hier am BHI.«

»Keine Operation«, brachte Jack heraus.

»Ich verstehe, wie Ihnen zumute ist, Jack«, sagte sie mit, wie es Brian vorkommen wollte, einer Spur Koketterie in der Stimme,

»und im Augenblick will ich Ihnen gar nichts vorschlagen. Es ist lediglich eine Konsultation. Er wird sich einfach die Filme ansehen und ›Hallo‹ sagen. In Ordnung?«

»Wenn ... Sie ... meinen ...«

Brian freute sich zu hören, dass sein Vater so leicht kapitulierte, obwohl er genau wusste, welche Rolle das Sedativum bei Jessups kleinem Sieg spielte. Auch machte ihm Mut, dass Laj Randa zu diesem Fall hinzugezogen wurde, obgleich er einmal mitbekommen hatte, wie jemand den Chirurgen als zwei Samthände an einem 65 Kilo schweren Arschloch beschrieben hatte.

Während Jessup die Katheter zu Jacks Herz vorschob, überprüfte sie deren Position, indem sie kleine Dosen Kontrastmittel injizierte und mit einem Fußpedal die Röntgenkamera kurz einschaltete. Brian war nicht davon überrascht, dass sie viel seltener prüfte als die meisten Operateure. Sie führte die Druckmessungen und die kurzen Injektionen in den Kammern der rechten Herzseite durch und richtete daraufhin ihre Aufmerksamkeit auf die wichtigere linke Seite, insbesondere auf Jacks Herzkranzarterien.

»Also gut«, sagte sie. »Fangen wir mit der rechten Arterie an. Linker Vorhof Schrägsicht, bitte, Andrew.«

Der MTA richtete die riesige Kamera für die erste von schließlich acht verschiedenen Ansichten aus, und Carolyn Jessup injizierte das erste Kontrastmittel. Zwischen kurzen Blicken auf den EKG-Monitor und seinen Vater musterte Brian Jacks Koronararterien auf dem Videoschirm. Mit jeder Injektion leuchteten die verästelten Arterien in einem hellen Weiß vor dem pulsierenden Grau des Herzens auf. Obwohl die Hauptadern bei allen Patienten einem ähnlichen Weg folgten, war insgesamt gesehen das Arterienmuster so einzigartig und individuell wie ein Fingerabdruck.

Jacks Adern waren in einem so schlechten Zustand, wie Brian befürchtet hatte. Arterielle Ablagerungen blockierten Abschnitte in fast jeder bedeutenden Arterie. Zwei der Transplantate aus seiner vorherigen Operation hatten sich geschlossen. Während der drei Jahrzehnte ihrer Ehe hatten Jack und Shirley Holbrook bis zum Exzess getrunken und geraucht. Nach ihrem Tod – Ursache: alkoholbedingte Gelbsucht und Nierenversagen – hatte Jack keinen Tropfen mehr angerührt. Ein oder zwei Jahre später hatte er auch aufgehört zu rauchen, aber da war bereits beträchtlicher Schaden durch die Zigaretten entstanden.

Nach der letzten Injektion in die linke Koronararterie – hierzulande ›Witwenmacher‹-Arterie genannt –, pfiff Brian leise durch die Zähne und sah weg. Jessup drehte sich zu ihm um.

»Kein schöner Anblick«, sagte sie leise.

Sie zog gerade die Katheter zurück, da schlug die Tür zur Männerumkleide auf und Laj Randa betrat das Untersuchungszimmer, in respektvoller Entfernung gefolgt von zweien seiner Assistenten. Der Chefchirurg war knapp einen Meter siebzig groß, hatte kaffeebraune Haut, einen kurzen schwarzen Bart und stechende dunkle Augen. Er trug einen königsblauen Turban sowie ein Armkettchen aus Stahl um das rechte Handgelenk. *Ein Sikh*, dachte Brian. *Mystisch, tief religiös, seit Jahrhunderten von den Punjab in Nordindien verfolgt.* Er hatte zusammen mit einem Sikh seine Ausbildung absolviert. Der Mann damals war entschlossen, überheblich und hitzig wie kaum jemand sonst, den Brian je gekannt hatte. Wenn Randa ähnlich veranlagt war, dann war das Haar unter seinem Turban nie geschnitten worden, und der größte Teil seines Barts war in Wirklichkeit fest unter seinem Kinn aufgerollt.

»Also, Carolyn«, sagte Randa und sauste an Brian vorüber, »dieser Mann ist wie alt?«

Sein Akzent war eine Mischung aus Britisch und Indisch.

»Dreiundsechzig. Er ...«

»Und wer hat die vorherige Operation durchgeführt?«

»Steve Clarkin hat vor sechs Jahren im Suburban einen fünffachen Bypass gelegt«, sagte Brian.

Randa blieb wie angewurzelt stehen und wandte sich langsam zu Brian um, der ihn weit überragte.

»Wer sind Sie?«

»Jacks Sohn, Brian Holbrook. Ich bin …«

Randa hatte sich bereits abgewandt.

»Carolyn, könnten Sie Ihrer Krankenschwester bitte sagen, sie soll den Film für mich abspulen?«

Jessup nickte der Schwester im Kontrollraum zu, die jedes Wort mitbekam, was Randa bestimmt ebenfalls wusste, dachte Brian. Er hätte die Schwester einfach selbst darum bitten können. *Ein 65 Kilo schweres Arschloch.* Wer auch immer diese Feststellung getroffen hatte, hatte offensichtlich gewusst, wovon er sprach.

Augenblicke später lief Jacks Katheterisierung auf dem Monitor.

»Seht ihr«, sagte Randa zu seinem Gefolge, »nur drei Implantate sind offen geblieben, und davon ist eines nahezu verschlossen. Typisches Ergebnis bei Clarkin.«

Diese Bemerkung wäre unter allen Umständen unangemessen gewesen, aber erst recht in Gegenwart von Clarkins Patient. Jessup, an den Chirurgen offenbar gewöhnt, blieb ungerührt.

»Also«, fragte er, sobald der Bildschirm wieder dunkel wurde, »haben Sie vor, diesen Mann mit Ihrem magischen Saft zu behandeln?«

»Laj, lassen wir das doch bitte außen vor.«

»Ich habe im *Boston Herald* einen Artikel über Ihr Medikament gelesen. Im *Herald!* Warum nicht gleich im *National Enquirer?*«

»Ich weiß nicht, wo die Regenbogenpresse ihre Informationen über Vasclear her hat«, erwiderte Jessup geduldig.

»Offenbar bekommt sie von jemandem was gesteckt. Ich kann es überhaupt nicht gutheißen, meine medizinischen Informationen über die Revolverblätter zu erhalten. Von Anfang an hat die Wissenschaft Methoden entwickelt, die wissenschaftliche Gemeinschaft von einer neuen Entdeckung in Kenntnis zu setzen. Der *Boston Herald* ist da nicht vorgesehen.«

»Ich habe ein halbes Dutzend wissenschaftliche Artikel vorbereitet, die bereits von sehr renommierten Zeitschriften publiziert oder angenommen worden sind. Die FDA hat Tausende von Seiten unserer Forschungsdokumente und Dutzende unserer Angiographien. Also bitte, Laj, diskutieren wir das woanders. Was Ihre Frage zu diesem Patienten betrifft, unser Forschungsprotokoll für den Doppelblindversuch schließt jeden mit einer Bypassoperation von einer Vasclear-Behandlung aus. Also kommt Mr Holbrook dafür nicht in Frage.«

»Wie Sie meinen.«

Randa ging an ihr vorüber zum Tisch. Brian sah, dass Jack die Augen öffnete und dann wieder schloss. Er war wach und wusste sehr wohl, was um ihn vor sich ging.

»Ich bin Dr. Randa«, sagte der Chefchirurg, ohne sich die Mühe zu geben, Jack die Hand zu schütteln oder sich auch nur davon zu überzeugen, dass er wach war. »Ihre Arteriogramme zeigen beträchtliche arteriosklerotische Plaques in allen Arterien Ihres Herzens. Sie sollten sich so bald wie möglich einer Bypassoperation unterziehen. Dr. Jessup wird die Einzelheiten mit Ihnen besprechen und einen Zeitpunkt festsetzen. Wenn mein Terminplan eine Lücke aufweist, würde ich vorschlagen, dass wir die Sache hinter uns bringen, ehe Sie nach Hause zurückkehren. Ansonsten sollten Sie Bettruhe einhalten, bis etwas arrangiert werden kann. Einer meiner Assistenten wird später am heutigen Tag nach Ihnen schauen. Guten Tag, Carolyn.«

»Vielen Dank, dass Sie heruntergekommen sind«, sagte sie, als er zur Tür ging.

Brian trat sofort zu seinem Vater.

»Du bist in Ordnung?«, fragte er.

»Keine Operation«, erwiderte Jack.

»Wir tun unser Bestes. Aber hör mal, Paps, ich möchte dich

nicht verlieren, und die Mädchen wären am Boden zerstört. Ich gebe mir alle Mühe, dich vor einer OP zu bewahren, aber ich werde alles Erforderliche empfehlen, auch eine wiederholte Bypassoperation. Du musst mir versprechen, dass du damit einverstanden bist. Jack?«

Es folgte ein lang anhaltendes Schweigen.

»Ich mag den Burschen nicht«, sagte Jack schließlich.

»Sie müssen ihn nicht mögen, Jack«, meinte Jessup. »Sie müssen uns einfach nur glauben, dass er auf seinem Gebiet zur Weltspitze gehört.«

Sie winkte Brian außerhalb Jacks Hörweite in den Nebenraum.

»Randa ist ein absoluter Trampel, das weiß ich«, sagte sie. »Aber vertrauen Sie mir, im OP ist er wirklich ein Zauberer. Seit einiger Zeit ist er noch unausstehlicher als sonst, und zwar wegen unserer Forschung. Ich gehe davon aus, dass er sich durch die Vasclear-Ergebnisse, die wir erhalten, bedroht fühlt.«

»Wenn das stimmt, was ich gehört habe, kann ich sein Verhalten absolut nachvollziehen. Er wäre wie ein Hufschmied, der ein Model T die Straße hinaufpoltern sieht. Dr. Jessup, was die Sache mit Jack und Vasclear angeht ...«

Die Kardiologin schüttelte den Kopf.

»Tut mir Leid, Brian. Während der fast dreijährigen Forschung sind wir kein einziges Mal vom Protokoll abgewichen. Ich kann Ihnen lediglich versprechen, dass ich die Lage Dr. Art Weber erläutern werde, dem Projektleiter von Newbury Pharmaceuticals. Aber selbst wenn er einverstanden wäre, was sehr zweifelhaft ist, müsste Jack wie jeder andere Patient innerhalb der Studie randomisiert, also wahllos einer Gruppe zugeteilt werden, das wissen Sie doch. Das ergibt lediglich eine 33%ige Chance, in die Gruppe mit maximaler Dosis zu kommen, und eine ebenso große Chance für die Placebo-Gruppe.«

»Ich versteh schon, aber bitte, tun Sie, was Sie können! Wenn wir Jack wirklich ordentlich zusetzen, können wir ihn vielleicht zu einer OP überreden. Er ist von Ihnen so angetan wie von keinem anderen Arzt zuvor. Aber wenn wir es allein mit Medikamenten schaffen können, sind wir ihm zumindest einen Versuch schuldig.«

»Na ja, wir können vielleicht Zeit schinden, wenn wir ein wenig mit seinen Medikamenten jonglieren. Ich habe da ein paar Ideen, die in dieser Situation helfen könnten, insbesondere, nachdem ich seinen Druck bei dieser Katheterisierung gesehen habe. Und ich werde mit Dr. Weber reden, das verspreche ich Ihnen. Ich muss allerdings sagen, dass ich unter den gegebenen Umständen zu einer OP raten würde.«

»Gut, ich werde nicht mit Ihnen streiten. Aber ich brauche Zeit zum Nachdenken und um die Sache mit Jack zu besprechen. Nicht viele Patienten sind nach einer OP durch eine solche Hölle gegangen wie er. Wir haben ihn beinahe verloren.«

»Ich weiß.«

»Also, vielen Dank. Sie müssen nicht länger warten. Ich bleibe bei meinem Vater, bis er nach oben gebracht wird.«

Jessup lächelte ihn rätselhaft an.

»Eigentlich«, meinte sie, »habe ich einen guten Grund, hier zu warten. Kommen Sie wieder mit zurück!«

Brian folgte ihr ins Katheterisierungszimmer. Jack war inzwischen vom Tisch auf sein fahrbares Bett zurückbefördert worden.

»Wie geht's, wie steht's, Paps?«

»Na ja, viel Spaß hat das nicht gerade gemacht, wenn du das meinst. Was war das für ein Bursche – ein Araber?«

»Inder. Er hat keine sonderlich guten Manieren.«

Carolyn Jessup unterbrach die beiden und gab dem Stab Anweisungen.

»Wenn ihr euch für einige Minuten in die Umkleideräume zurückziehen könntet? Ich würde gern mit diesen beiden Herren allein sprechen. Vielen Dank.« Sie wartete, bis die Türen sich geschlossen hatten, holte daraufhin einen einfachen weißen Umschlag aus der Tasche und reichte ihn Jack. »Dr. Pickard, der Leiter der Klinik, hat mir das gebracht, bevor ich hier runtergekommen bin. Es ist heute Vormittag in seinem Büro abgegeben worden. Er lässt sein Bedauern ausdrücken, dass er nicht persönlich zur Stelle sein kann. Aber ich freue mich, ihn vertreten zu dürfen. Machen Sie schon, Jack, öffnen Sie ihn!«

Jack riss den Umschlag mit zittrigen Händen auf und zog eine kleine Karte hervor. Wenigstens eine halbe Minute lang starrte er sie an, dann sagte er leise: »O mein Gott!« Er blickte zu Jessup auf. »Das ist wirklich?« Sie nickte. »Carolyn, das wird mir besser bekommen als jede Operation oder Pille ... Hier, mein Sohn.«

Er reichte die Karte durch das seitliche Gitter seines Betts weiter. Erst als Brian sie in Händen hielt, ging ihm auf, was es war.

COMMONWEALTH OF MASSACHUSETTS
BOARD OF REGISTRATION IN MEDICINE
David Connolly, Gouverneur,
STELLT DIESE LIZENZ AUS FÜR

Es folgten Brians Name und Anschrift. Am Fuß der Seite war der Zusatz eingedruckt, dass es sich um eine vorläufige Lizenz handelte, aber das war völlig belanglos. Brian starrte die Karte an und fürchtete, dass er, wenn er etwas zu sagen versuchte, in Tränen ausbrechen würde.

»Sie fangen nächsten Montag als promovierter Stipendiat an«, sagte Jessup. »Dienstagmorgen werden Sie mir hier im Herzkatheterisierungszimmer assistieren. Bestehen Sie diesen Test, werden Sie noch in diesem Monat selbst Katheter anlegen. Aber versprechen Sie uns eines.«

»Alles«, sagte Brian. »Wirklich alles.«

»Versprechen Sie uns, dass Sie die Fakultät nicht mit weiteren Diagnosen wie dieser schweren Hyperthyreose bloßstellen.«

Angus »Mac« MacLanahan hatte sich stets etwas darauf eingebildet, dem Leben gute Seiten abgewinnen zu können. Er war immer Optimist gewesen – zunächst als Maschinenschlosser in Glasgow, später nach der Einwanderung in die Staaten als Automechaniker, der die Jaguars der oberen Zehntausend wieder in Schwung brachte. Er war zufrieden mit seinem Schicksal, jedoch willens und besorgt, alles zu tun, es zu verbessern. Als er sich jetzt den Hügel von der Klinik zu seiner leeren Wohnung hinaufschleppte, war jeder Schritt eine Mühsal. Er kämpfte gegen die verzehrende Traurigkeit an, die ihn immer wieder überkam, weil er nicht mehr gesund war.

Lange Zeit war alles prächtig gelaufen. Er war ein sanfter Bulle von einem Mann, bekannt für seine Stärke und sein Stehvermögen. Sie hatten ihn zum Chefmechaniker bei Back Bay Jag befördert. Er hatte einen wahren Engel zur Frau und drei entzückende Kinder. Dann hatte Mary die schlimme Nachricht über den Knoten in ihrer Brust erhalten, und danach ging offenbar alles schief – was folgte, waren ihre Operation, die Anordnungen der Ärzte, die schreckliche, giftige Chemotherapie und schließlich Schmerzen in den Knochen, Gewichtsverlust und zu allerletzt das gnädige Ende.

Keine sechs Monate nach Marys Tod hatte Mac zum ersten Mal Schmerzen in der Brust. Er arbeitete unter einer Motorhaube, als der Schmerz zuschlug – ein schwer bestimmbarer brennender Druck, der unter seinem Brustbein begann, jedoch überall in der oberen Hälfte seines Körpers gleichzeitig zu sein schien: in seinen Schultern, dem Hals, den Ohren. Tief im Innern wusste er, dass es seine Pumpe war. Aber sein Verstand wollte es nicht akzeptieren. Er holte sich einfach ein Glas Wasser, setzte sich, wischte sich den Schweiß von Stirn und Gesicht und atmete langsam, bis der Schmerz nachließ.

Er erzählte niemandem von diesem Zwischenfall – nicht seinen Söhnen, nicht seinen Kollegen, nicht seinem Arzt. Mehrere Monate lang hielt er durch und unterbrach seine Arbeit einfach, wenn er den Furcht erregenden Schmerz kommen spürte. Schließlich jedoch, seine Zunge war durch ein oder zwei Pints in seiner Stammkneipe *The Tartan* gelöst, beging er den Fehler und erwähnte die Symptome gegenüber seinem Freund Marty Anderson. Gleich am nächsten Tag fand er sich, mit Marty an seiner Seite, in der Praxis seines Arztes wieder.

Jetzt, zwei Jahre später, fragte er sich, ob er nicht einfach hätte sagen sollen: zum Teufel damit, sollen sie doch an mir herumschneiden.

Der Weg zu seiner Wohnung war lediglich fünf Blocks weit, aber schon bis zum 7-Eleven-Store hatte Mac dreimal stehen bleiben müssen. Die Ärztin in der Klinik, die aussah wie ein Teenager, hatte einen Diätarzt mitgebracht, um zum wiederholten Mal die salzarme Diät zu besprechen, und die Dosis an Entwässerungstabletten auf zwei pro Tag heraufgesetzt. Mac erinnerte sie daran, dass er bereits eine Flasche neben dem Bett stehen hatte, in die er mindestens drei oder viermal pro Nacht urinierte, aber die Ärztin lachte bloß und versicherte ihm, dass die Schwellung der Fußknöchel zurückgehen und die Kurzatmigkeit sich bessern würde, wenn er weniger Chips essen und weniger Bier trinken würde.

»Warum geben Sie mir nicht einfach die Black Pill?«, hatte Mac nur halb im Scherz erwidert.

Er schlurfte in den 7-Eleven und besorgte sich Milch, Ketchup, eine Packung Vanillekekse und einen kleinen Beutel Doritos, was ihn allein schon so anstrengte, dass er heftig keuchte.

»Ist was mit Ihnen?«, fragte der Mann an der Kasse.

»Mir geht's gut«, brachte Mac heraus. »Nur ein wenig ... außer Atem, das ist alles.«

»Ganz bestimmt?«

»Mir geht's ... gleich ... wieder gut ... Hier.«

Er bezahlte und zwang sich dazu, sich nicht mehr auf der gläsernen Theke abzustützen. Anschließend schleppte er sich aus dem Geschäft.

»Ich soll ganz bestimmt niemanden für Sie rufen?«, rief ihm der Mann nach.

Anderthalb Blocks, sagte sich Mac. Er war kaum in Bestform, aber zum Teufel, anderthalb Blocks weit könnte er, falls nötig, auf Glasscherben laufen. Wenn es ihm jedoch nicht bald besser ginge, würde er sich entscheiden müssen, ob er noch länger allein leben könnte. Aber ein Heim war unvorstellbar, und er wollte keinem seiner Kinder zur Last fallen. Vielleicht hatte Dr. Babygesicht Recht, redete er sich ein. Vielleicht würde die neue Dosis Entwässerungspillen helfen.

Als er sein Wohnhaus erreichte, schmerzten ihn die Füße. Er hatte nur noch eines im Sinn, nämlich Schuhe und Socken herunter zu bekommen und in den Sessel mit der verstellbaren Rückenlehne zu gelangen. Das letzte Hindernis zwischen ihm, einem Glas Milch, einigen Keksen sowie dem Spiel war eine einzige Treppe. Er schloss erst die Haustür und dann die innen liegende Sicherheitstür auf. Er umklammerte die Plastiktüte mit seinen Einkäufen mit der einen Hand und das Geländer mit der anderen und erstieg die Treppe Stufe um Stufe.

Auf dem zweiten Treppenabsatz lehnte er sich schließlich nach Luft schnappend an seine Wohnungstür, während er mit zittrigen Händen den Schlüssel ins Schloss bugsierte. In der Wohnung war es wie immer stockdunkel. Nicht ein Mal hatte er eine Lampe unnötig brennen lassen. Beim Eintreten fiel ihm der deutliche Gasgeruch auf. Der Zündbrenner im Gasofen musste erloschen sein, dachte er, während er die Tür hinter sich schloss. Er müsste gleich ein Fenster öffnen und dann das verdammte Ding reparieren. Er betätigte den Schalter der Wohnzimmerlampe neben der Tür, aber den Funken, der aus dem leicht blank liegenden Draht zuckte, sah er nicht mehr.

Denn sofort verwandelte die gasgesättigte Luft die reinliche

Wohnung in ein Inferno. Mac MacLanahans Trommelfelle platzten nur Augenblicke bevor seine Augen schmolzen und die Kleider verbrannten. Als sein Körper gegen die Wand neben der Tür prallte, waren seine Haut und die Lungen bereits verkohlt. Und als die Wand selbst Feuer fing, hatte er den letzten Funken Bewusstsein verloren.

Um fünf Uhr verließ Brian das Krankenhaus und ging zur Methodistenkirche im South End. Nach seiner Entlassung aus dem Fairweather Treatment Center in Greenville, North Carolina, vor fünfzehn Monaten hatte er sich zu sehr geschämt, um irgendwo zu einem NA- oder AA-Treffen zu gehen, wo die Wahrscheinlichkeit groß war, einen ehemaligen Patienten zu treffen. Er bevorzugte die Anonymität Bostons.

Während einer Kaffeepause bei seinem dritten oder vierten Treffen, das im Erdgeschoss der Methodistenkirche stattfand, war ein schmächtiger Mann auf ihn zugetreten. Er trug eine Hornbrille mit getönten Gläsern und hätte gut ein Professor sein können, wäre da nicht der Buchstabe F, gebildet aus dickem Narbengewebe, auf seinem drahtigen Oberarmmuskel und die laienhafte blaue Tätowierung auf den unteren Fingergliedern zu sehen gewesen. Wenn er die Hände zu Fäusten ballte, las man HARD LUCK – Unglück.

»Weißt du«, sagte Freeman Sharpe an jenem Abend in seinem sanften Bariton, »wir sind hier nicht die Anonymen Aknepatienten. Diese Krankheit, die wir bekämpfen, ist tödlich. Sie ist schlau, mächtig und vor allem geduldig. Wenn du weiterhin darauf bestehst, in der letzten Reihe auf den Händen zu sitzen und während der Pause allein zu bleiben, wirst du früher oder später, wahrscheinlich aber eher früher, zusammenbrechen.«

Sharpe hatte sich angeboten, Brians Betreuer zu werden, ihm zu helfen, auf Leute zuzugehen, und ihn durch die Höhen und Tiefen, die Ge- und Verbote der Rekonvaleszenz zu leiten. Egal, worin Brians Problem bestand, Freeman hatte eine vernünftige Lösung parat. Ganz gleich, welche Frage er hatte, es gab auf jeden Fall eine Antwort.

Heute jedoch hatte Brian das Gefühl, dass seine Frage genügend kompliziert wäre, sogar Sharpe alles abzuverlangen.

Es gab keinen Club Aphrodite mehr, kein Speedy Rent-A-Car, keinen Darryl, genügend Geld würde hereinkommen, und schon in drei Tagen würde er sich wieder um Patienten kümmern. Alles war da – alles. Warum war ihm dann so unbehaglich zumute?

Brians unerklärliche Anspannung lockerte sich, sobald er den Fuß in das dreckige Erdgeschoss der Kirche setzte. Obwohl er meistens Unterstützung bei den Narcotics Anonymous suchte, bereitete es ihm keinerlei Probleme, auch zu AA-Treffen zu gehen. Eine Droge ist eine Droge, hatte man ihm in Fairweather beigebracht, und die Entscheidung, sich von stimmungsverändernden Substanzen fern zu halten, musste Alkohol mit einschließen.

Freeman Sharpe winkte ihm von der anderen Seite des Raums zu und begrüßte ihn mit einem Händeschütteln, einer Umarmung und einem anerkennenden Blick. Genau deswegen war Brian auch gekommen.

»Entschuldige, wenn ich das so offen sage, Holbrook junior«, meinte Freeman, »aber du siehst nicht wie ein Mann aus, dem gerade die Last der Welt von den Schultern genommen worden ist.«

»So offensichtlich, hm?«

»So offensichtlich.«

»Ich habe Schiss, glaube ich.«

»Wovor?«

»Ich weiß es nicht.«

»Das glaube ich nicht. Warum versuchst du's nicht mal?«

»Nun ja, Boston Heart Institute ist so was wie allererste Sahne.«

»Ja, und?«

»Bei meiner Vorgeschichte werden die Leute mich schärfstens beobachten.«

»Ja, und?«

»Ich ... ich will nicht versagen.«

Freeman putzte sich die Brille mit einem Tuch, ballte daraufhin die Fäuste und starrte auf seine HARD-LUCK-Tätowierung hinab.

»Ah, ja«, meinte er.

Die Leute strömten zum Freitagstreffen herein, also führte Freeman Brian nach draußen in die kühle, spätsommerliche Luft. Brians Ängste in Hinblick auf seinen Stellenantritt beim BHI mussten mit einer so wichtigen Lektion verbunden werden, dass Sharpe tatsächlich einen Teil des Treffens sausen ließ.

»Also gut«, sagte Freeman, lehnte sich an das Gebäude und verschränkte die Arme, wobei er Brian jedoch nie aus den Augen ließ, »du hast Angst davor, im mächtigen Boston Heart Institute zu versagen. Sag mal, wer genau hat dich für diesen Job angeheuert?«

»Pickard. Ernest Pickard. Er ist der Leiter.«

Brian spürte bereits, was nun kommen würde, aber er war dankbar, dass Freeman ihn dorthin führte.

»Der Leiter ... und er hat dich angeheuert.«

»Genau.«

»Er ist deine Papiere durchgegangen, deinen Lebenslauf und deine Testergebnisse und so?«

»Ja.«

»Und er hat deine Referenzen überprüft?«

»Hat er.«

»Und er hat sich immer noch entschlossen, dich anzuheuern?«

»Hat er.«

»Ist er ein intelligenter Mann?«

»Sehr intelligent.«

»Also, in meinen Augen – und korrigiere mich, falls ich danebenliege – bist nicht du dafür verantwortlich, dass du jetzt an Bord der Klinik bist. Ein sehr intelligenter Mann, der weiß, um was es bei diesem Job geht, der ein medizinisches Talent einschätzen können sollte und dein ganzes Zeugs durchgegangen ist, hat gesagt, dass du den Job erledigen kannst.«

»Schätze schon.«

»Also, worauf will ich hinaus?«

Mit noch immer verschränkten Armen blickte Sharpe zu ihm auf. Der Mann war ein Meister darin zu wissen, wann es Zeit für eine Antwort und Zeit für eine Frage war.

»Meine einzige Aufgabe besteht darin, mein Bestes zu tun«, entgegnete Brian und wagte nicht, in einen Singsang zu verfallen, der andeuten könnte ›Das ist doch Kinderkram‹.

»Nicht der Beste zu sein. Ich hoffe, dir ist inzwischen klar geworden, dass all dieser Scheiß von wegen ›ich muss der Beste sein‹ hier nichts zu suchen hat. Falls es nämlich für dich das Beste ist, in diesem Job zu versagen, dann ist es nicht dein Problem, mein Guter, sondern das von Ernest Pickard. Er hat dich schließlich ausgesucht.«

KAPITEL 5

Dr. Alexander Baird warf einen Blick über die Schulter auf die Kameraleute und Reporter, die sich im Pressebereich des Saals drängten, in dem die Anhörung stattfand. Sofort flammten zwei Blitzlichter auf. Dann noch eines. Das Senate Committee for Government Affairs' Subcommittee for Oversight of Government Management hatte sich für fünf Minuten zurückgezogen. Baird, Leiter der Food and Drug Administration, wünschte sich, er hätte vor Betreten des Saals die Blase geleert. Die Vorstellung, sich durch das Gewühl einen Weg zu den Herrentoiletten zu bahnen, hatte absolut nichts Anziehendes.

Das Committee hatte den Auftrag zu entscheiden, ob die FDA ihre Funktionen angemessen erfüllte. Natürlich hatte ›angemessen‹ einen unverkennbar politischen Beigeschmack. Während der zwei oder drei Tage, bevor Baird vor dieser Versammlung erscheinen musste, hatte es unter seinen Mitarbeitern rumort, dass dieser Sitzung mehr als das übliche Interesse entgegengebracht wurde. Den Grund dafür wusste offenbar niemand. Nachdem jetzt Fragen und Antworten zu einer Vielzahl von Themen eine Dreiviertelstunde lang wie Pingpongbälle hin- und hergegangen waren, hatte Baird immer noch keine Erklärung für das außergewöhnliche Medieninteresse und die unübliche Anzahl von Zuschauern gefunden.

»Teri, ich werde das Gefühl nicht los, dass alle etwas wissen, nur ich nicht«, flüsterte er und warf einen Blick zu dem Podest hinauf, das es den Mitgliedern des Subcommittees ermöglichte, über den Zeugen zu thronen.

Dr. Teri Sennstrom, Gruppenleiterin für die Beurteilung von Herz-Kreislauf-Mitteln, schenkte ein Glas Eiswasser ein, das ihr Chef höflich ablehnte.

»Dann sind wir schon zu zweit«, bemerkte sie. »Das Little Bighorn ist in dieser Jahreszeit einfach wunderschön, nicht wahr, General Custer?«

»Sehr komisch.«

»Sehr ernst. Ich rieche einen Hinterhalt, aber ich kriege einfach nicht raus, woher er kommen wird.«

Seit Baird vor zehn Monaten FDA-Leiter geworden war, achtete er immer stärker auf Teris Meinung. Sie war sechsunddreißig, ebenso alt wie seine Tochter. Aber anders als Margaret, die das Pädagogik- und Business-Studium im Eiltempo absolviert hatte und immer noch nicht recht wusste, was sie mit ihrem Leben anstellen sollte, war Teri, die bei Bairds Stellenantritt bereits drei Jahre bei der Behörde war, ebenso zielstrebig und produktiv, wie sie loyal war. Positionen als stellvertretende Leiter gab es in der FDA nicht allzu häufig neu zu besetzen, aber beim nächsten Mal stünde Teri Sennstrom hoch oben auf seiner Kandidatenliste. Heute hatte sie ihren Platz als Bairds medizinische Beraterin rechts von ihm, während links der Anwalt der FDA saß, ein hakennasiger Veteran aus politischen Kriegen namens Barry Weisman.

Den Vorsitz des Subcommittees hatte der mächtige republikanische Senator aus Massachusetts Walter Louderman. Es war die zweite Versammlung, vor der Baird als Leiter der Food and Drug Administration erschienen war. Sein erster Auftritt kurz nach der Amtsübernahme war nur wenig mehr als Schattenboxen gewesen – eine Sitzung zum gegenseitigen Beschnüffeln. Obwohl Baird ein Mann des Präsidenten und durch und durch liberal war, ließ ein ewig lächelnder Louderman ihm gegenüber geschickt durchblicken, dass der Kongress und alle wichtigen Komitees von der Grand Old Party, den Republikanern, kontrolliert wurden. Auf dieser Sitzung hatte Louderman, ein moderater Republikaner mit unverhohlen nationalen Interessen, noch kein Wort geäußert.

Ursprünglich war Baird praktischer Arzt in einer Kleinstadt gewesen, anschließend Professor am Medical College von Missouri geworden und wurde dann vom Präsidenten nach Washington berufen, um die FDA auf Vordermann zu bringen. Während der letzten Amtsperiode hatte die FDA unter schlimmem Missmanagement gelitten und war von einer Anzahl Skandale erschüttert worden, unter anderem eine hässliche Episode, bei der es um Schmiergelder ging, um die betrügerische Etikettierung von Babynahrung zu decken. Da Baird sich offen und schonungslos zu gesellschaftlichen Themen wie Rauchen und Waffenkontrolle äußerte, war ihm bereits vorgeworfen worden, dass es ihm an Fingerspitzengefühl, politischem Verstand und sogar körperlicher Zähigkeit mangele, um auf seiner Position lange zu überleben.

Er beugte sich zu Teri hinüber und schirmte den Mund vor den Mikrophonen ab.

»Was zum Teufel würde wohl Harvey Wiley sagen, wenn er diesen Zirkus sehen würde, was meinen Sie?«, fragte er.

Der Chemiker Wiley, um die Jahrhundertwende zugleich Anwalt der Verbraucher, hatte die gesetzgeberische Schlacht um die Annahme des Pure Food and Drug-Gesetzes von 1906 gefochten und galt allgemein als Vater der FDA.

Teri lächelte über Bairds Vorstellung.

»Wiley war Politiker«, erwiderte sie. »Er hätte vollstes Verständnis für diese Show gehabt. Und was ich so gelesen habe, konnte er, wenn es sein musste, auch mit bloßen Fäusten kämpfen. Aber eine kleine Korrektur, Dr. Baird. Zirkusse verfolgen den ausdrücklich anerkannten Zweck, für Nervenkitzel und Unterhaltung zu sorgen. In meinen Augen sind Sitzungen wie die hier bloß Theater – Absurdes Theater.« Sie wies zu den Senatoren hinüber, die auf ihre Plätze zurückkehrten, und hob automatisch die Hand, um sich das blonde Haar glatt zu streichen. »Zweiter Akt«, sagte sie.

Barry Weisman schaltete sein und Bairds Mikrophon ab.

»Also, Alex«, sagte er, »auf ein Neues. Ich stehe Ihnen zur Seite. Selbst wenn Sie nur das Tempo drosseln möchten, legen Sie ruhig die Hand über das Mikro und flüstern mir was ins Ohr. Das sieht auch im Fernsehen prächtig aus. Und vergessen Sie nie: Egal, mit wie vielen Komplimenten man Sie überschüttet, ganz gleich, wie viel Perlweiß man Ihnen zeigt, verlassen Sie nie die Deckung! Keinen einzigen Augenblick!«

»Keinen einzigen Augenblick«, echote Baird.

»Noch etwas. Je häufiger Sie die Kamera auf Dr. Sennstroms Gesicht lenken können, desto besser sieht die Behörde aus.«

»Was ist das denn, umgekehrte Diskriminierung?«, fragte Teri.

Weisman grinste. Er war schon mehrere Jahre eng mit Teri befreundet, seit dem Tag, als er endlich eingesehen hatte, dass sie kein Interesse an ihm hatte.

»Bloß eine biologische Binsenweisheit«, sagte er.

»Dann also gut, Dr. Baird«, begann Louderman, »wir sollten wohl weitermachen. Mein hoch geschätzter Kollege aus Texas, Senator Harrington, möchte Ihnen einige Fragen stellen. Es geht um Angelegenheiten, mit denen Ihre Behörde kürzlich zu tun hatte.«

Teri bedeckte das Mikro und flüsterte: »Sie kennen diesen Knaben, ja?«

Baird nickte. Senator Bart Harrington war Loudermans Zuarbeiter und manchmal auch sein ausführendes Organ. Alles, was Harrington zu sagen hatte, war ihm zweifelsohne zuvor vom Leiter des Komitees gesteckt worden. Baird glaubte zu wissen, was nun kommen würde. Eine seiner ersten Handlungen als Leiter der FDA hatte darin bestanden, Kinethane, ein umstrittenes Schlankheitsmittel, aus dem Verkehr zu ziehen, und zwar drei Jahre nach seiner Zulassung. Das Mittel, das einer Firma in Texas Hunderte von Millionen Dollar eingebracht hatte, verursachte bei einem kleinen, jedoch signifikanten Teil der vielen Millionen, die es einnahmen, offenbar eine ungewöhnliche, manchmal tödliche Art von Entzündung der Bauchspeicheldrüse.

Fünfundzwanzig Todesfälle waren dem Mittel zugeschrieben worden, und eine Sammelklage war in Vorbereitung. Die Hersteller hatten die Beschuldigung mit der Expertise eines Teams für teures Geld eingekaufter Statistiker gekontert. Sie hatte gezeigt, dass unter Berücksichtigung des verbesserten Gesundheitszustands, der eine noch so kleine Verringerung der Fettleibigkeit mit sich brachte, dazu des ›natürlichen‹ Vorkommens dieser Art von Entzündung der Bauchspeicheldrüse, der Nutzen von Kinethane dessen Risiken bei weitem überwog. Aber die FDA hatte eigene Statistiken, und am Ende hatte Baird das Gefühl gehabt, ihm bliebe nichts anderes übrig, als das Mittel vom Markt zu nehmen.

Wie er wusste, kreisten die erbarmungslosesten Anhörungen des Subcommittees häufig um die Zulassung eines Medikaments, das sich später als gefährlich erwies. Er erwartete, Fragen beantworten zu müssen, weshalb die FDA so lange für die Einschätzung des Gesundheitsrisikos bei Kinethane benötigt hatte und warum sie erst so spät reagiert hatte, also war er darauf gut mit Daten *und* Teri Sennstrom vorbereitet. In Vorwegnahme auf den Angriff zog er den zentimeterdicken Ordner aus dem Stapel vor sich heraus. Aber *dieser* Angriff erfolgte gar nicht.

»Dr. Baird«, begann Harrington, »ich möchte Ihnen meinen Glückwunsch für die ausgezeichnete Arbeit aussprechen, mit der Sie die FDA wieder auf die Beine gebracht haben.«

Baird tauschte kurz einen Blick mit Barry Weisman aus, der sich lediglich das Kinn rieb und die Achseln zuckte.

»Vielen Dank, Senator«, entgegnete Baird. »Man tut, was man kann.«

»Heute bin ich besonders daran interesssiert, Dr. Baird, dass Sie uns einiges über die Erforschung neuer Medikamente mitteilen.«

»Und was?«

»Nun, wie lang ist beispielsweise der Weg für ein neues Medikament, bis es auf den Markt gebracht werden kann?«

»Von den Tierversuchen an?«

»Ja.«

»Das hängt natürlich sehr stark von dem betreffenden Medikament ab, dazu von der Gründlichkeit der Pharmafirma, die es entwickelt, und von vielen weiteren Faktoren. Aber von den allerersten Anfängen an bis zum Schluss kann sich der Prozess zwischen fünf und zehn Jahren oder sogar länger hinziehen und mehr als 125 Millionen Dollar verschlingen.«

»Bei der Erforschung von Medikamenten müssen drei Testreihen mit Versuchspersonen durchgeführt werden, ist das korrekt?«

Baird war von der Präzisien der Frage überrascht, beantwortete sie jedoch umgehend.

»Im Wesentlichen ja. Jede der drei Testreihen umfasst mehr Patienten als die vorhergehende und gewöhnlich auch mehr untersuchende Institutionen.«

»Wird für viel versprechende lebensrettende Medikamente je die Zulassung erteilt, solange sich die Erprobung am Menschen noch in Phase II der üblichen drei Phasen befindet?«

»Ja, Senator Harrington, solche Fälle hat es gegeben.«

Harrington, dessen stark geädertes Gesicht und heftig gerötete Nase Baird die Vermutung sehr nahe legten, dass er vielleicht ein Alkoholproblem hatte, sah in seinen Notizen nach und räusperte sich daraufhin.

»Dr. Baird, könnten Sie uns etwas über das Medikament Lovastatin berichten?«

»Was zum Beispiel?«

»Bloß einen kurzen Abriss aus Sicht der FDA.«

Teri legte die Hand über das Mikro.

»Haben Sie eine Vorstellung, worauf er hinauswill?«, flüsterte sie.

Baird schüttelte den Kopf.

»Dann seien Sie vorsichtig«, warnte sie.

»Lovastatin ist ein wunderbares, Cholesterin senkendes Mittel, das von Merck & Co. entwickelt wurde. Es durfte seit August des Jahres 1987 ärztlich verschrieben werden.«

»Das nennt man Zulassung eines Medikaments, nicht wahr, und es handelt sich dabei um die letzte Stufe vor der generellen Markteinführung?«

»Das ist korrekt, Senator.«

»Können Sie uns dann bitte sagen, Doktor, wie lange es gedauert hat, bis Lovastatin für den Markt zugelassen wurde?«

»Bevor ich darauf antworte«, sagte Baird, der sich fühlte wie bei einem Gang durch ein Minenfeld, »muss ich wohl zunächst erklären, dass ein Antrag auf Zulassung eines neuen Medikaments von unserer Behörde erst nach den Phasen I, II und III ... «

»Ja, ja, ich verstehe schon, Doktor. Könnten Sie bitte meine Frage beantworten?«

Die Unterbrechung und die Schärfe von Harringtons Tonfall ließen in Baird augenblicklich die Alarmglocken schrillen.

Nur mit der Ruhe, kritzelte Weisman auf den Schreibblock, der zwischen ihnen lag.

»Neun Monate nach Antragstellung«, erwiderte Baird, »wurde Lovastatin zugelassen. Aber die Forschung an diesem Medikament war ... «

»Vielen Dank, Doktor.«

»Nein, Senator, ich möchte bitte meinen Satz zu Ende sprechen. Die Firma Merck hat ihr Medikament akribischen klinischen Tests unterzogen und bemerkenswert umfassende Daten zur Verfügung gestellt. Ihre Arbeit an Lovastatin begann eigentlich schon in den späten siebziger Jahren.«

»Dann erzählen Sie uns doch bitte genau, wie viel Zeit von den ersten Tests am Menschen in Phase II bis zur Zulassung des Lovastatin verging?«

»Diese Information habe ich gerade nicht zur Hand. Aber ich würde mich glücklich schätzen ...«

»Es waren lediglich drei Jahre, Dr. Baird. Nur drei Jahre vom Beginn der Erprobung am Menschen in Phase II bis zur Zulassung.«

Harrington, dessen selbstgefälliger Gesichtsausdruck beinahe komisch wirkte, wandte sich an Walter Louderman und nickte ihm zu, dass er nun an ihn übergab. Louderman, ein stämmiger, ergrauender Jurist, Harvard-Absolvent, schob einige Papiere zusammen. Dann trank er bedächtig etwas Wasser und räusperte sich, bevor er die blassblauen Augen auf Baird richtete.

»Dr. Baird«, sagte er, »bitte berichten Sie uns doch noch von einem weiteren Medikament. Korrigieren Sie mich, wenn meine Aussprache nicht stimmt. Das Medikament heißt Zidovudine.«

»Ihre Aussprache ist korrekt, Senator Louderman.« *Warum auch nicht? Du hast das Wort bestimmt hundertmal geübt, bevor du es riskiert hast, es vor all diesen Kameras zum Besten zu geben.* »Das Medikament, nach dem Sie fragen, war ursprünglich und vielleicht allgemein besser bekannt als AZT.«

Barry Weisman bedeutete Baird mit der Hand, zu schweigen und ergriff seinerseits das Mikrophon.

»Senator Louderman«, fragte er, »könnten Sie uns bitte einen Hinweis geben, worauf diese Befragung zielt?«

»Wenn Sie sich nur noch ein wenig gedulden wollen, Mr Weisman, werden Sie Ihre Antwort erhalten. Nun, Doktor, können Sie für uns ebenso kurz zusammenfassen, was mit AZT war, wie Sie es bei Lovastatin getan haben?«

Baird suchte nach dem Haken hinter der Frage, fand jedoch keinen.

»AZT ist ein Virushemmer und wurde von Burroughs-Wellcome and Company, jetzt Glaxo Wellcome, entwickelt und hat sich als wertvolles Arzneimittel gegen die HIV-Viren erwiesen.«

»Und wann haben die klinischen Studien bei *diesem* Medikament begonnen?«

»Ich bin mir nicht sicher. Irgendwann Mitte der achtziger Jahre.«

»Genau gesagt, Doktor, begannen die AZT-Versuche der Phase I im Juni des Jahres 1985. Phase II begann sieben Monate später. Die Erprobung am Menschen wurde im September 1986 abgeschlossen, gerade mal acht Monate nach Beginn der Studien für Phase II. Es hat niemals Studien für Phase III gegeben.«

Baird spürte jetzt deutlich seine volle Blase und verfluchte sich im Stillen dafür, dass er während der Pause seinem Drang nicht nachgegeben hatte. Trotzdem nahm er, ob aus Erschöpfung, Gereiztheit, Angst oder einer Kombination daraus mehrere Schlucke des Eiswassers, das ihm Teri eingeschenkt hatte, und gab ihr dann einen Wink, sie solle auf die Feststellung etwas erwidern.

»Wir wissen nicht genau, ob wir Ihnen folgen können, Senator«, sagte sie. »Die FDA ist gewiss stolz darauf, wie rasch sie sowohl Lovastatin als auch AZT freigeben konnte.«

»Das sollten Sie auch, Doktor Sennstrom. Weil beide Medikamente ein gewaltiges lebensrettendes Potential für eine große Anzahl Menschen haben ...«

Louderman hielt inne, blickte zu der Reihe von Kameras hinauf und wühlte dann erneut in den Papieren vor sich.

Jetzt kommt's, schrieb Weisman und füllte das O mit einem Gesicht aus, auf dem ein Stirnrunzeln lag.

»... Dr. Baird und Dr. Sennstrom«, sagte Louderman schließlich, »ist Ihnen ein Medikament namens Vasclear bekannt, das zur Zeit in Phase II klinisch erprobt wird?«

»Uns ist dieses Medikament bekannt, ja«, entgegnete Baird.

»Können Sie uns berichten, was dieses Medikament bewirkt?«

»Ich kann Ihnen berichten, was es bewirken *soll.* Es ist auf

Eigenschaften hin untersucht worden, die es *vielleicht* besitzt, und soll angeblich Arteriosklerose auflösen können.«

»Arteriosklerose auflösen ... Meinen Sie damit, es kann die Verhärtung der Arterien rückgängig machen?«

In diesem Augenblick fiel Baird ein, dass diese kleine Pharmafirma Newbury Pharmaceuticals, die Vasclear entwickelte, in Boston ihren Sitz hatte, Loudermans Wahlbezirk. Plötzlich verstand er das Warum und Wozu der ganzen Anhörung. Tatsächlich ein Hinterhalt. Er legte die Hand über das Mikrofon.

»Barry«, flüsterte er, »wir wissen jetzt, worauf Louderman hinauswill. Wenn wir den Eindruck haben, er treibt uns zu sehr in die Enge, dann gehen Sie bitte hinaus und versuchen, den Präsidenten zu erreichen. Veranlassen Sie ihn dazu, der Sache hier ein Ende zu bereiten.«

Er wandte sich wieder an Louderman.

»Meinem Kenntnisstand über dieses Medikament zufolge, Senator, und ich gebe zu, er ist in diesem Augenblick nicht sehr hoch, ist die Heilung einer Arterienverhärtung eine Möglichkeit. Ich möchte Sie und jeden Zuschauer dieser Anhörung jedoch dringend darauf hinweisen, dass die Erforschung von Vasclear noch ziemlich in den Kinderschuhen steckt.«

»Ein Medikament, das Arterienverhärtung kuriert, und Sie wissen nicht viel darüber?«

»Ein Medikament, das *vielleicht* Arterienverhärtung auflöst, Senator. Wir verfolgen die Entwicklung und Erforschung von buchstäblich Hunderten neuer Medikamente. Und wie ich gesagt habe, die Erforschung von Vasclear befindet sich noch in einem vorläufigen Stadium.«

»Entschuldigen Sie bitte«, konterte Louderman, »aber die Erforschung dieses Medikaments ist in Wirklichkeit ziemlich weit vorangeschritten, und das amerikanische Volk sollte wissen, dass die Ergebnisse bislang erstaunlich gewesen sind. Tatsache ist, dass die Wissenschaftler von Newbury Pharmaceuticals bei *Ihrer Be-*

hörde zweimal einen Antrag auf Zulassung eines neuen Medikaments gestellt und eben solche Berücksichtigung gefordert haben, wie sie *diesem AIDS-Mittel* zuteil geworden ist. Und sie sind zweimal von *Ihren Leuten* abgewiesen worden.«

Los!, schrieb Baird auf den Notizblock. Barry Weisman holte das Handy aus seiner Aktentasche, ließ es in seine Jackentasche gleiten und eilte aus dem Anhörungssaal. Baird versuchte Zeit zu schinden, indem er einen weiteren Schluck Wasser trank. Seines Wissens waren die Forschungsergebnisse von Vasclear sehr viel versprechend. Er wusste jedoch auch, dass Loudermans Stab Druck auf das Team ausgeübt hatte, das die Daten der Newbury Pharmaceuticals Company auswerten sollte.

Der finanzielle Gewinn aus einem Medikament, das Arteriosklerose auslöschen könnte, wäre atemberaubend. Louderman schielte darauf, Präsidentschaftskandidat der Republikaner zu werden. Seine frühe öffentliche Unterstützung des Medikaments wäre ein gewaltiger politischer Coup, und irgendwie würden die Gewinne aus dem Medikament gewiss ihren Weg in die Kassen für seine Wahlkampfkampagne finden.

Bairds Stab hatte ihm jedoch mitgeteilt, dass trotz der bemerkenswerten Daten aus Phase II der Vasclear-Erprobung weitere Studien am Menschen vonnöten wären.

»Entschuldigung, Doktor«, sagte Louderman gerade, »aber würden Sie bitte meine Frage beantworten?«

»Ich ... öh ... ich fürchte, ich muss Sie darum ersuchen, sie zu wiederholen, Senator.«

»Ihre Behörde hat sowohl Lovastatin als auch Zidovudine durchgeboxt, weil es lebensrettende Medikamente waren. Würden Sie Vasclear, eine Heilbehandlung für eine entsetzlich kostspielige, oftmals tödliche Krankheit, nicht lebensrettend nennen?«

»Zum gegenwärtigen Zeitpunkt, Senator, würde ich es lediglich ein Medikament mit einem großen Potential nennen.«

»Und Sie würden sich irren!« Louderman schlug mit der Faust auf den Tisch, um seinen Worten Nachdruck zu verleihen. »Sie haben die Forschungsdaten für dieses Medikament offenbar nicht persönlich überprüft. Andernfalls würden Sie wohl verdammt viel mehr Begeisterung zeigen.«

»Vielleicht«, war alles, was Baird erwidern konnte.

»Dieses Komitee wird heute in einem Monat wieder zusammenkommen, Dr. Baird. Bis dahin sind Sie hoffentlich bereit, dem amerikanischen Volk zu sagen, weshalb ein Leben rettendes, Leben spendendes, Leben erhaltendes Medikament ... «

Einer von Loudermans Mitarbeitern war hinter ihm aufgetaucht und reichte ihm ein Telefon. Dreißig Sekunden lang hörte Louderman dem Sprecher am anderen Ende zu, sagte einige Worte und gab das Telefon daraufhin zurück. Sein Lächeln war eisig. Baird glaubte, seinen Augenwinkel nervös zucken zu sehen.

»Nun dann«, meinte er. »Anscheinend haben Sie einen hingebungsvollen Schutzengel in dem großen weißen Haus weiter unten an der Straße. Er wünschte, dass Ihnen so viel Zeit eingeräumt wird, wie Sie benötigen, um die Situation von Vasclear einzuschätzen, vorausgesetzt, Sie geben ihm höchste Priorität.«

Baird begegnete gleichmütig dem Blick des Senators.

»Ich werde mein Bestes tun, Sir«, sagte er.

»Das hoffe ich doch«, konterte Louderman. Er hievte sich so unnachgiebig hoch, wie er konnte, und schaute mehr in die Kameras als auf Baird. »Und, Sir, ich hoffe gleichfalls, dass all diese bettlägerigen Leute da draußen mit Schmerzen in der Brust und Symptomen eines Herzinfarkts ebenso geduldig mit Ihnen sind wie unser Präsident.«

Ohne eine Entgegnung abzuwarten, schloss Louderman die Sitzung.

Baird wartete, bis sich das Podest geleert hatte, und wandte sich dann an Teri.

»Ich habe ihm nicht sagen wollen, dass Sie die Gruppenleiterin dieses Projekts waren.«

»Es wäre schon in Ordnung gewesen. Wir sind bei diesem Medikament auf dem Laufenden.«

»Das weiß ich. Wie schätzen Sie Loudermans Worte ein?«

»Mir gefällt die unterschwellige Botschaft nicht, dass wir alles unternommen haben, um AIDS zu heilen, jedoch die Wunderheilung des Jahrhunderts von Mr und Mrs Amerika fern halten. Hört sich allzu sehr danach an, dass Louderman Ambitionen auf das Amt des Präsidenten hat.«

»Was die Spatzen von den Dächern pfeifen. Aber Sie sind damit einverstanden, dass wir bei diesem Medikament ein bisschen Dampf machen?«

»Darüber kann ich mir noch kein abschließendes Urteil bilden. Aber es sieht sehr viel versprechend aus. Und es fällt fraglos in die Kategorie ›lebensrettend‹.«

Baird musterte sie mehrere Sekunden lang. Weisman hatte Recht, dachte er. Teri Sennstroms intelligentes, gutes Aussehen musste die Behörde einfach in ein positives Licht setzen.

»Na gut«, meinte er. »Sie wissen, was Sie zu tun haben. Ich mag es nicht, Spielball zu sein, aber ich habe diese Arbeit im vollen Bewusstsein ihrer politischen Dimensionen übernommen. Ich werde dieses Medikament ganz oben auf meine Prioritätenliste setzen, aber ich werde Ihre Hilfe benötigen, um den Datenwust für meinen Bericht auf eine annehmbare Größe zu stutzen.«

»Sie haben sie.«

»Tragen Sie alles zusammen und wir treffen uns, sagen wir, in einer Woche.«

»Schön.«

»Und Teri?«

»Ja?«

»Wir können Louderman ruhig mit den Muskeln spielen lassen. Das ist bloß Politik. Am Ende müssen wir jedoch daran denken, wem wir verantwortlich sind. Ich möchte kein weiteres Kinethane. Ich möchte kein weiteres Thalidomide. Wenn dieses Medikament Schwächen hat, müssen wir es von der Öffentlichkeit fern halten, Louderman hin oder her.«

Kapitel 6

Post, Kommunikationszentrale, Klinikwache, Personalabteilung, Lohnbuchhaltung. Einen nach dem anderen hakte Brian die Punkte auf einer genau durchdachten Checkliste ab, während er sich durch das Labyrinth von Korridoren, Gebäuden und Büros arbeitete, aus denen das White Memorial Hospital bestand. Seit seiner letzten Einarbeitung in einer Klinik war mehr als ein Jahrzehnt vergangen, und er war ebenso angespannt und nervös wie damals in Chicago, als er seine Stipendiumsstelle angetreten hatte.

In der Wäscherei versuchte Brian zu erklären, dass er weitestgehend wie ein Kardiologie-Stipendiat arbeiten würde, aber sein Titel – promovierter Stipendiat – stellte ihn eine Stufe höher. Nach längerem Hin und Her entschloss sich die ratlose Frau an der Ausgabe zu zwei kurzen Klinikkitteln, die zum Stipendiaten passten, und zwei knielangen Laborkitteln, die dem Teil entsprachen, der zur Fakultät gehörte.

»Keine weißen Hosen«, sagte sie mit schwerem asiatischem Akzent. »Weiße Hosen sind für die Assis.«

Sein letzter Halt war das Büro für Personalbetreuung, das Brian auf Dr. Pickards Ersuchen bereits auf die Liste der Ärzte, Krankenschwestern und anderen Personen gesetzt hatte, die sich nach dem Zufallsprinzip einem Urintest auf Alkohol und andere Suchtmittel unterziehen mussten. Die zuständige Krankenschwester war ziemlich nett und hilfreich und ganz gewiss erfahren im Umgang mit Personen, die unter Überwachung standen, dennoch war Brian die Sache ziemlich peinlich.

Das System funktionierte so, dass er mindestens einmal pro Woche an einem vom Computer zufällig ausgewählten Tag einen Anruf mit der Aufforderung erhalten würde, ›Dr. Jones aufzusuchen‹. Daraufhin blieben ihm zwei Stunden, sich zu einem Test im Büro zu melden. Die einzige Entschuldigung für eine Verspätung war die Teilnahme an einer Operation oder eine Untersuchung im Herzkatheterraum.

Unangenehm, jedoch zu handhaben, wie er zugeben musste. Und gewiss nicht unverdient.

Brian unterschrieb die notwendigen Verzichtserklärungen und Zusicherungen, nahm die Kopien und Instruktionen entgegen und machte sich zu Phil Gianatasio auf, mit dem er sich zu einer Besichtigungstour durch die Einrichtung im Konferenzzimmer treffen wollte. Phil war bereits mit einem kleinen Kuchen in Form eines anatomisch korrekten Herzens dort und hatte eine sehr hübsche schlanke Brünette Anfang dreißig bei sich. Carrie Sherwood war die Sekretärin des klinischen Forschungsbereichs.

»Ich habe sie mitgebracht, weil sie die Klinikschichten organisiert und du sie zunächst von ihrer Schokoladenseite kennen lernen sollst. Der letzte Assistenzarzt, auf den sie sehr böse geworden ist, hat sich am Ende von der Spitze des Cromwell Building gestürzt.«

»Philip, lass das!«

Der Reaktion der kurvenreichen Sekretärin auf die Frozzelei entnahm Brian, dass sie und Phil ein Paar waren. Nach wenigen Minuten Small Talk und etwas Kuchen kehrte sie zur Forschungsabteilung zurück, und beide blickten ihr längere Zeit nach. Brian nickte anerkennend.

»Nett«, meinte er.

»Weißt du, was das Beste an ihr ist?«, erwiderte Phil. »Sie gibt einen Scheißdreck darauf, dass ich um die Gürtellinie etwas aus den Fugen geraten bin. Sie hat außerdem eine Unmenge Freundinnen. Mir fallen gleich zwei ein, die nichts dagegen hätten, mit einem Doc verkuppelt zu werden, der eine Kreuzung zwischen Joe Montana und Alex Trebek darstellt.«

»Bitte!«

»Mal ernsthaft – triffst du dich mit wem?«

Brian schüttelte den Kopf.

»Ich bin ein paar Mal ausgegangen, aber nicht so recht mit dem Herzen dabei gewesen.«

»Nun ja, aus Carries Erzählungen schließe ich, dass es diese Freundinnen durchaus fertig bringen könnten, deine Aufmerksamkeit einen oder auch zwei Abende zu fesseln.«

»Eins nach dem anderen, ja?«

Brian konnte kaum fassen, dass er auf das Angebot seines Freundes mit einer so banalen Phrase reagierte. War er wirklich ein solcher Langweiler geworden?

»Ich meine«, fügte er hinzu, »lass mich hier erst mal richtig Fuß fassen. Dann werden wir mit Carrie reden.«

»Großartig. Nun, Dr. Pickard schlägt eine Runde durch die Forschungsabteilung, die Labors und schließlich die Vasclearklinik vor. Da du viel Zeit dort verbringen wirst, sollst du dir jedoch zuallererst das Video anschauen.«

»Video?«

»Die Mitarbeiter nennen es *Vasclear über alles*. Es ist ein Infovideo, das wir den Mitarbeitern, Besuchern und sogar den Patienten vorführen. Eigentlich ist es ziemlich gut, außer dass es für Ärzte ein bisschen zu vereinfachend und ein wenig zu kompliziert für die meisten unserer Patienten ist.«

Brians Interesse stieg sogleich sprunghaft an.

»Ich würde es mir gern anschauen.«

»Dann sollst du es sehen, mein Freund, vorausgesetzt, du entschuldigst mich währenddessen. Nach einem Dutzend oder mehr

Vorführungen kann ich die Dialoge des Films beinahe singen. Wo wir allerdings gerade von Vasclear sprechen, hast du was von Jessup in Hinblick auf deinen Vater gehört?«

»Nicht so richtig. Ich werde wohl morgen beim Umziehen im Katheterraum mit ihr sprechen, obwohl ich nicht gleich in meiner ersten Arbeitswoche der stellvertretenden Leiterin auf die Nerven gehen will. Sie hat mich einmal nach Jacks Entlassung angerufen, wollte nachhören, wie es ihm so geht. Das war an und für sich wirklich nett von ihr, aber sie hat kein Wort über Vasclear verlauten lassen. Vor Jacks Entlassung hat sie mir versprochen, sie würde mit Dr. Weber reden, um meinen Vater in die Studie hineinzubekommen.«

»Na ja, ich denke, du solltest dir nicht allzu viel Hoffnung machen«, erwiderte Phil. »Für jemanden ohne einen Funken Humor ist Weber ein ziemlich netter Kerl. Aber er ist verpflichtet, darauf zu achten, dass jeder Aspekt der Vasclearstudie buchstabengetreu erfüllt wird. Wenn ich medizinische Unsterblichkeit vor der Tür stehen hätte, ganz zu schweigen von einigen Milliarden Dollar, wäre ich vermutlich auch ganz schön verbohrt. Wie weit ist Jessup also gerade mit Jacks Behandlung?«

»Ihre Empfehlung lautet nach wie vor OP.«

»Wird dein Vater darauf eingehen?«

»Offen gestanden, Phil, nachdem er letztes Mal diesen achtwöchigen Alptraum durchgestanden hat, ist uns beiden mehr nach Vasclear zumute.«

»Solange es die Betagruppe ist.«

Solange es die Betagruppe ist. Brian wanderte zum Fenster hinüber und blickte über den Fluss nach Cambridge. Gesetzt den Fall, es gäbe keinerlei Möglichkeit, seinen Vater in die Betagruppe zu bekommen, war er dann verzweifelt genug, das Medikament zu stehlen? Diese Frage brannte in seinem Gehirn. Er wurde sich erst bewusst, dass er die Zähne zusammenbiss, als ein Pochen in seinen Kieferknochen einsetzte.

»Spul den Film ab«, sagte er und zog die Vorhänge zu. »Und grüße Carrie schön von mir.«

Phil warf ihm die Fernbedienung zu und ging. Brian machte es sich in einem hochlehnigen tiefroten Ledersessel gemütlich, kippte ihn zurück und legte die Füße – ohne Schuhe – auf den Tisch. Im *Globe* vom Vortag hatte ein kleiner Artikel gestanden, dass Senator Louderman Druck auf den Leiter der FDA ausgeübt hatte, Vasclear zuzulassen. Selbst wenn Jack keinen Zugang zur Studie erhielte, könnte ihm die medizinische Standardbehandlung, die Jessup ihm angedeihen ließ, vielleicht genügend Zeit verschaffen. Natürlich vorausgesetzt, Louderman gewann seine Schlacht.

Völlig konfus drückte Brian auf *Play.*

Zu sagen, das fünfundzwanzig Minuten lange Infovideo wäre großartig aufgemacht und Big-Budget, wäre den Graphiken, der Musik, der Tonqualität, der Animation sowie dem Skript, das von einem Pastor hätte stammen können, nicht ganz gerecht geworden.

VASCLEAR
Die Suche ist vorüber
Die Antwort ist da

Zunächst kam ein Vorspann mit Gemälden und Litographien von Ponce de León: die Suche nach dem Jungbrunnen. Dann folgte ein rascher Flug über den Urwald, unterlegt von einer Musik, die direkt aus einem Indiana-Jones-Streifen hätte stammen können, sowie die Aufzählung einiger der wichtigsten Medikamente, die aus Substanzen aus Dschungelpflanzen bestehen. Schließlich einige fast honorarfreie Aufnahmen südamerikanischer Ureinwohner – Fleischesser, die das Geheimnis entdeckt hatten, Arteriosklerose abzuwehren, und, dem väterlichen Kommentar zufolge, hundert Jahre oder noch älter wurden.

Die Sequenz ging fließend über zu Newbury Pharmaceuticals – eine Würdigung ihrer bescheidenen Erfolge in der Vergangenheit, eine Tour durch ihr renoviertes und auf Hochglanz poliertes Werk in einem Industriegebiet Bostons sowie ein Blick auf ihre Forschungslabors. Schließlich stellte der Kommentator Dr. Art Weber vor, den Projektleiter, der das Wunder von Vasclear erläutern sollte.

Weber, sonnengebräunt, rotblond und blauäugig, hatte ein jugendliches Gesicht, das im Sinne Hollywoods gut aussehend war. Er hatte einen osteuropäischen Akzent. Mithilfe einiger Animationen und Sequenzen aus dem Operationssaal beschrieb Weber die Genesis von Arteriosklerose und die Anstrengungen der modernen Medizin, das zu bekämpfen, was er ›das Wüten der Todesursache Nummer eins in der zivilisierten Welt‹ nannte – Diät, Medikamente, Verhaltensänderungen und am Ende chirurgische Eingriffe.

Die ausgewählte Bypassoperation war eine besonders blutige, bemerkte Brian. Eindeutig nicht Laj Randa. Ein Patient, der sich einer solchen Prozedur gegenübersähe, würde sich glücklich schätzen, als Freiwilliger an jeder Alternative teilzunehmen, die ihm eine Chance bieten würde, dem Messer zu entgehen.

»Das Entfernen der Ablagerungen in der Arterie durch Vasclear hat sich als dauerhaft erwiesen«, fuhr Weber fort. »Hier ist die Röntgenaufnahme der Arterie einer unserer Patientinnen, und hier sehen wir die Bilder derselben Patientin zwölf Monate nach dem Beginn der Vascleartherapie. Die verstopften Stellen in der linken Hauptkoronararterie hier, der rechten an diesen Stellen und der Biegung sind verschwunden, wie Sie sehen. Und was ist mit den Symptomen der Patientin? Ist eine entsprechende Reaktion erfolgt? Nun, fragen wir sie doch selbst.«

Streicher, Englischhörner und dramatische Kamerawinkel, begleitet von der fröhlichen Stimme einer Frau, die sagte: »Ich hatte Schmerzen hier oben in der Schulter und im Hals. Es war pures

Glück, dass ich zum Arzt ging und das Herz überprüfen ließ. Mir stand eine Katastrophe bevor. Sie haben mir die Wahl gelassen: mich einer Bypassoperation zu unterziehen oder Teil des Vasclearstudienprogramms zu werden. Ich kenne die Vasclear-Konzentration meiner Gruppe noch immer nicht, habe aber den Verdacht, dass es eine gute Dosis war, weil meine Symptome fast augenblicklich verschwunden und nicht wieder zurückgekehrt sind.«

Inzwischen hatte die Kamera auf das Gesicht der Versuchsperson gezoomt. Sie war die Großmutter wie aus dem Bilderbuch – ausladend, mütterliches Lächeln, blitzende Augen.

»Bislang«, sagte Art Webers Stimme, »können wir nicht behaupten, dass Vasclear bei jedem anschlägt. Aber unsere Versuche am Menschen weisen darauf hin, dass bis zu fünfundsiebzig Prozent der Patienten beträchtlich von der Behandlung profitieren. Zur Zeit suchen die Forscher von Newbury Pharmaceuticals in Kooperation mit den Ärzten am weltberühmten Boston Heart Institute nach Möglichkeiten, wie sich sogar dieser bemerkenswerte Prozentsatz noch erhöhen lässt.«

Das Video schloss mit einem dramatischen Zukunftsentwurf dessen, was die Welt mit Vasclear zu erwarten hatte. Am Ende war Brian besessen von dem Medikament. Vasclear – das waren die Bonbons, die aus der Porzellanschale in Tante Beas Wohnzimmer so verlockend herüberschauten, und er war das Kind, dem sein Vater verboten hatte, davon zu nehmen.

Bill Elovitz suchte zusammen mit einem Dutzend weiterer Leute im Eingang zu Filene's Warenhaus Schutz vor dem strömenden Regen. Da Devorah erst in einer Woche Geburtstag hatte, war es natürlich dumm gewesen, an einem solchen Tag nach Boston zu fahren. Aber Ausverkauf war Ausverkauf, und seine Frau hatte, anders als sonst, auf diesem bestimmten Geschenk bestanden – jedoch nur, wenn er das pinkfarbene Kleid vierzig Prozent herabgesetzt bekäme.

Es war Feierabendverkehr, und auf der anderen Straßenseite schob und drängelte sich eine Armee durchgeweichter Pendler in den Schlund der U-Bahn-Station. Elovitz zog sich die Kapuze seines Gummimantels über den Kopf und verknotete die Bänder unter dem Kinn. Den olivfarbenen Regenmantel hatte ihm Devorah vor einigen Jahren zum Geburtstag geschenkt, aber er hatte ihn erst vier- oder fünfmal getragen, wenn überhaupt.

Der schmale Eingangsbereich von Filene's bot wenig Schutz vor dem heftigen Regen. Elovitz war vierundsiebzig Jahre alt und Rentner. Er musste nirgendwo so dringend hin, dass er sich freiwillig in ein so schlechtes Wetter hinausgewagt hätte. Zwei lachende und schreiende Jungen rannten an ihm vorbei über die Straße.

»Jugend ist doch was Schönes«, bemerkte die ältere Frau neben ihm.

»Das Dasein überhaupt ist was Schönes«, erwiderte Elovitz. »Nun ja, dieser Regen wird wohl kaum aufhören. Einen schönen Tag noch.«

Er packte die große Einkaufstüte fester und eilte zur Station hinüber. Als er die Treppe erreichte, rang er nach Luft. Fast eine Minute lang hielt er sich an der Mauer fest, ehe er sich wieder sicher genug auf den Beinen fühlte, um zu den Bahnsteigen hinabzusteigen. Zum Teil war die feuchte schwere Luft für seinen miserablen Zustand verantwortlich, aber er war sich zugleich sicher, dass darüber hinaus noch etwas anderes eine Rolle spielte. Seit Wochen vertrug er auch nicht mehr die kleinste Anstrengung. Früher oder später müsste er sich einmal gründlich untersuchen lassen. Im Augenblick jedoch drängte ihn nichts mehr, als nach Hause zu kommen.

Er ging die Treppe hinab. Eine Frau glitt auf dem feuchten Beton aus. Nur der Zusammenprall mit dem stämmigen Mann vor ihr bewahrte sie vor einem bösen Sturz. Normalerweise war Elovitz ziemlich gelassen und unbeschwert. Aber das Aufeinandertreffen von nassen gehetzten Menschen und stickiger Luft machte ihn äußerst reizbar.

Charlestown, wo Elovitz und seine Frau während der letzten fünfundzwanzig Jahre gelebt und gearbeitet hatten, lag an der Orange Line, lediglich etwa ein halbes Dutzend Haltestellen von Downtown Crossing entfernt. Als er den Bahnsteig erreichte, musste er gegen die hartnäckige Atemnot ankämpfen, und er verspürte eine bedrückende Platzangst. Verzweifelt wollte er einigen Raum zwischen sich und die Menge legen – so dass er vielleicht in der Lage wäre, einen tiefen befreienden Atemzug zu nehmen.

Der Bahnsteig aus Beton, eine Insel, die ankommenden Pendlern auf der einen Seite und herausfahrenden auf der anderen diente, war gerammelt voll. Der Geruch nach feuchter Kleidung, feuchtem Haar und Schweiß war unangenehm und seltsam erschreckend.

»Entschuldigen Sie bitte. Entschuldigen Sie«, keuchte Elovitz und quetschte sich zwischen den Körpern zu den Gleisen durch. »Entschuldigen Sie. Tut mir Leid. Entschuldigen Sie bitte.«

Die Bahnsteigkante befand sich etwa einen Meter oberhalb der Gleise. Elovitz war sich sicher, wieder atmen zu können, sobald er die vorderste Reihe erreicht hätte.

»He, passen Sie auf, wo sie hintreten!«, fauchte ein Mann hinter ihm.

»Arschloch«, knurrte ein anderer Mann.

Elovitz umklammerte seinen Plastikbeutel fester, hielt den Blick auf den freien Raum vor sich gerichtet und drängte weiter. Schließlich, als er schon glaubte zusammenzubrechen, schob er sich gewaltsam zwischen zwei Frauen unmittelbar an der Bahnsteigkante durch. Die Luft, die aus dem Tunnel hereintrieb, schmeckte tatsächlich leicht und süß. Elovitz wurde von den dicht zusammengedrängten Leibern aufrecht gehalten, während er dankbar die Lungen füllte. Von rechts hörte er das Poltern der herankommenden U-Bahn.

Gerade als die Lichter des Zugs auftauchten, regte sich plötzlich etwas in der Menge. Elovitz verspürte einen starken Druck von hinten und geriet ins Stolpern. Die Knie knickten ihm ein, und sein Fuß rutschte von der Bahnsteigkante ab. Inmitten von Geschrei stürzte er herab und landete schwer auf den Gleisen. Die Knochen in seinem linken Handgelenk brachen, und ein sengender Schmerz schoss ihm den Arm hinauf. Mit dem Kopf schlug er auf die Schiene. Benommen wälzte er sich herum und versuchte, sich aufzurichten. Druckluftbremsen kreischten ohrenbetäubend, als der Zug eine Notbremsung vollführte und dabei schwankend über die Gleise rutschte. Zehn Meter ... fünf ... zwei ... Taumelnd kam Elovitz hoch und stolperte mehrere Schritte zurück. Diese wenigen Schritte machten den Unterschied aus. Das Kreischen hörte auf. Die Nase des Zugs war nur Zentimeter vor ihm zum Stehen gekommen.

Jetzt schien es, als würden alle Menschen oben am Bahnsteig auf ihn einschreien.

»Stop!«, brüllten sie. »Die dritte Schiene!« ... »Bleiben Sie von der dritten Schiene weg!« ... »Nicht rühren!« ... »Das ist Hochspannung!« ... »Nicht bewegen!«

Benommen und orientierungslos wandte Elovitz sich dem Höllenlärm zu. Blinzelnd sah er zu der Menge und den Lichtern auf.

»Nicht bewegen!« ... »Hochspannung!« ... »Bleiben Sie da!« ... »Nein!«

Ein Mann sprang herab und kam auf ihn zu. Reflexartig wich Elovitz nach links aus. Sein Schuh verfing sich im Gleis, und wild mit den Armen rudernd versuchte er, das Gleichgewicht zu halten. Das Geschrei von oben wurde stärker, als er dann doch quälend langsam, wie in Zeitlupe, schwer auf die Stromschiene stürzte.

Phil war noch nicht wieder da, also nutzte Brian die Zeit für einen Anruf bei seinem Vater. Sicher konnte man Jack vorübergehend allein lassen, aber da Brian den größten Teil des Tags weg war, waren nahrhafte Mahlzeiten und gelegentlich etwas Gesellschaft äußerst wichtig. Erstaunlich, wie sehr Jacks Freunde und Nachbarn sich um ihn sorgten. Eine Frau stellte tatsächlich einen Stundenplan auf und brachte die Leute dazu, sich darauf einzutragen. Ein noch deutlicheres Anzeichen dafür, wie schlimm es um den Trainer stand, war, dass er sich über das Arrangement oder die Aufmerksamkeit nicht beschwerte.

»Paps, wie hältst du dich?«

»Kann nicht klagen.«

Seine Stimme klang zittrig.

»Du hast dir ein wenig die Beine vertreten?«

»Ein wenig.«

»Schmerzen?«

»Geht so.«

Mein Gott, Trainer, wollte Brian schreien. *Lass doch endlich dieses Macho-Gehabe und sag mir, was los ist!*

»Die Pflegerin wird in einer halben Stunde bei dir sein und nach dir schauen«, sagte er stattdessen. »Bitte sie, mich hier anzurufen und mir Bescheid zu geben. Du hast meine Piepsernummer.«

»Wie geht's *dir?* Schon jemandem das Leben gerettet?«

»Nein, aber ich habe auch noch keinen um die Ecke gebracht. Mehr will ich ja nicht.«

»Fünf Dollar, dass du in den nächsten vierundzwanzig Stunden jemandem das Leben rettest.«

»Paps, so funktioniert das in natura nicht. Nur im Fernsehen, wo sie sich um die Quote Sorgen machen müssen.«

»Fünf Dollar.«

»Na gut, gebongt. Du wirst dir heute Abend die Sox anschauen? ... Jack?« Das Schweigen zog sich zu lange hin. »Jack, was tust du da gerade?«

»Nichts«, erwiderte sein Vater schließlich, und seine Stimme klang noch angestrengter als zuvor. »Mir geht's gut.«

Brian wusste, dass er sich gerade eine Nitrotablette unter die Zunge geschoben hatte. Brustschmerz im Ruhezustand war kein gutes Zeichen.

»Sag der Pflegerin einfach, sie soll mich anrufen«, meinte er.

Phil kehrte mit Kaffee und Doughnuts zurück.

»Etwas für das leibliche Wohl zweier hungriger Ärzte, ehe wir die Orientierungstour beenden«, verkündete er.

»Phil, du bist Kardiologe. Wie kannst du ständig diesen Fraß zu dir nehmen?«

»Was kann ich darauf antworten? Ich bin schwach. Frag Miss Carrie. Das Gute daran ist jedoch, dass ich nicht meine Lizenz verlieren werde, weil ich süchtig nach Krapfen bin.«

»Gut argumentiert. Sobald ich mich aber auf dieser Stelle eingerichtet habe, werden wir gemeinsam ein Fitness- und Gesundheitsprogramm durchexerzieren.«

»Wenn du geglaubt hast, von den Pillen runterzukommen wäre hart gewesen, dann warte mal, bis du versuchst, mich in eine Turnhalle zu kriegen.«

Sie gingen durch die klinische Abteilung – hervorragend ausgestattet, mit fünfundzwanzig Betten –, dann durch die Chirurgie, Laj Randas Reich.

»Na gut«, meinte Phil. »Wie wär's, wenn wir den Labors einen Besuch abstatten würden? Das BHI hat jede Menge schrullige Forscher. Ich selbst habe ein kleines Labor, in dem ich versuche, eine Meute Hamster so unter Stress zu setzen, dass ihre Koronararterien erkranken.«

»Und, Erfolg damit?«

»Wen interessiert's? Die Publikationen, die ich diesen pelzigen kleinen Mistviechern abringen konnte, haben mir zu meiner Anstellung verholfen. Das ist sowieso der einzige Grund für die Experimente. Akademiker-Medizin, mein Freund. Hamstern oder untergehen.«

»Kapiert. Hör mal, wenn's dir nichts ausmacht, lassen wir die

Labors sausen, und ich gehe zur Vasclearklinik hinüber. Ich muss morgen Abend da Dienst schieben. Abgesehen davon, war einer der Gründe, weswegen ich mich nie allzu sehr von der akademischen Medizin habe vereinnahmen lassen, mein dringendes Bedürfnis, der Forschung aus dem Weg zu gehen.«

»Also die Vasclearklinik«, sagte Gianatasio. »Nur würde ich diesen Teil gern Lucy Kendall, der Stationsschwester dort, überlassen, wenn du nichts dagegen hast. Ich habe heute Nachmittag ein volles Haus, und einen kleinen Vorsprung zu bekommen wäre eine gewaltige Hilfe.«

»Ist mir recht. Aber sag mir noch eines, Phil: Wie viel ist den Leuten hier über mich erzählt worden?«

»Was meinst du damit?«

»Nun, diese Lucy Kendall, zum Beispiel. Weiß sie, dass ich meine Lizenz gerade erst zurück habe und weswegen?«

Gianatasio zuckte die Schultern.

»Wenn der Klatsch und Tratsch sich nicht um Lucy dreht, bezweifle ich, dass sie ihm großartig Beachtung schenkt«, meinte er. »Aber Kliniken sind Kliniken. Die Leute zerbrechen sich gern über andere den Kopf, und uns Ärzte nimmt man als Erste aufs Korn. Ich habe aufgegeben, mir Sorgen darum zu machen, wer von mir und Carrie weiß und wer nicht. Das vereinfacht vieles. Die Leute reden vielleicht über dich, insbesondere nach deiner Rettungstat bei Thyri in der Notaufnahme. Bislang ist mir allerdings nichts zu Ohren gekommen. Ich halte dich auf dem Laufenden.«

»Tu das, Phil. Bitte.«

Die Vasclearklinik war, nicht weiter überraschend, ein Juwel – zehn Räume zum Verabreichen von Medikamenten, überall Teppiche, und fachmännisch dekoriert mit elektronisch steuerbaren Lehnsesseln wie aus dem Raumfahrtzeitalter und individuell vom Patienten wählbarem Soundsystem. Lucy Kendall, die Vasclear-Stationsschwester, führte Brian herum. Dabei brachte sie es fertig, zugleich einen guten Teil ihrer Lebensgeschichte beizumengen. Sie war mit einem praktischen Arzt in der Vorstadt verheiratet und hatte gerade ihr zweites Kind bekommen – einen Jungen.

Im Allgemeinen war Brian koketten Frauen gegenüber immun. Während ihrer Ehe hatte ihn Phoebe immer wieder auf die Unterschiede zwischen den Frauen hinweisen müssen, die freundlich, und denen, die aufdringlich waren. Aber sogar für ihn war Lucy Kendall ein offenes Buch. Sie zeigte sich von Anfang an überaus empfindlich und vertraulich und erzählte ihm mehr als einmal, wie erfreut sie darüber war, dass sie so rasch nach der Geburt ihre Figur wiederbekommen hatte. Sie verhielt sich ausgesprochen frivol, als Brian auf ihre Winke mit dem Zaunpfahl einging und ihr zustimmte.

Eigentlich war Brian erleichtert darüber, dass er mit einer Person arbeiten würde, die so auf sich selbst konzentriert war, dass sie an ihm und seiner Vergangenheit völlig desinteressiert wäre. Auch fiel ihr vermutlich gar nicht auf, dass er bei jeder sich bietenden Gelegenheit abwechselnd Fragen über sie und ihr Leben und über Vasclear stellte.

Er wusste genau, was er tat, als er immer mehr Informationen aus ihr herausquetschte – wie das Medikament gehandhabt, wo es aufbewahrt, wie es etikettiert und verabreicht wurde und wo die Kontrollbögen aufbewahrt wurden. Er wusste es ganz genau, aber es zu akzeptieren fiel ihm sehr schwer.

Er sondierte das Feld, wie er die Apotheke im Suburban Hospital sondiert hatte. Er nutzte Lucy Kendall auf die gleiche Art und Weise aus, wie er die junge Krankenhausapothekerin im Suburban ausgenutzt hatte. Er suchte nach der Schwachstelle des Systems, durch die er eine Bresche schlagen konnte. Nur dass er diesmal keine Tabletten für seine Sucht haben wollte, sondern einen Plan für den Fall entwickelte, dass Jessup und Weber sich weigerten, Jack in die Vasclearstudie aufzunehmen, oder, falls doch, dass er nicht in die Betagruppe randomisiert wurde.

Brian verspürte ein aufkommendes Zittern. Weniger als einen Tag wieder an der Arbeit, und schon heckte er einen Plan aus, wie er ein Arzneimittel stehlen könnte. War es wirklich etwas Anderes, wenn er ein Medikament im Experimentierstadium mitgehen ließ, das seinen Vater retten sollte, und keine Tabletten, die ihm über sein eigenes Unbehagen hinweghelfen sollten – seinen eigenen Schmerz? War er emotional bereit, erneut dem System ein Schnippchen zu schlagen, auch wenn er lediglich Besorgnis verspürte oder das Motiv für den Diebstahl ein edles war? War es nach den vielen Treffen und Therapiesitzungen und der Seelenerkundung möglich, dass er sich in Wirklichkeit gar nicht verändert hatte – dass er seine Therapeuten, seinen Betreuer und, schlimmer noch, sich selbst zum Narren gehalten hatte?

Die Fragen bereiteten Brian tiefes Unbehagen ... brachten ihn jedoch nicht so weit, seinen Plan aufzugeben.

Kapitel 7

The Washington Post

FDA verzögert Zulassung von Herzmittel

Der Vorsitzende des Senate Government Affairs Committee, Senator Walter Louderman (R-Mass.), beschuldigt den Leiter der FDA, Dr. Alexander Baird, die Zulassung eines Herzmittels hinauszuzögern, das, Louderman zufolge, jährlich Hunderttausenden Amerikanern das Leben retten könnte ...

Die Schatten der Nachmittagssonne wurden schon länger, als Lucy Kendall widerstrebend Brians Führung beendete und zu ihren Patienten zurückkehrte. Dank ihrer Geschwätzigkeit hatte Brian viel über die Handhabung und Verabreichung von Vasclear erfahren, aber einige Teile fehlten noch – Teile, die er zusammensuchen konnte, wenn er dann tatsächlich eine Schicht in der Klinik absolvierte.

Aus der fünften Etage sah er, dass der Feierabendverkehr draußen ins Stocken geraten war und es heftig regnete. Die Fahrt nach Reading, die normalerweise zwanzig Minuten dauerte, würde jetzt doppelt oder sogar dreimal so lang werden. Der Bericht der Pflegerin über Jacks Zustand gab keinen Anlass zur Besorgnis, und da er schon damit gerechnet hatte, dass der Einführungstag lang werden würde, hatte er eine Nachbarin gebeten, den Besuchsplan bis neun Uhr auszufüllen. Es gab keinen Grund für ihn, nach Hause zu eilen, allerdings alle möglichen Gründe, sich mit dem White Memorial Hospital und dem Boston Heart Institute noch vertrauter zu machen.

Er wollte gerade Lexington anrufen, den Mädchen eine gute Nacht sagen und Phoebe wissen lassen, dass er Tag Eins überlebt hatte, da ging sein Piepser. Phil war dran.

»Bri, du bist da oben fertig?«

»Gerade eben. Warum?«

»Ich bin auf dem Weg zur Notaufnahme und habe mir gedacht, du könntest vielleicht zu mir runterkommen. Ich wollte mal hören, wie es in der Klinik gelaufen ist.«

»Ich rufe zuerst noch meine Kinder an, Phil. Aber anschließend sicher, dann komme ich runter. Was ist los?«

»Oh, bloß das Übliche. Ein Vierundsiebzigjähriger ist in der Downtown Crossing T Station auf die Stromschiene gestürzt.«

»Und er hat überlebt?«

»Nicht nur überlebt, sondern ist offensichtlich wieder so weit, dass er die Notaufnahme verlassen kann.«

»Klingt nach einem zähen Burschen. Fang mal an. Ich bin in ein paar Minuten unten.«

Brian wählte Phoebes Nummer und überlegte, ob er das je wieder täte, ohne sich gegen die Untertöne von Missbilligung und Zynismus zu wappnen, die er immer noch aus ihrem Tonfall heraushörte.

Als Brian und Phoebe einander kennen gelernt hatten, war er bereits abhängig von Schmerzmitteln, obwohl ihr das erst Jahre später richtig bewusst wurde. Äußerte sie ihm gegenüber ihre Besorgnis, war das lediglich Vorspiel von wütenden Zurückweisungen, denen zusätzliche Jahre der Lügen, des Ableugnens und der Täuschung gefolgt waren. Weniges, hatte Freeman einmal bemerkt, war mächtiger als Vertrauensverlust. Phoebe hatte einfach

Angst vor seiner Unaufrichtigkeit und eine bestimmte Einstellung zur Drogenabhängigkeit, und daran könnte nur die Zeit etwas ändern – die Zeit und dazu die Veränderung in Brian selbst, die ausschließlich eine fortschreitende Gesundung mit sich brachte.

Caitlin hob beim ersten Klingeln ab. Sie war neun – ein Bücherwurm, hitzig wie ihre Mutter und ihr im äußeren Erscheinungsbild so ähnlich, dass Brian manchmal glaubte, Phoebe vor sich zu sehen, die zusammengerollt und lesend im Sessel saß. Selbst zwei Jahre nachdem er seine Familie verlassen hatte, wollte Caitlin die Situation noch immer nicht hinnehmen und verlor selten ein Wort darüber. Heute Abend wollte sie ihm unbedingt etwas von ihrer Französischklasse in der Schule und dem Buch *Heidi* erzählen, das sie gerade gelesen hatte, sowie ihrem neuesten Klavierstück. Sie reagierte schüchtern auf Brians Neuigkeit, sie könne kommen und den Tag mit ihm und Jack verbringen. Offenbar musste Phoebe erst noch erklären, dass Caitlin und Becky überall mit ihrem Vater hingehen konnten, weil er seine Lizenz zurück hatte. Die überwachten Besuche waren vorüber.

»*Je t'aime, Papa*«, sagte Caitlin, ehe sie den Hörer an ihre jüngere Schwester weiterreichte.

»Ich liebe dich auch, Schatz«, sagte Brian und versuchte, den Baseball großen Kloß hinunterzuschlucken, der ihm plötzlich in die Kehle gestiegen war.

»Klopf, klopf«, zwitscherte Becky, ohne sich mit einer Begrüßung aufzuhalten.

Mit knapp sieben war sie ein Strahlekind voller Energie, munter und ebenso erdverbunden, wie Caitlin vergeistigt war. Brian hatte die Mädchen einmal gefragt, ob sie je einer Meinung seien. Kaum überraschend hatte die eine mit Ja und die andere mit Nein geantwortet.

»Wer ist da?«, erwiderte er.

»Hat sieben Häute und beißt die Leute.«

»Das weiß ich nicht.«

»Haha. Das ist eine Zwiebel. Hier ist Mami. Tschüs.«

»Becky!«, rief Phoebe. »Komm zurück und erzähl deinem Vater noch was ... Weg ist sie.«

»Schon in Ordnung. Sie hat mir eine Scherzfrage gestellt, eine wirklich gute Scherzfrage. Das reicht mir.«

»Sie macht sich großartig.«

»Ich weiß. Das tun sie beide ... Also, jetzt bin ich offiziell an Bord.«

»Glückwunsch. Du solltest sehr stolz auf dich sein.«

»Nächste Woche bekomme ich mein Gehalt. Promovierte verdienen nicht viel mehr als nicht-promovierte Stipendiaten, aber der Scheck, den ich dir schicken kann, wird fast um die Hälfte höher sein.«

»Schön für uns alle«, erwiderte Phoebe unverblümt wie stets. »Mein Bankkonto freut sich, wenn ich Geld darauf deponiere. Wenn es stimmt, was du sagst, werde ich ein paar Stunden die Woche mit der Arbeit kürzer treten können – vielleicht kann ich mich für die jüngeren Mädchen bei den Pfadfindern engagieren.«

»Gute Idee«, erwiderte er und reagierte bewusst nicht auf ihre angedeutete Erinnerung an seine gebrochenen Versprechen all die Jahre über.

Es folgte ein Schweigen, währenddessen sie, wie Brian wusste, auf seine Retourkutsche wartete.

»Weißt du«, sagte sie schließlich, »so wütend und enttäuscht ich ja gewesen bin, ich habe stets gespürt, dass du die Sache durchstehen würdest.«

Immer eines nach dem anderen, wollte Brian sie warnen. Stattdessen dankte er ihr. Ein solches Feingefühl hatte sie nie zuvor an den Tag gelegt.

Dank des Sturms und Regens draußen herrschte in der Notaufnahme Flaute. Brian durchquerte den verschmutzten Rezeptionsbereich und traf im Gang vor Raum 4 auf Gianatasio. Phil war über einen Mann in einem Rollstuhl gebeugt und horchte ihm die freigelegte Brust mit seinem Stethoskop ab. Der Patient, dem seine vierundsiebzig Jahre deutlich anzusehen waren, hatte das linke Handgelenk in Gips und den Arm in einer Schlinge. Sein zerzaustes silbriges Haar war strähnig. Das ausdrucksstarke, tief gefurchte Gesicht hatte etwas Angenehmes an sich, obwohl er im Augenblick ängstlich wirkte. Ein Mann, der harte Zeiten durchgemacht und sich behauptet hatte, dachte Brian.

Phil nahm das Stethoskop aus den Ohren und richtete sich auf. »Wilhelm Elovitz, dies ist Dr. Brian Holbrook.«

»Bill. Alle nennen mich Bill«, erwiderte Elovitz mit einem einnehmenden Lächeln und einem leichten jüdischen Akzent. Er zeigte auf die Frau mittleren Alters, die seinen Rollstuhl schob. »Das ist meine Nachbarin, Mrs Levine. Sie soll mich nach Hause bringen.«

»Bill wird in den 10-Uhr-Nachrichten zu sehen sein«, meinte Phil. »Vielleicht sogar auf CNN und möglicherweise in Ripleys *Kaum zu glauben*. Der MBTA-Bahnsteig an der Downtown Crossing war so voll gewesen, dass er vor einen herannahenden Zug geschoben wurde. Der Zugführer hat gerade noch rechtzeitig bremsen können, aber dann ist Bill beim Aufstehen gestolpert und direkt auf die dritte Schiene gestürzt. Dieser Regenmantel aus Gummi hat ihn davor bewahrt, geschmort zu werden, und am Ende hatte er lediglich ein gebrochenes Handgelenk.«

»*Sie* haben gut reden, ›lediglich ein gebrochenes Handgelenk‹«, bemerkte Elovitz trocken. »Schließlich ist es nicht Ihres.«

»Warum hat die Notaufnahme um eine Herzuntersuchung gebeten?«, fragte Brian.

»Oh, zum Teil, weil sie einfach der Ansicht waren, dass jeder, der auf zehn Billionen Volt fällt, von uns untersucht werden soll, ob er nun den Strom geleitet hat oder nicht, und zum Teil, weil er ein Vasclear-Patient ist. Einer der ersten, ganz einfach.«

Brians Interesse schoss sogleich in die Höhe.

»Sie fühlen sich so weit in Ordnung?«, fragte er.

»Ich weiß nicht, was *Sie* darunter verstehen«, erwiderte Elovitz, »aber was *ich* darunter verstehe, ja, ich fühle mich in Ordnung. Aber bitte jetzt – meiner Frau geht es nicht gut, und sie ist sehr in Sorge um mich. Ich muss nach Hause.«

Brian fiel auf, dass der Mann zwischen jedem einzelnen Satz zwei zusätzliche Atemzüge benötigte.

»Dyspnoe?«, fragte er Phil.

»Er befindet sich im Frühstadium von KHV«, entgegnete Gianatasio und benutzte die Abkürzung für kongestive Herzinsuffizienz – Flüssigkeit reichert sich aufgrund eines geschwächten Herzens in den Lungen an. »Hören Sie mal, Bill. Sie sind ein wenig kurzatmig. Ich arbeite nicht mehr in der Vasclearklinik, aber Dr. Holbrook, und er würde Sie gern auf Herz und Nieren untersuchen. Könnten Sie bitte morgen die Klinik anrufen und einen Termin bei ihm festmachen?«

Elovitz legte den Kopf schief und sah zu Brian auf.

»Sie sind ein guter Arzt?«, fragte er.

»Ziemlich gut«, erwiderte Brian. »Ja.«

»In diesem Fall rufe ich Sie an. Vielen Dank, Dr. Phil. Gehen wir, meine Liebe.«

Ehe auch nur einer der beiden Ärzte ein Wort hätte sagen können, hatte Mrs Levine ihren Schützling den Flur hinab und um eine Ecke geschoben.

»Er ist nett«, meinte Brian. »Was macht seine Pumpe?«

»Muss ein bisschen aufpoliert werden. Ich bin wirklich nicht gut darin, auf dem Flur Patienten zu untersuchen, die voll bekleidet sind und sich drehen und winden, weil sie raus wollen. Deswegen habe ich ihm gesagt, er soll einen Termin mit dir machen. Frag in zwei Tagen bei der Vasclear-Sekretärin nach. Wenn er keinen Termin vereinbart hat, sollten wir ihn vielleicht anrufen. Nun, gehen wir in den Aufenthaltsraum. Ich möchte wissen, ob dich Lucy Pussy angebaggert hat oder nicht.«

Nachdem Brian Phil zwanzig Minuten später vor die Tür begleitet hatte, kehrte er zurück, um seine Orientierungstour fortzusetzen. Gianatasio war nicht in der Lage zu entscheiden, ob bei Wilhelm Elovitz die Behandlung mit Vasclear nicht anschlug oder ob seine Symptome auf andere Faktoren als Arterienverkalkung zurückzuführen waren. Aber er wies auf einen Umstand hin, der Brian bereits bekannt war: Während sich das Medikament bislang als ungeheuer erfolgreich erwiesen hatte – nach allen Kriterien, die man anlegen konnte –, reagierten fünfundzwanzig Prozent der Patienten nicht darauf.

Brian schlenderte zum Boston Heart zurück und ging am Operationsbereich im zweiten Stockwerk und den Labors im ersten vorbei. Die Patientenaufnahme und die Büros der Verwaltung lagen im Erdgeschoss, ebenso die reguläre Herzklinik. Das Kellergeschoss beherbergte die Herzkatheterisierungsräume am einen und die Tierhaltung am anderen Ende. Dazwischen lag eine Selbstbedienungskantine mit Automaten. Brian fiel plötzlich auf, dass er seit dem Frühstück außer Phils Kuchen nichts zu sich genommen hatte.

Er stieg die Treppe neben den Herzkatheterräumen ins Kellergeschoss hinab. Morgen früh würde er dieselbe Treppe nach unten nehmen, um sich zum ersten Mal seit anderthalb Jahren für eine Katheterisierung umzukleiden, mit keiner Geringeren als Carolyn Jessup. Der Herzkatheterraum sowie die Bibliothek mit den Aufnahmen waren abgeschlossen, und der Korridor des Kellergeschosses lag völlig verlassen da, obwohl hinter der Doppelglastür der Tierhaltung Licht brannte. Er näherte sich der Kantine, als ein Mann heraustrat, der einen kleinen Pappkarton mit zwei Kaffees und einigen Sandwiches in der Hand hielt. Er war so groß wie Brian, oder sogar noch etwas größer, hatte jedoch die breiten Schultern eines Linebackers und eine schmale Taille; darüber hinaus kleine dunkle Augen, hohe Wangenknochen und eine Haut mit Aknenarben. Er trug Jeans und ein blaues, von oben bis unten zugeknöpftes Hemd und war von Brians Anblick so überrascht, dass er fast seinen Karton fallen gelassen hätte.

Für den Bruchteil einer Sekunde begegneten sich ihre Blicke. Brian sah lediglich Feindseligkeit und keinen Funken Intelligenz. Der Mann knurrte einen Gruß, scheiterte völlig beim Versuch eines Lächelns und ging mehrere Stufen rückwärts, bevor er sich umdrehte. Daraufhin zögerte er erneut, ehe er das Treppenhaus gegenüber dem betrat, das Brian benutzt hatte – die Stufen zum Geschoss unter dem Kellergeschoss. Brian schaute auf seine Karte. Die dort abgebildeten Stockwerke endeten mit dem Keller. Er versuchte, den Mann anhand seiner Kleidung, seiner beeindruckenden Größe und seiner Verbindung mit dem Geschoss unterhalb des Kellergeschosses in irgendeine Nische der Klinik einzuordnen. Wartung? Wachdienst? Wäscherei? Heizung?

Wenige Augenblicke später wärmte Brian ein paniertes Hähnchenbrustsandwich in der Mikrowelle auf und nippte an einem Pappbecher mit einem schalen Kaffee, wie er ihn schlechter noch nie getrunken hatte. Der merkwürdige Ausdruck auf dem Gesicht des pockennarbigen Mannes wollte ihm nicht aus dem Kopf. Wie ein verschrecktes Reh im Scheinwerferlicht eines Autos. Aber was könnte dieser Bursche getan haben? Essen aus den Automaten stehlen?

Sein Piepser unterbrach Brians Gedanken. Das Display zeigte seine Telefonnummer zu Hause an. Er blickte sich nach einem Apparat um und trug die Reste seines Sandwiches und den Kaffee über das glänzende Linoleum in den beleuchteten Teil am Ende des Flurs hinab. Auf der ersten der beiden Glastüren stand in Goldlettern ›Tierhaltung‹. Erst nachdem er die äußere Türe hinter sich gelassen hatte, roch und hörte Brian die Tiere. Er ging durch die innere Tür, und Gestank und Radau wurden weitaus schlimmer.

»Kann ich weiterhelfen?«

Der Mann, der die Füße auf dem alten zerkratzten Tisch liegen hatte, war hager und ungekämmt. Brian registrierte graue Bartstoppeln, unregelmäßig geschnittenes grau-schwarzes Haar, Jeans und einen schmutzigen, knielangen Laborkittel. Ein leerer Stifthalter mit Namensschild auf dem Schreibtisch identifizierte den Mann schlicht als Earl.

»Mein Name ist Holbrook, Dr. Brian Holbrook. Heute ist mein erster Tag am BHI, also bin ich gerade dabei, mich zu orientieren. Ich würde gern Ihr Telefon benutzen, wenn ich darf.«

»Bitte, bitte, hier«, sagte Earl mit einem Appalachen-Akzent. »Ich hab gehört, dass Sie heute kommen. Werden bei der Vasclearstudie helfen, nich?«

Brian war überrascht davon, dass dieser Bewohner des Kellergeschosses von ihm gehört hatte. *Die Leute reden vielleicht über dich, aber bislang ist mir noch nichts zu Ohren gekommen.* Waren das nicht vorhin Phils Worte gewesen?

Die Zähne des Mannes waren nikotingelb und in einem schrecklichen Zustand, und er trug nicht unwesentlich zu der hier herrschenden Duftnote bei. Aber Brian hatte auch einen anderen Geruch bemerkt, der dem Mann entströmte – ein Geruch, auf den er während der letzten achtzehn Monate sensibilisiert worden war: Alkohol.

»Stimmt«, meinte Brian. »Ich arbeite in der Abteilung und schiebe an einigen Abenden in der Vasclearklinik Dienst. Haben Sie was mit den Tierstudien zu tun?«

»'türlich.«

Brian hob den Hörer hoch und ließ gleichzeitig lässig das halb aufgegessene Sandwich in den Mülleimer fallen. Der Körpergeruch des Mannes, zusammen mit den Alkoholausdünstungen, hatte ihm den Appetit verdorben. Jacks Nummer war besetzt. Vor nur wenigen Stunden hatte ihm die Pflegerin berichtet, dass Jack so weit in Ordnung und guten Mutes sei. Brian schaute auf die Besucherliste. Sally sollte bei ihm sein. Sehr wahrscheinlich war es nichts Besonderes.

»Besetzt«, sagte er. »In Ordnung, wenn ich mich ein paar Minuten umschaue, bevor ich noch mal anrufe?«

»Bitte, bitte. Ich bin hier.«

»Welche Tiere haben Sie für die vorbereitenden Vasclearstudien benutzt?«

»Oh, ein bisschen was von allem«, entgegnete Earl. »Das Übliche. Zuerst Ratten und Karnickel, dann eine ganze Schweineherde, ein paar Schafe, ein paar Hunde und schließlich einige Affen. Am liebsten haben sie mit diesen Schweineherzen gearbeitet. Die soll'n doch Menschenherzen ziemlich ähnlich sein. Überrascht mich überhaupt nich. Ich kann Ihnen 'ne Menge Leute zeigen, das sind nichts weiter als Schweine.«

Sein rasselndes Gelächter über den eigenen Witz endete in einem Hustenanfall. Brian warf einen Blick auf seinen frischen TB-Hauttest und machte sich im Geist eine Notiz, in ein paar Monaten erneut einen Test durchführen zu lassen.

»Hat's Probleme gegeben?«, fragte er.

Earl sah ihn skeptisch an.

»Nun, nein«, meinte er schließlich. »Warum fragen Sie so was?«

Brians Grinsen war ein Versuch, den plötzlichen Stimmungsumschwung ungeschehen zu machen.

»Wollte bloß was über das Medikament erfahren, mit dem ich arbeiten werde«, sagte er, wobei er bewusst mit einem leichten Akzent sprach.

»Nun, damit Sie Bescheid wissen, die Tierversuche waren einwandfrei.«

»Schön zu hören. Ich bin in einer Minute zurück und versuche noch mal anzurufen.«

Brian wandte sich rasch um, trat durch die Glastür rechts von Earls Schreibtisch und ging eine der Käfigreihen hinab.

Earls Reich war eigentlich ziemlich groß – und in viel besserem Zustand als der Mann selbst. Von links nach rechts wurden die

Käfige und die Tiere immer größer. Mäuse, Hamster, Ratten, Kaninchen, sogar einige kleine Hunde. Brian hatte während seiner Kindheit und Jugend nie Haustiere gehabt und war aus diesem Grund vielleicht kein leidenschaftlicher Gegner von Tierversuchen bei der Entwicklung von Medikamenten, solange die Tiere selbst gut versorgt wurden. Aber ihr Anblick hier und jetzt, in einer Käfigreihe nach der nächsten, berührte ihn doch.

Ganz rechts, von der übrigen Einrichtung durch eine Glaswand abgetrennt, befand sich eine Anzahl größerer Käfige. Gegenwärtig standen mehrere davon leer; in zweien waren Schafe; in zwei weiteren große Hunde; und acht beherbergten Primaten – sechs drahtige Gibbons und zwei Schimpansen.

Die Primatenkäfige waren etwas über einen Meter breit und zweieinhalb Meter tief – und hoch genug, dass ein Mensch darin stehen konnte. Brian war erfreut über den Anblick von Schaukeln und Kinderspielzeug – ein Hauch von Sorge um die Tiere. Mehrere der Affen waren anscheinend ebenso neugierig auf ihn wie er auf sie. Dann fiel sein Blick auf einen der Schimpansen, den kleineren der beiden, der aber immer noch so groß wie ein sechsjähriges Kind war. Er saß in sich zusammengesunken in der näher gelegenen Ecke des Käfigs und schlief offensichtlich. Aber er atmete geräuschvoll und angestrengt, und sein Unterleib war erkennbar aufgebläht. Darüber hinaus waren seine Hinterpfoten überraschend angeschwollen.

In Brians Augen erlebte das schlafende Tier eine ziemlich schwere Flüssigkeitsverhaltung. Lungen, Nieren, Leber, Herz – ganz automatisch durchdachte Brian die verschiedenen Systemfehler, die einen solchen Zustand hervorrufen konnten, wobei er sich eingestand, dass gewisse hormonelle Instabilitäten das gleiche Bild ergaben.

An der Wand in der Nähe lehnte ein Mopp. Brian nahm das Wischerende in die Hände, ließ den Stiel zwischen das Drahtgitter gleiten und piekste das Tier. Nichts. Überhaupt keine Reaktion.

Er wiederholte das Manöver etwas fester, berührte mit dem Ende des Stiels die Seite des aufgeblähten Schimpansenbauchs. Ein katarrhalisches Auge öffnete sich und blickte langsam auf die Stelle hinab. Abgesehen davon erfolgte jedoch keinerlei Reaktion. Das Tier war krank, lag fast im Sterben. Brian notierte sich die Nummer von der Karte, die am Käfig befestigt war – 4386. Daraufhin kehrte er zum Schreibtisch zurück, wo Earl gerade die Comics im *Herald* las.

Bevor er jedoch das Tier erwähnte, rief Brian erneut bei Jack an. Sein Vater hob nach dem ersten Klingeln ab.

»Brian?«

»Ja, Paps. Du bist in Ordnung?«

»Natürlich. Ich habe bloß angerufen, um nachzuhören, wann du nach Hause kommst.«

Brian zuckte zusammen. Einst war sein Vater ein Mann, der seine Unabhängigkeit mit Zähnen und Klauen verteidigte, und jetzt wurde er mit fortschreitender Krankheit immer abhängiger. Brian war diesem Symptom bei vielen seiner Patienten begegnet, aber Jack war erst dreiundsechzig. Es war, als würde sich sein natürlicher Alterungsprozess beschleunigen. Da er keine Geschwister hatte, konnte Brian die Verantwortung auch nicht auf jemand anderen abschieben. Der Trainer wurde immer schneller zu seinem dritten Kind.

»Ich wollte warten, bis der Verkehr nachlässt«, erwiderte Brian. »Halb acht, acht, vielleicht. Kann ich dir was mitbringen?«

»Wie wär's mit Eis?«

»Du kannst kein Eis essen, Jack ... Oh, zum Teufel. Hör mal, ich bin um acht zu Hause und bring dir ein Hörnchen von Schiller's mit.«

»He, das wäre großartig. Das aus den Keksen, ja?«

»Oreo, Paps. Du hast's kapiert.«

Brian verabschiedete sich und legte den Hörer auf. Er fragte sich, wo das alles enden würde.

»Vielen Dank«, sagte er zu Earl. »Vielen, vielen Dank. Sagen Sie mal, ich habe mir gerade einen der Schimpansen da drin angesehen, Käfig Nummer vier-drei-acht-sechs, und ich könnte schwören, er ist krank.«

»Unsinn. Der alte Jake is faul und fett. Aber er is nich mehr krank als Sie und ich.«

»Vielleicht, aber ich glaube, er hat eine ziemlich schwere Flüssigkeitsverhaltung. Kommen Sie mit, ich zeig's Ihnen.«

»Ich bleib hier sitzen. Ich seh ihn mir an, bevor ich geh.«

In seinem Tonfall schwang deutlich Gereiztheit mit.

»He, schon gut, schon gut«, sagte Brian und versuchte, fröhlich zu klingen, spürte jedoch, wie in ihm selbst allmählich Verärgerung hochstieg. »Es dauert keine Minute.« Er deutete auf den *Herald*. »Der wird bei Ihrer Rückkehr noch da sein.«

Kaum hatte er die Worte ausgesprochen, da wusste Brian, dass die witzige Bemerkung ein Fehler gewesen war.

Earl kam unsicher auf die Beine und baute sich vor ihm auf, das Gesicht verzerrt und puterrot. Er stank noch heftiger nach Alkohol, als Brian zunächst gedacht hatte.

»Sehen Sie mal«, sagte Earl, »ich hab Ihnen gesagt, ich kümmere mich um Jake, wenn ich Zeit hab, und das werd ich auch tun. Sie sin 'n Junkie, nich? Das ham alle gesagt. Nun, passen Se auf, was Se tun und wen Se rumkommandieren.«

Brian war schockiert. Er versuchte sich einzureden, dass es besser sei, zu gehen und die Sache einfach auf sich beruhen zu lassen. Aber der Quarterback in ihm wollte das nicht gestatten.

»Earl, ich mag neu sein, aber ich bin Arzt an der Fakultät und glaube nicht, dass meine Bitte so ungewöhnlich ist. Sehen Sie, sagen Sie mir doch einfach, in welcher Studie der Affe drinsteckt. Ich rede selbst mit dem Forscher.«

»Das sin meine Tiere. Wenn's da was zu berichten gibt, dann tu ich das selbst.«

»He, ich weiß nicht, was mit Ihnen los ist, aber Sie haben getrunken – ziemlich viel, glaube ich. Ich werde mit Dr. Pickard über das sprechen, was hier unten vor sich geht.«

Earl streckte das Kinn vor.

»Tun Se das doch«, meinte er. »Berichten Se doch, wem Se wollen. Ich wette, wenn Se das tun, dann sin Se schneller wieder auf der Straße, als Se Junkie sagen können. Jetzt hauen Se ab!«

Brian brachte es mit knapper Mühe fertig, seinen Zorn zu zügeln. Wenn er nach nur wenigen Stunden auf seiner neuen Stelle in einen größeren Zwischenfall mit einem Angestellten verwickelt würde, gäbe es bestimmt ein mehr als unangenehmes Nachspiel, und das war die Sache nicht wert. Mit geballten Fäusten fuhr er herum und verschwand.

KAPITEL 8

Boston Herald

Zulassung von Wundermittel in nur wenigen Wochen?

Wie Sprecher von Newbury Pharmaceuticals mitteilen, zeigt ihr neu entwickeltes Herzmittel Vasclear in 75 % aller Fälle bemerkenswerte Ergebnisse: Ablagerungen in Koronararterien lösen sich sozusagen vollständig auf. Das im Süden Bostons ansässige Pharmaunternehmen fordert für sein Medikament die Einstufung als ›lebensrettend‹. Damit könnte es ohne zusätzliche Tests auf den Markt gebracht werden.

In der Nacht vor seinem ersten ganztägigen Dienst fand Brian keine zwei Stunden Schlaf. Eigentlich wollte er Geist oder Körper so nicht auf den Morgen im Herzkatheterraum und den Nachmittag in der Klinik vorbereiten. Aber die Achterbahnfahrt der Gefühle, die er an seinem Orientierungstag absolviert hatte, wollte nicht enden.

... Berichten Se doch, wem Se wollen. Ich wette, wenn Se das tun, dann sin Se schneller wieder auf der Straße, als Se Junkie sagen können ...

Meine Güte! Ungeachtet Gianatasios Einschätzung der Lage *wurde* bereits über ihn getratscht. Und eines war klar: Obwohl man ihm die Verantwortung für Patientenbetreuung, Wiederbelebungsmaßnahmen, Durchführung von Herzkatheter-Untersuchungen und die Vasclearklinik übertragen hatte, war er in der Hierarchie des BHI dennoch der letzte Arsch. Er hatte aber auch die Stärke gespürt, die ihm seine Genesung verliehen hatte. Sie hatte ihn auf alles vorbereitet, was das Leben in der Klinik für ihn bereithalten mochte.

Der Augenblick der Wahrheit war für ihn vor nahezu achtzehn Monaten gekommen, an seinem zweiten Tag im Fairweather Center. Seine Anwältin Lois, selbst eine ehemalige Suchtmittelabhängige, hatte zwei kleine Schilder an die Wand über ihrem Schreibtisch geheftet:

Mithilfe der Zeit sorgt die Natur dafür, dass nicht alles gleichzeitig geschieht.

Wenn wir von morgen sprechen, lachen die Götter.

Brian starrte zu den Worten hinauf, ohne eine der beiden Botschaften wirklich zu verstehen. Da ließ Lois plötzlich ein Lineal auf ihren Schreibtisch klatschen.

»In Ordnung, Dr. Holbrook«, sagte sie, »Zeit für die 100 000-Dollar-Frage. Was wollen Sie tun, um wieder unter der Scheiße hervorzukommen, die Sie im Augenblick Meter hoch unter sich begräbt?«

Es war gerade eine Woche her, seit zwei Drogenfahnder morgens mit einem Computerausdruck der Percocet-Bestellung beim Apotheker-Großhandel in Brians Praxis marschiert waren. Etwa ein Dutzend Rezepte waren auf verschiedene Mitglieder der Familie Holbrook ausgestellt gewesen. Gegenwärtig war Brian zu erschrocken, verwirrt und deprimiert, um gleich auf die Frage der Frau zu antworten. Er konnte unmöglich wissen, dass es nur eine einzige völlig akzeptable Antwort gab und dass er sie geben würde. Schließlich blickte er auf. Seine Augen waren glasig und gerötet, das Gesicht unrasiert.

»Ich will alles tun«, antwortete er. »Sagen Sie mir nur, was ich zu tun habe.«

Woher diese Worte in diesem Augenblick gekommen waren, wusste er heute noch nicht. Und damals war ihm gewiss nicht das Strahlen aufgefallen, das sie auf das Gesicht seiner Anwältin gezaubert hatten. Aber sie markierten den Beginn einer radikalen Wende in seinem Leben.

Das Fairweather Center war darauf spezialisiert, alkohol- und medikamentenabhängigen Berufstätigen im medizinischen Bereich zu helfen. Viele der etwa siebzig Patienten, die gleichzeitig mit Brian dort waren, waren Ärzte. Und fast alle, er selbst eingeschlossen, mussten ihre Arroganz, ihre Power, ihre Selbstdisziplin, ihr Leugnen und ihre Logik überwinden, um sich von ihrer Abhängigkeit zu befreien. Sie mussten lernen, dass das, was in Seminaren wie zum Beispiel über organische Chemie für sie gearbeitet hatte – Intellekt und schiere Willenskraft –, nicht ausreichte, um eine dauerhafte Gesundung herbeizuführen, und im frühen Stadium sogar ein Hindernis war.

Für Brian waren die Lehren von Lois und den anderen wie ein Baumstamm, der an einem Ertrinkenden vorübertrieb. Er griff danach und hielt sich daran fest, ohne eine Vorstellung zu haben, wohin ihn die Strömung trieb. Für andere in Fairweather waren Treffen, Betreuer und die Unterwerfung unter eine höhere Macht völlig sinnlos. Während sie argumentierten, rational erklärten und Widerstand leisteten, trieb ihr Baumstamm vorüber. Einige dieser Ärzte – Ärzte, die so gut ausgebildet waren, so viel Intelligenz besaßen und so viel zu geben hatten – waren bereits tot.

»Während der vergangenen drei Monate haben Sie hier in Fairweather ein behütetes Leben geführt«, sagte Lois zu ihm, als sie ihm seinen Entlassungsplan überreichte. »Aber vertrauen Sie mir, das wahre Leben wartet dort oben in Massachusetts auf Sie und kann gelegentlich ganz schön grausam sein, insbesondere für einen Dr. med mit Ihrer Vorgeschichte. Also, denken Sie einfach daran, eins nach dem anderen, nichts überstürzen und kürzer treten. Was es auch erfordert, eine Situation durchzustehen, greifen Sie nicht wieder zu Tabletten.«

... Berichten Se doch, wem Se wollen. Ich wette, wenn Se das tun, dann sin Se schneller wieder auf der Straße, als Se Junkie sagen können ...

... Das wahre Leben kann gelegentlich ganz schön grausam sein ...

Die Worte geisterten nach wie vor durch seinen Kopf, als Brian die Eingangshalle des White Memorial betrat. Er war noch immer erschüttert von den Ereignissen am Vorabend in der Tierhaltung, aber er würde durchhalten, ganz gleich, was er ertragen müsste. Er hatte nie etwas anderes gewollt, als den Fuß wieder in die Tür zur Medizin zu bekommen. Jetzt war es an der Zeit, sich zu beweisen, was bedeutete, solchen Schweinehunden wie dem Tierpfleger die andere Wange hinzuhalten, und das würde er tun. Andernfalls stünde einfach zu viel auf dem Spiel – für ihn und seinen Vater.

Als Brian am Abend zuvor um Viertel nach acht von seiner Orientierungstour zurückgekehrt war, hatte er Jack schlafend in seinem Sessel vorgefunden. Sally Johansen, die Nachbarin, die gerade mit dem Besuch an der Reihe war, legte einen Finger auf die Lippen, zeigte daraufhin auf das Nitroglyzerinfläschchen und hielt drei Finger hoch. Drei Schmerzattacken. Brian dankte ihr schweigend, küsste sie auf die Wange und winkte sie hinaus. Dann weckte er Jack sanft und reichte ihm sein Oreo-Eis. Jack blieb lange genug wach, um das Eis hinunterzuschlingen, und ließ sich dann von Brian zu Bett bringen, ein Zugeständnis, das seinem Charakter völlig widersprach. Der Mann verfiel. Schwierige Entscheidungen konnten nicht länger hinausgeschoben werden.

Brian legte einen Stapel kardiologischer Broschüren und Zeitschriften auf den Fußboden neben das Sofa. Dann, auf einmal rastlos geworden, streifte er ein Paar Joggingschuhe über und machte sich zu einem langsamen, drei Kilometer langen Lauf durch den milden Abend auf – zum ersten Mal seit Monaten war er wieder gelaufen. Das Zusammentreffen mit Earl ließ sich schwer abschütteln, aber nach etwa einem halben Kilometer tauchte er in Tagträumereien ab, wie es wäre, wenn er wieder eine Privatpraxis und einige Jahre ein geregeltes Einkommen hätte.

Nach seiner Rückkehr hatte er zunächst geduscht und sich dann ans Studium der Zeitschriften gemacht, wobei die Zeit wie im Flug verging. Nach einigen Stunden döste er gerade auf dem Wohnzimmersofa, als er hörte, wie Jack stöhnte, ins Bad und dann zurück ins Bett schlurfte. Brian beendete das angefangene Kapitel und ging zur Schlafzimmertür, um nach seinem Vater zu sehen. Der hatte sich gegen die Kopfstütze gelehnt, das winzige Fläschchen mit den Nitroglyzerinpillen in der Hand.

»Schmerzen gehabt?«, fragte Brian und Jack zuckte überrascht zusammen.

»Oh, hallo ... nein ... ich meine, ein bisschen. Gestern war nicht mein bester Tag.«

»Meiner auch nicht«, erwiderte Brian. Er hatte es nicht sagen wollen, aber da waren die Worte schon heraus.

»Was meinst du damit? Am Telefon hast du gesagt, dass alles großartig laufen würde.«

»Tut's auch. Alles läuft prima ... außer dir und dieser Angina.«

»Hör mal«, meinte Jack und ließ die Nitrotablette unter die Zunge gleiten, »wenn du ehrlich zu mir bist, dann bin ich's auch zu dir.«

Er schloss die Augen, rutschte auf das Kissen zurück und wartete darauf, dass die Arznei seine Koronararterien erweitern und seinem nach Sauerstoff gierenden Herzmuskel zusätzlich etwas

Blut zuführen würde. Innerhalb weniger Minuten war er auf dem Rücken liegend eingeschlafen und schnarchte. Eine Zeit lang stand Brian da und blickte auf ihn hinab.

Was wäre gewesen, wenn ich nicht ein anderes Spiel gespielt hätte, als du gewollt hast?, dachte er.

Nachdem Brian zusammen mit Phil, einem Stipendiaten, zwei Assistenzärzten, zwei Medizinstudenten und den Krankenschwestern die Visite bei den achtzehn Patienten der klinischen Abteilung beendet hatte, traf er im Herzkatheterraum ein. Dass sein alter Freund ein ausgezeichneter Lehrer und einfühlsamer Arzt war, überraschte ihn nicht im Geringsten. Nur zwei der achtzehn Patienten waren Teilnehmer an der Vasclearstudie, und obwohl beide aufgrund ihrer Herzerkrankung ziemlich schlimm dran waren, waren sie in der Gammagruppe, die, Phils Worten zufolge, fast sicher die Placebos erhielt. Die Diskussion um Vasclear und das Ausbleiben jeglicher Nebenwirkungen bei der Betagruppe bestätigten Brians Ansicht allenfalls noch, dass Jack von einer Behandlung profitieren würde.

Die Katheterisierung, bei der er Carolyn Jessup assistieren würde, war reine Routine. Die Nachuntersuchung einer neunundsechzigjährigen Frau namens Nellie Hennessey, die seit achtzehn Monaten an der Vasclearstudie teilnahm. Brian ging vom vierten Stockwerk ins Kellergeschoss hinab, wobei die Gesichter von Earl, dem Tierpfleger, und dem pockennarbigen Mann abwechselnd in seinen Gedanken wie Neonlichter aufblitzten.

Bevor er die Katheterabteilung betrat, warf er einen Blick auf den Flur zur Tierabteilung. *Nummer 4386.* War es die Sache wert, mit jemandem über den bemitleidenswerten Schimpansen oder auch über Earls abscheuliches Verhalten zu reden? Aufgrund seiner kurzen Geschichte im Boston Heart war die Antwort auf beide Fragen ein lautstarkes *Nein.* Wenn er Krach schlagen würde, dann darum, dass Jack in die Vasclearstudie hineinkäme.

Andrew, der MTA, streifte sich gerade in der Herrenumkleide den Kittel über.

»Morgen, Dr. Holbrook«, sagte er. »Willkommen im Team!«

Sein Gesichtsausdruck zeigte echte Wärme. Brian streckte die Hand aus, und der Mann ergriff sie fest. Als sie einander bei Jacks Katheterisierung begegnet waren, hatte Brian Andrew auf Anhieb gemocht. Jetzt verspürte er kurz Unbehagen bei dem Gedanken, dass Andrew, wie alle anderen im Institut, vielleicht eine Version seiner Lebensgeschichte gehört hatte. *Gewöhn dich daran,* dachte er und zitierte damit etwas, das Freeman mehr als einmal zu ihm gesagt hatte. *Gewöhn dich daran, und dann komm drüber weg.*

»Ich heiße Brian«, sagte er.

»Okay, dann also, Brian. Wie geht's Ihrem Vater?«

»Nun ja, Sie waren bei seiner Katheterisierung dabei.«

»Allerdings. Hoffentlich hat die Show, die Dr. Randa abgezogen hat, Sie beide nicht davon abgeschreckt, seinen Empfehlungen zu folgen. Er ist nun mal so.«

»Eigentlich hat Randa mich so weit gebracht, dass ich meinen Vater so schnell wie möglich im Vasclearprogramm unterbringen will.«

»Und?«

»Ich habe noch nichts gehört. Offenbar stellt seine frühere Bypassoperation ein Problem dar.«

»Tut mir Leid, das zu hören. Vasclear ist bestimmt ein Wunder. Mrs Hennessey, die wir heute Morgen dran haben, hat vor Beginn der Behandlung fast genauso schlimm ausgesehen wie Ihr Vater. Und warten Sie jetzt mal, bis Sie das sehen.«

»Ist sie schon hier?«, fragte Brian.

»Draußen im Wartebereich, mit Jennifer, der Stationsschwester. Lauren wird die Konsole im Kontrollraum bedienen. Beide waren hier, als wir Ihren Vater dran hatten.«

»Nun ja, ich bin so weit.«

»Dr. Jessup ist auch hier. Sie ist gerade in die Umkleide gegangen, also sollten wir bald loslegen können. Diese Mrs Hennessey ist eine nette Dame. Wirklich nett.«

Brian betrat den Herzkatheterraum, als man Nellie Hennessey dabei half, von der fahrbaren Trage auf die Untersuchungsliege zu kommen. Ihr freundliches spitzbübisches Gesicht kam ihm bekannt vor, obwohl ihm erst nach einigen Sekunden einfiel, wo er es schon einmal gesehen hatte. Sie war das Reklamegesicht auf dem Vasclear-Video. Brian erinnerte sich an ihre blitzenden blauen Augen.

»Jetzt schauen Sie sich mal diese beiden Männer an«, sagte Jennifer. »Die doppelten Riesen. Sehen sie nicht aus wie Basketballspieler?«

Nellie Hennessey zeigte zu Brian hinauf.

»Andrew kenne ich, meine Liebe«, sagte sie. »Aber wer ist das?«

»Ein neuer Arzt. Dr. Holbrook. Er wird Dr. Jessup bei Ihrer Katheterisierung assistieren.«

Nellie winkte Jennifer, näher zu kommen.

»Er ist niedlich«, hörte Brian sie in einem Bühnengeflüster sagen.

»Mrs Hennessey, nett, Sie kennen zu lernen«, sagte er und nahm ihre Hand. »Aber ich bin Ihnen sozusagen gestern schon begegnet, als ich mir den Film über Vasclear angeschaut habe.«

»Oh, ja«, erwiderte Nellie. »Meine fünfzehn Minuten des Ruhms. Wie lange sind Sie schon Arzt?«

»Schon eine ziemliche Weile. Aber *hier* bin ich neu.«

Sie überlegte einen Augenblick.

»Na ja«, meinte sie, »Dr. Jessup ist die beste. Sie wird Ihnen alles beibringen, was Sie wissen müssen.«

»Vielen Dank, Nellie«, sagte Jessup und rauschte in den Raum. Sie trug Kittel, Haube und Maske. »Guten Morgen allerseits. Vermutlich erinnert ihr euch an Dr. Holbrook. Brian, warum ziehen Sie sich nicht um? Wir sind bereit, sobald Sie es sind.«

Zwischen der Umkleide und dem Labor lag ein kleiner Vorbereitungsbereich. Brian legte Maske und Haube an und wusch sich über einem Waschbecken aus Edelstahl vier Minuten lang gründlich die Hände. Trotz der Tatsache, dass er tausend oder noch mehr Katheterisierungen durchgeführt hatte, und obwohl er hier und heute lediglich assistieren würde, führte sein Herz einen wilden Steptanz auf. Er schüttelte das Wasser von den Händen, kehrte in den Herzkatheterraum zurück und ließ sich von der OP-Schwester Kittel und Handschuhe überstreifen.

»Also gut, Leute«, sagte Carolyn, »dann wollen wir mal. Nellie, sind Sie bereit?«

»Mir schmerzt allmählich der Rücken. Bringen wir es also hinter uns.«

»Grummel, grummel.«

Während der Arbeit berichtete Jessup von Nellie Hennesseys Krankengeschichte.

»Mrs H. ist eine neunundsechzigjährige pensionierte Lehrerin ...«

»Achtundsechzigeinhalb«, warf Nellie dazwischen.

»Achtundsechzigeinhalb, die vor fast zwei Jahren wegen Brustschmerzen an mich überwiesen wurde ...«

»Eigentlich war das hier oben in der Schulter und manchmal im Nacken«, sagte Nellie, deren Stimme allmählich belegter klang. »Niemals wirklich in meiner Brust.«

Jessup legte zwei Finger auf Nellies Femoralarterie und ließ das Röhrchen geschmeidig durch die betäubte Haut in die Blutbahn gleiten. Daraufhin schob sie den Arterienkatheter in Nellies linke Herzkammer hinauf.

»Nellie als Patientin zu haben«, meinte sie, »ist, wie wieder in der Schule zu sein. Man erhält für alles eine Note.«

»Sie erhalten nach wie vor eine Eins, meine Liebe«, sagte Nellie, deren Zunge und Mund allmählich strohtrocken waren.

»Dieser Ward-Dunlop-Katheter ist wirklich prima«, bemerkte Brian.

»Wenn Sie selbst Fälle übernehmen, werden Sie nur noch ihn benutzen, denke ich.«

»Warum auch nicht?«

»Nun, um fortzufahren, Nellies Belastungs-EKG war positiv, und eine darauf folgende Katheterisierung zeigte eine ziemlich schwere Erkrankung der Koronararterie. Sie war die perfekte Kandidatin, um für die Vasclearstudie randomisiert zu werden. Nicht wahr, Nellie?«

Nellie atmete tief und gleichmäßig und hielt die Augen geschlossen.

»Jennifer«, fuhr Jessup fort, »vielleicht sollten wir ihr vor der OP etwas weniger Betäubungsmittel verabreichen. Wenn ich schon wach bleiben soll, dann sollen es allen anderen auch.« Sie warf ihrer Krankenschwester einen amüsierten Blick zu. »Im Ernst, gute Arbeit. Sie ist perfekt ... Wie dem auch sei, Brian, Nellies Symptome verschwanden fast augenblicklich und sind nicht wieder aufgetaucht. Dies ist ihre dritte und letzte Nachsorge-Katheterisierung. Dann wird sie eine Ehemalige.«

»In welcher Vascleargruppe ist sie?«, fragte Brian, der die Antwort bereits kannte.

»Beta. Also gut, Doktor, Sie sind dran. Tauschen wir die Seiten. Sie übernehmen die rechte Herzseite, und anschließend tauschen wir wieder, und ich übernehme die Koronararterie. Nellie schläft, also werden Sie dabei nicht benotet. Entspannen Sie sich einfach und viel Vergnügen!«

»Danke sehr.«

Überrascht und erfreut, dass er etwas anderes tun sollte als bloß beobachten, stellte sich Brian hinter Carolyn, um ihren Platz am Tisch zu übernehmen.

»Alles am Ward-Dunlop funktioniert ziemlich genau so, wie Sie es gewohnt sind«, sagte sie, »außer, dass die Anzeigen erheblich leichter reagieren und die Verbindungen an den Steckern einfach einklicken und festsitzen.«

»Beeindruckend«, meinte Brian und setzte die Druckuntersuchungen und Kontrastmittelinjektionen fort.

Die Krankenschwester, Jennifer, arbeitete neben ihm und hielt ein wachsames Auge auf Nellie gerichtet, überprüfte ihren Blutdruck und die intravenöse Zufuhr der Medikamente.

»Alles in Ordnung?«, fragte Brian sie.

»Alle Systeme laufen«, kam die Antwort.

Brian führte einige Druckuntersuchungen über den Katheter durch und injizierte daraufhin zur Überprüfung der Trikuspidal- und Pulmonalklappen etwas Kontrastmittel. Er hatte es schon nicht mehr für möglich gehalten, aber der Augenblick war nun wirklich gekommen. Er stand im Herzkatheterraum und nahm sein Schicksal allmählich wieder selbst die Hand.

»Sie fühlen sich da anscheinend ziemlich wohl, Partner«, meinte Jessup, kehrte an ihren alten Platz zurück und übernahm die Untersuchung der linken Herzseite und der Koronararterien.

»Ist genauso wie Rad fahren. Ihr Herz sieht gesund aus.«

»Warten Sie mal, bis Sie ihre Koronararterien sehen. Die Bilder, die wir jetzt schießen, sind Aufnahmen achtzehn Monate danach. Die vom Anfang befinden sich in der Bildbibliothek gleich durch die Tür neben der Damenumkleide. Hat die Wache Ihnen den Tastaturcode gegeben?«

»Ja.«

»Großartig. Gehen Sie bald mal hin und werfen einen Blick auf Nellies Aufnahmen vor der Vasclearbehandlung. Wir haben zwei Vangard-Sichtgeräte da drin. Eins als Zweitgerät, wenn das andere ausfällt.«

»Ich bin beeindruckt«, meinte Brian. Die Sichtgeräte kosteten seiner Erinnerung nach so um die zwanzigtausend Dollar das Stück.

»Sie werden noch mehr beeindruckt sein, wenn Sie sich ihre Aufnahmen ansehen«, sagte Carolyn. »Werfen wir jetzt also einen Blick auf ihre linke Herzseite und die Koronararterien.«

Der im Experimentierstadium befindliche Ward-Dunlop-Katheter war außerordentlich leicht zu handhaben und zeigte sich auf dem Röntgenbild wirklich sehr deutlich.

»Linker Vorhof von oben ... rechter Vorhof von unten ...«

Jessup erteilte laut ihre Anweisungen, wartete, bis Andrew die Röntgenkameras eingerichtet hatte, injizierte daraufhin etwas Kontrastmittel und schaltete die Kameras mittels ihres Fußpedals ein. Über ihnen zeigte ein Bildschirm das leuchtend weiße Röntgenkontrastmittel, das kurz Nellies Koronararterien füllte, ehe es weggespült wurde, und ein anderer Schirm zeigte den Herzschlag, die Sauerstoffzufuhr und was sonst noch wesentlich war. In dem gläsernen Kontrollraum rechts überwachte die andere OP-Schwester, Lauren, die Zweitbildschirme sowie die Maschine, die die Injektionen auf Video aufzeichnete. Später würde sich Jessup dieses Band anschauen und einen Bericht diktieren. Die Breite jeder bedeutenden Arterie sowie jegliche Verstopfung wurden sorgfältig von einem Computer gemessen und aufgezeichnet.

»... Rechter Vorhof von oben«, sagte Carolyn. Damit war der letzte der fünf Blicke auf die linke Koronararterie abgeschlossen. »Also gut, Leute, wenn jemand einen Grund findet, weshalb diese Frau und dieser Katheter im heiligen Stand der Ehe verbleiben sollten, so spreche er jetzt oder schweige auf immer ... Da kein Widerspruch gegen die Entfernung dieses Dings erfolgt, werde ich es hiermit tun.«

Carolyn zog den Katheter mit der gleichen Leichtigkeit und Zuversicht heraus, die sie während der ganzen Prozedur gezeigt hatte. Urplötzlich flackerten jedoch auf dem Bildschirm zusätzliche Herzschläge auf.

Wenige Augenblicke später stöhnte Nellie Hennessey.

Dann öffnete sie die Augen.

Und begann zu kreischen.

KAPITEL 9

»O mein Gott! ... Meine Brust, meine Brust! ... O mein Gott, ich bekomme keine Luft!«

Nellie Hennessey krallte erbärmlich jammernd die Hände in ihre Brust, warf sich hin und her und schlug mit Armen und Schultern gegen die Röntgenröhre über ihr. Der Monitor oben an der Wand zeigte fortwährend Salven zusätzlicher Herzschläge, oft Vorboten eines völligen Herz-Kreislauf-Stillstands.

Brian hatte keinen Zweifel, was sich da abspielte. Die Frau erlebte einen Herzkranzgefäßverschluss – der einen Herzinfarkt zur Folge haben konnte. Doch warum? Sie hatten gerade ihre Koronararterien untersucht, die praktisch frei von Arteriosklerose waren. Es gab nur zwei sinnvolle Erklärungen.

»Gebt ihr Morphin«, ordnete Jessup drängend an. »Drei IVs. Nein, lieber vier. Was macht ihr Blutdruck?«

»Einhundertachtzig zu einhundertzehn«, erwiderte Jennifer.

»Was meinen Sie, Brian?«

»Das sind entweder Spasmen der Koronararterie«, sagte Brian, »oder die Spitze des Katheters ist abgebrochen, während Sie ihn zurückgezogen haben. Ist das schon mal vorgekommen?«

»Nein«, erwiderte Carolyn allzu rasch. »Ich meine, nicht hier. Seit längerer Zeit nicht ... Nellie ... Nellie! Sie müssen versuchen stillzuliegen. Jennifer, wo bleibt das Morphin?«

»Vier Milligramm drin.«

»Hängen Sie bitte eine Nitroglyzerin-Infusion auf!«

»Sofort.«

»O mein Gott!«, kreischte Nellie. »Helfen Sie mir! ... Bitte, helfen Sie mir!«

Brian wusste, dass er nur zum Assistieren hier war, und Carolyn Jessup war eine erfahrene Spezialistin, eine Professorin. Dennoch stand Nellie Hennesseys Leben auf dem Spiel. Er war sieben Jahre Partner in einer stark frequentierten Privatpraxis gewesen, die letzten drei davon als Chef eines viel gefragten Herzkatheter-OPs. Wenn er etwas erkennen würde, das Jessup übersehen hätte, würde er sie ohne Zögern darauf aufmerksam machen. Aber im Augenblick handhabte sie die Sache völlig souverän. Und ungeachtet dessen, wer hier gerade das Sagen hatte, steckte Nellie Hennessey in echten Schwierigkeiten.

»Geben wir ihr fünfundsiebzig Milligramm Xylocain, um etwas gegen diese zusätzlichen Herzschläge zu tun«, sagte Carolyn. »Nellie, versuchen Sie bitte stillzuliegen! Andrew, bitte einen Schrägdurchmesser von caudal! Ich muss nachsehen, ob die Katheterspitze abgebrochen ist und sich in einer Arterie verkeilt hat.«

Andrew verschob die Kamera elektronisch zum linken Vorhof. Nellie, die vielleicht auf das intravenös verabreichte Morphin reagierte, lehnte sich ein wenig zurück, stöhnte jedoch weiterhin vor Schmerz. Jessup schaltete die Röntgenkamera mit dem Fußschalter ein.

»Da«, sagte Brian.

Die anderen sahen das Bruchstück erst nach einigen Augenblicken, aber es war da – eine kleine helle Linie auf dem Schwarzweißmonitor. Es war etwas über einen Zentimeter lang, ruhte auf dem oberen Teil des Herzmuskels und bewegte sich bei jedem Schlag mit.

»Was meinen Sie?«, fragte Jessup. »Linke Hauptschlagader?«

»Schwer zu sagen, aber vermutlich ja.«

Mit ziemlicher Sicherheit war die Katheterspitze abgebrochen und hatte sich in der linken Hauptschlagader verkeilt.

»Lauren, rufen Sie bitte den OP an«, sagte Jessup zu der Schwester im Kontrollraum. »Sie sollen das Herzteam sowie alle greifbaren Chirurgen zusammentrommeln. Wir werden uns um das Ding kümmern, aber sie sollen so rasch wie möglich Gewehr bei Fuß stehen.«

»O mein Gott, ich krieg keine Luft!«, schrie Nellie gerade. »Tut was ... Irgendwas zerquetscht mir die Brust! ... Bitte, bitte, o mein Gott, tut was!«

Die Stimmung im Raum war bereits zum Zerreißen gespannt, nur die unaufhörlichen Schreie der Frau vermochten sie noch zu steigern. Brian war beeindruckt und erleichtert, dass das ganze Team offenbar mit dem Druck fertig werden konnte. Einen Moment lang begegnete Andrew seinem Blick. Obwohl äußerlich gefasst, ließ sich die Sorge des MTA nicht verbergen.

»Jennifer«, sagte Jessup, »wenn ihr Blutdruck in Ordnung ist, geben Sie ihr noch zwei Dosen Morphin.«

»Erledigt.«

»Brian, wie steht's mit einer Intubierung? Verstehen Sie was davon?«

»Während meiner ersten beiden Praktikumsjahre habe ich schwarz in einer Notaufnahme gearbeitet. Wenn der Anästhesist nicht runterkommen kann, kriege ich es wohl hin.«

»Lauren, rufen Sie den Anästhesisten. Andrew, Sie bereiten alles vor, damit Dr. Holbrook intubieren kann. Überprüfen Sie insbesondere den Ballon. Nellie, bleiben Sie ruhig liegen. Verstehen Sie mich?« Nellie nickte schwach. »Schön. Jetzt hören Sie bitte zu. Ein Teil des Katheters, den wir benutzt haben, ist in einer Ihrer Arterien abgebrochen und blockiert den Blutfluss. Wir werden es rausholen. Verstanden? ... Gut. Sobald es draußen ist, werden Sie sich viel besser fühlen. Wer hat Sie heute begleitet?«

»Meine ... Tochter.«

»Wir werden bald mit ihr sprechen. Inzwischen sagen Sie Dr. Holbrook einfach, wenn Ihre Schmerzen nicht nachlassen, dann wird er Ihnen noch etwas geben. Andrew, ich brauche eine Microvena-Schlinge. Schnell, bitte!«

Die ›Schlinge‹ war eine Drahtschleife, die durch einen Katheter geschoben wurde und mit dem Zeigefinger bedient wurde. Die Bedienung war schon unter optimalen Umständen schwierig. Da Nellie außerstande war, mehr als fünfzehn oder zwanzig Sekunden lang stillzuliegen und sich das Katheterbruchstück bei jedem Herzschlag weiterbewegte, wäre das Herausholen ein Vabanquespiel.

Brian war beeindruckt, dass sich Jessup der Herausforderung direkt stellte. Als jedoch erst ein, dann ein weiterer Versuch, mit der Schlinge die Röhre zu treffen, fehlschlug, hörte er den wachsenden Druck aus ihrer Stimme heraus. Ihre Augen waren schmal geworden. Sie schüttelte die Hand, um die Muskeln zu lockern.

Nellies Herzinfarkt entwickelte sich rasend schnell. Ein großer Teil des Muskels auf der Frontseite des Herzens bekam immer weniger oder gar kein Blut mehr, und dieser Muskel reagierte auf die verringerte Sauerstoffzufuhr mit höllischen Schmerzen und elektrischer Instabilität – fortgesetzten Ausbrüchen gefährlicher zusätzlicher Schläge. Bis jetzt war kein dauerhafter Schaden entstanden. Aber das würde bald der Fall sein, sicher noch bevor sie in den OP gebracht werden konnte. Und wenn zwei der vorzeitigen Schläge zugleich ausgelöst würden, könnte ihr Herz einfach stehen bleiben – ein Herz-Kreislauf-Stillstand ... Brian tat sein Bestes, diesen Gedanken zu verdrängen.

Jessup versuchte es ein drittes Mal ... dann ein viertes. Sie hatte vor Enttäuschung die Fäuste geballt.

»Lauren, ist der OP bereit?«

»Noch nicht.«

»Blutdruck fällt etwas«, sagte Jennifer ruhig.

Jessup bereitete die Schlinge zu einem weiteren Versuch vor.

Dann warf sie einen Blick zu Brian hinüber, einen leeren geschlagenen Blick. Da war nichts mehr zu machen, sagte ihr Gesichtsausdruck – nichts, außer darauf zu hoffen, dass das OP-Team Nellie rechtzeitig holte, bevor das Herz völlig versagte. Doch selbst dann müsste ein weiterer Kampf ausgefochten werden, sobald Nellie im OP und an die Herz-Lungen-Maschine angeschlossen war – nämlich, so viel wie möglich vom Herzmuskel zu retten. Mit jeder verstreichenden Sekunde verringerte sich die Wahrscheinlichkeit, dass sie es ohne massive Schäden überstehen würde, ebenso wie die Chance, dass sie es überhaupt schaffte.

»Oh, bitte ... Oh, bitte ... Oh, bitte ...«

Nellie stöhnte jetzt in einem fort.

Brian überprüfte ihre Pupillen und sah eine maximale, von der Narkose verursachte Verengung. Ihr weiteres Morphin zu verabreichen wäre riskant. Ein vom Narkosemittel hervorgerufener drastischer Abfall des Blutdrucks oder ein Atemstillstand würde eine ohnehin schwierige Situation noch verschlimmern.

»Irgendwelche Ideen?«, fragte Carolyn leise.

»Nur eine«, entgegnete Brian. »Versuchen Sie es mit einer Biopsiezange anstelle der Schlinge.«

»Was?«

»Andrew, haben wir eine BIPAL-Biopsiezange?«

»Glaube schon.«

»Ich habe sie Dutzende von Malen für endokardiale Biopsien benutzt. Sie hat zwei kleine Backen zum Abschneiden von Gewebestücken. Ich würde gern einen Versuch unternehmen, mit dieser Zange auf die Katheterspitze loszugehen.«

»Hier ist eine«, rief Andrew.

»Tun Sie das, bitte«, ordnete Jessup an und trat beiseite, um Brian Platz zu machen.

»Der OP hat gerade angerufen«, sagte Lauren vom Kontrollraum über Lautsprecher. »Sie sind bereit.«

Jessup zögerte. Ein Fehlschlag jetzt würde mehr Zeit kosten, als

Nellie verbliebe, aber ein Wettlauf zum OP wäre bestenfalls riskant. Fünf Sekunden, zehn, herrschte lediglich Schweigen.

»Brian, es ist schon eine Weile her«, sagte sie schließlich. »Kriegen Sie das wirklich hin?«

Brian sah auf Nellie Hennessey hinab, die dort mit geschlossenen Augen lag und leise wimmerte. Tränen des Schmerzes waren ihr über die Wangen gelaufen. Er wusste ebenso wie Carolyn, dass dies hier rasend schnell die schlimmstmögliche Katastrophe zu werden drohte. Wenn das Hindernis nicht sofort entfernt wurde, könnte Nellie bestenfalls auf ein Leben mit einem gänzlich angeschlagenen Herzen hoffen.

»Ich kann's versuchen«, sagte er.

»Also los.«

Zur Beruhigung holte Brian ein einziges Mal tief Luft und führte die Zange die Aorta hinauf zu dem Bruchstück. Über die Jahre hinweg hatte er zahllose Stunden mit dem Studium von Lehrbüchern und Herzmodellen verbracht, hatte im OP assistiert und in Herzkatheterräumen gearbeitet. Jetzt war diese gesammelte Erfahrung am Werk und half ihm, sich Nellies Herz dreidimensional vorzustellen – durch das ebene Bild auf dem Monitor hindurchzusehen und die Zange entsprechend zu führen.

Das Board of Registration in Medicine entzieht Ihnen die Lizenz zum Praktizieren für einen Zeitraum von ...

Merkwürdigerweise schoss die Erinnerung an die Worte auf dem Brief vom Board Brian in dem Augenblick durch den Kopf, als er die Zange des BIPAL schloss. Das Katheterbruchstück zuckte sichtbar auf dem Monitor.

»Ich glaube, Sie haben es«, sagte Jessup im Flüsterton.

Langsam, ganz langsam zog Brian das Instrument zurück. Einen Augenblick lang schien sich das Bruchstück in etwas zu verfangen. Dann zuckte es wieder pflichtschuldig und zeigte dadurch an, dass die Biopsiezange es noch immer in ihren Klauen hielt. Millimeterweise zog Brian die BIPAL aus der linken Koronararterie, über den Aortabogen, dann die absteigende Aorta hinab. Fast augenblicklich verschwanden die gefährlichen vorzeitigen Schläge auf dem Elektrokardiographen. Und noch bevor er das Stück aus Nellies Leistengegend herauszog, hörte ihr unermüdlicher, vom Schmerz getriebener Kampf auf.

»Oh, du meine Güte«, sagte sie. »Es ist besser. Der Schmerz lässt nach.«

Das Katheter-Team atmete gleichzeitig aus. Brians Hochstimmung übertraf bei weitem alles, was er je auf dem Footballfeld erfahren hatte.

Ihre Lizenz ist Ihnen entzogen ...

»Gott sei gedankt«, murmelte Brian unter seiner Maske.

»Lauren«, sagte Jessup mit strahlenden Augen, »rufen Sie den OP an und sagen Sie denen, wir brauchen sie nicht mehr.«

KAPITEL 10

Erst gegen zwei Uhr nachmittags erlaubte eine Lücke im Terminplan Carolyn Jessup, Brians Bitte um ein Gespräch nachzukommen. Sie wirkte entspannt und, wie stets, elegant in einem grauen Baumwollhosenanzug mit weißer Bluse. Das dunkle Haar hatte sie zu einem Knoten hochgesteckt. Ihr Büro war bestimmt ebenso opulent ausgestattet wie das von Pickard: Bücherregale bedeckten eine Wand vom Fußboden bis zur Decke, und verschiedenste Zertifikate, Zeugnisse, Diplome, Fotos mit Prominenten und Dankesbriefe eine andere. Was Brian allerdings nicht entdeckte, war ein Foto von Jessups Familie oder in ihrer Freizeit. Da er jedoch im Augenblick viel Wichtigeres im Kopf hatte, tat er seine Neugier mit einem Schulterzucken ab. Wenn er wollte, konnte er jederzeit im *Who's who in American Medicine* einiges über die Frau nachlesen.

Brian ließ sich in einem Ledersessel mit niedriger Rückenlehne vor ihrem Schreibtisch nieder. Aufgrund einer dringenden Verpflichtung hatte Jessup nach Nellie Hennesseys bemerkenswerter Rettung nicht bei ihm bleiben können. Jetzt fixierte sie ihn mit ihren dunkelbraunen Augen und nickte erfreut.

»Sie haben gewiss innerhalb kürzester Zeit einen gewaltigen Eindruck hinterlassen«, meinte sie.

Brian hob die Hände in die Höhe.

»Unauffällig zu bleiben ist mir stets schwer gefallen«, erwiderte er.

»Wollten Sie immer schon Arzt werden?«

»Nein. Eigentlich wollte ich immer Profi-Footballer sein. Obwohl mir die Wissenschaft gefallen hat. Nachdem ich mir bei einem Spiel das Knie kaputt gemacht habe, wollte ich dennoch was erreichen, also habe ich es mit einem Medizinstudium versucht.«

»Ah, ja. Nun, in diesem Krankenhaus sollten zwei Patienten dankbar sein, dass Sie es getan haben. Ebenso wie ich.«

»Vielen Dank. Und vielen Dank dafür, dass Sie mich dort unten richtig eingeschätzt haben.«

Brian zögerte, Jack und Vasclear ins Spiel zu bringen, weil er hoffte, dass Carolyn das Thema selbst anschneiden würde.

»In Wahrheit«, sagte sie, »war es nicht nur meine Einschätzung Ihrer Fähigkeiten. Ich war der Ansicht, dass Nellie nicht überlebt hätte, wenn wir sie in den OP hätten bringen müssen. Es ging buchstäblich um Leben oder Tod. Und um Ihnen völlig die Wahrheit zu sagen, habe ich nicht wirklich daran geglaubt, dass Sie das Ding rausholen können. Aber ich vermute, oder *hoffe* zumindest, dass Sie mich nicht um ein Gespräch gebeten haben, damit ich Ihnen sage, was für großartige Arbeit Sie geleistet haben.«

»Nein, obwohl es schön zu hören ist. Worüber ich mit Ihnen reden wollte, ist Jack.«

»Natürlich. Ich will seine Situation wirklich gern mit Ihnen besprechen. Zuvor jedoch möchte ich etwas zur Sprache bringen, was ich mir im Herzkatheterraum verkniffen habe, ehe ich loslaufen musste.«

»Und das wäre?«

»Im Boston Heart werden ständig ein Dutzend oder mehr Medikamente und Produkte erforscht. Manchmal sind wir eines von einer Anzahl Zentren, die miteinander kooperieren. Manchmal sind wir allein für eine Studie verantwortlich. Stets stehen große Summen auf dem Spiel – zehn, sogar Hunderte Millionen von Dollar. Personal, Ausstattung, Forschungsstellen, Lehrstellen,

Ihre Stelle – alles hängt von der Finanzierung der Forschung und Entwicklung ab.«

»Das verstehe ich«, meinte Brian und rätselte, worauf Jessup hinauswollte.

»Schön. Sehen Sie, Dr. Pickard und sein Vorgänger haben eine Vorgehensweise institutionalisiert, die wir als notwendig für das beständige Wachstum der Klinik erachten. Sie besteht darin, dass alle Probleme mit Produkten entweder Dr. Pickard oder mir zur Kenntnis gebracht werden müssen. Wir werden die Situation einschätzen und entscheiden, was erforderlich ist – wenn überhaupt.«

Brian spürte, wie sich seine Eingeweide zusammenzogen.

»Ah, ja«, brachte er heraus.

»Das Personal im Herzkatheterraum, in der Abteilung und in der Klinik weiß, dass es Grund für eine fristlose Entlassung ist, wenn jemand Probleme, auf die wir während unserer Arbeit stoßen, anderen gegenüber erwähnt – innerhalb oder außerhalb des Instituts. Unser System besteht aus einem sehr guten Grund. Oft kann ein Hersteller ein Problem bei einem Medikament oder einem Produkt in wenigen Wochen beheben. Aber wenn die Sache in die Mühlen der Bürokratie in Washington oder der FDA in Rockville gerät, könnte es Jahre dauern. Alle Angestellten haben Kenntnis von dieser Institutspolitik, aber ich weiß nicht genau, ob jemand bereits mit Ihnen darüber gesprochen hat.«

Brian hatte das Gefühl, aus großer Höhe abzustürzen.

»Eigentlich nicht.«

»Und?«

»Na ja, ich habe mit Phil Gianatasio über die Geschehnisse gesprochen. Wir kennen uns seit unserer Zeit als Assistenzärzte.«

»Das weiß ich. Das ist auch kein Problem. Philip ist einer der besten und loyalsten Leute im Stab. Er hat Aussicht auf eine Festanstellung.«

»Die wird er sicher erhalten. Öh ... da ist noch was. Mir war stets sehr daran gelegen, dass sich die Arbeit nicht mehr als unbedingt nötig anhäuft, insbesondere der Papierkram. Ich habe den OP-Bericht über die Katheterisierung diktiert, noch bevor ich mich umgezogen habe. Der Bericht schloss die Bergung der Katheterspitze mit ein, obwohl ich unerwähnt ließ, dass ich die BIPAL-Zange bedient habe.«

»Schon in Ordnung«, erwiderte Jessup. »Sobald Sie Ihre Kopie von der Transkriptionsstelle erhalten haben, schicken Sie sie einfach rauf. Ich überarbeite das Diktat persönlich, so dass Sie sich darüber keine Sorgen machen müssen.«

Brian war jetzt äußerst unbehaglich zumute, weil er noch etwas eingestehen musste. Er zog in Betracht zu lügen, die Sache zu übergehen, ihr nicht zu sagen, was er getan hatte. Aber früher oder später bekäme sie bestimmt Wind davon. In diesem Fall könnte seine Zeit am BHI ganz schnell beendet sein.

»Ich fürchte, da ist noch was«, sagte er.

Jessups Gesichtsausdruck verfinsterte sich.

»Weiter«, drängte sie.

»Nach Abschluss des Diktats ist mir ein Stapel FDA-MedWatch-Formulare in einer Ablage auf dem Schreibtisch ins Auge gefallen. Da ich sowieso dabei war, den Sack zuzumachen, habe ich eins ausgefüllt und abgeschickt.«

Brian sah die Muskeln in Jessups Gesicht hart werden.

»Das Abschicken dieses Formulars erfolgt strikt auf freiwilliger Basis«, sagte sie.

»Ich weiß. Ich hatte stets den Eindruck, Ärzte seien zu beschäftigt oder zu träge, um Berichte über Probleme mit Medikamenten und Produkten abzustatten. Daher habe ich immer Wert darauf gelegt.«

Das war sehr dumm von Ihnen.

Hatte Jessup diese Worte tatsächlich laut ausgesprochen, überlegte Brian, oder hatte er sie sich eingebildet?

»Was genau haben Sie mit dem Umschlag getan?«, fragte sie.

»Wie bitte?«

»Dem Umschlag. Dem Umschlag mit dem MedWatch-Bericht.« Jessups Stimme klang hart. »Haben Sie ihn abgeschickt?«

»Ich ... ja. Ja, ich habe ihn auf meinem Weg in die Abteilung hinauf an der Poststelle eingeworfen. Dr. Jessup, das tut mir wirklich Leid. Wenn ich gewusst hätte ... «

Jessup hatte sich bereits das Telefon geschnappt, den Hörer abgehoben und die Zentrale um eine Verbindung mit der Poststelle gebeten. Nach mehreren Minuten eines schweigenden Wartens, wobei sie überall hinschaute, nur nicht zu Brian, legte sie den Hörer auf.

»Die Post ist draußen«, sagte sie ausdruckslos. »Wir hatten mit Ward-Dunlop eine Übereinkunft. Sollte es ein Problem mit dem Katheter geben, durften sie zuerst versuchen, es zu beheben. So läuft das Geschäft. Dieser Katheter soll im Verlauf des Jahres die amtliche Zulassung erhalten. Ab Januar werden ihn die Kliniken in aller Welt benutzen.«

Aber er hat eine Schwachstelle, dachte Brian. Und hatte Jessup nicht einen ähnlichen Vorfall an einem anderen Institut erwähnt?

Als hätte sie seine Gedanken gelesen, wurde Jessup etwas freundlicher.

»Brian, Sie haben es gut gemeint, das ist mir schon klar, und ich weiß sehr wohl Ärzte zu schätzen, die ihre Patienten vor defekten oder gefährlichen Produkten und Medikamenten schützen. Aber dafür gibt es eine viel bessere, effizientere und gewiss kostengünstigere Methode, als sich auf die möglicherweise ungeeignetste und chaotischste Behörde des ganzen Regierungsapparats zu verlassen. Was uns im Herzkatheterraum passiert ist, war vielleicht nur ein isolierter Defekt an einem isolierten Produkt, kein prinzipieller Makel.«

»Verstehe. Glauben Sie mir, es wird nicht wieder vorkommen.«

»Na ja, hoffentlich nicht. Die Leute bei Ward-Dunlop werden alles Erdenkliche tun, um den durch Ihren Bericht entstandenen

Schaden so weit wie möglich zu begrenzen.« Sie blickte auf ihren Kalender und dann auf ihre Uhr. »War da noch was?«, fragte sie.

Für Brian bestand kein Zweifel daran, dass sie nach wie vor verschnupft war.

»Mein Vater?«, meinte er.

»Oh, ja. Ich habe die medikamentöse Behandlung umgestellt, aber er ist wohl der Ansicht, dass er besser wüsste, was ihm helfen kann.«

»Ich finde ihn immer noch etwas instabil. Von Lebensqualität kann kaum die Rede sein. Der Blick auf Nellie heute Morgen hat mich mehr denn je im Wunsch bestärkt, Jack auf Vasclear zu setzen.«

»Er benötigt eine OP, Brian.«

»Dr. Jessup, mein Vater ist ein Spieler. Das ist so was wie sein Hobby. Geben Sie ihm die fünfundsiebzigprozentige Chance, die Nellie Hennessey zu Beginn ihrer Vascleartherapie hatte, und er wird ohne Zögern Vasclear wählen und keine OP.«

»Brian, bitte. Ich bin seine Ärztin und empfehle eine erneute Bypass-OP. Könnte ich mich noch deutlicher ausdrücken?«

»Sie haben gesagt, Sie würden mit Dr. Weber sprechen.«

»Tut mir Leid, ich hatte bislang noch keine Gelegenheit dazu. Aber er hütet seine Studie sehr eifersüchtig. Er wird sagen, dass wir keine Patienten mit einer Bypass-OP nehmen.«

»Warum können Sie nicht eine weitere Untergruppe einrichten?«

»Selbst wenn wir ihn nehmen, müssen wir ihn, genau wie alle anderen Patienten, randomisieren lassen. Also besteht lediglich eine dreiunddreißigprozentige Chance für die von Ihnen erwähnten Resultate.«

»Genau dieselbe Chance hatte Nellie Hennessey, und sehen Sie mal, was aus ihr geworden ist! Dr. Jessup, ich möchte meinen Vater zurückhaben, und ich möchte nicht, dass er so leidet wie nach seiner letzten Bypass-OP.«

»Trotz seiner persönlichen Schwächen liegt Dr. Randa ganz bestimmt eine Etage über Dr. Clarkin.«

»Randa hat gewiss auch seine Katastrophen erlebt.«

»Mein Gott, sind Sie stur! Ich mache Ihnen einen Vorschlag. Dr. Weber ist weggewesen, aber er ist jetzt wohl zurück. Sind Sie später am Nachmittag noch irgendwo hier?«

»Eigentlich habe ich Dienst in der Vasclearklinik.«

»Na gut. Aufgrunddessen, was Sie heute Morgen zur Rettung Nellies getan haben, werde ich mein Bestes tun. Ich werde mit ihm reden und Sie in der Klinik anrufen.«

»Mehr kann ich nicht von Ihnen verlangen.«

»Und keine weiteren Berichte an die FDA?«

»Keine weiteren Berichte.«

»Schön. Das wäre alles.«

Brian wandte sich zum Gehen, drehte sich jedoch nochmals um.

»Dr. Jessup, die Sturheit, die Sie erwähnt haben ...«

»Ja?«

»Die habe ich von meinem Vater.«

Kapitel 11

Das Iwo-Jima-Denkmal überblickte den Potomac von einer Stelle nahe des Nationalfriedhofs in Arlington. Den Anweisungen folgend stieg Dr. Alexander Baird in die Limousine, die man ihm geschickt hatte, ließ den Fahrer entscheiden, wo er aussteigen sollte, und ging an der prächtigen Statue vorüber zu einer ganz bestimmten Bank, die durch einen kleinen Hain Immergrün von den Spazierwegen abgeschirmt war. Dort setzte er sich nieder und wartete.

Normalerweise begann Bairds Tag früh um sechs mit einem Lauf durch die Straßen von Georgetown, gefolgt von einem Frühstück mit seiner Frau. Sehr zu seinem Ärger musste er heute auf beide Vergnügungen verzichten und stattdessen gleich ins Büro in Rockville fahren. Den ganzen Morgen über arbeitete er sich weiter durch die beiden Stapel an Vasclear- Unterlagen – Berichte und Forschungsergebnisse. Der Papierberg erreichte inzwischen fast anderthalb Meter Höhe.

Jetzt war es kurz nach ein Uhr mittags, und von einigen wenigen Joggern abgesehen war der Park verlassen. Am anderen Flussufer glitzerten die Denkmäler von Jefferson und Lincoln und die Spitze des Capitols in der Mittagssonne. Von weitem betrachtet war Washington, D. C., Alabaster in Reinkultur. Aber Baird hatte einsehen müssen, dass man sich zwar gut von einem Aspekt der Stadt – ihrem Erscheinungsbild, ihrer Energie, ihrer Zielstrebigkeit – einlullen lassen konnte, dass dieser Zustand jedoch dem ähnelte, von der Schönheit, dem Ebenmaß und den anmutigen Bewegungen einer Kobra hypnotisiert zu sein.

Vier Tage waren seit der Anhörung vor Walter Loudermans Aufsichtskomitee verstrichen. In dieser Zeit hatte Baird, wie versprochen, Teri Sennstroms Stab vergrößert, indem er drei zusätzliche Untersuchungsbeamte von ihren Projekten abgezogen hatte. Sie arbeiteten jetzt an der Überprüfung der Vasclear-Forschungsergebnisse und den Daten der Herzkatheterisierungen. Doch wie die meisten Leute in Washington vertraute Senator Louderman einzig und allein sich selbst.

Memos hatten zu zirkulieren begonnen und das Gerücht verbreitet, größere, etabliertere Pharmaunternehmen als Newbury würden Druck auf Baird ausüben, er solle Vasclear so lange wie möglich vom allgemeinen Vertrieb fernhalten, bis ihre eigenen Wissenschaftler eine chemische Komponente gefunden hätten, die sich von Vasclear unterschied, jedoch ähnlich in Wirkung und Effektivität wäre. Gleichzeitig stieg in der Revolverpresse der ganzen Welt die Zahl der Artikel an, die die bemerkenswerten Resultate des Wundermittels priesen und den Verlust an Menschenleben und die Kosten der Gesundheitsvorsorge für jeden einzelnen Tag berechneten, den das Mittel in den Lagerhallen von Newbury blieb. *Jungbrunnen darf nur tröpfeln*, verkündete die Schlagzeile in einem New Yorker Blatt.

Wenn Loudermans Leute seine Präsidentschaftskampagne ebenso effizient laufen ließen, wie es hier der Fall war, stand die Wiederwahl des Amtsinhabers ernsthaft in Frage. In der Presse gab es gerade so viele Anspielungen auf das Anti-AIDS-Mittel AZT, um eine Flut von Leserbriefen und Schreiben an Kongressabgeordnete hervorzurufen, die verlangten, dass die FDA einem Medikament mit dem Ziel, das Herz Amerikas zu heilen, ebenso hohe Priorität einräumen müsse wie dem Kampf gegen ein Virus, das einige der moralisch fragwürdigeren Protestbriefschreiber ›das Virus Gottes‹ nannten.

Der Großangriff der Medien hätte nicht wirkungsvoller sein können. Plötzlich wusste sogar der medizinisch Unbedarfteste, dass AZT im Jahr 1987 nach weniger als zwei Jahren klinischer Tests und drei Monaten Überprüfung durch die FDA die Zulassung erhalten hatte. Obwohl Alexander Baird damals Dozent für Medizin in Missouri war, wurde die Sache so hingestellt, als hätte er die Freigabe durchgepeitscht und wäre bei AZT ganz anders vorgegangen als jetzt bei Vasclear. Schließlich rief ihn der Stabschef des Weißen Hauses, Stan Pomeroy, an und arrangierte dieses Treffen – was Baird ganz und gar nicht überraschte.

Er rieb sich die müden Augen und sah daraufhin neidisch den beiden Joggern nach, die den Spazierweg links von ihm entlangliefen. Man war allgemein der Ansicht, dass er ausgezeichnete Arbeit geleistet und einen guten Teil des verloren gegangenen öffentlichen und privaten Vertrauens in seine Behörde zurückgewonnen hatte. Jetzt drohte offenbar politischer Druck die behutsame Vorgehensweise zu überrennen, die Markenzeichen seiner ersten neun Monate als Leiter der FDA gewesen war. Die einzigen Waffen, die er zur Abwehr des Angriffs in Stellung bringen konnte, waren seine eigene Intuition und ein unerschütterlicher Respekt vor dem wissenschaftlichen Verfahren.

»So tief in Gedanken?«

Stan Pomeroy hatte den Hain durch die Bäume hinter Baird betreten. Er setzte sich auf die Bank und streckte die Hand aus. Baird schüttelte sie herzlich. Pomeroy war der erste schwarze Stabschef des Weißen Hauses und wurde fast überall in einer Stadt geachtet, in der wahre Wertschätzung nicht leicht zu erringen war. Als Baird bei der Vorstellung, das heiße Eisen FDA anzufassen, noch geschwankt hatte, war es Pomeroy gewesen, der nach Missouri hinausgeflogen war und ihn zur Annahme der Stelle überredet hatte.

»Die Enträtselung der Geheimnisse des Lebens würde es schon bringen«, erwiderte Baird.

»Verstehe. Nun, nehmen Sie sich in diesem Fall etwas mehr Zeit.«

»Schon gut. Ich werde mich erst heute Abend unter der Dusche wieder damit beschäftigen.«

»Vielen Dank dafür, dass Sie sich unter solchen Umständen mit mir treffen, Alex.«

»Wäre mir was anderes übrig geblieben?«

Pomeroy zuckte die Schultern.

»Ihnen bleibt stets etwas anderes übrig. Das habe ich Ihnen gesagt, als wir Sie gebeten haben, die Leitung der FDA zu übernehmen. Der Präsident weiß, was für eine undankbare, widersprüchliche Arbeit Sie auf sich genommen haben. Er hat es damals so gemeint, und er meint es auch jetzt so. Sie sind der Boss.«

Außer dass wir hier vom Präsidenten der Vereinigten Staaten reden, dachte Baird. *Dem Mann, dem sogar die allerhöchsten Tiere den Weg frei geben.*

»Das weiß ich zu schätzen, Stan«, erwiderte er.

Pomeroy öffnete seine Aktentasche und holte einen mit Zeitungsartikeln voll gestopften Ordner heraus. Ein rasches Durchblättern zeigte Baird, dass es sich um Artikel aus der ganzen Welt handelte.

»Sie kennen die?«

»Zur Genüge.«

»Und?«

»Was soll ich dazu sagen, Stan? Selbst ein flüchtiges Durchblättern der Regenbogenpresse würde Dutzende – ach was, Hunderte! – von Artikeln zu Tage fördern, die den neuesten Durchbruch bei der Suche nach einer Heilmethode für Krebs oder Herzerkrankungen, Alzheimer oder AIDS bejubeln. Informationen an die Presse durchsickern zu lassen ist eine Art, mit der Forscher mehr Zuschüsse erpressen oder Pharmaunternehmen die öffentliche Meinung beeinflussen wollen. Das Problem besteht darin, dass es meistens einen Grund für die Forscher und Pharmaleute gibt, ihre Sache an die Öffentlichkeit zu bringen, statt sie zunächst durch die wissenschaftliche Gemeinschaft absegnen zu lassen – und dieser Grund heißt, ihre Arbeit hält genauer wissenschaftlicher Untersuchung nicht stand.«

»Hält *dieses* besagte Medikament *Ihrer* genauen wissenschaftlichen Untersuchung stand, Alex?«

Eine Zeit lang rutschte Baird hin und her, blickte über die Stadt hinaus und ließ mit einer Antwort auf sich warten.

»Die Wahrheit«, sagte er schließlich, »lautet, dass die Ergebnisse – in ihrem Rahmen – ziemlich beeindruckend sind. Die Patienten von Phase II sind in drei Behandlungsgruppen randomisiert worden, jede mit etwa zweihundert Teilnehmern, und es sieht wirklich so aus, als würde eine Behandlungsgruppe viel besser auf das Mittel ansprechen als die anderen beiden, und eine Gruppe viel schlechter.«

»Wo liegt dann das Problem?«

»Ich weiß es nicht, Stan. Es ist ein Gefühl, das ich habe – ein Kribbeln im Nacken. Zunächst mal, diese Newbury Pharmaceuticals. Sie sind quasi aus dem Nichts gekommen. Vor Vasclear haben sie lediglich Vitamine und ein paar Generika produziert. Vergessen Sie nicht, die FDA hat weder das Budget noch die Ressourcen, um selbst wissenschaftliche oder klinische Forschung durchzuführen. Wir können einzig und allein die Arbeitsergebnisse einschätzen, die uns die Pharmaunternehmen zur Verfügung stellen. Je vertrauter uns das Unternehmen und seine Methodik sind, desto leichter können wir davon auszugehen, dass es über das hinaus, was sie uns berichten, nichts weiter zu sagen gibt. Und dann ist da das Medikament selbst.«

»Fahren Sie fort.«

»Na ja, das Mittel ist beinahe zu gut, um wahr zu sein. Vielleicht erschreckt mich lediglich das unglaubliche Potential, das uns diese Leute in die Hände gelegt haben – vielleicht habe ich

Angst davor, dass etwas daran nicht stimmt. Bislang liegen uns spektakuläre Ergebnisse in der Behandlung einer verheerenden Krankheit, gepaart mit keinen oder minimalen Nebenwirkungen, vor. Üblicherweise prügeln sich unsere Statistiker mit den Herstellern um die Nutzen-Schaden-Abwägung. Dabei geht es um die Entscheidung, ob die gelegentlichen Behandlungserfolge das Risiko wert sind, die schrecklichen Nebeneffekte eines Mittels in Kauf zu nehmen. Im Fall von Vasclear – vorausgesetzt, wir haben alles von der Geschichte zu hören bekommen, wie ich schon sagte – gibt es kein Hin und Her. Der einzig bemerkenswerte negative Effekt, den ich im Zusammenhang mit diesem Medikament zu Gesicht bekommen habe, ist der, dass es anscheinend nicht bei jedem wirkt. Etwa fünfundzwanzig Prozent der Betabehandlungsgruppe – der Gruppe, die vermutlich das hoch dosierte Vasclear erhält – zieht nicht den gerinsten Nutzen aus dem Mittel. Dennoch würde selbst eine fünfundsiebzigprozentige Erfolgsquote mit minimalen Nebenwirkungen jedes Medikament in die Halle des Ruhms befördern.«

»Dann stelle ich Ihnen die Frage erneut, Alex. Wo liegt das Problem?«

Seufzend massierte Baird sich die Schläfen.

»Vielleicht gibt es keins. Aber die uns zur Verfügung gestellten Daten zeigen lediglich zwei Jahre der Behandlung von sechshundert Patienten. Ich garantiere Ihnen, dass es innerhalb weniger Tage nach der Zulassung von Vasclear Zehntausende von Menschen erhalten werden. Vielleicht Millionen. Wir sprechen hier nicht von einer Salbe gegen Juckreiz, Stan. Das ist ein Medikament, auf das die Menschheit gewartet hat – ein Medikament mit dem Potenzial, die zivilisierte Welt zu verändern, vielen von uns weitere Jahre, was sage ich, Jahrzehnte der Gesundheit zu schenken.«

»Das ist genau die Ansicht des Präsidenten.«

»Aber nur sechshundert Fälle.«

»Halten Sie sich bei neuen Medikamenten nicht in Hinblick auf Nebeneffekte auf dem Laufenden?«

»Natürlich. Aber die Berichte und die nachfolgenden Programme laufen größtenteils freiwillig ab und sind stark fehlerbehaftet, und dieses Medikament wird ein Expresszug werden. Sobald es einmal draußen ist, sobald diese Lastwagen sich in Bewegung gesetzt haben, wird ein verflucht großer Schaden entstanden sein, ehe es zurückgerufen werden kann, wenn langfristig ein uns bislang nicht bekannter Gegeneffekt auftritt.«

»Bislang ist jedoch kein verflucht großer Schaden entstanden.«

»Überhaupt keiner.«

»Und die Durchführung der Studie ist in Ordnung?«

»Soweit wir sagen können, ja. Ich habe eine unserer besten Leute an die Koordination der Prüfung der Daten von Newbury Pharmaceuticals gesetzt. Teri Sennstrom. Sie kennen sie?«

»Ich glaube schon. Jung, blondiertes Haar, ziemlich hübsch?«

»Das ist Teri, obwohl Ihnen meiner Ansicht nach etliche Männer in Hinblick auf das ›ziemlich‹ energisch widersprechen würden. Sie ist dazu extrem helle und sehr gründlich.«

»Ist sie oben in Boston gewesen, um diese Studie aus erster Hand unter die Lupe zu nehmen und sich mit den Leuten zu treffen, die sie durchführen?«

»Einmal, aber das ist schon eine Weile her.«

»Wie wär's, wenn Sie sie erneut hinschicken? Oder noch besser, gehen Sie selbst, wenn Sie der Meinung sind, dass es Ihnen helfen würde, sich mit Ihrer Entscheidung besser anzufreunden.«

»Sie meinen, mit meiner Entscheidung, das Medikament zuzulassen.«

Pomeroy spürte sogleich Bairds Gereiztheit. Er wandte sich um und legte das Knie auf die Bank, so dass er dem FDA-Chef besser ins Gesicht sehen konnte. Die Eindringlichkeit seines Blicks spiegelte sich in seinen Worten wider.

»Alex, wenn uns das nicht so wichtig wäre, so verdammt wichtig, wäre ich nicht hier.«

»Als ich mich einverstanden erklärt habe, diesen Job anzunehmen, haben Sie mir völlig freie Hand bei der Leitung der Behörde zugesagt.«

»Die haben Sie immer noch.«

»Wirklich? Warum habe ich dann das Gefühl, vom Amtssiegel des Präsidenten einen Nasenstüber zu erhalten?«

Pomeroy grinste über das Bild und blickte daraufhin Baird noch tiefer in die Augen.

»Sagen Sie mir was, Alex«, forderte er. »Die Wahrheit. Wenn Sie in diesem Moment Schmerzen in der Brust hätten, was würden Sie wählen, Vasclear oder eine Bypassoperation? Aufgrund dessen, was Sie *jetzt* an der Hand haben ...«

Die Frage war hypothetisch und nicht im Geringsten fair, und Pomeroys Ausdruck besagte, dass er es genau wusste. Die wirkliche Frage lautete: Wann ist die Erforschung eines Medikaments abgeschlossen, eine Datenmenge ausreichend? In geschickten Händen sind statistische Daten so formbar wie Knetgummi.

»*Geben Sie mir die Zahlen*«, hatte ihm einer der bedeutenderen Statistiker bei der FDA einmal gesagt, »*und ich gebe Ihnen die Ergebnisse, die Sie haben wollen, ohne zu tricksen. Alles hängt nur davon ab, welche statistisch relevanten Tests jemand auswählt und welche* nicht.«

Baird starrte über die Stadt hinaus.

»Aufgrund der Daten und Berichte, die mir gegenwärtig zur Verfügung stehen«, sagte er schließlich und nahm in Kauf, dass er dabei war zu kapitulieren, »und wenn ich nichts darüber hinaus wüsste, würde ich das Medikament wählen.«

Erleichtert stieß Pomeroy den Atem aus.

»Vielen Dank, Alex. Vielen Dank für Ihre Ehrlichkeit. Unter diesen Umständen bleiben Ihnen und Dr. Sennstrom drei Wochen. Dann möchte der Präsident gerne neben Ihnen stehen, wenn Sie die Zulassung für das neue Medikament unterzeichnen, und verkünden, dass die teilweise von seiner Regierung bezuschusste Forschung einen gewaltigen Schritt auf dem Weg zur Heilung kardiovaskulärer Krankheiten getan hat. Wenn Sie inzwischen einen bestimmten Grund dafür finden, weshalb wir dem Medikament die Zulassung verweigern sollen, zeigen Sie ihn uns, und Sie erhalten alle Zeit der Welt, die Sie benötigen ... Alex, ich weiß, Sie haben wegen dieser Geschichte mit dem Gedanken an Ihren Rücktritt gespielt. Ich kann Sie lediglich bitten zu bleiben.«

Geistesabwesend spielte Baird an seinem Ehering.

»Na gut, Stan«, hörte er sich auf einmal wie durch einen fernen Tunnel sagen, »dann also drei Wochen.«

Kapitel 12

Brian schloss seine letzte Visite bei den siebzehn verbliebenen Patienten in der klinischen Abteilung ab und ging dann zur Vasclearklinik hinüber. Carolyn Jessup musste ihm noch Bescheid geben, was bei ihrem Treffen mit Art Weber herausgekommen war, aber sie hatte versprochen, er würde von ihr hören, bevor er das Krankenhaus verließ. Jack hatte eine vergleichsweise angenehme Nacht verbracht, lebte jedoch bestenfalls das Leben eines Invaliden. Und das wusste er. Nachdem er seinem Vater geholfen hatte, auf sein Zimmer zu kommen, hatte Brian sich auf die Bettkante gesetzt und erneut mit ihm über eine Operation und Vasclear gesprochen.

»Ich möchte sterben«, sagte Jack. »Sieh mich doch an! Worauf soll ich mich noch freuen? Mein Gott, ich kann nicht mal mehr ins Kino gehen, ganz zu schweigen zu einem Ballspiel.«

»Aber siehst du denn nicht ein, Paps, dass dich deine Krankheit so hoffnungslos macht? Du vergisst, dass du den Mädchen der Großvater bist und mitbekommen hast, wie ich wieder auf die Beine gekommen bin. Vielleicht lernst du selbst jemanden kennen und kannst ein bisschen umherreisen oder Trainer in den Little Leagues sein. Ich meine, du bist erst dreiundsechzig. Dir steht ebenso wie uns alles offen, nicht mehr, nicht weniger. Ich sage dir, Jack, ob es nun Vasclear oder eine OP ist – sobald dein Körper in einem besseren Zustand ist, wird dein Kopf auch in einem besseren Zustand sein. Du darfst eben nur nicht aufgeben.«

»Ich ertrage einfach den Gedanken nicht, mir wieder die Brust aufschneiden zu lassen, Brian. Alle diese Tubusse! Ich ertrag's nicht.«

Brian massierte seinem Vater mit Lanolin, dem etwas Vitamin E-Lösung zugesetzt war, die trockenen schuppigen Füße. Jacks Pyjamajacke war nicht zugeknöpft und zeigte die riesige Narbe über dem Brustbein ebenso wie die zahllosen ›Grübchen‹. Jedes einzelne war das Resultat einer Drainage der einen oder anderen Art.

»Ich versuche, dich in die Vasclearstudie zu bekommen, Paps. Wirklich. Aber wenn es aus der Betagruppe nichts wird, musst du einverstanden sein, dass ich dich Dr. Randa vorstelle. Du hast bei deiner Bypass-OP eine schlimme Zeit durchgemacht, das weiß ich. Aber viele Leute fliegen geradezu durch die Prozedur und sind in nur vier oder fünf Tagen wieder aus dem Krankenhaus. Ich halte Randa auch für einen Hornochsen, aber er ist ein Chirurg von Weltklasse.«

»Nein, Brian. Sieh zu, dass ich das Medikament bekomme. Dieses Risiko gehe ich gern ein.«

Für Lucy Kendall war Brians erster Besuch der Klinik überraschend gekommen. Heute war sie darauf vorbereitet. Sie trug eine eng anliegende kurze Hose und einen Pullover, der den Zustand der Herzen ihrer männlichen Patienten arg auf die Probe stellte. Sie beklagte sich über die Hitze in der 21 °C warmen Klinik, schälte sich aus ihrem Kittel und legte ihn über eine Stuhllehne. Daraufhin presste sie betont die üppigen Brüste gegen seinen Arm, während sie Brian die Teile der Abteilung zeigte, die er beim ersten Mal nicht zu Gesicht bekommen hatte.

»Also, wie viele Patienten stehen heute Abend auf dem Programm?«, fragte er, ganz und gar nicht in der Stimmung für einen Flirt mit dem Holzhammer, jedoch entschlossen, ihn auszunutzen, um zu erfahren, was er wissen musste.

»Fünf pro Stunde, vier Stunden lang. Das ist etwa der Durchschnitt. Sie haben gesagt, Sie leben in Reading. Allein?«

»Nein, mit meinem Vater zusammen. Ähm, wird ihr Medikament täglich rübergebracht?«

»Wem seins?«

»Der Vasclear-Patienten.«

»Ach so ... Nein, nein. Wöchentlich. Ich schicke jede Woche eine Liste zu Newbury rüber, und sie schicken die entsprechende Menge an Fläschchen mit Vasclear zurück. Öh, hätten Sie Lust, nach dem Dienst irgendwo für einen Drink Zwischenstation zu machen?«

»Vielen Dank, gerne, aber ich muss heim zu meinem Paps. Er erholt sich gerade von einem Herzinfarkt. Haben Sie zu Hause keine Kleinen?«

»Um die kümmert sich ein Au-pair-Mädchen. Ich habe absichtlich eine neunzehnjährige Schönheitskönigin aus Schweden ausgesucht, damit Jerry seine Fantasien auf jemand anderen als mich richten kann.«

»Was ist, wenn einer seinen Termin in der Klinik nicht einhält? Was tun Sie mit seinem Kontingent?«

»Davon gibt's nicht viele, aber manchmal schaffen es die Leute nicht. Ich halte ihr Vasclear einfach unter Verschluss. Dann katalogisiere ich alle paar Wochen, was übrig geblieben ist, und werfe es weg. Tanzen Sie gern?«

»Sicher. Allerdings nicht allzu häufig, und ich bin nicht sonderlich gut, aber ich tanze gerne. Gibt es einen Schlüssel für den Kühlschrank, in dem das Vasclear aufbewahrt wird?«

»Acht-vier-neun-null.«

»Wie bitte?«

»Der Code für die Tastatur am Kühlschrank. Acht-Vier-Neun-Null. Wissen Sie, ich sollte so eine Tastatur am Kühlschrank bei mir daheim anbringen lassen. Vielleicht würde Jerry den Wink verstehen, und ihm würde klar werden, dass es eine Hosengröße von vierzig um die Gürtellinie nicht so ganz bringt. Sie haben sechsunddreißig, nicht?«

»Gut geschätzt. Kommen wir doch wieder zur Handhabung des Medikaments zurück. Fünfmal die Woche für zwei Wochen, dann dreimal die Woche für zwei Monate, dann einmal die Woche?«

»Genau. Gürtellinie sechsunddreißig und ...«, sie trat zurück und musterte ihn kennerhaft, »... vierunddreißig Beinlänge, nicht?«

»Wiederum richtig. Ich bin sehr beeindruckt. Ich frage mich, wer diesen Plan ausgeknobelt hat und wie genau man ihn einhält.«

»Die Tage, an denen die Behandlung nicht stattfindet, sind mit eingebaut, so viel weiß ich. In den Ferien ist die Klinik geschlossen, und Newbury ist es anscheinend ziemlich egal, ob ein Patient zu einem Termin erscheint oder nicht. Wir berichten auf einem speziellen Formblatt, wenn jemand zwei Termine in einer Woche versäumt, oder zwei Wochen während einer 2-Monats-Periode, wenn sie wöchentlich nur eine Ration bekommen sollen. Das ist alles. Mit Ihnen kann man sich gut unterhalten, wissen Sie das?«

»Vielen Dank. Mit Ihnen auch.«

»Sind Sie sich sicher mit dem Drink heute Abend?«

»Ein andermal wäre großartig. Meinen Sie nicht, wir sollten anfangen? Im Wartezimmer sitzen etliche Leute.«

Brian empfing Patienten und verabreichte ihnen ihre Dosis Vasclear. Die Arbeit verlangte mehr von ihm, als er erwartet hatte. Ihm fiel auf, dass alle diejenigen, die sich aufgrund ihrer Koronarerkrankung in einem ziemlich schlechten Zustand befanden, zur Alpha- oder Gammagruppe gehörten. Während er auf Jessups Anruf wartete, konnte er sich lediglich auf seine gegenwärtige Aufgabe konzentrieren.

Aber es gab noch einen Grund dafür, dass es ihm schwer fiel, sich zu konzentrieren. Er hatte noch keine Entscheidung getroffen. Wenn man Jack die Zulassung zur Vasclearstudie verweigerte oder wenn er in eine andere als die Betagruppe randomisiert wurde, würde er heute Abend die erste Dosis Beta mitgehen lassen. Bis der Code geknackt, die streng kontrollierte Studie beendet und das Medikament für den allgemeinen Gebrauch zugelassen würde, müsste er sich auf verschiedene Art und Weise weitere Betadosen beschaffen.

Es war zweifelsohne die erschreckendste, schmerzlichste Entscheidung, die er seit dem Beginn seiner Rehabilitation getroffen hatte. Aber welche Möglichkeit hätte er sonst gehabt?

Er musste noch eine weitere Entscheidung treffen. Mehr als ein Jahr lang war Freeman Sharpe für ihn da gewesen – zunächst als Führer über den schlecht markierten Weg der Rekonvaleszenz und dann als Freund.

»Ich bitte dich nur«, hatte Sharpe immer und immer wieder gesagt, »dass du mich anrufst, bevor du trinkst oder etwas einwirfst.«

Unausgesprochen blieb die eindringliche Bitte, dass Brian sich mit Sharpe besprechen sollte, wenn er etwas emotional Riskantes unternähme, ehe seine Genesung viel weiter vorangeschritten wäre. Würde Freeman Sharpe ihm den Diebstahl des Medikaments ausreden wollen?, überlegte Brian. Wäre es die Sache wert, den Mann so in Verlegenheit zu bringen? Im Augenblick bestand eine dreiunddreißigprozentige Chance dafür, dass Jack in die Betagruppe kommen würde und auf diese Fragen nie eine Antwort gefunden werden müsste.

Der erste Schwung von Patienten lag jetzt da und erhielt seine Infusion, was eine halbe Stunde dauern würde. Brian nutzte die Gelegenheit und ging seinen Plan ein letztes Mal durch. Das Beta-Vasclear für Jack könnte er sich von zwei Stellen beschaffen: aus der Reserve und dem Kontingent, das für Patienten beiseite gestellt wurde, die das Vasclear intravenös erhielten. Seines Wissens wurden die Reserven nicht nachgezählt, jedoch regelmäßig weggeworfen. Wenn Lucy Kendall den Verdacht hegte, dass Rationen verschwanden, würde die Kontrolle gewiss strikter gehandhabt. Er hatte sich dafür entschieden, zumindest für die ersten beiden Wochen jeden dritten Tag eine der Beta-Vasclear-Infusionen durch normale Kochsalzlösung zu ersetzen, statt ein Fläschchen aus der Reserve zu nehmen. Lucy Kendall hatte deutlich darauf hingewiesen, dass im Programm ein Faktor eingebaut war, der eine übersprungene Behandlung mit einbezog. Eine Dosis weniger wäre nicht schädlich. Somit wäre diese Sache unproblematisch.

Mein Gott, wie sehr hoffte er, dass dieses Planen und geistige Durchexerzieren des Betrugs nur eine hypothetische Angelegenheit bleiben würde!

Er ging an den Behandlungsräumen vorbei, um sicherzustellen, dass von dort keine Probleme zu erwarten wären, und schlüpfte dann schnell in den Medikamentenraum. Hier probierte er das Sicherheitsschloss aus und stellte die Anzahl der vorhandenen Beta-Fläschchen fest. Die Eingangstür bestand aus Glas, also brauchte er sie nicht zu schließen. Gleich nach Betreten des Raums warf er einen Blick auf den Korridor hinaus und tat dabei so, als würde er die Regale mit den verschiedenen Herzmedikamenten und den Notfallwagen inspizieren. Er hasste diese Schnüffelei.

»Acht, Vier, Neun, Null.«

Brian kniete neben dem kleinen Kühlschrank nieder und flüsterte die Zahlen vor sich hin, während er die entsprechenden Tasten drückte. Gleich darauf öffnete sich die Tür. Innendrin standen drei Pappschachteln – zwei auf dem mittleren Regal und eine auf dem Boden, und jede war mit einem griechischen Buchstaben gekennzeichnet. In der Betaschachtel lagen vier Fläschchen, nicht so viele, wie Brian gehofft hatte. Dennoch, wenn er ein bisschen jonglierte, könnte er die ersten fünf Tage schaffen. Danach würde er ...

»Dr. Holbrook?«

Der Gruß des Mannes hätte ein schwächeres Herz sofort zum Stillstand gebracht. Brian sprang auf, drehte sich um und schloss in derselben Bewegung die Kühlschranktür. Dr. Art Weber stand lächelnd draußen vor der Schwelle. Er war Anfang vierzig und nicht so groß, wie Brian aufgrund des Videos angenommen hatte. Aber er war stämmig gebaut und sah zweifelsohne gut aus, hatte ausgeprägte Züge und überraschend blaugraue Augen.

»Öh ... ja ... hallo«, sagte Brian, der seine Fassung rasch zurückgewann. »Ich bin Brian.«

»Art. Art Weber.«

Seine Aussprache des ›W‹ bewegte sich zwischen ›W‹ und ›V‹.

»Ich weiß«, entgegnete Brian. »Ich habe Sie gerade im Vasclearvideo gesehen.«

»Und was war Ihr Eindruck?«

»Ausgezeichnet. Einfach großartig. Wenn Vasclear so anschlägt, wie Sie sagen, wird die Herzmedizin, wie wir sie kennen, unwiderruflich einen neuen Weg beschreiten.«

»Es gibt kein *Wenn*.«

Brian verließ den Medikamentenraum und schloss die Tür hinter sich.

»Nun, dafür legt Mrs Nellie Hennessey gewiss Zeugnis ab«, sagte Brian fröhlich im Versuch, etwas von der Aufdringlichkeit des Mannes von sich abzuhalten. »Ich habe heute Morgen bei ihrer Katheterisierung assistiert.«

»Carolyn hat mir erzählt, was Sie getan haben.«

»Ich habe Glück gehabt. Das Katheterbruchstück lag für die BIPAL-Zange einfach perfekt.«

»Nein, ich meine, dass Sie einen Bericht über ein defektes Produkt an die FDA geschickt haben.«

Brian stöhnte innerlich.

»Ich habe verstanden, dass das gegen die Institutspolitik ging, und Dr. Jessup gesagt, dass es nicht wieder vorkommen wird.«

»Schön. Gleiches gilt für Vasclear. Wir sind bislang auf keine gravierenden Probleme gestoßen, aber sollte das bei einem Aspekt unseres Programms der Fall sein, erwarte ich von Ihnen, dass Sie Dr. Jessup darüber Bericht erstatten.«

»Kein Problem.«

»Ich meine damit unsere Patienten *und* unsere Versuchstiere.«

Earl. Brian entschied sich rasch dagegen, den Fehdehandschuh aufzunehmen. Der Tierpfleger bluffte nicht: Er *hatte* Verbindungen nach ganz oben.

»Ich verstehe völlig«, sagte Brian.

Er spürte, dass der erwartete Augenblick gekommen war.

»Ausgezeichnet«, meinte Weber. »Ausgezeichnet. Wir kommen der Genehmigung unserer Statistiker zur Freigabe des Codes bei unserem Doppelblindversuch immer näher. Von da an ist es hoffentlich nur noch ein kurzer Weg, bis die FDA das Vasclear zum Verkauf freigibt.«

»Das wäre wunderbar.«

»Ja, allerdings. Es ist wohl unnötig zu sagen, dass es makelloser Daten und einer beeindruckenden, unwiderlegbaren Nutzen-Schaden-Abwägung bedarf, damit eine Bürokratie wie die FDA ihren endlosen Beurteilungsprozess abkürzt.«

»Wie es bei Ihnen der Fall ist.«

»Wie es bei uns der Fall ist«, echote Weber. »Also, von jetzt an laufen alle Berichte über irgendwelche Probleme über uns, ja?«

»Ja«, erwiderte Brian und zwang sich, dem Blick standzuhalten.

»Nun ja, ich habe Carolyn so verstanden, dass Sie den Wunsch geäußert haben, Ihren Vater in die Vasclearstudie mit aufnehmen zu lassen.«

»Ja.«

»Sie ist seine Krankengeschichte mit mir durchgegangen und hat mir auch gesagt, sie habe ihm empfohlen, er solle sich noch einmal einer Bypassoperation unterziehen.«

»Nach dem ersten Mal war es eine schreckliche Zeit für ihn. Er ist bereit, fast alles auf sich zu nehmen, um nur nicht erneut operiert zu werden.«

»Na ja, vielleicht überlegt er es sich noch einmal, Brian. Es tut mir zutiefst Leid für Ihren Vater und sein Problem. Ich habe alles getan, was ich konnte. Ich habe den zuständigen Statistiker unserer Doppelblindstudie gebeten, ihn zu randomisieren, und das ist dabei herausgekommen.«

Er griff in seine Jackentasche und holte eine kleine Karte von etwa zehnmal fünfzehn Zentimetern hervor. Darauf waren Jacks Name, Geburtsdatum, Geschlecht, der Name des Kardiologen sowie eine Zahl, sieben, aufgedruckt. Sie spiegelte die Ernsthaftigkeit seiner Herzerkrankung wider. Darunter stand in Großbuchstaben ein einziges Worte: ALPHA.

Alpha. Mit fast absoluter Sicherheit die Placebogruppe. Brian spürte, wie er zusammensackte.

»Es besteht keine Möglichkeit, ihn in die Betagruppe zu bekommen?«, fragte er.

Weber schüttelte den Kopf.

»Ich fürchte, nein«, erwiderte er. »Ich weiß, das hört sich absurd an, aber bis die Statistik uns die Freigabe des Codes zur Identifizierung der Mengen gestattet, die die Alpha-, Beta- und Gamma-Patienten erhalten, müssen wir so tun, als wüssten wir noch nicht, welche Gruppe welche ist. Angesichts unserer verblüffenden Ergebnisse erscheint das zum gegenwärtigen Zeitpunkt eigentlich wie ein Possenspiel. Aber wir haben einfach keine ausreichend große Anzahl an Patienten in unseren drei Gruppen, um unsere Studie vor der Genehmigung durch die FDA abzuschließen.«

»Haben Sie eine Vorstellung davon, wie lange es noch dauert, bis der Code freigegeben wird?«

»Bald. Vielleicht bloß ein paar Wochen. Die FDA schickt einen ihrer Leute her. Er soll sich mit mir, Dr. Jessup und unseren Statistikern treffen.«

»Liegt denn ein Sinn darin, dass Jack an der Studie selbst als Mitglied der Alphagruppe teilnimmt? Ich meine, wird das Ihren Statistikern weiterhelfen?«

»Um die Wahrheit zu sagen, wahrscheinlich nein. Bis dahin wäre die Studie beendet. Mein Vorschlag lautet, dass Sie Dr. Jessups Empfehlung folgen und Ihren Vater zur Operation überreden.« Weber las Brian die Enttäuschung vom Gesicht ab und fügte hinzu: »Tut mir Leid. Tut mir wirklich Leid.«

»Danke sehr«, erwiderte Brian.

Aber der Vasclear-Projektleiter hatte sich bereits abgewandt und war auf und davon. Brian warf einen Blick zurück auf den Kühlschrank, sah dann nach, wie spät es war, und eilte zum Telefon, das in der kleinen Nische neben dem Diktiergerät stand. Ihm blieben nur fünf Minuten, bis die nächste Welle von Vasclear-Patienten anrollte, und er wollte mit Freeman Sharpe sprechen.

Das Telefon klingelte fünfmal, bevor Sharpe sich meldete. Wie immer hatte sein ruhiger Bariton einen unmittelbar besänftigenden Effekt.

»Freeman, Brian hier.«

»He, hallo. Ist der Arzt im Haus?«

»Oh, ja. Der Arzt ist da. Hast du eine Minute Zeit?«

»Du passt auf dich auf?«

»Natürlich.«

»Dann habe ich eine Minute.«

»Sie haben Jack in die Vasclearstudie aufgenommen, Freeman, aber er ist in die Gruppe randomisiert worden, die mit ziemlicher Sicherheit das Placebo erhält.«

»Verdammter Mist. Besteht eine Möglichkeit, dass sie einfach ihre Meinung ändern und ihn auf das gute Zeugs setzen?«

»Glaube kaum, nein. Sie wollen, dass Jack einen neuen Bypass bekommt.«

»Und du bist der Ansicht, er sollte das Medikament kriegen.«

»Heute Morgen habe ich bei der Katheterisierung einer Frau

aus der Studie assistiert, die etwa fünf Jahre älter als Jack ist. Sie hatte eine mindestens ebenso schlimme Herzerkrankung wie er, obwohl sie nie einen Herzinfarkt oder einen Bypass gehabt hat. Sie ist in die Gruppe mit der maximalen Dosis randomisiert worden, und jetzt hat sie Arterien wie eine Vierzigjährige und zeigt keinerlei Symptome.«

Sharpe pfiff leise.

»Also denken wir worüber nach? Das Medikament zu stehlen?«

»Anders komme ich nicht ran.«

»Kannst du genug kriegen?«

»Für zwei Wochen, bestenfalls drei. Aber mehr brauche ich vielleicht gar nicht. Meiner Ansicht nach wird die FDA das Medikament bald zulassen. Sogar, wenn es bei ihm nur langsam anschlägt, könnte Jack es vielleicht schaffen.«

»Und wenn nicht?«

»Laut der bisherigen Ergebnisse hat er eine fünfundsiebzigprozentige Chance, dass es anschlägt. Ein solches Risiko geht er gern ein. Ich auch.«

»Du kannst das hinkriegen, ohne erwischt zu werden?«

»Möglich.«

»Und ohne jemandem wehzutun?«

»Glaube schon.«

»Medikamente aus einem Krankenhaus klauen – das ist doch eine alte Platte, die du da auflegst, stimmt's? Du wirst aber nicht wieder danach tanzen?«

»Mit deiner Hilfe nicht.«

»Mit Gottes Hilfe, Mann. Mich zu fragen ist schlau, aber du plauderst am besten auch mit einer höheren Macht.«

»Das werde ich tun. Vielen Dank, Freeman. Mach's gut.«

»Du weißt, was du tust?«, fragte Sharpe.

»Allerdings«, erwiderte Brian.

Brian legte den Hörer auf und kehrte zum Medikamentenraum

zurück. Es benötigte nur wenige Minuten, den Inhalt zweier Beta-Vasclear-Fläschchen auf zwei 10-ml-Spritzen zu ziehen, auf den Fläschchen winzige Markierungen anzubringen und mit Kochsalzlösung aufzufüllen. Daraufhin steckte er die gefüllten Spritzen in die Tasche seines Arztkittels und ging zu den Patienten. Eine Stunde später hatte er die Spritzen und ein IV-Set in seine Aktentasche verstaut und rief zu Hause an.

»Jack, wie hältst du dich?«

»Immer die alte Leier, immer die alte Leier.«

»Nun, ich habe gute Nachrichten. Du wirst heute Abend mit hochdosiertem Vasclear anfangen.«

»He, großartig. Hat Dr. Jessup das erreicht?«

»Nein. Ein anderer Arzt. Versprich mir, kein Wort darüber zu Dr. Jessup.«

Es folgte ein längeres Schweigen.

»Ganz, wie du willst«, meinte Jack schließlich.

»Sehr gut. Ich bin in ein paar Stunden da. Und, Jack?«

»Ja?«

»Ich schulde dir zehn Kröten.«

»Wofür?«

»Ich habe heute ein Leben gerettet – eigentlich sogar zwei.«

Kapitel 13

Brian stellte den improvisierten Infusionsträger neben Jacks Sessel, nahm eine Kanüle mit Vasclear und spritzte den Inhalt in einen 250-ml-Beutel mit Dextroselösung.

»Bereit für einen weiteren Freudenspender?«, fragte er.

Jack lachte sarkastisch.

»Das ist vielleicht ein *Freudenspender*«, meinte er. »Er wirkt nicht, stimmt's?«

»He, komm schon, Paps. Im Augenblick sollten wir keinerlei Schlüsse ziehen. Lass dich nicht entmutigen! Du hast erst sechs Rationen bekommen. Was ich so erfahren habe, dauert es bei den meisten Leuten ein wenig länger, bis bei ihnen eine Besserung eintritt. Einige Patienten haben noch monatelang Symptome gezeigt, obwohl ihr Belastungs-EKG fast wieder normale Werte aufweist.«

»Acht zu fünf, dass ich's nicht schaffe.«

»Verdammt, Jack, hör auf, so zu reden! Deine Einstellung hat viel damit zu tun, ob du es schaffst oder nicht.«

»Ich bin es müde, Brian. Ich bin es müde, krank zu sein.«

»Noch eine Woche, Trainer. Noch eine Woche, und ich wette, du wirst bestimmt eine Besserung erkennen.«

»Und wenn nicht?«

»Wenn nicht, gehen wir zu Randa.« Beim Anblick von Jacks düsterem Gesichtsausdruck fügte er hinzu: »Aber ich bin überzeugt, dass es diese Woche anschlägt.«

Während der letzten Wochen hatte Brian ohne Schwierigkeiten die Reserven an Beta-Vasclear im Klinikkühlschrank manipulieren können. Darüber hinaus hatte er bei zwei Patienten je einmal das Vasclear gegen Kochsalzlösung ausgetauscht. Beide Patienten waren schon weit in ihrem zweiten Behandlungsjahr. Unmöglich hätte einer einen Schaden erleiden können. Dennoch ging ihm die Sache nach wie vor völlig gegen den Strich.

Er klammerte sich an die Hoffnung, dass der Betrug bald nicht mehr nötig sein würde, wenn er zuvor bloß ein wenig Zeit schinden könnte. Morgen Mittag stand im White Memorial bei der Chefarztbesprechung eine Präsentation von Vasclear durch Art Weber und andere auf dem Programm, zusammen mit der Erwiderung eines FDA-Repräsentanten. Brian erwartete, einige Hinweise darauf zu bekommen, wann Jack endlich auf legitime Weise eine volle Ration Vasclear bekommen könnte – vorausgesetzt natürlich, die gegenwärtige Behandlung wäre viel versprechend.

Seine Arbeit in der Klinik war nach den stürmischen ersten beiden Tagen zu einer gemütlichen, wenn auch geschäftigen Routine abgeflaut. Die Leitung der Station machte ihm Spaß, und er gewann mit jeder gründlichen Untersuchung eines neuen Patienten sowie jeder Krise, die er meisterte, sein Selbstvertrauen als Arzt zurück. Phil Gianatasio war eine große Hilfe und tauchte offenbar immer dann auf, wenn eine Situation spannend wurde. Er arbeitete wie ein Tier und hatte die fürchterliche Angewohnheit, in fast allen Lagen das komische Element zu sehen. Darüber hinaus war er in einem kritischen Augenblick ebenso kühl und unerschütterlich wie alle anderen, mit denen Brian je zusammengearbeitet hatte.

»Jack, tut dir das weh, wenn das Zeug reinläuft?«

»Nö.«

Brian prüfte den Blutdruck seines Vaters, der stets sehr niedrig, und den Puls, der normal war. Er hatte einen dünnen Katheter in eine Ader in Jacks Unterarm geschoben, einen Verschluss darauf gesetzt und hielt ihn zwischen den Behandlungen mit einem Anti-Koagulans offen. Obwohl Jack stets der Ansicht war, ihm ginge es nicht besser, fiel Brian auf, dass er vielleicht ein paar Nitroglyzerintabletten weniger einnahm. Darüber hinaus war er einmal mit seinen Enkelinnen und dann allein in den Hof gegangen.

Trotzdem das ermutigende Anzeichen waren, wusste Brian, dass er sie nicht zu hoch bewerten sollte. Ein Teil des Problems bei der klinischen Erprobung eines Medikaments war der gut dokumentierte Placeboeffekt. Je mehr die Patienten, ihre Angehörigen und die Behandelnden wollten, dass eine bestimmte Therapie anschlug, desto mehr wiesen die Symptome des Forschungsobjekts darauf hin, dass sie es auch tat – zumindest bis zu einem gewissen Ausmaß.

Brian sehnte sich danach, den Fall seines Vaters mit Carolyn Jessup zu besprechen – zu überprüfen, ob Jacks Reaktion auf das Medikament der Reaktion anderer Patienten glich. Aber ihr gegenüber zuzugeben, dass er Beta-Vasclear stahl, würde ihn auf der Stelle zurück ins Land der Arbeits- und Lizenzlosigkeit transportieren. Also würde er einfach, um in der Terminologie der bisherigen Erfahrung mit diesem Medikament zu bleiben, einen Blindflug unternehmen müssen. Bald, redete er sich immer wieder ein. Bald würde die Geheimnistuerei ein Ende finden – entweder, weil Jacks Symptome sich besserten und Vasclear legalisiert wurde, oder durch einen chirurgischen Eingriff. Bald.

So gut die vergangene Woche in der Klinik ja gelaufen war, *eine* unangenehme Begegnung hatte es gegeben. Brian hatte gerade sein Tablett auf das Fließband zum Geschirrspüler gesetzt, da hatte er Laj Randa bemerkt, der auf ihn zukam, gefolgt von seinen allgegenwärtigen beiden Assistenten. Sein Turban an diesem Tag war rot, eine Farbe, die den kriegerischen Ausdruck auf seinem Gesicht nur noch zu verstärken schien.

»Nun, Holbrook, was macht Ihr Vater?«, fragte er.

»Er liegt zu Hause.«

»Das weiß ich. Ist er in die Vasclearstudie aufgenommen worden?«

»Nein«, erwiderte Brian, »aber ich hoffe, dass das Medikament recht bald allgemein zugänglich ist.«

»Beantworten Sie mir doch eine Frage, Holbrook. Warum schieben und drängeln Weber und sein Pharmaunternehmen so gewaltig, um die Markteinführung ihres Produkts zu beschleunigen?«

»Ich weiß es nicht. Geld?«

»Nein, nicht bloß Geld, mein Freund, sondern ein Riesenbatzen Geld. Eine einzige Ration dieses Medikaments kostet über einhundert Dollar. Das sind pro Patient eintausend Dollar für die ersten beiden Wochen. Einhunderttausend Patienten, einhundert Millionen Dollar. *Innerhalb von zwei Wochen.* Und einhunderttausend ist nicht mal annähernd die Zahl der Patienten, die dieses Medikament erhalten werden, und das innerhalb nur weniger Monate.«

»Also?«

»In ihrer Gier, ihr Produkt zu Geld zu machen, unternimmt Newbury Pharmaceuticals alles nur Erdenkliche, um die wissenschaftliche Standard-Vorgehensweise zu umschiffen. Eine begrenzte Doppelblindstudie ohne Wechsel auf halber Strecke und ohne multi-institutionelle Komponente. Mehr haben sie nicht. In solchen Abkürzungen ist immer der Wurm drin, Holbrook. Immer. Sie haben auf der Uni Biostatistik belegt. Wie Sie wissen, gibt es einen Grund dafür, dass eine Studie statistisch gesehen nicht valide ist, wenn das *n* in der Gleichung – *Zahl der Fälle* – ein gewisses Minimum nicht überschritten hat.«

»Ihre Ergebnisse sind sehr beeindruckend.«

»Ihre Ergebnisse sind bedeutungslos, bis die entsprechende Mathematik etwas anderes sagt.«

Randa hatte jetzt die Stimme genügend erhoben, dass er die Aufmerksamkeit der Leute in der Nähe erregte.

»Dr. Randa«, entgegnete Brian, »mein Vater war nach seinem letzten Bypass für fast acht Wochen im Krankenhaus. Er war mehr tot als lebendig. Sie kennen die Zahlen für eine wiederholte Bypassoperation ebenso gut wie ich. Das zweite Mal ist mehr als doppelt so riskant.«

»Nicht unter meinen Händen.«

»Sagen Sie mir doch«, meinte Brian herausfordernd. »Hat Ihr Vorurteil gegenüber Newbury Pharmaceuticals, deren Medikament und deren Methoden etwas damit zu tun, dass Vasclear die Behandlung von Koronarerkrankungen von der Chirurgie sehr weit wegführen wird?«

Der Sikh sah ihn angewidert an.

»Sie sind ein Dummkopf, Holbrook«, sagte er. »Ihr Vater braucht Chirurgie. Er bekommt die notwendige OP nicht, weil um dieses Mittel ein solcher Wirbel veranstaltet wird. Bis die wissenschaftliche Gemeinschaft dem Medikament ihren Segen erteilt, ist es nichts weiter als Schlangenöl. Sie begehen einen Fehler, wenn Sie darauf warten, dass es für ihn erhältlich wird.«

Ohne eine Antwort abzuwarten stolzierte er davon.

Der Hippokrates-Dome thronte auf dem fünfgeschossigen Pinkham-Gebäude in White Memorial. Es handelte sich um einen Hörsaal mit steil ansteigenden Stuhlreihen auf dem Gelände, wo eine der ersten Operationen unter Vollnarkose durchgeführt worden war. Recht bald hieß er der ›Hippodome‹. Die vierhundert Sitze aus Holzfurnier wurden von einer eindrucksvollen Buntglaskuppel gekrönt, auf der Darstellungen verschiedener bedeutender Augenblicke der Medizingeschichte zu sehen waren. Nach mehr als einhundert Jahren wurde der Dome gerade renoviert. Er war innen und außen eingerüstet, und ein gewaltiger Kran schwebte wie eine riesige Gottesanbeterin darüber.

Um zwanzig nach zwölf, als Brian auf der von der Sonne beschienenen Terrasse vor Pinkham 1 eintraf, wartete Phil mit zwei Tassen Kaffee auf ihn.

»Noch immer schwarz mit einem Eiswürfel?«

»Aber sicher.«

Es war der Kaffee im Stil der Assistenzärzte, so zubereitet, dass man ihn auf dem Weg vom einen zum nächsten Patienten hinunterschlucken konnte.

»Ich ... öh ... habe gedacht, du möchtest keinen Krapfen, also habe ich dir keinen mitgebracht.«

»Gut überlegt«, meinte Brian. »Es sei denn, du hast dir erst *hinterher* überlegt, dass ich vielleicht keinen möchte.«

»O Herr, du verletzt mich bis ins Mark, wo das auch immer sein mag.«

»Also, was hat dich zu diesem Auftrieb geführt?«

»Weiß nicht. Ein Repräsentant der FDA, der zusammen mit Ernie Pickard und Art Weber die Bühne betritt, muss einfach gute Nachrichten für das V-Team bedeuten.«

»Das will ich doch schwer hoffen. Es wären auch gute Nachrichten für meinen Vater.«

»Wie geht's ihm so?«

Brian zögerte. Es bereitete ihm Unbehagen, einem alten Freund die wahre Geschichte zu verschweigen. Aber letztlich war es das nicht wert, Phil durch seine Beichte, dass Jack insgeheim auf Beta-Vasclear war, in Verlegenheit zu bringen.

»Die Wahrheit lautet«, erwiderte Brian, »dass es ihm nicht so prächtig geht.«

»OP?«

»Als ich sie das letzte Mal zur Sprache brachte, hat er sich nicht wie üblich mit Händen und Füßen dagegen gewehrt. Vermutlich hängt es davon ab, ob wir heute irgendwelche Hinweise darauf erhalten, wann die FDA Vasclear freizugeben gedenkt. Aber sag mal, Phil: Wie lange hat es deiner Erfahrung nach gedauert, bis sich bei Beta-Vasclear-Patienten eine Besserung ihrer Symptome zeigte?«

»Ist unterschiedlich. Bei einigen bloß wenige Tage. Bei den meisten etwa zwei Wochen. Bei anderen ein paar Monate. Vergiss aber nicht, dass es bei einem Viertel aller Fälle überhaupt keine Besserung gab. Die meisten davon haben im OP geendet, ein paar oben im Leichenschauhaus.«

Brian nickte. Phil wusste ebenso gut wie er, dass sich – außer bei einfachen Therapien wie Penicillin gegen bakterielle Halsentzündung – fast kein Medikament mit einer solchen Erfolgsquote brüsten konnte. Ganz gewiss kein Herzmittel. Brian sah auf die Uhr.

»Komm, lass uns hochgehen, ja? Ich möchte einen guten Platz haben.«

Die beiden Aufzüge von Pinkham waren von einer gewaltigen Menschenmenge belagert. Phil folgte Brian die Treppe hinauf, wobei er unterwegs bei fast jeder Stufe protestierte. Die Sitze im Hippodome waren fast zur Hälfte besetzt, und die restlichen füllten sich rapide, was Brian nicht im Geringsten überraschte. Vasclear-Berichte erschienen jetzt im *Star* und im *National Enquirer*, ebenso in den abendlichen Nachrichtensendungen. Das Medikament erlangte nationale Berühmtheit.

Sie fanden zwei Sitze auf der rechten Seite, sechs Reihen vom Podium entfernt, das einen Halbkreis von etwa sieben Metern Breite und dreieinhalb Metern Tiefe bildete und einen Meter über dem Fußboden lag. Verschwommenes Sonnenlicht drang durch das Buntglas und bemalte den Raum. Der riesige Bildschirm hinter dem Podium war herabgelassen. Zwischen ihm und dem schmalen Lesepult saßen Ernest Pickard, Art Weber, Carolyn Jessup sowie unweit von Phil und Brian eine Frau von Anfang, Mitte dreißig.

»Sie ist von der FDA?«, fragte Phil ungläubig. »Sieht aus wie Jodie Foster an einem ihrer guten Tage.«

»Was soll dieser ungläubige Tonfall bedeuten, du sexistisches Schwein?«

»He, ich bin, was ich bin, Bri. Diese Frau da oben sieht nicht nur aus wie Jodie, sie hat dazu auch noch einen M. D., einen Ph. D. oder gar beides. Das beeindruckt mich ebenso, wie es mir Angst macht.«

»Jodie Foster hat einen Abschluss in Yale gemacht, Phil.«

»Nun ja, *die* jagt mir auch Angst ein. Das ist genetisch bedingt. Meine Mutter hat mir immer eine Scheißangst eingejagt.«

Brian fand nicht, dass die Frau auf dem Podium Jodie Foster sonderlich ähnelte, aber die Behauptung, dass ihn die feinen Züge und der warme Hautton nicht unglaublich angezogen hätten, wäre eine Lüge gewesen. Im Vergleich zu Carolyn Jessups Upper East Side Manhattan war sie San Francisco. Und sie wirkte auch angesichts eines vollen Hauses in einem der angesehendsten Lehrkrankenhäuser der Nation nicht im Geringsten so, als würde sie sich unwohl fühlen.

Mit Glockenschlag zwölf ging Ernest Pickard zum Lesepult.

Phil lehnte sich zu Brian hinüber und flüsterte: »Distinguierter Ernie, elegante Carolyn, Hauptdarsteller Art und Jodie. Das da oben ist ’ne verfluchte Casting-Session. Der Einzige, der noch fehlt, bist du als schüchterner Reporter Clark Kent.«

»Meine Damen und Herren«, begann Pickard, »ich heiße Sie willkommen! Dies sind aufregende Zeiten für das White Memorial Hospital und das Boston Heart Institute. Wie Sie wissen, haben wir während der vergangenen Jahre mit Newbury Pharmaceuticals aus Bosten zusammengearbeitet und uns mit vereinten Kräften einem bestimmten Projekt gewidmet. Heute möchten wir Ihnen gerne die Ergebnisse unserer Forschungen mitteilen. Zunächst jedoch will ich Ihnen die Mitstreiter dieser Runde vorstellen. Dr. Carolyn Jessup, Professorin der Kardiologie und Vizedirektorin des BHI; Dr. Art Weber, Leiter des Vasclearprojekts und Bindeglied zwischen Newbury Pharmaceuticals und BHI; und schließlich, unser besonderer Gast, Dr. Teri Sennstrom, Teamleiterin der Gruppe, die bei der Food and Drug Administration die kardiovaskulären Medikamente bearbeitet.«

»Teri«, flüsterte Phil. »Der Name gefällt mir. Dir bestimmt auch. Du hast sie nicht aus den Augen gelassen.«

»Jetzt mach mal halblang, Phil!«

In der ersten halben Stunde der Besprechung erfuhr Brian nichts Neues. Es war quasi eine Debütantinnen-Party für Vasclear. Art Weber präsentierte eine Dia-Show, die eine Chronik der bedeutenden Meilensteine in der Entwicklung von Vasclear zeigte. Carolyn Jessup, die nach Weber an der Reihe war, wurde etwas wissenschaftlicher. Sie stellte eine Diskussion der Medikamentationspläne und klinischen Ergebnisse, dazu Vorher-Nachher-Arteriogramme mehrerer Patienten dar und leitete dabei Podium, Rednerpult, Leinwand und Zuhörerschaft wie der Dirigent eines Sinfonieorchesters.

Während der gesamten Präsentation hatte Brian Schwierigkeiten, die Augen von Teri Sennstrom zu lassen, obwohl er es Gianatasio nur widerwillig zugegeben hätte. Noch verwirrender war jedoch, dass sie ihrerseits oft zu ihm hinüberschaute. Ihre Blickkontakte waren stets kurz, und keiner von beiden bestätigte ihn auch nur mit einem Nicken. Aber sie waren wirklich. Daran hatte Brian keinen Zweifel.

Jessup spulte ihre Präsentation ab und ging auf ein paar wissenschaftliche Fragen ein, auf die sie so gut vorbereitet war, dass Brian überlegte, ob die Fragen zuvor abgesprochen gewesen waren. Daraufhin stellte sie erneut Teri Sennstrom vor.

»Du hast bereits ihre Telefonnummer?«, flüsterte Gianatasio, als Teri auf das Rednerpult zuging. »Es sah so aus, als hätte sie sie dir im Morsealphabet zugeblinzelt.«

»Philip, wirst du je erwachsen?«

»Schau mir in die Augen, Kleiner ... He, sie trägt keinen Ehering!«

Brian war zu stolz zuzugeben, dass ihm das auch schon aufgefallen war. Auf der Liste seiner Charaktereigenschaften war der lockere Umgang mit Foppereien bestimmt nicht zu finden.

»Das hier ist Wissenschaft«, schoss er zurück. »Pass gefälligst auf!«

Teri Sennstrom trug einen braunen Gabardineanzug mit cremefarbener Bluse. Das dunkelblonde Haar hatte sie am Hinterkopf hochgesteckt und damit kleine Perlenohrringe freigelegt. Vor dem Auditorium aus vierhundert Leuten in einem steil ansteigenden Hörsaal wirkte sie etwas zaghafter als Augenblicke zuvor, da sie im Hintergrund gesessen hatte.

Bitte, dachte Brian, als sie einige Karteikarten mit Notizen auf das Rednerpult legte. *Bitte sag mir, was ich für meinen Paps zu erwarten habe.*

»Nun, das ist vielleicht ein Tag«, begann Teri, nachdem sie ihren Gastgebern gedankt und die besten Grüße und Wünsche des FDA-Leiters Dr. Alexander Baird überbracht hatte. »Wir stehen anscheinend an vorderster Front eines wunderbaren Fortschritts in kardiovaskulärer Pharmakologie. Die hier in aller Kürze präsentierten Daten sind ein Destillat Tausender Berichtseiten und Dutzender Arteriogramme, die mein Team bei der FDA über ein Jahr lang durchforstet hat. Wir sind beeindruckt, Dr. Weber, mit welcher Sorgfalt und Gründlichkeit Sie Ihre Studie angelegt haben. Wir sind beeindruckt, Dr. Pickard und Dr. Jessup, wie akribisch genau das Forschungsprotokoll geführt worden ist. Und am meisten sind wir beeindruckt von den bis zu diesem Zeitpunkt erhaltenen Ergebnissen.

Es ist der Wunsch Dr. Bairds ebenso wie der des Präsidenten, dass die Patienten, die dieses Medikament benötigen, es so bald wie möglich erhalten. Dazu müssen wir Konzessionen an die Bedeutung von Vasclear eingehen, wie unsere Behörde es bei anderen Medikamenten in der Vergangenheit auch getan hat. Dr. Weber, Dr. Jessup, Dr. Pickard, wir bei der FDA glauben, dass wir uns im Einschätzungsprozess auf der Zielgerade befinden. Dr.

Baird ist der Ansicht, dass Vasclear den Status eines neuen lebensrettenden Medikaments verdient, und er hat vor, sich mit allen Kräften für die allgemeine Zulassung einzusetzen.«

Donnernder Applaus setzte ein und breitete sich rasch über die ganze Halle aus. Er hallte von der Glasdecke wider, bis der Hippodome selbst zu erzittern schien.

Ja! dachte Brian. *Ja!*

»Unser Ziel ist, die Zulassung des neuen Medikaments Vasclear von Newbury Pharmaceuticals in zwei Wochen in diesem historischen Hörsaal zu unterzeichnen.«

Erneuter Applaus. Gianatasio ballte die Fäuste.

»Meinst du, du kannst deinen alten Herrn so lange am Leben halten?«, fragte er.

»Wir können's versuchen«, entgegnete Brian, der sich plötzlich überlegte, welche bereits vorhandenen Faktoren die fünfundzwanzig Prozent Fehlschläge vom Rest unterscheiden mochten. *Zwei Wochen,* dachte er. *Zwei Wochen können wir durchhalten.*

»Jetzt jedoch«, fuhr Teri fort, »ist es für uns von der FDA an der Zeit, Sie um einen Gefallen zu bitten. Wie Sie wissen, besteht unsere Aufgabe darin, den Schutz der Öffentlichkeit zu gewährleisten, während wir gleichzeitig die Freigabe jedes dringend benötigten Medikaments nicht unnötig hinauszögern sollen. Ich möchte gern jeden von Ihnen dazu ermuntern, der Fragen zu oder Informationen über Vasclear hat – in positiver wie negativer Hinsicht –, mit mir Kontakt aufzunehmen. Dr. Weber und Dr. Jessup waren sich darüber im Klaren, dass ich diese Bitte äußern würde, und es spricht für sie, dass sie hundertprozentig dazu stehen. Darf ich um das Dia bitten?«

Die Lichter wurden heruntergedimmt, und ein Dia mit Teris Namen, der Anschrift der FDA in Rockville, Maryland, und eine 800-er Telefonnummer erschienen auf der Leinwand.

»Sie schreibt sich mit ›i‹«, flüsterte Gianatasio. »Ich mag Frauen, deren Vorname auf ›i‹ endet.«

»Selbst wenn sie einen Master oder Doktor haben?«

»Weiß nicht so recht. Einer solchen Kombination bin ich wohl noch nicht über den Weg gelaufen.«

»Noch einmal«, sagte Teri Sennstrom gerade, »jeder von Ihnen, der mit diesem Medikament oder mit Patienten gearbeitet hat, die es erhalten haben, sei hiermit ermuntert, mein Büro anzurufen und jeden Nebeneffekt oder jedes unerklärliche Symptom zu melden. Ich verspreche, dass Ihr Anruf strikt vertraulich behandelt wird. Ich kann nicht genügend Nachdruck darauf legen, dass es viel, viel einfacher ist, ein Medikament vom Markt fern zu halten, als dessen Verkauf zu stoppen und es zurückzurufen, sobald es allgemein in Gebrauch ist. Ich beabsichtige, mich in den kommenden beiden Wochen mehrmals hier im Boston Heart und White Memorial aufzuhalten und würde mich glücklich schätzen, mich mit jedem persönlich zu treffen, der einen Aspekt von Vasclear zu besprechen wünscht. Inzwischen sollten Sie alle stolz darauf sein, was Ihren Institutionen gelungen ist. Vielen Dank.«

Der Applaus war ohrenbetäubend, und einen Augenblick lang dachte Brian, die seriösen Mitglieder des WMH und BHI würden Teri eine Standing Ovation geben.

»Tja, sie ist der geborene Gewinner«, meinte Phil, als die Menge sich erhob und aus dem Dome hinausströmte.

»Allerdings«, entgegnete Brian, der bereits plante, wie er das Vasclear für die nächsten beiden Wochen organisieren sollte.

»Du wirst dich mit ihr treffen?«

»Ein andermal vielleicht.«

»Wie wär's mit jetzt gleich?«

Brian schüttelte den Kopf.

»Geht nicht.«

»Ja, das solltest du dir wohl noch mal überlegen.«

»Warum?«

»Weil sie etwa drei Meter hinter dir ist und direkt herkommt.

Jetzt bist du dran, mein Freund. Ich schaue dem Meister aus der Ferne bei der Arbeit zu.«

Phil schlenderte bereits die Treppe hinauf, bevor Brian, der mit einigen anderen Leuten zusammenstand, etwas hätte erwidern können. Er drehte sich genau in dem Moment um, als Teri Sennstrom eintraf. Sie schüttelte allen die Hand, zögerte bei ihm jedoch eine Sekunde. Sie wandte sich ein wenig von der restlichen Gruppe ab. So konnte sie mit ihm reden, ohne dass die anderen etwas mitbekommen hätten. Beider Blicke begegneten sich kurz.

»Rufen Sie mich bitte im Boston Radisson Hotel an, Zimmer vierhundertachtzehn«, sagte sie leise, ehe sie sich mit einem strahlenden Lächeln einem herantretenden Offiziellen des Krankenhauses zuwandte.

Kapitel 14

Das Hotel Radisson lag nur wenige Blocks vom White Memorial entfernt. Brian übergab für anderthalb Stunden an Phil und nahm, Teri Sennstroms Anweisungen folgend, einen Umweg über Beacon Hill, am State House vorbei und wieder zurück zum Hotel. Er betrat es durch den Haupteingang, ging daraufhin die Treppe zum vierten Stock hoch und erreichte Zimmer 418. Teri hatte darauf bestanden, dass er niemandem von ihrem Treffen erzählte, auch nicht dem Freund, der ihn vertrat. Sein Protest hatte sie nicht umstimmen können, allerdings hatte sie ihm eine ausführliche Erklärung für das Versteckspiel versprochen. Am Ende hatte Brian also Phil Gianatasio erzählt, dass sein Therapeut unbedingt die Stunde verlegen musste.

Es war vierzehn Uhr fünfzehn, als Brian am Radisson eintraf. Der Tag, der für ihn um sechs Uhr früh angefangen hatte, würde erst spät am folgenden Nachmittag enden. Er war von vier bis acht in der Vasclearklinik und hatte anschließend Nachtdienst in der klinischen Forschungsabteilung – seine erste Nacht in Rufbereitschaft seit seiner Stipendiumszeit. Zu seinen Pflichten gehörte, dass er den Piepser für das gesamte Krankenhaus bei sich trug. Gäbe es irgendwo im BHI oder WMH einen akuten Notfall, wäre er mit von der Partie. Er würde zukünftig nur alle zehn Nächte Rufbereitschaft für das ganze Haus haben, daher war er besonders aufgekratzt. In einem so großen Krankenhaus wie dem

White Memorial würde es mit ziemlicher Sicherheit keine ruhige Nacht geben.

Er klopfte an der Tür von Zimmer 418, und Teri öffnete Sekunden danach. Sie war noch immer so gekleidet wie bei der Vortragsrunde, hatte nur die Anzugjacke abgelegt. Ihr Körper war gertenschlank, aber ihre Seidenbluse brachte einen Busen zur Geltung, den man kaum knabenhaft nennen konnte. Brian war nervös, weil er allein mit ihr in einem Hotelzimmer war, aber wenn Teri deswegen ebenfalls Unbehagen verspürte, so verbarg sie es gut.

»Immer reinspaziert«, sagte sie und begrüßte ihn mit einem Händedruck. Sie hatte lange und feingliedrige Finger, die völlig in seiner Hand verschwanden. »Ich bin davon ausgegangen, dass Sie noch nicht zum Essen gekommen sind, also habe ich uns etwas heraufkommen lassen.« Sie winkte zu einem fahrbaren Tisch auf einer Seite des Betts hinüber, der für zwei gedeckt war. »Ist Ihnen das recht?«

»Wenn Sie wüssten, was ich im Krankenhaus bekommen hätte, würden Sie sich kaum die Mühe geben zu fragen.«

Teri Sennstrom hatte anscheinend kein Parfüm benutzt, aber sie verströmte einen unaufdringlichen, frischen, betörenden Duft wie ein Frühlingsregen. Sie ließ sich auf dem Stuhl unmittelbar neben dem Nachttisch nieder, Brian ihr gegenüber. Er war fest entschlossen, sich zurückzuhalten, obwohl er den ganzen Tag über außer einem Bagel nichts zu sich genommen hatte.

Als hätte Teri seine Gedanken gelesen, löste sie die Spannung, nahm die Abdeckhauben von den Tellern und machte sich dann hungrig über ihren Salat her.

»Stunden vor einer Präsentation wie vorhin bin ich schon viel zu nervös zum Essen«, sagte sie ungeachtet dessen, dass sie den Mund noch voll hatte, »und danach noch stundenlang viel zu aufgedreht.«

»Eigentlich haben Sie da oben ziemlich souverän gewirkt.«

»Danke sehr. Ich habe während meines Vorstudiums in Princeton häufig Theater gespielt. Ich hätte nicht gedacht, dass die Schauspielerei für meine Karriere wichtiger sein würde als alle wissenschaftlichen Seminare zusammen.«

»Ihnen gefällt die Arbeit bei der FDA?«

»Ich hatte schon immer ein Faible für Mathematik und Statistik, auch für Biologie. Also ist diese Stelle in gewisser Hinsicht für mich perfekt. Aber die richtige Stunde der Wahrheit schlug an meinem ersten Tag als Medizinstudentin im dritten klinischen Jahr. Da hat mich ein Alkoholiker mit Magen-Darm-Blutung mit einem halben Liter Blut vollgespuckt. Oh, tut mir Leid, ich habe vergessen, dass wir beim Essen sind.«

»Was das anbelangt, bin ich etwa so sensibel wie ein Ochse«, erwiderte Brian. »Wenn ein Alkoholiker mich mit einem halben Liter Blut vollspuckt, fällt es mir unter Umständen gar nicht weiter auf. Ich wollte eigentlich immer Footballspieler werden. Das war mein Ziel im Leben.«

»Ja«, meinte sie. »Das weiß ich.«

Brian legte seine Gabel nieder und sah sie an.

»Ein Quarterback«, fügte sie hinzu. »Und ein sehr guter.«

»Hören Sie, das finde ich gar nicht gut.«

»Ginge mir vermutlich auch so. Tut mir Leid, so dramatisch gewesen zu sein. Soll ich mit einer Erklärung anfangen, oder möchten Sie lieber erst zu Ende essen?«

»Am besten beides. Ich habe nicht viel Zeit und bin nicht sehr gut darin, meine Neugier im Zaum zu halten.«

Teri Sennstroms Lächeln umspielte ihre meergrünen Augen ebenso wie ihren sinnlichen Mund.

»Wie Sie sich vielleicht vorstellen können«, begann sie, »ist Vasclear die heißeste Kartoffel, mit der sich die FDA seit Jahren – ach was – *je* befassen musste. Mein Boss, Dr. Alexander Baird, kommt aus Missouri – buchstäblich und philosophisch.«

»Der Zeig's-mir-Staat? Mit den Einwohnern, denen man alles erst beweisen muss?«

»Genau. Sein Auftrag lautet, vorsichtig zu sein und sich strikt an die übliche Vorgehensweise zu halten, aber zum jetzigen Zeitpunkt lastet sowohl von politischer als auch von medizinischer Seite ein gewaltiger Druck auf ihm, genau das zu tun, was ihm am schwersten fällt – nämlich vom wissenschaftlichen Procedere abzurücken. Wie ich beim Vortrag schon gesagt habe, erklärte sich Dr. Baird einverstanden, in etwa zwei Wochen die Zulassung für Vasclear zu unterzeichnen. Was jedoch nicht bedeutet, dass das Medikament nicht weiterhin genau von uns unter die Lupe genommen wird. Noch Fragen?«

»Bislang keine, außer der, weshalb ich hier bin.«

Eine abgenutzte Aktentasche lag gleich links neben Teri auf dem Bett. Sie schnippte die Verschlüsse auf, holte ein einzelnes Blatt Papier heraus und legte es neben Brian hin. Er warf einen kurzen Blick darauf, musste es jedoch nicht erst lesen. Es war eine Kopie des MedWatch-Berichts, den er wegen des defekten Ward-Dunlop-Herzkatheters ausgefüllt hatte.

»Alle bei der FDA wissen, unter welchem Druck Dr. Baird steht. Vielleicht haben Sie in den Nachrichten gesehen, wie er von Senator Louderman bei einer öffentlichen Unterausschuss-Anhörung in einen Hinterhalt gelockt worden ist. Wir versuchen, ihn so gut wie möglich zu unterstützen. Dem Leiter des MedWatch-Programms ist aufgefallen, dass Sie im Bosten Heart Institute arbeiten, und er hat Ihren Bericht an Dr. Baird geschickt. Der wiederum bestand darauf, dass ich unbedingt mit Ihnen sprechen müsste, wenn ich hier nach Boston käme.«

»Aber er hat sich zuvor ein bisschen umgehört.«

Brian unterstrich seine Worte, indem er einen imaginären Football in ihre Richtung schob. Sie überraschte ihn damit, dass sie ihn fast augenblicklich auffing. Ihre Blicke begegneten sich und sie fixierten einander. Instinktiv räusperte er sich, schluckte, weil er plötzlich eine trockene Kehle hatte, und nahm schließlich einen Schluck Cola. Teri würde es nie auf die Titelseite eines Glamour-

oder Modemagazins schaffen, aber für ihn war sie in jeglicher Hinsicht aufregend.

»Ich fürchte, der Ausdruck ›ein bisschen umgehört‹ wird unseren Bemühungen nicht so ganz gerecht«, meinte sie. »So etwas mag ich gar nicht, Brian, aber sobald man mal eine Weile in Paranoington, D. C., gearbeitet hat, gewöhnt man sich gewissermaßen daran.«

Sie holte eine Mappe aus ihrer Aktentasche und öffnete sie. Sein Blick fiel sofort auf ein vergrößertes Foto von ihm aus seinem High-School-Jahrbuch.

»Meine Güte!«, sagte er, während er die Papiere durchblätterte.

Seine Biographie füllte drei einzeilig getippte Blätter, dazu kamen noch zahlreiche Fotos und Kopien von Zeitungsartikeln, viele aus dem Sportteil. Sie hatten auch seine Abschlusszeugnisse von der High School, vom College und von der medizinischen Fakultät, eine detaillierte Bankauskunft, die ihn so lala einstufte, aus der Ferne geschossene Fotos von Phoebe und den Mädchen, das polizeiliche Führungszeugnis, Entscheidungen des Board sowie Zeitungsausschnitte, in denen es um seine Verstöße bei der Rezeptausstellung ging.

»Es gibt ein Büro in Washington, das so etwas erledigt«, sagte sie. »Ich war ebenso verblüfft wie Sie, als ich gesehen habe, wie gründlich die arbeiten. Es ist so, als bestünden sie nur aus einem Ein-Aus-Schalter. Entweder tragen sie alles über dich zusammen oder sie lassen es bleiben. Aldrich Ames, Brian Holbrook, für sie spielt das keine Rolle. Soweit ich weiß, gibt's einen davon mit meinem Namen drauf bei jemandem in den Akten. Sie haben viel durchgemacht, Brian. Ich bewundere Sie wirklich, dass Sie's wieder geschafft haben.«

Brian sah sie wütend an.

»Ich bin überrascht, dass meine Entlassungspapiere von Fairweather fehlen.«

»Wenn das die Klinik ist, in der Sie letztes Jahr gewesen sind, so haben sie wohl versucht, da ranzukommen.«

»Ja?«

»Einer der Artikel erwähnte, dass Ihre Probleme nach einer Verletzung beim Football anfingen.«

»Keine sonderlich geeignete Sportart für jemanden, der Knie besitzt.«

»Dr. Baird reißt sich nicht um solche Sachen, Brian. Das müssen Sie mir glauben. Aber er ist ziemlich nervös, weil er bei Vasclear anders als üblich vorgehen will. Vergessen Sie nicht, dass die Beurteilung eines neuen Medikaments durch die FDA ein gewaltiges Vertrauen in das Unternehmen voraussetzt, das durch die Freigabe den größten Profit einstreichen wird. Wir haben aber einfach nicht die Mittel, anders vorzugehen. Im Übrigen verhalten sich die meisten Pharmaunternehmen moralisch. Aber bei Newbury Pharmaceuticals tappen wir praktisch völlig im Dunkeln, und es ist bei anderen Firmen vorgekommen, dass Informationen einfach aus Berichten entfernt oder Zahlen verändert wurden. Dadurch wurde ein Ergebnis von *wahrscheinlich* zu *ganz sicher* manipuliert.«

»Wann kommen Sie endlich zur Sache?«

»Brian, nicht jeder schickt einen Bericht über ein defektes Produkt ein, wie Sie es getan haben. Die meisten medizinischen Zentren haben bei der Produktforschung mit den Herstellern oder den Pharmaunternehmen eine Abmachung, die beiden Seiten Profit verspricht«

»Das hat man mir zu verstehen gegeben.«

»Wie dem auch sei, es hat sich herausgestellt, dass eine andere Person an der medizinischen Fakultät in Wisconsin genau den gleichen Fehler bei diesem Produkt gefunden hat wie Sie. Die FDA geht dem jetzt nach, aber wir sind möglicherweise schon auf einen dritten Fall gestoßen. Dieser ist noch nicht bestätigt, aber beim ersten dieser anderen Patienten musste das Katheterbruchstück herausoperiert werden, und der zweite Patient ist gestorben. Wir stehen dicht davor, den Gebrauch dieses Katheters bis auf Weiteres mit einer Verfügung zu verbieten. Das ist für uns keine allzu große Sache, weil er bislang noch nicht zur allgemeinen Verwendung zugelassen ist. Sie haben vielleicht dabei geholfen, ich weiß nicht wie viele Leben zu retten.«

»Ich habe vielleicht dabei geholfen, meine Stelle zu verlieren.«

»Das möchte ich bezweifeln. Ernsthaft. Die Frau aus Wisconsin, die von dem Vorfall berichtet hat, arbeitet noch immer dort. Wie dem auch sei, Sie haben nach dem Sinn dieses Treffens gefragt. Dr. Baird sucht ehrliche engagierte Leute, die ihn unterstützen, so dass er sichergehen kann, alles über Vasclear zu erfahren. Dieser Bericht, den Sie ausgefüllt haben, setzt Sie ziemlich hoch auf seine Kandidatenliste.«

Brian wurde plötzlich das Hemd zu eng. Er lockerte die Krawatte und knöpfte sich den Kragen auf.

»Das will ich doch richtig verstanden haben«, meinte er. »Der Leiter der FDA möchte, dass ich die Leute ausspioniere, die mich zu einem Zeitpunkt eingestellt haben, als das sonst absolut niemand getan hätte, und die noch nicht einmal wissen, dass mein MedWatch-Bericht sie vielleicht Millionen von Dollar gekostet haben könnte?«

»Brian, wir sind fest entschlossen, bei Vasclear die richtige Entscheidung zu treffen. Ich weiß, Sie haben das Gefühl, benutzt zu werden, aber wie ich heute Morgen gesagt habe, es ist bei weitem einfacher, ein Medikament vom Markt fern zu halten, als es zurückzuholen, sobald die Pharmareferenten die praktischen Ärzte hofieren und einer Gehirnwäsche unterziehen, bis die Rezepte eintrudeln.«

Brian überlegte eine Zeit lang und sagte dann: »Teri, ich verspreche nichts. Nie. Aber Sie sollen wissen, dass ich von Anfang an, seit Beginn meiner Arbeit am BHI, besonders interessiert an Vasclear gewesen bin. Die Frau in dem MedWatch-Bericht, den ich ausgefüllt habe, ist eine Vasclear-Patientin, und ich habe Dutzende Patienten in der Vasclearklinik zu sehen bekommen. Meines Erachtens wirkt das Mittel genau so, wie es angepriesen wird.«

»Exakt das hofften wir zu hören. Dr. Baird möchte lediglich, dass Sie Augen und Ohren offen halten und völlig unvoreingenommen sind. Sprechen Sie mit Patienten und Personal! Falls Sie etwas über dieses Medikament hören, berichten Sie es mir.« Sie schrieb ein paar Zahlen auf ihre Visitenkarte und reichte sie ihm. »Das ist meine Privatnummer in Chevy Chase. Ich lebe allein und bleibe abends lange auf, also brauchen Sie sich keine Sorgen zu machen, dass Sie jemanden stören könnten, ganz gleich, wann Sie anrufen. Wenn Sie mich nicht persönlich erreichen, hinterlassen Sie einfach eine Nachricht auf meinem Anrufbeantworter daheim oder im Büro. Wenn ich unterwegs bin, höre ich beide regelmäßig ab.«

Brian steckte die Karte in seine Brieftasche und überlegte angestrengt, wie er die Frage formulieren könnte, ob seine Anrufe sich aufs Geschäftliche beschränken müssten. Aber für so etwas mangelte es ihm einfach an Raffinesse.

Oh, ja, Phil, ich bin auf ihr Hotelzimmer gegangen. Erst hat sie mir den Körper mit warmem Öl massiert. Dann haben wir uns mehrere Stunden lang geliebt. Danach haben wir den Zimmerservice bestellt und uns dann noch weitere Stunden geliebt ... Ich weiß, ich weiß. Alex Trebek und Joe Montana ...

»Ich garantiere nicht, dass ich anrufe«, sagte er.

»Verstehe. Sie tun das, was Sie für das Beste halten. Dr. Baird hat gesagt, er würde Sie vielleicht selbst ansprechen. Die Sache ist ihm extrem wichtig. Lassen Sie sich bitte von ihm nicht einschüchtern. Er wirkt auf den ersten Blick reserviert und sogar ein wenig barsch, aber er ist ein großartiger Mensch.«

Sie erhob sich, strich den Rock glatt und legte den Ordner in ihre Aktentasche zurück. Ihr Treffen war vorüber. Brian wollte etwas sagen, irgendetwas, um den Abschied hinauszuzögern, aber nichts an ihrem Verhalten ermutigte ihn dazu, und er musste dringend ins Krankenhaus zurück. Er wusste außerdem, dass die Scheidung und der Entzug seiner Lizenz als Arzt mehr an seinem Selbstbewusstsein gekratzt hatten, als er sich eingestehen wollte. Die schlichte Wahrheit lautete, dass er einfach noch nicht für eine Frau wie Teri Sennstrom bereit war, wenn er überhaupt schon für eine Frau bereit war. Die ›Eins-nach-dem-anderen‹-Flagge aus seinen NA-Treffen flatterte in seinem Kopf. Er hörte Freeman die Worte fast laut aussprechen. Jetzt war nicht die Zeit, sich um sein gesellschaftliches Leben zu kümmern.

Teri begleitete ihn noch zur Tür. Als er sie öffnete, atmete er ein letztes Mal ihren Duft ein.

»Brian, hören Sie«, sagte sie, als er in den Korridor hinaustrat. »Tut mir Leid, wenn wir Sie in eine schwierige Lage gebracht haben. Dr. Baird wollte sich von mir nicht davon abbringen lassen, und ich hab's wirklich versucht.«

»Vielen Dank, dass Sie das gesagt haben.«

»Ich ... ich bin in drei Tagen wieder in Boston. Wenn es in Ordnung ist, würde ich Sie gern vor meiner Ankunft anrufen. Vielleicht könnten wir zusammen zu Abend essen.«

Brians Herz machte einen Aussetzer und schlug dann einen Purzelbaum, ehe es wieder normal funktionierte.

»Sicher«, sagte er und bemühte sich um ein gewisses Maß an Zurückhaltung. »Das wäre großartig.«

Er grinste sie an, drehte sich um und lief direkt in den Wäschewagen des Zimmermädchens.

Kapitel 15

Brian begann seine vier Stunden in der Vasclearklinik damit, dass er eine Dosis des Medikaments für Jack beiseite schaffte, die drei Tage reichen sollte – zwei Rationen stammten von einem frisch eingetroffenen Reservevorrat und eine von einer Langzeit-Beta-Patientin namens Jessie Pullman, die um sechs einen Behandlungstermin hatte. Darüber hinaus hatte er daheim im Kühlschrank eine einzelne Dosis für den Fall stehen, dass er, aus welchen Gründen auch immer, auf den Vorrat in der Klinik keinen Zugriff hätte. Zwei Wochen. Angenommen, das Medikament zeigte bei Jack Wirkung, dann könnten sie sich in zwei Wochen bei ihrer Apotheke einen Monatsvorrat besorgen.

Die Gedanken an Jack, Vasclear, Rekonvaleszenz, Teri, Freeman, die FDA sowie die lange nächtliche Rufbereitschaft lagen in Brians Kopf miteinander im Wettstreit, als er das erste Vasclear-Patientenblatt aufhob. Wilhelm Elovitz, der Vierundsiebzigjährige, der seine Begegnung mit der Hochspannungs-Stromschiene der U-Bahn unbeschadet überstanden hatte. Elovitz war Patient aus Phase Eins und vor Beginn der Doppelblindstudie auf Vasclear gesetzt worden. Er hatte jetzt eine zweijährige Behandlung mit dem Medikament hinter sich.

»Mr Elovitz, schön Sie wiederzusehen«, sagte Brian. »Ich bin Dr. Holbrook.«

»Bill«, erinnerte ihn Elovitz. »Alle Welt nennt mich Bill.«

Sein silbriges Haar war ungekämmt wie neulich schon, sein Lächeln ebenso einnehmend. Brian warf einen Blick auf den Gips an seinem linken Handgelenk und bemerkte dann die Reihe blauer Zahlen, die Elovitz auf dem rechten Handgelenk eintätowiert waren. Er war ein Überlebender des Holocaust.

Von den Zahlen und seinen eigenen Sorgen abgelenkt sah Brian nicht so genau wie sonst hin, wenn er einen Patienten vor sich hatte. Deswegen saß er bereits an dem kleinen Schreibtisch, als er die Schwellung von Elovitz' Fußknöchel zum ersten Mal bemerkte. Dann fiel ihm die Kurzatmigkeit ein, die er und Phil in der Notaufnahme beobachtet hatten. Heute war die Dyspnoe nicht so leicht zu entdecken wie damals, aber sie war definitiv noch vorhanden. Der Mann war auf dem besten Weg zu einem Herzinfarkt.

»Wenn Sie mich eine Minute entschuldigen wollen, Bill«, sagte Brian, »ich würde mir gern Ihre Krankengeschichte noch einmal genauer ansehen.«

Er öffnete die Aufzeichnungen der Klinik und überflog sie fachkundig. Elovitz, ein pensionierter Metzger, wohnte in Charlestown und war von seinem Hausarzt wegen typischer kardialer Brustschmerzen an Carolyn Jessup überwiesen worden. Er wurde sofort auf Vasclear gesetzt, und eine Zeit lang sah es so aus, als würden seine Symptome schwinden. Er hatte weniger Schmerzen und war auch wieder körperlich belastbarer. Dann allerdings verschlechterte sich sein kardialer Zustand wieder Woche um Woche, Monat um Monat.

Vor acht Monaten war er zwei Tage lang wegen etwas in stationärer Behandlung gewesen, das wie ein kleiner Herzinfarkt ausgesehen hatte. Seitdem war er jeden Monat für seine Vasclearbehandlung in die Klinik gekommen, aber die Notizen, zumeist von verschiedenen Assistenzärzten, frei praktizierenden Krankenschwestern und Stipendiaten, waren ziemlich skizzenhaft. Soweit Brian erkennen konnte, war der Brustkorb seit über sechs Monaten nicht mehr durchleuchtet worden, auch war kein kompletter Bluttest erfolgt. Alle medizinisch für ihn zuständigen Leute behandelten Elovitz auf kongestive Herzinsuffizienz – ein sehr verbreiteter Verlust der Fähigkeit des Herzmuskels zu pumpen, üblicherweise verursacht von Arteriosklerose. Anscheinend hatte irgendwann einmal ein Arzt diese Diagnose gestellt und alle übrigen waren einfach davon ausgegangen, dass sie zutraf. Etwas schlampig für eine Klinik wie das BHI, dachte Brian. Die Diagnose könnte dennoch stimmen.

»Also«, meinte Brian.

»Also?«

»Also, wie geht's Ihnen?«

»Aha, dieses ›Also‹.« Elovitz hielt inne, um wieder zu Atem zu kommen. »Nun, die Wahrheit lautet, Dr. Holbrook, nicht so glänzend.«

»Erzählen Sie mir den Grund dafür.«

Elovitz tätschelte sich den Brustkorb.

»Es ist meine Atmung. Fühlt sich nie richtig an.«

»Liegen Sie nachts beim Schlafen flach auf dem Rücken?«

»Oh, nein. Wenn ich das tue, habe ich das Gefühl zu ersticken. Ich schlafe auf drei Kissen. Meine Frau benutzt überhaupt keins.«

»Schaffen Sie eine Treppe hinauf?«

»Schon, unsere Wohnung liegt im ersten Stock, aber es kann sein, dass mir unterwegs die Puste ausgeht.«

Brian prüfte Elovitz' Liste von Medikamenten, die während der letzten sechs Monate angewachsen war; es waren alles Mittel gegen Arteriosklerose und kongestive Herzinsuffizienz. Digitalis, langwirkendes Nitroglyzerin, ein Vasodilator, Aspirin zur Verdünnung des Bluts, ein ziemlich kräftiges Diuretikum.

»Seit wann sind Ihre Fußknöchel so angeschwollen?«, fragte er.

Elovitz zuckte die Achseln. »Wann fängt etwas so richtig an?«, stellte er eine Gegenfrage und hielt im folgenden immer wieder zwischen den einzelnen Sätzen inne, um nach Luft zu schnappen.

»Es kommt, es geht, es fällt einem wirklich gar nicht richtig auf ... Es kommt, es dauert etwas länger, man denkt sich noch immer nicht viel dabei ... Dann, eines Tages, wird einem klar, dass es gekommen, aber nicht wieder gegangen ist. So ist es mit der Schwellung der Fußknöchel gewesen, so war es mit der Kurzatmigkeit ... Ich habe viel im Leben durchgemacht, Dr. Holbrook«, sagte er, auf seine Tätowierung hinab nickend, »vieles davon war unangenehm. Wenn mir etwas nicht wirklich lästig ist, warte ich normalerweise, bis es von allein weggeht.«

»Aber dieses Atemproblem und die Kurzatmigkeit, die sind nicht weggegangen?«

»Nein«, erwiderte Elovitz traurig. »Ich fürchte, sie sind nicht weggegangen.«

Brian warf einen Blick durch die Tür und den Klinikflur hinab. Er war hinter seinem Zeitplan zurück. Patienten warteten auf seine flüchtige Untersuchung, damit sie ihr Vasclear erhalten und Platz für diejenigen machen konnten, die in der kommenden Stunde eintreffen würden. Aber dieser Mann, der so viel erduldet, der so Unvorstellbares in seinem Leben durchgemacht hatte, benötigte mehr als nur eine flüchtige Untersuchung. Er benötigte eine gründliche Untersuchung von Kopf bis Fuß, dazu eine Behandlung, die sich sorgfältig der dem Herzfehler zugrunde liegenden Krankheit widmete. Die Diagnose der Assistenzärzte, frei praktizierenden Krankenschwestern und Stipendiaten war möglicherweise richtig, nicht jedoch die ziemlich oberflächliche Behandlung, die diesem Mann zuteil wurde.

Er brachte Elovitz vom Vasclearraum mit seinen bequemen Sesseln zu einem der beiden Räume mit einer flachen Untersuchungsliege. Daraufhin bat er Lucy Kendall, in dieser Stunde zwei Patienten zusätzlich zu übernehmen.

»Ich werd's wieder gutmachen«, sagte er und schämte sich, dass er die Zweideutigkeit auch noch mit einem Zwinkern unterstrich.

»Wann?«, entgegnete sie.

Brian begann mit einer umfassenden Untersuchung der Blutgefäße – Blutdruck liegend und stehend an beiden Armen; Ophthalmoskopie der Arterien und Venen auf den Oberflächen beider Retinae; sorgfältige Inspektion des Pulsmusters der Jugularvene am Hals; sowie Palpation des arteriellen Pulses im Hals, in den Armen, den Leisten, der Kniekehle, den Knöcheln und den Füßen. Schließlich, nach einer Untersuchung der Lunge und des Unterleibs, richtete er seine Aufmerksamkeit auf Elovitz' Herz.

Abgesehen von der Schwierigkeit, eine längere Zeit flach auf dem Rücken zu liegen, war Bill Elovitz der perfekte Patient. Eine Minute lang, zwei, fünf, horchte Brian, drehte ihn auf die linke Seite, dann auf die rechte, setzte ihn auf, legte ihn hin, setzte ihn dann wieder auf. Als Medizinstudent hatte Brian Namen und Bedeutungen der verschiedenen normalen und pathologischen Herzgeräusche erlernt. Im klinischen Abschnitt seines Studiums sowie als Examensstudent hatte er angefangen, sie voneinander zu unterscheiden. Aber erst in den Jahren seines Forschungsstipendiums hatte er sein Gehör wirklich darauf geschult. Als er jetzt seine Untersuchung abschloss und das Stethoskop aus den Ohren zog, fiel ihm ein Gespräch mit dem Chefarzt der pediatrischen Kardiologie während der allerersten Tage seines Rundgangs über die Station ein.

»Entschuldigen Sie bitte«, hatte Brian gesagt, »aber ich weiß nicht, wie Sie all das hören können, was Sie beschreiben, wenn das Herz dieses Babys einhundertvierzigmal pro Sekunde schlägt.«

»Mein Sohn«, hatte der Professor geduldig erwidert, »wenn du deine Ausbildung in dieser Abteilung abgeschlossen hast, wird dein Ohr so daran gewöhnt sein, dass du im Herzschlag eines dieser Kleinen ein ›Bub‹ hörst und dich zu Tode langweilst, bis das ›Dub‹ kommt.«

Die kardiologische Untersuchung klang für Brian ganz und gar nicht normal. Er hatte Geräusche gehört, die er nicht einmal als Assistenzarzt gehört hätte. Ein Anstieg in der pulmonalen Komponente des zweiten Herzgeräuschs. Ein viertes Herzgeräusch aus dem rechten Ventrikel. Ein leises Geräusch, das auf anomale Turbulenzen sowohl in der Pulmonal- als auch Trikuspidalklappe hindeutete. Und alles ohne Anzeichen für übermäßig viel Flüssigkeit in Bills Brustkorb.

Es war nach wie vor gut möglich, dass es sich genau um das handelte, was die Assistenzärzte gesagt hatten – eine Variante einer kongestiven Herzinsuffizienz, verursacht durch eine zunehmende Verhärtung von Bills Koronararterien. Die Maxime der Medizin lautete: Wenn du Hufschläge auf den Ebenen Arizonas hörst, suche nicht nach Zebras. Doch basierend auf Brians kardialen Befunden bestand eine andere Möglichkeit als kongestive Insuffizienz – ein Zebra.

Kongestive Insuffizienz blieb mit Sicherheit die wahrscheinlichste Ursache für die Hufschläge. Andernfalls lag Elovitz' Problem nahezu sicher in den Lungen, und die Herzprobleme und die Schwellungen der Fußknöchel waren Sekundärerscheinungen. Das Zebra, das weiterhin durch Brians Kopf galoppierte, wurde pulmonale Hypertonie genannt, PH, eine Verdickung der Arterienwände der Lunge, die Atemprobleme und zunehmenden Widerstand gegen den Blutfluss hervorrief, was letztlich eine gewaltige Anstrengung für das Herz bedeutete. Der Zustand war sehr ungewöhnlich, anfangs kaum wahrnehmbar und endete in der Regel mit dem Tod. Ursachen gab es viele, sie schlossen jedoch Blutklumpen aus Beinen und Becken mit ein, die in die Lungen zogen, darüber hinaus verschiedene Infektionen, AIDS, gewisse degenerative Lungenerkrankungen und mehrere verschiedene Gifte und Medikamente.

Hinzu kam eine extrem seltene Variante von PH, PPH genannt – primäre pulmonale Hypertonie –, die überhaupt keine zugrunde liegende und erkennbare Ursache zu haben schien.

Könnte dieser Vasclearpatient an pulmonaler Hypertonie leiden und das eine Erklärung für seine Symptome sein? Das herauszufinden wäre extrem belastend, zudem wäre es fast unmöglich zu entscheiden, ob die Ursache des Problems eine zugrunde liegende Lungenerkrankung wäre, eine Vergiftung durch eine andere Substanz oder ein Nebeneffekt von Vasclear. Aber ein Versuch erschien unbedingt notwendig.

»Bill, wer hat Sie begleitet?«, fragte Brian.

»Meine Frau. Sie ist nach unten gegangen, eine Tasse Kaffee trinken.«

»Nun ja, vielleicht sollte ich bis zu ihrer Rückkehr warten, bevor ich Ihnen meine Ansicht mitteile.«

»Nein«, sagte Elovitz mit einigem Nachdruck. »Das wäre nicht notwendig ... Devorah hat einige Probleme mit ihren Nerven. Sie steht unter Medikamenten ... Ich will sie nicht aufregen ... Ganz gleich, was Sie zu sagen haben, sagen Sie es mir.«

Brian zuckte die Schultern.

»Schön«, meinte er. »Die Ärzte, die sich in der Vergangenheit hier um Sie gekümmert haben, sind der Ansicht, dass Sie an kongestiver Herzinsuffizienz leiden. Und damit könnten sie gut Recht haben. Aber ich selbst frage mich, ob Sie stattdessen nicht vielleicht ein ziemlich ungewöhnliches Problem mit der Lunge haben, das pulmonale Hypertonie genannt wird, kurz PH. Aber ich möchte nachdrücklich betonen, dass PH keinesfalls bei Ihnen feststeht. Weil eine Diagnose so schwer fällt und eine ziemliche Anzahl von Tests bedeutet, würde ich Ihnen wärmstens empfehlen, dass Sie sich für einige Tage von mir in die Abteilung für klinische Forschung am BHI einweisen lassen.«

Augenblicklich wich die Farbe aus Bill Elovitz' runzligem Gesicht. Er schüttelte den Kopf, zunächst ein wenig, dann heftiger.

»Sie werden eine andere Möglichkeit finden müssen, Dr. Holbrook«, sagte er.

»Aber warum?«

Elovitz zeigte seine Tätowierung.

»*Darum.* Darum und wegen der Sorge um meine Frau ... Ich habe nichts dagegen, für Tests herzukommen, aber im KZ hat es ein Krankenhaus gegeben ... Es war etwas so ... so Gemeines, Entartetes, wie Sie es sich überhaupt nicht vorstellen können ... Meine Freunde, meine Familie und ich sind viele Male dorthin gebracht worden ... In den fünfzig Jahren seit damals bin ich nur einmal, für zwei Nächte, in einem Krankenhaus geblieben, als ich meinen Herzinfarkt hatte ... Führen Sie Ihre Tests durch, Dr. Holbrook. Tun Sie, was Sie wollen ... Aber bringen Sie mich nicht ins Krankenhaus ... es sei denn, ich würde ansonsten sterben.«

»Im Augenblick befinden Sie sich nicht in solcher Gefahr«, erwiderte Brian. »Aber Sie werden mehrere Male herkommen müssen, damit wir alle Tests durchführen können.«

»Es sollte Sie eigentlich nicht sonderlich überraschen, dass ich alle Zeit der Welt habe ... Sagen Sie mir nur, was ich tun muss.«

Brian stellte einen Stapel Verschreibungen für Labor- und Röntgenuntersuchungen aus: EKG, Durchleuchten des Brustkorbs, Echokardiogramm, Ventilations-/Perfusions-Prüfung der Lungen, arterielle Blutgaskonzentrationsprüfung, Blutzusammensetzung sowie eine vollständige Zählung der Blutkörperchen. Sobald sämtliche Resultate vorlagen, würde er entscheiden, ob der eingreifendste Test, ein pulmonales Arteriogramm, ebenfalls vonnöten war.

»Die Sekretärin wird die Termine zusammenstellen, Bill«, sagte er. »Der größte Teil der Bluttests kann sofort erledigt werden. Inzwischen werde ich Ihre Medikation ein wenig einstellen.«

»Was ist mit meinem Vasclear?«

»Bitte?«

Elovitz grinste.

»Meinem Vasclear ... Das ist einer der Gründe, weswegen ich heute Abend hergekommen bin.«

»Oh, ja. Na schön, Bill, wegen der aktuellen Ereignisse und unter Berücksichtigung dessen, wie lange Sie schon Teil der Studie sind, halte ich es für besser, Ihnen kein Vasclear zu verabreichen, bis die Testergebnisse vorliegen. Kommen Sie, ich helfe Ihnen bei der Zusammenstellung des Terminplans.«

Als Brian den alten Mann den Korridor hinabführte, dachte er an den gewaltigen Ausbruch von pulmonaler Hypertonie in den achtziger Jahren in Spanien sowie an einen weiteren Ausbruch wenige Jahre später in Neu Mexiko. Im ersten Fall war verseuchtes Speiseöl, im letzteren ein unter der Ladentheke verkauftes, giftiges L-Tryptophan enthaltendes Schlafmittel Ursache gewesen. Wesentlich zeitnäher war daraufhin der überraschende Anstieg von PH im Zusammenhang mit gewissen Appetitzüglern gewesen. Abgesehen von diesen Epidemien war die Krankheit jedoch so selten wie ... wie Zebras auf den Ebenen Arizonas. Seit seiner Ankunft im BHI hatte er nichts davon läuten gehört, dass PH ein Nebeneffekt von Vasclear sein konnte, überhaupt nichts.

Sehr wahrscheinlich kreisten seine Überlegungen um ein Phantom. Selbst wenn Bill Elovitz PH hätte, wäre er ein einzelner, isolierter Fall. Es war unmöglich zu beweisen oder sogar nur zu folgern, dass Vasclear etwas damit zu tun hatte. Würde sich die Diagnose jedoch bestätigen, könnte seine Lebensqualität verbessert und sein Leben bis zu einem gewissen Ausmaß auch verlängert werden, obwohl es mit ihm unausweichlich bergab ginge.

Als sie um die Ecke zum Rezeptionsbereich bogen, erblickte Brian ein halbes Dutzend riesiger Ballons, die an Bändern über dem Schreibtisch der Sekretärin schwebten. Beim Näherkommen wurde ihm klar, dass dies die Dekoration einer Kuchenplatte auf dem Schreibtisch war, die groß genug für eine ganze Schwadron war.

»Beeilen Sie sich«, rief Lucy Kendall aufgedreht. »Wir sind am Verhungern!«

Noch aus mehreren Metern Entfernung erkannte er die in Kuchenguss ausgeführte Inschrift: *Vielen Dank, Dr. Holbrook.*

Umgeben waren die Worte von einer essbaren Darstellung der Ansicht von der Hauptzufahrt zum White Memorial. Als er herankam, traten Lucy und die Schwester vom Dienst beiseite. Hinter ihnen stand strahlend Nellie Hennessey. Sie trug Jeans und ein sonnengelbes T-Shirt, das verkündete: I Walked the Charles For Hunger. Brian ging um den Schreibtisch herum und umarmte sie, während das Personal und mehrere Patienten applaudierten.

»Dieser Kuchen ist einfach wunderschön«, sagte er.

»Vielen Dank. Das Dekorieren ist eines meiner Lieblingshobbys«, erwiderte sie einfach.

Daraufhin stellte sie Brian ihrer Tochter vor, einem lebhaften Rotschopf mit Nellies Augen und einem munteren Lächeln.

»Wenn Megan nicht mit dem besten Mann auf Erden verheiratet wäre«, sagte Nellie, »würde ich darauf bestehen, dass sie es mit Ihnen versucht.«

Erneutes Gelächter und erneuter Applaus in der Klinik. Lucy Kendall fing Brians Blick auf und schenkte ihm ihr bösartigstes Lächeln. Voller Ungeduld, so rasch wie möglich dem Zentrum der Aufmerksamkeit zu entkommen, schnitt Brian den Kuchen an.

»So, Nellie«, fragte einer der Patienten, »was genau hat dieser große, dunkle, gut aussehende Doktor eigentlich getan, um dir das Leben zu retten?«

Für den Bruchteil einer Sekunde sah Brian einen Ausdruck der Verwirrung über Nellies engelsgleiches Gesicht flackern.

»Na ja«, entgegnete sie, »ich hatte auf einmal Probleme mit einer meiner Arterien, und dieser Bursche hat sie aufgemacht.«

Erneut applaudierten einige Leute, und das war's dann auch. Kein Wort über das defekte Ward-Dunlop-Produkt. Kein Wort von der Katheterspitze.

Hatte man Nellie entsprechend geimpft?, überlegte Brian. Auf irgendeine Weise bestochen? Oder besaß sie einfach nur die unglaubliche Intuition zu begreifen, dass Diskretion notwendig war?

Er führte sie zu Bill Elovitz und stellte sie einander vor. Daraufhin trat er einen Schritt zurück, als die beiden Teile ihrer Geschichte austauschten. Nellie war eine der fünfundsiebzig Prozent. Krank geworden, Vasclear erhalten, gesund geworden. So einfach. Sauber wie ein Schnitt mit dem Skalpell.

Aber was genau war Bill Elovitz?

Anfangs hatte sich sein Zustand signifikant verbessert, dann hatte es einen Rückfall gegeben. Dieses Muster stellte ihn außerhalb der fünfundzwanzig Prozent – derjenigen, die auf Vasclear überhaupt nicht ansprachen. Jetzt bestand die Möglichkeit, dass er eine extrem seltene Lungenkrankheit entwickelt hatte. War die Krankheit wirklich oder handelte es sich bloß um diagnostisches Stochern im Dunkeln? Wenn sie wirklich war, war es ein Zufall oder eine Komplikation?

Was würde daraus für Jack folgen? Überhaupt etwas?

Selbst wenn die Tests ergeben würden, dass Elovitz PH hätte, bestand keine Möglichkeit, das definitiv mit Vasclear zu verknüpfen. Und ein fünfundsiebzigprozentiger Erfolg war ein fünfundsiebzigprozentiger Erfolg. Ganz gleich, was er bei Bill finden würde, es wäre gewiss kein Grund, Jacks Behandlung abzubrechen.

»Nellie, sagen Sie mir doch mal eines«, fragte Brian. »Wie lange genau hat es gedauert, bis nach dem Beginn Ihrer Behandlung mit Vasclear ihre Symptome abgeklungen sind?«

»Wie lange? Nicht lange, mein Lieber. So viel kann ich Ihnen sagen.«

»Ich erinnere mich genau«, warf Megan ein. »Du hast deine erste Behandlung am zehnten August gehabt, und deine Schmerzen waren an meinem Geburtstag verschwunden. Du hast den Kuchen mit lächelnden Gesichtern und Herzen dekoriert, erinnerst du dich?«

»Wie lange also war das?«, wiederholte Brian seine Frage.

»Oh«, erwiderte Megan. »Ich habe am vierundzwanzigsten August Geburtstag. Genau zwei Wochen später waren deine Schmerzen verschwunden. Auf den Tag genau zwei Wochen.«

Kapitel 16

Der Abend war weitaus ruhiger, als Brian erwartet hatte. Sein Piepser hatte geschwiegen, und beim nachfolgenden Dienst in der Vasclearklinik hatte es nur eine Aufnahme in die Abteilung gegeben, ein achtunddreißigjähriger Mann, der ein im Experimentierstadium befindliches Medikament gegen Myokarditis erhielt, einer entzündlichen Erkrankung des Herzmuskels. Das Medikament befand sich noch in Phase I der klinischen Prüfung – Toxizität und Einstellung des Medikaments. Soweit Brian beurteilen konnte, war zumindest bei diesem Patienten die Behandlung eine völlige Pleite. Die kongestive Herzinsuffizienz verschlimmerte sich, und er wurde mit immer mehr Medikamenten behandelt. Er war ein Kandidat für eine Transplantation, aber wie bei so vielen anderen stand er so weit unten auf der Liste, dass ihn seine Krankheit wahrscheinlich dahinraffte, ehe der erlösende Anruf käme.

Brian führte eine Anamnese durch, danach eine kurze körperliche Untersuchung und schrieb eine Reihe Behandlungsanweisungen nieder. Anschließend eilte er zum Bereitschaftszimmer, um das Krankenblatt des Mannes zu überprüfen und seinen Bericht auf dem Laptop zu tippen, der dort am Arbeitsbereich verschraubt war. Während einer hektischen Dienstbereitschaft war das Selber-Tippen der Behandlungsanweisungen oft zu zeitraubend, und die Ärzte waren gezwungen, sie zu diktieren. Doch wenn sie die Laptops benutzten, war die Fallbeschreibung im Allgemeinen durchdachter und vollständiger, der Ausdruck befand sich sofort im Krankenblatt, weniger Sekretärinnen zur Transkription waren im Archiv nötig, und die Möglichkeit eines Schreibfehlers war ausgeschlossen.

Brian deponierte das Krankenblatt sowie eine Tasse Kaffee im Stil der Assistenzärzte neben dem Laptop und hatte sich in den Bürostuhl gesetzt, bevor er eine Taste berührte und feststellte, dass der Bildschirm dunkel blieb. Der Versuch eines Warmstarts – die Grenze seiner Fähigkeit, mit irgendwelchen Computerproblemen umzugehen – blieb gänzlich folgenlos. Diktieren war eine Möglichkeit, doch er wollte eine Revision des Krankenblatts niedertippen, damit er sie selbst studieren konnte. Er rief einen Anrufbeantworter im Computerbüro an und berichtete von der Störung. Daraufhin entschloss er sich zu einem Versuch mit dem Laptop im Diktierbereich der Vasclearklinik.

Er hinterließ bei der diensthabenden Schwester, wo er zu finden wäre, und öffnete die Tür mittels der Tastatur. Die Klinik war verlassen, dunkel und unheimlich still. Der winzige, Glas umschlossene Bereich lag nur wenige Meter links von ihm. Ohne sich mit der Suche nach einem Lichtschalter abzugeben, benutzte er seine Minitaschenlampe zum Auffinden der Tür. Ihm war das gemütlichere Glühlicht der Schreibtischlampe lieber als das Neonlicht der Deckenleuchte. Dann schloss er die Tür und zog die Jalousien herab: ein Kokon.

Es war zweiundzwanzig Uhr dreißig, aber er wusste, dass Jack keinesfalls schlafen würde. Die Pflegerin, die sie für den Fall engagiert hatten, dass die Nachbarn nicht nach ihm schauen konnten, hob nach dem ersten Läuten ab.

»Wie geht es ihm, Mrs Rice?«, fragte Brian.

»Seit Ihrem Anruf um sechs keinerlei Änderung. Er sitzt bloß da und sieht sich die Sportschau an.«

Sie hörte sich enttäuscht oder gelangweilt an. Oder beides.

»Nun ja, früher hat er selbst gespielt«, erwiderte Brian mit einem bewusst gereizten Unterton. »Noch dazu sehr gut. Schmerzen in der Brust?«

»Einige, als er ins Bad hinaufgegangen ist. Er hat sich eine dieser Pillen unter die Zunge gelegt. Ich will ihm vor dem Ende meiner Schicht den Rücken massieren, aber er will sich einfach nicht hinlegen.«

»Können Sie ihn bitte an den Apparat holen?«

»Hallo, Bri.«

»Hallo, Jack, warum machst du Mrs Rice das Leben so schwer?«

»Sie ist eine Nörgeltante, deswegen. Abgesehen davon brauche ich keine Rückenmassage. Ich brauche was von diesem Vasclear.«

»Dies ist deine Pausen-Nacht. Das habe ich dir schon ein Dutzend Mal gesagt.«

»Oh, das habe ich wohl vergessen. Ich vergesse jetzt alles, wie du weißt. Ich hab noch was von diesem Vasclear haben wollen, weil es vielleicht funktioniert.«

Brian spürte, wie es ihn kalt überlief.

»Was meinst du damit? Sag's mir.«

»Nun, ich kann's nicht erklären, aber ich fühle mich heute Abend einfach besser.«

»He, das ist großartig, Paps. Das ist wirklich großartig! Aber Mrs Rice hat gesagt, dass du vorhin Nitropillen genommen hast.«

»Nur ein paar. Ich sag's dir doch, Brian, das Zeug funktioniert.«

»Nun, das sind wunderbare Neuigkeiten. Ich bring dir morgen mehr mit nach Hause.«

»Tu das!«

»Ich rufe dich morgen früh wieder an, Jack.«

Brian legte den Hörer hin, lehnte sich zurück und schloss die Augen. Es tat gut zu hören, dass sein Vater endlich nicht nur sagte, wie miserabel er sich fühlte. Aber er warf sich noch immer Nitroglyzerin ein, um die dreieinhalb Meter bis zum Bad zu schaffen. War das Gefühl einer Besserung lediglich eine kurzzeitige Abflachung auf seinem steilen Weg nach unten, oder bedeutete es eine signifikante Wende zum Besseren?

Er öffnete das dicke Myokarditis-Krankenblatt und hatte es gerade neben dem Laptop glatt gestrichen, da hörte er, wie sich die Kliniktür öffnete. Augenblicke später ertönten Stimmen. Durch einen schmalen Spalt in den Jalousien sah er die Neonlampen an der Decke anspringen. Er legte den Kugelschreiber hin und spähte hinaus. Sekunden später gingen Art Weber und Carolyn Jessup an seiner Nische vorüber, ohne in seine Richtung zu blicken. Sie flankierten einen großen, robusten Mann mit schütterem Haar, der beinahe ebenso teuer gekleidet war wie Weber.

Brian bekam das Gesicht des größeren Mannes nicht zu sehen, aber etwas an ihm wirkte vertraut. Die beiden Ärzte führten ihn in Raum I, das Behandlungszimmer gleich nebenan. Augenblicke später sprangen die Lampen dort an. Brian schob die Tür der Nische einen Spalt breit auf. Die Stimmen schallten in den Korridor hinaus.

»Ein rasche Untersuchung, um sicherzustellen, dass alles in Ordnung ist«, hörte er Jessup sagen. »Dann nehmen wir ein Kardiogramm auf, ehe wir Ihnen Ihre Dosis geben.«

»Wie haben Sie sich gefühlt?«, fragte Weber.

»Großartig. Die Schmerzen, wegen denen ich zu Carolyn gekommen bin, sind nach nur zwei oder drei Wochen der Behandlung verschwunden und nicht mehr zurückgekehrt.«

Die Stimme des Mannes war ebenfalls vertraut.

»Ausgezeichnet«, bemerkte Weber.

»Ihr Zeug da, Art, also, da haben Sie einen echten Schlager. Einen echten Schlager. Nicht, dass es nicht noch gelegentlich an der einen oder anderen Stelle in der Brust etwas zwickt, aber das dauert nicht lang.«

»Das ist völlig natürlich«, meinte Jessup. »Bei jedem über zwanzig zwickt es hin und wieder in der Brust. Die Kunst des Arztes besteht darin, den echten Herzschmerz – Angina pectoris – von einem Muskelkrampf zwischen den Rippen, einem zusätzlichen Schwall Säure aus dem Magen in den Ösophagus, einer zwischen dem Zwerchfell eingeschlossenen Gasblase, einer Lungenentzündung oder sogar einer Sehnenscheidenentzündung an der Schulter zu unterscheiden. Das ist gar nicht so einfach. Die Liste der Möglichkeiten ist schier endlos.«

»In diesem Teil des Körpers kann bestimmt verteufelt viel schief gehen«, meinte der Mann.

Wer ist das?, fragte sich Brian und hatte jetzt das Gefühl, der Antwort sehr nahe zu sein.

»Das sind allerdings meistens sehr geringfügige und folgenlose Probleme, Walter«, erwiderte Jessup. »Man könnte sogar sagen, dass die meisten Schmerzen der Brust die normale Erwiderung des Körpers auf den Alltagsstress ist, wie jetzt bei Ihnen, weil dank Dr. Weber und den guten Leuten bei Newbury Pharmaceuticals Ihre Koronararterien praktisch wieder völlig in Ordnung sind.«

»Großartig«, sagte der Mann.

Walter? Brian rollte seinen Stuhl ein wenig näher an den Türspalt heran.

»Dieses Kardiogramm sieht aus wie das eines Teenagers«, frohlockte Jessup. »Sie haben ausgezeichnet angesprochen. Art, ich denke, wir sind für die Behandlung bereit. Ich lege die Zuführung an. Wenn Sie das Vasclear holen wollen?«

»Aber gerne. Einen Vasclear-Cocktail, bitte.«

Weber trat aus dem Untersuchungszimmer und ging zur Apotheke hinab. Wie benommen saß Brian da und versuchte zu verstehen, was er gerade gehört hatte. Der Mann namens Walter war sicher eine sehr wichtige Persönlichkeit, deren Herzerkrankung durch Behandlungen mit Vasclear kuriert wurde. War er in die

Betagruppe randomisiert worden? Das schien höchst unwahrscheinlich.

Augenblicke später kehrte Weber aus der Apotheke zurück.

»Also los, Senator«, sagte er. »Sie haben gesagt, hohe Dosis, nicht wahr?«

Walter Louderman! Brian blieb die Luft weg. Er wählte selten republikanisch, aber wenn der vierschrötige ehemalige Linebacker von seiner Partei für die Präsidentschaft nominiert wurde, könnte er durchaus eine Ausnahme machen. Es bestand wenig Zweifel daran, dass Weber und Jessup den Code geknackt hatten, um sicherzustellen, dass der Senator eine ›hohe Dosis‹ bekam – die Beta-Dosis. Fast ebenso überraschend war jedoch, dass Senator Louderman herzkrank war – zumindest war er es vor seiner Vasclearbehandlung gewesen. Wäre das bekannt geworden, hätte es wahrscheinlich das Ende seiner Ambitionen auf die Präsidentschaft bedeutet.

Sie hätten mir vertrauen sollen, dachte Brian wütend.

Das Leben seines Vaters stand auf der Kippe. Jeder wusste, dass Beta die Gruppe mit der Maximaldosierung bedeutete. Sie schummelten bei Louderman. Warum hatten sie nicht einfach den ganzen Firlefanz um die Randomisierung beiseite schieben und Jack ebenfalls auf dieses Medikament setzen können? Sie hätten es so hinbiegen können, dass niemand, nicht einmal Brian, je davon erfahren hätte. Stattdessen hatte Jessup zugelassen, dass der Computer Jack in die verdammte Placebogruppe randomisierte. Anschließend hatte sie ihn zu einer erneuten Bypassoperation gedrängt.

War es die Sache wert, ihnen jetzt die Pistole auf die Brust zu setzen? Was wäre dadurch gewonnen?

Brian hörte weitere dreißig Sekunden zu, schloss dann bis auf einen winzigen Spalt die Tür und kehrte zum Laptop zurück. Er loggte sich im Archiv ein und gab sein Passwort ein, *GODEEP.* Nach einer Aufforderung fragte er nach Walter Loudermans Krankenakte. Der Computer leugnete den Besitz einer solchen, was Brian nicht weiter überraschte. Ein Pseudonym wäre möglich, doch Brian bezweifelte, dass ein Mann mit Loudermans hochfliegenden politischen Ambitionen ein solches Risiko in Kauf nehmen würde.

Er machte sich im Geist eine Notiz, die gleich neben dem Herzkatheterraum liegende Filmbibliothek durchzusehen. Aber es war mehr als fraglich, dass sich Loudermans medizinische Akte oder das Video seiner Herzkatheterisierung woanders als in der Sicherheit von Carolyn Jessups Büro befände. Vielleicht bewahrte sie die Sachen sogar daheim auf. Plötzlich wurde er sich eines Atemgeräuschs sowie einer Bewegung links von sich bewusst. Art Weber stand vor der leicht geöffneten Tür zur Nische und sah zu ihm hinein, das Gesicht eine ausdruckslose Maske.

Brian warf einen Blick auf den Laptop. Weber konnte von seinem Standpunkt aus unmöglich erkennen, dass er Walter Loudermans Akte gesucht hatte.

»Hallo, kommen Sie rein«, sagte er mit gekünstelter Fröhlichkeit.

Weber schob die Tür mit dem Fuß auf, blieb jedoch, wo er war. »Sind Sie vor uns hier drin gewesen?«, fragte er.

»Ich ... öh ... ja. Der Computer in der Abteilung hat seinen Geist aufgegeben. Ich bin schon eine Weile hier und habe an der Aufzeichnung für eine Neuaufnahme gearbeitet.«

»Ah, ja. Sie haben uns mit unserem ... Patienten ... hereinkommen sehen?«

»Allerdings, ja.«

»Und haben ihn erkannt?«

Brian konnte dem Projektleiters noch immer nichts vom Gesicht ablesen. Er kämpfte mit sich, ob er Weber anlügen sollte, und verwarf die Überlegung dann. Schließlich nickte er.

»Hören Sie, warum bleiben Sie nicht einfach hier und setzen Ihre Arbeit fort?«, meinte Weber. »Ich möchte mit Dr. Jessup sprechen.«

Weber schloss die Tür der Nische hinter sich, ebenso die zu

Raum I. Brian spürte, wie sich immer mehr Furcht in seinen Ärger mischte. Könnten sie ihn feuern? Würden sie das Risiko eingehen, dass er jemandem berichtete, was er gesehen hatte? Die Antwort lautete traurigerweise, dass er am BHI völlig entbehrlich war und dass Süchtige – Rekonvaleszenten oder nicht – auf der Glaubwürdigkeitsskala der Welt so ziemlich am unteren Ende zu finden waren.

Carolyn Jessup verließ Raum I, klopfte leise an die Glastür, drückte sie dann auf und betrat so gerade eben die Nische. Brian ermahnte sich, ruhig zu bleiben. Er wich zurück und setzte sich auf die Schreibtischkante.

Sie hielt die Arme vor der Brust verschränkt und musterte ihn. Ihm fiel auf, dass ihr Make-up dezent und gekonnt aufgetragen war. Die Fingernägel waren manikürt und zu einem schimmernden Scharlachrot poliert. Wenn Phil Gianatasio von Teri Sennstrom eingeschüchtert war, dann wäre diese Frau für ihn der absolute Horror.

»Nun, Brian«, begann sie, ihre Worte bewusst wählend, »da reden wir also wieder einmal über Dinge, die zum Besten des Boston Heart Institute geschehen müssen.«

»Anscheinend.«

»Dr. Weber sagte mir, dass Ihnen die Identität unseres geheimnisvollen Gastes sehr wohl bekannt ist.«

»Senator Louderman ist nicht leicht zu übersehen.«

Jessups Lächeln war unverbindlich.

»Ja, finde ich auch«, sagte sie, löste die Arme, ließ ihn jedoch nicht aus den Augen. »Der Senator ist vor einiger Zeit aufgrund nicht näher bestimmbarer Schmerzen in der Brust an mich überwiesen worden. Ich habe ein Belastungs-EKG durchgeführt und eigentlich einen negativen Befund erwartet, sah mich aber getäuscht. Er litt eindeutig an einer kardiovaskulären Erkrankung. Angesichts der ... *delikaten* Natur seiner politischen Position und Pläne wurde er heimlich von mir katheterisiert, wobei ein neunzigprozentiger Verschluss der linken absteigenden Aorta zusammen mit weniger starken Blockaden der rechten und der gekrümmten diagnostiziert wurde. Er wurde sogleich auf Vasclear gesetzt, und das Ergebnis war so bemerkenswert, dass seine Gesundheit zweifelsohne kein Thema sein wird – privat *oder* öffentlich –, sollte er die Präsidentschaft anstreben.«

»Neunzig Prozent«, meinte Brian. »Das ist ein fantastisches Ergebnis. Es hat bestimmt viel zu bedeuten, dass Vasclear bei einem so mächtigen Mann wie dem Senator so gut anschlägt.«

»Gute Verbindungen sind stets eine Hilfe«, entgegnete Jessup ruhig. »Das ist ein bisschen so wie bei den BHI-Freunden, die Sie in Dr. Pickard und mir selbst haben.«

Das war eine kaum verhüllte Drohung, und Brian reagierte rasch.

»Wie ich Ihnen zuvor schon gesagt habe, Dr. Jessup, ich bin Dr. Pickard und Ihnen sehr dankbar, dass Sie mir dabei geholfen haben, wieder auf die Beine zu kommen. Als Allerletztes möchte ich meine Position hier gefährden. Dafür steht für mich viel zu viel auf dem Spiel.«

»Gut gesagt. In diesem Fall, Brian, und im Interesse Ihrer Karriere sowie noch vielem mehr müssen Sie versprechen, Senator Louderman niemandem gegenüber zu erwähnen. Und ich meine *niemandem*. Falls Gerüchte über seine Behandlung nach außen dringen, wäre das verheerend – für ihn *und* für uns.«

»Verstehe völlig.«

»Ausgezeichnet.«

Jessup warf einen Blick über die Schulter.

»Art, haben Sie noch etwas hinzuzufügen?«

Weber trat auf die Schwelle zur Nische.

»Ich wollte Ihnen lediglich noch applaudieren, Brian, weil Sie die Ernsthaftigkeit der Lage richtig einzuschätzen wussten«, meinte er. »Wenn einer von uns beiden etwas für Sie tun kann, müssen Sie es nur sagen.«

Brian zögerte einen Augenblick lang, aber er konnte einfach nicht schweigen.

»Tatsächlich gibt es etwas«, erwiderte er. »Ich ... vermute, dass Senator Louderman nicht in die Beta-Vascleargruppe randomisiert worden ist.«

Weber und Jessup wechselten einen Blick.

»Brian, wir sprechen von einem Mann, der vielleicht unser nächster Präsident sein wird«, sagte Jessup. »Wir konnten keinesfalls das Risiko eingehen, ihn in den Doppelblindversuch mit aufzunehmen.«

»Genau«, entgegnete Brian. »Aber so wichtig der Senator auch ist, der wichtigste Mann auf der Welt für mich ist mein Vater.«

»Natürlich. Und Sie möchten ihn in der Betagruppe haben.«

»Das war die ganze Zeit über mein Wunsch und ist es noch immer. Doch gleich, wie Sie sich da entscheiden, ich möchte Ihnen versichern, dass ich die Notwendigkeit zur Geheimhaltung völlig verstehe, soweit es den Senator betrifft.«

Es folgte ein überraschender, jedoch unmissverständlicher Ausdruck des Respekts – der Bewunderung – in Carolyn Jessups Augen. *Willkommen im Club, Dr. Holbrook,* schienen sie zu sagen. *Offenbar besitzen Sie alles Notwendige, um hier Erfolg zu haben.*

»Na gut, Brian«, sagte sie, »das ist nicht zu viel verlangt, überhaupt nicht. Ich schlage vor, wir beginnen mit der Behandlung Ihres Vaters morgen Nachmittag, sagen wir, um fünf. Ich werde eine Notiz für die Krankenschwestern hinterlassen, dass er in die Betagruppe randomisiert worden ist.«

»Meiner Ansicht nach könnte die Fahrt in die Stadt gegenwärtig vielleicht ein wenig zu viel für ihn sein. Wenn es Ihnen recht ist, würde ich mit seiner Behandlung gern zu Hause beginnen.«

»Solange Sie sich darüber im Klaren sind, dass ich nach wie vor eine baldige OP empfehle.«

»Schon gut. Ich habe mir die Filme nicht angesehen, Dr. Jessup, aber Ihrer Beschreibung zufolge sahen Nellie Hennesseys Arteriogramme ebenso schlimm aus wie die meines Vaters. Ich habe sie heute in der Klinik erlebt. Sie ist beinahe sechs Jahre älter als Jack und wirkt und agiert, als wäre sie ein Jahrzehnt jünger. Ich möchte ihm zumindest einen zumutbaren Versuch mit Vasclear gönnen.«

»In diesem Fall ist es das Beta-Vasclear. Art wird Ihnen morgen einen Wochenvorrat zukommen lassen.«

»Ich bin Ihnen sehr dankbar.«

Die Hochachtung in Carolyn Jessups Augen wich einer eisigen Kälte.

»Das will ich doch hoffen, Brian«, sagte sie.

Kapitel 17

The Boston Globe

Pharmaunternehmen aus Boston scheffelt Milliarden-Gewinne

Newbury Pharmaceuticals, ein in Boston ansässiges Pharma-Unternehmen, erwirtschaftete bis zu diesem Monat den größten Teil seiner Gewinne aus dem Export von Vitamintabletten nach Russland und den übrigen ehemaligen Sowjetrepubliken.

Jetzt hat es den Anschein, als würde das in Privatbesitz befindliche Unternehmen demnächst Gewinne einfahren, deren Größenordnung Experten zufolge in den kommenden drei Jahren leicht zehn Milliarden Dollar betragen könnte. Grund für diesen unverhofften Aufschwung ist die gegen Ende des Monats erwartete Zulassung des Medikaments Vasclear durch die FDA. Sprecher des Unternehmens berichten, dass das Medikament eine fünfundsiebzigprozentige Erfolgsquote bei der Auflösung von Arterienverkalkungen gezeigt hat.

»In dem Augenblick, da die Lastwagen aus der Firma hinausrollen, rollt das Geld hinein«, sagt ein Industrie-Analytiker. »Das Unternehmen könnte in einer Branche, die für ihre beispiellosen Gewinne berühmt ist, beispiellose Gewinne einstreichen.«

Bis zu einem Sonnabend in einem November vor nahezu achtzehn Jahren war der Herbst immer Brians liebste Jahreszeit gewesen. Seitdem brachte er unausweichlich bittersüße Gefühle mit sich, auch wenn der Duft vermodernden Laubs und feuchter Erde, die prächtigen Farben und die kühle, kristallklare Luft Neu Englands noch immer Brians Herz erfreuten. Von klein auf war er zum Football-Spielen erzogen worden, und es kam selten vor, dass ein Ereignis abseits des Felds, sogar im Bereich der Medizin, sich mit der Erregung messen konnte, sich zurückfallen zu lassen und den ersten Pass des Spiels zu werfen.

Heute jedoch erregte der Herbst in Brian ganz besondere Gefühle, hinzu kam noch etwas zusätzlich Aufregendes. Teri Sennstrom hatte angerufen, und in weniger als einer Stunde würde er mit ihr Essen gehen. Es war an der Zeit für eine Pause – Zeit, einiges hintanzustellen, wenn auch nur für ein paar Stunden.

In den Tagen nach dem offiziellem Beginn von Jacks Vasclear-Behandlung war alles schon ziemlich glatt gegangen, aber Brian hegte ernsthafte Zweifel, dass der Zustand seines Vaters sich gebessert hatte. Von jetzt an – zehn Tage nachdem er in Wirklichkeit seine erste Betadosis erhalten hatte – wollte Brian sorgfältig die Nitroglyzerin-Tabletten zählen und legte ein Tagebuch an. Darin sollten die Pfleger und Nachbarn festhalten, wie aktiv Jack am jeweiligen Tag gewesen war. Die emotionalen Höhen und Tiefen waren erschöpfend – im einen Moment der Griff nach dem dünnen, subjektiven Strohhalm einer Besserung, dann, im nächsten Moment, das Brüten über den gleichermaßen subjektiven Rückschlägen. Noch drei Tage, hatte Brian entschieden. Drei weitere Tage, dann hätte Jack Nellie Hennesseys magische Grenze von zwei Wochen erreicht. Anschließend würde er auf einen Besuch bei Laj Randa drängen.

Teri hatte darauf bestanden, sich an einem Ort zu treffen, wo mit hoher Wahrscheinlichkeit niemand vom BHI auftauchen würde. Brian hatte ein kleines Blues-Lokal ausgesucht, das gerade in Burlington eröffnet hatte, im angrenzenden Stadtteil von Reading. Es war fast sechs Uhr, als er sich im Krankenhaus austrug und Jack anrief.

»Wie geht's, wie steht's, Paps?«

»Nicht so gut heute Abend.«

Die Achterbahn kippte nach unten.

»Schmerzen in der Brust?«

»Nicht so richtig. Ich weiß nicht, was nicht stimmt. Ich weiß es einfach nicht – und ich habe Angst.«

Jack Holbrook, der kleine Lineman, der sich einmal während eines Spiels ein Bein gebrochen hatte und ein ganzes weiteres Quarter auf dem Feld geblieben war, dieser Mann hatte nicht bloß Angst um seinen Zustand, sondern gab es sogar zu. Es ging wirklich steil bergab mit ihm.

»Soll ich nach Hause kommen?«

»Ich dachte, du wolltest mit jemandem essen gehen.«

»Wollte ich auch. Aber so wichtig ist es wieder nicht, wenn du dich nicht wohl fühlst.«

»Unsinn, mir geht's gut. Nur ein wenig gelangweilt und nervös. In einer Stunde fangen die Playoffs an. Lass es dir gut gehen.«

»Ganz bestimmt?«

»Natürlich. Sally von nebenan ist hier und eine Lasagne, die jemand abgegeben hat. Solange ich heute Abend mein Vasclear erhalte ...«

»Sobald ich nach Hause komme. Halb elf, spätestens elf. Allerspätestens. Ich soll ganz bestimmt nicht gleich nach Hause kommen?«

»Ganz bestimmt nicht.«

»Ich habe meinen Piepser dabei.«

»Klasse. Du musst dir keine Sorgen machen. Ich werde nicht anrufen.«

»Na gut, viel Spaß beim Spiel. Und, Paps? ... Ich liebe dich.«

Es folgte ein kurzes Schweigen.

»Lass es dir gut gehen«, sagte Jack.

Eine halbe Minute lang horchte Brian auf das Freizeichen, bevor er schließlich den Hörer niederlegte. *Ich liebe dich.* Auf dem Stundenplan seines Rekonvaleszenz-Programms hatte auch gestanden, furchtlos Gefühle zuzugeben, aber es war jetzt das erste Mal, das absolut erste Mal, dass er diese Worte seinem Vater gegenüber ausgesprochen hatte seit ... vielleicht von Anbeginn an.

Ich liebe dich.

Warum gerade jetzt?

Völlig aufgedreht bei dem Gedanken an ein Wiedersehen mit Teri, jedoch gleichzeitig merkwürdig erschöpft von dem kurzen Gespräch mit Jack wechselte Brian in Jeans und ein kariertes Baumwollhemd und machte sich zur Tiefgarage des Krankenhauses auf.

Teri erwartete ihn an einem Tisch in der Blues Barn, einem roh aus den Überresten eines alten Bauernhofs zusammengezimmerten Lokal. Sie wirkte völlig entspannt, trug eine Denimjacke und ein goldfarbenes T-Shirt, begrüßte Brian herzlich und küsste ihn auf die Wange.

»War's leicht zu finden?«, fragte er.

»Kein Problem. Ihre Anweisungen waren großartig.« Sie wies auf das volle Lokal mit dem Sandboden. »Genau so ein Restaurant habe ich mir für heute Abend vorgestellt.«

»Die Musik fängt um acht an«, meinte Brian. »Von der Gruppe habe ich noch nie gehört.«

»Spielt keine Rolle. Ich habe unablässig an dem Sie wissen schon was gearbeitet. Dieser Abend ist für mich genauso wie zwei Wochen Ferien.«

Die Bedienung kam. Brian bestellte das Übliche, Cola Light mit Zitrone, Teri ebenfalls.

»Ich hoffe, Sie verzichten nicht wegen mir auf Alkohol«, meinte er.

»Wenn das so ist, spielt das keine Rolle. Ich kann Alkohol trinken oder es auch sein lassen.«

»Das kann ich von mir nicht behaupten. Ich kann mich an keinen Drink erinnern, der nicht ein Schritt auf dem Weg zu einem Schwips, wenn nicht gar genauso häufig zu einem Besäufnis war. Das war sogar schon so, noch bevor meine Probleme mit den Schmerztabletten anfingen.«

»Sie gehen zu Treffen und Therapiesitzungen, unternehmen also etwas dagegen. Alles andere ist egal.«

»Oh, ja, die Akte. Sie wissen bereits alles über mich und mein Leben.«

»Das ist mir auch sehr unangenehm.«

Sie strich sich eine Haarsträhne aus der Stirn, die jedoch augenblicklich zurückfiel. Brian musste innerlich gegen die Reaktion ankämpfen, die Geste für sie zu wiederholen.

»Na ja«, meinte er, »vielleicht sollten Sie da ein bisschen nachziehen. Erzählen Sie von sich!«

»Wenn meine Akte wirklich irgendwo in D. C. existiert, ist sie wesentlich uninteressanter als Ihre. Die jüngere von zwei Mädchen, aus Indiana. Die erste aus meiner Familie, die je aufs College gegangen ist, ganz zu schweigen vom Medizinstudium. Vater reißt sich in einem Stahlwerk den Arsch auf, trinkt viel zu viel, wird dann sowohl verbal als auch körperlich ausfällig. Mutter kocht, putzt und lächelt die ganze Zeit über angestrengt, hält meist den Buckel hin und lässt nie ein hartes Wort über jemanden verlauten.«

»Missbrauch und Märtyrertum. Klingt nach einem netten Haushalt.«

»Oh, ja. Meine ältere Schwester Diane war vor ihrem achtzehnten Lebensjahr schwanger und verheiratet. Der alte Fluchtweg.«

»Wenigstens ein netter Bursche?«

»Was meinen Sie? Geben Sie ihm noch dreißig Jahre, wechseln Sie seine Biermarke, und er ist Paps.«

»Und Sie?«

»Ich habe abgewartet, bis ich fast neunzehn war, bin dann weggelaufen und habe geheiratet. Er war Medizinstudent. So hat mein Interesse angefangen.«

»Was ist dann passiert?«

»Schürzenjäger allererster Güte. Peter war unglaublich verunsichert. Er benötigte mehr Stütze, als er von mir erhalten konnte – oder, was das betraf, von den Tanzgirls der Rockettes. Ich habe ihn erwischt, er hat geleugnet, ich habe ihn erneut erwischt, er ist handgreiflich geworden und hat mir die Schuld in die Schuhe geschoben. Ich war nach der High School in Princeton angenommen worden und hatte den Platz wegen Peter ausgeschlagen, arbeitete anschließend in einem Kaufhaus und belegte am öffentlichen College Kurse. Die zuständigen Leute am Princeton waren so freundlich, mich erneut anzunehmen, als ich mit ihnen in Verbindung getreten bin. Sie haben mir sogar ein Stipendium angeboten. Als Peter das herausfand, kam er zu dem Entschluss, dass er eine Frau benötigte, die mehr Zeit haben würde, ihm die Socken zusammenzulegen.«

Die Bedienung kam, um ihre Essenbestellungen aufzunehmen.

»Sie wirken zu gesund dafür«, sagte Brian, »aber ich empfehle die Spare Ribs.«

Sie griff in ihre Handtasche und holte eine Tüte Schokokekse heraus.

»Für Notfälle«, meinte sie. »Falls ich bei einem Einsturz in einer Höhle eingeschlossen werde. Ich nehme die Ribs und dazu eine Portion Fritten.«

Während sie auf das Essen warteten, sahen sie zu, wie die Band sich vorbereitete, und sprachen über Boston und Washington, über Musik, Bücher und Filme und tauschten Geschichten über ihre Jobs aus. Dann aßen sie eine Zeit lang in einvernehmlichem Schweigen.

»Also, was ist mit Ihnen?«, fragte Teri schließlich.

»Was mit *mir* ist? Reicht meine Akte nicht aus?«

»Woher stammt Ihre Verletzung?«

»Vom Footballspiel. Das wissen Sie aus der Akte.«

»Nein, ich meine, wie? Ich denke, es ist nur fair, Sie zu warnen, dass eine Freundin und ich zwei Saisonkarten in der ersten Reihe für die Redskins haben. Ich liebe das Spiel.«

»Ich fühle mich wie im siebten Himmel!«

»Also, woher haben Sie Ihre Verletzung?«

»Zunächst einmal müssen Sie wissen, dass mein Vater auch mein Trainer war. In der Vorschule, in der High School und am College. Ich bin zu den UMass gegangen, weil die ihn angeheuert hatten. Black Jack Holbrook. Ich weiß nicht, wie er zu dem Namen gekommen ist, außer dass er gern wettet.«

»Vater und Trainer. Ich könnte mir vorstellen, dass die Grenzen da leicht ein wenig verschwimmen.«

»Das ist eine Untertreibung. Ich weiß noch immer nicht, wie ich ihn nennen soll. Wir waren ... *sind* ... beide ziemlich stur. Manchmal, besonders in meiner Jugend, habe ich absichtlich einen Pass daneben geworfen, wenn er etwas gesagt hat, worüber ich mich geärgert habe. Meistens jedoch hätte ich für das, was er von mir und meiner Spielweise gehalten hat, buchstäblich alles gegeben. Meine Verletzung erhielt ich während der Jahresfeier in meinem Junior-Jahr. Vor Beginn der Saison wurde ich in einigen überregionalen Zeitschriften erwähnt, obwohl ich nicht zu einer der großen Football-Talentschmieden ging. Ich hatte ein sehr gutes Jahr, und das Spiel lief sehr gut, obwohl wir fünf Punkte im Rückstand waren und nur noch sechs Sekunden zur Verfügung hatten ...«

Während Brian erzählte, wanderten seine Gedanken unwillkürlich zu diesem vollkommenen Herbstnachmittag zurück. Er hat, typisch für ihn, einen großartigen Tag erwischt – drei Touchdowns, und keinmal wurde ein Pass abgefangen. Aber jetzt sind es noch vier Yards bis zum Sieg, und die Zeit reicht nur für ein einziges Spiel. Sechs Sekunden ... fünf ...

»Auszeit!«, schreit Brian.

Er geht zur Seitenlinie und zuckt jedes Mal zusammen, wenn er das Gewicht auf das rechte Knie verlagert. Er kann tun, was er will, es ist nicht zu verbergen, dass er humpelt. Als er im zweiten Quarter den Schlag abbekommen hat, hat er gewusst, dass sich etwas im Knie überstreckt hat oder gesplittert oder herausgesprungen ist. Aber er hat weiter gemacht, sich immer und immer wieder ins Gedächtnis gerufen, dass Trainer Holbrook einst ein Quarter eines Spiels auf einem gebrochenen Bein absolviert hatte. Der Trainer zieht ihn beiseite.

»Dein Gang gefällt mir nicht. Kriegst du noch ein Spiel hin?«

»Was soll denn die Frage?«

»Ich bin dein Vater, vergiss das nicht. Na gut, wenn du drin bleibst, gehst du drei Schritte zurück und gibst den Ball so rasch wie möglich ab. Ein schneller Pass zu Tucker. Der erste Zug heißt: two-six-slant-eagle.«

»Trainer, Tucker hat bereits zwei Pässe fallen gelassen. Wie wär's, wenn ich den Pass antäusche und den Ball selbst nach Hause bringe?«

»Du sollst mit diesem Bein kein Risiko eingehen. Two-six-slant-eagle. Ist das klar?«

»Klar.«

Brian kehrt aufs Feld zurück.

»Loop left, z-out, patch QB draw«, sagt er dem Huddle. »Auf zwei.«

Das Knie wackelt leicht, als er sich dem Zentrum nähert. Ein gezackter Speer des Schmerzes schießt ihm durch das Mark seines Oberschenkelknochens empor. Aber das Bein hält. Brian sieht zu seinem Vater hinüber. Ihre Blicke bleiben aneinander hängen. Der Trainer klatscht einmal in die Hände und hebt den Daumen. Wie stets in diesen Momenten läuft für Brian alles wie in Zeitlupe ab. Der Lärm im Stadion ebbt ab, verstummt dann völlig. Die Position aller Gegner, ihre Augen, ihre Haltung, die geringste Bewegung, alles ist in seinem Bewusstsein katalogisiert. Es ist klar, dass sie den Köder geschnappt haben – die angetäuschte Offensivformation, die besagt, dass ein Pass unterwegs ist. Für das Spiel, das ablaufen soll, stehen sie völlig falsch. Der Pass, den der Trainer von ihm verlangt, kommt vielleicht an oder auch nicht. Aber Brian ist fest entschlossen, selbst zu laufen.

»Down ... set ... hut one ... two.«

Der Ball fliegt ihm in die Hände. Brian hält ihn so, dass seine Gegner erkennen, dass er bereit zum Wurf ist. Er weicht zwei Schritte zurück. Vor ihm hat sich jetzt eine Gasse geöffnet – ein freier Weg zur Torlinie, der so breit ist, dass er fast lächelt. Er zögert einen weiteren Sekundenbruchteil und stürmt dann vor. Beim ersten Aufsetzen des rechten Fußes reißen zwei der Bänder, die Ober- und Unterschenkel des Beins zusammenhalten. Der Unterschenkel biegt sich in einem grotesken unnatürlichen Winkel nach außen. Ein Schmerz, wie er ihn nie zuvor erfahren hat, explodiert im Kniegelenk.

Brian kreischt schon auf, ehe er zu Boden stürzt. Er keucht und schreit erneut, dann wieder. Er packt eine Faust voll Rasen, schiebt ihn sich in den Mund und beißt mit aller Macht darauf. Sogar jetzt noch vernimmt er sein qualvolles Stöhnen. Durch einen übelkeiterregenden Schleier hört er die Stimme seines Vaters, der ihn beim Namen ruft.

»Brian ... Brian ...«

Verlegen erkannte Brian plötzlich Teris Stimme. Sie hatte die Hand über die seine gelegt und hielt sie fest im Griff.

»Meine Güte«, sagte er, schüttelte den Kopf und wischte sich daraufhin etwas Schweiß von der Oberlippe. »Ich glaube, wir sind nicht mehr im Wunderland, Alice. Dermaßen weggetreten bin ich wohl schon längere Zeit nicht mehr. Haben Sie mir überhaupt noch folgen können?«

»Ich habe Ihnen genau folgen können, Brian. Genau. Meinen

Sie, dass Sie letztlich beim Football geblieben wären, wenn Sie den Pass so zugespielt hätten, wie Ihr Vater es wollte?«

»Und nicht süchtig nach Schmerztabletten geworden wäre? Mein Vater ist dieser Ansicht, und mehr zählt nicht. Er ist nie drüber weggekommen.«

Er verlor sich erneut.

Die Band, die gar nicht mal so schlecht war, spielte jetzt einen langsamen wummernden Blues.

»Möchten Sie tanzen?«, fragte Teri und riss ihn dadurch in die Gegenwart zurück.

»Wissen Sie, das ist jetzt das zweite Mal in dieser Woche, dass mir jemand diese Frage stellt. Sie haben Ihre Füße gut versichert?«

Sie traten zu drei weiteren Pärchen in der Nähe der Band. Teri schlang ihm ganz selbstverständlich die Arme um den Hals und legte ihm die Wange an die Brust. Augenblicklich war Brian verloren: Er fühlte ihr Haar auf seinem Gesicht, spürte, wie sie sich an ihn schmiegte, und seine Hände füllten das Grübchen an ihrem Rücken. Vielleicht zum ersten Mal wurde ihm klar, wie angespannt sein Leben seit dem Augenblick von Jacks Brustschmerz im Towne Deli verlaufen war – in ständiger Alarmbereitschaft. Er schloss die Augen. Dort draußen wartete alles auf ihn – die Arbeit, die Patienten, die Überwachung, das Medikament, sein Vater. Aber nach und nach gab es nur noch die Musik und die Frau.

Nachdem die Musik aufgehört hatte, hielten sie einander noch eine Zeit lang in den Armen. Dann führte Brian Teri an ihren Tisch zurück, und die Band leitete zu einer neuen Nummer über, bei der sich der Mundharmonikaspieler produzierte.

»Ich glaube, für dieses beschwingte Zeugs bin ich noch nicht so ganz bereit«, meinte er. »Eigentlich bin ich sogar der Ansicht, dass die Welt dafür nicht bereit ist.«

»Unsinn. Sie sind Sportler. Sportler besitzen eine besondere Anmut, die sich gut in jede Bewegung übertragen lässt.«

»Korrektur. Ich bin Kardiologe. Noch dazu ein zwei Meter großer Kardiologe mit Schuhgröße 47. Könnte es eine dümmere Kombination geben?«

»Pa! Für heute lasse ich diese unangebrachte Bescheidenheit mal durchgehen. Aber ich warne Sie, ob mit Ihnen oder ohne Sie, ich tanze.«

»Warnung zur Kenntnis gekommen.«

»Da Sie die Kardiologie ins Spiel gebracht haben ...«, fügte sie hinzu. »Ich wollte heute Abend wirklich nicht vom Geschäft sprechen, aber ich will mich auch nicht für mein Stempelgeld anstellen – oder, schlimmer, Schlagzeilen lesen müssen, dass ein Medikament, bei dessen vorzeitiger Zulassung ich mitgeholfen habe, eine Bevölkerung ausgelöscht hat, die der Einwohnerzahl Iowas entspricht. Haben Sie sich meine Anfrage überlegt?«

Brian seufzte.

»Eigentlich die ganze Zeit über. Ich wünschte, es gäbe eine Möglichkeit, dass diese ganze Sache über Dr. Pickard und Dr. Jessup laufen könnte.«

»Das wäre einfach nicht klug. Brian, nicht zum ersten Mal hat unser Büro mit einem Medikament oder Produkt umzugehen, das einige Leute sehr reich machen würde. Zudem wäre es kaum das erste Mal, dass angesehene Forscher uns Informationen vorenthalten. Wir haben bei Vasclear keinen Grund für den Verdacht, dass uns etwas verheimlicht wird, und Pickard und Jessup haben einen makellosen Ruf, aber Sie wissen ebenso gut wie ich, was auf dem Spiel steht.«

Brian kam kurz Jessups Warnung in den Sinn, die seinem Med-Watch-Bericht gefolgt war, und zugleich wurde ihm klar, dass sie und Weber ihn tatsächlich angelogen hatten. Sie hatten ihm rundheraus zu verstehen gegeben, dass während dreier Jahre ›nicht einmal‹ vom Protokoll abgewichen worden war.

»Sie haben gesagt, dass Jessup und Pickard mit vertraulichen Berichten an Ihre Behörde einverstanden gewesen seien?«

»Uneingeschränkt.«

»Na gut dann. Ich werde die Augen offen halten.« Er zögerte und fügte hinzu: »Vermutlich sollte ich erwähnen, dass es da einen möglicherweise interessanten Fall gibt, mit dem ich gerade zu tun habe und der einen der frühen Vasclear-Patienten betrifft.«

»Weiter, bitte.«

»Es gibt noch nicht viel zu berichten. Außerdem würde ich seinen Namen ohne Zustimmung nie aufdecken, selbst Ihnen gegenüber nicht.«

»Ah, ja.«

»Er ist ein älterer Mann, den ich gerade in der Vasclearklinik gesehen habe, einer der ersten, die mit dem Medikament behandelt worden sind.«

»Phase I?«

»Ich glaube schon, ja. Wie es aussieht, hat er anfangs gut auf das Mittel angesprochen, dann hat sich sein Zustand verschlechtert. Jetzt, nach zwei Jahren der Behandlung, ist er ziemlich krank. Ich habe ihn noch nicht weiter untersuchen lassen, aber ich glaube, dass er an pulmonaler Hypertonie leidet.«

Teris Augen leuchteten interessiert auf.

»Pulmonale Hypertonie. War er auf Diättabletten gesetzt worden? Oder hat er vor kurzem in Spanien Öl zu sich genommen?«

Brian lächelte.

»Sie kennen die Geschichte der medizinischen Katastrophen. Soweit ich feststellen kann, keine offensichtlichen beschleunigenden Faktoren. Aber ich habe gerade erst mit der Untersuchung begonnen. Im Augenblick ist PH ein Schuss ins Blaue.«

»Wann werden Sie etwas wissen?«

»In einigen Tagen.«

»Sie halten mich auf dem Laufenden?«

»Vorausgesetzt, das kann ich persönlich tun.«

»Versprochen.«

»Aber, Teri, da ist noch etwas, das ich Ihnen sagen will. Mein Vater leidet an einer schlimmen Koronarerkrankung. Vor zehn

Jahren hat er einen Herzinfarkt gehabt, und der Bypass, den er vor sechs Jahren erhielt, versagt. Ich habe ihn in die klinische Vasclearstudie hineingebracht. So viel Zutrauen habe ich zu diesem Medikament.«

»Hoffentlich ist er in die Betagruppe des Medikaments randomisiert worden.«

»Glücklicherweise ja. Was ist, möchten Sie ihn mal kennen lernen? Wir wohnen nur ein paar Kilometer von hier. Sie kennen zu lernen würde Jack beträchtlich aufmuntern. Das garantiere ich. Sie können sogar zuschauen, wie ich ihm sein Vasclear verabreiche. Ich gebe es ihm daheim.«

»Wenn Sie meinen, dass es ihm gefällt.«

»Er fände es toll, glauben Sie ...«

»Was ist?«

»Mein Piepser! Meine Güte, ich habe ihn ja gar nicht dabei! Ich gehe nie ohne ... Oh, da fällt's mir wieder ein. Ich habe im Krankenhaus eine andere Hose angezogen. Der Piepser liegt in meiner Tasche im Wagen. Ich rufe einfach an und sage ihm, dass wir kommen.«

»Ich gehe mal kurz für kleine Mädchen und treffe Sie dann hier wieder.«

Brian fand das Münztelefon im vorderen Eingangsbereich. Nach viermaligem Läuten hörte er die eigene Stimme über den Anrufbeantworter.

»Hallo, Sie rufen gerade bei den Holbrooks ...«

Er hängte ein, während sein Herz zu hämmern begann, und wartete die unausweichlichen zwanzig Sekunden ab, bis die Leitung wieder frei war. Dann rief er erneut an. Dasselbe Ergebnis.

Er raste zu seinem LeBaron und hantierte am Kofferraum herum. Sein Piepser hing an der Gürtelschnalle seiner Hose in seiner Tasche mit den Sachen für die Nacht. Das Display zeigte einen Anruf von daheim.

»Mein Gott«, murmelte er und rannte zum Telefon zurück. »Komm schon ... antworte ... antworte, verdammt!«

Dreimal Läuten, dann wieder der Anrufbeantworter.

»Paps, ich bin auf dem Weg nach Hause«, platzte er nach dem Piepton heraus. »Bin schon unterwegs!«

Kapitel 18

Als Brian in das Restaurant zurückgerannt war, traf Teri gerade wieder an ihrem Tisch ein.

»Da stimmt was nicht«, sagte er. »Zu Hause geht keiner ans Telefon. Jack wäre *niemals* weggegangen, und wir hatten obendrein noch eine Hilfe da. Außerdem hat er versucht, mich anzurufen. Verdammt. Ich kann's nicht fassen! Ausgerechnet an dem einen Abend, an dem ich meinen Piepser nicht dabeihabe.«

Er warf zwei Zwanziger auf den Tisch, nahm Teri bei der Hand und zog sie eilig hinaus.

»Soll ich Ihnen nach Hause folgen?«, fragte sie.

»Nein! Ich meine, vielleicht sollten Sie das. Sicher.«

Brian raste mit Vollgas davon, wobei er sich abwechselnd auf die Straße und den Rückspiegel konzentrierte. In seiner Straße angekommen bog er quietschend um die Ecke und erwartete, draußen vor dem Haus einen Rettungswagen zu sehen. Doch abgesehen vom Licht im Wohnzimmer wirkte die Wohnung verlassen. Ohne auf Teri zu warten eilte er nach drinnen. An der Lampe neben Jacks Sessel klebte eine Notiz – von der Nachbarin, die nach ihm schaute.

Brian,

21.00 Uhr. Wir haben versucht, Sie anzurufen, aber Ihr Piepser muss abgeschaltet sein. Ihr Vater hat heftige Schmerzen in der

Brust, aber er weigert sich, den Notdienst zu rufen, weil er ins Boston Heart will und fürchtet, sie würden ihn zum Suburban bringen. Er wollte ein Taxi rufen, also haben Harold und ich ihn stattdessen hingefahren. Er hat gesagt, wir sollten Ihnen sagen, dass er ein zusätzliches Aspirin genommen hat, wie Sie angeordnet haben.

Sally Johansen

Brian reichte Teri die Notiz und rief die Notaufnahme des White Memorial an. Es dauerte einige angsterfüllte Minuten, bevor jemand abhob.

»Dr. Holbrook, Stu Meltzer hier, Assistenzarzt im ersten Jahr. Ihr Vater ist hier, aber er ist in keinem guten Zustand. Er hatte einen ausgedehnten Myokardinfarkt, und wir können seinen Blutdruck nur unter Schwierigkeiten aufrechterhalten.«

Ausgedehnter Myokardinfarkt – ein schwerer Herzinfarkt, der den Muskel der linken Ventrikel mit betraf, die größere Pumpkammer. Gleich nach einem Riss der Herzwand war es fast die schlimmste aller Katastrophen, die dem Herz zustoßen konnten.

»Verdammt«, sagte Brian. »Ist er bei Bewusstsein?«

»Mal ja, mal nein.«

»Wer ist bei ihm?«

»Gerade im Augenblick der Bereitschaftsdienst, aber wie man mir gesagt hat, ist Dr. Jessup auf dem Weg, und Dr. Randa ist gerade unten eingetroffen.«

»Vielen Dank. Stu, sagen Sie meinen Vater bitte, dass ich auf dem Weg bin.«

»Tu ich.«

»Und, Stu?«

»Ja?«

»Tun Sie alles, was nötig ist.«

»Ah, ja.«

Brian sah zu Teri hinüber.

»Er sitzt dick in der Tinte.«

»Habe ich gehört. Fahren Sie ruhig los. Ich finde meinen Weg zum Radisson. Rufen Sie mich an, sobald Sie was wissen.«

»Ich kann's nicht fassen, das so was passiert! Ich kann's einfach nicht fassen. O mein Gott, armer Paps!«

Als er sich zum Gehen wandte, rief sie ihn beim Namen. Dann zog sie ihn zu sich herab und küsste ihn sanft auf den Mund.

»Wäre es eine Hilfe, wenn ich dich fahre?«, fragte sie.

»Nein, nein. Ich krieg's schon hin. Ich rufe dich im Hotel an, sobald ich weiß, wie es ihm geht.«

»Ruf später in der Nacht an, oder gleich morgen früh.«

»In Ordnung. Komm schon. Folg mir auf den Highway, dann musst du selbst sehen, wie du zurechtkommst. Und, Teri, danke für den heutigen Abend.«

»Danke *dir*«, rief sie, als er zu seinem LeBaron rannte. »Fahr vorsichtig!«

Brian wartete, bis er den Motor von Teris Leihwagen hörte, scherte daraufhin aus und raste auf die I-93 und Boston zu. Ausgedehnter Herzschaden, Blutdruck fällt, Laj Randa an der Bettkante ... Brian hatte die Gesundheit seines Vaters auf eins zu drei verwettet. Jetzt hatte er verloren, das war klar. Die einzige Frage blieb, wie schlimm der Verlust war.

In der Notaufnahme des White Memorial ging es wie üblich völlig hektisch zu. Brian wusste genau, wohin er zu gehen hatte, und eilte nach hinten zu Raum 4. Nichts, das er als Arzt je gesehen oder getan hatte, hatte ihn auf den Anblick seines Vaters im Mittelpunkt des größten aller medizinischen Dramen vorbereiten können, eines Herzstillstands.

»Los!«, schrie Carolyn Jessup.

Brian hörte das Knistern von Hochspannungselektrizität, als die Pole ihre Energie in Jacks Körper entluden. Durch die Menge von etwa fünfzehn MTAs, Krankenschwestern und Ärzten sah er

Jacks Arme in die Höhe sausen, dann wieder herabfallen. Der Monitor an der Decke zeigte mehrere Sekunden lang eine völlig gerade Linie, dann erschienen die ersten Zacken eines Herzrhythmus auf dem Schirm – die EKG-Kurve normalisierte sich nach und nach.

»Sieht aus wie ein vom Sinusknoten erzeugter Rhythmus.«

»Ich hab einen Puls. Ich hab einen Puls.«

»Er hat jetzt einen Sinusrhythmus. Einen regelmäßigen Sinusrhythmus.«

»Blutdruck siebzig.«

»Hängt das Levophed dran«, befahl Jessup. »Eine Infusion vorbereiten. Vergesst die Katheterisierung. Wir bringen ihn so bald wie möglich direkt zum OP ins BHI.«

Bevor Brian ans Bett gelangte, rannten zwei von Laj Randas Assistenten in den Raum, die vor Autorität nur so strotzten.

»Dr. Randa braucht sofort einen Assistenten zu einer Ballondilatation. Die verengte Aorta muss aufgedehnt werden«, befahl einer. »Er sagt, die Herz-Lungen-Maschine im OP ist in fünfzehn Minuten bereit, dann kann er sich mit diesem Mann beschäftigen.«

Statt sich durch die Menge zu drängeln, umging Brian sie. Carolyn blickte von ihrer Tätigkeit auf, entdeckte ihn und schüttelte den Kopf. Vielleicht war ihr Ausdruck neutral, doch Brian las die eigenen grimmigen Gedanken in ihn hinein.

Sie hätten auf mich hören sollen, Brian. Ich habe Ihnen gesagt, Sie sollen zu Randa gehen.

»Ihr Vater war anscheinend wach, als ihn Freunde hergebracht haben«, sagte Jessup zu ihm, als sich das Chirurgenteam daranmachte, den schlaffen, etwa Würstchen großen Ballon in Jacks rechte Femoralarterie und zu seiner Aorta hinaufzuschieben. »Aber er hatte einen Blutdruck von lediglich neunzig, und auf dem EKG zeigten sich alle Anzeichen für einen sich entwickelnden ausgedehnten Myokardinfarkt. Kurz nachdem man ihn zu

Bett gebracht hatte, ging der Blutdruck nach unten. Jetzt ist sein Rhythmus instabil. Das war das erste Mal, dass wir ihm einen Elektroschock versetzen mussten.«

»Er wird operiert?«

»Wenn wir ihn rüberbekommen. Ich wollte es im Herzkatheterraum versuchen und nachsehen, ob wir die Sperre mit Antigerinnungsmitteln oder einem Bohrer öffnen könnten. Aber ich habe in seiner Brust Anzeichen dafür gehört, dass die Funktion seiner Mitralklappe durch den Infarkt schwer gestört ist. Ultraschall hat Disfunktion des mitralen Papillarmuskels bestätigt. Die Klappe wird zusammen mit den Bypässen ersetzt werden müssen, wenn er es schaffen soll.«

Wenn er es schaffen soll.

Wie betäubt starrte Brian auf das schmale Rollbett hinab, auf dem sein Vater lag, die Augen geschlossen, und die runzligen, rechteckigen Gesichtszüge wirkten bereits aufgedunsen. Ein Schlauch schlängelte sich durch seine Nase in den Magen hinab, und ein viel größerer Endotrachealtubus durch den Mund und zwischen den Stimmbändern hindurch in die Trachea. Seine Gesichtsfarbe war von einem erschreckenden Dunkelgrau.

Trainer.

Randas Assistenten waren rasch und geschickt. Der um einen dünnen Katheter geschlungene Ballon wurde innerhalb von Minuten eingeführt und aufgeblasen. Er wurde elektrisch synchronisiert, so dass er sich zwischen Jacks einzelnen Herzschlägen aufblies und dadurch zusätzliches Blut in den linken Ventrikel hineindrückte. Der kleine Anstieg im Füllvolumen hielt die Koronararterien so weit wie möglich geöffnet, was oftmals den Unterschied zwischen Leben und Tod bedeutete.

Komm schon, Jack. Halt durch! Halt durch!

»Wir müssen los«, sagte der Assistent. »Dr. Randa wartet.«

Die IV-Ständer, der Monitor und die Pumpe für den Ballon wurden für den Transport aufgestellt, und noch ehe Brian hätte reagieren können, war Jack verschwunden. Jetzt konnte er lediglich warten.

Sogleich räumten die Krankenschwestern den Müll weg, der den Fußboden bedeckte. Raum 4 musste rasch gesäubert und für den nächsten Krisenfall bereitgemacht werden. Carolyn Jessup führte Brian in den Korridor hinaus. Sie war offensichtlich in aller Eile von zu Hause hergekommen und trug kein Make-up. Ihr schulterlanges, ebenholzschwarzes Haar, das sie grundsätzlich zu einem lockeren Knoten trug, war zu beiden Seiten mit Klammern hochgesteckt. Zum ersten Mal, seitdem Brian ihr begegnet war, sah er ihr das Alter an.

»Wir tun alles, was wir können«, sagte sie.

Brian blickte auf seine Füße hinab.

»Ich weiß. Vielen Dank. Und vielen Dank dafür, dass Sie nicht gesagt haben, ›ich hab's Ihnen ja gesagt‹.«

»Ich war nie der Ansicht, dass Ihrem Vater genügend Zeit für eine Vasclearbehandlung bliebe.«

»Ich fühle mich jetzt einfach schrecklich, weil ich nicht auf Sie gehört habe. Obwohl er ja keine OP gewollt hat. Nach allem, was ich herausfinden konnte, hatten wir schließlich die begründete Hoffnung, dass das Medikament bei ihm anschlagen würde.«

»Verstehe völlig. Sie sollen nur eines wissen: Selbst wenn wir ihn eine Woche früher auf Vasclear hätten bringen können, wie Sie verlangt haben, hätte die Zeit nicht gereicht.«

Brian nickte. Sinnlos, ihr jetzt die Wahrheit zu sagen.

»Vielen Dank für alles, was Sie getan haben«, meinte er.

»Ich wünschte, es hätte mehr sein können. Ich bin in ein paar Minuten oben und sehe zu. Sobald ich dann weiß, dass Randa ihn wieder ans Laufen bekommen hat, muss ich heimgehen. Ich werde gleich nach dem Aufwachen morgen früh nach Jack schauen.«

Brian dankte ihr erneut und machte sich dann auf den unglaublich einsamen Weg zum Boston Heart hinüber. Unterwegs tätigte er zwei Anrufe. Den ersten bei Phoebe, die ihm das Versprechen abnahm, unabhängig von der Uhrzeit sogleich anzurufen und die Ergebnisse der OP mitzuteilen. Den zweiten bei Freeman Sharpe.

»Freeman, Brian hier«, sagte er. »Jack hatte einen schweren Herzinfarkt sowie einen Herz-Kreislauf-Stillstand. Sie haben ihn gerade für eine Notoperation in den OP des Boston Heart gebracht.«

»Ich bin gleich da.« Mehr sagte Sharpe nicht.

Brian sah auf die Uhr – fast Mitternacht. Zu spät für einen Anruf bei Teri, entschied er. Stattdessen hinterließ er im Hotel eine Nachricht für sie, dass Jack im OP lag und er, Brian, am Morgen wieder anrufen würde. Daraufhin eilte er in den Zuschauerraum des OPs in der dritten Etage.

Wie alles übrige am BHI war die OP-Galerie modern, üppig ausgestattet und völlig auf High-Tech getrimmt. Zuschauer konnten die Operation direkt durch Plexiglasfenster beobachten, die über die beiden OP-Räume verliefen, oder über an den Wänden montierte Fernsehmonitore. An Ketten hingen zwei Hochleistungsfeldstecher, durch die man minutiös die Details beim Einschnitt beobachten konnte.

Brian traf gerade in dem Augenblick ein, als Randa, der auf etwas stand, das aussah wie eine hydraulische Plattform, Jacks Brustbein aufgesägt hatte, um das Herz freizulegen. Randas Assistenten hatten bereits die Schläuche an die großen zu- und abführenden Gefäße des Herzens geschoben, um Jack an die Herz-Lungen-Maschine anzuschließen, und waren dabei, Adern aus dem Bein zu suchen, die bei der ersten Operation noch nicht verwendet worden waren. Die MTA hielt ihre Herz-Lungen-Maschine bereit. In wenigen Augenblicken würden Jacks Blutkreislauf und Beatmung an sie übergeben werden. Daraufhin würde eine eiskalte Kaliumlösung in Jacks Koronararterien eingeleitet, die das Herz zum Stillstand brächte.

Von diesem Moment an würde es keinen Grund mehr für einen

vorzeitigen Abbruch der Operation geben. Dann wären die kritischen Variablen Randas Geschick und Schnelligkeit. Je länger Jack an die Herz-Lungen-Maschine angeschlossen war, desto schwieriger wäre es, ihn wieder herunterzubekommen – immer vorausgesetzt natürlich, es bliebe genügend Herzmuskel übrig, ihn überhaupt wieder herunterzubekommen. Schließlich gab es zahlreiche Bypasstransplantate auf der Oberfläche des Herzens anzunähen, die Mitralklappe zwischen dem linken Vorhof und dem Ventrikel musste ersetzt werden, was bedeutete, dass die Prozedur möglicherweise mindestens vier Stunden beanspruchen würde, vielleicht sogar noch viel mehr.

Diese war eine von Dutzenden Bypassoperationen, bei denen Brian Zuschauer oder sogar Teilnehmer gewesen war. Von seinem Standpunkt aus war der Kopf seines Vaters durch ein Tuch verdeckt. Da ihm diese Verbindung fehlte, fühlte Brian sich merkwürdig losgelöst von dem, was er beobachtete. Er dachte daran, hinüber in den Wartebereich des OPs zu gehen, wusste jedoch, dass er nicht weggehen konnte. Solange er sich auf die Prozedur unten konzentrieren konnte, hatte er das Gefühl, als müsste er nicht gleich im nächsten Moment explodieren. Da blickte Randa auf und entdeckte ihn, richtete seine Aufmerksamkeit allerdings ebenso rasch wieder auf das Operationsmikroskop.

»Eigentlich gestatte ich Familienmitgliedern nicht, bei der Operation ihrer Angehörigen zuzusehen«, sagte Randa durch die Lautsprecher, ohne das Tempo zu verlangsamen.

»Ist für mich in Ordnung, wenn es für Sie in Ordnung ist, Dr. Randa«, entgegnete Brian. »Ich wäre nicht zu gebrauchen, wenn ich im Wartebereich herumrennen würde.«

»Na gut. Aber Sie sollten wissen, dass ich nicht sehr optimistisch bin. Ich kann unmöglich wissen, wie viel Herzmuskel dieser Mann verloren hat, bevor wir ihn hier hatten.«

»Verstehe.«

»Der Papillarmuskel, der seine Mitralklappe am Platz hält, funktioniert nicht mehr. Wir werden diese Klappe ersetzen müssen.«

»Ich weiß.«

Randa hing Trauerflor heraus – bereitete Brian auf das Schlimmste vor. Brian hatte das häufig selbst bei Patienten getan. Kühne Versprechen guter Ergebnisse in einem schwierigen Fall forderten Probleme geradezu heraus. Selbst ein Chirurg mit Randas Arroganz wusste es besser.

Brian spürte, was als Nächstes kommen würde. Aber er musste mehrere Minuten darauf warten. Inzwischen war Freeman Sharpe von einem Mann der Klinikwache zum Beobachtungsbereich geführt worden. Er stand schweigend neben ihm.

»Also«, fragte Randa kühl, »wie lange ist es her, seitdem ich Ihnen für Ihren Vater eine Operation empfohlen habe, drei Wochen?«

»So in etwa.«

»Und was haben Sie die ganze Zeit über für ihn getan?«

Brian musste sich räuspern, ehe er sprechen konnte.

»Standardbehandlung«, erwiderte er. »Dazu Vasclear.«

»Nun ja, ich kann Ihnen aufrichtig mitteilen, dass Ihr Wundermittel in diesem Fall nicht funktioniert hat. Die Arterien Ihres Vaters sehen aus wie Rosenkränze, und seine Aorta ist aufgrund von Arteriosklerose und Kalziumablagerungen völlig steif.«

»Das habe ich befürchtet.«

»Es war eine sehr unglückliche Entscheidung von Ihnen, diesen Weg zu beschreiten.«

Angesichts der Unsensibilität des Chirurgen schnitt Freeman eine Grimasse. Brian war außerstande, sogleich etwas zu erwidern, schüttelte hilflos den Kopf und blickte weg.

»Ich habe meine Entscheidung unter Berücksichtigung der Wünsche meines Vaters und meines Wissen über Vasclear getroffen. Ich hielt sie für die richtige«, brachte er schließlich heraus.

»Der Arzt, der sich um sich selbst oder seine Familie kümmert, hat einen Narren zum Arzt und einen Narren zum Patienten.«

»Wie stellt man dieses Mikro ab?«, flüsterte Freeman Brian ins Ohr.

Brian zeigte auf einen Schalter neben der Scheibe, und Sharpe warf ihn um.

»Wo hast du den denn ausgebuddelt?«, fragte er.

»Man braucht kein Taktgefühl, um in die chirurgische Halle des Ruhms zu gelangen. Abgesehen davon hat er Recht. Ich *bin* ein Narr.«

»Ich habe gehört, was dein Vater von seiner letzten OP erzählt hat, und halte dich ganz und gar nicht für einen Narren. Wie macht er sich?«

»Er hängt an der Herz-Lungen-Maschine. Man kann unmöglich etwas sagen, bevor die Operation vorüber ist und sie versuchen, ihn wieder abzuhängen. Wir haben noch etliche Stunden vor uns.«

»Hast du was genommen?«

Brian sah seinen Betreuer ungläubig an.

»Freeman, wie kannst du so was auch nur fragen?«

»Ob du's glaubst oder nicht, es ist durchaus bekannt, dass Abhängige Medikamente nehmen – nicht bloß in Stresssituationen. Abgesehen davon ist es Teil meiner Arbeit, diese Frage zu stellen.«

»Nein. Die Antwort lautet nein. Freeman, ich kann einfach nicht glauben, dass dies hier geschieht.«

»Ich weiß, Kumpel. Was der kleine Trottel da unten gesagt hat, von wegen, dass du die falsche Entscheidung getroffen hast – glaubst du das?«

»Ich weiß nicht, was ich glauben soll. Bei meiner Arbeit habe ich stets lieber das Richtige aus den falschen Gründen als das Falsche aus den richtigen Gründen getan, wenn jemandes Leben auf dem Spiel stand.«

»Du hast mir selbst erzählt, dass Patienten, die erneut operiert werden, eine viel schlechtere Prognose haben als beim ersten Mal.«

»Genau. Aber diesmal hatte ich die Zahlen – die Statistiken über Vasclear und erneuten Bypass –, ganz zu schweigen von Jacks Krankengeschichte und seinem massiven Widerstand gegen weitere Operationen. Mir blieb offenbar keine andere Wahl ... Freeman, vielen Dank, dass du hier bist. Ich fühle mich so allein.«

Sharpe legte den Arm um ihn.

»Nun, das bist du nicht, Kumpel«, sagte er. »Und solange du diese wunderbaren Mädchen und deinen Glauben hast, und mich, der dich nicht vom Weg abweichen lässt, wirst du auch nie allein sein.«

»Fünf Bypässe sind erledigt«, sagte Randa. »Wir machen uns jetzt an die Klappe.«

Brian warf einen Blick auf die Uhr. Weniger als anderthalb Stunden. Bei einem Patienten, der zuvor schon Bypässe erhalten hatte, wären *drei Stunden* für diesen Teil der Operation kaum überraschend gewesen. Er schloss die Augen. *Mach weiter, Randa, sei ein so großer Arsch, wie du sein willst,* dachte er, *solange du so weitermachst.*

Randa und seine Assistenten funktionierten wie eine gut geschmierte militärische Spezialeinheit. Da sie so eng um Jack geschart waren, gab es ohne die Ferngläser oder einen Blick auf die Monitore an der Decke nicht viel zu sehen. Freeman benutzte keines von beidem.

»Ich habe genügend geöffnete Brustkästen in Vietnam gesehen«, meinte er.

Eine weitere Stunde verstrich, während Randa die Mitralklappe ersetzte. Eine Zeit lang versuchte Freeman, Brians Aufmerksamkeit durch Small Talk abzulenken, dann lehnte er sich einfach zurück und ließ Brian das bisschen an Unterhaltung diktieren, das zwischen ihnen stattfand.

Bei Brian nutzte sich das Gefühl der Losgelöstheit, das ihn in den frühen Stadien der OP vor dem Zerreißen bewahrt hatte, rapide ab. Ersetzt wurde es durch ein Kaleidoskop an Bildern. Am deutlichsten stand ihm das Bild vom Gesicht seines Vaters während Brians Spielen in der Juniorklasse vor Augen. Jack hätte kaum mehr Aufregung zeigen können, wenn es um den Supercup gegangen wäre. Erst als Sharpe ihm ein Stofftaschentuch reichte und ihm den Arm um die Schulter legte, merkte er, dass er weinte.

»Also gut, Leute, das Herz ist geschlossen, bereiten wir uns darauf vor, ihn von der Pumpe zu bekommen. Dr. Holbrook, sind Sie noch da?«

Gleichzeitig mit einem Blick auf die Uhr schaltete Brian das Mikrofon ein. Keine drei Stunden. Ein wiederholter fünffacher Bypass und der Ersatz einer Mitralklappe in 175 Minuten. Der kleine Sikh war ein Magier.

»Ich bin hier«, gab Brian zur Antwort.

»Sie sind sehr still gewesen.«

»Ich bin sehr besorgt gewesen.«

»Dazu hatten Sie auch allen Grund. Technisch gesehen ist die OP gut verlaufen, aber ich kann nicht versprechen, was wir herausfinden, wenn wir versuchen, das Herz Ihres Vaters wieder in Gang zu setzen.«

»Verstehe.«

»Und Sie wollen bleiben?«

Brian warf einen Blick zu Freeman hinüber.

»Ich bleibe lieber als sonstwo zu warten«, entgegnete er.

»Wir haben über die Speiseröhre eine Ultraschallsonde für eine fortlaufende Überwachung der Herzmuskelkontraktion gelegt.«

Brian nahm das Fernglas und verschaffte sich einen guten Blick auf den Ultraschallmonitor.

»Vielen Dank, dass ich bleiben darf«, sagte er heiser und umklammerte die hohe Lehne seines Hockers.

»Pumpe herunterfahren. Schrittmacher ein«, sagte Randa.

»Pumpe abgeschaltet.«

»Schrittmacher bei fünfundsiebzig. Keine Reaktion.«

»Kammerflimmern! Kammerflimmern!«

»Schlechtes Zeichen. Pumpe anschalten. Defibrillator, bitte. Zwanzig Joule ... Zurücktreten!«

»Nulllinie ... Nein, warten Sie, da tut sich was. Herzrhythmus bei fünfundsiebzig.«

»Minimale Kontraktionen. Blutkreislauf kommt nicht in die Gänge.«

Brian musterte durch das Fernglas die Ultraschallanzeige und spürte seine Hoffnung schwinden.

»Herz-Lungen-Maschine hochfahren«, ordnete Randa an.

Der Chirurg blickte zu Brian auf und schüttelte den Kopf. Runde 1 war vorüber. Vorüber und verloren. Jack würde nicht leicht von der Maschine loskommen. Noch beunruhigender allerdings war der Ultraschall. Es schien einfach nicht genügend Herzmuskel übrig, um einen Blutdruck zu erzeugen. Fünfzehn unheimliche Minuten verstrichen, ehe Randa anordnete, den Schrittmacher wieder anzuschalten und die Maschine herunterzufahren. Erneutes Kammerflimmern. Erneut wurde Jacks Herz durch einen Elektroschock in einen gleichmäßigen Rhythmus versetzt. Erneut erfolgten schwache Kontraktionen, und erneut kam der Kreislauf nicht in die Gänge. Erneut rief Randa, dass die Maschine angeschaltet werden sollte. Runde 2 verloren.

Weitere zwanzig Minuten. Brian spürte in den Knochen, dass dies der letzte Versuch sein würde. Der Ultraschall zeigte weiterhin eine grundlegende Schwächung des Herzmuskels. Aber ein Test war lediglich ein Test, dachte er. Jeder Patient unterschied sich vom anderen, und Jack Holbrook hatte einmal einen Teil eines Footballspiels mit einem gebrochenen Wadenbein gespielt.

Komm schon, Paps. Komm schon, du kannst es!

Die aus dem OP übertragenen Stimmen hallten durch den Beobachtungsbereich, als Laj Randa mit seinem Team sprach.

»Schrittmacher auf neunzig«, ordnete er an. »Maschine langsam runterfahren.«

»Schrittmacher auf neunzig.«

»Minimale elektrische Aktivität«, berichtete der erste assistierende Chirurg.

»Keine Kontraktionen«, bemerkte der andere.

»Volumen in Ordnung?«, fragte Randa.

»Perfekt.«

»Ganz bestimmt?«

»Ja, alles funktioniert prima.«

»Alles, außer diesem Herzen.«

»Immer noch nichts«, sagte der Assistent.

Laj Randa sackte sichtlich zusammen und wandte sich vom Ultraschallmonitor ab. Die pechschwarzen Augen blickten zum Zuschauerraum hinauf. Dann hob er den blutbeschmierten Handschuh und zog sich die Maske herab.

»Tut mir Leid«, sagte er. »Tut mir sehr Leid.«

TEIL ZWEI

Kapitel 19

NBC Spätnachrichten

Aus der Medizin

»Wie das Weiße Haus bestätigte, wird der Präsident in der kommenden Woche zusammen mit Alexander Baird, Leiter der FDA, an einer Feierstunde teilnehmen, bei der das Wundermittel Vasclear, für das bislang kräftig die Werbetrommel gerührt wurde, offiziell zugelassen wird. Das von Newbury Pharmaceuticals in Boston entwickelte und hergestellte Herzmittel soll, Berichten zufolge, arteriosklerotische Ablagerungen in verstopften Koronararterien, häufig Ursache von Herzinfarkten, auflösen. Laut Informationen aus Newbury hat das Mittel bei fünfundsiebzig Prozent der Testfälle zu einer Heilung geführt.

Der Stabschef des Weißen Hauses, Stan Pomeroy, gibt bekannt, dass die Zeremonie zur Zulassung von Vasclear im White Memorial Hospital in Boston stattfinden wird, wo der größte Teil der klinischen Tests durchgeführt wurde.

Senator Walter Louderman, ein starker Befürworter der frühen Zulassung des Mittels, hat seine Überraschung und Zufriedenheit über das ausgedrückt, was er die ›plötzliche politische Kehrtwende der Behörde‹ nennt. ›Es geht um ein Mittel, das viele Amerikaner dringend benötigen und auf das sie so lange warten mussten ...‹«

Brian saß zusammengesunken auf dem Sofa im Wohnzimmer, kaute an einem Stück uralter Pizza und nahm die Nachrichten kaum wahr. Das Wohnzimmer, Speisezimmer und die Küche der Wohnung in Reading standen voller Blumen und Körbe mit Obst in verschiedenen Stadien des Verfalls, und die Wände waren übersät mit traurigen Erinnerungsstücken an gute und schlechte Tage. Teri hatte sowohl Blumen als auch eine Auswahl an Käse und Gebäck geschickt. Sie hatte mehrmals angerufen und ihr Bedauern ausgedrückt, dass ihr Chef bei der FDA ihre Teilnahme an der Beerdigung für unangemessen und auch nicht in Brians Interesse liegend hielt. Brian erwiderte, dass ihre Anrufe und ihre Sorge ihm bei weitem mehr bedeuteten als ihre Anwesenheit bei einer Feierstunde.

Seit Jacks Tod war eine Woche verstrichen – vor vier Tagen war er beerdigt worden. Abgesehen vom Tag des Begräbnisses selbst hatte sich die Zeit für Brian dahingeschleppt. Niemand außer Freeman Sharpe konnte seinen inneren Aufruhr und die immer wiederkehrende Verzweiflung wirklich voll verstehen.

Eine bittersüße Note während der Woche war gewesen, dass Phoebe sich als Fels in der Brandung erwiesen hatte. Sie hatte etwas zu essen herübergebracht, die Wohnung geputzt, dafür gesorgt, dass Brian Becky und Caitlin so oft sehen konnte, wie er die beiden verkraftete, und sich um Besucher von auswärts gekümmert, wenn er dazu nicht in der Lage gewesen war.

»Ein erstklassige Frau«, hatte Freeman sie genannt.

»Du meinst, ein erstklassiges Relikt meiner Vergangenheit«, hatte Brian ihn korrigiert.

Seit den fast zwei Jahren der Trennung und dem einen Jahr der Scheidung war dies die längste Zeit, die sie miteinander verbracht hatten, und es gab in dieser Woche Momente, da ihn die Erkenntnis, was er an Phoebe und seiner Familie verloren hatte, beinahe ebenso schmerzte wie Jacks Tod.

Freeman kam mit seinem Rasierzeug aus dem Bad und stopfte es in seine Reisetasche. Ihre NA-Gruppe hatte dafür gesorgt, dass Brian seit dem Begräbnis keine Nacht allein in der Wohnung gewesen war. Nach anderthalb Tagen hatte sein Betreuer jetzt jedoch den Eindruck gewonnen, dass Brian wieder allein zurechtkommen würde.

»Habe ich über dieses Mittel etwas in den Nachrichten gehört?«, fragte Freeman.

»Wundermittel kuriert jeden an der Ostküste, nur einen nicht.«

»Willst du nicht endlich einen Schlussstrich darunter ziehen?«

»'tschuldigung.«

»Armes Ich, armes Ich, jammere ich.«

»Ich weiß, ich weiß.«

»Du solltest aufhören, dir selbst Vorwürfe zu machen, Brian. Du hast eine Entscheidung getroffen – anhand von *Informationen* –, und sie hat nicht das erfüllt, was du dir von ihr erhofft hattest. Du hast doch nicht mit deiner Pistole herumgespielt, und ein Schuss hat sich gelöst und deinen Vater tödlich getroffen.«

»Ich weiß. Mir fällt es nur schwer, zu sagen: zum Henker damit!«

»Es ist dir Recht, wenn ich nach Hause gehe?«

»Ja. Ich habe ein wenig Bammel vor morgen, weil ich da zum Dienst eingeteilt bin, aber sie haben bestimmt was dagegen, wenn ich noch länger wegbleibe.«

Sharpe ließ sich am anderen Sofaende nieder.

»Bei der Arbeit bist du besser aufgehoben, als wenn du hier herumhängst, so viel steht fest. Sieh es doch mal von dieser Warte: Jedes Treffen, zu dem du während dieser anderthalb Jahre gegangen bist, jede Minute, die du damit verbracht hast, zu meditieren oder mit mir zu reden oder mit sonst jemandem, der dir versichert hat, dass du eine wertvolle Person bist, war wie eine Einzahlung auf dein Bankkonto. Jetzt wirst du für eine Zeit von den Zinsen leben oder abheben, was du halt gerade brauchst.«

»Und wenn nicht genug auf dem Konto drauf ist?«

»Es ist genug drauf, Brian. Ich kenne dich jetzt schon eine ganze Weile, und du musst mir in dieser Hinsicht einfach vertrauen. Du hast genug. Aber du musst mit deinen Selbstvorwürfen aufhören. So etwas fordert seinen Tribut. Und denke um Gottes willen immer an eines: Es geschieht im Leben nichts, was so schlimm ist, dass es ein Drink oder ein Medikament nicht noch verschlimmern könnte.«

Brian überlegte eine Zeit lang, ging daraufhin zu einem Regal hinüber, zog ein dickes Buch hervor und griff in die entstandene Lücke. Anschließend warf er das Plastikröhrchen mit Schmerztabletten Freeman zu.

»Jacks alter Kardiologe hatte ihm die verschrieben. Ich habe sie nach dem Begräbnis dort versteckt ... für alle Fälle.«

Sharpe warf einen Blick auf das Etikett des Röhrchens, nahm dann die Tabletten mit ins Bad und spülte sie die Toilette hinunter.

»Guter Zug, mir die zu geben«, meinte er. »Insbesondere, bevor du eine davon genommen hast. Glaube es oder nicht, aber so sollte es sein. Du wirst dich nicht allzu mies fühlen, mein Freund. Versprich mir nur, mich anzurufen, wenn du schwankst, etwas zu nehmen. Zu jeder Tages- und Nachtzeit.«

»Versprochen. Danke, Freeman. Danke, dass du für mich da gewesen bist.«

Freeman schüttelte Brian die Hand und klopfte ihm auf den Rücken.

»Ich wünschte bloß, du hättest diesen Saftarsch kennen lernen können, der während meiner Rekonvaleszenz immer für mich da war«, meinte er.

Eine Zeit lang ging Brian in der Wohnung auf und ab. Das bedrückende Schweigen überwältigte ihn fast. Immer wieder spulte er die Jahre von Jacks Krankheit im Kopf ab. Weit vor der Entscheidung, es mit Vasclear statt einer Operation zu versuchen, hatten so viele Schritte gelegen. Er ging bis ganz zurück an den Anfang. Da hätte man noch etwas völlig anderes in Angriff nehmen können. Hätte sich dadurch etwas am endgültigen Ergebnis seiner Krankheit geändert?

Du hast eine Entscheidung getroffen – anhand von Informationen ... Du musst mit deinen Selbstvorwürfen aufhören ...

Das Telefon hatte zweimal geläutet, ehe Brian es auch nur bemerkte. Aus keinem anderen Grund als Selbstmitleid entschloss er sich, den Anrufbeantworter die Arbeit erledigen zu lassen.

»Brian, Teri hier. Wenn du da bist, heb bitte ab.«

Brian stürzte sich auf das Telefon neben Jacks Sessel und stieß dabei eine Messinglampe um. Teri hatte den Tag nach dem Begräbnis angerufen, doch seitdem hatten sie nicht mehr miteinander gesprochen.

»Hallo, ich bin's. Ich bin hier. Ich bin hier.«

»Hallo, du ›hier‹. Wie geht's denn so?«

»Die Wahrheit? Mir ist es schon besser gegangen. Sogar sehr viel besser. Ich habe versucht zu entscheiden, ob ich einige Kilometer laufen, Badewasser einlaufen, weglaufen oder meinen Wagen gegen einen Brückenpfeiler laufen lassen soll. Alles in allem nicht so ganz mein Abend.«

»Hast du Gesellschaft?«

»Nur bis vor einer halben Stunde. Mein Freund Freeman ist gerade gegangen.«

»Möchtest du was?«

»Oh, Lady, Ihr Timing könnte nicht besser sein. Das fände ich wirklich toll.«

»Ich bin gerade im Newton Marriott abgestiegen, Zimmer 128. Die Leute hier sagen, dass ich in zwanzig Minuten bei dir sein kann.«

»Soll ich dich lotsen?«

»Ich habe einen guten Stadtplan gekauft. Du bist drauf. Läufst du wirklich, sogar mit deinem Knie?«

»Ich jogge. Und mein Knie entscheidet, ob es mitkommen will oder nicht.«

»Du, ich habe meine Sachen mitgebracht. Würdest du ein paar Kilometer mit mir laufen?«

»Je nach dem. Definiere *ein paar*.«

Vierzig Minuten später joggten sie Seite an Seite durch die dunklen, so gut wie verlassenen Straßen der Stadt.

»Ich bin sehr flexibel in Hinblick auf Langstreckenläufe«, hatte er ihr während der Aufwärmübungen gesagt. »Ich habe meine Zwei-Kilometer-, meine Zweieinhalb-Kilometer- und meine Zweidreiviertel-Kilometer-Runde, dazu meine Drei-Kilometer, mit oder ohne Pause zum Ausruhen. Wie weit läufst du normalerweise?«

»Spielt keine Rolle. Nehmen wir die zweieinhalb Kilometer.«

»Ich seh's dir doch an, dass du weiter willst. Drei. Ich wäre froh und glücklich, die drei ohne Pause zu schaffen. Jetzt sag schon: Wie weit läufst du normalerweise?«

»Na ja, ich laufe nicht regelmäßig. Wir haben einen locker organisierten Joggingclub auf der Arbeit, und ...«

»Das reicht. Ich kenne diese Joggingclubs. Zwölf Kilometer während der Mittagspause, dann ein Shake aus rohem Ei und Leber, eine Dusche für die paar, die ins Schwitzen gekommen sind, und zurück an die Arbeit. Wir laufen die drei.«

Teri bewegte sich mit dem geschmeidigen leichten Schritt einer geübten Läuferin, entspannt und wunderschön koordiniert. Brian musste sich anstrengen, um mitzuhalten, aber er wusste, dass sie sich zurückhielt. Es war eine vollkommene Herbstnacht, mondlos, kühl und still. Und von dem Augenblick an, als sie ihre ersten Schritte getan hatten, wusste er, dass er genau das jetzt brauchte.

»Du kannst vorlaufen, wenn du willst«, sagte er, nach dem ersten Kilometer etwas außer Atem. »Vielleicht ein bisschen ins Schwitzen kommen.«

»So ist's schon gut. Sag mir, wenn ich zu viel rede. Im Club laufen wir zu zweit oder dritt und tratschen den ganzen Weg über.«

»Solange wir nicht vom Krankenhaus reden. Morgen früh muss ich wieder hin. Das reicht völlig.«

»Abgemacht.«

»Weißt du«, sagte er, »nach dem Tod meiner Mutter habe ich mir so viel Sorgen um Jack gemacht, dass ich wirklich keine Zeit hatte, um sie zu weinen. Jetzt trifft mich ihr Tod anscheinend auch noch.«

»Nun ja, Jack war nicht einfach nur dein Vater. Du hast dich um ihn gekümmert. Es war wie der gleichzeitige Verlust eines Elternteils und eines Kindes. *Zweier* Elternteile und eines Kindes, deinen Worten zufolge.«

»Ich bin wirklich froh, dass du heute Abend hier bist. Und ich freue mich, dass wir das tun. Was mir jedoch Sorge bereitet, ist, dass deine Schuhe auf dem Bürgersteig kaum ein Geräusch erzeugen. Meine hören sich an wie zwei Biber, die ihren Schwanz als Warnung vor dem Wolf aufs Wasser klatschen lassen.«

»Zehn«, erwiderte sie.

»Was?«

»Zehn. So viel Kilometer laufen wir normalerweise in der Mittagspause. Keine zwölf. Wenn du so viel laufen würdest, würden deine Füße auch keine Geräusche machen.«

Während des Drei-Kilometer-Laufs vertiefte sich Brians Gefühl einer Verbundenheit mit Teri. Und irgendwann während des letzten Kilometers wurde ihm klar, dass das gemeinsame Laufen in der Nacht ein Vorspiel war, ob beabsichtigt oder nicht. Zwei Blocks von seinem Haus entfernt sprintete er an ihr vorüber.

»He, wohin so eilig?«, rief sie.

»Rate mal«, rief er zurück.

Teri schlug ihn bis zur Veranda um zehn Meter und musste ihn dann an der Taille festhalten und ihm so ins Wohnzimmer helfen, während er nach Luft schnappte.

»Du bist gut«, keuchte er.

»Das weißt du noch nicht«, meinte sie, als sie ihn dazu brachte, sich vornüber zu beugen, und ihm das schweißnasse Hemd auszog.

»Ich bin vielleicht fett.«

»Schon in Ordnung«, erwiderte sie und hob die Arme über den Kopf, damit er das Gleiche bei ihr tun konnte. »Ich bin Ärztin.«

Sie streifte sich den Sport-BH ab, kniete daraufhin vor ihm hin und löste ihm die Joggingschuhe. Anschließend zog sie ihm langsam, ganz langsam, die Shorts und den Slip herab. Er war sofort steif.

»Falls es dir nicht schon aufgefallen sein sollte«, meinte er, »ich bin ein bisschen aus der Übung und leicht erregbar.«

Sie ließ die Lippen über seinen Körper bis hinauf zu seinem Mund laufen. Er hakte die Daumen in ihr Taillengummi und streifte ihr die Shorts herab.

»Ich bin da selbst ein bisschen aus der Übung«, sagte sie und drückte sein Gesicht gegen ihr feuchtes Haar. »Ich weiß nicht, ob ich stolz oder verlegen sein sollte, weil es so lange für mich her ist.«

Sie standen dort im Wohnzimmer, die Kleider noch immer um die Fußknöchel, und küssten sich wieder und wieder, erforschten einander mit den Fingerspitzen. Schließlich traten sie ihre Joggingschuhe herunter und entledigten sich der restlichen Kleidungsstücke.

»Das hier habe ich vom ersten Augenblick an gewollt, als ich dich im Krankenhaus gesehen habe«, sagte er.

»Ich auch, falls es dir nicht aufgefallen sein sollte. Es tut mir so Leid, dass ich diese Woche nicht bei dir sein konnte.«

»Dafür hast du mich schon entschädigt. Aber wenn du unter Schuldgefühlen besser funktionierst, tu dir keinen Zwang an.«

Er führte sie ins Bad, das Jack erst vor wenigen Jahren umgestaltet hatte. Auf dem Fußboden lag Teppich. Es gab eine ziemlich große frei stehende Wanne mit Klauenfüßen und ihr gegenüber eine große Duschkabine mit hellblauen Keramikfliesen. Sie wählten die Dusche.

»Kalt, warm oder heiß?«, fragte er, außerstande, sie loszulassen.

Sie hielt seinen eregierten Penis in beiden Händen und streichelte ihn, während sie ihm erneut die Lippen küsste.

»Egal, solange dich die Temperatur nur so bei der Stange hält«, flüsterte sie.

Sie seiften sich gegenseitig von vorn und hinten ein und shamponierten einander dann die Haare. Als das dampfende Wasser an ihnen herabströmte, zog er sie zu sich und küsste sie fest. Er ließ die Hände um ihre Schenkel gleiten und hob sie hoch. Sie schlang ihm die Beine um die Taille und die Arme um den Hals.

»Kriegst du's so hin?«, flüsterte sie.

»Ich weiß es nicht. Aber solange uns kein Mattenrichter für griechisch-römisch Punkte für Stil gibt, kann ich's ja mal versuchen.«

Er ließ sie auf sich herabgleiten.

»Passt perfekt«, sagte sie träumerisch. »Und sieh mal, da drüben, hinter dir, steht ein kleiner Mann, der sieht aus wie ein Mattenrichter und hält eine Karte mit einer Zehn hoch.«

KAPITEL 20

Brian traf vor sieben Uhr im Krankenhaus ein, obwohl er den größten Teil der Nacht wach geblieben war. Er hatte mit Teri geredet und sie geliebt. Noch immer wusste er viel weniger von ihr als sie von ihm, aber er hatte erfahren, dass eine längere Beziehung mit einem Piloten der Air Force vor etwa einem Jahr in die Brüche gegangen war und sie seitdem mehr Zeit damit verbracht hatte, Männern aus dem Weg zu gehen, als sich mit ihnen zu treffen.

»Ich suche Qualität«, sagte sie. »Nicht Quantität.«

Sie fehlte ihm bereits.

Er ging direkt in die Abteilung und begann seinen ersten Tag mit der Durchsicht der Krankenblätter von siebzehn dort behandelten Patienten. Das Personal verhielt sich ihm gegenüber besorgt und unterstützend. Allen waren anscheinend die Todesumstände seines Vaters bekannt. Als Brian die Unterlagen durchgesehen hatte, war es immer noch nicht Zeit für die Visite. Er ging zur Poststelle hinunter und holte den Stapel Post ab, den sie für ihn aufbewahrt hatten. Anschließend schleppte er sie wieder zur Abteilung und ließ sie auf den Tisch in der kleinen Lounge der Fakultät fallen. Hin- und hergerissen zwischen Jacks Tod und seiner neuen Geliebten fiel es ihm reichlich schwer, sich auf andere Dinge zu konzentrieren. Vielleicht würde das Öffnen einiger Dutzend Briefumschläge und Berichte ihn wieder auf den Boden zurückholen.

Einfache Aufgaben, ermahnte er sich, einen Ratschlag wiederholend, den er vielleicht von seinem Vater übernommen hatte. Wenn alles andere daneben geht, teile deinen Alltag in einfache Aufgaben ein und erledige sie eine nach der anderen.

Der Stapel Post enthielt auch einige Diktate, die durchzusehen und zu unterzeichnen waren, Krankenhaus-Bulletins, zwei Dankesschreiben von Patienten und ein Dutzend kostenloser Magazine, Zeitungen und Zeitschriften, die alle auf die eine oder andere Weise von Pharmaunternehmen gesponsort wurden. Darüber hinaus gab es eine Anzahl computergenerierter Labor- und Röntgenberichte. Brian arbeitete die Ergebnisse eines nach dem anderen ab, da er aus bitterer Erfahrung während seiner Zeit als Assistenzarzt gelernt hatte, wie leicht man die Übersicht, wenn auch nur kurz, verlieren konnte, wenn man Testberichte durchsah.

Es gab nichts Bemerkenswertes, bis er auf Laborberichte von Bill Elovitz stieß. Aufgrund der Ereignisse der vorangegangenen Woche hatte er an den Mann aus Charlestown keinen weiteren Gedanken verschwendet. Keines der Ergebnisse der Bluttests war für die Diagnose ›pulmonale Hypertonie‹ spezifisch. Allerdings waren wegen der Vielzahl von Ursachen, die seinem Zustand zugrunde liegen konnten, alle Befunde möglich. Er überflog die chemischen Untersuchungen. Die Werte von Cholesterin, Triglyceriden und Lipiden, die ihren Beitrag zur Arteriosklerose leisteten, waren erhöht, was nicht weiter überraschend war. Die Leberfunktionswerte wiesen ebenfalls kleinere Anomalitäten auf, die sich fast auf alles zurückführen ließen, am wahrscheinlichsten jedoch ihre Ursache in der Kongestion der Leber durch einen Rückstau von Blut hatten, das versuchte, sich seinen Weg durch nicht richtig funktionierende Organe wie Lungen, Herz oder beides zu bahnen. Nichtsdestotrotz notierte Brian die anomalen Ergebnisse auf einer für Teri bestimmten Karte.

Eine der Schwestern klopfte an und steckte den Kopf durch die Tür.

»Alle da«, sagte sie. »Phil meint, er wird in fünf Minuten mit der Visite anfangen.«

»Ich komme.«

Da ihm noch einige Minuten blieben, schlug er die zweite Seite von Bill Elovitz' Laborbericht auf: Hämatologie – die Zählung der Blutkörperchen. Sein Blick wurde sofort von einem Test angezogen. Wert der eosinophilen Granulozyten erhöht – sogar ziemlich stark. Die so genannten Eos waren ein Typ granularer weißer Blutkörperchen, die, angefärbt mit dem üblichen Blutfärbemittel, unter dem Mikroskop rot erschienen. Ihre Anzahl stieg ungewöhnlich an bei einer Reihe von Krankheiten, wozu auch Infektionen durch Parasiten wie den Hakenwurm und Trichinen sowie allergische Reaktionen wie Asthma, Ekzeme und Heuschnupfen zählten. Aber zu den üblicheren Ursachen für Eosinophilie zählte auch eine Reaktion auf bestimmte Medikamente.

Brian starrte das Ergebnis an, umrahmte es daraufhin und notierte es auf Elovitz' Krankenblatt. Klinische Befunde, die mit pulmonaler Hypertonie vereinbar waren, gepaart mit ausgesprochener Eosinophilie bei einem Patienten, der ein Medikament im Experimentierstadium einnahm. Konnte sein, konnte nicht sein. Wie dem auch sein mochte, er hatte immer noch nicht den Eindruck, als würde er versuchen, den quadratischen Keil von Elovitz' körperlichen Befunden und die Eosinophilie in das runde Loch einer Diagnose zu pressen.

Er schob die Berichte sowie ein paar Zeitschriften in seine Aktentasche und ging auf die Station hinaus. Phil Gianatasio, Gastdozent der Station dieses Monats, war gerade dabei, die Studenten, Praktikanten, Assistenzärzte und Krankenschwestern zum ersten Patienten hinüberzutreiben. Er war auf der Beerdigung gewesen und hatte sich als besorgter Freund erwiesen, der angerufen und zweimal vorbeigeschaut hatte und dem es einmal gelungen war, Brian zum Essengehen zu überreden.

Brian schloss sich der Gruppe an, bekam jedoch nur einen

Bruchteil dessen mit, was gesprochen wurde. Bill Elovitz' Kurzatmigkeit und die Schwellung der Fußknöchel erwiesen sich vielleicht am Ende wirklich nur als kongestive Herzinsuffizienz aufgrund der Verhärtung der Koronararterien. Aber jetzt mussten andere Befunde erklärt werden – ein anomaler EO-Wert.

Brian ging in Gedanken die Möglichkeiten durch. Soweit er sich erinnern konnte, wiesen alle Fälle von pulmonaler Hypertonie im Zusammenhang mit dem giftigen Speiseöl in Spanien ebenso wie mit den L-Tryptophan- und Diättabletten bei der Mehrheit der Patienten Eosinophilie auf. Antibiotika, Iodide, sogar Aspirin – die Liste der Medikamente mit Nebenreaktionen, die bis zu einem gewissen Grad erhöhte EO-Werte zur Folge hatten, war beinahe ebenso lang wie die gesamte Arzneimittelliste.

Freeman hatte Recht. Das Krankenhaus war ein viel besserer Aufenthaltsort für ihn, als allein zu Hause zu brüten.

»Was hältst du von dieser Möglichkeit, Brian?«

Phil stand ihm gegenüber am Bett und wartete. Brian grinste dümmlich.

»Verschollen im Weltraum«, sagte er. »Ich werde mir Mühe geben, nicht so zerstreut zu sein. Tut mir Leid.«

»Solange du da bist, wenn mein nächster Fall von schwerer Hyperthyreose hereinspaziert kommt«, entgegnete Phil.

Die restliche Visite verlief ereignislos. Brian gelang es, sich besser auf die aktuellen Fälle zu konzentrieren, aber von Zeit zu Zeit wanderten seine Gedanken doch zu Jack, Teri oder Elovitz ab. Nachdem schließlich der letzte Fall untersucht und besprochen war, schickte Phil die Leute zu ihren jeweiligen Aufgaben davon.

»Du schiebst heute auf der Station Dienst?«, fragte er Brian.

»Ja.«

»Das kriegst du hin?«

»Mir geht's gut, wirklich. Tut mir Leid, dass ich da so geistesabwesend war. Mir schwirrt einiges im Kopf umher. Aber die Station behalte ich schon im Griff.«

»Daran habe ich keinen Zweifel. Möchtest du über was reden?«

»Eigentlich ja, wenn du Zeit hast. In der Lounge gibt's noch Kaffee.«

»In diesem Fall«, sagte Phil, »vielen Dank!«

Sie ließen sich in zwei einander gegenüberstehenden Sesseln in der kleinen Lounge nieder.

»Phil, ich möchte dir etwas von einem Fall berichten und deine Meinung dazu hören.«

»Schieß los!«

»Es geht um diesen Mann, Bill Elovitz, den du mit mir in der Notaufnahme versorgt hast.«

»Der Wunder-Mann?«

»Genau. Ich habe ihn kurz vor Jacks Tod in der Vasclearklinik gesehen. Er ist ein ehemaliger Metzger und hat eine Tätowierung auf dem Unterarm, die aus einem Todeslager der Nazis stammt. Er war einer der Vasclear-Patienten der Vorstudien.«

»Phase I, stimmt's?«

»Ja, glaube schon.«

»Weiter.«

»Er wurde vor einigen Jahren mit der klassischen Herzgeschichte und den entsprechenden Befunden hierher überwiesen. Nun ist es so, dass es ihm eine Weile lang besser ging, nachdem er Vasclear bekommen hat, dann hat er erneut Symptome einer Verengung der Koronararterien gezeigt. Schließlich hat er vor acht oder neun Monaten einen kleinen Infarkt gehabt, weswegen er zwei Tage im Krankenhaus gelegen hat, bevor er entlassen wurde. Seitdem er im Konzentrationslager war, hat er was gegen Krankenhäuser.«

»Verstehe. Mehr.«

»Nun, vor einem Monat ist er zur Vasclear-Behandlung in die Klinik gekommen, aber er hat während der letzten vier oder fünf Monate eine Schwellung der Fußknöchel sowie eine Kurzatmigkeit entwickelt. Er ist mit dem üblichen Zeug auf kongestive Herzinsuffizienz behandelt worden, aber die Sache hat sich nach und nach verschlimmert. Er ist nach wie vor ziemlich beweglich, aber inzwischen schafft er nicht immer eine Treppe, ohne eine Pause einzulegen.«

»Also gut«, meinte Phil. »Ich hab's kapiert. Aber du hast mich doch nicht hierher geholt, um mir einen Allerweltsfall von kongestiver Herzinsuffizienz zu präsentieren. Wo liegt der Hund also begraben?«

Brian trank einen Schluck Kaffee und sagte dann: »Nach anderthalb Jahren ohne Stethoskop sind meine Ohren vielleicht ein wenig aus der Übung, andererseits können sie sich durchaus erholt haben. Ich habe ein lautes viertes Herzgeräusch in der rechten Herzkammer gehört, einen Anstieg der pulmonalen Komponente beim zweiten Geräusch und Geräusche, die sowohl auf Pulmonal- als auch auf Trikuspidalinsuffizienz schließen lassen.«

»Pulmonalinsuffizienz?«

»Phil, er hörte sich genauso an wie der einzige Patient mit pulmonaler Hypertonie, bei dem ich je diese Diagnose gestellt habe.«

Gianatasios Ausdruck schien unmerklich angespannter zu werden. Er wandte sich um und setzte seinen Kaffee auf dem Tisch ab, aber ein wenig schüttete er sich auf die Hand. Er wischte den Tropfen mit der anderen Hand weg, und als er sich wieder Brian zuwandte, war er ganz der alte Phil.

»Ohne eine Wagenladung an Untersuchungen ist es verdammt gewagt, pulmonale Hypertonie zu diagnostizieren«, meinte er. »Manchmal selbst *mit*. Aber hey, würde ich die Ohren eines Mannes in Frage stellen, der in der Hitze der Schlacht eine schwere Hyperthyreose an der Bettkante diagnostiziert hat?«

»Da ist noch mehr«, sagte Brian, der sich nach wie vor über Phils seltsame Reaktion wunderte und sich gleichzeitig fragte, ob es sie überhaupt gegeben hatte. »Ich habe gerade in meinem Poststapel ein paar Ergebnisse von Blutuntersuchungen gefunden, die vor zehn Tagen bei dem Mann vorgenommen worden sind. Sein EO liegt bei vierzehn Prozent. Die Gesamtmenge an weißen Blutkörperchen ist normal – neuntausendfünfhundert.«

»Vierzehn Prozent von neuntausendfünfhundert ist keine so gewaltige Zunahme, wenn du die tatsächliche Anzahl der Blutkörperchen in Betracht ziehst.«

»Phil, null bis drei Prozent sind normal.«

»Ich weiß. Trotzdem beeindruckt mich das nicht. Ich würd's noch mal überprüfen. Und ich wette um eine Pizza mit dir, dass der Wert auf unter fünf zurückgeht. EO-Werte springen wie wild. Das Erste, was man bei einer unerwarteten Anomalie in einem Labortest tut, ist, ihn zu wiederholen.«

»Das werde ich tun. Du hörst dich an, als würdest du nicht allzu viel darum geben.«

»Zu früh, um was zu sagen, Bri. Vermutlich hast du Tests im Wert von –zig Millionen Dollar angeordnet.«

»So was in der Art.«

Brian verspürte allmählich eine gewisse Verärgerung über die Schnoddrigkeit seines Freundes. Dann war Phil plötzlich auf den Beinen.

»Nun ja«, meinte er, »ich muss mir meine Brötchen verdienen. Brian, seit Beginn der Doppelblindstudie sind über zweihundert Fälle mit Beta-Vasclear behandelt worden, ganz zu schweigen von den zweihundert in der Gammagruppe, die die niedrigere Dosis erhalten haben. Keiner von denen hat auch nur so viel wie einen Hautausschlag bekommen, der auf das Medikament zurückzuführen wäre. Ich glaube, mit dieser pulmonalen Hypertonie fährst du auf dem falschen Dampfer. Halt mich auf dem Laufenden, ja?«

»Das werd ich tun.«

Brian blieb noch mehrere Minuten länger in der Lounge und verspürte Ärger und Unzufriedenheit über den Wortwechsel. Schließlich nahm er seine Aktentasche mit zum Computerterminal im Bereitschaftszimmer. Er konnte Bill Elovitz' Privatnummer vom obersten Krankenblatt des Mannes ablesen, ohne irgendjemanden im Archiv zu behelligen. Nach viermaligem Läuten antwortete eine ältere Frau.

»Hallo, hier bei Elovitz.«

»Hallo«, sagte Brian. »Hier ist Dr. Holbrook vom White Memorial Hospital. Könnte ich wohl Bill Elovitz sprechen, bitte?«

Es folgte ein längeres Schweigen, bevor er die etwas gedämpfte Stimme der Frau sagen hörte: »Devorah, es ist ein Arzt vom White Memorial. Er möchte mit Bill sprechen.«

Aus dem Hintergrund antwortete eine Frau, doch Brian konnte kein Wort dessen verstehen, was sie sagte.

»Doktor, wie heißen Sie gleich?«

»Holbrook. Dr. Brian Holbrook. Hören Sie, wenn Sie mich hier im Krankenhaus anrufen möchten, um sicherzustellen, dass ich von hier aus anrufe – die Nummer lautet ...«

»Das wird nicht nötig sein, Doktor. Ich bin Mrs Levine, die Nachbarin. Ich ... ich habe Sie getroffen, als Bill den Unfall hatte.« Sie begann zu schluchzen. »Bill Elovitz ist tot, Doktor. Er ist vor fünf Tagen umgebracht worden – während eines Raubüberfalls in dem kleinen Geschäft die Straße hinunter.«

Kapitel 21

Der Frühdienst zog sich schmerzhaft in die Länge. Mehrmals bat Brian einfach die Krankenschwestern, so viel wie möglich von der anfallenden Arbeit zu übernehmen, und legte sich im Bereitschaftszimmer aufs Ohr. Normalerweise hatte es ihm nie Probleme bereitet, für seine Arbeit genügend Energie aufzubringen. Heute Morgen fühlte er sich jedoch wie erschlagen, was nicht allein an der frischen Wunde lag, die Jacks Tod hinterlassen hatte, und der zusammen mit Teri verbrachten Nacht, sondern auch an den beunruhigen Nachrichten von Bill Elovitz.

Vielleicht hatte Freeman sich doch geirrt, und er hätte nicht so rasch zur Arbeit zurückkehren sollen.

Als Mordopfer wäre Elovitz nahezu sicher obduziert worden. Brian machte sich eine Notiz, sich wegen der Ergebnisse mit der Praxis des Pathologen in Verbindung zu setzen. Danach rief er im Archiv an und bekam zu hören, dass keine der angeordneten wichtigen Untersuchungen vor Bills Tod durchgeführt worden waren.

Schließlich döste er ein und trieb durch einen beunruhigenden unzusammenhängenden Traum, in dem es, soweit er es zusammenbekam, um Football, Todeslager, die Blues Barn und seinen Geometrielehrer der zehnten Klasse ging. Er wurde nicht von seinem Piepser oder dem Telefon geweckt, sondern von einem leisen Klopfen an der Tür – einmal, dann noch einmal.

»Schon in Ordnung, kommen Sie rein!«, rief er und fragte sich unlogischerweise, ob es Teri sein könnte.

Die Tür öffnete sich einen Spalt breit, und Phil steckte den Kopf herein. Er wirkte ernsthaft besorgt. Brian hatte ihn sofort angerufen und ihm brühwarm die Neuigkeit von Bill Elovitz' Ermordung mitgeteilt. Phils Reaktion war ganz und gar nicht flapsig gewesen – lediglich ein leiser Pfiff, ein langes Schweigen und ein paar Worte ehrlichen Entsetzens.

»Hast du Zeit für ein Gespräch?«, fragte er jetzt.

»Stecke ich in der Tinte?«

»Warum fragst du das?«

»Ich weiß es nicht. Vermutlich schlicht Verfolgungswahn. Beim letzten Mal, als jemand so an meine Tür geklopft und gefragt hatte, ob ich Zeit für ein Gespräch hätte, war es die Drogenfahndung.«

»Nun, meines Wissens steckst du nicht in der Tinte. Aber ich muss mit dir sprechen. Chris Glidden hat sich bereit erklärt, die Station für eine Stunde zu übernehmen.«

»Hört sich ernst an. Gib mir nur ein bisschen Zeit, wieder in die Gänge zu kommen.«

»Wie wär's in meinem Büro in, sagen wir, zehn Minuten?«

Phil war verschwunden, bevor Brian darauf antworten konnte. Er riss sich zusammen und versuchte Teri im Marriott zu erreichen, aber sie war bereits weg, wie sie ihm gesagt hatte. Sie musste sich entweder irgendwo im Krankenhaus aufhalten und über den Aufzeichnungen sitzen oder ansonsten bei Newbury Pharmaceuticals sein. In den Zeitungen und allen Nachrichtensendungen hieß es, dass der Präsident an der Feierstunde zur Unterzeichnung der Zulassung von Vasclear im White Memorial teilnehmen wollte. Teri wurde allmählich die Zeit knapp, wenn sie noch einen Grund finden wollte, das Ereignis hinauszuzögern.

Phils Büro im siebten Stockwerk hatte sehr viel von dem eines noch kleinen Lichts im Lehrkörper – schmal, mit Metallregalen und einem Ausblick, der nicht auf den Charles ging, sondern über das Zentrum des Krankenhauses hinweg auf das Skelett eines in Bau befindlichen Gebäudes sowie das Netzwerk des Gerüsts um die Buntglasfenster des Hippocrates Dome. Auf dem Weg nach oben hatte Brian an einem Automaten Halt gemacht und einige unbeschreibliche, dick mit Zuckerguss bedeckte und in Zellophan verpackte Teilchen erstanden. Eines davon warf er auf Phils Schreibtisch.

»Hier«, meinte Brian. »Das ist ein Bestechungsgeschenk für den Fall, dass du mich angelogen hast und ich doch in der Tinte stecke.«

Phil schob das Teilchen beiseite – ein schlechtes Zeichen.

»Da habe ich nicht gelogen«, entgegnete er, »aber bei etwas anderem. Setz dich, bitte.«

Brian räumte einige Papiere von einem Ikea-Sessel und ließ sich darauf nieder. Phil war normalerweise immer ziemlich ordentlich gekleidet und geriet eigentlich nie aus der Fassung. Jetzt jedoch wirkte er abgespannt und gestresst. Er hatte die Krawatte gelockert, und auf seinem Hemdkragen zeigte sich ein kleiner Kaffeefleck.

»Nicht aufregen, Phil!«, sagte Brian. »Abgesehen von jemanden um die Ecke bringen gibt es nicht viel, was du hättest tun können und was ich nicht schon bis zum Erbrechen getan habe. Ganz gleich, was du mir zu sagen hast – ich lege nicht mehr viel Wert darauf, Leute zu beurteilen.«

Gianatasio holte tief Luft und riss sich zusammen.

»Tut mir Leid, dass ich vorhin so distanziert reagiert habe, als du mir von diesem armen Burschen erzählt hast, der deiner Ansicht nach pulmonale Hypertonie hatte. In Wahrheit habe ich nicht gewusst, was ich mit dieser Information anfangen sollte. Siehst du, vor einigen Jahren, damals, als Vasclear noch immer in Phase Eins war, bin ich über einen anderen Vasclear-Patienten gestolpert, der meiner Ansicht nach an pulmonaler Hypertonie gelitten haben konnte. Ich habe etwas herumgeschnüffelt und seinen Namen herausgefunden. Er hieß Ford, Kenneth Ford. Ich habe ihn nur einmal in der Klinik gesehen, aber ich bewahre eine kleine Kartei von interessanten Fällen auf, die ich mal zu Gesicht bekommen habe, und er war darunter. Seine körperlichen Befunde waren fast identisch mit denjenigen, die du bei deinem Mann beschrieben hast – Ödeme an den Fußknöcheln, Kurzatmigkeit, Trikuspidal- und Pulmonalklappeninsuffizienz, alles.«

»Was ist passiert?«

»Ich ... ich tat, was wir tun sollten. Ich habe mit Art Weber über ihn gesprochen. Er hat mir erzählt, es seien mehrere Allergie-ähnliche Hautausschläge im Zusammenhang mit dem Mittel aufgetreten, und er und seine Chemiker wären zu der Ansicht gelangt, dies sei die Folge eines Inhaltsstoffs, der während der Stabilisierungsphase der Synthese benutzt wurde. Daraufhin sei der Prozess modifiziert und der Inhaltsstoff entfernt worden und bislang habe er von keinen Problemen mehr gehört. Weber und ich überprüften sorgfältig Kenneth Fords Krankengeschichte. Er hatte das Medikament ganz bestimmt vor der Modifikation der Synthese erhalten.«

»Was ist mit dem Mann passiert? Wie hat er sich entwickelt?«

»Brian, hör mal. Ich bin seit meiner Ankunft hier auf eine Festanstellung aus und jetzt so weit, dass man mich nimmt. Eine Festanstellung am Boston Heart und der medizinischen Hochschule. Die Creme de la creme, der Traum eines jeden akademischen Kardiologen, und bei mir wird er Wirklichkeit. Du weißt ebenso wie ich, dass ich, wie man es auch dreht und wendet, nicht das hellste Licht am akademischen Himmel bin. Also habe ich viel härter als alle anderen gearbeitet, meine Hände nicht schmutzig gemacht und zuallererst mit den Wölfen heulen müssen. Und im Boston Heart lautet eine der obersten Regeln, dass man nicht mit halbgarem Zeug herauskommt, wenn es um Forschungsergebnisse bei BHI-Produkten oder -Medikamenten geht. Ich muss wirklich vorsichtig sein.«

»Verstehe schon, Phil. Wirklich, ich verstehe dich. Sag mir nur eines, ist bei diesem Ford jemals definitiv pulmonale Hypertonie diagnostiziert worden?«

Phil sah zur Zwischendecke auf.

»Ich ... ich weiß es nicht«, erwiderte er. »Weber hat mir versprochen, er würde mit Carolyn reden. Sie würde Fords Behandlung übernehmen und entscheiden, ob seine Situation einen Bericht wert wäre oder nicht. Ich habe mich nie bemüht, den Fall zu verfolgen, und ihn dann einfach vergessen – bis heute Morgen. Bri, ich fühle mich deswegen echt beschissen, wirklich.«

»Das sieht man dir allerdings an. Es war richtig, dir die Sache von der Seele zu reden, Phil. Und die Wahrheit ist doch, dass wir wirklich nicht wissen, ob einer der beiden Männer tatsächlich pulmonale Hypertonie gehabt hat.«

»Das *ist* wahr. Vielleicht sollten wir schlafende Hunde nicht wecken. Du weißt es zwar schon, Brian, aber ich möchte dich nochmals warnen. Dieses Medikament ist ihr Baby. Ich kann nicht mal damit anfangen abzuschätzen, wie viel da auf dem Spiel steht. In den ersten dreißig Sekunden nach der Zulassung bringt es vielleicht mehr Geld ein, als sie uns beiden zusammen in einem Jahr zahlen.«

»Ich weiß.«

Brian beließ es dabei, weil er spürte, dass sein Freund im Moment zu angespannt war, um auf irgendwelche witzigen Bemerkungen über ihre Gehälter einzugehen.

»Pickard, Jessup, Weber – sie alle mögen dich anscheinend sehr«, fuhr Phil fort. »Und du hast seit deiner Ankunft hier einige Sternstunden erlebt. Aber wenn man sie bei einer akademischen Diskussion in die Ecke drängt, sind sie allesamt knallhart. Das gilt auch dann, wenn ihnen jemand Schwierigkeiten macht oder sie viel Geld zu kosten droht. Seitdem ich hier bin, habe ich genügend Beispiele dafür erlebt. Du kannst das unmöglich wissen, aber Pickard und Jessup sind zu mir gekommen, nachdem du zugegeben hast, den Bericht an die FDA über diesen Ward-Dunlop-Katheter losgeschickt zu haben. Brian, sie wollten dich feuern. Von gleich auf jetzt. Keine zweite Chance. Deine Zukunft beim Board of Medicine, deine Kinder, alles war ihnen völlig gleichgültig. Da hast du meine Schilddrüsen-Dame und Jessups Patientin gerettet, und sie waren so weit, dich einfach nur deswegen ins medizinische Fegefeuer zu schicken, weil du keine Team orientierte Entscheidung getroffen hast.«

»Was hat meinen Kopf gerettet?«

»Vielleicht ein bisschen von allem. Ich habe mein Sprüchlein zu deinen Gunsten aufgesagt. Und du hast auf Pickard einen verdammten Eindruck gemacht. Ich glaube, er hat Jessup schließlich davon überzeugt, dir eine weitere Chance zu geben. Aber eine Weile lang stand es ganz schön auf der Kippe.«

»Also haben wir beide offenbar gute Gründe dafür, uns genau zu überlegen, was wir tun.«

»Hängt davon ab.«

»Wovon?«

Da er sich jetzt etwas entspannt hatte, konnte Phil dem Teilchen nicht länger widerstehen. Er öffnete die Verpackung und biss einmal hinein, bevor er antwortete.

»Wie es dir gefällt, Autos zu vermieten, und wie gerne ich mit dir gemeinsam an der Ladentheke stehen würde.«

Brian dachte an Teri und ihren Chef, die nach allem suchten, mit dem sie die Zulassung von Vasclear hinauszögern konnten. Er dachte an ihre Warnung, dass es viel schwieriger sei, ein Medikament vom Markt zu nehmen, als es zunächst dorthin zu bringen. Schließlich dachte er an die Hunderte von Leben, die jeden Tag gerettet werden konnten, wenn Vasclear verschrieben werden durfte.

»Phil, wir können die Sache nicht einfach so auf sich beruhen lassen«, meinte er.

»Warum nicht? Wir haben zweihundert praktisch problemlose Fälle, von denen einhundertfünfzig von einer tödlich verlaufenden Krankheit geheilt worden sind. Du hast die Patienten gesehen, ihre Ergebnisse. Und du hast Jodie Foster, M. D., auf dem Podium im Hippodome erlebt, die gesagt hat, dass die FDA auf Teufel komm raus vor der Zulassung einen wunden Punkt bei Vasclear gesucht hat.«

»Ich weiß nicht, Phil.«

»Brian, ich verspreche dir: Wenn wir von diesen Fällen jemand anderem als Jessup, Pickard und Weber berichten und dabei erwischt werden, oder wenn wir bloß herumschnüffeln und sie bekommen Wind davon, sind wir erledigt. Hier, jetzt und überall. Erledigt.«

Brian war nach wie vor unwohl dabei, die Möglichkeit einer unbekannten Nebenwirkung einfach fallen zu lassen. Aber alles – absolut alles –, was Phil sagte, war sinnvoll. Jedes zugelassene Medikament hatte seine toxischen Begleiteffekte – und viele davon waren tödlich. Die Nutzen-Schaden-Abwägung war das ureigenste Rückgrat klinischer Pharmakologie.

Tödliche aplastische Anämie ist bei weniger als einem Prozent der Patienten aufgetreten, die Medikament A genommen haben ... Als Komplikation bei der Therapie mit Medikament B ist Hepatits aufgetreten, Leberfunktionstests sollten regelmäßig während der Therapie durchgeführt werden ... Es wurde von Fällen irreversibler Hörschädigung berichtet ... Benommenheit ... Fieber ... Nierenversagen ... Blindheit ... Konvulsionen ... Enzephalitis ... Parkinson ... Plötzlicher Tod. Die Liste der Warnungen und Gegenreaktionen bei von der FDA zugelassenen Medikamenten füllte viele, wenn nicht die meisten der etwa dreitausend Seiten im *Physicians' Desk Reference,* dem Handbuch für Ärzte.

Was also, wenn sich bei einem kleinen Prozentsatz von Patienten, die Vasclear erhielten, ernsthafte Komplikationen einstellten?

Nutzen-Schaden-Abwägung? Sonnenklar.

Hier lag der Fall eines Wundermittels gegen ein paar alte Männer mit Allerweltssymptomen vor, die eine gemeinsame Ursache haben konnten oder auch nicht. Zudem hatten, wie Brian einfiel, Ford und Elovitz ihr Vasclear vor der Modifizierung des Syntheseprozesses erhalten. Während der letzten beiden Jahre hatte es keine Probleme mit Vasclear gegeben – überhaupt keine.

Aber er wollte trotzdem mehr wissen. Er hatte Vasclear als Stütze bei der Therapie seines Vaters benutzt, und sein Vater war tot. Er musste alles über das Medikament herausfinden, was er konnte. Aber zu welchem Preis?

»Sieh mal, Phil«, sagte er. »Angenommen, wir schnüffeln sehr vorsichtig herum und schauen mal, was wir sowohl über Ford als auch Elovitz in Erfahrung bringen können. Wenn wir nichts weiter finden, halten wir einfach den Mund und lassen dem Schicksal seinen Lauf.«

»Das gefällt mir nicht.«

»Na schön, na schön. Wie wär's, wenn du einfach die Aufzeichnungen deines Mannes aufrufst und nachschaust, ob er einen erhöhten EO-Wert hatte? Das kann unmöglich jemandem wehtun.«

Fast alle Krankenblätter von White Memorial waren in die Computer im Archiv eingescannt worden. Phil zuckte die Schultern, wandte sich seinem Terminal zu und loggte sich ein. Brian trat um den Schreibtisch und stellte sich hinter seinen Sessel. In weniger als einer Minute war die Aufzeichnung elektronisch heraufgeholt.

Vor zweieinhalb Jahren war Kenneth Ford zum ersten Mal ins Boston Heart eingeliefert worden. Er war ein neunundsechzigjähriger Schwarzer, geschieden, Arbeiter in Dorchester und wurde zur Einschätzung eines Brustschmerzes an einen der Kardiologen des Stabs überwiesen. Wie sich herausstellte, litt er an einer Erkrankung der Koronararterien in leicht fortgeschrittenem Stadium und erhielt im Rahmen der klinischen Prüfung, Phase I, Vasclear. Zunächst sprach er ausgezeichnet auf die Behandlung an, erfuhr dann jedoch in wachsendem Ausmaß Brustschmerz, Kurzatmigkeit und ein Anschwellen der Fußknöchel.

Sie durchsuchten die Besuche bei den Ärzten und in der Vasclearklinik.

»Da«, sagte Phil und zeigte auf den Bildschirm. »Da ist mein Diktat.«

Brian überflog die beiden Seiten, fast ein Duplikat derjenigen, die er zu Elovitz verfasst hatte.

»Da ist dein Behandlungsplan«, sagte er. »Röntgen des Brustbereichs, EKG, kardialer Ultraschall, chemische Untersuchung, Blutwerte. Nett. Such mal die Blutwerte.«

Phil ließ das restliche Krankenblatt über den Bildschirm laufen. Es gab jede Menge Labortests, eingeschlossen einige vollständige Zählungen der Blutkörperchen, aber nichts stammte aus der Zeit, nachdem er Kenneth Ford gesehen hatte.

»Merkwürdig«, sagte er.

Er kehrte zu den klinischen Aufzeichnungen zurück. Ford war ein weiteres Mal von einem Assistenzarzt untersucht worden, der entweder das Krankenblatt nicht erhalten oder sich nicht die Mühe gegeben hatte, eine Zusammenfassung des Falls niederzuschreiben. Phils ausführliche Notiz oder die kurz zuvor erfolgten Laboruntersuchungen fanden keine Erwähnung. Kongestive Herzinsuffizienz, schloss der Assistenzarzt. Offensichtlich eine 08/15-Diagnose. Ursache: arteriosklerotische kardiovaskuläre Insuffizienz.

Phil ließ den Rest der Aufzeichnung durchlaufen und hielt bei einem Brief inne, der vier Monate danach verfasst worden war. Er stammte von einem Allgemeinmediziner in Dorchester und war an den Kardiologen gerichtet, zu dem Ford überwiesen worden war. Der Arzt informierte ihn darüber, dass Mr Kenneth Ford traurigerweise im Boston City Hospital verstorben war. Todesursache war ein pulmonales Ödem – eine kongestive Herzinsuffizienz –, das auf arteriosklerotische kardiovaskuläre Insuffizienz zurückzuführen gewesen war.

»Verdammt, aber ich wüsste liebend gern, ob er einen erhöhten EO-Wert hatte oder nicht«, meinte Brian.

»Was hätte das schon zu bedeuten? Der Test ist völlig unspezifisch.«

»Komm schon, Phil. Du weißt ebenso gut wie ich, dass der Test anomal bei allergischen Reaktionen und normal bei den meisten kardialen Zuständen ist. So etwas würde man gewiss nicht bei einer Allerwelts-Herzinsuffizienz infolge von Arteriosklerose erwarten.«

»Ich rate dir dringend, Brian, lass die Sache fallen!«

Brian schnappte sich das Telefon und versuchte, das Archiv am Boston City Hospital zu erreichen. Wie erwartet, wollte ihm niemand etwas ohne eine unterschriebene Einwilligung seitens Kenneth Ford oder seiner rechtmäßigen Erben sagen.

»Verdammt«, murmelte er und legte den Hörer auf. »Phil, hast du eine Ahnung, weswegen der Bluttest, den du angeordnet hast, nicht in Fords Krankenblatt ist?«

»Nein, keinen blassen Schimmer.«

»Meinst du, öh, du könntest das Hämatologie-Labor anrufen und nachsehen, ob die den haben?«

»Brian, du spielst mit unserer Zukunft hier. Und wofür?«

»Ich weiß es nicht, Phil. Ich weiß nicht, wofür. Warum fehlt dieser Test?«

Phil rief das Hämatologie-Labor an. Kein Bluttest bei Kenneth Ford, nachdem er ihn in der Klinik zu Gesicht bekommen hatte.

»Scheiße«, flüsterte er. »Brian, ich weiß nicht, was hier los ist, zum Teufel, aber ich glaube, du bläst diese Sache zu sehr auf. Leute mit Herzinsuffizienz haben die ganze Zeit über kongestive Insuffizienz. Laborberichte schaffen es nicht jeden Tag in die Krankenakten. Patienten haben stets unerklärliche erhöhte Werte bei ihren Eosinophil-Untersuchungen, und zwar von nichts Bösartigerem als einem Virus. Dann stecken wir voll in der Tinte.«

»Tut mir Leid«, sagte Brian, setzte sich und biss in sein Teilchen aus dem Automaten.

»Danke, Kumpel. Sieh mal, ich weiß nicht, weswegen du dich wie ein Bluthund an diese Sache hängst. Vielleicht bist du wütender auf Vasclear, als dir klar ist, weil es bei deinem Vater nicht funktioniert hat. Aber ich weiß bestimmt, dass du zu viel in diese Sache hineininterpretierst. Zu viel analysierst.«

»Möglich.«

»Nun, mein Gott, vielen Dank für dieses ›Möglich‹. Mein Puls rast nicht mehr ganz so.«

»Also, was werden wir unternehmen?«

»Unternehmen? Gar nichts, Bri. Das ist der Punkt. Wir haben nichts, wir unternehmen nichts.«

»Möglich.«

»Amen für ein weiteres ›Möglich‹ von deinem Kumpel. Bitte, machen wir für heute Feierabend. Ich bin klar im Kopf. Du bist klar im Kopf. Und wir beide haben nach wie vor Arbeit.«

»Was willst du darauf wetten, dass Kenneth Ford einen EO-Wert von über zehn Prozent hatte?«

Gianatasios Gesicht rötete sich, eine Mischung aus Furcht und Ärger.

»Es reicht, Brian, bitte«, sagte er. »Ich sag's dir, mit solchen Leuten möchtest du dich nicht anlegen – insbesondere, wenn du absolut nichts zu gewinnen hast.«

»Wie wollen sie denn rausfinden, ob ich zum Boston City rübergehe und versuche, mir Fords Laborwerte unter den Nagel zu reißen?«

»Ich weiß es nicht. Woher kommt es, dass ich von jemandem gehört habe, der von jemand anderem gehört hat, dass du dich beinahe mit diesem betrunkenen Rüpel geprügelt hättest, dem Verantwortlichen für die Tiere unten?«

Brian sah ihn mit großen Augen an.

»Was ist? Was habe ich denn jetzt schon wieder gesagt?«, fragte Phil.

»Die Tiere unten! Phil, bei der Auseinandersetzung mit diesem Earl ging es um einen Affen – einen Schimpansen. Ich war der Ansicht, er hätte einen massiven Flüssigkeitsstau und bis zu einem gewissen Grad ein pulmonales Ödem. Ich habe wissen wollten, bei welchem Experiment er Teil war, und dieser Armleuchter hat mir fast den Kopf abgerissen.«

»Oh, komm schon. Jetzt bring nicht auch noch einen verdammten Affen in diese Verschwörungstheorie mit hinein.«

Brian fischte ein Blatt Papier aus seiner Brieftasche.

»Vier, drei, acht, sechs«, meinte er. »Das ist die Nummer des Schimpansen. Willst du nicht ein bisschen Geld machen? Ich setze drei Pferde. Wenn eines der Pferde verliert, verlieren sie alle.«

»Das kapier ich nicht.«

»Erstens: Kenneth Ford wird erhöhte EO-Werte haben. Zweitens: Affe Nummer vier, drei, acht, sechs wird sich als Teil der frühen Vasclearstudien erweisen. Und drittens: Er wird eine Affen-Variante von pulmonaler Hypertonie haben.«

»Wenn du der Sache weiter nachgehen willst«, meinte Phil, »dann tu mir einen Gefallen.«

»Und der wäre?«

»Reserviere mir einen Luxus-Sedan mit niedrigem Tachostand und erspare dir die Verzichtserklärung für die Versicherung.«

Kapitel 22

White-Link Intrahospital Memo
Von: Thomas Dubanowski, Leiter der Klinikwache des White Memorial
An: Alle Instituts- und Fakultätsmitglieder
14. Oktober

Die Klinikverwaltung hat uns mitgeteilt, dass der Präsident der Vereinigten Staaten am Freitag, dem 18. Oktober, oder Sonnabend, dem 19. Oktober, der White Memorial Klinik einen Besuch abstatten und eine Feierstunde im Hippocrates Dome präsidieren wird. An diesem Tag werden gleichfalls Dr. Alexander Baird, Leiter der Food and Drug Administration, und Senator Walter Louderman zugegen sein. Wegen der begrenzten Anzahl der Sitzplätze wird der Zutritt zum Dome nur geladenen Gästen gestattet sein.

Die Sicherheitsvorkehrungen um das Pinkham-Gebäude werden äußerst streng gehandhabt. Nur Personen, die lebensnotwendige Aufgaben bei der Patientenbetreuung zu erledigen haben, ist der Zutritt zum Gebäude gestattet. Wer von der Klinikverwaltung des White Memorial, vom Boston Heart Institute oder von Newbury Pharmaceuticals keine formelle Einladung zur Feierstunde bekommt, erhält vielleicht in der Klinik-Cafeteria Gelegenheit zu einem Treffen mit dem Präsidenten.

Einzelheiten zum Kurzbesuch des Präsidenten in Boston sind noch nicht bekannt gegeben worden, ebensowenig das genaue Datum und die genaue Uhrzeit der Feierstunde im White Memorial. Wir danken Ihnen im Voraus für Ihr Verständnis der Unannehmlichkeiten, die Ihnen unsere verstärkten Sicherheitsvorkehrungen und Personenkontrollen verursachen werden.

Bei Fragen wenden Sie sich bitte an unser Büro.

Brian trug sich um sechzehn Uhr aus. Er behauptete, erschöpft zu sein und Kopfschmerzen zu haben, und kämpfte sich durch den Feierabendverkehr im Callahan Tunnel zum Logan Airport. Teri erwartete ihn in einer Nische der kleinen Bar am Terminal B.

Es war weniger als zwölf Stunden her, seitdem sie sich zuletzt geliebt hatten. Aber wie sie dort in ihrer Geschäftskleidung saß, die Brille auf, das Haar hochgesteckt, die Aktentasche geöffnet, ein Dokument lesend, war sie Lichtjahre entfernt von der Frau, die im Bett rittlings auf ihm gesessen und leise aufgeschrien hatte, als sie zunächst einen, dann noch einen Orgasmus bekommen hatte.

Wenige Augenblicke hielt er auf der Schwelle zur Bar inne und beobachtete sie, sich der verwirrenden, paradoxen Gefühle von Verbundenheit und Losgelöstheit, von Intimität und Ferne bewusst. Er hatte jeden Millimeter ihres Körpers berührt, hatte unvergleichliche Gefühle mit ihr geteilt. Dennoch wusste er noch nicht einmal, wie ihre Wohnung aussah. War das der Anfang für sie beide? Waren sie dazu bestimmt, für den anderen die Liebe des Lebens zu werden?

Gott sei Dank geht eines immer nach dem anderen, dachte er. Ansonsten wären die Kurven und Windungen einfach nicht zu nehmen.

Für Brian hing die Sache mit Vasclear nach wie vor in der Schwebe. Aber Phil hatte sich eindeutig an die Seitenlinie gestellt. Wenige Stunden nach ihrem Treffen in seinem Büro hatten sie miteinander telefoniert. Brian hatte den Anruf getätigt.

»Phil«, hatte er gesagt, »ich wollte dich einfach nur wissen lassen, dass ich mich nicht mit halbgaren Vermutungen auf diese Vasclear-Sache gestürzt habe. Und ich wollte dir sagen, wie sehr ich es zu schätzen weiß, dass du mir und meinem Urteilsvermögen vertraut und mir dein Wissen mitgeteilt hast.«

»Ich bin froh über deinen Anruf. Die Wahrheit ist, dass ich seit unserem Gespräch ziemlich nervös bin. Wenn ich über den Fall Ford den Mund gehalten hätte, dann würdest du nicht Gefahr laufen, die Pferde hier scheu zu machen und dich rauswerfen zu lassen. Ich bin wirklich froh, dich um mich zu haben, Kumpel.«

»Danke. Glaub mir, mir ist auch nicht danach zumute, wieder hinter der Theke von Speedy Rent-A-Car zu arbeiten. Aber Phil, du musst dich nicht für mein Schicksal verantwortlich fühlen. Ich gebe zu, dass ich ein wenig neugierig auf diese kleinen Kratzer in der Vasclear-Rüstung bin, aber ich versichere dir, dass ich deswegen keinen Selbstmord begehen will. Also hör auf, dir um mich Sorgen zu machen.«

»Na gut. Kehrt marsch, aber dalli! Ich mache mir um dich keine Sorgen.«

»Ich mein's ernst. Und überhaupt, was wissen wir denn? Wie viele Patienten haben während der Studien von Phase I Vasclear erhalten, was vermutest du?«

»Ich weiß es nicht genau, aber ich glaube, einmal gehört zu haben, dass es achtzehn Menschen waren, dazu die übliche Anzahl vierbeiniger Versuchsobjekte.«

»Schön, achtzehn. Zwei von achtzehn haben vielleicht pneumonale Hypertonie entwickelt, oder auch nicht. Einer der beiden hat vielleicht als einziger einen erhöhten Eosinwert aufzuweisen. Das ist's. Mehr wissen wir nicht.«

»Das ist's«, unterstrich Phil. »Abgesehen davon, haben Webers Leute sowieso das modifiziert, was Ursache für die Hautausschläge bei den Patienten gewesen ist. War dieser Teil des Medikaments auch Ursache für pneumonale Hypertonie, ist das repariert.«

»Genau.«

»Also lässt du die Sache fallen?«

Brian zögerte, ehe er erwiderte: »Möglich.«

»Hier am Boston Heart gibt es kein *möglich*«, sagte Phil. »Ich möchte ein *definitiv.* Weil wir, Brian, nichts zu gewinnen haben und ich es mir wirklich nicht leisten kann, alles zu verlieren, sag ich dir. Ich kann's nicht!«

»He, schon gut. Deswegen habe ich ja angerufen. Du sollst wegen dieser Fälle von pneumonaler Hypertonie überhaupt nichts unternehmen. Du hast Recht. Es steht zu viel auf dem Spiel.«

»Vielen Dank. Jetzt hoffe ich nur, dass *du* auf das hörst, was du gerade gesagt hast.«

»Tu ich, Phil. Pass auf dich auf!«

»Werd ich. Hör mal, da ist allerdings eine Sache. Der von dir erwähnte Affe – der Schimpanse im Tierlabor.«

»Vier, drei, acht, sechs? Was ist mit ihm?«

»Er existiert nicht.«

»Was?«

»Und der Tierwärter Earl ist ebenfalls verschwunden.«

»Erzähl!«

»Da gibt's nichts zu erzählen. Ich bin runtergegangen, um nach meinen Hamstern zu schauen, und da unten war ein Neuer. Er heißt, glaube ich, Andrei. Spricht mit Akzent, vielleicht russisch. Ich habe ihn nach Earl gefragt, und er hat gesagt, er habe keine Ahnung, wer das war oder weshalb er dort nicht mehr arbeitet. Dann bin ich ein bisschen bei den Primaten herumgeschlendert. Da ist ein Schimpanse, aber nicht mit Nummer vier, drei, acht, sechs. Es ist mir auch nicht aufgefallen, dass er irgendwie krank gewesen wäre. Er sprang in einer Reifenschaukel herum und schnitt mir Grimassen, wie es Joanne getan hat.«

»Hast du gefragt, was mit dem anderen Affen passiert ist?«

»Teufel, nein. Ich sag dir, Brian, die Wände hier haben Ohren, und ich bin kein Insider.«

»Kein Insider«, echote Brian.

Als Brian näher kam, blickte Teri auf und entdeckte ihn. Ihr Lächeln erhellte die schummrige Ecke. Sie hatten vereinbart, dass sie ihn am Mittag in der Klinik anpiepste. Damit wollte sie sich einfach bei ihm melden. Bis dahin hatte er sich entschlossen, ihr zu sagen, was er über Bill Elovitz und Kenneth Ford erfahren hatte. Sie versprach, ihr Büro anzurufen und sich genau zu erkundigen, was über die beiden Patienten von Phase I berichtet worden war. Dann wollte sie ihn am Flughafen auf den neuesten Stand der Dinge bringen.

»Hallo, du«, sagte sie. »Ich habe mich schon gefragt, ob du es bis zu meinem Abflug schaffen würdest.«

Sie stand auf und küsste ihn auf den Mund, wobei sie hinzufügte, dass sie die Barkeeper genau beobachtet habe und das Risiko wohl eingehen könne.

»In diesem Fall kannst du das Risiko noch mal eingehen«, sagte er. »Mein Gott, riechst du gut.«

»Ich rieche wie Newbury Pharmaceuticals, weil ich dort den größten Teil des Tags verbracht habe. Hier, für dich das Übliche. Ich habe einen Chardonnay.«

»Wie läuft's?«

»Na ja, eigentlich denke ich, das war's. Ich habe so viele Informationen gesammelt, wie ich konnte.«

»Und?«

»Und ich glaube, am Samstag wird's laufen. Dann kann das Vasclear-Spiel anfangen.«

»Was ist mit den beiden Fällen?«

»Tja, die habe ich vom Büro überprüfen lassen. Die Patienten von Phase I und Phase II sind nur anhand der Initialen identifizierbar. Patient K. F., vermutlich also Kenneth Ford, ist den Berichten zufolge an kongestiver Herzinsuffizienz verstorben. Es gab jedoch auch eine Notiz vom Team des Boston Heart, dass er zum Zeitpunkt seines Todes auf pulmonale Hypertonie untersucht worden ist. Meine Leute haben nicht viel darum gegeben, insbesondere, da es keine weiteren Fälle gab.«

»Bis jetzt.«

»Ich habe deinen zweiten Mann – den armen Burschen, der bei dem Raubüberfall getötet worden ist – Dr. Baird gegenüber erwähnt, ohne deinen Namen zu nennen. Er war der Ansicht, deine Befunde wären mit kongestiver Herzinsuffizienz ebenso vereinbar wie mit pulmonaler Hypertonie. Bevor er die Leitung der FDA übernommen hat, war er Medizinprofessor. Doch selbst wenn es PH gewesen ist, kann man die Sache nicht einfach mit Vasclear in Verbindung bringen. Abgesehen davon waren diese Männer Teil der Phase-I-Studie. Vor Phase II ist die Chemie des Herstellungsprozesses geändert worden. Seitdem nichts. Dr. Baird hat das Gefühl, dass wir keinen Grund zur Besorgnis haben. Und die Wahrheit ist, das gleiche Gefühl habe ich auch.«

Achselzuckend nahm Brian ihre Hand.

»He, ist mir recht«, meinte er. »Ich habe bloß das getan, was ich versprochen habe – Augen und Ohren offen gehalten und dir Bericht erstattet.«

»Hoffentlich weißt du, wie dankbar ich bin. Brian, inzwischen bin ich wahnsinnig aufgeregt wegen Vasclear! Nach all der Arbeit halte ich dieses Mittel für das einzig Wahre. Es wird Leben retten – viele, viele Leben.«

Brian fiel es schwer, ihre Begeisterung zu teilen. Zu sehr musste er an seinen Vater denken.

»In diesem Fall bin ich auch aufgeregt«, meinte er. »Ich bin zugleich froh darüber, dass du dich dann nicht mehr so intensiv darum kümmern musst.«

»In gewisser Weise vermutlich schon noch. Wir haben nämlich

ein sehr aktives Überwachungsprogramm nach der Markteinführung. Wenn Probleme mit dem Medikament auftreten, werden wir uns auf sie stürzen. Und eine wirklich gute Sache an der Zulassung von Vasclear ist, dass ich mehr Freizeit habe, die ich mit dir verbringen kann. Eigentlich habe ich sogar Aussicht auf einige Wochen Urlaub. Wie wär's, wenn wir wegfahren?«

»Unglücklicherweise bin ich neu am BHI. Ich habe sechs Monate lang Urlaubssperre, und aufgrund einer Übereinkunft mit Dr. Pickard kann ich meinen stichprobenartigen Tests auf Drogen ein Jahr lang nicht fern bleiben. Das bedeutet, ich kann Boston nicht verlassen.«

»Also komme ich her. Ich würde liebend gern deine Töchter kennen lernen.«

»Das hört sich doch gut an.«

»Heute in zwei Wochen sollte ich mich loseisen können. Vielleicht könntest du vorher für ein Wochenende runterfliegen.«

»Vielleicht.«

Teri sah auf ihre Uhr.

»Inzwischen bin ich durch die Feierstunde ganz schön eingespannt. Aber in fünf Tagen bin ich wieder da. Telefonieren wir bis dahin doch jeden Tag miteinander! Wenn wir uns verfehlen, piepse ich dich an. Du kannst bei mir daheim oder im Büro eine Nachricht hinterlassen.«

Brian nahm sie in die Arme.

»Die letzte Nacht war wirklich toll«, sagte er. »Und sie ist hoffentlich der Anfang von etwas ganz Besonderem.«

»Ist sie«, flüsterte Teri, und sie streifte mit den Lippen sein Ohr. »Glaub mir, Brian, ich weiß jetzt, warum ich das Telefon so lange ignoriert habe und so viele Monate allein geblieben bin. Ich habe auf dich gewartet.«

Brian bezahlte die Parkgebühr für seinen LeBaron und machte sich auf die Heimfahrt nach Reading. Seine Gedanken waren nur auf Teri Sennstrom gerichtet – ihre Stimme, ihre Haltung, den Duft ihres Haars, wie sich ihre Taille anfühlte, wenn sie ihren Körper an den seinen drückte. Sie hatten sich in der Bar einen Abschiedskuss gegeben. Sie fanden es nach wie vor zu riskant, gemeinsam durch den Terminal zum Checkpoint zu gehen. Nach der Zulassung von Vasclear wäre es unproblematisch, sich in der Öffentlichkeit zu zeigen. Jetzt hingegen sollten sie sich in beiderseitigem Interesse besser in Diskretion üben.

Teri hatte Recht, dachte er, während er auf der Autobahn Richtung Norden fuhr. Es war vorbei. Trotz seines Verdachts in Hinblick auf Ford und Elovitz hatte sich Vasclear in einer angemessen umfangreichen und sorgfältig kontrollierten Doppelblindstudie als unglaublich effektiv und nicht nur sauber, sondern auch rein erwiesen. Er konnte nichts daran ändern, dass Jack auf das Mittel nicht angesprochen hatte. Von jeder Million Patienten, die weltweit damit behandelt würden, sobald die Feierstunde im Hippodome vorüber war, würden 250 000 ebenfalls nicht auf Vasclear ansprechen. 250 000 Fehlschläge. Gegenwärtig war, soweit das einer entscheiden konnte, einzig und allein der launische Finger des Schicksals am Werk, der bestimmte, wen das Mittel heilte und wen nicht. Eine tödliche Kombination unbekannter Faktoren, dazu das einfache altmodische lausige Glück – das hatte sich gegen Jack Holbrook verschworen. Mehr hätte Brian nicht tun können.

Es war an der Zeit, die ganze Sache ad acta zu legen. Phil hatte es treffend ausgedrückt: Sie hatten nichts zu gewinnen und alles zu verlieren, wenn sie jene Mächte gegen sich aufbrachten, die am Boston Heart das Sagen hatten.

An der Zeit, die ganze Sache ad acta zu legen. Die Worte hallten Brian nach wie vor durch den Kopf, als er Bell Circle erreichte. Von dort aus führte eine Abzweigung zur Autobahn nach Hause. Bevor ihm jedoch völlig klar wurde, was er eigentlich tat, war er daran vorüber, umrundete den Kreisverkehr einmal vollständig und befuhr jetzt die 1A in südlicher Richtung, zurück zur Stadt – genauer gesagt, zurück zum Boston City Hospital.

Das Geheimnis, sich frei in einem Krankenhaus zu bewegen, war ganz einfach: Gib dich auch vom äußeren Anschein so, als würdest du dorthin gehören, wo du dich gerade befindest. In einer riesigen Klinik wie dem Boston City mit seinen vielen Gebäuden, dem gewaltigen internationalen Lehrkörper, den vielen Patienten aus der Innenstadt sowie einem chronisch überarbeitetem Personal war das keine schwere Aufgabe.

Brians ordentliches Erscheinungsbild, der Klinikkittel, das Stethoskop sowie eine Plastikkennkarte brachten ihn rasch ins Archiv. Hier half ihm die Bibliothekarin bei seiner Suche nach dem Krankenblatt von Kenneth Ford, verstorben. Es dauerte wesentlich länger, bis sich ein Mann von der Klinikwache herbemühte und ihn in die verstaubten Eingeweide der Klinik und zum Archiv hinabführte, wo die so genannten inaktiven Akten aufbewahrt wurden.

Kaum überraschend, dass die sorgfältig nummerierten Pappkartons ebenso wenig wie die Akten darin ein vernünftiges Ordnungssystem aufzuweisen hatten. Nachdem der Wächter zehn Minuten in der Gegend herumgestanden hatte, wurde er ungeduldig und ging, nicht ohne Brian die Anweisung zu geben, hinter sich abzuschließen, wenn er fertig war.

WIR BEACHTEN DEN DATENSCHUTZ UNSERER PATIENTEN. Schilder mit dieser Aufschrift hingen in den Aufzügen aller Kliniken, die Brian je zu Gesicht bekommen hatte. Dennoch ließ man ihn, der lediglich mit seinem sauber rasierten Gesicht, der Plastikkennkarte einer anderen Klinik sowie einigen Utensilien eines Arztes bewaffnet war, mit Tausenden von medizinischen Aufzeichnungen allein.

Es benötigte fast fünfundvierzig Minuten sowie ein halbes Dutzend Kartons, bis er Kenneth Fords Patientenakte gefunden hatte.

Eine Zeit lang hatte sich Brian schon gefragt, ob sie unter den fehlenden Akten sei, wie die Laboraufzeichnungen des White Memorial und der Schimpanse Nummer 4386.

Kenneth Ford war vor zwei Jahren, am 3. August, im Boston City Hospital aufgenommen worden und am 6. August gestorben. Diagnose bei der Aufnahme: kongestive Herzinsuffizienz, ernst. Diagnose bei der Entlassung: desgleichen. Sein EKG zeigte Veränderungen, die sowohl zu kardialer als auch pulmonaler Insuffizienz passten, und das Röntgenbild seines Brustbereichs wies zu viel Flüssigkeit in seinen Lungen auf, als dass eine so diffizile Diagnose wie pulmonale Hypertonie möglich gewesen wäre.

Brian verspürte eine merkwürdig angenehme Anspannung, als er sich den Abschnitten der Laborberichte mit den Blutbildern zuwandte.

Leukozytenzählung: 13.300/cu.mm (erhöht)
Ergebnisse im einzelnen:
Granulozyten: 45%
Stabkernige: 3%
Lymphozyten: 33%
Monozyten: 5%
Eosinophile: 14% (erhöht)
Basophile: 0%.

Brian riss die Seite heraus, faltete sie zusammen und steckte sie in die Tasche. Von jetzt an würde er Phil bei der Sache außen vor lassen; es wäre unfair, ihn mit hineinzuziehen. Er würde extrem vorsichtig sein und auf leisen Sohlen schleichen müssen. Aber Jack war tot, und dass Brian die Vasclearbehandlung gewählt hatte, hatte direkt oder indirekt dabei nachgeholfen. Wie dem auch sei, er konnte die Sache einfach nicht ad acta legen, bis er Antwort auf einige bohrende Fragen gefunden hatte.

Kapitel 23

Die Oprah Winfrey Show

Oprah: Glauben Sie an Wunder? Unsere heutige Sendung handelt von Menschen, deren Leben durch so genannte Wunderkuren gerettet wurde. Zuvor jedoch möchte ich Ihnen gern Mr Al Morgenfeld vorstellen, einen Mann, der zwei Herzinfarkte und eine schwere Erkrankung der Koronararterien hinter sich hat und eigentlich reif für eine Transplantation wäre. Mr Morgenfeld wird von seiner Frau Julia und seiner Kardiologin, Dr. Susan Norman, begleitet. Sie hat versprochen, dass Mr Morgenfeld gleich am Tag der Zulassung das neue Wundermittel Vasclear erhalten wird ... was bereits kommende Woche der Fall sein könnte.

Brian stand im Hintergrund der kleinen Menschenmenge im Warteraum der Vasclearklinik und sah sich den Beginn der Sendung an, auf die alle im Krankenhaus sehnsüchtig gewartet hatten. Patienten wie Personal jubelten und applaudierten gleichermaßen, als das Mittel erwähnt wurde, das sie zusammengebracht hatte. Lucy Kendall, in prächtigem pinkfarbenem Kaschmir, hatte sich einen halben Schritt links hinter Brian gestellt und bedrängte seinen Arm und Rücken unermüdlich mit ihren Brüsten.

»Ist das nicht wunderbar?«, meinte sie.

»Allerdings.«

»Meine einzige Sorge ist, wie lange diese Klinik hier noch besteht«, sagte Lucy.

»Daran habe ich noch gar nicht gedacht.«

Es wäre sinnvoll, die Behandlung der meisten Vasclear-Patienten nach der Zulassung des Mittels wieder an ihre eigenen Ärzte zu delegieren. Jeder Arzt mit Zugang zu einem Pharma- oder UPS-Laster hätte Zugang zu Vasclear. *Time*, *Newsweek*, CNN, Abendnachrichten, jetzt Oprah ... Wie verzweifelt alle auf ein solches Mittel gewartet hatten! Wie viele Hunderte von Millionen Menschen sahen sich die Shows an und lasen die Zeitschriften? Es gäbe einen medizinischen Goldrausch.

Brian rief sich kurz ins Gedächtnis zurück, was Laj Randa ihm über die Kosten der Behandlung mit diesem Mittel gesagt hatte. Einhundert Dollar die Ration, etwa fünfzig Rationen für die volle Behandlungsdauer. Die Leute, die Gesundheit lediglich unter dem Aspekt der entstehenden Kosten betrachteten, und die Krankenversicherungen würden noch dazu freudig zahlen. Ein fünffacher Bypass entspräche wie vielen Rationen Vasclear? Und wenn der Patient zufällig nicht ansprach, wie Jack, und dann zufällig einer von denen wäre, die starben, bevor sie in den OP gelangten, wäre es umso besser, überlegte Brian säuerlich.

»Na ja, das Mittel muss nach wie vor intravenös verabreicht werden«, sagte Brian. »Da können wir uns leicht ausrechnen, dass Vasclear-Kliniken in den kommenden paar Jahren der große Renner werden. Aber selbst wenn das nicht so ist – Sie sind eine ausgezeichnete Krankenschwester und werden bestimmt ohne große Probleme woanders landen können.«

»Vielen Dank, dass Sie das gesagt haben. Geht es Ihnen gut, Brian?«

»Was meinen Sie damit?«

»Sie wirken zerstreut. Zerstreut und traurig.«

»Mir geht viel im Kopf herum.«

»Ihr Vater?«

»Ja, er. Und noch was anderes.«

»Kann ich was für Sie tun?«

Die Frage wurde durch einen nicht gerade subtilen Stups mit dem Busen unterstrichen. Brian überlegte, sie zu fragen, ob ihr die Namen der achtzehn Patienten von Phase I bekannt wären, nahm davon jedoch Abstand. Nur ein Wort von ihr zu Art Weber, und die Lunte unter einem gewissen B. Holbrook würde Feuer fangen.

»Vielen Dank, Lucy«, erwiderte er, »aber da muss ich alleine durch.«

Im Fernsehgerät oben unter der Decke erzählte ein Friseur namens Al Morgenfeld aus Moline, Illinois, gerade einhundert Millionen Menschen, wie es war, mit schwerer Angina Pectoris zu leben und zu wissen, dass jedes Zwicken in Brust, Schulter oder Kinnlade der Anfang dessen sein konnte, was er den Großen Knall nannte.

»Dr. Norman«, fragte Oprah anschließend, »sagen Sie mir doch, warum Sie Al nicht zu einer Bypassoperation geschickt haben wie so viele tausend andere?«

»Also«, erwiderte die Ärztin. »Zum einen hat er bereits eine Bypass-OP hinter sich, vor sieben Jahren. Eine Wiederholung wäre riskanter. Ich habe vor über einem Jahr Wind von Vasclear bekommen und bin seitdem ständig in Kontakt mit den Leuten von Newbury Pharmaceuticals geblieben. Wir haben die OP deshalb hinausgeschoben und wollen Als Krankheit ohne Chirurgie behandeln.«

»Womit Sie sagen wollen, Sie haben auf ein Wunder gehofft.«

»Genau. Und das liegt jetzt im Bereich des Möglichen.«

Brian wandte sich ab und ging zum Arztbüro.

»He, hätte ich fast vergessen«, rief ihm Lucy nach. »Ihre Freundin ist in Raum 2.«

»Meine Freundin?«

»Nellie – die Frau, die Ihnen glatt ihre Tochter ...«, sie kam hergelaufen und flüsterte ihm den Rest des Satzes ins Ohr, »... als Sexsklavin überlassen wollte.«

»Oh«, meinte Brian mit weitaus weniger Begeisterung in der Stimme und auf dem Gesicht, als er beabsichtigt hatte. »Danke schön.«

Er kehrte ins Büro zurück, wobei er bewusst Raum 2 mied. Nicht Nellie als Person verstörte ihn so – sie war entzückend –, sondern was sie darstellte, nämlich eine Heilung mittels Vasclear.

Warum nicht Jack?, fragte er sich zum millionsten Mal. *Warum nicht mein Vater?*

Nachdem er schließlich ein paar Minuten in seinen Papieren gewühlt hatte, ging er doch zu ihr. Wenn überhaupt, dann sprühte Nellie noch mehr vor Leben als bei ihrer letzten Begegnung, beim Anschneiden des Kuchens. Aber sie war ebenfalls sehr bestürzt.

»Dr. Holbrook, die Schwester hat mir gerade vom Tod Ihres Vaters berichtet«, sagte sie. »Das tut mir so Leid für Sie.«

»Danke sehr.«

»War es sein Herz?«

»War es, ja.«

»Das muss für Sie als Kardiologen sehr enttäuschend gewesen sein. Es tut mir so Leid.«

Wie zuvor schon einmal war Brian von ihrer Intuition beeindruckt, dankte ihr erneut und führte daraufhin eine kurze körperliche Untersuchung durch, die ein normal funktionierendes Herz und Arterien in ausgezeichnetem Zustand ergab.

»In welchem Alter sind Ihre Eltern gestorben?«, fragte er.

»Vater«, erwiderte sie. »Meine Mutter ist dreiundneunzig und lebt allein, noch immer völlig klar bei Verstand, vielen Dank.« Diese Frage beantwortete sie ganz offensichtlich richtig gern. »Mein Vater ist vor drei Jahren mit neunundachtzig gestorben. Glauben Sie's oder nicht, er ist von einer Leiter gefallen und hat sich die Hüfte gebrochen. Die Operation hat ihn erledigt. Ein Blutklumpen in der Lunge, haben sie gesagt.«

Eine Lungenembolie, übersetzte Brian für sich – eine vermeidbare Komplikation. Man hatte den Mann nicht früh und oft genug bewegt und sein Blut nach der OP nicht ausreichend verdünnt. Der Tod von Nellies Vater hatte gewissermaßen nicht mal eine natürliche Ursache gehabt. Beide Elternteile waren praktisch über neunzig geworden! Gewöhnlich war das weit verbreitetste Anzeichen für kardiovaskuläre Erkrankungen – positiv wie negativ – die Familiengeschichte. Was war mit Nellie passiert?

»Tja, Nellie, gleich wird die Schwester kommen und Sie anhängen«, meinte er. »Anschließend können Sie bei der Sekretärin den Termin für nächsten Monat ausmachen.«

»Warten Sie, das hätte ich fast vergessen.« Sie kramte in ihrer Handtasche und reichte ihm einen unverschlossenen Umschlag, auf dem *Dr. Holbrook* stand.

Es war ein sauber getippter Brief, der einen Wohlfahrts-Marsch von zwanzig Kilometern für die Obdachlosen ankündigte und einen Beitrag für jeden Kilometer einforderte. Ein beiliegendes Blatt listete eine Anzahl ähnlicher Unternehmen auf, an denen sie teilgenommen hatte.

»Das ist wunderbar«, meinte Brian, während er die Liste überflog und sich überlegte, wie sein Vater wohl mit freien Arterien gewesen wäre. »Ich will Sie gern unterstützen.«

Er füllte einen Vordruck aus, riss diesen Teil des Briefs ab, reichte ihn ihr und steckte den Rest der Ankündigung in seine Aktentasche. Mehr als ein Jahrzehnt lang hatte die mitgenommene Aktentasche ihm als Kombination aus Arzttasche, Bibliothek, tragbarem Schreibtisch und sogar Vorratsschrank gedient. Nellies Papiere würden ihm wieder in die Hände fallen, wenn er das Ding mal ausräumte, wie er es alle ein oder zwei Wochen zu tun gezwungen war.

»Werde ich Sie noch sehen, bevor ich gehe?«, fragte Nellie.

»Nur wenn die Sekretärin Probleme mit Ihrem nächsten Termin hat. Ansonsten liegen alle Pläne bei ihr, und Sie können sich einfach ein Datum aussuchen.«

Alle Pläne liegen bei ihr. Der Gedanke ließ Brian plötzlich zum Empfang eilen, wo die Rezeptionistin, Mary Leander, gerade einen Terminzettel für einen Patienten ausfüllte.

»Kann ich Ihnen helfen, Dr. Holbrook?«, fragte sie.

»Öh ... ja. Ja, das können Sie.« Brian wurde klar, dass er sich eine oder zwei Minuten zur Vorbereitung hätte gönnen sollen. »Ich habe Mrs Hennessey gefragt, seit wann sie nur noch alle vier Wochen behandelt wird und nicht mehr alle zwei, und sie konnte sich nicht erinnern. Ich habe gedacht, die Antwort läge vielleicht im Klinikjournal, aber ich weiß nicht, wie weit es zurückreicht.«

Brian hoffte, dass seine Erklärung Mrs Leander sinnvoll erschiene, denn ihm selbst kam sie völlig unsinnig vor.

»Hm, das weiß ich nicht«, erwiderte sie. »Ich glaube, wir erhalten jedes Jahr ein neues Buch. Ich habe keine Ahnung, wo die alten Bücher gelagert werden, oder ob sie überhaupt aufbewahrt werden. Vielleicht irgendwo hier im Büro.«

Sie deutete hinter sich auf die vom Boden bis zur Decke reichenden Regale voller Formulare, Hauptbücher, Handbücher, Papiere und dergleichen – weitaus mehr, als Brian im Augenblick hätte durchsehen können. Wenn es aber ein Terminbuch aus dem ersten Jahr der Klinik gab, dann könnte er vielleicht die Namen der anderen sechzehn Patienten aus der klinischen Prüfung, Phase I, darin finden.

»Vielen Dank, Mrs Leander«, sagte er. »Ich werde bei Gelegenheit mal nachschauen.«

Der Abend von Brians erstem Nachtdienst seit Jacks Tod war Gott sei Dank ruhig. Er wollte bis elf Uhr warten, bevor er sich auf die Suche nach dem ersten Terminbuch der Vasclearklinik machte. Genau um fünf Minuten vor elf schaute er nach den beiden kränksten Patienten der Station und überzeugte sich, dass ihr Zustand weitestgehend stabil war. Daraufhin sagte er der diensthabenden Schwester, dass er über den Piepser erreichbar wäre, verließ die Etage und schlüpfte durch genau jene Tür in die Klinik, durch die Jessup und Weber Walter Louderman hineingebracht hatten.

Wie zuvor herrschte eine unheimliche Dunkelheit. Brian entschied sich, es dabei zu belassen. Mithilfe seiner Taschenlampe suchte er sich seinen Weg den langen Korridor hinab zum Büro der Rezeptionistin, wobei er sich fragte, ob der Raum mit der Glasfront möglicherweise abgeschlossen war.

Obwohl er allein war, ging Brian sehr behutsam vor. Wäre der Raum verschlossen, dann wäre das Spiel vorüber, und er würde zur Station zurückkehren. Aber er sah sofort, dass die Tür zum Raum nicht einmal vollständig geschlossen war. Er schlüpfte hinein, zögerte und schaltete daraufhin die Deckenbeleuchtung ein. Nach der nahezu vollständigen Dunkelheit blendeten ihn die Neonlampen. Er wartete, bis sich seine Augen an die Helligkeit gewöhnt hatten, und durchsuchte daraufhin die Schubladen des metallenen Schreibtischs hinter dem Platz der Rezeptionistin. Nichts. Als Nächstes wandte er sich den Regalreihen zu.

Es benötigte nur wenige Minuten, sie zu finden – zwei dünne, in Leder gebundene Bücher, die offenbar vom selben Grossisten stammten und identisch mit dem waren, das geschlossen auf dem Schreibtisch der Rezeptionistin lag. Auf jeden Umschlag war eine Jahreszahl in Gold geprägt. Brian zog den ersten Band heraus und ließ sich auf dem Schreibtischsessel der Rezeptionistin nieder. Anfangs lagen die Termine weit auseinander, rückten dann jedoch rasch zusammen. Brian schloss daraus, dass er den Übergang zwischen Patienten der Phase I, die ursprünglich vielleicht in der Praxis ihres eigenen Kardiologen behandelt worden waren, zur größeren Doppelblindstudie, Phase II, vor sich hatte, die bald auf über sechshundert Fälle anschwoll. Die Klinik selbst hatte anscheinend vor zweieinhalb Jahren eröffnet, etwa auf halber Strecke von Phase I.

Er fand frühe Termine sowohl für Bill Elovitz als auch Kenneth Ford und benutzte sie als Markierung, kritzelte Namen nieder und folgte ihnen durch das Buch. Er suchte nach denjenigen, die nicht zwei Wochen fast täglich behandelt wurden, wie es bei Phase II notwendig war. Nach zwanzig Minuten war die Liste, Elovitz und Ford mit eingerechnet, auf zehn Namen angestiegen. Brian fühlte sich ausreichend sicher, dass die meisten, wenn nicht alle, dieser zehn Patienten zur Phase I gehörten. Dann hörte er, wie Knöpfe auf einer Tastatur gedrückt wurden, Augenblicke später gefolgt vom Öffnen einer Tür. Ein schwacher Lichtstrahl durchschnitt die Dunkelheit des Korridors.

Brian verspürte einen jähen Adrenalinstoß, löschte die Lampen im Büro, schob rasch die Namenliste in die Hosentasche, ließ sich auf die Knie fallen und kroch so schnell wie möglich durch die Dunkelheit zum Wartezimmer. Die Lampen im Korridor flammten auf. Brian drückte sich zentimeterweise zum Patienteneingang und duckte sich dann hinter ein Sofa, als er spürte, wie der Eindringling sich dem Rezeptionsbereich näherte.

Erst jetzt verfluchte Brian sich dafür, überreagiert zu haben. Er war in Deckung gegangen wie ein Taschendieb, der auf frischer Tat ertappt worden war. Er war Institutsmitglied und hatte diese Nacht Dienst. Er besaß darüber hinaus den Zugangscode zur Klinik sowie eine perfekte Legitimation für seine Anwesenheit dort – einen Grund, den er früher am Tag bei einem Gespräch mit der Rezeptionistin, Mrs Leander, angeführt hatte. Jetzt war es jedoch zu spät.

Das Sofa, oder was es war, hinter dem er Deckung gesucht hatte – hölzerne Armlehnen und hölzerner Rahmen mit losen Kissen darauf –, bot etwas, jedoch nicht vollständigen Sichtschutz. Brian lag da, schaute über den Fußboden und überlegte, ob seine gesamte Länge verborgen war. Langsam schob er die

Hand zum Piepser hinab und schaltete ihn aus. Den Notruf ließ er jedoch eingeschaltet. Wenn es allerdings irgendwo im Krankenhaus einen Herzstillstand gab, könnte sein eigener rasch darauf folgen.

Die Tür zum Wartezimmer befand sich vielleicht zwei Meter entfernt, aber er konnte unmöglich das Risiko eingehen, hinüberzuspringen. Das Geräusch, wenn er sie öffnete, würde vielleicht zu seiner Entdeckung führen, zudem bestand die Möglichkeit, dass sie abgeschlossen war. Er drückte die Gesichtsseite gegen den strapazierfähigen Teppichboden und atmete lautlos.

Plötzlich sprangen flackernd die Lampen im Wartezimmer an. Unter dem Sofa erkannte Brian Hose und Turnschuhe eines Mannes, der auf der anderen Seite des Raums stand. Turnschuhe? Er überlegte, ob die Klinikwache eine solche Bekleidung gestattete. Sie wandten sich einmal hierhin, einmal dorthin, während der Mann den Raum durchsuchte. Nach endlosen zwei oder drei Minuten erloschen die Deckenlampen wieder.

Brian spürte mehr, als dass er es hörte, wie der Mann sich zurückzog. Die Lampen im Korridor wurden ausgeschaltet, und die Klinik lag erneut in pechschwarzer Dunkelheit da. Eine Tür öffnete und schloss sich. Offenbar befand sie sich am Ende des Korridors.

Brian wartete. Fünf Minuten ... Zehn.

Schließlich schob er sich langsam zur Tür und probierte vorsichtig den Knauf, der sich problemlos drehen ließ. Er wollte sie gerade öffnen, als ihm das Terminbuch einfiel. Er hatte es an der Rezeption liegen lassen. Er hatte nicht die Nerven, heute Nacht seine Suche nach den verbliebenen Patienten von Phase I wieder aufzunehmen. Selbst einmal angenommen, dass die Klinik leer war, war es sinnlos, das Buch dort liegen zu lassen, was durchaus Fragen zur Folge haben könnte. Noch immer auf Händen und Knien kroch er zur Bürotür hinüber und hielt inne. Er hatte alle Sinne angespannt und lauschte, doch der Eindringling war offenbar wirklich gegangen. Das Schweigen und die Dunkelheit waren vollkommen.

Mehrere Minuten lang blieb er so liegen. Schließlich richtete er sich langsam auf, öffnete die Tür und schaltete das Licht an.

Das Terminbuch war verschwunden.

Er eilte zu den Regalen, doch nur das Buch aus Jahr 2 war dort. Er suchte auf dem Fußboden und in den Schreibtischschubladen. Nichts. Erneut hämmerte sein Herz. Warum hatte der Wächter, wenn es denn einer gewesen war, das Buch mitgenommen? Das Ganze ergab keinen Sinn, war deshalb aber nicht weniger erschreckend.

Ihm blieb nichts anderes übrig, als auf die Station zurückzukehren und sich Sorgen zu machen. Gerade als er das Licht ausschalten wollte, warf er einen Blick zur Decke des Büros hinauf und stöhnte laut. Eine schwarze Schnauze stach dort hervor, wo sich die Wand mit den Regalen, einer anderen Wand und der Decke trafen – eine Überwachungskamera, die auf das Glas und die Rezeption gerichtet war, nicht völlig verborgen, jedoch auch nicht allzu leicht ins Auge fallend.

Brian starrte sie einige Sekunden lang an und überlegte, wer ihn wohl beobachtete und von wo aus. Schließlich schaltete er mit einem Gefühl völliger Hilflosigkeit seinen Piepser wieder ein, löschte das Licht und verließ die Klinik.

Sollte ihm jemand den nächtlichen Ausflug vorhalten, hätte er schon eine Ausrede, wenn auch eine dürftige, und Mrs Leander würde sie unterstützen. Aber wie dem auch sein mochte, er konnte das schreckliche Gefühl nicht abschütteln, dass die Lunte unter ihm gerade Feuer gefangen und er selbst auch noch das Streichholz darangehalten hatte.

Kapitel 24

Gegen drei Uhr dreißig in der Frühe war Brian körperlich und geistig völlig erschöpft. Um Mitternacht herum war es auf der Station hektisch geworden – ein Blutdruckabfall bei einer Patientin und eine Serie schwierig zu handhabender Herzrhythmusstörungen bei einer anderen. Keine von beiden war Teil der Vasclearstudie. Mehrere Stunden vergingen, bis sie wieder stabil waren. Brian hatte sich gezwungen gesehen, einer der Frauen einen temporären Schrittmacher anzulegen. Schließlich herrschte wieder Ruhe, obwohl sich seine Nackenmuskeln inzwischen wie geflochtene Seile anfühlten und seine Beinmuskeln unaufhörlich schmerzten.

Die Notfälle hatten den erfreulichen Nebeneffekt, dass Brians Gedanken vom Debakel in der Vasclearklinik abgelenkt worden waren. Mehr hätte er dort unmöglich falsch machen können. Führend in der Fehlerrangliste war der Verlust des Terminbuches, dicht gefolgt allerdings von der Tatsache, dass ihn die Überwachungskamera eines Unbekannten erfasst hatte.

Was sollte er tun? Bei der letzten, abschließenden Untersuchung der Patienten auf der Station kreisten seine Gedanken unermüdlich um diese eine Frage.

Er spritzte sich etwas Wasser ins Gesicht, trug sich auf der Station aus, vermerkte, dass er über seinen Piepser erreichbar war, und ging zum Büro der Klinikwache im Erdgeschoss des Pinkham-Gebäudes. Der diensthabende Wachmann war ein Bulle von

Mann mit Bürstenhaarschnitt und einem Namensschildchen, auf dem JIM UNDERHILL stand. Er trug die übliche blaue Wolluniform seiner Abteilung, saß hinter einer hüfthohen Theke und las ein Taschenbuch von Stephen King.

An der Wand rechts befanden sich acht Monitore, auf denen das Bild etwa alle zehn Sekunden wechselte. Brian versuchte, den Rezeptionsbereich der Vasclearklinik zu erkennen, dann fiel ihm ein, dass er die Klinik in völliger Dunkelheit zurückgelassen hatte.

Brian hielt seine Kennkarte mit dem Foto hoch, beugte sich gleichzeitig vor und mühte sich ab, einen Blick auf die Schuhe des Mannes zu erhaschen.

»Ja, Dr. Holbrook«, sagte Underhill. »Ich habe von Ihnen gehört. Was kann ich für Sie tun?«

Ich hab gehört, dass Sie heute kommen. Waren das nicht genau die Worte des Tierpflegers Earl gewesen?

Anders als bei seinem Gespräch mit Mary Leander war Brian diesmal vorbereitet.

»Tut mir Leid, dass ich nicht eher runterkommen konnte«, begann er, »aber wir hatte mehrere Notfälle auf meiner Etage im Boston Heart. Ich war einer der Letzten, der heute Abend gegen Viertel nach acht die Vasclearklinik verlassen hat. Vorher bin ich zur Rezeption, um einige Termine zu überprüfen. Dann habe ich einen Notruf über den Piepser erhalten und musste loslaufen. Etwa eine Stunde später ging mir auf, dass ich meine kleine schwarze Arzttasche an der Rezeption liegen gelassen habe. Aber als ich zurück bin, war sie weg.«

»Könnte es nicht einfach so sein, dass jemand sie gefunden und für Sie weggelegt hat?«

»Möglich. Aber Lucy Kendall, die diensthabende Schwester, und ich waren meines Wissens die Letzten dort. Nachdem mir klar geworden war, was geschehen ist, habe ich sie daheim angerufen, und sie wusste nichts von meiner Tasche.«

Gelangweilt zog der Wächter ein Klemmbrett hervor. Währenddessen ging Brian zum Ende der Theke, tat so, als würde er auf die Bildschirme schauen, und bekam einen Blick auf die Schuhe des Mannes. Schwarze, auf Hochglanz polierte Lederschuhe. Der Eindringling in die Klinik war nahezu sicher keiner der regulären Klinikwachleute gewesen.

»In Ordnung, Doktor«, sagte Underhill ebenso gelangweilt, »füllen Sie bitte dieses Formular aus.«

»Eigentlich, Jim, habe ich nie viel Vertrauen zu Formularen gehabt. Aber während ich in der Rezeption war und nach meiner Tasche gesucht habe, ist mir hinter den Regalen eine versteckte Überwachungskamera aufgefallen. Ich habe mich gefragt, ob Sie vielleicht was eingefangen haben – ob Sie nicht eine Videoaufzeichnung des Betreffenden haben, der meine Tasche mitgenommen hat.«

Underhill kniff die Augen zusammen und kramte offenbar in seinem Gedächtnis. Dann gab er auf und nahm ein eingeschweißtes Blatt von einem Klemmbrett, das unterhalb der Bildschirme hing.

»Wie ich mir gedacht habe«, sagte er, nachdem er das Papier eine Minute lang überprüft hatte. »Hier ist kein Bildschirm zur Überwachung der Vasclearklinik aufgeführt.«

Brian verspürte ein jähes Frösteln.

»Ja, wofür ist diese Überwachungskamera Ihrer Ansicht nach dann?«, fragte er.

Der Wächter zuckte die Schultern.

»Keine Ahnung. Vielleicht ist sie nicht angeschlossen.«

»Möglich«, erwiderte Brian, obwohl er keine Sekunde lang daran glaubte. »Gibt es in der Klinik weitere Überwachungskameras, die nicht auf die Monitore hier projiziert werden?«

»Keine Ahnung, wobei ich nicht einsehen kann, weshalb es welche geben sollte. Vielleicht weiß das der Leiter meiner Abteilung, Tom Dubanowski. Sie können ihn fragen. Er wird so gegen sieben hier sein.«

»Danke sehr«, sagte Brian.

Er verließ das Büro der Klinikwache, und das Gefühl einer bevorstehenden Katastrophe lastete schwer auf ihm. Jemand hatte ihn über die Überwachungskamera im Büro gesehen. Dieser Jemand hatte den Burschen in Turnschuhen zum Nachschauen hingeschickt. Jetzt hatte der Betreffende das Journal und machte sich zumindest einige ernsthafte Sorgen, was Brian wohl gesucht hatte. Er verschwendete etliche dringendst benötigte geistige Energie auf den Versuch herauszubekommen, wer dieser Jemand sein mochte. Vielleicht hatte Newbury Pharmaceuticals die Kameras installiert, aber die Firma war mehrere Kilometer von der Klinik entfernt. Wie hätten sie so rasch jemanden hinüberschicken können? Vielleicht hatte auch Jim Underhill gelogen. Vielleicht hatte er ein Paar Turnschuhe unter seiner Theke, um rasch irgendwohin zu kommen. Der Wächter wäre nicht der Erste in der Klinik, der ihm nicht die Wahrheit sagte.

Die frühe Stunde – es war jetzt vier Uhr morgens durch – trug nicht zum klaren Denken bei. In weniger als drei Stunden würde die Visite beginnen. Brian wusste, dass er sich dem näherte, was er für sich als Punkt bezeichnete, von dem es kein Zurück mehr gab. Er wäre schlimmer daran, wenn er versuchte, Geist und Körper nach ein paar Stunden Schlaf wieder auf Touren bringen zu wollen, als wenn er einfach etwas Kaffee mit Eiswürfeln in sich hineinschüttete, das Adrenalin äußerster Erschöpfung zusammenkratzte und probierte, den bevorstehenden Weg hinter sich zu bringen – vierundzwanzig Stunden plus dem darauf folgenden Arbeitstag. Es stünde ihm gewiss eine abenteuerliche Heimfahrt bevor.

Kopf, du gehst zu Bett, Zahl, die Selbstbedienungskantine, entschied er und suchte in seiner Tasche nach einer Münze, fand stattdessen jedoch die Liste – zehn hastig auf ein kleines zerknülltes Blatt Papier gekritzelte Namen.

Ehe er sich noch völlig klar darüber wurde, dass er eine Entscheidung getroffen hatte, stand Brian schon an der Tür zum Archiv im Kellergeschoss des Gebäudes gleich neben Pinkham. Jedes Einloggen im Archiv wurde irgendwo verzeichnet. Es schien logisch, dass der Bursche in den Turnschuhen oder dessen Chef von jetzt an mit Argusaugen darüber wachten, auf welche Krankenblätter Brian zugreifen würde. Früher oder später müsste er zu einer elektronischen Nachprüfung Zuflucht nehmen. Zuvor jedoch könnte er vielleicht einen Blick auf ein oder zwei Krankenblätter im Original werfen.

Die Tür war verschlossen, doch an der Wand daneben hing ein Telefon mit Anweisungen darunter. Brian erklärte der Spanierin, die sich meldete, wer er war und dass er sich das Original eines Krankenblatts ansehen wolle, das er offenbar nicht auf seinem Laptop aufrufen konnte. Augenblicke später öffnete sich die Tür so weit, wie es die Sicherheitskette erlaubte, und eine junge Frau spähte hinaus. Brian zeigte ihr seine Kennkarte und sagte, dass er gern die Klinikwache holen würde, falls ihr dabei wohler wäre.

»Das wird nicht nötig sein«, erwiderte die Frau. »Die Wache ist bereits hier.«

Die Tür wurde zugedrückt, um die Kette zu lösen, und öffnete sich daraufhin ganz. Die Frau war Anfang zwanzig, schlank, hatte rabenschwarzes Haar und sah reizend aus. Kleidung und Haar saßen etwas schief, und ihr Lippenstift war leicht verschmiert. Ein Mann und eine Frau hinter einer verschlossenen Tür in einer Klinik in den frühen Morgenstunden. Brian stöhnte innerlich. Und um die Sache noch schlimmer zu machen, war der Mann ausgerechnet von der Klinikwache. Er und Jim Underhill würden bald ihre Notizen vergleichen. Brian stand draußen vor der Tür und überlegte, einfach eine Entschuldigung zu murmeln und zu gehen. Aber die Frau hatte bereits seine Kennkarte gesehen. Inzwischen würde es dem Wächter vielleicht verdächtiger vorkommen, wenn er *nicht* hereinkommen würde.

Die junge Aufsicht benötigte nur einen Augenblick, bis sie mit dem Krankenblatt zurückkam, das zum ersten Namen auf Brians Liste gehörte, einer Frau Mitte siebzig namens Sylvia Vitorelli. Brian nahm die Aufzeichnung in eine kleine Lesenische mit, wo auch ein Diktiergerät stand. Sich bewusst, dass die junge Frau und der Wächter ihn beobachteten und warteten, blätterte er so rasch wie möglich das Krankenblatt durch. Weil Vitorelli lange Zeit Patientin am WMH gewesen war – Hysterektomie, Entfernung der Gallenblase, chirurgische Wiederherstellung des Fußknöchels sowie Herzprobleme –, war die Akte entsprechend umfangreich, vielleicht drei Zentimeter dick. Schließlich jedoch konnte er sich Stück für Stück ihre Krankengeschichte zusammenreimen.

Vitorelli lebte im North End, unweit der Klinik, war verheiratet, Mutter von vier Kindern sowie Großmutter, die zu ihrer Zeit mehr als ein Päckchen Zigaretten am Tag geraucht hatte. Irgendwann traten Brustschmerzen auf, und sie wurde zu Carolyn Jessup überwiesen, die sie mehr als ein Jahr lang auf traditionelle Weise behandelte, bevor sie die Frau zu einem Teil der klinischen Prüfung, Phase I, von Vasclear machte. Das war fast drei Jahre her. Brian überprüfte Vitorellis Belastungs-EGK, die Ultraschallaufnahmen des Herzens sowie die übrigen EKGs. Ihr Herzleiden war ziemlich ausgeprägt, allerdings nicht so ausgeprägt wie bei Brians Vater.

Jessups Notizen zufolge hatte Vitorelli anfangs ausgezeichnet auf die Vasclear-Therapie angesprochen. Dann endete die Akte einfach. Keine weitere Notizen, keine Laborberichte, nichts. Brian durchblätterte die Seiten und suchte nach einem Teil, der möglicherweise falsch eingeordnet war.

»Brauchen Sie noch länger, Doktor?«, rief ihm der Mann vom Sicherheitsdienst zu. »Elana möchte in ihre Pause, und wir können Sie hier nicht allein lassen.«

»Eine Minute noch«, erwiderte Brian.

Er wandte sich dem Teil mit den Laborberichten zu. Nach den

ersten drei Monaten von Vitorellis Vasclear-Therapie gab es keine mehr. Absolute Fehlanzeige.

Er fotokopierte das Deckblatt der Akte, dankte der eifrigen Elana und kehrte auf die Station zurück. Wenn er nicht völlig daneben lag, hatten die letzten Seiten von Sylvia Vitorellis Krankenblatt das gleiche Schicksal erlitten wie Kenneth Fords. Stellte die Frau einen dritten Fall eines Vasclear-Fehlschlags dar, dem Anzeichen und Symptome gefolgt waren, die auf pulmonale Hypertonie hingedeutet hätten? War es die Sache wert, einen Beweis für seinen Verdacht zu erbringen?

Wenn er mit seiner Vermutung über Sylvia Vitorelli Recht hatte, hätte die Erprobung in Phase I eine übermäßige Anzahl an Problemen ergeben, dennoch war Phase II nahezu perfekt. Hatte die Modifikation der chemischen Synthese des Mittels eine so große Veränderung bewirkt?

Anscheinend gab es unendlich viele Fragen.

Aber eine Frage war für Brian Holbrook bei weitem dringlicher: Wie viel Zeit blieb ihm noch im Boston Heart?

Kapitel 25

The Boston Globe

Flut von Vasclear-Bestellungen

Newbury Pharmaceuticals aus Boston hat bestätigt, dass Bestellungen für ihr neues, noch nicht zugelassenes Medikament nicht bloß aus dem ganzen Land, sondern aus der ganzen Welt eintreffen. Das Medikament, das in 10-ml-Fläschchen ausgeliefert wird, muss gelöst und intravenös verabreicht werden und soll, Berichten zufolge, bei fünfundsiebzig Prozent der Patienten die Ablagerungen entfernen, die Ursachen für Herzinfarkt sind.

Dr. Art Weber, Vasclear-Projektleiter bei Newbury, sagt, dass die überwältigende Nachfrage nach dem Mittel sicher am Anfang zu Engpässen führen wird, was den Preis in die Höhe treibt.

Um sieben Uhr fünfzehn, Phil rief gerade die Leute zur Visite zusammen, trat Brian aus der Dusche im Bereitschaftszimmer. Er hatte alles Mögliche versucht, bis zum Eintreffen der Frühschicht wachzubleiben, aber da ihn keine besonderen Notfälle auf Trab gehalten hatten, war es ein vergebliches Unterfangen gewesen. Als ihn der Anruf der Schwester um sechs Uhr dreißig weckte, hatte er flach auf dem Rücken wie ein Toter zwei Stunden geschlafen. Sekunden nach ihrem Anruf war er wieder weggetreten.

Verabredungsgemäß rief sie ihn fünfzehn Minuten später ein zweites Mal an und ließ ihn nicht vom Hörer, bis er das Treuegelöbnis und die Namen aller Kammern, Klappen und Arterien des Herzens herunterbeten konnte.

Brian trocknete sich ab und kleidete sich an. Er war wütend darüber, dass er seine Stelle, seine Zukunft und die unmittelbare Sicherheit seiner Töchter aufs Spiel gesetzt hatte. Aber was hatte er in Wahrheit getan? Ein älterer Überlebender des Holocaust war mit einem ernsten medizinischen Problem zu ihm gekommen. Bei weiterer Nachforschung war er über einen ähnlichen Fall gestolpert. Es war nur natürlich, dass Brian wie jeder aufrichtige Arzt der Sache auf den Grund gehen wollte.

Er eilte auf die Station hinaus und holte die Gruppe ein, die um das Bett des Patienten in Zimmer 514 stand.

»Tut mir Leid, dass ich zu spät dran bin, Phil«, sagte er.

»Schon gut. Siehst so aus, als hättest du eine stressige Nacht gehabt.«

Hast du eine Ahnung!

»Den morschen Knochen ist's fast zu viel geworden. Ich habe Mrs Cameron nicht für einen permanenten Schrittmacher eingetragen, aber sie wird einen benötigen.«

»Ich werde mich drum kümmern.«

Die Visiten sollten bis neun Uhr dreißig dauern – maximal bis zehn. Technisch gesehen, war Phil, als Gastdozent des Monats, nicht nur für die Ausbildung der Schwestern, Studenten, Assistenzärzte und Stipendiaten verantwortlich, sondern darüber hinaus gesetzlich dazu verpflichtet, während des Diensts alle für Patienten getroffenen Entscheidungen abzusegnen. Brian sah seinen Freund in seiner Rolle agieren. Er beschäftigte das Personal mit genau der richtigen Mischung aus Fragen, Schöntun, unaufdringlichem Humor und medizinischer Kenntnis. Brians Ansicht nach lag Phil mit seiner Einschätzung der eigenen Fähigkeiten weit daneben. Er war ein verteufelt guter Arzt. Doch Brian wusste auch, dass das, was in vielen Kliniken an einem Mitarbeiter respektiert, ja sogar verehrt wurde, am Boston Heart die Norm war.

Irgendwann während der Visite – sie näherten sich gerade einer Reihe von Fällen, zu denen Brian nichts beizutragen hatte – stahl er sich davon, ging zu einer abgeschlossenen Telefonzelle gegenüber dem Arbeitsbereich der Krankenschwestern und wählte Sylvia Vitorellis Nummer. Eine Frau hob ab.

»Hallo?«

»Hallo, Mrs Vitorelli?«

»Wer?«

»Ich rufe wegen Mrs Sylvia Vitorelli an.«

»Hier lebt niemand mit diesem Namen. Sie müssen sich verwählt haben.«

»Warten Sie, legen Sie bitte nicht auf.«

Brian las die Nummer ab, die er gewählt hatte.

»Tut mir Leid«, meinte die Frau. »Das ist meine Nummer, aber hier lebt niemand, der so heißt, wie Sie gerade gesagt haben.«

»Bitte«, sagte Brian, »ich bin Arzt und rufe vom White Memorial Hospital an und versuche, diese Frau aufzutreiben. Die Nummer, die ich gewählt habe, stammt von ihrer Krankenakte. Wie lange haben Sie diesen Anschluß?«

»Mehr als sechs Monate.«

»Vielen Dank«, murmelte Brian und hängte den Hörer ein.

Für weitere zwanzig Minuten nahm er wieder an der Visite teil und flüchtete dann erneut zum Telefon. Diesmal war es ein Ferngespräch zu dem Mann, der laut Akte Sylvias nächster Verwandter sein sollte, Richard Vitorelli in Fulbrook, New York. Brian, der jetzt vorsichtiger war, als er je vor der Beinahe-Katastrophe in der Vasclearklinik gewesen wäre, benutzte eine außerhalb der Klinik gelegene Vermittlungsstelle sowie eine Kreditkarte, statt über die Zentrale der Klinik zu gehen. Eine Frau hob ab.

»Wer sind Sie, haben Sie gesagt?«, fragte sie.

»Dr. Holbrook vom White Memorial Hospital in Boston.«

»Haben Sie meine Schwiegermutter behandelt?«

»Ich ... nein ... nicht genau.«

»Sie sollten besser mit meinem Mann sprechen. Er wird heute Abend spät nach Hause kommen. Sie müssen morgen anrufen.«

»Na ja, könnten Sie mir einfach nur sagen, wie es Mrs Vitorelli geht?«

Es folgte eine längere Pause, bevor die Frau antwortete.

»Sie ist gestorben«, sagte sie schließlich. »Sie ist vor zwei Jahren hier in diesem Haus zusammengebrochen und im Krankenhaus gestorben.«

Brian fühlte, wie sein Pulsschlag auf diese Neuigkeit reagierte. Sylvias Akte endete nicht allzu viele Monate davor.

»Das tut mir Leid«, sagte er. »Könnten Sie mir nähere Einzelheiten über ihren Tod mitteilen – irgendwelche?«

»Ich ... Sie rufen wohl besser wieder an, wenn mein Mann zurück ist.«

»In Ordnung, aber sagen Sie mir doch bitte einfach ihre Todesursache.«

»Es war ihr Herz. Nun bitte, rufen Sie morgen wieder an.«

Sylvias Schwiegertochter hatte aufgelegt, ehe Brian ihr eine weitere Frage hätte stellen können. Aber er stellte sich selbst eine Unzahl Fragen. Hatte Sylvia vor ihrem Tod irgendwo im Krankenhaus gelegen? Hatte sie irgendwann eine kardiologische Untersuchung hinter sich gebracht? Eine Blutuntersuchung? Eine Autopsie? Und die vielleicht zwei wichtigsten Fragen: War es für ihn bereits zu spät, die Vasclear-Sache einfach fallen zu lassen? War er dazu überhaupt in der Lage?

»Nun, das waren bestimmt wahnsinnig fesselnde Visiten, stimmt's?«

Brian war nicht einmal aufgefallen, dass Phil an ihn herangetreten war.

»Entschuldige bitte, dass ich die Gruppe immer wieder verlassen habe. Ich habe einige Anrufe machen müssen.«

»He, schon gut. Du setzt einfach weiterhin die Schrittmacher ein und rettest Leben. Ich kümmere mich um die Theorie.«

»Du bist wirklich ein sehr guter Lehrer, Phil.«

»Ach, Quatsch.«

»Tatsache. Du tust das wirklich gern, das sehe ich dir an. Das ist nicht bei jedem so, weißt du.«

»Ja, ja, es stimmt, ich *tu's* gern. Ich tu hier alles gern, wofür ich bezahlt werde. Deswegen will ich mich auch mit dem Scheißdreck und den ungeschriebenen Regeln arrangieren. Das gehört halt dazu. Deswegen kann ich dir auch keine größere Hilfe bei dieser Vasclear-Sache sein, und deswegen bitte ich dich auch, vorsichtig zu sein.«

»Weißt du etwas, das ich nicht weiß?«

»Worüber?«

»Nichts, nichts. Ich leide einfach bloß etwas an Verfolgungswahn und bin absolut übermüdet.«

»Ich habe für beides Verständnis. Bri, wenn ich mich wie ein Prediger anhöre, entschuldige bitte. Aber es ist eine Tatsache im Leben, dass überall, wo mehr als eine Person arbeitet, eine Anzahl Egoisten herumläuft, mit denen die weiter unten, wie du und ich, zurande kommen müssen. Wenn es sich bei diesen Leuten zudem um Ärzte handelt, zeichnen sich die Persönlichkeiten einfach ... noch schärfer ab, das ist alles. Sobald du dich daran gewöhnt hast, wer ein empfindliches Ego hat und was du zu tun hast, um an seiner Schokoladenseite zu bleiben, ist es wirklich nett hier.«

»He, das musst du mir nicht sagen. Mich hat man vom Müllhaufen runtergezogen, hast du das vergessen?«

»Ja. Na ja, ich wollte dir dafür danken, dass du die Sache nicht weiter vorangetrieben hast.«

»Schon gut.«

Brian las seinem Freund das Unbehagen vom Gesicht ab. Phil fiel die Entscheidung, sich aus der Sache herauszuhalten, nicht leicht.

»Na schön«, meinte er verlegen, »bis später.«

Er wich ein paar Schritte zurück, drehte sich dann um und eilte davon.

Brian öffnete seine Aktentasche und holte einen Umschlag mit Phils Namen heraus. Darin befand sich eine Kopie der Liste der zehn Patienten von Phase I. Eigentlich hatte Brian schauen wollen, ob es für Phil zumutbar gewesen wäre, von einigen die Akten herauszusuchen. Stattdessen zerriss er die Kopie und warf die Schnipsel in den Papierkorb. Phil war offiziell aus dem Rennen. Brian dachte jetzt: Wenn er das für sich selbst ebenso sicher sagen könnte!

»Dr. Holbrook«, rief die Stationssekretärin, »haben Sie einen Moment Zeit?«

»Gewiss.«

Brian ließ seine Aktentasche zuschnappen und ging zu ihr hinüber.

»Dr. Holbrook, mir ist gerade dieser Umschlag auf meinem Schreibtisch aufgefallen. Ihr Name steht darauf. Ich weiß nicht, wer ihn dort hingelegt hat oder wann. Zufällig habe ich hingeschaut, und da lag er. Tut mir sehr Leid.«

»Unsinn. Ist schon in Ordnung, danke. Anscheinend sowieso nichts Wichtiges. Vielleicht aus dem Stapel herausgefallen, den ich aus meinem Briefkasten geholt habe.«

Er glaubte keine Sekunde lang an diese Erklärung, aber etwas Besseres wollte ihm spontan nicht einfallen. Er nahm den Umschlag von ihr entgegen und trat so sorglos wie möglich den Rückzug zum Aufenthaltsraum an.

Es war ein einfacher weißer zugeklebter Umschlag, auf dem sorgfältig in Blockbuchstaben DR. BRIAN HOLBROOK geschrieben stand. Brian riss den Umschlag auf, aber noch bevor er das einzelne Blatt auseinanderfaltete, wusste er, dass er in Schwierigkeiten steckte.

WHITE MEMORIAL HOSPITAL DIAGNOSTIK LABOR
Patient: 1744 Probendatum: 15/10

Testsubstanz	Ergebnis
Ethanol (Urin)	NEGATIV
Drogenscreening (Urin)	
Tetrahydrocannabinol (THC)	NEGATIV
Amphetamine	NEGATIV
Barbiturate	NEGATIV
Benzodiazepin Metabolite	NEGATIV
Kokain und Metabolite	NEGATIV
Methadon und Metabolite	NEGATIV
Opiate	POSITIV
Phencyclidin	NEGATIV
Propoxyphene und Metabolite	NEGATIV

Bemerkungen
– Die Probe stand unter ständiger Überwachung

– Positive Opiat-Ergebnisse durch Gaschromatographie bestätigt

– Quantitative Ergebnisse folgen

Patient 1744. Brians Nummer. Aber das Datum war das Heutige. Er hatte heute nicht einmal eine Urinprobe abgegeben, geschweige denn eine, die in der Gruppe der Suchtmittel positiv war – in der Klasse von Drogen, wegen denen er in Schwierigkeiten geraten war. Er saß da und starrte über den winzigen Aufenthaltsraum hinweg auf einen gerahmten Druck, eine Abbildung des Hippokrates, der einem Patienten etwas aus einem Tonkrug in den Schlund goss. Es war ein Gefühl, als wäre ihm eine Hantel auf den Brustkasten gefallen. Nach Absprache mit Ernest Pickard bedeutete ein einziger positiver, gaschromatographisch bestätigter Test das ›*Aus*‹. Keine Entschuldigungen, keine Ausreden, keine Unschuldsbeteuerungen, kein Verstecken hinter einem Laborirrtum, keine zweite Chance. *Aus*. Schluss beim BHI. Sofortiger Bericht an das Board of Registration. Erniedrigung. Suspendierung. Keine Arbeit als Arzt mehr. Keine unüberwachten Besuche bei den Kindern mehr. *Aus*.

Die Klinik, bei der er seine Urintests ablieferte, führte ein Journal mit täglichen Aufzeichnungen – eine Absicherung gegen den Vorwurf, beim Sammeln der Proben oder im Labor sei eine verloren gegangen. Hatte derjenige, der den unechten Bericht geschickt hatte, seinen Namen in dieses Journal hineingemogelt? Brian überlegte, weswegen sie sich einen Tag herausgepickt hatten, an dem er nicht die Aufforderung zu einer Probenabgabe erhalten hatte, statt abzuwarten, bis er tatsächlich eine Probe abgegeben hatte, und dann einfach die Ergebnisse zu verändern. Wenn sie einen offiziellen Bericht manipulieren konnten, wären sie zu allem imstande.

Plötzlich fiel ihm auf, dass sich sein Piepser eingeschaltet hatte. Das LED-Display zeigte einen Anruf von draußen. Brian stopfte den gefälschten Bericht in seine Hosentasche und nahm den Anruf entgegen. Der Anrufer war ein Mann mit langsamer, tiefer, fast gutturaler Sprechweise ... und einem Akzent.

»Sie haben den Umschlag, Dr. Holbrook?«

»Wer sind Sie?«

»Heute ist das nur eine Warnung. Eine Kostprobe unserer Fähigkeiten. Wenn Sie allerdings so weitermachen und es gibt Schwierigkeiten mit der FDA oder jemand anderem, werden wir es herausfinden. Das verspreche ich Ihnen. Und wenn wir es herausfinden, wird der nächste Bericht zu einer Urinprobe gehören, die Sie abgegeben haben. Ihr Name wird im Journal stehen. Der Test wird positiv sein, und Sie sind erledigt. Habe ich mich klar ausgedrückt?«

»Wer sind Sie?«, platzte Brian erneut heraus.

Der Anrufer legte auf.

Brian starrte das Telefon an und überlegte, weshalb man ihm überhaupt eine zweite Chance gab. Mit einem positiven Urintest stünde hinter allem, was er zu sagen hätte, ein riesiges Fragezeichen. Es musste daran liegen, dass er auf etwas Wichtiges und möglicherweise Schädliches für das Super-Sauber-Image von Vasclear gestoßen war. Teri hatte es unzählige Male gesagt – Alexander Baird war auf der Suche nach etwas, das dem Mittel den Heiligenschein nehmen würde, so dass sein Büro die Freigabe an eine allzu gierige Öffentlichkeit hinauszögern könnte. Der Anrufer und seine Auftraggeber wollten Brian mundtot machen und ihm seine Karriere gegen absolutes Schweigen verkaufen. Brian zerriss den Bericht in winzige Schnipsel und ließ sie in den Papierkorb rieseln. Er bekam eine letzte Chance – aber von wem?

Völlig konfus und durcheinander verließ er mit weichen Knien die Lounge und wäre fast mit Ernest Pickard zusammengestoßen. Während der Wochen im Dienst hatte Brian den Institutsleiter nicht einmal auf der Station gesehen. Und nun war er hier. Zufall?

Pickard trug einen makellosen blauen Zweireiher. Ein Stethoskop ragte aus einer Anzugtasche, obwohl Brian bezweifelte, dass es der Mann noch oft benutzen musste.

»Na, na«, sagte Pickard, wie üblich gut gelaunt, und zog Brian weit genug von der Rezeption weg, dass sie reden konnten. »Wie geht's dem Quarterback?«

Brian musterte den Mann so scharf, wie er sich getraute. Seinem Tonfall versuchte er zu entnehmen, ob dieser Besuch im Anschluss an den Anruf sicherstellen sollte, dass die Vasclear-Botschaft angekommen war.

»Bislang habe ich noch nicht allzu viel abbekommen«, erwiderte Brian.

»Keine falsche Bescheidenheit. Die bisherigen Berichte über Sie sind glänzend ausgefallen. Nun ja, ich wollte mich mit diesem Besuch vergewissern, dass es Ihnen nach der Tragödie wieder gut geht.«

»Tragödie?«

»Ja. Ihr Vater.«

»Oh, ja. Ja. Das ist sehr freundlich von Ihnen, Dr. Pickard. Ehrlich gesagt, habe ich das Gefühl, als würde ich im Augenblick alles nur mechanisch erledigen.«

Pickard legte ihm eine Hand auf die Schulter.

»Das ist eine völlig normale Reaktion. Ich weiß, wie schwer es Ihnen fällt, sich zu konzentrieren. Lassen Sie den Kopf nicht zu sehr hängen, ja?«

»Ich werd's versuchen.«

»Und erlauben Sie sich um Gottes willen keinen Rückfall! Sie gehen nach wie vor zu Ihren Treffen?«

»Aber sicher.«

»Ausgezeichnet! Sie passen nämlich anscheinend gut hierher, und ich würde Sie nur sehr ungern verlieren.«

Ohne eine Antwort abzuwarten klopfte Pickard Brian erneut auf die Schulter, lächelte den Schwestern und der Sekretärin zu, die hinter dem Empfang versammelt waren und ihn anhimmelten, und ging.

Brian schlenderte zum Aufenthaltsraum zurück. Wusste Pickard, was er im Sinn hatte, oder nicht? Er konnte es einfach nicht sagen. Aber eines war klar: Es waren nur noch vier Tage bis zur Unterzeichnung der Zulassung von Vasclear, und er war ein Gebrandmarkter. Er warf einen Blick zur Tür hinaus, um sicherzugehen, dass niemand in der Nähe war, und rief daraufhin die einzige Person an, der er völlig vertraute. Gott sei Dank war Freeman zu Hause.

»Freeman, ich rufe an, um nachzuhören, ob hier irgendwo ein Treffen stattfindet, sagen wir, heute Nachmittag um drei, und ob du es dahin schaffen kannst.«

»Da schau ich doch gleich mal in meinem zuverlässigen Notizbuch mit der Liste nach. Im Bereich NA sehe ich bis heute Abend nichts, aber in der Stiles Street 18 in Brookline ist ein AA-Treffen. Von vier bis fünf. Diskussionsrunde.«

»Kannst du da hinkommen?«

»He, wenn du mich brauchst, kriegst du mich. Insbesondere bei einem Treffen. Das steht im Betreuer-Handbuch.«

»Danke sehr. Na ja, ich brauche dich und das Treffen. Und noch etwas – hast du eine Ahnung, wie man herausfinden kann, wem eine Firma gehört und wer da im Aufsichtsrat sitzt?«

»Nein, aber unter den Anonymen Alkoholikern und den NA-Leuten ist immer jemand, der weiß, was du wissen willst, ob es ums Geschäft, um Rap-Musik, Heimwerkerei oder Neurochirurgie geht. Man muss bloß den richtigen Heini auftreiben.«

»Könntest du's versuchen?«

»Natürlich, vorausgesetzt, du wirst mir erzählen, um was es überhaupt geht.«

»Werde ich, Freeman. Das verspreche ich dir.«

»Dann in Ordnung. Welche Firma?«

»Newbury Pharmaceuticals. Ich möchte wissen, wer bei Newbury Pharmaceuticals das Sagen hat.«

KAPITEL 26

Freeman Sharpe traf eine Viertelstunde nach Beginn des AA-Treffens in der Kirche in Brookline ein, doch Brian hatte ihm einen Platz freigehalten. Eine Zeit lang saßen sie zusammen und hörten einem Rechtsanwalt zu, der über die Fehler sprach, die er aufgrund seiner Trunksucht über die Jahre hinweg in seiner Kanzlei begangen hatte, und über die Veränderungen, die er während der acht Jahre, seitdem er trocken war, durchgemacht hatte. Er übernahm jetzt einmal die Woche ehrenamtlich den Telefondienst der Anonymen Alkoholiker. Darüber hinaus hatte er seinen hochdotierten Posten bei einer Firma aufgegeben, seinen BMW gegen einen Toyota getauscht, seine Beruhigungstabletten weggeworfen und war gegenwärtig als Armenanwalt tätig.

Das Strahlen auf dem zerknitterten Gesicht des Mannes erleuchtete den Saal.

Sharpe beugte sich herüber und flüsterte: »Hört sich an, als hätte er es ziemlich gut gepackt.«

Brian blickte zu einem Buntglasfenster auf.

»Ja«, erwiderte er lustlos.

Sharpe seufzte.

»Dr. Brian, vielleicht sollten wir hinausgehen und reden.«

»Hinausgehen? Sharpe, seitdem ich dich kenne, bist du noch nie während eines Treffens hinausgegangen.«

»Na ja, mein siebter Sinn sagt mir, dass du übel dran bist.«

Sie blieben an der Kaffeekanne stehen, schenkten sich ein und nahmen die Tassen mit hinaus auf die Straße. Der Spätnachmittag war bewölkt, jedoch warm, und Brian war froh, vor dem Verlassen der Klinik Jeans und T-Shirt angezogen zu haben. Schweigend wanderten sie einen Block hinab, anschließend über ein verlassenes Football-Feld hinweg zu einer Bank aus Beton. Freeman stopfte seine Maiskolbenpfeife.

»Ich bin in echten Schwierigkeiten«, sagte Brian.

»Sieht mir fast so aus, als wäre das der Dauerzustand, seit du da angefangen hast zu arbeiten.«

»Autos zu verleihen war viel einfacher, das garantiere ich dir. Freeman, Jack ist zum Teil deswegen gestorben, weil ich ihn nicht zu einer Operation gedrängt habe. Der Hauptgrund dafür, ach was, der einzige Grund, war der, dass ich ihn auf Vasclear gesetzt hatte. Jetzt finde ich so einiges über die ersten klinischen Tests an Patienten mit diesem Mittel heraus – davon hat das Unternehmen nie erfahren, andernfalls hat es nie der FDA davon Mitteilung gemacht.«

»Stimmt was nicht mit dem Mittel?«

»Das weiß ich nicht genau. Jetzt jedenfalls ist scheinbar alles in Ordnung. Aber vor zweieinhalb Jahren sind einige Vortests an Menschen durchgeführt worden. Ich habe nur drei dieser achtzehn Patienten ausfindig machen können, aber alle drei sind tot. Zwei hatten seltsame Ergebnisse bei einer Blutuntersuchung und zeigten Symptome, die vielleicht von dem Mittel verursacht wurden. Die Dritte habe ich gerade erst aufgetrieben. Sie ist oben in New York im Haus ihres Sohnes gestorben. Ich kenne keine Einzelheiten. Aber ihre Krankenakte und die Akte eines der anderen Patienten sind anscheinend beide manipuliert worden. Seiten fehlen.«

»Das Mittel funktioniert aber jetzt problemlos?«

»Ja. Es wirkt nach wie vor nicht bei jedem, aber es schadet offenbar auch keinem.«

Freeman zündete die Pfeife an. Der Rauch des Cherry-Tabaks vermischte sich perfekt mit den herbstlichen Düften.

»Und?«, fragte er.

»Letzte Nacht hat mich eine Überwachungskamera in der Klinik dabei erwischt, wie ich mir die Namen einiger der ersten Patienten besorgt habe, damit ich sie überprüfen konnte.«

»Warum hast du das getan?«

»Ich weiß es nicht. Ich ... ich werde das Gefühl nicht los, dass ich Jack nicht genügend zur OP gedrängt habe. Ich wollte so sehr daran glauben, dass Vasclear die Antwort war.«

»Ein Kreuzzug. Ich liebe Kreuzzüge. Die Pferde, die kleinen weißen Kapuzen mit den roten Kreuzen darauf.«

Brian brachte ein kurzes Auflachen zustande.

»Weißt du«, meinte er, »vielleicht ist es ein Kreuzzug. Aber die Frage ist, gegen wen trete ich zum Kampf an? Je tiefer ich in diese Sache hineingerate, desto mehr komme ich zu der Auffassung, gegen mich selbst zu kämpfen – gegen meine eigene Arroganz. Sie hat mein Leben zwei Mal fast vernichtet – einmal, als sie mir das Knie zerrissen hat, und später, als ich mich geweigert habe, wegen eines Suchtproblems, das mir die Seele zerfressen hat, Hilfe anzunehmen. Aber ich habe geglaubt, nach der ganzen Arbeit bei NA und in der Therapie hätte ich diese Seite von mir völlig unter Kontrolle. Ganz plötzlich habe ich dann entschieden, dass ich wüsste, was für meinen Vater das Beste ist, und alle Empfehlungen seiner Ärztin und eines der führendsten Herzchirurgen der Welt in den Wind geschlagen.«

»Deswegen willst du diese Sache nicht fallen lassen?«

»Vielleicht. Ja. Ja, ich glaube, da ist 'ne Menge dran. Mein Ego hat mich dazu verleitet, Dinge zu tun, für die ich mich jetzt schäme, also versuche ich, das Mittel und seine Hersteller zu bestrafen. Aber, Freeman, ich glaube trotzdem auch, dass mit dem Mittel selbst etwas nicht stimmt. Ich habe keine Ahnung, was das sein könnte, aber dieses Problem mit den Patienten von Phase I ist wohl einfach unter den Teppich gekehrt worden. Die mit der Vasclearstudie befassten Ärzte sind angesehene Wissenschaftler, aber sie haben mich bereits bei einer entscheidenden Sache angelogen.«

»Und diesen angesehenen Wissenschaftlern bist du allmählich ein Dorn im Auge?«

»Vielleicht ihnen, vielleicht jemand anderem. Heute Morgen hat jemand das Ergebnis einer Urinprobe mit meiner Patientennummer für mich hinterlegt. Es wirkte echt, ist es jedoch nicht. Der Test auf Betäubungsmittel war positiv. Ich habe aber heute gar keine Urinprobe abgegeben. Wenige Minuten später hat ein Mann angerufen und durchblicken lassen, dass der Bericht beim nächsten Mal auf dem Schreibtisch meines Chefs landen würde, wenn ich nicht aufhöre, Schwierigkeiten zu machen.«

»Also, welchen Rat soll dir dein Betreuer erteilen?«

»Du sollst mir sagen, dass ich nach achtzehn Monaten endlich wieder medizinisch tätig bin, dass die ganze Vasclear-Sache einzig und allein auf meine überzogene Einbildungskraft zurückzuführen ist, dass ich wirklich keinen konkreten Beweis für eine faule Stelle bei dem Mittel habe, dass die FDA nicht im Geringsten an dem interessiert ist, was ich bislang herausgefunden habe, und dass ich mich besser um meine eigenen Angelegenheiten kümmern sollte.«

Sharpe stieß eine Rauchwolke aus, die wirbelnd zum Himmel stieg.

»Warum haben sie dich deiner Ansicht nach mit der gefälschten Urinprobe bedroht?«, fragte er.

»Bin mir nicht sicher. Entweder haben sie Angst, dass ich über eine Leiche in ihrem Keller stolpere, oder sie sind einfach vorsichtig, weil es nur noch wenige Tage bis zur Zulassung des Mittels sind. Wenn sich herausstellt, dass sie etwas über Vasclear aus Phase I wissen und es der FDA nicht mitgeteilt haben, wäre das vielleicht ausreichend für die Behörde, die Zulassung auf ewig hinauszuzögern, auch wenn sie das Problem anschließend behoben haben.«

»Selbst wenn das Mittel seit dieser Zeit problemlos funktioniert?«

»Glaube schon. Da stehen gewaltige Summen auf dem Spiel.«

»Also könntest du bestenfalls darauf hoffen, dass die Zulassung eines Medikaments hinausgezögert wird, das allem Anschein nach perfekt funktioniert und Tausenden das Leben retten könnte. Zudem könnte dich der Versuch, diese zweifelhafte Großtat zu vollbringen, deine Karriere als Arzt kosten.«

Ein weiterer Rauchring.

»Wenn du das so formulierst, hört es sich ziemlich blöd an«, meinte Brian.

»Es hört sich nach jemandem an, der sich sehr um seinen Vater sorgt und sich sehr schuldig, wütend und enttäuscht wegen seines Tods fühlt. Das ist nicht blöd.«

»Also meinst du, ich sollte die ganze Sache vergessen.«

»Nicht wirklich, nein.«

Brian konnte es erst nicht fassen.

»Was meinst du damit?«

»Hör mal, du hast mich darum gebeten, ein bisschen bei Newbury Pharmaceuticals nachzubohren, nicht wahr?«

»Das war erst heute früh. Hast du schon was gefunden?«

»Vielleicht. Zunächst mal ist die Firma in Privatbesitz und auf den ersten Blick betrachtet makellos.« Er zog ein Papier aus seiner Windjacke hervor. »Das Secretary of state's office at the State House verlangt nicht viel Informationen von Privatfirmen, und genau das hier haben sie über Newbury in ihren Unterlagen.« Er reichte Brian eine Liste mit vier Namen. »Einer aus der Unternehmensleitung, ein Chef der Finanzbuchhaltung, ein kaufmännischer Angestellter, ein Name aus dem Aufsichtsrat. Das und der Unternehmenszweck sind die minimalen Anforderungen. Keiner dieser Namen sagt mir etwas, und ich bezweifle, dass sie dir was sagen.«

»Stimmt.«

»Erinnerst du dich daran, dass ich dir gesagt habe, wenn du etwas wissen oder getan haben willst, gibt es bei den AA stets jemanden, der es weiß oder tun kann? Siehst du, mir ist was eingefallen. Wenn was mit deiner Firma da nicht stimmt, dann müsste es Cedric L. wissen. Kennst du ihn? Vielleicht der einzige Chinese auf der Welt mit dem Namen Cedric. Er gehört zur Freitagabendgruppe in der Innenstadt. Und außerdem noch Mitglied eines Clubs in Chinatown, der in Wahrheit Treffpunkt einer der härtesten Gangs der Stadt ist.«

»Und du machst dir um mich Sorgen, weil ich ein paar Arzneifläschchen mitgehen lasse.«

»Cedric ist seit zwanzig Jahre trocken – ohne einen einzigen Rückfall«, entgegnete Freeman. »Vielleicht auch schon länger. Wenn du so viel Zeit hinter dich gebracht hast, kannst du begründete Entscheidungen treffen. Wie dem auch sei, ich habe den guten alten Cedric angerufen, und es stellte sich heraus, dass er etwas über deine Newbury Pharmaceuticals weiß.«

»Wie zum Beispiel?«

»Wie zum Beispiel, dass die Firma während der letzten zehn Jahre zur Geldwäsche benutzt worden ist.«

»Drogengeld?«

»Gibt es was anderes?«

»Die Mafia?«

»Nicht die, an die du denkst. Laut Cedric besitzen die Russen das Unternehmen. Haben es schon vor dem Fall der Berliner Mauer besessen.«

Brian warf einen Blick auf die Liste der vier Namen.

»Wer sind dann diese Leute?«

»Weiß ich nicht. Leute, die ihren Namen geändert haben. Leute, die dafür bezahlt werden, dass sie ihre Namen auf Firmendokumente setzen. Vielleicht so was in der Art. Die Firma stellt Vitaminpillen her.«

»Ist mir bekannt.«

»Na ja, Cedric sagt, Gerüchten zufolge kaufen sie die Rohstoffe für ihre Vitamine irgendwo drüben in Rußland ein und verkaufen dann die Fertigprodukte wieder dorthin zurück. Irgendwie schafft das Geld den Hinweg in Münzen und hat sich auf dem Rückweg in Scheine und elektronische Depots verwandelt.«

»Jetzt stellen sie Vasclear her?«

»So hat es den Anschein. Wenn dieses Zeug so viel wert ist, wie die Zeitungen sagen, dann werden sie keine Vitaminpillen und kein Dope mehr verschachern müssen.«

Brian pfiff leise.

»Freeman, der Typ, der mich heute Morgen angerufen und bedroht hat, hatte einen russischen Akzent. Da bin ich mir sicher.«

»In diesem Fall, mein Freund, würde ich sagen, dass du dich tief, ganz tief, in die Scheiße geritten hast. Wenn du diese Burschen irgendwie verärgerst, schlagen sie dir normalerweise nicht nur mit einem Lineal auf die Finger. Es überrascht mich, dass du lediglich mit einem positiven Befund beim Urintest bedroht worden bist.«

Wie betäubt saß Brian da und blickte in der zunehmenden Dämmerung über das Spielfeld, auf dem jetzt zwei Jungen einander einen Football zuwarfen.

»Dieser Cedric, kann man dem vertrauen?«, fragte er.

»Er ist ein Gangster. Woher zum Teufel soll ich das wissen? Aber ja, ich glaube ihm. Welchen Grund sollte er haben, mich anzulügen?«

»Ich habe das Leben meines Vaters wegen eines Wundermittels aufs Spiel gesetzt, das von der russischen Mafia kontrolliert wird?«

»Sieht ganz danach aus. Was jedoch nichts daran ändert, dass das Mittel wirkt.«

»Ja, das stimmt. In fünfundsiebzig von hundert Fällen. Freeman, was soll ich tun?«

»Trinke nicht, nimm keine Drogen, geh zu Treffen und bitte um Hilfe.«

»Allgemeiner Ratschlag.«

»Ja, aber der richtige Ratschlag für diese oder jede Situation. Brian, ich habe mehr als ein Jahr in dich investiert. Du hast vielleicht Recht, dass die Leute von Newbury was zu verbergen haben, oder auch nicht. Gegenwärtig ist mir scheißegal, was zutrifft. Ich möchte einfach bloß nicht, dass dir was passiert.«

»Also willst du damit sagen, dass ich mich ihren Forderungen fügen und nichts unternehmen soll?«

»Vielleicht.«

»Aber die Sache ist die, Freeman, dass ich überhaupt nichts unternommen habe, in keiner Hinsicht – gewiss nichts, das eine solche Reaktion von ihrer Seite verdient hätte. Sie nutzen die Tatsache, dass ich Rekonvaleszent bin, gegen mich aus und drohen mir, mein Leben als Arzt zu zerstören, und ich habe verdammt noch mal nichts weiter getan, als einige Aufzeichnungen nachzuprüfen.«

»Ein bisschen sieht es so aus, als würden sie mit Kanonen auf Spatzen schießen.«

»Warum?« Kopfschüttelnd stand Brian auf und ging zum Footballfeld hinüber. Sharpe folgte ihm, Asche aus seiner Pfeife klopfend.

»Warum?«, fragte Brian erneut.

Sie erreichten die Stelle, wo die Jugendlichen spielten. Brian klatschte in die Hände, eine Aufforderung, ihm den Ball zuzuwerfen, und einer von ihnen warf ihn pflichtschuldig herüber.

»Geh nach hinten«, sagte Brian und winkte den Jungen weg. »Weiter nach hinten«, rief er. »Noch weiter!«

»Mister, nun kommen Sie schon«, schrie der Junge zurück.

»Na gut. Hier, bedien dich!«

Jedes bisschen Verwirrung, Zweifel und Angst ging in Brians Wurf. Obwohl der Junge gut vierzig Meter entfernt stand, war der Ball nach wie vor im Ansteigen begriffen, als er über seinen Kopf hinwegsegelte. Er landete mehr als sechzig Meter von Brian entfernt, sprang einmal hoch und verschwand in einem niedrigen Gebüsch.

»Ich kann nicht die Finger davon lassen, Freeman«, sagte er. »Ich kann's einfach nicht.«

Kapitel 27

Fulbrook, eine verschlafene Kleinstadt im Bundesstaat New York, war eine Postkartenidylle am Fuß der Catskill Mountains. Die Fahrt von Boston dauerte dreieinhalb Stunden und führte durch eine berauschend schöne Herbstlandschaft. Brian hatte das Verdeck seines LeBaron zurückgeklappt, was gewöhnlich wie Balsam für seine aufgewühlte Seele wirkte. Aber heute konnte ihn nichts ablenken – außer einige Antworten.

Richard Vitorelli hatte sich Brian gegenüber ebenso argwöhnisch und wortkarg verhalten wie seine Frau. Schließlich hatte er einem persönlichen Treffen zugestimmt, vorausgesetzt, er würde sich entsprechend ausweisen und das Treffen könnte in der Praxis seines Hausarztes stattfinden, der gleichzeitig der Gerichtsmediziner des Verwaltungsbezirks war. Darüber war Brian mehr als glücklich.

Im Anschluss an seinen nahezu 36-stündigen Bereitschaftsdienst hatte er den ganzen Tag frei. Nach dem Gespräch mit Richard Vitorelli, der ihm den Weg zu Dr. Samuel Purefoys Praxis beschrieb, hatte er Teri aus der Wohnung angerufen. Neben ihrer Stimme verblasste alles andere in seiner Bedeutung.

»Ich wollte *dich* gerade anrufen«, meinte sie.

»Weswegen?«

»Ich weiß es nicht. Vielleicht Telefonsex? Ich vermisse dich, Doktor.«

»Und ich vermisse dich, Doktor. Kannst du schon vor Samstag hier auftauchen?«

»Das wird nicht möglich sein. Hier gibt es nach wie vor einen gewaltigen Berg an Arbeit. Dr. Baird und ich fliegen Sonnabend früh mit einem Regierungsjet.«

Brian hatte sich bereits entschlossen, ohne einen hieb- und stichfesten Beweis nichts von den Informationen preiszugeben, die Freeman von Cedric L. erhalten hatte. Wahrscheinlich waren der FDA die Vorstandsmitglieder und leitenden Forscher von Newbury Pharmaceuticals bekannt und hatten bei der Überprüfung eine blütenweiße Weste vorzuweisen gehabt. Grundlose Vorwürfe zu machen würde seine eigene Glaubwürdigkeit lediglich schmälern.

»Bist du bereits auf irgendwelche beunruhigenden Informationen über Vasclear gestoßen?«, fragte er Teri.

»Nein, abgesehen von dem, was du mir über die beiden Fälle von Herzinsuffizienz erzählt hast, bei denen es sich vielleicht um pulmonale Hypertonie handeln könnte.«

»Und Dr. Baird gibt nichts darum.«

»Eigentlich nicht. Vergiss nicht, die Patienten in Phase I waren alle von Anfang an ziemlich krank. Es scheint nur natürlich, dass einige davon an ihren Herzerkrankungen sterben würden.«

»Was ist mit der pulmonalen Hypertonie?«

»Brian, es liegen keinerlei Beweise dafür vor, dass einer dieser Patienten tatsächlich daran gelitten hat. Zudem ist nur einer an den Folgen eines Herzinfarkts gestorben. Du hast gesagt, der andere sei bei einem Raubüberfall erschossen worden.«

»Allerdings. Ich wollte zum Gerichtsmediziner hinübergehen und nachsehen, ob die Autopsie Anzeichen für pulmonale Hypertonie in den Lungengefäßen ergeben hat, aber dazu bin ich bisher noch nicht gekommen. Es gibt übrigens einen weiteren Patienten aus Phase I, über den ich was erfahren möchte – eine Dame namens Vitorelli. Wie die anderen beiden ist sie tot. Sie ist wohl an

Herzinsuffizienz gestorben, aber ich möchte herausfinden, ob sie vielleicht pulmonale Hypertonie hatte. Morgen habe ich den ganzen Tag frei und nichts weiter vor. Also habe ich mir gedacht, ich klappe das Verdeck herunter, fahre zu ihrem Sohn nach New York hinüber und rede mit ihm und dem Gerichtsmediziner.«

»Ich will dir das nicht ausreden, Brian, aber ich möchte dich darauf hinweisen, dass wir zufriedengestellt sind. Das Mittel ist gefahrlos und wirksam.«

»Aber du hast gesagt, du würdest Vasclear bis zur letzten Minute überprüfen.«

»Das habe ich auch so gemeint. Wenn du etwas Konkretes herausfindest, wird Dr. Baird es sich ansehen. Er hat das Wort des Präsidenten, dass die Unterzeichnung sogar in der allerletzten Minute abgesagt werden kann.«

»In diesem Fall bin ich unterwegs nach Fulbrook. Willst du ganz bestimmt nicht heute Abend mit dem Flugzeug herkommen und mit mir morgen früh dort hinunterfahren? Es ist ein Ausflug von etwa vier Stunden, und ich habe diese Fantasie, wir könnten im Wagen ...«

»Oh, nein, nicht *das*. Alle Männer haben die.«

»Wirklich? Na ja, zufälligerweise hat meine mit Orangenmarmelade, einem Quijabrett und meiner Arzttasche zu tun. Nur damit du weißt, was dir entgeht.«

»Also, das hört sich verlockend an. Brian, wir sind wirklich zufrieden, dass wir alles Menschenmögliche getan haben. Du brauchst dich nicht aus dem Fenster zu hängen.«

»Daran hättest du denken sollen, bevor du mich in dein Hotelzimmer eingeladen hast. Jetzt bin ich besessen.«

»Kann ich in diesem Fall später noch mal auf das Quijabrett und die Orangenmarmelade zurückkommen?«

»Aber sicher. Ich ruf dich an, wenn ich zurück bin.« Brian hörte ein Klicken in der Leitung. »Wartet bei dir ein Anrufer?«, fragte er.

»Nein, warum?«

»Ich habe gerade ein Geräusch gehört – ein Klicken.«

»Ich höre immer merkwürdiges Zeug bei mir in der Leitung, aber diesmal nichts. Geht's dir gut?«

»Hm? Oh, ja. Ich bin müde und ein bisschen erschöpft von der Arbeit, das ist alles. Und ich vermisse meinen Vater.«

»Dieses Gefühl wird vermutlich nachlassen, jedoch niemals völlig verschwinden.«

»Ja ... na ja, ich muss los, Marmelade besorgen.«

»Du fehlst mir, Brian.«

Dr. Samuel Purefoy, der Bezirksarzt von Greene County, war ein rundlicher jovialer Mann. Seine Praxis lag in einem kleinen himmelblauen Bungalow am Fuß eines Hügels, der in allen Herbstfarben funkelte. Auf dem Rasen vor dem Haus stand ein alter, frisch gestrichener Einspänner – eine Erinnerung an die einfacheren liebenswürdigeren Tage der Medizin.

Brian traf eine Viertelstunde eher ein als vereinbart, und Purefoy nutzte die Zeit, ihnen einen Tee zu kochen und ihn freundlich über Medizin, White Memorial Hospital und das BHI auszuquetschen.

»So etwas wie im Schlafzimmer der Frau bei Ricky ist mir nie zuvor begegnet«, sagte der alternde Allgemeinmediziner schließlich. Für Brian bedeutete diese Aussage, dass er akzeptiert war. »Überall blutige Lungenflüssigkeit. Mein Gott, wie muss diese Frau vor ihrem Ende gelitten haben! Sie ist ertrunken. Schlicht und ergreifend. Wir haben für sie getan, was wir konnten, aber sie hatte wirklich keine Chance.«

»Sie hat bei Ihrem Eintreffen noch gelebt?«

»Ja, aber kaum noch. Es war ein Sonntag. Mein Haus ist etwa einen Kilometer von den Vitorellis entfernt, und da sich mein Rücken wieder bemerkbar gemacht hat, habe ich die Kirche sausen lassen. Ich bin gleichzeitig mit dem Rettungswagen drüben eingetroffen. Wir haben ihr einen Tubus eingeführt und sie zu unserem kleinen Krankenhaus hinübergeschafft. Es ist klein, aber es ist verdammt gut.«

»Darauf gehe ich jede Wette ein«, meinte Brian.

»Dennoch hat sie es nicht mehr aus der Notaufnahme geschafft. Mit der ganzen Flüssigkeit in ihrer Brust konnten wir einfach nicht genügend Sauerstoff in ihr Blut kriegen.«

»Haben Sie an eine Autopsie gedacht?«

»Eigentlich nicht. Sie war eine Herzpatientin des White Memorial. Aufgrund der Medikamente, die sie dort bekommen hat, sah ich dazu keine Veranlassung. Ich hielt es für sinnlos, sie oder ihre Familie dem Trauma einer postmortalen Untersuchung auszusetzen. Was bringt Sie zwei Jahre nach dieser Sache den ganzen Weg von Boston hierher?«

»Mrs Vitorelli war eine der ersten Patienten, die mit Vasclear behandelt worden sind.«

»Ah, ja, dem Wundermittel. Ich habe bereits ein halbes Dutzend Kandidaten dafür auf der Liste. Wie ich gehört habe, wird es ab diesem Wochenende erhältlich sein. Stimmt das?«

»Ich denke schon. Dr. Purefoy ...«

»Sam. Nennen Sie mich bitte Sam.«

»... Sam, ich bin über einige Fälle gestolpert, die am ersten Vasclear-Test teilgenommen und etwas entwickelt hatten, das aussah und sich so verhielt wie schwere pulmonale Hypertonie. Könnte das bei Mrs Vitorelli der Fall gewesen sein, was meinen Sie?«

»Pulmonale Hypertonie, hm. Ich bin nicht sicher, ob ich so einen Fall je zu Gesicht bekommen habe. Oder falls doch, dann habe ich ihn nicht als solchen diagnostiziert. Ihre Fußknöchel waren schrecklich angeschwollen, so schlimm, wie ich es noch nie gesehen habe. Das ist ein Anzeichen von pulmonaler Hypertonie, nicht wahr?«

»Genau, obwohl es für PH nicht spezifisch ist.«

In diesem Augenblick trat Richard Vitorelli ein, ein Mann, der wie jemand aussah und roch, der sein Leben auf dem freien Feld verbrachte. Er war breitschultrig, hatte dichtes gelocktes Haar und ein äußerst freundliches Gesicht. Er reichte Brian zaghaft eine schwielige Hand und wandte sich dann an Purefoy.

»Der Mann ist in Ordnung?«, fragte er mit einem Gesichtsausdruck, der andeutete, dass er nicht leicht jemandem Vertrauen schenkte.

»Oh, ja«, erwiderte Purefoy. »White Memorial Hospital, genau, wie er gesagt hat. Er stellt Nachforschungen über dieses Vasclear an, das Ihre Mutter genommen hat.«

»Was ist damit?«

»Nun ja«, erwiderte Brian, »in wenigen Tagen werden es Menschen auf der ganzen Welt nehmen.«

»Auch Etliche hier in Fulbrook«, warf Purefoy dazwischen.

»Ich überprüfe Fälle von Leuten, die Vasclear genommen haben und gestorben sind. Ihre Mutter stand auf meiner Liste.«

Vitorelli blickte erneut zu Purefoy, der nickte und damit andeutete, er könne frei von der Leber weg sprechen.

»Meine Mutter ist nie krank gewesen, bis mein Vater vor vier Jahren an einem Schlaganfall gestorben ist«, begann er. »Dann, nur wenige Monate nach seinem Tod, hat sie Schmerzen in der Brust bekommen.«

»Da ist sie auf Vasclear gesetzt worden«, meinte Brian.

»Ja. Sie hat es fast ein Jahr lang genommen«, erwiderte Vitorelli. »Zunächst hat es so ausgesehen, als würde es ihr wirklich gut tun. Ihre Brustschmerzen sind so gut wie verschwunden, und sie ist richtig aufgeblüht. Dann hat sie sich erneut beklagt. Als sie zu uns raufgekommen ist und ich einen Blick auf ihre Beine bekommen habe, habe ich Angst gekriegt. Ich wollte Doktor Purefoy rufen, aber es war Sonntag, und ich ... ich habe gedacht, es könnte bis zum nächsten Tag warten.«

Er rieb sich mit dem Handrücken die aufsteigenden Tränen aus den Augen.

»Es war nicht Ihre Schuld, Ricky«, sagte Brian mit mehr Mitgefühl, als die beiden Männer auch nur ahnten. »Wenn Ihre Mutter das Lungenproblem gehabt hat, das sie meiner Ansicht nach hatte, hätte niemand sie retten können – ich nicht, Sam nicht, niemand.«

»Sie war eine sehr gute Frau«, sagte Ricky. »Möchten Sie noch etwas wissen? Wenn nicht, kehre ich besser zu meinem Traktor zurück.«

Keine Fragen über die mögliche Verbindung zwischen dem Tod seiner Mutter und Vasclear; kein plötzliches Interesse an einem großen Prozess. Richard Vitorelli war nicht so erzogen worden, dass er erst klagte und dann Fragen stellte. Im Stillen schwor sich Brian, dass er dem Sohn erneut einen Besuch abstatten würde, falls Vasclear Sylvia Vitorelli Schaden zugefügt und Newbury Pharmaceuticals etwas davon gewusst oder einen Vertuschungsversuch unternommen hatte.

Diesmal schüttelte Rick seine Hand etwas kräftiger. Brian stand auf und wollte gehen, doch dann fiel ihm etwas ein.

»Sagen Sie, Sam«, meinte er. »Ist bei Mrs Vitorelli je eine Blutuntersuchung durchgeführt worden?«

»Das weiß ich wirklich nicht. Ich könnte mir vorstellen, dass wir eine Blutprobe losgeschickt haben, aber dann ist sie ... sie hat's halt nicht geschafft.«

»Könnten Sie das herausfinden? Ich bin insbesondere an der Zahl ihrer weißen Blutkörperchen und dem Prozentsatz an Eosinophilen interessiert.«

»Wenn es eine gibt, warum nicht. Ricky, ich weiß, es ist zwei Jahre her, aber erinnern Sie sich zufällig an das genaue Todesdatum Ihrer Mutter?«

»Es war diesen Monat vor zwei Jahren. Am fünften Oktober.«

Sam Purefoy rief die Klinik an, sprach mit dem Labor und hängte dann wieder ein. Sie mussten keine zwei Minuten auf das Ergebnis warten, das über das Faxgerät in einer Ecke seiner Praxis kam.

»Nun ja«, sagte er, das Blatt überfliegend, »die Eosinophilie-Werte sind erhöht, aber nur leicht. Sieben Prozent von insgesamt zwanzigtausend weißen Blutkörperchen.«

Er reichte das Blatt weiter. Aufgeregt studierte Brian die Zahlen. Er gab sich nicht die Mühe, darauf hinzuweisen, dass Stress und vielleicht Austrocknung die Zahl der weißen Blutkörperchen bei Sylvia künstlich erhöht haben mochten. Wenn es die normalen 5000 bis 10 000 gewesen wären, hätte der EO-Wert zwischen fünfzehn und zwanzig Prozent gelegen – verblüffend hoch.

»Kann ich das behalten?«, fragte er.

»Natürlich«, erwiderte der praktische Arzt.

Drei Phase-I-Patienten, zwei davon an Herzinsuffizienz gestorben, ein dritter *mit* Herzinsuffizienz, und alle mit erhöhten Eosinophilie-Werten. Das hörte sich sehr nach einer Reaktion auf das Mittel an.

Brian war etwa eine Viertelstunde von Fulbrook entfernt und fuhr auf einer weitgehend verlassenen gewundenen zweispurigen Straße durch einen Baldachin aus roten, orangefarbenen und goldenen Blättern. Abgelenkt vom Rätsel Vasclear und von seinem Gespräch mit Sam Purefoy und Ricky Vitorelli, bemerkte er den braunen Sedan ohne Kennzeichen in seinem Rückspiegel erst, als das rote Licht auf dessen Dach aufleuchtete.

Reflexartig warf er einen Blick auf den Tacho. Fünfundvierzig Meilen pro Stunde. Vielleicht hatte er ein mikroskopisch kleines Schild mit einer Geschwindigkeitsbeschränkung übersehen und war in die Radarfalle einer Kleinstadt geraten, dachte er.

Verärgert lenkte er auf den schmalen weichen Seitenstreifen am Fahrbahnrand. Der Sedan blieb hinter ihm stehen, und das Licht auf dem Dach erlosch. Zwei Männer saßen vorn, beide mit Sonnenbrille. Der Beifahrer stieg aus. Er war kleiner als eins achtzig und schlank, bewegte sich jedoch mit der Lockerheit eines Sportlers. Er trug kurze Hose und ein Hemd mit offenem Kragen. Unter dem linken Arm hatte er ein Schulterholster.

Er kam auf Brians Seite hinüber und ließ seinen Dienstausweis aufblitzen.

»Führerschein und Fahrzeugpapiere, bitte!«, sagte er in einem Tonfall, der oberflächlich bis zur Langeweile war.

»Wo liegt das Problem?«, fragte Brian und wühlte im Handschuhfach nach den Fahrzeugpapieren, die er dann zusammen mit seinem Führerschein hinausreichte.

»Geschwindigkeitsübertretung«, murmelte der Polizist.

Er machte kehrte und schlenderte zu dem Sedan zurück. Eine Minute später kam er zurück.

»Würden Sie bitte aussteigen, Doktor?«

Doktor? Woher weiß er ... Dann fiel Brian ein, dass er nach dem Medizinexamen bei der ersten Verlängerung seines Führerscheins auf dem M. D. hinter seinem Namen bestanden hatte. Ziehe einen weiteren Punkt wegen Arroganz ab. Die Strafe, die er würde zahlen müssen, hatte sich möglicherweise gerade verdoppelt. Nächste Verlängerung ...

»Ich bin wirklich nicht der Meinung, zu schnell gefahren zu sein«, meinte er, als er die Wagentür öffnete.

Der Polizist warf einen Blick zu dem anderen Beamten zurück, der Brians Führerschein und Papiere hatte, und nickte. Der Mann öffnete seine Wagentür und trat auf den Asphalt. Anders als der erste Beamte war *er* eine imposante Erscheinung – zwei Meter zehn, schmale Taille, gewaltige Schultern.

Brian benötigte nur einen Augenblick, bis ihm einfiel, wo er ihn schon einmal gesehen hatte. Die hohen Wangenknochen und das narbenübersäte Gesicht ließen sich nicht leicht vergessen.

Kapitel 28

Brians gesamte Football-Karriere und der größte Teil seiner Zeit im Herzkatheterraum waren von einer Regel beherrscht gewesen: Situation einschätzen – reagieren. Als jetzt, 175 Kilometer von Boston entfernt, der Mann, den er im Kellergeschoss des White Memorial gesehen hatte, aus dem falschen Polizeiauto ausstieg, benötigte Brian weniger als eine Sekunde zur Einschätzung der Lage. Man würde ihn fürchterlich zusammengeschlagen ... oder sogar ermorden.

Während der drei oder vier Minuten, seitdem sie ihn angehalten hatten, war kein einziges Auto vorübergekommen. Und selbst wenn – die Chance, dass der Fahrer angehalten oder auch nur bemerkt hätte, dass etwas nicht stimmte, wäre äußerst gering gewesen. In wenigen Sekunden würde Brian wehrlos auf dem Boden liegen oder im Kofferraum des Sedan, und man würde ihn irgendwo hinbringen und ihn geduldig und mit großer Überzeugungskraft über Vasclear ausquetschen: was er erfahren und wem er was erzählt hatte. An dieser Aussicht war absolut nichts Anziehendes. Angenommen, Cedric L. hätte Recht und der russische Pöbel kontrollierte Newbury, dann wären diese beiden mit ziemlicher Sicherheit professionelle Killer.

Nichts am Verhalten des riesenhaften Mannes deutete darauf hin, dass er merkte, erkannt worden zu sein, oder sich auch nur an diese fünfzehn Sekunden in der Kantine des Kellergeschosses erinnerte. Aber er hatte die Tür des Sedan zufallen lassen und wandte sich Brians Wagen zu. Brian wusste, dass er auf der Stelle umgebracht werden konnte, wenn er einen Fluchtversuch unternehmen würde. Überhaupt nichts zu tun, sich der Gnade dieser beiden Killer zu ergeben, war allerdings eine noch erschreckendere Möglichkeit. Er war mehr als zehn Zentimeter größer als der Mann, der einen knappen Meter vor ihm stand. Wenn er eine Chance hatte, dann jetzt.

Mit aller Kraft, die er aufzubieten vermochte, trat er den Mann mit dem linken Fuß direkt in die Geschlechtsteile. Als der Mörder in die Knie ging, war Brian versucht, ihm eins überzuziehen. Stattdessen jedoch machte er auf dem Absatz kehrt und rannte die Straße hinab. Von hinten hörte er einen Knall, dann noch einen, gefolgt von dem leisen dumpfen Geräusch, mit dem unmittelbar vor ihm eine Kugel in den Asphalt schlug.

Brian lief im Zickzack, soweit er sich traute, und verfluchte sich dabei, dass er nach dem Gespräch mit Purefoy für die Heimfahrt nicht wieder seine Turnschuhe angezogen hatte. Ein weiterer Pistolenschuss, diesmal begleitet von einem scharfen Stich in seinem Deltamuskel. *Was war das? Fühlte es sich so an, wenn man erschossen wurde?*

Er war nicht mehr als fünfzehn oder zwanzig Sekunden gerannt, spürte aber bereits, dass ihm die Puste ausging. Zwei Meter groß, 100 Kilo schwer und allmählich langsamer werdend – er gäbe ein verteufelt gutes Ziel ab. Auf der Straße zu bleiben wäre Selbstmord. Rechts vorn war eine kleine Öffnung zwischen den Bäumen. Er täuschte einen Schlenker nach links vor und rannte dann in den Wald. Er schaute gerade lange genug zurück, dass er mitbekam, was seine Verfolger taten. Der Linebacker mit der Pistole stand etwas näher zu ihm, vielleicht zwanzig Meter entfernt. Der kleinere Mann dahinter versuchte breitbeinig und lahm aufzuholen. Die beiden trugen auch keine Turnschuhe.

Mit den Armen nach Zweigen schlagend lief Brian durch

Schößlinge und Büsche und versuchte verzweifelt, etwas Distanz zwischen sich und die Männer zu bringen. Einer rief dem anderen etwas zu, allerdings nicht auf Englisch. Russisch? Es folgte ein weiterer Schuss, jedoch kein Einschlaggeräusch. Brian hatte jetzt mit heftigen Seitenstichen zu kämpfen. Er verlor den Halt und stürzte eine steile Böschung hinab. Zerschrammt, zerkratzt und beide Handrücken blutig kam er mühsam wieder auf die Beine und riskierte einen prüfenden Blick zurück. Er hörte die beiden Männer, sah sie jedoch nicht. Dann herrschte plötzlich nur noch Schweigen. Sie hatten ihn ebenfalls aus den Augen verloren und warteten auf ein verräterisches Geräusch.

Brian kauerte sich nieder und bekämpfte den Drang, zu gierig nach Luft zu schnappen. Es war jetzt nach siebzehn Uhr, und die hereinbrechende Dämmerung war seine Verbündete und die Feindin seiner Feinde. Wenn er nur einen Platz zum Verstecken finden könnte ...

Er ließ sich auf alle viere fallen und kroch langsam, lautlos am Fuß des Steilhangs entlang. Plötzlich stieß einer der Revolverhelden von irgendwoher schräg über ihm einen Ruf aus. Es war der kleinere der beiden, der etwa dreißig Meter entfernt auf einem Baum oben am Abhang saß und durch einen völlig geraden Korridor im Blattwerk sichtbar war. Das einzige Wort, das Brian deutlich verstand, war Leon, der Name des größeren Mannes.

Als der Killer nach seiner Waffe griff, stieß sich Brian ab und lief wieder los. Diesmal war es ein Hindernisrennen über umgestürzte Baumstämme. Er setzte über ein schmales Bachbett hinweg, rutschte auf den glitschigen Steinen aus und konnte sich kaum halten. Ein weiterer Schuss. Dann noch einer. Brian wusste, dass er dank der Bäume und Schatten ein schwieriges Ziel war. Allerdings machte ihm allmählich sein Knie Sorgen. Beim Lauf über die Straße, ohne sonderliche Beanspruchung, hatte es sich fest und gesund angefühlt. Als es sich jetzt jedoch bei einem Hindernislauf über einen durchgeweichten, blattbedeckten, unebenen

Grund, über Buckel, Steine und Zweige hinweg zu bewähren hatte, lag eine Katastrophe nur einen unglücklichen Fehltritt entfernt.

Während er rannte, fragte er sich unwillkürlich, woher die beiden Männer eigentlich von seinem Ausflug nach Fulbrook gewusst hatten. Vielleicht waren sie ihm von Reading aus gefolgt. Als er gedankenverloren durch die prächtigen Herbstfarben gefahren war, hatte er seiner Umgebung nicht viel Aufmerksamkeit gewidmet. Aber er erinnerte sich nicht daran, ihren Wagen gesehen zu haben, sogar auf den Bergstraßen nicht. Dann fiel ihm das seltsame Klicken in der Leitung bei seinem Gespräch mit Teri ein. Er hatte das Geräusch ihr gegenüber erwähnt, ebenso wie seine Tour nach Fulbrook. Sein Telefon wurde abgehört. Das musste es sein. Sie waren ihm nicht zu Purefoys Praxis gefolgt. Sie waren bereits da gewesen und hatten auf ihn gewartet.

Er spürte, dass er den beiden Verbrechern gegenüber an Boden gewann. Während er tiefer in den Wald eindrang, wurden große Granitbrocken und Ausbisse Teil der Landschaft und boten ihm noch mehr Schutz. Nach Atem ringend blieb er stehen, lehnte sich an einen gewaltigen Felsen von mindestens drei Metern Höhe und horchte. Hinter sich hörte er den einen Verfolger, den anderen weiter rechts, und beide waren näher, als er erwartet hatte. Wenn er sich bewegte, würden sie ihn fast sicher hören. Wenn er blieb und versuchte, sich am Fuß des Felsbrockens zu verbergen, könnte er Glück haben. Passiv zu sein, nichts zu tun, hatte nie seinem Charakter entsprochen. Er entschloss sich zum Weiterlaufen.

Er nahm sich einige weitere Augenblicke Zeit, schätzte die Position der beiden Männer ab und entschied sich dann für den Hügel links. Wenn er dort hinauflaufen würde, könnte er wenigstens einem der beiden entkommen. Er fuhr herum, doch als er das rechte Bein aufsetzte, sprang das Kniegelenk hinaus und wieder hinein. Sofort schoss ein dumpfer Schmerz bis zur Hüfte hinauf, der aber ebenso rasch weitestgehend wieder abebbte. Er setzte zaghaft einen Fuß vor. Er verspürte Unbehagen, doch das Knie trug ihn ohne weiteres. Eine leichte Verstauchung – er würde etwas langsamer vorankommen. *Was jetzt?*

Das Rascheln, das der Mann hinter ihm verursachte, tönte näher. Brian fragte sich, warum zum Teufel er nicht auf Phil gehört und die ganze Sache einfach fallen gelassen hatte. Er würde gefoltert und vielleicht getötet werden, und wofür? Selbst wenn sie ihn völlig in Ruhe gelassen hätten – er hatte noch immer nichts gefunden, das ausreichend signifikant gewesen wäre, um das Interesse von Teri und ihrem Chef zu wecken. Was den Russen anscheinend gleichgültig war.

Nicht weit entfernt zerbrach ein Zweig. Es war so gut wie vorbei, dachte Brian. Zwei Profi-Killer, zwei Waffen gegen einen unbewaffneten Arzt mit einem lahmen Bein. Er dachte an Caitlin und Becky. Die Vorstellung, sie nie mehr wiederzusehen, ihr Schmerz, sollte ihm etwas zustoßen, drängte ihn zum Handeln. Davonlaufen stand außer Frage. Aber neben ihm auf dem Boden befand sich ein großer Stein. Wenn er ihn genügend lockern und irgendwie auf den Felsbrocken hinaufhieven könnte ...

Ohne sich die Sache allzu genau zu überlegen, schob er die Finger unter den Stein, drückte ihn aus seinem schlammigen Bett und füllte das Loch mit Blättern und Erde. Der Stein hatte ein Gewicht von zehn, vielleicht zwölf Kilo, aber Brian brachte es irgendwie fertig, ihn sich unter den Arm zu klemmen. Mit dem anderen Arm stützte er sich ab, während er sich zu einer Stelle vorkämpfte, wo er einen guten Angriffspunkt zum Besteigen des Felsbrockens fand. Der erste Schritt hinauf war ziemlich heftig. Er hielt dabei den Stein in seiner Armbeuge fest wie einen übergroßen prähistorischen Football. Daraufhin musste er ihn vor sich absetzen, um nicht das Gleichgewicht zu verlieren. Der Felsbrocken war jedoch genügend abgeschrägt, dass er den Stein beim Aufstieg vor sich herschieben konnte.

Als er dann dringend eine Pause einlegen musste, rief der näherstehende Mann erneut nach Leon. Er konnte nicht mehr als ein Dutzend Meter entfernt sein. Der pockennarbige Linebacker reagierte mit einem kurzen wütenden Ausbruch von irgendwo links – wahrscheinlich ein Befehl, dass der erste Mann den Mund halten sollte. Beide rückten heran. Brian spürte, dass sie ihn ziemlich bald hätten. Den Stein als Waffe zu benutzen war eine Schnapsidee gewesen. Jetzt saß er also wirklich in der Falle, und ihm blieb nichts anderes übrig, als weiterzumachen.

Ein stechender Schmerz schoss von seinem Knie hoch, als er sich mühsam und ungeschickt im Watschelgang zur Kuppe des Felsbrockens hinaufkämpfte. Gleich darauf legte er sich flach auf den kühlen, glatten grauen Stein und lauschte. Wenn der Mann hinter dem Felsbrocken auftauchte, wäre Brian erledigt. Wenn er unten auf dem Trampelpfad vorüberginge, hatte Brian eine winzige Chance. Ein Zweig knackte. Dann sah Brian, wie sich rechts einige Blätter bewegten. Er schob den Stein einen weiteren Zentimeter nach vorn. Ein direkter Treffer aus dieser Höhe konnte dem Mann leicht den Schädel einschlagen. Der Gedanke, jemanden zu töten, machte Brian nervös, selbst wenn dieser Jemand ihn umbringen wollte. Aber wenn es so sein sollte, dann sollte es eben so sein.

Erneut bewegten sich die Bäume. Diesmal sah Brian, der die Wange gegen den Felsbrocken gedrückt hatte, die Scheitelspitze des kleineren Mannes. Er war etwa drei Meter entfernt und schlich verstohlen durch das graue Schweigen. Wenn er nicht kehrt machte und um den Felsbrocken herumging, würde er direkt unterhalb von Brian durchkommen. Augenblicke später trat der Killer unter den Bäumen hervor, den schallgedämpften Revolver bereit. *Anderthalb Meter ... einen ... bloß noch ein Schritt, und ...*

Jetzt! Brian sammelte allen Mut, richtete sich auf die Knie auf, hob den Stein auf Gesichtshöhe und schleuderte ihn mit aller Kraft, die er aufbringen konnte, direkt nach unten. Der Mann wollte sich gerade umdrehen, als ihn der Stein erwischte – ein übelkeiterregendes Klatschen am Haaransatz zwischen Ohr und Auge. Er fiel mit einem leisen Stöhnen zu Boden, und der Stein rollte davon. Sofort war der andere Revolverheld, Leon, alarmiert.

Irgendwo vor Brian knackten Büsche. Er kletterte vom Felsbrocken hinab und humpelte in die entgegengesetzte Richtung davon, tiefer in den Wald hinein. Fast fünf Minuten bewegte er sich halb laufend, halb stolpernd voran, ohne eine Vorstellung davon zu haben, ob er noch immer verfolgt wurde oder nicht. Schließlich wetteiferte sein Seitenstechen mit dem Knie um den Besitz seines Schmerzzentrums. Er suchte unter einigen knorrigen Wurzeln Schutz, die ein ausgetrocknetes Flussbett überragten, zog zur Tarnung eine kleine Mauer aus Stöcken und Buschwerk um sich und wartete auf den Einbruch der Nacht.

Freeman Sharpe lebte in einer geschmackvollen Vierzimmer-Wohnung in einem der Roxbury-Gebäude, um die er sich kümmerte. Er sah sich gerade mit seiner Frau, die er vor drei Jahren geheiratet hatte, die 11-Uhr-Nachrichten an, da klingelte das Telefon. Als Mädchen für alles für fünfzig Wohneinheiten und Rekonvaleszenz-Betreuer für ein halbes Dutzend Männer war er an nächtliche Anrufe gewöhnt.

»Freeman, Gott sei Dank bist du zu Hause.«

»Doktor, was ist denn los?«

»Eigentlich alles. Freeman, kannst du mich hier aufgabeln?«

»Natürlich.«

»Ich bin in einem Telefonhäuschen an einer Tankstelle.«

»Wo ist die Tankstelle?«

»Im Staat New York.«

Kapitel 29

Es war kurz nach sieben Uhr morgens, als Freeman seinen Chevy-Kleinlaster in die kleine fensterlose Garage fuhr, die zugleich als seine Werkstatt diente. Brian erwachte aus einem schweren Schlaf und legte eine zerschundene Hand über die HARD-LUCK-Tätowierung auf den Fingerknöcheln seines Freundes.

»Danke«, sagte er heiser. »Abgesehen von meiner Familie hat es in meinem Leben wohl niemanden gegeben, der für mich das getan hätte, was du gerade getan hast.«

»Ich bin bloß froh, dass du schließlich eingeschlafen bist. Wie fühlst du dich?«

»Mir tun mehr Knochen weh als nach einem Football-Trainingslager. Und morgen wird's noch schlimmer sein.«

»Eine heiße Dusche, ein paar Eier und Marguerites hausgemachte Pommes frites sollten dich wieder auf die Beine bringen. Außerdem musst du aus diesen Kleidern heraus. Einer meiner Knallköpfe von NA hat einen Trainingsanzug hier vergessen. Der sollte passen.«

Brian zwängte sich mit knackenden Knochen aus dem Kleinlaster und prüfte sein Knie, das gar nicht so sehr schmerzte. Dann bedeutete er Freeman, er solle stehen bleiben.

»Ich überlege nach wie vor, ab wann sie mein Telefon zu Hause abgehört und ob sie vielleicht von dir erfahren haben könnten. Wenn ich mich recht erinnere, fingen diese Schwierigkeiten an, als ich die anomale Blutuntersuchung von Bill Elovitz in die Hand bekommen habe. Vorher konnten sie eigentlich keinen Grund gehabt haben, sich wegen mir Sorgen zu machen, also haben sie unmöglich jemanden zur Beobachtung deines Hauses rübergeschickt.«

Freeman grinste ihn in der Dunkelheit an.

»Das hoffe ich für sie«, meinte er.

Brian fiel ein, was Marguerite ihm über Freemans Orden aus Vietnam erzählt hatte. Über solche Ehrungen würde sein Betreuer nie von sich aus ein Wort verlauten lassen.

»Ich möchte dich in diese Sache nicht weiter hineinziehen, als du sowieso schon drinsteckst«, sagte er.

»Auuaa!«, meinte Sharpe. »Auf einmal vergessen wir, dass unser Betreuer sich nach zwanzig Jahren Rekonvaleszenz seine eigenen Gedanken um so etwas machen sollte. Keine Bange, Doktor, ich lege ebenso wenig Wert wie alle anderen darauf, Prügel einzustecken. Aber ich lege auch keinen Wert darauf, mit anzusehen, wie man auf meinen Freunden herumtrampelt. Jetzt komm schon rein, wasch dich und iss was. Dann reden wir davon, was als Nächstes ansteht.«

Fast eine Stunde lang hatte Brian unter den überhängenden Wurzeln in dem Wald draußen vor Fulbrook ausgeharrt, bis es so dunkel war, dass die Suche nach ihm eine Sache der Unmöglichkeit geworden war. Sein Orientierungssinn würde ihm nie einen Preis einbringen, aber nach einem fünfundvierzigminütigen Marsch durch den pechschwarzen Wald hörte er ein Auto. Kurz darauf schleppte er sich auf eine Straße hinaus, die genauso aussah wie die, auf der ihn die Russen angehalten hatten. Ein Farmer in einem Pickup brachte in zur Polizeistation in der nächsten Ortschaft hinter Fulbrook.

Die Polizei wusste nichts von einem braunen Sedan oder einem roten LeBaron mit offenem Verdeck, der auf der Route 213 parkte. Ein Streifenwagen war kaum eine Stunde zuvor diesen

Weg abgefahren, sagte man ihm, und hatte auf dem Seitenstreifen überhaupt keine Autos gesehen. Aus der Tatsache, dass beide Wagen verschwunden waren, schloss Brian, dass der Empfänger seiner steinernen Bombe wahrscheinlich in ganz passabler Form überlebt hatte. Es bedeutete ebenfalls, dass der LeBaron vermutlich auf dem Grund eines mehrere hundert Meter tiefen, wassergefüllten Steinbruchs lag. Das Bild vor dem inneren Auge, wie der Wagen immer tiefer hinabsank, brachte ihn beinahe zum Weinen.

Die Polizisten hatten die Theorie, dass die beiden Männer nicht mehr und nicht weniger als professionelle Autodiebe gewesen waren, die vielleicht von New York hergekommen waren und ihre Masche bei einigen Provinzlern abziehen wollten. Als sie in Brian ein lebendiges Exemplar davon vor sich gesehen hatten, hatten sie ihn einfach zum Spaß herumgejagt, ohne ihm ernsthaft etwas antun zu wollen. Brian verspürte nicht das Verlangen, dieser Hypothese *seine* Theorie entgegenzusetzen, die, obwohl wesentlich wahrscheinlicher, bedeutend weiter hergeholt erscheinen musste. Er füllte die erforderlichen Formulare so rasch wie möglich aus und ging die Straße hinab zu einem Münzfernsprecher, von wo aus er Freeman anrufen wollte.

Marguerite Sharpe war eine zierliche Haitianerin mit einem wissenden Lächeln und einem praktischen Verstand. Freeman nannte sie sein unverdientes Geschenk der Rekonvaleszenz. Da Brian während seiner ersten Monate nach der Entlassung aus Fairweather viele Stunden bei ihnen verbracht hatte, betrachtete er sie gleichermaßen als unverdientes Geschenk *seiner* Rekonvaleszenz. Sie arbeitete als Beraterin in einem Rehazentrum für Frauen und war die beste Köchin, die er kannte.

Selbst durch den Dampf in der Dusche roch Brian die gegrillten Würstchen und Zwiebeln. Zaghaft seifte er den Schmutz und das eingetrocknete Blut von den Kratzern und Schnitten auf Händen, Gesicht und Armen ein. Seine Hose war an den Knien zerrissen, obwohl er sich nicht daran erinnerte, wann das geschehen sein konnte, und beide Kniescheiben waren verschorft. Darüber hinaus hatte er eine tiefe gerade Schramme über dem rechten Oberarm – wahrscheinlich von einer Kugel.

Eine Kugel. Brian fiel ein, wie aufgeregt er gewesen war, dass Ernest Pickard ihn für die Stelle am BHI vorgemerkt hatte. Jetzt wusch er nicht bloß eine Schussverletzung aus und beweinte den Verlust seines einzigen Besitzes, der ihm etwas bedeutete, sondern fragte sich, was er mit seinem Leben anstellen würde, wenn das Medical Board erfahren würde, dass er einen positiven Urintest abgeliefert haben sollte und wieder auf Drogen wäre.

Gab es einen Ausweg? Bestand eine Möglichkeit, aufzuhören – sich selbst einzugestehen und seine Verfolger wissen zu lassen, dass ihm die Sache über den Kopf gewachsen und er gewillt war, die Vasclear-Angelegenheit fallen zu lassen? Mit wem konnte er überhaupt verhandeln? Art Weber? Pickard? Jessup?

Er trocknete sich ab und streifte den grauen Trainingsanzug über, den ihm Freeman überlassen hatte. Sharpes NA-Schützling hatte Größe XXL – wenn er nicht Lineman für die Patriots war, so doch ein Kandidat dafür. Brian machte es sich Freeman gegenüber gemütlich und nippte dankbar an einer Tasse starken aromatischen Kaffees. Marguerite stellte einen Krug Orangensaft sowie einen riesigen Teller mit Eiern, Bratkartoffeln und Würstchen mitten auf den Tisch und setzte sich zu ihnen. Einige Minuten lang verharrten alle in Schweigen.

»Ich bin sehr froh, dass du nicht schwer verletzt worden bist, Brian«, sagte Marguerite schließlich in ihrem melodischen Inselakzent. »Freeman hat mir ein bisschen davon erzählt, was los gewesen ist. Es muss sehr erschreckend für dich gewesen sein.«

»Und verwirrend«, fügte Brian hinzu. »Ich weiß nicht mal genau, was wirklich los war. Selbst nach all den Ereignissen weiß ich es nicht.«

»Freeman sagt, die Russenmafia ist in die Sache verwickelt. Das ist schlimm. Das ist wirklich schlimm.«

»Aber selbst wenn es so ist, hat ihr Mittel das Potenzial, Hunderttausenden das Leben zu retten. Das ist bereits bewiesen. Ich habe mir vorzustellen versucht, wobei sie sich wirklich die Hände schmutzig gemacht haben oder was sie in dieser Richtung vorhaben. Das Beste, was mir einfallen wollte, ist, dass sie die ganze Welt erpressen wollen, indem sie das Vasclear zurückhalten, wie die Schurken in einem James-Bond-Film.«

»Ach, ja, ›SMERSH!‹«, sagte Freeman theatralisch. »›Berichten Sie uns bitte vom Projekt Atomsprengköpfe, Nummer Zwei ...‹ Nur dass ich irgendwo gelesen habe, dass allein im ersten Jahr dieses Vasclear nahezu eine Milliarde Dollar einbringen wird. Hört sich nicht danach an, als müssten unsere Freunde bei Newbury krumme Touren einschlagen, sondern bloß die Laster rausschicken und die Schecks einsammeln.«

»Ich weiß nicht«, wiederholte Brian und ließ die Finger über die Verletzungen auf seinem Handrücken laufen.

»Hast du heute eigentlich Dienst?«, fragte Marguerite.

Brian sah zur Küchenuhr auf.

»Meine Güte, schon halb neun! Das habe ich völlig vergessen.«

Er schnappte sich das Telefon und rief die Station an.

»Klinische Abteilung, Jen.«

»Jen, Dr. Holbrook hier.«

»Oh, Dr. Holbrook, wir haben Sie schon gesucht. Auch Dr. Gianatasio.«

»Was wollen Sie damit sagen?«

»Sie beide sind nicht zur Visite erschienen. Dr. Cohen ist jetzt auf Station.«

»Haben Sie was von Phil gehört?«

»Nein. Ich glaube, keiner hat was gehört.«

Brian verspürte ein jähes Frösteln.

»Na ja«, brachte er heraus, »ich habe verschlafen, weil ich

krank bin. Ist einfach nur die Grippe. Heute Nachmittag könnte ich's vielleicht schaffen. Ich habe bloß zweite Rufbereitschaft, also können Sie mich über meinen Piepser erreichen, wenn irgendwer in Schwierigkeiten kommt. Ich stehe später auf dem Klinikplan. Dann werde ich wohl auftauchen.«

»In Ordnung.«

»Könnten Sie mir noch einen Gefallen tun, Jen? Bitten Sie Phil, mich sofort anzupiepsen, wenn er sich meldet oder aufkreuzt, ja? Es ist sehr wichtig.«

»Natürlich, Dr. Holbrook. Meinen Sie, da stimmt was nicht?«

»Nein. Er hat sicher bloß vergessen, Bescheid zu geben, dass er nicht kommt.«

»Gott sei Dank«, sagte die Frau. »Wir haben uns um Sie beide Sorgen gemacht, und jetzt haben Sie sich gemeldet. Vielleicht wird sich Dr. Gianatasio auch bald melden.«

Brian legte den Hörer auf.

»Du wirkst erschüttert«, bemerkte Marguerite.

»Die einzige andere Person in der Klinik, die weiß, dass mit Vasclear vielleicht etwas nicht stimmt, ist nicht zum Dienst erschienen. Ein alter Freund von mir, der mir geholfen hat, die Stelle zu bekommen.«

»Hat er auch diese Fälle untersucht?«

»Nein, nein. Wenigstens glaube ich das. Er soll eine Festanstellung an der Klinik bekommen, daher haben wir uns entschlossen, dass er sich besser aus der Sache raushält. Das gefällt mir nicht. Das gefällt mir überhaupt nicht.«

»Iss noch was«, sagte Marguerite. »Ich habe den Eindruck, du wirst die Energie brauchen.«

Brian würgte noch ein paar Happen hinunter und hob dann erneut den Telefonhörer ab.

»Wen jetzt?«, fragte Freeman.

»Meinen Anrufbeantworter. Hört mal, ihr beide, wenn ihr zur Arbeit müsst, geht nur. Ich finde mich hier schon zurecht.«

»Marguerite fängt um halb zehn an«, meinte Freeman. »Ich fange an, wenn mir danach ist.«

»Na gut. Lasst euch von mir nur nicht stören.«

Brian wählte seine Telefonnummer, wobei er zugleich eine leichte Übelkeit und Ärger verspürte, weil wahrscheinlich jemand mithörte.

»... Hallo, Brian, ich bin's ...« *Phoebe.* »... Du sollst für Sonntag rauskommen. Ich habe vergessen, dass Becky um zwei eine Tanzvorführung hat. Kannst du sie hinbringen? Sag Bescheid. Hoffentlich bringe ich keine Pläne durcheinander, und hoffentlich geht es dir gut. Tschüs.« ... »Hallo, Doktor. Noch zwei Tage. Du fehlst mir. Mach dir ein paar Gedanken über diesen Urlaub.« *Teri* ... »Hallo, Bri ...« *Phil.* »... ich dachte, ich würde dich erwischen, da du zu tugendhaft zum Ausgehen bist. Hör mal, es gibt Neuigkeiten. Ich habe noch einen Fall gefunden. Eine der Assistenzärztinnen hat ihn vor einigen Wochen in der Klinik behandelt und mich heute Nachmittag im Vorübergehen um meinen Rat bei diesem Fall gefragt. Phase-I-Patient, Kurzatmigkeit, böses Ödem am Fußknöchel. Ich habe mir das Krankenblatt des Mannes angesehen, obwohl ich das ja eigentlich nicht tun wollte. Konnte einfach nicht anders. Es war merkwürdig. Auf dem Blatt war keine Blutuntersuchung vermerkt, aber ich habe mich gefragt: Wenn ich dieser Brian wäre, was täte ich dann? Also habe ich das Labor angerufen. Die hatten da eine Untersuchung von vor drei Monaten. Fünfzehn Prozent EOS, Kumpel. Eins, fünf. Der Name des Mannes ist MacLanahan. Angus MacLanahan. Ich erzähle dir mehr, wenn wir uns morgen früh sehen. Bleib locker.«

Der letzte Anruf kam von der Stationssekretärin, die sich wunderte, wo Brian blieb.

»Du siehst blass aus, mein Sohn«, sagte Freeman, als Brian auflegte. »Schlechte Nachrichten?«

»Vielleicht. Dieser alte Freund, den ich erwähnt habe, hat mir gestern Abend eine Nachricht hinterlassen, dass er einen weiteren möglichen Fall gefunden hat. Er wollte mir eigentlich nicht helfen, hat es sich dann aber anders überlegt und die Krankenakte dieses Mannes überprüft.«

»Und jetzt ist er nicht im Dienst erschienen«, sagte Freeman.

»Genau. Freeman, ich habe das Gefühl, dass mein Telefon angezapft ist. Daher haben diese Typen gewusst, wo sie mich im Staat New York finden würden. Wenn es angezapft *ist,* müssen sie Phils Nachricht ebenfalls gehört haben. Oder er hat nicht aufgepasst, als er sich diese Patientenakte besorgt hat. Newbury hat in der gesamten Klinik Augen und Ohren.«

»Ich kann dir nicht verübeln, dass du besorgt bist. Ich bin besorgt, und ich kenne den Burschen nicht mal. Was jetzt also?«

»Ich möchte Phils Freundin in der Klinik anrufen.«

Brian tätigte den Anruf, hängte jedoch nach einem kurzen Gespräch ein.

»Sie ist eine Woche in Urlaub«, sagte er.

Nachdem Marguerite zur Arbeit gegangen war, saßen die beiden Männer schweigend am Tisch. Dann seufzte Sharpe.

»Manchmal fällt es schwer, nicht zu vergessen, dass die Dinge genau darauf hinauszulaufen, worauf sie hinauslaufen sollen«, meinte er. »Aber im Allgemeinen tun sie das.«

»Vielleicht. Es ist nur so, dass ich gerade im Augenblick das Gefühl habe, ich stecke mit dem Hals in der Schlinge, und sie zieht sich immer fester zu, und ich habe keinen blassen Schimmer, wie ich sie daran hindern kann.«

»Du setzt einfach einen Fuß vor den anderen. Du hast noch einige Möglichkeiten.«

»Ich habe an die Polizei gedacht und diese Möglichkeit verworfen. Warum in aller Welt sollten die mir glauben? Meine Verbindung zur FDA sagt, dass sie ohne einen eindeutigen Beweis nichts gegen Vasclear unternehmen können. Ich weiß nicht, wem ich in der Klinik vertrauen kann – oder, schlimmer, wem ich schaden kann. Ich habe nach wie vor nichts Konkretes, also kommen die Zeitungen nicht in Frage. Von welchen Möglichkeiten sprechen wir hier also genau?«

»Na ja, lass mal sehen. Du musst dir was zum Anziehen beschaffen. Du musst dir einen Wagen leihen. Du musst den Diebstahl deines Wagens der Versicherung melden. Irgendwann musst du zum Dienst erscheinen, vorausgesetzt, du willst das tun. Oder du wälzt dich einfach auf den Bauch, spielst den toten Mann und wartest, bis du wirklich tot bist.«

»Begriffen«, meinte Brian. »In Wahrheit verspüre ich ganz schön viel Selbstmitleid. Jack hätte mich dafür in den Hintern getreten.«

»Du kannst dir vorstellen, er hätte es getan.«

»Vielleicht beobachten sie meine Wohnung.«

»Würde mich überraschen, wenn sie's nicht täten.«

»Hast du etwas Zeit, um mir zu helfen, ein paar Sachen aus meiner Wohnung zu holen?«

»Kein Problem. Und du kannst hier bleiben, bis sich die Sache wieder etwas beruhigt. Vielleicht lassen sie dich in Ruhe, nachdem der Präsident rübergekommen ist und ihr Mittel legalisiert hat.«

»Das hoffe ich doch. Freeman, vielen Dank. Da ist noch etwas. Ich würde gern versuchen, mit dem Mann zu reden, wegen dem Phil mich angerufen hat.«

»Name?«

»Angus MacLanahan.«

Sharpe zog ein Telefonbuch von Boston aus einer Schublade.

»Hier ist er«, sagte er. »Joy Street. Das ist drüben in Beacon Hill.«

»Nicht allzu weit von der Klinik entfernt.«

Sharpe wählte MacLanahans Nummer und reichte den Hörer weiter.

»Eins nach dem anderen«, sagte er.

»Außer Betrieb, keine weitere Information«, meinte Brian. »Was hältst du denn davon?«

»Typischer Kunde einer Telefongesellschaft, würde ich sagen. Willst du auf dem Weg zu deiner Wohnung da vorbeifahren?«

»Wenn du so viel Zeit hast. Trotzdem müssen wir vorsichtig sein. Sein Name war auf meinem Anrufbeantworter. Jemand überwacht vielleicht seine Wohnung.«

»Sie suchen vielleicht dich«, sagte Freeman, »aber nicht mich.«

Angus MacLanahans Wohnung befand sich auf halbem Weg eine schmale Straße hinauf, die am Beacon Hill lag, nicht weit entfernt vom Parlament. Freeman parkte in zweiter Reihe und betrat gerade das Gebäude, als Brian zum ersten Mal die Fensterläden aus Sperrholz an einer Wohnung in der zweiten Etage auffielen. Nur wenige Minuten später war Freeman zurück. Er ging ruhig zum Lastwagen, sprang hinein und raste davon.

»MacLanahan ist tot«, sagte er grimmig. »Das hat mir die Dame in der Wohnung unter ihm erzählt. Da oben in der zweiten Etage, das war seine Wohnung. Vor drei Wochen hat es eine Gasexplosion gegeben.«

»Ich hab's gewusst«, meinte Brian. »Im Augenblick, als ich diese Fensterläden gesehen habe, habe ich gewusst, dass es seine Wohnung ist.«

»Und der andere Mann, von dem du erzählt hast, der Überlebende aus dem Konzentrationslager?«

»Ist bei einem Raubüberfall auf ein Lebensmittelgeschäft erschossen worden.«

Freeman lenkte sofort nach Norden in Richtung auf den I-93, den Highway nach Reading.

»Wenn der gewaltsame Tod dieser beiden Männer Zufall ist, dann ist's ein verdammt hässlicher Zufall«, meinte er. »Was wirst du jetzt unternehmen?«

Brian rieb sich die vor Müdigkeit brennenden Augen.

»Nachdem ich mir meine Sachen geholt habe, möchte ich gern mit Bill Elovitz' Frau reden«, erwiderte er.

Kapitel 30

›Das Stadtgespräch‹ mit Pat Carson

WBZ-TV, Boston

Pat: Boston galt in unserem Land und sogar in der ganzen Welt schon lange als das Mekka der Medizin. Aber noch nie war die Aufmerksamkeit so sehr auf die Stadt konzentriert wie in dieser Woche. Noch zwei Tage, dann wird das in Boston entwickelte und geprüfte Mittel Vasclear im Rahmen einer Feierstunde in Anwesenheit des Präsidenten zugelassen. Zu Ehren dieser Gelegenheit werden wir in unserer heutigen Ausgabe vom Stadtgespräch ein Interview mit Dr. Art Weber führen, dem Projektleiter für Vasclear bei Newbury Pharmaceuticals mit Sitz in Boston. Zunächst möchten wir Ihnen jedoch einen ganz besonderen Gast vorstellen, Mrs Hermione Goodman, eine der Glücklichen, die Teilnehmerin der Studie war und während der letzten anderthalb Jahre Vasclear erhielt. Mrs Goodman, willkommen beim Stadtgespräch! *Berichten Sie uns doch zunächst einmal, weshalb Sie Vasclear bekamen!*

Hermione: Eigentlich ist alles sehr schnell gegangen. Ich bin niemals richtig krank gewesen, bis ich eines Tages Schmerzen hier unterhalb meines Brustbeins bekam.

Pat: Wie waren diese Schmerzen?

Hermione: Stechend, wie bei Blähungen. Zunächst dachte ich an Verdauungsbeschwerden. Aber dann bin ich doch lieber zum Arzt gegangen – man weiß ja nie. Weil in meiner Familie häufig Herzbeschwerden aufgetreten sind und wegen leichter Veränderungen in meinem Elektrokardiogramm hat er mich für eine gründliche Untersuchung zu Dr. Jessup am White Memorial überwiesen. Es wurde ein Belastungs-EGK durchgeführt, anschließend eine Katheterisierung. Ich war wirklich überrascht, dass der Zustand meines Herzens ziemlich ernst war.

Pat: Da wurden Sie auf Vasclear gesetzt.

Hermione: Genau.

Pat: Und wie schnell haben Sie auf das Mittel angesprochen?

Hermione: Oh, es hat nur ein paar Wochen gedauert. Vielleicht einen Monat. Meine Symptome sind verschwunden, und seitdem bin ich beschwerdefrei.

Brian saß auf dem Beifahrersitz des Lasters, die Füße auf dem Armaturenbrett, einen Spiralblock auf dem Schoß. Verbunden durch ein Dutzend geometrischer Formen waren am Seitenrand seine üblichen Kritzeleien zu erkennen – die Federhaube eines Indianers, ein Speedboat, eine Schweineschnauze sowie ein Football, Zeichnungen, die sich alle bemerkenswert ähnlich sahen. In die Mitte hatte er in Blockbuchstaben hingeschrieben:

Kenneth Ford – wahrscheinlich PH; EOS 14% ... tot
Sylvia V. – möglicherweise PH; EOS 15-20% ... tot

MacLanahan – möglicherweise PH; EOS 15% ... gewaltsamer Tod
Bill Elovitz – PH; EOS 13% ... gewaltsamer Tod

Darunter hatte er die Worte hingekritzelt: *Russen ... Pharmaunternehmen ... Vitamine ... Wäsche von Drogengeld* ... und darunter schließlich ein einzelnes Wort: *Vasclear.*

»Freeman, ich vermisse da was«, meinte er. »Es ist, wie du schon gesagt hast. Ich bin ein Spatz, und sie schießen mit Kanonen auf mich. Und jetzt Phil. Mein Gott, hoffentlich ist ihm nichts passiert!«

Plötzlich fluchte er und schlug mit der Faust auf das Armaturenbrett.

»Was ist?«

»Teri – die Frau von der FDA, von der ich dir erzählt habe. Ich habe vorletzte Nacht mit ihr gesprochen. Wenn die Newbury-Leute mitgehört haben, steckt sie vielleicht in der Klemme. Ich muss sie anrufen und sie zumindest warnen. Sie soll vorsichtig sein.«

»Tu das bloß nicht von deinem Apparat aus.«

Sie verließen die Interstate in Reading und fuhren langsam zwei Blocks weit durch die Straßen um die Wohnung herum, die Brian gehören würde, sobald das Testament seines Vaters rechtskräftig wäre. In dieser ruhigen und vornehmen Nachbarschaft hätten Fremde es schwer, bei einer Observation ihrerseits unbeobachtet zu bleiben.

»Runter!«, befahl Freeman, als sie schließlich am Haus vorüberfuhren.

Rasch quetschte sich Brian zwischen Fußboden und Sitz.

»Siehst du was?«, fragte er.

»Einen grauen Sedan, der einen halben Block weiter unten auf der anderen Straßenseite zwischen zwei weiteren Autos parkt. Soweit ich erkenne, nur ein Mann drin.«

Freeman fuhr weiter und hielt dann mehrere Blocks entfernt am Bordstein.

»Wie dringend musst du in deine Wohnung?«, fragte er.

»Ein paar Kleidungsstücke würden mir weiterhelfen, aber eigentlich brauche ich meine Aktentasche. Da drin sind meine Kennkarte und Tonnen von dienstlichen Papieren, ganz zu schweigen von meinem Stethoskop.«

»Dann gehen wir's also an.«

Der Plan, den sie austüftelten, war einfach. Freeman würde Brian einen Block entfernt hinauswerfen, und er würde versuchen, sich seinem Haus über einen Nachbarhof, einen niedrigen Zaun und dann über den Hinterhof zu nähern. Inzwischen würde Freeman gleich neben dem Fenster auf der Fahrerseite des Sedan anhalten und nach dem Weg fragen. Das würde er so lange wie möglich hinauszögern und dadurch dem Fahrer des Wagens die Sicht versperren. Soweit sie beurteilen konnten, hatte der Mann das Wohn- und Esszimmer, die zur Straße hin lagen, klar im Blick, also musste sich Brian von diesen Fenstern fern halten.

»Wie kommst du rein?«, fragte Sharpe.

»Unter einem Stein auf der rückseitigen Veranda liegt ein Ersatzschlüssel.«

»Also rein und wieder raus. Eine Lebensregel direkt aus Vietnam.«

»Rein und wieder raus«, echote Brian.

Freeman ließ ihn aussteigen, beobachtete eine Weile lang, wie Brian über einen Hof eilte, und fuhr daraufhin davon. Brian setzte leicht über den niedrigen Lattenzaun und ließ sich auf alle viere fallen, erfreut, dass sein Knie mit dem Aufprall zurechtkam. Durch den Raum zwischen den Häusern sah er Freeman neben dem grauen Sedan anhalten. Er überquerte den Hof, fand den Schlüssel, kroch auf die rückwärtige Veranda und öffnete lautlos die Hintertür. Seine Aktentasche mit der Kennkarte der Klinik lag gleich auf dem Küchentisch, wo er sie zurückgelassen hatte. Er zog eine Sporttasche aus Nylon unter seinem Bett hervor und stopfte Unterwäsche, Socken, T-Shirts, Jeans und ein Paar Turnschuhe hinein. Dann holte er einige Anziehsachen aus dem Kleiderschrank und nahm sie vom Bügel.

Er sah sich gerade nach etwas um, das er sonst vielleicht brauchen könnte, da rauschte die Toilette im Bad draußen vor der Küche. Er ließ die Sachen aufs Bett fallen, drückte sich flach an die Wand und atmete zur Beruhigung tief ein und aus. Sein Adrenalinspiegel schoss augenblicklich in die Höhe und sein Pulsschlag ging immer schneller. Ein paar Sekunden später öffnete sich die Badtür. Brian blickte sich nach einer Waffe um. Das Beste, was er fand, war eine Trophäe mit Marmorsockel auf dem Sekretär gleich rechts – Überschuss aus Jacks Sammlung im Wohnzimmer. New England College, Spieler des Jahres.

Er umklammerte die Trophäe, die einen stilisierten Passer darstellte, und sah den Eindringling das Wohnzimmer betreten. Es war der dünne Mann aus Fulbrook. Der Stein hatte ihn nicht annähernd so verletzt, wie Brian geglaubt hatte. Hinter ihm erkannte Brian durch das Wohnzimmerfenster tatsächlich Freemans Laster. Sein Freund konnte die Sache unmöglich noch länger hinauszögern.

Der Eindringling trug ein Schulterholster über einem karierten Hemd. Eine Zeit lang ging er umher, warf einen Blick aus dem Fenster und benutzte daraufhin seinen Sprechfunk. Wahrscheinlich wollte er den Wagen draußen rufen. Das Gespräch verlief in raschem knatterndem Russisch. Jetzt war der Mann nicht mehr als drei Meter entfernt. Er stand mit dem Rücken zum Schlafzimmer und war voll auf den Funk konzentriert, aber Brian sah keine Möglichkeit, an ihm vorbei in die Küche zu schlüpfen. Er packte die Trophäe fester, holte einmal tief Luft, hielt sie an und stürmte los. Als der Mann sich umdrehte und aufschrie, sah Brian, dass der Stein doch beträchtlichen Schaden an der Seite des Kopfs und des Gesichts angerichtet hatte. Er schlug so heftig, wie er konnte, mit dem Marmorsockel zu und traf genau ins Zentrum der mächtigen klaffenden Wunde. Der Mann stöhnte auf und sackte sofort schlaff in sich zusammen.

Durch das Fenster sah Brian Freemans Laster noch immer neben dem Sedan stehen. Im Geiste hörte er jetzt den Gangster Freeman anbrüllen, er solle vorfahren, damit er aussteigen konnte. Der Mann zu Brians Füßen atmete noch, aber es war unmöglich zu sagen, ob die Wunde, aus der das Blut auf den Eichenfußboden strömte, tödlich war oder nicht.

Brian riss den Revolver aus dem Schulterholster des Mannes, warf ihn in die Nylontasche und rannte dann bepackt zur Hintertür. Er sprang über den Zaun zum Nachbarn, und da hörte er das Quietschen von Freemans Reifen. Der Laster raste um eine Ecke. Sharpe verlangsamte, blieb jedoch nicht gänzlich stehen. Brian jagte über den Bürgersteig und dann auf die Straße. Er öffnete die Tür des Lasters, warf Sport- und Aktentasche auf den Boden und krabbelte dann auf den Beifahrersitz, während Sharpe beschleunigte. Erst als sie etwa einen Kilometer entfernt waren und sich der Interstate näherten, hatte er wieder genügend Luft zum Sprechen.

»Das ist Wahnsinn«, keuchte er. »Der Typ draußen in dem Wagen, echt groß? Narbengesicht?«

»Freeman schüttelte den Kopf.«

»Untersetzt, breite Schultern, Schnauzer«, erwiderte er. »Sein Englisch war gar nicht so schlecht.«

»Mein Gott, Freeman, die haben eine ganze Armee. Der Bursche, den ich blutend auf dem Wohnzimmerfußboden zurückgelassen habe, ist derselbe, dem ich im Staat New York eins mit dem Stein verpasst habe. Diesmal habe ich eine meiner alten Trophäen benutzt. Ich fürchte, ich habe ihn getötet.«

»Übung macht den Meister«, entgegnete Freeman. »Hoffentlich tut dir der Typ nicht Leid. Sie haben dir den Krieg erklärt, Doc, also stellst du dich besser darauf ein, wirklich alles zu tun, gleich was, um zu überleben. Als Erstes suchen wir eine Telefonzelle, damit ich einen dieser anonymen Anrufe bei der Polizei von Reading machen und von verdächtigen Aktivitäten in deiner Gegend berichten kann. Mit ein bisschen Glück treffen sie gerade dort ein, wenn Trotzky den Lenin zu seinem Wagen hinausschleppt. Wär das nicht was?«

»Ja, Klasse. Freeman, ich dreh noch durch dabei. Ich bin nun wirklich kein Baby, aber diese Schweinehunde versuchen, mich umzubringen, und ich weiß nicht, weshalb. Jetzt ist der Einzige, dem ich in der Klinik vertrauen kann, nicht im Dienst aufgetaucht. Meinst du, ich soll zur Polizei und denen sagen, was hier abgeht?«

»Wenn du glaubst, dass dir das was nützen wird, dann solltest du das tun.«

Brian vergrub das Gesicht in den Händen.

»Ich sehe nicht, wie ich das tun könnte, ohne Vasclear ins Spiel zu bringen, und im Moment habe ich immer noch nichts, das einem Beweis auch nur im Entferntesten ähnelt. Niemand würde mir zuhören. Alle würde glauben, ich hätte ein paar Schrauben locker oder wäre wieder auf Drogen oder beides. Ich würde gefeuert werden, wenn das nicht bereits geschehen ist. Und die Russen werden mich wahrscheinlich trotzdem umbringen.«

Freeman hielt neben einer Telefonzelle und legte Brian beruhigend eine Hand auf die Schulter.

»Nicht aufregen, Kumpel«, meinte er. »Diese Wimpel, die du während der letzten anderthalb Jahre bei den Treffen ständig vor Augen hattest, das sind nicht bloß Worte. Nicht aufregen, das bringt's.«

»Vielleicht sollte ich mich bloß verstecken, bis die Feierstunde zur Unterzeichnung vorüber und Vasclear auf dem Weg rund um den Globus ist.«

»Na klar, prächtige Idee! Dem Dienst fernbleiben wird deiner beruflichen Situation dort ungeheuer nützlich sein.«

»Wenigstens wäre ich noch am Leben.« Brian brachte ein angespanntes Lächeln zustande und drückte dann Freeman die Hand. »Bin schon in Ordnung. Hab lediglich eine Scheißangst. Aber ich bin wirklich in Ordnung. Geh schon, mach deinen Anruf, dann mache ich meine beiden.«

Brian saß allein da, während Sharpe die Polizei anrufen ging. Er musste immer wieder an Phil denken. Er versuchte, sich ein überzeugendes Szenario auszudenken, weswegen sein arbeitswütiger Freund an einem Tag, an dem er Klinikdienst hatte, weder zur Visite erscheinen noch anrufen würde. Keines war überzeugend – zumindest keines, das ohne die Leute auskam, die ihn, Brian, gerade umbringen wollten.

»Na ja«, meinte Freeman, der gerade wieder den Laster bestieg, »deine prächtige Polizei von Reading war offenbar nicht gerade allzu wild darauf, einem anonymen Tipp nachzugehen. Aber vielleicht schauen sie doch vorbei.«

Brian eilte zum Telefon und rief Teris Büro an, dann ihre Privatnummer. Beide Male bekam er ihren Anrufbeantworter an die Strippe und hinterließ identische Warnungen.

»Teri, ich weiß, das hört sich für dich völlig verrückt an, aber ich habe in ein Wespennest gestochen, weil ich in diesen frühen Vasclear-Fällen herumgeschnüffelt habe. Wie aus heiterem Himmel versuchen irgendwelche Leute, mir was anzutun. Möglicherweise wird mein Anschluss abgehört, und sie wissen vielleicht auch schon, dass ich mit dir gesprochen habe. Sei also bis zur Feierstunde sehr vorsichtig. Bleib, wenn's geht, mit Freunden zusammen. Unternimm nicht zu viel allein. Du fehlst mir. Du fehlst mir wahnsinnig.«

Nachdem er die zweite Nachricht bei Teri hinterlassen hatte, rief er die Auskunft an und erhielt die Nummer von Wilhelm Elovitz in Charlestown. Diesmal war Elovitz' Witwe, Devorah, selbst am Apparat.

»Oh, ja«, sagte sie mit einem Akzent, der nicht ganz so stark war wie der ihres Gatten. »Bill hat gesagt, Sie seien der beste Arzt, den er je gehabt hatte.«

»Er war ein sehr anständiger Mann, Mrs Elovitz. Schade, dass ich ihn nicht besser kennen gelernt habe.«

»Ja.«

Brian merkte, dass sie zu weinen begann.

»Mrs Elovitz, tut mir Leid, wenn mein Anruf Sie aus der Fassung bringt. Vielleicht sollte ich ein andermal anrufen.«

»Nein, nein, schon gut. Tränen sind nicht das Schlimmste auf der Welt. Bitte sagen Sie mir, was ich für Sie tun kann.«

»Soweit ich weiß, ist Bill während eines Raubüberfalls erschossen worden, aber ich kenne keinerlei Details.«

»War alles in den Zeitungen und im Fernsehen.«

»Entschuldigen Sie bitte, aber davon habe ich nichts mitbekommen. Zu der Zeit gab es bei mir auch eine Tragödie. Mein Vater ist plötzlich gestorben.«

»Oh, du meine Güte. Das tut mir sehr Leid für Sie.«

»Vielen Dank. Vielleicht könnte ich bei Ihnen vorbeischauen und mit Ihnen sprechen, statt Ihnen Fragen am Telefon zu stellen.«

»Es wäre sehr schön, wenn Sie vorbeischauen wollen. Aber ich denke, Sie sollten mit Sid reden.«

»Sid?«

»Sid Mastrangelo. Er ist der Besitzer des Geschäfts, in dem Bill ... erschossen wurde.«

»Und er war da, als es geschah?«

»Oh ja. Sie haben auf Sid ebenfalls geschossen.«

Kapitel 31

Sid's Market befand sich in der ersten Etage eines roten Backsteinbaus in einem heruntergekommenen Teil Charlestowns, nicht weit entfernt vom Ankerplatz der USS *Constitution*. Devorah Elovitz' Wegbeschreibung war ziemlich genau, wenn auch unnötig.

»Nach meiner Rückkehr aus Vietnam«, erklärte Freeman, »habe ich mich in diesen Straßen eine gute Zeit lang als Händler herumgetrieben. Von damals her ist mir Sid's Market noch in guter Erinnerung.«

»Sid auch?«

»Es ist etwa zwanzig Jahre her, aber wenn er so dick wie lang ist, dann ja. Er hat mich wohl mehr als einmal aus seinem Geschäft rausgeschmissen.«

Auf der Fahrt von Reading nach Charlestown ließen sie das Radio laufen, eingestellt auf den aktuellen Nachrichtensender. Obwohl zwei Berichte über Vasclear und den bevorstehenden Besuch des Präsidenten in Boston kamen, gab es absolut nichts über einen anonymen Anruf bei der Polizei in Reading und das Auffinden eines blutüberströmten Leichnams im Haus eines Arztes, dem bis vor kurzem wegen Drogenmissbrauchs die Lizenz entzogen worden war.

»Zu früh«, meinte Freeman. »Abgesehen davon denke ich nicht, dass deine Super-Polente mir geglaubt hat. Wie geht's dir denn so?«

»Erschüttert, aber nicht mehr bebend würde der Sache am nächsten kommen. Ich kann's nicht fassen, dass dieser Schweinehund bei mir zu Hause gewartet hat.«

»Sie hatten deinen Schlüssel. Jemanden in der Wohnung zu verstecken bedeutete, dass der Gangster draußen gelegentlich wegfahren konnte. Du hast einfach Glück gehabt, dass der Typ drinnen gerade dem Drang der Natur nachgeben musste.«

»Ich habe das Gefühl, dass mir das Glück allmählich ausgeht.«

»Das ist der rechte Geist der Rekonvaleszenz.«

Sid Mastrangelo war in der Tat so, wie Freeman sich an ihn erinnerte. Er war, von einem Haarkranz abgesehen, nahezu kahl und wäre bei jedem Casting für eine Mönchsrolle in die engere Auswahl gekommen. Er trug eine nicht zugebundene Segeltuchschürze um die Taille und hatte den rechten Arm in der Schlinge. Brian stellte sich und Freeman vor.

»Bill Elovitz' Frau hat vor einer Weile angerufen und mir Ihr Kommen angekündigt«, meinte Mastrangelo.

»Hat sie gesagt, was wir wollen?«

»Sie hat was über die Schießerei gesagt. Auch, dass Sie Bills Arzt waren.«

»War ich. Einer seiner Kardiologen am Boston Heart.«

»Und wer sind Sie?«, fragte er Freeman.

»Nur ein Freund.«

»Ja? Hm, Sie sehen einem kleinen Ganoven ähnlich, der vor sehr langer Zeit viel zu häufig hier herumgehangen hat.«

»Ich kümmere mich um ein paar Apartmenthäuser in Boston«, erwiderte Freeman ruhig. »Verheiratet, hoch angesehenes Mitglied bei dieser Wohlfahrtsorganisation, den Elks, Kumpel von Ärzten wie dem hier. Mich können Sie wohl kaum meinen.«

»Schön«, meinte der Händler mit funkelndem Blick. »Weil der kleine Ganove, an den ich da denken muss, *Hard Luck* auf den Fingerknöcheln eintätowiert hatte, genau wie Sie.«

»Mr Mastrangelo«, warf Brian ein, »wären Sie bereit, mit uns über das Geschehene zu sprechen?«

»Bills Frau hat mich darum gebeten, also werd ich's tun.«

Ein ältere Frau betrat das Geschäft und wollte Milch und Zigaretten haben. Mastrangelo tippte ihre Einkäufe auf einer uralten Registrierkasse ein, reichte ihr das Wechselgeld und warnte sie dann vor den Gefahren ihres ständigen Rauchens.

»Bevor wir loslegen«, meinte Brian. »Haben Sie vielleicht ein Telefon, das ich benutzen kann? Ich muss das Krankenhaus anrufen.«

Mastrangelo griff unter die Ladentheke und reichte ihm einen tragbaren Apparat.

Brian stieß im Stillen ein Gebet aus, als er die Station anrief. Noch immer kein Lebenszeichen von Phil, wurde ihm gesagt.

»Wissen Sie, ob Pickard weiß, dass Phil nicht aufgetaucht ist?«, fragte er Jen, die Sekretärin der Abteilung.

»Oh, ja. Dr. Pickard hat sogar vor kurzem nachgefragt. Warten Sie eine Minute, er ist noch hier. Er geht gerade den Flur hinab.«

»Kann ich mit ihm sprechen?«

»Bleiben Sie dran, Dr. Holbrook. Ich schau mal, ob ich ihn noch erwische.«

Brian warf einen Blick nach rechts, wo Freeman gerade einige Mentholpastillen, eine Coke und einen Beutel Pfeifentabak bezahlte.

»Ich inhaliere nicht«, hörte er seinen Begleiter in dem Augenblick sagen, als Ernest Pickard an den Apparat kam.

»Brian«, sagte er. »Wir haben uns schreckliche Sorgen um Sie und Phil gemacht. Ist alles in Ordnung mit Ihnen?«

»Ja, Sir. Ich war die halbe Nacht wegen einer Magen-Darm-Geschichte auf und hatte vergessen, den Wecker zu stellen. Jetzt geht es mir jedoch viel besser, und ich habe vor, in der nächsten Stunde zum Dienst zu erscheinen.«

»Gut. Ausgezeichnet. Haben Sie eine Ahnung, wo Phil sein

könnte? Er hat bei der Visite gefehlt, die er heute Morgen leiten sollte, und auch nicht angerufen.«

»Das sieht ihm ganz und gar nicht ähnlich. Haben Sie jemanden zu ihm rübergeschickt?«

»Ich glaube, die Polizei ist jetzt auf dem Weg. Brian, zwei unserer Stipendiaten sind in Urlaub. Phil sollte heute Nacht sogar den Innendienst auf der Station übernehmen. Könnten Sie das vielleicht tun?«

»Ich bin um zwei da«, erwiderte Brian, der daran dachte, den Nachtdienst dazu auszunutzen, wieder zum Archiv hinunterzugehen und seine Liste von Phase-I-Patienten weiter abzuarbeiten, »und übernehme gerne, wenn Sie es wünschen.«

»Keine Neuigkeiten?«, fragte Freeman.

»Keine. Ich werde heute Nacht Phils Dienst übernehmen.«

»Hältst du das für schlau?«

»Du bist derjenige, der der Meinung war, ich würde einen Fehler begehen, wenn ich verschwinde.«

»Das stimmt. Geh zum Dienst, aber bleib in den Hauptkorridoren und halte dich von Winkeln und Nischen fern. Und, Brian? Denk dir einen Grund aus, weswegen du aussiehst wie jemand, der in ein Dorngestrüpp geworfen worden ist.«

»Entschuldigen Sie bitte, dass wir in Ihrer Gegenwart solches Zeug schwatzen, Mr Mastrangelo«, sagte Brian. »In der Klinik geht es gerade hoch her, und ich stecke anscheinend mitten drin.«

»Hat das was mit der Schießerei zu tun?«, fragte er.

Freeman und Brian wechselten einen Blick. *Die Wahrheit*, entschieden sie.

»Könnte sein«, erwiderte Brian. »Deswegen wollten wir zu Ihnen. Ich habe gehofft, Sie könnten uns ganz genau berichten, was bei Bill Elovitz' Ermordung geschah.«

»Da fällt mir noch was Besseres ein«, entgegnete Mastrangelo. »Ich kann's Ihnen zeigen.«

»Mir zeigen?«

»Ich habe eine Kopie des Videos, das mein Überwachungssystem an diesem Abend aufgezeichnet hat. Meine Wohnung ist gleich die Treppe hinauf. Wenn Sie es sehen möchten?«

Sid Mastrangelo hängte ein ›Geschlossen‹-Schild ins Fenster und führte Brian und Freeman über die Hintertreppe zu seiner Wohnung, die eine ganze Etage einnahm und die er mit seiner Frau bewohnte.

»Ich habe einen Freund in einer Überwachungsfirma«, erklärte er. »Triple A Security, gleich hier in Charlestown. Mir ist so viel geklaut worden, dass es mich fast die Existenz gekostet hätte, und mehrmals wurde eingebrochen. Manny hat ein Überwachungssystem für mich eingebaut. Nach dem Raubüberfall hat er eine Kopie für mich gemacht, bevor er das Band der Polizei übergeben hat. Die beiden Täter hatten Skimützen übergestreift. Ich habe mir das Band drei- oder viermal angesehen und versucht, an den Leuten etwas zu entdecken, was ich mit jemandem in Verbindung bringen konnte, den ich kenne.«

»Und, Versuch erfolgreich?«, fragte Brian.

Mastrangelo schüttelte den Kopf.

»Kein bisschen.«

Als sie sich in der gemütlichen, leicht verstaubten Wohnung vor einem Fernseher mit Großbildschirm niederließen, winkte ihnen Mastrangelos Frau – eine weibliche Variante des Ladeninhabers – fröhlich von der Küche her zu.

Sid stellte das Fernsehgerät an, legte das Band ein und reichte Brian die Fernbedienung.

»Halten Sie es an, wo Sie möchten«, sagte er. »Stellen Sie jede Frage, die Ihnen in den Sinn kommt.«

Ein paar Sekunden weißes Rauschen, dann folgte ein körniger Schwarz-Weiß-Blick auf das Innere von Sid's Market.

Die Kamera, links oberhalb von Mastrangelo angebracht, hatte ein Fischaugenobjektiv, das die Szenerie leicht verzerrte, jedoch ein weites Blickfeld ermöglichte. Von oben gesehen waren die Gestalten des Dramas etwas zusammengequetscht. Ohne Ton wirkte das grässliche Geschehen seltsam matt.

Leeres Geschäft, vom Hinterkopf Sids abgesehen, der hinter der niedrigen Theke hin- und herging ... 20.48 Uhr zeigte eine Markierung in der rechten unteren Ecke an ...

»Freitags schließe ich um neun«, kommentierte Mastrangelo.

Die Vordertür öffnet sich, und Bill Elovitz tritt ein. Er trägt einen Trenchcoat ohne Gürtel ... Das linke Handgelenk liegt in einer Schlinge ... Die verschwollenen Fußknöchel sind über dem Rand seiner hohen Schuhe zu erkennen ... Er winkt Mastrangelo vertraulich zu und lächelt auf diese bittersüße Weise, die Brian gleich zu Beginn so angezogen hatte ... Er geht in den hinteren Teil des Geschäfts und verschwindet vom Bildschirm ... Augenblicke später öffnet sich die Tür erneut und zwei Männer treten ein ... Beide tragen dunkle Windjacken und Skimasken ... Einer hat eine Handfeuerwaffe dabei, der andere eine abgesägte Schrotflinte ...

Brian drückte den Pausenknopf. Obwohl das äußere Erscheinungsbild der Gangster verzerrt war, war einer der beiden – der mit der Schrotflinte – bei weitem größer und breitschultriger als der andere. Freeman blickte fragend zu ihm hinüber, und Brian nickte. Er würde jede Wette darauf eingehen, dass das Gesicht unter dieser Maske von Narben entstellt war. Leon. Ob der andere Gangster der Mann war, den er möglicherweise vor kurzem umgebracht hatte, wusste Brian nicht genau. Er drückte den Abspielknopf.

Der kleine Mann winkt Sid mit seiner Waffe und übernimmt anscheinend den größten Teil, wenn nicht gar alles an der Unterhaltung ... Leon verlässt den Bildschirm und kehrt Sekunden später zurück, wobei er Bill Elovitz mit seiner Schrotflinte vor sich her stößt ... Elovitz sagt etwas und wirkt nicht übermäßig ängstlich. Er hat Erfahrung mit bewaffneten Rüpeln ... Der kleinere

Mann befiehlt, die Registrierkasse zu öffnen, nimmt sämtliche vorhandenen Scheine von Sid entgegen und stopft sie sich in die Tasche ... Die Gangster weichen zur Tür zurück ... Sie haben sie erreicht ... Sie wenden sich ab ... Plötzlich wirbelt Leon herum ... Er ist knapp anderthalb oder zwei Meter von Bill entfernt ... Ohne zu zögern schießt er ... Elovitz bekommt offenbar die volle Ladung mitten in die Brust ... Er fliegt nach hinten, wie von einem Tornado aufgehoben, knallt in eines der Regale und bricht auf dem Fußboden zusammen ... Der Eindringling mit der Handfeuerwaffe wirbelt zu Mastrangelo herum und feuert aus zweieinhalb oder drei Metern Entfernung, aber Sid geht gerade unter der Theke in Deckung, als er getroffen wird ... Die beiden Gangster erledigen ihn nicht. Stattdessen fliehen sie ... Sekunden später taucht Sids Hand auf der Theke auf, er zieht sich hoch ... Die Markierung zeigt 20.52 Uhr ... Vier Minuten.

Brian schaltete das Band ab und nickte Freeman grimmig zu. *Sie sind's*. Er legte die Fernbedienung hin.

»Mr Mastrangelo«, fragte er, dabei sorgfältig jeglichen Hinweis auf die erwartete Antwort vermeidend, »der Mann, der Sie angeschossen hat, war an ihm etwas ungewöhnlich ... irgendetwas?«

»Er hat mit einem gewissen Akzent gesprochen«, erwiderte Sid ohne zu zögern. »Ich weiß nicht, was für einer. Deutsch, vielleicht.«

»Und der andere Mann?«

»Godzilla? Der hat, glaube ich, überhaupt kein Wort gesagt. Hat das Video Ihnen weiterhelfen können?«

»Vielleicht. Da ist nach wie vor Etliches, was ich nicht verstehe.«

»Aber Sie glauben anscheinend nicht, dass Bill bei einem simplen Raubüberfall erschossen worden ist.«

Brian zuckte die Schultern, erhob sich und schüttelte dem Ladenbesitzer die Hand.

»Ich weiß es nicht genau, Mr Mastrangelo«, sagte er. »Aber mir ist aufgefallen, dass niemand Bill die Brieftasche abgenommen hat.«

Kapitel 32

Die Sporttasche blieb im Laster zurück, als Brian sich von Freeman am White Memorial absetzen ließ. Er betrat die Eingangshalle der Klinik und durchsuchte mit größter Aufmerksamkeit die Menge nach Personen, die die Menge nach ihm zu durchsuchen schienen. In der Aktentasche, die er fest an sich drückte, befanden sich die üblichen Papiere, ärztlichen Instrumente, Schokoriegel und Unterwäsche zum Wechseln, darüber hinaus ein einzelner weißer Sportsocken. Darin war der kurzläufige Revolver versteckt, den er dem bewusstlosen, blutend auf dem Fußboden seines Wohnzimmers liegenden Mann abgenommen hatte.

Brian hatte noch nie eine Schusswaffe abgefeuert, von einem Luftgewehr oder – einmal – einem .22er Gewehr abgesehen. Er hoffte, er würde es nie mehr tun müssen. Aber zwei Ganoven von Newbury Pharmaceuticals hatten einen älteren Patienten aus Phase I ermordet, wahrscheinlich auch einen zweiten. Jetzt waren die Killer hinter ihm her, und Phil war verschwunden.

Könnte er sich, abgesehen von Teri, jemandem anvertrauen? Wäre sie bereit, sich mit nichts Handfesterem als seinem Wort aus dem Fenster zu hängen? Wie viel Zeit blieb ihm, bevor ihn der Anruf aus Pickards Büro erreichte, er solle zu einem so gut wie sicher positiven Urintest kommen? Vielleicht könnte er sich ja an Pickard wenden.

»Dr. Pickard, ich habe keine Beweise dafür, aber Sie sollen wis-

sen, dass die Firma, mit der Sie etwa die letzten fünf Jahre Hand in Hand gearbeitet haben, von der Russenmafia kontrolliert wird. Meine Quelle? Oh, ein chinesischer Gangster namens Cedric, der zu NA-Treffen geht. Obwohl das von Ihnen zusammen mit Newbury entwickelte Medikament Tausenden das Leben retten und Ihrem Institut Millionen von Dollar einbringen wird, hat das Pharmaunternehmen jetzt aus irgendeinem Grund Killer angeheuert, die Ihre Patienten ermorden sollen ...«

Käme diese Geschichte bei der Polizei besser an? Bei Carolyn Jessup?

Brian nahm den breiten Korridor zur Empfangshalle des BHI, zeigte dem Wächter seine Kennkarte und ging die Treppe zur Station hinauf. Was würde ihm sonst noch übrig bleiben, als weitere Datenteilchen zu sammeln, sie zusammenzusetzen und darauf zu hoffen, dass sich daraus irgendwann eine sinnvolle Erklärung ergäbe? Natürlich müsste er dabei um die professionellen Killer, die ihn umzubringen versuchten, einen weiten Bogen schlagen.

Paps, wo bist du, wenn ich dich brauche?

Brian trabte die fünf Treppen hinauf und blieb an jedem Absatz stehen, um auf Schritte zu horchen. Im Bereitschaftsraum streifte er seine Arztkleidung über. Jen, die gewöhnlich resolute Stationssekretärin, lebte bei seinem Eintritt beträchtlich auf.

»Oh, Dr. Holbrook, ich bin so froh, Sie zu sehen«, meinte sie. »Was war das für ein schrecklicher Tag! Was haben Sie denn angestellt?«

»Nur eine leichte Magen-Darm-Grippe.«

»Nein, ich meine Ihr Gesicht und die Hände.«

»Oh ... öh ... war im Garten. Manchmal überkommt es mich, und ich arbeite im Garten. Was von Phil gehört?«

Aufgebracht schüttelte sie den Kopf.

»Nichts. Dr. Pickard ist gerade in sein Büro gegangen. Er hat die Patienten auf dem Flur versorgt. Ich habe nicht gewusst, dass er ein so guter Arzt ist.«

»Einer der Besten, den's gibt.«

»Dr. Holbrook, er hat gesagt, Sie hätten heute Nachtdienst, und ihnen den Piepser dagelassen.«

Sie reichte ihm den Notfallpiepser hinüber, und Brian hakte ihn an seinem Gürtel fest. Daraufhin gab er ihr einen Zettel mit dem Namen **ALLISON BROUGHAM** – die nächste Phase-I-Patientin auf seiner Liste.

»Könnten Sie bitte im Archiv unten anrufen und sich die Akte dieser Frau heraufschicken lassen, ja? Noch besser wäre, wenn Sie Ihren Posten solange im Stich lassen können, selbst runtergehen und sie holen würden, das wäre wirklich eine Hilfe.«

»Ich sollte den Schreibtisch nicht unbeaufsichtigt lassen, aber Beverly übernimmt um drei. Dann gehe ich runter.«

»Perfekt.«

Der klinische Forschungsbereich ließ so weit nichts zu wünschen übrig. Fünfzehn ziemlich kranke Patienten, doch keiner davon kritisch. Als er um Viertel nach drei vorn zum Empfang gerufen wurde, hatte er neun der Patienten versorgt. Bei allen hatte Ernest Pickard akribisch die Fortschritte notiert. Brian merkte, dass er seinen Chef gut beschrieben hatte. Trotz seiner Position als Leiter des Boston Heart, auf der er für vieles verantwortlich war, was nicht direkt mit Medizin zu tun hatte, war Pickard wirklich ein herausragender Kardiologe. Jetzt, da zwei Mitglieder seines Stabs fehlten und es bis zum Besuch des Präsidenten nur noch zwei Tage hin waren, hatte der Mann wahrscheinlich ganz andere Sachen im Kopf, als seinen Kardiologie-Stipendiaten bei der Patientenpflege zu helfen. Aber aus den Fortschrittsberichten schloss Brian, dass sich sein Chef über jeden Fall gründlich unterrichtet und sich damit beschäftigt hatte.

»Hier ist ein Anruf für Sie von Jen«, sagte die neue Stationssekretärin und reichte den Hörer hinüber. »Sie ruft aus dem Archiv an.«

»Jen, Brian hier.«

»Dr. Holbrook, ich bin hier im Archiv. Es gibt keine Allison Brougham, B-R-O-U-G-H-A-M, in ihren Computern. Niemand dieses Namens ist hier je Patientin gewesen.«

Oh, doch, wollte Brian sagen. Aber das wäre sinnlos gewesen. Lose Enden wurden verknotet. Keine fehlenden Seiten in Laborberichten mehr. Die Phase-I-Patienten wurden systematisch aus den Datenbanken der Klinik entfernt.

Als Brian sich von Freeman trennte, hatte er alles niedergeschrieben, was er erfahren hatte, auch das, was sich daraus an mageren Schlüssen ziehen ließ. Freeman war über Brians ›Wenn mir etwas zustößt‹-Gerede verärgert, nahm jedoch die Papiere letztlich entgegen und versprach, dass die Verantwortlichen bei der FDA, die Zeitungen und wer sonst noch zuhören wollte, sie irgendwie erhalten würden.

Bevor er zu seinen letzten sechs Patienten zurückkehrte, piepste Brian Phil an und rief in dessen Wohnung an. Nichts. Carrie Sherwood war ebenfalls nicht da. Wäre es möglich, dass sie und Phil ganz spontan geheiratet hatten? Hätte sich Phil so von der Liebe, dem Sex mitreißen lassen, dass er, der arbeitswütige verantwortungsvolle Mann, für diesen einen Tag ein völlig anderer geworden wäre? Diese Erklärung hätte Brians Ängste zumindest teilweise und vorübergehend beschwichtigt, wenn nur Phil nicht diese Nachricht von Angus MacLanahan auf dem Anrufbeantworter hinterlassen hätte.

Es war nach vier, als Brian seinen letzten Patienten versorgt hatte. Nur für den Fall der Fälle wählte er einen weiteren Namen aus seiner Phase-I-Liste aus und bat die Sekretärin des Nachtdiensts, Beverly, dessen Akte heraufkommen zu lassen. Anschließend ging ihm auf, dass er seit dem Frühstück nichts mehr zu sich genommen hatte, also meldete er sich auf der Station ab und wollte zur Cafeteria. Er erreichte die Tür zum Treppenhaus, blieb dann aber stehen, kehrte zum Bereitschaftszimmer zurück und zog seine Aktentasche unter dem Bett hervor. Er trug einen knielangen Laborkittel über seiner Arztkleidung. Der in den Socken gewickelte Revolver fühlte sich klobig und ein wenig Furcht einflößend in der Kitteltasche an. Er verstaute ihn stattdessen wieder in der Aktentasche und nahm diese gleich ganz mit.

In der Cafeteria, dem Stolz von White Memorial, gab es eine Anzahl kleiner Speisesäle, zum Teil für die Besucher bestimmt, zum Teil nur fürs Personal. Sie umgaben einen weiten hufeisenförmigen zentralen Essbereich. Am offenen Ende des Hufeisens befanden sich eine Salatbar, eine Pizzabäckerei, ein Grill, eine Speisenausgabe und eine Dessertbar. Da in der Klinik tausend oder noch mehr Angestellte rund um die Uhr arbeiteten, herrschte in der Cafeteria fast immer Hochbetrieb.

Brian, der seine Aktentasche fest umklammerte und beständig auf der Hut war, schloss sich den Menschen an, die in das gewaltige Restaurant strömten. In der Schlange war niemand, den er auch nur wiedererkannt hätte, ganz zu schweigen von jemandem, den er gut genug kannte, um sich mit ihm zusammen zum Essen hinzusetzen. Er dachte kurz an seine Tage im Suburban Hospital. Dort hatte stets eine lebhafte Gruppe im Speiseraum für die Ärzte gehockt, und es hatte keine Menschenseele gegeben, angefangen vom Hausmeister bis hin zum obersten Boss, mit dem er nicht etwas gemeinsam erlebt hatte. Jetzt war er praktisch anonym, und die einzige ihm nahe stehende Person war verschwunden.

Nachdem er kurz so getan hatte, als wolle er zur Salatbar, reihte er sich in die Schlange vor dem Grill ein. Er wollte gerade einen Cheeseburger mit Pommes frites bestellen, als ihm in einiger Entfernung ein Mann auffiel, der gerade mit einem vollen Tablett die Cafeteria verließ. Brian sah den Mann nur von schräg hinten, aber die Größe, die schmale Taille sowie die kräftigen Schultern waren Hinweise genug – insbesondere, da Brian gerade auf einem Video gesehen hatte, wie er kaltblütig einen alten Mann ermordet hatte.

Brian verließ rasch die Schlange. Er versuchte, schnell zu sein, ohne selbst die Aufmerksamkeit auf sich zu ziehen. Leon trug dieselbe Kleidung – Jeans und ein blaues Hemd –, die er an jenem Abend in der Automatenkantine getragen hatte. Er blieb einige Male stehen und schaute sich um. Es konnte also durchaus sein, dass er nachprüfen wollte, ob er verfolgt wurde, oder dass er sogar Brian suchte – so genau ließ sich das nicht sagen. Schließlich ging er in den Hauptkorridor hinaus und wandte sich zum Boston Heart – dorthin zurück, wo Brian ihn das erste Mal gesehen hatte. Er ließ sich ein gutes Stück zurückfallen, denn er war sich jetzt fast sicher, dass Leon zu der Treppe wollte, die in das Kellergeschoss führte.

Als sie sich dem Tiefgeschoss des Boston Heart näherten, war der Korridor praktisch verlassen. Brian musste so weit zurückbleiben, dass er den Killer aus dem Blick verlor. Schließlich erreichte er die Treppe zum Kellergeschoss. Rechts von ihm lagen die Stufen, die zum Erdgeschoss des BHI führten, zehn oder fünfzehn Meter dahinter der Herzkatheterraum, die Filmbibliothek und die Aufzugtüren. Vorne links war die Automatenkantine und am anderen Ende des Flurs die Tierabteilung. Leon war nirgendwo zu entdecken. Er war nahezu sicher weiter nach unten gegangen.

Brian stieg vorsichtig das Treppenhaus hinab und erwartete jeden Augenblick, dass Leon, ein Grinsen auf dem pockennarbigen Gesicht, mit gehobener Pistole unter ihm auftauchte. Die Tiefgeschosse von Kliniken beherbergten häufig die Wäscherei, die zentrale Kleiderausgabe und einen Teil der Heizungsanlage. Leon konnte in jedem dieser Bereiche arbeiten, obwohl Brian nicht ganz einsah, weshalb sie im Tiefgeschoss des BHI und nicht unterhalb des Hauptklinikbereichs liegen sollten.

Der Korridor hier wurde von einigen hellen, in die Betondecke eingelassenen Glühbirnen erleuchtet, deren Schein von undurchsichtigen Unterputzabdeckungen aus Kunststoff gestreut wurde. Ansonsten gab es nur völlig schmucklosen Beton und keine Türen, abgesehen von der zum Treppenhaus und einer Stahltür in einiger Entfernung rechts an einer Stelle, die so in etwa unterhalb des Herzkatheterraums lag. Der Aufzug endete offensichtlich eine Etage darüber.

Brian trat zögernd ein paar Schritte vor. Die Stahltür hatte einen zurückspringenden Griff, also wurde sie vermutlich aufgeschoben. Noch zwei weitere Schritte, dann hielt Brian inne, öffnete seine Aktentasche, holte den kurzläufigen Revolver aus seiner Umhüllung und ließ ihn in seine Kitteltasche neben das Stethoskop gleiten. Er war jetzt keine sieben Meter mehr von der Tür entfernt. Weiter vorn, wo eine Etage darüber die Tierabteilung begann, endete der Korridor offenbar in einer Sackgasse. Würde jetzt jemand die Treppe herunterkommen, säße er in der Falle. Er ließ die Hand in seine Tasche schlüpfen und packte den Revolver. *Hatte die Waffe einen Sicherheitsbügel* – der zum Abfeuern gelöst werden müsste? Einen dümmeren Augenblick, so etwas Entscheidendes nicht zu wissen, hätte es auch nicht geben können, dachte er. Dicht an eine Wand gedrückt tat er einen weiteren Schritt.

Plötzlich ging sein Piepser los, und vor Schreck wäre ihm fast das Herz stehen geblieben. Irgendwo in der Klinik gab es einen Herz-Kreislauf-Stillstand oder einen akuten Notfall. Er schaltete den Piepser in aller Eile aus und riskierte einen Blick auf die LED-Anzeige.

BHI-7 stand da. Der Flur für die Herz-OPs am Boston Heart. In Laj Randas Königreich gab es eine Herzattacke. In der ganzen Klinik wäre Brian seines Wissens bei einem Notruf nur auf BHI-7 völlig überflüssig. Randa hatte praktisch eine Armee von Doktoranden, Stipendiaten und Chirurgie-Assistenzärzten zur Verfügung. Abgesehen davon hatte der Chirurg so wenig Respekt vor ihm, dass es zweifelhaft war, ob er Brian überhaupt um sich haben wollte.

Er zögerte. Eine Möglichkeit wäre, den Eingang vom Treppenhaus her im Blick zu behalten. Eine weitere, hinüberzugehen und zu versuchen, ob sich die Tür öffnen ließe. Er überlegte hin und her, kam jedoch nicht an der Überlegung vorbei, ob er imstande wäre, einen Notruf unbeachtet zu lassen. Nein, entschied er – nicht mal einen, bei dem er möglicherweise gar nicht gebraucht wurde.

Er wandte sich wieder dem Treppenhaus zu und erstarrte. Über ihm, verborgen in der Ecke zwischen der Decke und einem Betonpfeiler, stach die Nase einer kleinen Überwachungskamera hervor, die praktisch identisch mit derjenigen in der Vasclearklinik war.

In diesem Augenblick glitt die Metalltür hinter ihm langsam auf.

KAPITEL 33

Brian wich rasch ins Treppenhaus zurück. Dabei kreuzte er kurz das Sichtfeld der Kamera an der Decke. Obwohl er fest damit rechnete, dass die Person, die hinter der zurückgleitenden Tür hervorkommen würde, ein zwei Zentner schwerer Killer wäre, besessen davon, ihn umzubringen, verspürte er den irrationalen Drang, die Stellung zu halten – den Revolver aus der Tasche zu ziehen, den Mann zu überrumpeln und einige Fragen zu stellen. Erneut tönte der Piepser an seinem Gürtel und riss ihn in die Wirklichkeit zurück. Ohne Leons Erscheinen abzuwarten fuhr er herum und hetzte die Treppe hinauf, wobei er jeden Augenblick den Knall eines Schusses und einen explodierenden Schmerz im Kreuz erwartete.

Außer Atem erreichte Brian die Haupthalle des BHI. Noch immer waren es sieben Treppen bis zur Chirurgie. In seinem Knie setzte ein Pochen ein. Der Aufzug war das Naheliegendste, aber der Gedanke, in einem stählernen Käfig gefangen zu sein, mit Leon auf den Fersen, machte ihn nervös.

Seiner eigenen Einbildung völlig ausgeliefert eilte er zum Treppenhaus zurück. Er schaffte die sieben Treppen mit einem einzigen Halt auf der dritten Etage, wo er Luft schnappte und auf Schritte lauschte. Nichts. Aber Dank der Überwachungskamera im Tiefgeschoss wussten sie jetzt, dass er ihnen auf die Pelle rückte. Vielleicht war es so am besten, dachte er. Er war bewaffnet und hatte nicht vor, eine unbelebte Ecke der Klinik aufzusuchen. Leon oder jeder andere Killer, der aus dieser Tür käme, könnte ihn unmöglich überrumpeln. Und wenn sie übereilt handelten und etwas riskierten, um ihn aufzuhalten, bestand die erhöhte Chance, dass sie einen Fehler begingen.

Wer war dieser Typ in der Fernsehserie, der versuchte, die Leute davon zu überzeugen, dass Aliens in Menschengestalt die Erde zu infiltrieren versuchten? ... Vinson. Das war's, Roy Vinson.

Brian benötigte nur einen gefangenen Alien – einen von Newburys russischen Killern, der der Polizei zu erklären haben würde, was er hinter einer Stahltür im Tiefgeschoss des Boston Heart Institute zu suchen hatte und warum er oder einer seiner Kumpel Angus MacLanahan und Bill Elovitz ermordet hatten und nun versuchten, Brian Holbrook zu ermorden.

Vom Schnitt her war die chirurgische Abteilung identisch mit der medizinischen, außer dass die Überwachungsstation größer war und die Zimmer Glaswände und Türen zur Flurseite hin hatten.

Das offenkundige Anzeichen für einen Notfall waren ein Notfallwagen und zwei Medizinstudenten an einer Tür am anderen Ende des Korridors, Zimmer 703. Brian war erleichtert, dem Notruf gefolgt zu sein, als er ins Zimmer trat und drei Krankenschwestern, einen MTA und nur einen einzigen Arzt erblickte – einen Assistenzarzt. Auf dem Bett lag ein Mann mittleren Alters. Er war nackt und anscheinend dem Tode nahe. Er hatte einen frischen Sternotomie-Einschnitt, der sich über das ganze Brustbein erstreckte. Die Wunde war mit Dutzenden kreuz und quer darüber geklebten fünf Zentimeter langen Pflastern notdürftig geklammert worden. Ein gleichartig verschlossener Schnitt verlief über die Innenseite des rechten Oberschenkels – dort war eine Vene für einen Bypass herausgeholt worden.

Zwei oder drei Tage nach der OP, dachte Brian augenblicklich und bemerkte, dass die Brustkorbtuben, routinemäßig während der OP eingesetzt, bereits entfernt worden waren. Die Herzschlagfrequenz auf dem Monitor war ziemlich rasch – 130, 135 –, aber das kardiographische Muster der Schläge wirkte überraschend regelmäßig. Die Färbung des Mannes war schrecklich – die Haut fleckig, die Lippen purpurrot. Die Atmung war angestrengt. *Schwerer Schock.*

Brian stellte sich dem Assistenzarzt vor, der ganz offensichtlich nicht mehr ein noch aus wusste.

»Ich bin Mark Lewellen«, sagte der Mann, der auf Brian wie ein Teenager wirkte. »Ich bin Assistenzarzt im ersten Jahr und wirklich froh, dass Sie hier sind. Normalerweise sind viel mehr Chirurgen auf der Etage. Einer von unserem Team ist im OP der Hauptklinik. Dr. Randa und die übrigen waren auf einer Konferenz in Boston City, aber die war vor fünfzehn Minuten zu Ende, also sind sie auf dem Rückweg.«

»Ich bekomme keinen Blutdruck«, meinte die neben dem Bett knieende Schwester.

Brian hatte bereits den Puls am Hals, an den Ellbogen, Handgelenken und in der Leiste überprüft. Jetzt holte er sein Stethoskop hervor und horchte kurz.

»Katheterisieren, bitte«, sagte Brian gleichmütig zu den Schwestern. »Hängt ihn an einen Dopamin-Tropf, schneller Durchlauf, und jemand soll unten anrufen, ob noch Blutkonserven für ihn da sind. Wenn nur noch ein oder zwei vorhanden sind, benötigen wir sofort vier weitere. Macht zusammen sechs.« Er wandte sich an Mark Lewellen. »Also gut, reden Sie. Schnell!«

Der Assistenzarzt räusperte sich heftig.

»Mr Paul Wilansky«, begann er, »ist ein fünfundfünfzigjähriger Wirtschaftsprüfer, verheiratet, der ...«

»Ich brauche die Kurzversion«, meinte Brian und setzte seine Untersuchung fort.

In diesem Augenblick betrat Carolyn Jessup schwer atmend das Zimmer. Sie war genau wie Brian gekleidet – Hemd, Hose, Turnschuhe und einen knielangen Kittel.

»Ich war gerade mit einem Fall fertig, als die Sekretärin hier einen Hilferuf nach unten geschickt hat«, erklärte sie. »Der Aufzug hat eine Ewigkeit gebraucht.«

»Ich bin froh, dass Sie hier sind«, sagte Brian. »Weiter, Mark. Und Beeilung, bitte.«

»Vor zweieinhalb Tagen hat er von Dr. Randa einen vierfachen Bypass erhalten. Keine Komplikationen. Ist vergangene Nacht auf diese Station gebracht worden. Sollte übermorgen entlassen werden. War in gutem Zustand. Dann ist plötzlich sein Puls in die Höhe geschossen, und er hat über Schwindelgefühl und Übelkeit geklagt. Ein paar Minuten später hat er das Bewusstsein verloren.«

»Wie lange ist das her?«

»Fünf Minuten«, entgegnete eine Schwester und zeigte auf die Stoppuhr an der Wand oberhalb des Betts.

Brian streifte sich einen Gummihandschuh über, schob seine Hand zwischen die Beine des Mannes und unter den Hoden hindurch und führte eine rasche rektale Untersuchung durch. Daraufhin schmierte er ein wenig Stuhl auf eine chemisch gesättigte Pappe und fügte einen Tropfen Entwickler für einen Bluttest hinzu.

»Negativ«, sagte er zu Jessup.

Plötzlich auftretende intestinale Hämorrhagie rutschte auf der Liste der Möglichkeiten weit nach unten, obwohl ein heftig blutendes Magengeschwür diese Art von Schock hervorrufen konnte, bevor das Blut den After des Mannes erreichte.

»Nur für den Fall, dass das eine *obere* gastrointestinale Blutung ist«, wies Jessup eine der Schwestern an, »führen Sie ihm bitte einen Nasopharyngealtubus für eine Magensonde ein.«

»Immer noch kein Druck«, rief die Schwester an der Bettkante.

»Dopamin hängt und läuft schnell«, meldete die dritte Schwester.

Brian überprüfte Wilanskys EKG und reichte es dann an Jessup weiter.

»Etwas Überanstrengung, einige alte Schäden, nichts Neues«, meinte sie.

»Einverstanden.«

Ohne offensichtlichen akuten Schaden am Kardiogramm erschien ein Herzinfarkt, in Anbetracht der kürzlich erfolgten Bypassoperation sowieso höchst unwahrscheinlich, jetzt noch mehr außerhalb des Möglichen.

»Mark, sollen wir die Sache bis zum Eintreffen der Chirurgen übernehmen?«, fragte Brian.

»Sicher. Ich meine, machen Sie weiter, bitte.«

»Wir fangen wohl besser mit der Herzmassage an, bis wir die Sache geklärt haben. Irgendwo muss er bluten.«

Jessup überprüfte die Karotis des Patienten und horchte die Brust ab.

»Ich glaube auch, Brian«, sagte sie vollkommen ruhig, ganz auf die Sache konzentriert. »Alles andere wäre sinnlos. Wann sind die Drähte seines Schrittmachers herausgenommen worden?«

Die Drähte!, dachte Brian. *Natürlich.*

Die Drähte des Schrittmachers, der routinemäßig während einer Bypassoperation eingesetzt wurde, wurden früher erst fünf oder sechs Tage nach der Operation entfernt. Aber im Zeitalter der Einsparungen bei Krankenhausaufenthalten waren zwei bis drei Tage die Norm geworden. Die Drähte so früh zu entfernen sei prima, hatte Brian oft sarkastisch angemerkt, es sei denn, der Patient benötigte sie danach noch.

»Die Drähte?«, entgegnete Lewellen. »Oh, ja, Dr. Randa hat Anweisung hinterlassen, sie zu entfernen. Ich habe sie vor etwa einer Stunde herausgezogen.«

»Bingo«, sagte Brian und nickte, ein Ausdruck seiner Anerkennung für Carolyns Vermutung.

»Das werden wir schon bald sehen«, meinte sie kühl.

Brian und sie standen eng beieinander. Sie funktionierten als perfekte Zweiergruppe. Der eine unterstützte den anderen und vergewisserte sich, dass nichts übersehen wurde.

»Mark«, meinte Brian, »ich glaube, Sie beginnen am besten sofort mit einer Herzmassage bei diesem Mann. Ist ein Anästhesist unterwegs? Wenn nicht, müssen wir ihn intubieren.«

»Können Sie das?«, fragte Carolyn Brian.

»Das kann ich.«

Der Assistenzarzt ging zur Bettkante und fing mit der Herzmassage an. Die Flecken auf Paul Wilanskys Haut waren jetzt einer tiefvioletten Färbung gewichen. Ohne messbaren Blutdruck stand er auf der Kippe, sehr auf der Kippe. Am beunruhigendsten war, dass sie auch noch einen anomalen Herzrhythmus korrigieren mussten.

»Der Anästhesist steckt im OP fest«, sagte die Schwester.

»Miss ...«, Brian las den Namen der Krankenschwester von ihrem Schildchen ab, »... Dixon, wir sind der Ansicht, dass sich beim Entfernen des Schrittmachers vielleicht ein Draht an einer Ader verheddert hat. Wenn das stimmt und dieser Mann dabei ist, rasch an einer aufgerissenen Ader zu verbluten, so muss ein OP plus Herz-Lungen-Maschine für Ihre Chirurgen in Bereitschaft sein. Ich benötige einen sieben Komma fünf Endotrachealtubus und ein Laryngoskop. Der Ballon des Tubus soll unbedingt auf Dichtigkeit überprüft werden.«

Brian drückte mit den Fingern in die Leistenbeuge des Mannes und versuchte zu ertasten, ob Mark Lewellens Herzmassage das Blut stark genug durch die Adern drückte, dass sich ein Puls in der Femoralarterie ergab.

»Ich spüre absolut nichts«, sagte er.

»Das Herz ist leer«, meinte Carolyn. »Wir benötigen mehr Volumen. Geben Sie ihm eine große Spritze Ringer-Laktat-Lösung. Dr. Lewellen, können Sie das Herz bitte etwas kräftiger massieren?«

»Ich habe wohl bereits die Drähte zerrissen, die sein Brustbein zusammenhalten.«

Der Assistenzarzt war außerstande, die Panik aus seiner Stimme herauszuhalten.

»Schon gut«, sagte Brian beruhigend. »Das kann der Chirurg wieder reparieren.«

Sie können keinen Toten reparieren, war er versucht hinzuzufügen, verkniff es sich jedoch.

Wie Jessup schätzte er die Sache so ein, dass der hier liegende Patient nur geringe Chancen hatte, es zu schaffen. Zudem verspürte er wie der Assistenzarzt eine gewaltige Anspannung. Der Kniff bestand darin, diese Angst nicht allzu sehr durchscheinen, oder, noch wichtiger, davon das klare Denken nicht beeinflussen zu lassen. Ganz gleich, was zu tun war, sie würden es tun. Carolyn Jessup an seiner Seite zu haben war wie das Manövrieren eines Schiffs durch tückische Gewässer mit Hilfe eines erfahrenen Lotsen.

Brian kniete am Kopfende des Betts. Fast seine gesamte medizinische Karriere hatte er schwarz auf verschiedenen Notaufnahmestationen gearbeitet, und trotz der achtzehnmonatigen Untätigkeit konnte er einen Patienten, der auf der Kippe stand, nach wie vor noch im Schlaf intubieren. Er schob Wilanskys Zunge mit der erleuchteten Klinge des Laryngoskops beiseite und führte dann den durchsichtigen Kunststofftubus durch die Stimmbänder an Ort und Stelle.

»Guter Schuss«, lobte Jessup.

Brian brachte das Ende des Tubus an einem Atmungsgerät an und beatmete rasch, ein Stoß pro Sekunde. Damit versuchte er, das in den Lungen des Wirtschaftsprüfers angesammelte Kohlendioxid durch Sauerstoff zu ersetzen.

Jessup prüfte Wilanskys Hals und Leisten auf einen Pulsschlag und schüttelte dann den Kopf. Noch immer nichts.

Brian wusste, was Carolyn dachte. Er dachte dasselbe. Bei

Wilansky trat eine elektromechanische Entkopplung auf, was hieß, dass eine Umsetzung der Muskelerregung in eine Kontraktion nicht mehr stattfand – der ernsteste aller kardiologischen Notfälle. Das Muster des Kardiogramms besagte, dass der natürliche Schrittmacher und die Nerven seines Herzens dem Muskel ausreichend elektrische Impulse zur Verfügung stellten, der Muskel jedoch nicht mit einer genügend kräftigen Kontraktion reagierte, um das Blut zirkulieren zu lassen. Als Erklärung kam lediglich in Frage, dass sich ein Großteil vom Blut des Mannes in dessen Bauchhöhle oder Brustraum befand. Lewellens Massage von außen, obwohl technisch gut ausgeführt, erfüllte nicht ihren Zweck.

Sie hatten fast alles getan, was sie zur Rettung dieses Mannes tun konnten ... *fast* alles.

»Haben Sie je eine Massage am offenen Herzen durchgeführt?«, fragte er sie.

Sie seufzte tief auf und schüttelte den Kopf. »Vielleicht damals in den alten Tagen, als wir gerade zur Massage bei geschlossenem Brustraum übergegangen sind. Sie?«

»Nur einmal«, erwiderte Brian, »aber das ist schon etliche Jahre her. Eine Schussverletzung, die ich in der Notaufnahme behandelt habe. Bandenkrieg. Das Öffnen der Brust ging ganz gut, ebenso das Vernähen der beiden Einschusslöcher im Herzen.«

»Und?«

»Er hat's nicht in den OP geschafft.«

»Na gut, Brian, vielleicht wird's dieser Mann schaffen.«

Verdammt.

Brian war sich nicht sicher, ob er das Wort laut ausgesprochen oder bloß gedacht hatte. Seiner Ansicht nach gab es einfach keine andere Möglichkeit mehr, als dem Mann an Ort und Stelle den Brustkorb zu öffnen, die blutende Bypassader abzuklemmen, weiterhin gewaltige Mengen an Flüssigkeit zuzuführen und das Herz manuell zu drücken, bis ihn die Chirurgen in den OP bringen und an eine Herz-Lungen-Maschine anschließen konnten. Die Chancen, dass Paul Wilansky das Öffnen des Brustkorbs überleben würde, lägen nur geringfügig über Null – insbesondere, wenn es jemand durchführte, der kein Chirurg war. Aber wenn sie die Blutung nicht stillen und keine Herzmassage vornehmen würden, ginge die elektromechanische Entkopplung bald in tödliches Kammerflimmern über.

Brian lag auf der Zunge zu sagen, dass ihm nicht danach zumute sei, die Prozedur durchzuführen, dass Carolyns umfassende Erfahrung als Kardiologin seinen einzigen, noch dazu erfolglosen Fall mehr als in den Schatten stellte. Stattdessen prüfte er die Pupillen des Mannes, die nicht besonders geweitet waren, und biss in den sauren Apfel. Vielleicht war noch etwas Zeit.

Brians Mund war staubtrocken. Jeder Muskel bis zum Äußersten angespannt. Gedanken an Leon und den Vorfall im Tiefgeschoss des BHI wurden gezwungenermaßen in den Hintergrund gedrängt.

»Miss Dixon, halten Sie sich bitte bereit, ihm die Brust zu öffnen«, hörte er sich sagen.

»Sofort.«

»Bereit zum Öffnen«, rief die Schwester.

Brian streifte sich Maske und Handschuhe über und hob ein Skalpell. Da wurde es plötzlich draußen auf dem Flur laut und unruhig. Augenblicke später stürmte Laj Randa ins Zimmer. Seine kleinen schwarzen Augen waren die eines Falken, der zum Zuschlagen bereit war.

Randa erfasste rasch, was um seinen Patienten vor sich ging. Mark Lewellen massierte noch immer Wilanskys Brustkorb, aber der Chirurg ignorierte ihn. Er wandte sich an Brian.

»Warum sind Sie hier oben auf meiner Station?«, fragte er.

Brian kam sich blöde vor, wie er da, in Handschuhen, Kittel und Maske, das Skalpell in der Hand, vor einem der größten Chirurgen der Welt stand. Er hatte das Gefühl, Randa nicht zu überragen, sondern vor der offensichtlichen Missbilligung des Mannes im Boden zu versinken. Was wäre geschehen, fragte er sich, wenn er Wilanskys Brust geöffnet hätte und der Mann gestorben wäre? Oder, noch schlimmer, wenn er Wilanskys Brustkorb geöffnet, sich ihre Einschätzung der Lage als falsch erwiesen hätte und der Mann gestorben wäre? Eigentlich nichts Schlimmeres als das, was sowieso geschehen würde, wurde ihm klar.

»Ich hatte den Notrufpiepser«, erwiderte er leicht trotzig.

Randa hatte offenbar genug von ihm gehört.

»Carolyn. Was geht hier vor?«

»Plötzlicher Schock, weniger als eine Stunde nach dem Ziehen der Drähte«, erwiderte sie. »Es liegt eine elektromechanische Entkopplung vor. Sie sehen, was wir gerade tun wollten. Dr. Holbrook hat etwas Erfahrung damit, also ...«

Randa brachte sie mit einer gehobenen Hand zum Schweigen. Er hatte alles gesehen und gehört, was er brauchte.

»OP-Tablett«, ordnete er an. »Rasch jetzt. Rasch. Falls nötig, führt Mr Wilandsky intravenös etwas Demerol zu.«

Mit einem Kopfschütteln deutete er an, dass Lewellen vom Bett verschwinden solle, und mit einer gleichartigen Bewegung befahl er einem aus seiner Gefolgschaft, den Platz des jungen Arztes zu übernehmen.

Ohne darum gebeten worden zu sein, half die Schwester Randa dabei, einen Chirurgenkittel über seine Straßenkleidung zu streifen, und hielt ihm ein Paar Handschuhe hin, in die er die Hände steckte. Seine Bewegungen waren schnell und glatt, präzise.

»Skalpell«, sagte er. »Haltet den Spreizer bereit.«

Ohne ein weiteres Wort durchschnitt der Herzchirurg das Klebeband und den Einschnitt mit einem Streich. Für Wilanskys Operation war das Brustbein in der Mitte gespalten, anschließend der Knochen wieder verdrahtet worden. Nur der mittlere der drei

Drähte war während Lewellens Herzmassage gebrochen. Randa schnitt die verbliebenen beiden weg, während sein Chirurgieassistent den Spreizer an Ort und Stelle brachte.

»Tamponade«, sagte Randa, der wohl vermutete, dass sie im Herzen eine Blutung zu stillen hätten.

Der Blutschwall aus der Brusthöhle bestätigte seine Vorhersage ebenso wie Carolyns Diagnose. Der Draht des Schrittmachers hatte sich in der Ader verfangen und sie von der Aorta losgerissen.

Von seinen Anordnungen abgesehen arbeitete Randa in völligem Schweigen. In weniger als einer Minute war die Blutung gestillt. Er ließ die linke hohle Hand unter Paul Wilanskys Herz gleiten, während er von oben mit der rechten Hand aufs Herz drückte. Brian fiel auf, ohne dass es ihn weiter überrascht hätte, dass Randas Technik perfekt war. Der beidhändige Druck würde verhindern, dass der Chirurg mit einer Hand zu fest zudrückte und dabei unausweichlich die dünne rechte Vorhofwand mit dem Daumen beschädigte.

»Guter Puls«, wagte Brian zu sagen, der den Finger auf eine Femoralarterie gedrückt hatte.

»Wir brauchen ein OP-Team«, sagte Randa zur Schwester, Brian offenkundig ignorierend.

»Es wird bei Ihrer Ankunft bereitstehen«, erwiderte sie. »Das Team für die Herz-Lungen-Maschine sollte jetzt bereits da sein.«

»Wer hat das angeordnet?«

»Dr. Holbrook. Es sind auch zwei Blutkonserven unterwegs, und er hat weitere sechs angefordert.«

Randa setzte seine rhythmische Massage fort. Daraufhin wandte er sich an Mark Lewellen, der so aussah, als wollte er in einem Mäuseloch verschwinden.

»Sie haben diesen Mann fast umgebracht, Lewellen, weil Sie eine elektromechanische Entkopplung und deren Ursache nicht erkannt haben«, sagte er eisig. »Sie haben es lediglich diesen Ärzten zu verdanken, dass er am Leben ist. Ihr Dienst bei mir ist beendet, und zwar sofort. Ich möchte Sie nicht mehr wiedersehen.«

»Aber ...«

»Sofort!« Das Wort knallte wie eine Peitsche.

Absolutes, schmerzhaftes Schweigen begleitete den Abgang des am Boden zerstörten jungen Assistenzarztes aus dem Zimmer. Brian brachte einen Blick auf Jessup zustande, die wütend wirkte, jedoch lediglich die Schultern zuckte und die Lippen fest aufeinander presste.

»Also«, sagte Randa zu seinem Stab, »dann hängen wir mal diesen Mann vom Monitor ab und bringen ihn runter in den OP. Meine Hände werden allmählich müde.«

Ohne ein weiteres Wort schoben Randa und seine Begleiter sich zur Tür hinaus und eilten den Korridor hinab.

Brian, Carolyn und die beiden verbliebenen Schwestern standen schweigend inmitten des Mülls, der typischen Hinterlassenschaft eines Notrufs, teilten die Erschöpfung und die nachklingende Unsicherheit ebenso wie die Wut über die Art und Weise, wie Mark Lewellen gefeuert worden war. Die gerade verstrichenen zwanzig Minuten waren hektisch, voller Anspannung, herausfordernd und, bislang zumindest, triumphal gewesen. Währenddessen waren die Mitglieder des hastig zusammengestellten Teams auf eine Weise aneinander gekettet gewesen, wie es nur bei einem Notfall in einem Krankenhaus sein konnte.

Schließlich dankten die Schwestern den Ärzten für ihre Hilfe und versicherte ihnen, dass sich ihre Verpflichtungen im chirurgischen Dienst nicht auf die Hilfe beim Säubern des Zimmers erstreckte. Brian folgte Jessup in den Flur hinaus.

»Das war wirklich eine großartige Sache«, meinte er, »einen aufgerissenen Bypass so rasch zu diagnostizieren.«

»Vielen Dank, Brian. Ich wollte *Ihnen* gerade sagen, wie viel Vertrauen ich in Sie habe, nachdem ich Sie während des Notfalls im Herzkatheterraum und jetzt hier gesehen habe.«

»Was für ein Team!«

Brian streckte die Hand aus. Beinahe zögernd ergriff Jessup sie.

»Ein Team«, sagte sie leise. »Na ja, ich komme zu spät zu einer Verabredung.«

Rasch wandte sie sich ab und schritt den Korridor hinunter.

»Dr. Jessup?«, rief ihr Brian hinterher.

Sie blieb stehen und wandte sich langsam um.

»Ja?«

»Sie sind eine wirklich erstklassige Ärztin.«

Selbst aus einer Entfernung von etwa drei Metern erkannte Brian eine geheimnisvolle Traurigkeit in ihren Augen.

»Schön zu hören«, sagte sie.

KAPITEL 34

Die Szenerie war Brian nur allzu vertraut. Er stand im Beobachtungsraum des OP der Herzchirurgie und sah Laj Randa und dessen Team unten bei der Arbeit zu. Es war gerade erst zehn Tage her, da hatte sein Vater dort unten, an künstlichen Lebenserhaltungssystemen hängend, die letzten Minuten seines Lebens ausgehaucht.

Bevor er sich aufgemacht hatte, um der Operation an Paul Wilansky zuzuschauen, hatte Brian rasch bei den Patienten auf der Station eine Visite abgehalten. Anschließend hatte er einen weiteren erfolglosen Versuch unternommen, Phil Gianastasio zu erreichen. Bei jedem Klingelton wuchs seine Überzeugung, dass seinem Freund etwas Schlimmes zugestoßen war. Bei Teri hatte er auch kein Glück, und allmählich machte er sich um sie ebenfalls Sorgen. Er hinterließ die dringende Bitte auf ihrem Anrufbeantworter im Büro und daheim, ihn sofort anzupiepsen, wenn sie kommen würde. Schließlich rief er bei der Polizei in Reading an. Man hatte einen Streifenwagen zu seiner Wohnung geschickt, sagte man ihm, doch nachdem die Streifenbeamten durch keines der Fenster etwas gesehen hatten, wollten sie lieber nicht gewaltsam eindringen.

Wie zum Teufel war es so weit gekommen?

Brian hatte das Gefühl, auf Treibsand geraten zu sein und jetzt ohne Seil, ohne einen Retter in Sicht bis zum Kinn darin zu stecken. Er hatte den Kampf gegen ein Unternehmen aufgenommen, das Milliardenbeträge aufs Spiel setzte und über genügend Mittel verfügte und skrupellos genug war, zum Schutz ihrer Investitionen alles Notwendige zu tun. Elovitz, MacLanahan, vielleicht Phil, und Gott wusste, wen sonst noch. Sogar den betrunkenen Tierpfleger und seinen armen Schimpansen. Dem pharmazeutischen Moloch war ihr Leben völlig gleichgültig.

Brian hatte Angst vor dem, was ihn erwartete, aber er war zugleich wütend und enttäuscht – wütend, dass er niemanden um Hilfe angehen konnte, und enttäuscht, dass es nach wie vor so viele unbeantwortete Fragen gab. Soweit er beurteilen konnte, hatte Vasclear während Phase I zumindest bei einigen der Patienten eine Weile lang sehr gut gewirkt. Ihre Arteriosklerose war jedoch bald zurückgekehrt. Noch schlimmer: Eine Anzahl dieser Patienten hatte etwas entwickelt, was wie eine durch das Mittel hervorgerufene pulmonale Hypertonie aussah, obwohl es dafür in keinem Fall einen stichhaltigen Beweis gab.

Ein Medikament mit bescheidenem, kurzlebigem Nutzen, und als Komplikation ein regelmäßig auftretender tödlicher Nebeneffekt. *Hätte es eigentlich eine noch schlimmere Kombination geben können?* Dennoch hatten die Wissenschaftler von Newbury weitergemacht, hatten die Zusammensetzung des Mittels teilweise abgeändert und waren letzten Endes siegreich hervorgetreten. Brian hatte den klinischen Erfolg aus erster Hand miterlebt. 75%ige Erfolgsquote. Keine bedeutenden Nebenwirkungen. Ein Wundermittel. Warum nur waren dann die Mächte von Newbury nach wie vor darauf aus, die Ameisen zu zertreten?

Brian war ein wenig nervös, weil er so allein in dem schwach erleuchteten Beobachtungsraum war, aber an der Tür stand ein Mann von der Klinikwache – wie stets, wenn das OP-Theater eine Vorstellung gab. In der Tasche seines Laborkittels, unter einem Handtuch, das er aus dem Bereitschaftszimmer mitgenommen hatte, befand sich der kurzläufige Revolver. Soweit er beurteilen konnte, ließ sich die Waffe einfach abfeuern – kein Sicherheitsbügel, keine besonderen Merkmale. Aber er war sich nicht sicher. Er war nahe davor gewesen, ihn in die Matratze auf seinem Zimmer einzurollen und abzufeuern. Davon abgehalten hatte ihn einzig und allein die Furcht, dass jemand durch den Lärm aufmerksam werden könnte oder dass er sonst etwas Falsches tun und sich vielleicht die Hand wegpusten würde.

Brian trat etwas von dem Plexiglasbaldachin oberhalb des OP I zurück. Für heute hatte er genug von Laj Randas Aufgeblasenheit. Er wäre von hier verschwunden, sobald klar war, dass Paul Wilansky es schaffen würde. Die Operation zur Reparatur am Bypass des Wirtschaftsprüfers verlief anscheinend glatt, obwohl sich nicht mit absoluter Sicherheit sagen ließ, was an Denkvermögen wieder zum Vorschein kommen würde, sobald der Anästhesist seine Arbeit beendet hätte. Wilanskys Blutdruck war eine gewisse Zeit lang sehr niedrig gewesen, und zuvor waren gut fünfzehn Minuten lang Wiederbelebungsversuche unternommen worden, bevor ihm Randa die Brust geöffnet hatte. War es ihnen gelungen, für eine ausreichende Durchblutung seines Gehirns zu sorgen? Die Operation war ein Erfolg, doch ...

»Nett von Ihnen, vorbeizuschauen, Dr. Holbrook«, hörte er plötzlich Randas Stimme.

Soweit Brian das sagen konnte, hatte der Chirurg nicht einmal in seine Richtung geblickt, auch sah er jetzt nicht auf.

»Wie läuft's?«, fragte Brian.

»Perfekt.«

»Wie wird er's überstehen?«

»Ich habe keinen Grund zu der Annahme, dass dieser Mann einen Schaden zurückbehalten wird.«

Anders als derjenige, den ich getötet habe, stimmt's?, dachte Brian.

»Das ist großartig«, sagte er.

Es folgte ein längeres Schweigen, währenddessen Randas Aufmerksamkeit erneut auf das reglose, künstlich unterkühlte Herz vor sich gerichtet schien.

»Meine Krankenschwester hat mir gesagt, dass Sie sich während des Notfalls bewundernswert verhalten haben«, sagte er plötzlich. »Sie haben meine Dankbarkeit und zumindest einen Teil des Respekts zurückerworben, den Sie verloren haben, als Sie das Leben ihres Vaters an Vasclear gehängt haben.«

»Das sind grausame Worte«, brachte Brian heraus.

»Aber es ist nichtsdestoweniger die Wahrheit.« Randa arbeitete beim Sprechen weiter. »Sie sind auf die Reklame hereingefallen, Dr. Holbrook. Statt auf das Urteil der Vernunft und des wissenschaftlichen Prozesses zu warten, haben Sie lieber an das geglaubt, was Sie im *Time-Magazin* gelesen und im Fernsehen gesehen haben.«

»Das stimmt nicht. Ich habe Fragen gestellt. Ich habe Berichte gelesen. Ich habe mit meinen Kollegen gesprochen. Ich habe Patienten untersucht. Mein Vater ist nach seiner Bypass-OP fast gestorben. Für ihn war Vasclear schlicht und ergreifend die bessere Wahl.«

»Und ich sage Ihnen, Dr. Holbrook, alles, was zu gut erscheint, um wahr zu sein, ist ausnahmslos zu gut, um wahr zu sein. Prägen Sie sich meine Worte gut ein! Es gibt keinen Weihnachtsmann. Letztlich hat es Ihren Vater das Leben gekostet, dass Sie an einen geglaubt haben.«

»Dr. Holbrook hat nichts dergleichen getan, Randa!«

Überrascht schloss Brian die Hand um den Revolver, fuhr herum und wich stolpernd mehrere Schritte zurück. Art Weber stand weniger als drei Meter entfernt. Er sah nicht Brian an, sondern die Szenerie unten.

»Ach nein, wenn das nicht der Vasclear-Guru persönlich ist«, sagte Randa. »Ihr Mann da hat dabei geholfen, diesem Patienten das Leben zu retten. Ich wollte ihm gerade dafür danken.«

»Ich habe gehört, was Sie getan haben«, schoss Weber zurück. »Randa, Sie haben lediglich eine Heidenangst davor, ein großes Stück vom Kuchen Ihres kostbaren Bypass-Reichs zu verlieren. Von dem Tag an, als Ihnen klar wurde, dass Vasclear Menschen heilte, haben Sie alles getan, um es von der Öffentlichkeit fern zu halten. Nun ja, Laj, Sie haben verloren. Vom kommenden Sonnabend an werden diese Könige und Sultane, die hier herübergeflogen sind, um Ihr sowieso schon aufgeblasenes Ego noch weiter aufzupumpen, sich auf ihren Thronen zurücklehnen. Sie müssen sich nicht mehr einem so gravierenden Eingriff unterziehen, sondern sich nur noch eine Infusion anlegen lassen.«

»Verschwinden Sie!«, schrie Randa. »Verschwinden Sie aus meinem Operationssaal!«

Brian war schockiert darüber, dass der Sikh die Fassung verlor, ganz zu schweigen davon, dass er offenbar nicht mehr kontern konnte. Selbst aus der Entfernung und in seinem Chirurgenkittel wirkte Randa klein und hässlich. Die einzig mögliche Erklärung für sein Verhalten war, dass der Chirurg spürte, dass Weber Recht hatte. Trotz seiner wütenden Angriffe gegen die Art und Weise, wie Vasclear die wissenschaftliche Gemeinschaft umgangen hatte, gab es für Randa keinerlei Grund zu der Annahme, dass mit dem Medikament etwas nicht stimmte.

Doch Brian hatte nahe liegendere Sorgen als Randas angeknackstes Ego. Leute liefen herum, die ihn umbringen sollten. Es konnte durchaus sein, dass der Mann im Herzen dieser Bedrohung lediglich zwei Schritte von ihm entfernt stand. Brian hielt den Revolver weiterhin fest am Kolben und schob langsam den Finger durch den Abzugsbügel. Falls nötig, könnte er durch die Tasche schießen. Die Muskeln in Schultern und Hals waren so angespannt, dass sie fast verkrampften. Jeden Augenblick erwartete er, dass der riesige Leon wild feuernd durch die Tür stürzte.

Stattdessen schaltete Art Weber ruhig das Mikrofon ab. Anschließend verließ er den Sichtbereich des OP und winkte Brian, er solle dasselbe tun.

»Ich bin Carolyn über den Weg gelaufen«, sagte Weber. »Sie hat mir mitgeteilt, was für eine großartige Arbeit Sie bei Randas Patienten geleistet haben, und außerdem vermutet, dass Sie hier oben im Beobachtungsbereich sind.«

Brian wich zurück, legte eine größere Distanz zwischen sie beide. Weber wirkte entspannt, fast euphorisch – er hatte das Aussehen eines Mannes, der Medizingeschichte schreiben und gleichzeitig um mehrere hundert Millionen Dollar reicher werden würde.

»Wo ist Phil?«, fragte Brian.

»Gianatasio?«

»Ja. Wissen Sie, was ihm zugestoßen ist?«

»Ich hatte keine Ahnung, dass ihm *überhaupt* etwas zugestoßen ist.«

Brian versuchte, zwischen den Worten des Mannes zu lesen. Nichts. Aber Weber *war* Vasclaear. Wenn Newbury Pharmaceuticals etwas mit Phils Verschwinden zu tun hatte, musste er davon wissen.

»Er fehlt schon den ganzen Tag«, sagte Brian. »Wir alle machen uns Sorgen um ihn.«

»Ich jetzt auch. Ist die Polizei eingeschaltet worden?«

»Von Dr. Pickard, ja.«

Brian ließ den Revolver los, hielt die Hand jedoch in der Tasche seines Laborkittels. Selbst wenn Weber Phils Aufenthaltsort kannte, würde er dies mit keinem Wimpernschlag verraten.

»Brian, ich möchte mit Ihnen über Vasclear sprechen. Ich habe Verständnis dafür, dass Sie einige Nachforschungen über unsere Phase-I-Patienten angestellt haben. Ich glaube, ihre Namen sind Elovitz und Ford.«

»Waren«, berichtigte Brian.

»Wie bitte?«

»*Waren* Elovitz und Ford. Beide sind tot.«

Brian unterließ es, auch nur ein Wort über MacLanahan und Sylvia Vitorelli verlauten zu lassen.

»Das habe ich nicht gewusst«, sagte Weber. »Nun ja, ich wollte Sie bitten, von weiteren Nachforschungen abzusehen, bis die Feierstunde am Sonnabend vorüber ist. Danach haben Sie völlig freie Hand, ja, ich möchte Sie sogar *ermutigen,* alle Nachforschungen anzustellen, die Sie wünschen.«

»Das verstehe ich nicht. Sie wollen, dass ich Vasclear untersuche?«

Weber nickte.

»Uns hat einiges, was Sie hier getan haben, sehr beeindruckt, Brian. Ihre Vorstellung heute setzt der Sache die Krone auf. Nur weil Vasclear zugelassen wird, heißt das noch lange nicht, dass wir keine Verantwortung mehr dafür tragen. Offen gestanden gibt es eine Anzahl anderer Projekte, die meine Aufmerksamkeit erfordern. Ich benötige einen engen Vertrauten, der die Entwicklung von Vasclear nach Zulassung und Vermarktung beobachtet und sofort eingreift, wenn es Probleme geben sollte. Ich glaube, Sie könnten das erledigen, und zwar gut.«

In dem schwachen Licht blickte Brian zu dem Mann hinüber. Aus dem Augenwinkel sah er Laj Randa vom Tisch zurücktreten, während seine Assistenten Paul Wilanskys Brust schlossen. Die Operation war vorüber.

»Ich ... ich bin mir nicht sicher, dass ich recht gehört habe«, sagte er. »Sie bieten mir eine Stelle bei Newbury an?«

»Das Anfangsgehalt läge bei, sagen wir, einhundertfünfzigtausend. Aber nach sechs Monaten können wir erneut darüber reden.«

»Einhundertfünfzigtausend ist ... ist sehr großzügig.«

»Sie müssen sich nicht sofort entscheiden, aber ich möchte Sie auf der Gehaltsliste stehen haben, sobald dies der Fall ist. Natürlich können Sie am Boston Heart bleiben, solange Ernest Sie braucht. Sie werden also zwei Gehälter einstreichen.«

»Mir ... mir fehlen die Worte.«

»Sie müssen jetzt auch nichts sagen, Brian. Ich hoffe jedoch, im Laufe des Tages von Ihnen zu hören. Und natürlich würde ich Sie dringendst darum ersuchen, keinerlei Verbindung zur FDA aufzunehmen. Sie sind dort nach wie vor ziemlich nervös, weil sie die Zulassung von Vasclear dermaßen beschleunigt haben. Jeder Verzug wäre zum gegenwärtigen Zeitpunkt für Newbury und Tausende von Patienten extrem kostspielig.«

»Sie haben mein Wort.«

Art trat vor und streckte die Hand aus. Brian widerstrebte es, seine Hand aus dem Kittel zu holen, tat es jedoch am Ende.

»Ich freue mich darauf, Sie in unserem Team begrüßen zu können«, sagte Weber. »Ich weiß, dass dies ein Arrangement zum beiderseitigen Nutzen in den kommenden Jahren sein wird.«

Also, dachte Brian, während er dem Mann beim Davongehen zusah, da hatte er innerhalb einer Woche erfahren, wie es sich anfühlte, gejagt, angeschossen und bestochen zu werden. Art Weber und die Leute bei Newbury hatten ihm eine Auszeit gegönnt, die Chance, ehrbar und profitabel von seinem Kreuzzug zurückzutreten – und natürlich auch lebendig. Einhundertfünfzigtausend zu Anfang. Vielleicht war es die Sache wert, dachte er. Er hatte nichts gegen Vasclear in der Hand – weniger sogar, als Weber vielleicht befürchtete. Einhundertfünfzigtausend, dazu die etwa fünfundvierzigtausend, die er am BHI verdiente. Einen Augenblick lang schloss er die Augen, ein wenig schwindelig bei dem Gedanken, was knapp zweihunderttausend Dollar für ihn und die Kinder bedeuten konnten. Aber diese Gedanken wurden rasch von einem anderen Bild ersetzt: Bill Elovitz, der in einem Kramladen in Charlestown gegen die Regale flog, leblos, noch ehe er zu Boden gefallen war.

Brian ging zum Plexiglas hinüber und sah zu, wie Paul Wilansky, dessen Herz zufriedenstellend arbeitete, für den kurzen Weg zum Aufwachbereich der Chirurgischen Klinik auf eine fahrbare Trage geschafft wurde. Randa war mit heruntergezogener Maske beiseite getreten. Brian schaltete das Mikrofon an.

»Wie hat er's überstanden?«

Randa blickte auf. Einen Augenblick lang dachte Brian, er würde ihn einfach ignorieren.

»Seine Pupillen sind unten und reagieren. Es wird einige Zeit dauern, bevor wir wissen, ob ein Gehirnschaden zurückgeblieben ist, aber ich denke, es wird in gutem Zustand sein«, erwiderte der Chirurg.

»Ausgezeichnet.«

»Ihr Freund Weber ist ein unverschämtes Arschloch.«

»Mag sein. Aber Sie haben sein Lebenswerk attackiert.«

»Nicht immer macht der Schnellste auch das Rennen«, entgegnete Randa. »In der Wissenschaft geht der endgültige Sieg stets an den unerschütterlichen, gemessen Dahinschreitenden, nicht an den Sprinter.«

Brian lächelte innerlich über Randas Analogie. Nellie Hennessey, das Aushängeschild für Vasclear, legte gewaltige Strecken zu Fuß zurück.

»Ich behalt's im Hinterkopf«, sagte er.

Und plötzlich fröstelte Brian. Es war, als hätte ihn ein Schwall eiskalter Polarluft getroffen. Aber was ihn wirklich getroffen hatte, war das Verstehen. Endlich. Unwillkürlich schauderte er. Randa hatte ihm die Antwort gegeben. Mit den Händen packte er das Messinggeländer, das die Glaskuppel umgab, und drückte es, bis die Knöchel weiß wurden. Die Erklärung – die schwer fassbare Antwort auf so viele Fragen – war immer und immer wieder an ihm vorübergetrieben, jedoch nie konkret genug, als dass er sie zu fassen bekommen hätte. Jedes Mal hatte er danebengegriffen – völlig danebengegriffen.

Jetzt plötzlich wusste er die Antwort. Er kannte das Geheimnis von Vasclear.

»Ja!«, sagte er. »O mein Gott, ja!«

Er fuhr herum und rannte zum Bereitschaftszimmer zurück.

Kapitel 35

Die Besuchszeit war gerade vorüber, als Brian durch die Tür zur klinischen Forschungsstation stürzte und dabei ein älteres Ehepaar auf dem Weg zum Aufzug erschreckte.

»Notfall«, sagte er und rannte an ihnen vorbei ins Bereitschaftszimmer.

Wenn er Recht hatte, wäre der Schlüssel, der nahezu alles erschließen würde, ein einzelnes Blatt Papier in seiner Aktentasche. Er zog die zerschrammte Tasche unter dem Bett hervor und entleerte den Inhalt auf das weiße Baumwolllaken. Einen Augenblick lang glaubte er, sein Gedächtnis habe ihn getäuscht, aber dann fand er das Gesuchte zwischen den Seiten einer Zeitschrift. Es war der Brief, den ihm Nellie Hennessey gegeben und in dem sie ihn um Unterstützung für ihren neuen Wohltätigkeitslauf gebeten hatte. Besonders von Interesse war der Teil des Werbezettels, der eine Liste der zuvor von ihr absolvierten Läufe umfasste.

»Nellie, sagen Sie mir doch mal eins! Wie lange hat es genau gedauert, bis nach dem Beginn Ihrer Behandlung mit Vasclear ihre Symptome abgeklungen sind?«

»Wie lange? Nicht lange, mein Lieber. So viel kann ich Ihnen sagen.«

Brian erinnerte sich fast genau an den Wortlaut des Gesprächs mit Nellie und ihrer Tochter Megan.

»Ich erinnere mich genau«, warf Megan ein. »Du hast deine erste Behandlung am zehnten August gehabt, und deine Schmerzen waren an meinem Geburtstag verschwunden. Du hast den Kuchen mit lächelnden Gesichtern und Herzen dekoriert, erinnerst du dich?«

10. August vor zwei Jahren. Der Tag, an dem Nellies Behandlung begonnen hatte. Brian ließ den Finger über die Liste laufen. Der Marsch, der ihm aufgefallen war, hatte etwa um diese Zeit herum stattgefunden.

27. JULI – 25-MEILEN-LAUF FÜR AIDS. 25 MEILEN BEENDET. $2600 EINGENOMMEN.

Brian starrte das Datum an. Warum hatte er die Sache nicht zuvor schon in Frage gestellt? Nach einem Marsch von fünfundzwanzig Meilen in der Julihitze hatte Nellie zwei Wochen später auf dem Katheterisierungstisch im Boston Heart gelegen, und die Diagnose hatte arteriosklerotische Herzerkrankung im Endstadium gelautet.

Andere Teilchen schoben sich ebenfalls an ihren Platz. Nellies Symptome, wie in ihrem Krankenblatt beschrieben, deuteten auf klassische Angina pectoris. Aber ihre eigene Beschreibung des Schmerzes war weit entfernt davon, typisch zu sein. Warum war ihm das nicht aufgefallen? Ihre Eltern waren beide weit über achtzig bzw. neunzig Jahre alt geworden. Wann hatte er die letzte Herzinsuffizienz zu Gesicht bekommen, die sich damit brüsten konnte? Niemals, eindeutig niemals!

Nellies Telefonnummer stand auf dem Werbezettel.

»Hallo, Nellie Hennessey hier«, meldete sie sich.

»Nellie, Dr. Holbrook. Ich rufe aus der Klinik an.«

»Oh, ja, mein Lieber. Alles in Ordnung?«

»Sicher. Alles in bester Ordnung. Ich habe mir nur gerade die Liste der Märsche angesehen, die Sie mir gegeben haben, und mir ist aufgefallen, dass Sie, kurz bevor Ihre Herzinsuffizienz diagnostiziert wurde, einen langen Marsch unternommen hatten.«

»Stimmt genau«, erwiderte sie, ohne zu zögern. »Fünfundzwanzig Meilen für AIDS.«

»Erinnern Sie sich an irgendwelche Brustschmerzen während des Marschs?«

»Nein, eigentlich nicht. Nicht, dass ich wüsste. Aber vergessen Sie nicht, Dr. Holbrook, anfangs hatte ich auch nie Schmerzen in der Brust gehabt. Die Schmerzen waren lediglich in meinen Schultern und zogen sich bis zum Nacken hinauf. Im Grunde ist es mir sogar wieder besser gegangen, bevor ich diesen positiven Belastungstest bei Dr. Jessup hatte.«

Was daran liegt, dass Sie gleich von vornherein keine Schmerzen im Herzbereich hatten!, wollte Brian schreien.

»Nellie, Sie haben mir sehr, sehr geholfen«, sagte er stattdessen. »Hoffentlich wird Ihr nächster Marsch ein gewaltiger Erfolg.«

»Nicht für *den* sollten Sie mir viel Erfolg wünschen«, erwiderte sie. »Sondern für den darauf folgenden.«

»Ach?«

»21. Dezember. Da findet der jährliche Boston-Weihnachts-Marsch statt. Der Empfänger der Spenden ist jedes Jahr ein anderer.«

»Und wer ist es dieses Jahr?«

»Eigentlich hätten Sie sich das denken können, mein Lieber«, entgegnete sie. »Es ist das Boston Heart Institute.«

Brian packte seine Aktentasche wieder ein, saß eine Weile lang da und polierte geistesabwesend den Revolver mit einem Waschlappen. Wenn er Recht hatte – und seine Theorie war die einzige, die zu den Fakten passte –, hätten fünfundsiebzig Prozent der Patienten aus der Beta-Vasclear-Gruppe in Phase II von vornherein gar keine Herzerkrankungen gehabt. Die fünfundsiebzig Prozent, die eine so dramatische ›Besserung‹ erfuhren, waren Patienten mit

Bursitis, Ösophagitis, Gastritis oder Pleuritis, oder sie litten an einer anderen der Myriaden von Krankheiten, die sich gern als Herzinsuffizienz tarnten. Als Kardiologe in einer Privatpraxis hatte er mindestens so viele Patienten zu Gesicht bekommen, deren Symptome nicht auf Herzerkrankungen zurückzuführen waren, wie solche, die wirklich am Herzen erkrankt waren.

Es wäre nur allzu leicht, ein EKG-Aufnahmegerät elektronisch so ›einzustellen‹, dass es während eines Belastungstests das Muster einer Erkrankung der Koronararterien ausgab. Aber was war mit den Arteriogrammen bei der Katheterisierung? Jessup war nicht die einzige, die den Monitor beobachtete. Es gab mindestens zwei weitere genau beobachtende, gut ausgebildete Schwestern, dazu einen MTA, ganz zu schweigen von den Studenten, Doktoranden, Stipendiaten und privaten Kardiologen, die im Labor ein- und ausgingen. Die gesamte Gruppe als solche hatte bei Tausenden von Katheterisierungen zugeschaut. Sie wären gewiss imstande gewesen zu sagen, ob eine Untersuchung anomal war oder nicht, und bis zu welchem Ausmaß.

Könnte eine Herzkatheterisierung ad hoc gefälscht werden? Gab es eine Möglichkeit, das Arteriogramm eines Patienten im Augenblick der Erfassung zu verändern?

Nein, entschied Brian. Unmöglich, es sei denn ... es sei denn, das Arteriogramm, das während er ersten Katheterisierung auf dem Bildschirm zu sehen war, war gar nicht das des Patienten.

Brian holte einen Notizblock über Genesungsfortschritte aus der Schublade des kleinen Schreibtischs und entwarf einen Brief an Teri, in dem er in allen Einzelheiten auflistete, was seiner Ansicht nach mit Vasclear vor sich ging. Dann, nach einigen Sätzen, hörte er zu schreiben auf und versuchte es ein letztes Mal mit einem Anruf bei ihr daheim. Sie hob nach dem ersten Klingeln ab.

»Hallo, ich bin's«, sagte er.

Seine Erleichterung darüber, ihre Stimme zu hören, löste augenblicklich die Anspannung, die gedroht hatte, ihn zu ersticken.

»Oh, Brian. Ich bin gerade reingekommen und habe deine Nachrichten abgehört. Ich wollte dich auch schon anpiepsen. Geht's dir gut? Ist dein Freund Phil wieder aufgetaucht?«

»Keine Spur von ihm. Teri, hier gibt Riesenprobleme, und ich glaube, Vasclear und Newbury Pharmaceuticals sind die Auslöser. Wann kommst du her?«

»Nicht vor Samstag früh.«

»Geht's nicht morgen?«

»Brian, das würde ich liebend gern, aber es wäre unmöglich.«

»Na gut. Kannst du in diesem Fall eine Weile am Apparat bleiben?«

»Natürlich. Aber was ist los bei euch?«

»Ich glaube, Art Weber und Carolyn Jessup haben die Ergebnisse der Vasclearstudie, Phase II, gefälscht. Ich glaube, die meisten Patienten aus der Betagruppe hatten nie eine Herzinsuffizienz. Und ich glaube, sie erhalten auch kein Vasclear.«

»Das ist unmöglich. Wir haben uns die Arteriogramme und Kardiogramme genau angeschaut. Wir haben sogar die Patienten befragt. Hast du dafür überhaupt handfeste Beweise?«

»Ich gehe in die Videobibliothek hinunter und versuche, dort welche zu holen. Dann rufe ich dich sofort an.«

»In Ordnung. Ich bin hier. Sei aber vorsichtig, Brian. Unternimm nichts Gefährliches.«

Brian ließ den Revolver wieder in die Tasche seines Laborkittels gleiten, eilte zum Schreibtisch und sagte der Stationssekretärin, er wäre für die nächste Stunde über den Piepser zu erreichen. Weniger vorsichtig als zuvor rannte er die sechs Treppen zur Filmbibliothek hinab – der einzigen Stelle, wo er vielleicht etwas finden würde, das seine Theorie untermauern konnte.

Art Weber wähnte sich anscheinend in Sicherheit, Brian eingekauft zu haben – zumindest bis nach der Feierstunde. In diesem Fall wäre es nur vernünftig, Leon und seine Freunde von ihrer Mission zurückzupfeifen, ihn aufzustöbern und zu vernichten.

Wenn Weber seine Fehleinschätzung bemerkte, wäre Brian – mit einem bisschen Glück – bereits irgendwo mit den benötigten Dokumenten in Sicherheit und würde einer Milliarden-Dollar-Gaunerei die Tarnkappe herunterreißen.

Das Kellergeschoss war völlig verlassen und es herrschte eine unheimliche Stille. Am anderen Ende des langen Korridors, hinter der Automatenkantine, waren die Lichter in der Tierabteilung gelöscht. Entschlossen, nicht seinen früheren Fehler zu wiederholen, blieb Brian im sicheren Treppenhaus und überprüfte Decke und Wände des Korridors auf Kameras. Nachdem er davon überzeugt war, dass es dort keine gab, ging er zur Tür des Herzkatheterraums. Der Gedanke, Leon und auch andere Leute von Newbury könnten sich vielleicht nur wenige Meter unter ihm aufhalten, war merkwürdig und erschreckend.

Die Videobibliothek war entweder durch das Labor oder direkt vom Flur aus zu erreichen. Brian wählte die Flurtür. Wie die meisten gesicherten Räumlichkeiten am BHI war zum Betreten der Bibliothek ein Code erforderlich. Brian tippte seine Kennung ein und schlüpfte rasch in den völlig dunklen, fensterlosen Raum. Bevor er die Lichter einschaltete, musterte er mithilfe seines Leuchtstifts sorgfältig Wände und Decke. Er entdeckte keinerlei Überwachungskameras, aber im Zentrum der Decke befand sich ein Gitter – vielleicht für die Lüftung. Leise stieg er auf einen Stuhl und versuchte, dahinter zu spähen. Wenn eine Kamera dort war, befand sie sich zu weit im Hintergrund. Er zögerte, zuckte dann mit den Schultern und schaltete die Deckenbeleuchtung ein. Nachdem er so weit gekommen war, wollte er nicht mehr warten.

Der Raum war lang – etwa acht Meter – und schmal. Zwei Drittel des hinteren Teils nahmen Regale mit Videos von Herzkatheteruntersuchungen ein, die in Kartons lagen. Das vordere Drittel beanspruchten die beiden Vangard-Abspielgeräte. Brian schaltete beide ein und schlug in einem Journal Nellies Filmnummern nach. Alles in allem war sie viermal katheterisiert worden: vor der

Behandlung, dann sechs Monate, ein Jahr und zwei Jahre nach Beginn der Vasclear-Therapie.

Brian fand alle vier Filme problemlos. Er legte das Video, das vor der Behandlung aufgenommen worden war, in den einen Vangard und den Film von zwei Jahren danach – bei dem er assistiert hatte – in den anderen. Dann spulte er beide Filme langsam zur ersten Ansicht vor: linker Vorhof, aufgenommen unmittelbar nach der Injizierung des Kontrastmittels in Nellies rechte Koronararterie. Einzeln betrachtet, war an keinem Film etwas ungewöhnlich. Auf dem ersten Video war ausgedehnte Arteriosklerose in allen Verästelungen des rechten Vorhofs zu erkennen. Der andere Film zeigte Blutgefäße in einem für eine Frau von Nellies Alter ausgezeichneten Zustand, wenn auch nicht völlig frei von Ablagerungen.

Erst wenn man die Filme sorgfältig miteinander verglich, enthüllte sich das Geheimnis: Die Arteriogramme stammten nicht vom selben Patienten. Brian sah sich das erste und das letzte Video an und musterte daraufhin kurz die anderen beiden Filme, die identisch mit dem letzten Video waren. Das erste Video – auf Grund dessen Nellie Hennessey in die Vasclearstudie hineingekommen war –, war eine Fälschung. Es passte verdammt gut, musste von jemandem ausgesucht worden sein, der Zugang zu einer großen Anzahl anomaler Fälle hatte und sich in der kardiovaskulären Anatomie gut auskannte. Aber das Muster der Herzkranzgefäße eines jeden Patienten war, wenn sorgfältig kartographiert, einzigartig. Nellie Hennesseys Muster vor und nach der Behandlung unterschieden sich deutlich voneinander. Irgendwie war während der ersten Studie ein Video der Katheterisierung eines erkrankten Patienten in das System eingespeist und auf den Monitor des Herzkatheterraums projiziert worden.

»Bemerkenswert«, flüsterte Brian. »Absolut bemerkenswert.«

Eine Zeit lang saß er da, fast völlig verzehrt von einer Mischung aus Wut und Bedauern. Wenn er Recht hätte, hatte er seinem Vater eine möglicherweise lebensnotwendige Operation vorenthalten und seine eigene Resozialisierung aufs Spiel gesetzt, um Jack mit nichts Wirksamerem als intravenös zugeführtem Wasser zu behandeln. Kein Wunder, dass Carolyn Jessup Jack immer wieder in Laj Randas Reich schicken wollte. Sie hatte die ganze Zeit über gewusst, dass das Vasclear, das die Testobjekte erhielten, nutzlos war. Vasclears Erfolgsgeschichte hatte ursprünglich nie auf Herzinsuffizienzen beruht.

Brian spulte die Filme zurück, legte sie in ihre Kartons und stellte die Schachteln mit den Filmen, die die Katheterisierung nach sechs Monaten bzw. einem Jahr zeigten, wieder in die entsprechenden Lücken. Daraufhin nahm er die anderen beiden Videos in die linke Hand, schaltete die Abspielgeräte und die Lampen ab und öffnete vorsichtig die Tür zum Flur einen Spalt breit.

Stellten die Hennessey-Filme auch keinen unwiderlegbaren Beweis dar, so würden sie doch sicherlich genügend Hinweise liefern, die Unterzeichnung der Zulassung von Vasclear hinauszuschieben. Teri, ihr Chef und deren Kardiologieexperten würden bestimmt gern mit hier herunterkommen und nach weiteren Beispielen von Fälschungen suchen wollen. Wenn Brian Recht hatte, würden sie etwa 170 weitere Fälle finden, bei denen die Filme vor und nach der Behandlung anatomische Differenzen aufwiesen. Art Weber und die anderen Machthaber bei Newbury Pharmaceuticals wussten es noch nicht, aber die Schlinge um ihren Hals zog sich fester zusammen.

Alles war still auf dem Korridor. Brian drückte die Tür mit der Schulter ein wenig weiter auf. Nichts. Jetzt musste er lediglich die klinische Abteilung erreichen und die beiden Filme im Bereitschaftszimmer verstecken. Morgen früh könnte er sie im allgemeinen Gedränge von Mitarbeitern und Besuchern aus der Klinik hinausschaffen.

Er stieß die Tür völlig auf und trat auf den Flur. Wie ein Presslufthammer knallte der schwere Pistolengriff auf sein linkes

Handgelenk herab. Ein Schmerz wie von einem elektrischen Schlag schoss ihm durch die Hand und lähmte die Finger. Die Schachteln mit den Videofilmen fielen klappernd auf die Fliesen.

Brian umklammerte sein Handgelenk, stolperte rückwärts gegen die Mauer und konnte so gerade eben verhindern, dass er stürzte. Nur wenig entfernt stand eine höhnisch grinsende Erscheinung – der dünne Pistolenschütze, der zunächst in den Wäldern New Yorks und dann in Brians Wohnzimmer eins über den Schädel bekommen hatte. Offenbar hatte er die Schläge einfach weggesteckt. Eine groteske, violett verfärbte Wunde verlief von seinem Haaransatz bis zum Mundwinkel. Ein Büschel Haare war wegrasiert worden, und es zeigte sich eine hässliche, sauber vernähte Verletzung.

Der Mann rief jemandem auf Russisch etwas zu, der sich im Herzkatheterraum aufhielt und somit den anderen Fluchtweg abschnitt. Brian, der noch immer versuchte, durch Schütteln wieder etwas Gefühl in die Hand zu bekommen, blieben nur wenige Augenblicke zum Handeln. Er schob die gesunde Hand in seine Kitteltasche, richtete gleich anschließend die Pistole auf den Ganoven und feuerte. Die Kugel traf den Russen mitten in die Brust. Seine Augen öffneten sich weit vor Entsetzen, Schmerz und Unglauben, und er taumelte zur Seite. Zwischen seinen Lippen trat plötzlich ein Schwall Blut hervor, und er fiel auf die Knie. Da öffnete sich die Tür zum Herzkatheterraum.

Brian hatte die Waffe jetzt aus der Tasche heraus und feuerte wieder und wieder auf den Eingang. Dann trat er zwei Schritte zurück und feuerte noch einmal, während er sich schon umwandte und den Korridor hinabrannte.

Ein Schuss ertönte, eine Kugel pfiff den Korridor hinab, dann noch eine. Dicht an Brians Gesicht spritzten Betonteilchen in alle Richtungen. Sein Laborkittel blähte sich hinter ihm wie ein Umhang, als er um die Ecke lief und einen langen geraden Flur hinabeilte, der zur Hauptklinik führte. Hinter sich hörte er schwere

Schritte. In wenigen Sekunden hätte die Person freie Schussbahn. Instinktiv wandte Brian sich nach rechts, eine Treppe zum Tiefgeschoss hinab. Der unvollendete Betontunnel war verlassen. Er jagte an der Wäscherei vorüber, die für die Nacht mit einer stählernen Falttür verschlossen war. Schritte donnerten hinter ihm auf den Stufen, aber da er diesmal Turnschuhe trug, glaubte er einen Vorsprung herausholen zu können.

Ein Tunnel mit der Aufschrift ›Kraftwerk‹ zweigte rechts vom Hauptkorridor ab. Ohne zu wissen, wo er sich befand, rannte Brian ihn hinab und suchte verzweifelt nach einer Möglichkeit, sich zu verstecken. Was er stattdessen erblickte, war ein hohes, schmales, unbeleuchtetes und nach oben führendes Treppenhaus. Dort oben war es wohl dunkel genug, um sich zu verbergen. Zugleich hätte er den Vorteil, notfalls auf seinen Verfolger hinabschießen zu können. Während er immer zwei Betonstufen auf einmal nahm, versuchte er nachzuvollziehen, wie viele Schüsse er abgegeben hatte, und gleichzeitig zu erraten, wie viele Kugeln im Revolver wohl stecken konnten.

Er hatte die oberste Treppenstufe erreicht und kauerte sich in die Dunkelheit. Hinter dem schmalen Absatz lag eine schwere Stahltür. Nach Luft schnappend und gegen ein eisiges Beben ankämpfend, das er nicht unter Kontrolle zu bekommen schien, drückte er sich fest gegen die Tür. Wäre er hier von unten zu sehen? Er glaubte es nicht, aber sicher konnte er sich auch nicht sein. Er suchte in sich nach irgendeinem Gefühl der Reue, fand jedoch keines. Sein Vater war wegen der unbarmherzigen Gier dieser Leute tot – ebenso wie Bill Elovitz und Angus MacLanahan. Wenn er erneut töten müsste, würde er es tun.

Er saß in der Dunkelheit, den Rücken nach wie vor an die Stahltür gedrückt. Von unten ertönte kein Geräusch. War dort jemand und wartete? Wie zum Teufel hatten sie gewusst, wo er war? Es musste eine Kamera hinter dem Gitter in der Decke gewesen sein. Keine andere Erklärung ergab Sinn. Eine Minute verstrich. Nichts. Brian schlüpfte aus seinem Laborkittel und rollte ihn unter sich zu einem Ball zusammen. Dunkelgrüne Arztkleidung war in der Düsternis wahrscheinlich schwerer zu erkennen als der weiße Kittel. Dann hörte er im Flur unten das Knistern eines Funkgeräts, dem ein kurzer Austausch auf Russisch folgte. Augenblicke später kam Leon unter ihm vorüber, die Pistole im Anschlag. Er warf lediglich einen kurzen Blick die Treppe hinauf.

Brian hielt den Atem an, streckte die Hand aus und packte den Metallgriff, der die Tür vielleicht öffnen würde. Langsam, lautlos drückte er ihn. Die Tür gab ein winziges bisschen nach. Frische feuchte Luft waberte herein. War es möglich, dass sich die Tür ins Freie öffnete? Er schob etwas fester. Metall klirrte, als die Tür aufsprang. Das Geräusch schallte die Stufen hinab. In einem Augenblick stand Leon mit gezogener Waffe unten. Brian schoss als Erster. Der Killer wich zurück, kam dann jedoch um die Ecke und feuerte wild die Stufen hinauf. Die Kugeln prallten von den Mauern ab und schlugen in die Tür. Noch immer geduckt stieß Brian die Tür auf und feuerte zweimal die Treppe hinab. Das erste Mal war es ein Schuss, das zweite Mal ein wirkungsloses Klicken.

Leon trat aus seiner Deckung und schoss, doch Brian war bereits draußen. Ein eisiger Regen fiel. Er befand sich in einem niedrigen Treppenhaus in einer Gasse zwischen zwei Gebäuden ganz am Rand der Klinik. Links endete der Gang offenbar in einer Sackgasse. Von rechts vernahm er Verkehrslärm. Er ließ den Revolver fallen und rannte über das Pflaster in diese Richtung. Seine Brust brannte, als er über die verlassene, vom Regen glitschige Straße und an einer Baustelle vorüberlief. In diesem Tempo konnte er auf keinen Fall noch länger weiterlaufen.

Eine dichte Hecke umgab in Schulterhöhe ein Wohngebäude schräg rechts vor ihm. Er sammelte alle verbliebenen Kräfte und wollte sich über die Hecke wälzen. Der ungeschickte Versuch ging jedoch schlimm daneben. Die triefenden Zweige rissen ihm die Haut auf. Völlig durchnässt und aus einer Vielzahl frischer Kratzer auf den Armen und im Gesicht blutend stürzte er auf der anderen Seite schwer zu Boden und schnappte keuchend nach Luft.

Kapitel 36

Mit tropfnasser Kleidung lag Brian eine weitere Viertelstunde im Regen auf der durchweichten Erde und spähte durch die Hecke zum zweihundert Meter entfernten Krankenhaus hinüber. Von Leon war nichts zu sehen, aber das hatte nichts zu bedeuten. Die Schlägertypen von Newbury Pharmaceuticals würden bereits mobilisiert sein und die Gegend nach ihm absuchen. Ins White Memorial zurückzukehren, kam überhaupt nicht in Frage. Weber und die Leiter des BHI würden den eigenen Klinikwachdienst und vielleicht auch schon die Polizei von Boston auf ihn gehetzt haben.

Inzwischen hätten sie schon eine Geschichte über den im Tiefgeschoss des BHI erschossenen Mann zusammengesponnen, und Brian stünde wahrscheinlich in deren Mittelpunkt.

Mühsam kam er auf die Beine und spannte Arme und Rücken – ein Versuch, die Schmerzen zu lindern. Sein Knie pochte, weil er über den harten Beton des Tunnels gerannt war. Regen klatschte auf die aufgeschrammten Arme, so dass das Blut nicht gerinnen konnte. In diesem Augenblick ertönte sein Piepser. Die Stationsleitung rief ihn. Ihm ging auf, dass er den einzigen Notrufpiepser des gesamten Krankenhauses dabeihatte. Glücklicherweise steckte auch seine Brieftasche in der Gesäßtasche seiner Hose.

Er erreichte ein Geschäft in der Nähe und ließ sich, die neugierigen Blicke des Verkäufers ignorierend, einen Dollar wechseln.

Anschließend rief er das Stationssekretariat der klinischen Abteilung an.

»Ich habe die Klinik verlassen und kehre heute Nacht auch nicht mehr zurück«, sagte er der Sekretärin. »Informieren Sie die Kardiologin in Rufbereitschaft am White Memorial. Sagen Sie ihr, sie muss ohne den Notrufpiepser zurechtkommen.«

Ohne ihr eine Möglichkeit zur Antwort zu geben, hängte er ein, hielt dann ein Taxi an und ließ sich zu Freeman Sharpes Wohnung fahren. Sein Schlüsselbund, an dem auch die Schlüssel hingen, die die Sharpes ihm für ihre Wohnung gegeben hatten, befand sich in seiner Aktentasche im Bereitschaftszimmer. Wenn Freeman und Marguerite nicht zu Hause waren, müsste Brian, bis auf die Haut durchnässt und in Chirurgenkleidung, zu nachtschlafender Zeit im üblen Stadtteil Roxbury herumspazieren. In diesem Augenblick kam ihm sein langweiliges Jahr bei Speedy Rent-A-Car durchaus nicht mehr so schlimm vor.

Das Straße vor dem Wohngebäude war verlassen.

»Hallo?«, fragte Freeman durch die Gegensprechanlage.

»Freeman, Brian hier.«

»Ah, ja.«

Freeman drückte den Türöffner. Marguerite gluckste bei Brians Anblick.

»Eines Tages wirst du in einem sauberen Geschäftsanzug an meiner Tür erscheinen«, meinte sie. »Dann werden sie mich mit Riechsalz wiederbeleben müssen.«

Brian duschte und zog sich Jeans und Sweatshirt an, die er aus seiner Wohnung mitgebracht hatte. Anschließend saß er, eingehüllt in eine Decke, in ihrem Wohnzimmer, umklammerte einen Becher dampfenden Kaffee und versuchte nach wie vor, die Kälte aus den Knochen zu vertreiben.

»Ich habe heute Nacht in der Klinik einen Mann getötet«, sagte er einfach.

»Einen von ihnen?«, fragte Freeman.

»Den aus meinem Haus. Ich habe ihn mit der Waffe, die ich ihm heute Morgen abgenommen habe, in die Brust geschossen.«

»Wenigstens wird er keine Kopfschmerzen mehr haben. Ich hab's dir gesagt, Brian. Diese Leute haben keine Seele, und sie haben dir den Krieg erklärt. Du musst ihnen gleichfalls den Krieg erklären; halte dich an ihre Spielregeln, oder lass die Finger ganz davon. Hast du jetzt wenigstens einen größeren Durchblick, was da eigentlich vor sich geht – warum sie sich von dir so bedroht fühlen?«

»Einen größeren Durchblick, ja. Beweis, keinen. Dass sie sich von mir bedroht fühlen, dazu haben sie jedes Recht.«

»Erzähl!«

»Es fehlen noch immer einige Teile, aber im Grunde ist der Schlüssel zu der ganzen Sache folgender: Einmal auf dem Markt, ist ein Medikament von dort extrem schwer wieder herunterzubekommen. Zudem ist es praktisch unmöglich, ein Mittel zurückzurufen, nur weil es nicht wirkt. In der Tat wirken die meisten Medikamente, die heutzutage auf dem Markt sind, nicht besonders gut. Einige bewirken sogar überhaupt nichts. Die Wahrheit ist, dass es niemanden kümmert. Niemand in der Forschung oder sogar bei der FDA hat die Zeit oder das Interesse, Studien oder Folgestudien bei diesen Mitteln durchzuführen, solange sie niemandem Schaden zufügen. Das ist der Schlüssel. *Primum non nocere* ist der lateinische Ausdruck, den sie uns im Medizinstudium beibringen – ›Erste Regel: keinen Schaden anrichten‹. Die meisten Leute genesen von ihren Krankheiten *ungeachtet dessen* oder sogar *trotz dem,* was sie an Medikamenten erhalten. Andere, deren Zustand ernster ist, erhalten stets eine vielfache Medikation. Es ist fast unmöglich zu sagen, was wirkt und was nicht.«

»Aber dieses Vasclear wirkt doch«, meinte Marguerite.

Brian schüttelte den Kopf.

»Genau das ist es. Es wirkt nicht«, erwiderte er. »Die Forscher am BHI haben ihre Ergebnisse gefälscht. Vasclear wirkt überhaupt nicht. Im Gegenteil, es hat bei den Leuten, die es genommen haben, schwere Schäden hervorgerufen. Einigen der allerersten Patienten, die es bekamen, ist es anfangs besser gegangen, aber dann hat sich ein tödliches Lungenproblem eingestellt.«

»Warum treiben sie dann die Sache so voran?«, fragte Freeman.

»Ich denke, du kennst die Antwort ebenso gut wie ich. Entwicklung, Erprobung und Vertrieb eines neuen Medikaments kosten hundert Millionen Dollar oder mehr. Wenn dein Kumpel Cedric Recht mit den Männern hinter Newbury Pharmaceuticals hat – und es besteht wohl kein Grund, weswegen er nicht Recht haben sollte –, würden sie einen solchen Rückschlag nicht mal so eben wegstecken. Sie müssen nur das Mittel auf den Markt bringen, und die Kasse wird klingeln. Es wird ein Jahr dauern, vielleicht sogar noch länger, bevor den Leuten auch nur ein allererster Verdacht kommt, dass das Mittel nicht wirkt, und noch viele weitere Jahre, bis es zurückgezogen wird.«

»Solange niemandem Schaden zugefügt wird«, meinte Marguerite.

»Menschen wie mein Vater, die am Ende die notwendige Operation nicht erhalten, weil sie auf das Vasclear-Pferd gesetzt haben, zählen da nicht. Ansonsten ja – solange niemandem Schaden zugefügt wird.«

»Und die Menschen aus Phase I? Diejenigen, die krank geworden sind?«, fragte Freeman.

»Lose Enden. Je länger sie herumhingen, desto wahrscheinlicher wurde es, dass jemand Fragen über den merkwürdigen Zustand ihrer Lunge und die Rolle stellen würde, die Vasclear bei ihrer Krankheit spielte. Also bin ich der Ansicht, dass jemand, wahrscheinlich Weber, die Bluttests aus Phase I überwacht hat. Sobald die Ergebnisse wackelig wurden, hatten die Patienten einen Unfall.«

»Aber du hast dafür keinerlei Beweise?«

»Ich hatte Beweise in der Hand – zwei Filme aus der Herzkatheterraum-Bibliothek der Klinik.« Er berichtete ihnen von Nellie Hennesseys gefälschten Bildern. »Da wäre ich beinahe umgebracht worden. Apropos, wir sollten die Nachrichten anstellen.«

»Ich mach's schon«, sagte Marguerite, »obwohl die Nachrichten erst in einer Viertelstunde kommen.«

Es war nicht nötig, durch die Kanäle zu zappen oder die Viertelstunde abzuwarten. Im ersten Boston-Kanal, den Marguerite einschaltete, gab es eine Spezialsendung. *Chaos am Boston Heart*, lautete die Schlagzeile über der Nachrichtensprecherin. Brian und seine beiden Freunde saßen in trostlosem Schweigen da und erlebten, wie zu einer Reporterin vor Ort umgeschaltet wurde.

»Hier ist Lina Fallin live vom White Memorial Hospital in Boston. Zwei Männer wurden erschossen, und ein Teil des Boston Heart Institutes ist durch ein Feuer zerstört worden. Am White Memorial soll in nur zwei Tagen der Präsident die Zulassung eines neuen Wundermittels unterzeichnen, das am Boston Heart entwickelt und getestet worden ist. Unklar ist, ob diese Morde etwas mit dem Besuch des Präsidenten zu tun haben oder nicht.

Die Identität des einen Opfers, eines Wachmannes der Klinik, der im Flur des Tiefgeschosses aufgefunden wurde, ist noch nicht bekannt gegeben worden. Das andere Opfer ist fast bis zur Unkenntlichkeit verbrannt, die Polizei geht jedoch davon aus, dass es sich um Dr. Philip Gianatasio aus Boston, Kardiologe am Boston Heart, handelt, der schon früher am Tag als vermisst gemeldet worden war. Obgleich noch nicht offiziell bestätigt hat ein anwesender Polizist verlauten lassen, dass Gianatasios Tod offenbar auf eine Schussverletzung zurückzuführen ist und nicht auf den Brand, der die Filmbibliothek im Kellergeschoss des Instituts restlos vernichtet hat. Das Feuer ist anscheinend in diesem Bereich gelegt worden.«

»O mein Gott, nein«, sagte Brian und vergrub das Gesicht in den Händen. »Meine Güte, Phil. Scheiße. Nein!«

Marguerite drückte Brian die Hand und zog ihn näher zu sich

heran. Keiner von ihnen hatte den geringsten Zweifel daran, was als Nächstes kommen würde.

»Lina, hat die Polizei einen Verdacht und ein Motiv?«, fragte die Nachrichtensprecherin.

»Die Einzelheiten sind lückenhaft, Paula, aber die Polizei sucht einen Arzt, ebenfalls einen Kardiologen, namens Dr. Brian Holbrook, der heute Nacht in der Klinik Dienst hatte, jedoch vor mehreren Stunden anrief und mitteilte, dass er seinen Dienst im Krankenhaus verlassen habe und nicht zurückkäme.«

Brian schaltete auf einen anderen Kanal.

»... Polizeisuperintendent Dracut ist jetzt erschienen und wird in fünf Minuten eine Presseerklärung abgeben. Aber um es zu wiederholen, die Polizei hat die mutmaßliche Tatwaffe gefunden – eine Handfeuerwaffe, die der Mörder möglicherweise auf der Flucht fallen gelassen hat. Unterdessen geht die Suche nach Dr. Holbrook weiter, der in der Vergangenheit offenbar Drogenprobleme hatte und erst vor kurzem vom Board of Registration in Medicine seine Lizenz zurückerhielt.«

»Bill, ist das Weiße Haus von dieser Tragödie schon informiert worden? Und wird die Sache Einfluss auf die Feierstunde am Sonnabend haben?«

»Nein. Bislang ist noch nichts ...«

Brian schaltete den Ton am Fernseher ab. Er war zu schockiert und wütend, sogar zum Weinen.

»Unbegrenzte Mittel, keine Achtung vor Menschenleben«, meinte Freeman. »Eine üble Kombination.«

»Mit Drogen voll gestopfter Arzt wird zum Berserker«, sagte Brian. »Wie das hinkommt! Das muss man ihnen wirklich lassen. Man muss auch davon ausgehen, dass Weber und seine Freunde in dem Augenblick, wenn die Polizei mich schnappt, eine Möglichkeit finden, Hand an mich zu legen.«

»Ich würde dir liebend gerne widersprechen«, entgegnete Freeman. »Hast du noch ein As im Ärmel? Irgendeines?«

»Die Krankenblätter sind weg. Die Filme sind weg. Phil ist weg. Und bevor ich jemanden dazu bringen kann, meiner Geschichte Glauben zu schenken, bin ich auch weg.«

Er schnappte sich das Telefon und rief Phoebe an, die fest geschlafen hatte.

»Tu dein Möglichstes zum Schutz der Kinder!«, sagte er, nachdem er sie angebettelt hatte, ihm zu glauben, dass er keinen Rückfall erlitten und nichts weiter getan hatte, als in Notwehr einen Killer zu erschießen. »Ich melde mich wieder, sobald ich kann. Tut mir Leid für alles.«

Es folgte ein schockiertes Schweigen, aber sie schleuderte ihm wenigstens keine Vorwürfe entgegen.

Brian sah weitere anderthalb Stunden den Nachrichtensendungen zu, erfuhr jedoch nur wenig Neues. Das Feuer in der Videobibliothek war mit äußerstem Geschick und Kalkül gelegt worden. Die Rauchdetektoren hatte man mit Klebeband ausgeschaltet, anschließend waren Hunderte von Angiogrammen aus ihren Behältern auf Phil Gianatasios Leichnam geschüttet und angezündet worden.

Um Mitternacht verlas Ernest Pickard eine kurze Erklärung, in der er die Ereignisse schilderte und Brian drängte, aus seinem Versteck zu kommen. Später verlas der Stabschef des Weißen Hauses, Stan Pomeroy, eine Stellungnahme, in der es hieß, dass der Präsident wie geplant die Feierlichkeiten am Sonnabend abhielte, es sei denn, weitere Informationen über den Doppelmord träten ans Tageslicht. Er fügte jedoch hinzu, dass vielleicht zusätzliche Sicherheitsmaßnahmen getroffen würden.

Um halb eins gingen Freeman und Marguerite zu Bett. Brian schaltete das Fernsehgerät ab und rief Teri an. Sie war hellwach.

»Brian! Ich bin außer mir vor Sorge um dich gewesen. Ich habe gerade einen Anruf über die Ereignisse erhalten.«

»Ich habe dieses Feuer nicht gelegt, Teri, und der einzige Mann, den ich getötet habe, war jemand, der mich töten wollte.«

»Wer hat denn dann das Feuer gelegt und deinen Freund Phil umgebracht?«

»Die Leute von Newbury Pharmaceuticals.«

»Brian, wovon redest du eigentlich?«

Er wiederholte für sie die Ereignisse des Abends. Sie hörte ganz geduldig zu, aber als sie antwortete, war ihr Tonfall drängend.

»Brian, du musst dich stellen«, sagte sie. »Wenn du die Wahrheit sagst, werden die Leute dir glauben.«

»Ich habe keinen Beweis. Überhaupt keinen.«

»Ich kann Zufallsproben von Vasclear anfordern und analysieren lassen. Würde das helfen?«

»Vielleicht, aber ich habe den Verdacht, dass in den Fläschchen einige Chemikalien sind, die dem Original sehr ähneln. Diese Leute sind sehr vorsichtig.«

»Ich weiß nicht, was ich sagen soll, Brian. Wir kennen uns erst so kurz, und ... ich weiß nicht, was ich glauben soll. Ich bin immer noch der Meinung, du solltest dich stellen.«

»Ich werde mich nicht stellen. Wenn ich es tue, werden sie mich kriegen. Das weiß ich genau. Teri, du musst die Leute davon überzeugen, mir zu glauben.«

»Hast du einen Beweis? Irgendeinen?«

»Nein, aber ...«

»Brian, bitte. Bring mich bitte nicht so in Verlegenheit. Stell dich!«

»Wie kann ich dir einen Beweis zukommen lassen, wenn ich einen in die Finger bekomme?«

»Bring ihn einfach nach Maryland hinunter.«

»Wann wirst du hier oben sein?«

»Samstag. Die Feier wird um acht im Hippocrates Dome stattfinden.«

»Ich werde versuchen, mit dir in Kontakt zu treten. Teri, ich habe nichts falsch gemacht. Du musst mir glauben.«

»Ich versuch's«, erwiderte sie.

Brian legte den Hörer auf und sackte auf dem Sofa zusammen. Als er fünf Stunden später erwachte, hatte er eine Decke über sich liegen. Der Duft nach frischem Kaffee und gegrillten Würstchen erfüllte die Wohnung.

»Hallo, ich bin froh, dass du ein bisschen geschlafen hast«, meinte Marguerite. »Freeman duscht gerade.«

»Danke. Hast du die Morgenzeitung?«

»Habe ich, bin mir aber nicht sicher, ob du sie lesen willst.«

»Wenn's der *Globe* ist, werd ich sie lesen. Ist's der *Herald,* weiß ich auch nicht so recht.«

»Es ist der *Globe*, aber die Grenzen zwischen den beiden Zeitungen verschwimmen bei solchen Geschichten ein wenig.«

Brian schenkte sich Kaffee ein und starrte sein Bild auf der Titelseite an. Ironischerweise war es ein Foto, das er zusammen mit seinem Antrag auf Sonderprivilegien am White Memorial eingereicht hatte.

»Und ich habe zu meiner Zeit als Footballspieler geglaubt, ich würde die Krise kriegen, wenn ich nicht genug Presse bekomme«, sagte er. »Das wird schrecklich für die Mädchen werden.«

Freeman trat aus dem Schlafzimmer. Er trug seinen Bademantel und trocknete sich die Haare ab.

»Also«, meinte er, »ein weiterer Tag.«

»Ich kenne das alte AA-Wort – jeder Tag, an dem du nicht trinkst oder keine Drogen nimmst, ist ein guter Tag –, aber seit gestern habe ich da ernsthafte Zweifel.«

»Ich weiß. Hast du schon einen Plan?«

»Nicht so richtig. Aber ich muss was unternehmen.«

Freeman ließ sich neben ihm nieder und nippte an etwas Saft.

»Kannst du irgendwem in der Klinik vertrauen?«, fragte er.

»Nur Phil.« Brian deutete auf das Zeitungsfoto von Gianatasio. »Und vielleicht diesem egozentrischen Chirurgen, der versucht hat, Jack zu retten. Alle anderen haben ein gewaltiges professionelles oder ökonomisches Interesse an Vasclear. Warum fragst du?«

»Na ja, meines Wissens kann die Russenmafia einen Mann in einem Geschäft niederknallen oder einen kranken alten Mann in seiner Wohnung in die Luft jagen. Aber dass alle diese Super-Ärzte dazu in der Lage sein sollen oder so etwas auch nur stillschweigend dulden ist schwer zu glauben.«

»Oder überhaupt davon zu wissen!«, sagte Brian plötzlich.

»Was willst du damit sagen?«

Brian antwortete nicht gleich. Wenn Freeman Recht hatte, könnte es sehr wohl eine Scharte in der Vasclear-Rüstung geben – jemanden, der zum Teil wusste, was vor sich ging, jedoch nicht alles, insbesondere nichts von den Morden an den Patienten aus Phase I.

»Freeman, du hast immer gesagt, wenn man etwas braucht, dann gibt es irgendwo bei den AA oder NA jemanden, der es kriegen kann.«

»Das stimmt.«

»Also, wenn ich dir den Namen einer Person mit einer geheimen Telefonnummer geben würde, meinst du, du könntest jemanden auftreiben, der mir diese Nummer und auch die dazu gehörige Anschrift beschaffen kann?«

»Du meinst jemanden, der für die Telefongesellschaft arbeitet?«

»Genau.«

Freeman und seine Frau grinsten einander wissend an.

»Name und Stadt?«, fragte Freeman.

»Sie lebt in North Shore. Salem, Marblehead, Beverly, Goucester – irgendwo da. Genau weiß ich es nicht.«

»Und ihr Name?«

»Dr. Carolyn Jessup.«

»Ich seh mal, was ich tun kann. Könnte allerdings etwas dauern.«

»Schon in Ordnung. Es ist ja nicht so, als ob ich irgendwohin könnte. Und, Freeman, falls du dazu in der Lage bist – ich brauche noch drei andere Dinge.«

»Solange es keine Schusswaffe ist.«

»Eigentlich ...«

»Das meine ich ernst, mein Freund. Solltest du mit dem Gedanken spielen, gegen die Leute von Newbury anzutreten, versuchst du es besser erst mal bei der Polizei. Wenn du zu diesem Zeitpunkt im Besitz einer Waffe bist, dann ist die einzige Person, die umkommt, du selbst. Da bin ich mir absolut sicher.«

»Schon gut, schon gut. Vergiss die Waffe.«

»Dann sag mir einfach, was du für deinen grandiosen Plan brauchst, und ich sehe, was ich tun kann.«

»Eigentlich gar nichts so Exotisches. Ich benötige einen Leihwagen, drei oder vier Express-Briefumschläge und ein Handy ... und jede Menge Glück.«

Kapitel 37

BOSTON HERALD

Drogenabhängiger Arzt wegen Doppelmordes gesucht
Präsident kommt auf jeden Fall

Wegen Mordes wird der Ex-UMass-Football-Star Brian Holbrook gesucht, zurzeit Angestellter am Boston Heart Institute. Holbrook, der für achtzehn Monate seine Lizenz als Arzt verlor, weil er als selbst Abhängiger falsche Rezepte für Betäubungsmittel ausstellte, ist Hauptverdächtiger einer bizarren Schießerei am White Memorial Hospital. Dabei sind ein Teilzeitbeschäftigter von der Klinikwache und ein berühmter Kardiologe zu Tode gekommen. Der Kardiologe, Dr. Philip Gianatasio, war außerdem Mitglied des Lehrkörpers am Boston Heart Institute.

Wie aus der engsten Umgebung des Präsidenten verlautet, ist nicht vorgesehen, die für morgen Abend angesetzte Feierstunde am White Memorial auszusetzen.

Brian verbrachte den ganzen Morgen an Freemans Computer. Er tippte einen detaillierten Bericht sämtlicher Ereignisse seit dem Tag nieder, als Jack in die Notaufnahme des White Memorial eingeliefert worden war.

Die Krankenakten fehlen, schrieb er, *und die meisten, wenn nicht gar alle Patienten aus Phase I sind tot. Aber ich glaube, eine genaue Überprüfung der Autopsieergebnisse von Wilhelm Elovitz wird eine pulmonale Hypertonie in den Lungenarterien ergeben, ebenso wie eine genau Überprüfung des Videos aus dem Geschäft zeigen wird, dass der Mord an ihm absichtlich und vorsätzlich erfolgte ...*

Es war fast ein Uhr mittags, als er das elfseitige Dokument ausdrucken ließ. Eine Kopie für den *Globe*, eine für den *Herald*, eine für Phil Gianatasios Eltern und die letzte für Teri. Freeman und Marguerite würde er keine Kopie geben. Sie hatten sich bereits sehr weit für ihn aus dem Fenster gehängt. Wie Freeman gesagt hatte, war dies ein Krieg. Brian würde unter keinen Umständen zulassen, dass weitere seiner Freunde ihm zum Opfer fielen.

Ein elfseitiger Bericht an den *Globe* und den *Herald* von einem Drogensüchtigen, der wegen Mordes gesucht wurde und keinen handfesten Beweis zu bieten hatte. Ein Bericht, der die Entwickler und Hersteller eines erwiesenermaßen wirkungsvollen Wundermittels des Betrugs und des vielfachen Mordes beschuldigte – wie verrückt hörte sich das an? Das musste das Toben eines Wahnsinnigen sein – und zudem eines gefährlichen Wahnsinnigen. *Unmöglich,* dachte Brian. Es bestand absolut keine Chance, dass ihn irgendwer ernst nehmen würde. Und falls doch, würde sich eine wohlüberlegt platzierte Bestechung, Bedrohung oder Kugel der Sache annehmen.

Draußen regnete es bereits den zweiten Tag in Folge. Insgesamt fünf bis sieben Tage würde der Regen anhalten, meinte die Wettervorhersage. Der Regen, die Sonne, der Herbst, die Kinder, seine einzige Nacht mit Teri, Freeman und Marguerite, seine Eltern ... alles erschien jetzt so kostbar. Einen Football werfen ... ein Herz abhören ... die Jahreszeiten einatmen. Brian überlegte, wie anders er an manche Dinge in seinem Leben herangegangen wäre, hätte er gewusst, dass er sie zum letzten Mal erleben würde.

Wie viele *letzte Male* mit Jack sind während dieser letzten, verzweifelten Wochen verstrichen, ohne gewürdigt worden zu sein?

Das Telefon klingelte. Brian zögerte und ging dann doch an den Apparat. Es war Freeman. Im anderen Gebäude hatte es einen Wasserrohrbruch gegeben. Er würde innerhalb der nächsten Stunde zurückkommen und die Dinge dabei haben, die Brian benötigte.

»Sobald du mir alles gegeben hast«, sagte Brian, »bin ich hier raus und die Sache ist für dich erledigt.«

»Hör mal, wenn du der Meinung bist, dass ich darüber mit dir streiten würde, bist du schief gewickelt«, erwiderte Freeman. »Ich bin kein Held.«

Brian zog sich an und schlüpfte in die nach wie vor feuchten Turnschuhe. Es war an der Zeit, Vorbereitungen zu treffen. Wenn er sich in Carolyn Jessup irrte, wenn er sie nicht umstimmen könnte, müsste er bereit sein, sich zu stellen ... oder davonzurennen. Dann bliebe ihm nur eines zu tun, und das war, noch einmal mit Teri zu reden. Er konnte sie nicht im Ungewissen lassen. Aber er konnte auch nicht erwarten, dass sie ihm zuliebe ihre Glaubwürdigkeit oder gar ihre Karriere riskierte. Er wäre auf sich allein gestellt. Wenn die Sache danebenging, müsste nur er die Folgen tragen.

Er erwischte sie an ihrem Schreibtisch.

»Teri, ich schicke dir per Eilpost eine vollständige Zusammenfassung dessen, was meiner Meinung nach mit Vasclear vor sich geht. Kopien davon gehen auch an die hiesigen Zeitungen. Vielleicht wird jemand spüren, dass ich nicht durchgeknallt bin.«

»Aber du hast nach wie vor keinen Beweis?«

»Nein. Keinen richtigen Beweis, aber darum kümmere ich mich heute Abend. Ich habe gestern mit Carolyn Jessup an einem schwierigen Fall gearbeitet, und sie hat sich vor seinem Tod um meinen Vater gekümmert. Sie ist eine wirklich sehr gute Ärztin. Obwohl ich eine OP für Jack stets abgelehnt habe, ist sie immer wieder darauf zurückgekommen. Meiner Ansicht nach deswegen, weil sie wusste, dass das Vasclear, das er erhielt, nie wirken würde. Ich weiß nicht, wie sie in diese Newbury-Sache hineingeraten ist, aber ich hoffe, dass sie an die Öffentlichkeit treten wird, wenn sie hört, was die Bande da getan hat.«

»Um deinetwillen hoffe ich das auch. Kann ich dir irgendwie helfen?«

»Wo wirst du morgen bleiben?«

»Ich bleibe nicht. Wir fliegen gleich nach der Feierstunde zurück.«

»Auch gut. Ich denke, es ist sowieso am besten, wenn du dich hier raushältst. Phil hat's nicht getan, und schau, was mit ihm passiert ist.«

»Brian, du bist ganz bestimmt in Ordnung? Die Zeitungen hier unten hatten einige ziemlich unschöne Dinge über dich zu sagen.«

»Das glaube ich gerne. Teri, ich wünschte, das würde nicht geschehen, aber wenn ich das nicht irgendwie durchstehe, bleibt mir keine Chance. Der Umschlag sollte morgen früh um zehn bei dir im Büro sein. Lies, was ich zu sagen habe, und schau dann mal, was du dazu denkst.«

»Werd ich tun. Pass auf dich auf. Unternimm nichts Dummes.«

Brian legte auf und schloss die Augen. Er döste gerade ein, da ließ ihn das Geräusch des Schlüssels im Schloss hochschrecken. Der Duft von Freemans Pfeife ging ihm um mehrere Sekunden voraus.

»Ein Handy. Ein Schlüsselset für einen Ford Taurus«, sagte er und legte die Sachen feierlich auf einen Tisch. »Express-Umschläge von deiner Postfiliale. Anschrift und Telefonnummer einer gewissen Dr. Carolyn Jessup. Ein Plan der Innerstadt inklusive Nahant.«

»Nahant«, meinte Brian. »Ich habe sie sagen hören, dass sie in North Shore wohnen würde, aber nicht Nahant.«

Die ehemalige hügelige Insel war jetzt über einen Kilometer langen Damm mit dem Festland verbunden. Sie bestand hauptsächlich aus dicht gedrängten Schindelhäusern, protzte jedoch ebenfalls mit vielen wunderschönen, direkt am Ozean gelegenen Häusern, von denen die meisten einen Ausblick über den Hafen nach Boston boten. Wenn er jetzt so darüber nachdachte, schien Nahant – abgelegen, unverfälscht, interessant – eigentlich perfekt zu Carolyn Jessup zu passen.

Es war mitten am Nachmittag, als Brian den letzten der Umschläge zuklebte und auf dem Küchentisch zurückließ.

»Vielen Dank für alles, was du für mich getan hast, Freeman«, sagte er und nahm die Hand seines Begleiters. »Und schau, du hast einen vollständigen Erfolg gehabt. Während der gesamten Ereignisse habe ich keine Droge und keinen Tropfen angerührt.«

»Verlier das nur nicht aus den Augen«, erwiderte Sharpe. »Für dich wird es hier immer einen Platz geben, mein Freund. Ich erwarte einen Anruf, sobald du bei dieser Frau in Nahant gewesen bist. Benutze dieses Telefon, dann behalte es, solange du es brauchst. Was den Wagen angeht, na ja, ich habe alle Versicherungserklärungen unterschrieben und mir auch die Freiheit erlaubt, einen zusätzlichen Schlüssel anfertigen zu lassen. So behalte ich den Originalschlüssel, falls jemand zufällig das arme Teil klaut. Und hier, nur für den Fall, dass du das Risiko nicht eingehen kannst, einen Geldautomaten zu benutzen.«

Er reichte Brian einen Umschlag.

»Ich stehe tief in deiner Schuld«, sagte Brian, ohne einen Blick hinein zu werfen. »Wirklich, ich stehe tief in deiner Schuld.«

»Lass dich nur nicht umbringen. Das ist Bezahlung genug.«

Brian packte einige Kleidungsstücke in seine Sporttasche, dazu das Handy und die Karte.

»Wenn das nicht funktioniert«, fragte Freeman, »willst du dich dann stellen?«

»Ich weiß es nicht. Vielleicht leihe ich mir *Auf der Flucht* aus und entscheide dann.«

»Bei deiner Größe bist du etwas auffälliger als Harrison Ford.«

»Was du nicht sagst.«

Brian nahm seinen Begleiter eine lange Zeit in die Arme.

»Der Wagen steht direkt vor der Haustür«, sagte Freeman schließlich. »Ich habe mir gedacht, du möchtest einen schwarzen.«

»Perfekt.«

»Denk immer dran, Kumpel. Gott mutet uns nicht mehr zu, als wir schaffen können.«

»Freeman, entschuldige bitte, wenn ich das so sage«, erwiderte Brian, »aber angesichts der Tatsache, dass mein Vater und mein Freund tot sind und ich wegen eines Mordes gesucht werde, den ich nicht begangen habe, ist das nicht die allerbeste Zeit, jetzt zu mir von Gott zu sprechen.«

Kapitel 38

Während der fünfundvierzigminütigen Fahrt nach Nahant durch den frühen Feierabendverkehr war Brian in einem Zustand höchster Anspannung und Wachsamkeit. Der leichteste Unfall mit Blechschaden oder ein verbotener Fahrspurwechsel konnten die letzten Minuten seiner Freiheit bedeuten.

Würde er sich wirklich auf die Flucht begeben müssen? Sobald er einmal davonliefe, würde die Aussicht auf eine plötzliche Rettung, eine triumphale Rechtfertigung in weite Ferne entschwinden, und der Rubel würde trotzdem rollen. Vasclear würde zugelassen werden – oder vielmehr, ein harmloses, chemisch verwandtes Placebo *mit dem Etikett* Vasclear. Jahre und vielleicht Milliarden von Dollar später würde Vasclear einfach vom Markt verschwinden, ein weiteres viel versprechendes Mittel, das dem Zahn der Zeit nicht getrotzt hätte. Aber Halt, Halt! Da war doch kein Schaden entstanden, kein Foul begangen worden ... abgesehen natürlich bei Jack Holbrook, Bill Elovitz, Phil und ein paar anderen.

Brian fuhr den Lynnway hinauf, einen zwei Kilometer langen Schandfleck mit Autohändlern, Restaurants, Waschstraßen, Überlandleitungen und Tankstellen. Es war jetzt vier Uhr nachmittags durch, und im Augenblick wenigstens hatte der Regen aufgehört und war einer verwaschenen, spätnachmittäglichen Sonne gewichen. Selbst der Lynnway wirkte frisch. Noch ein

Wohnblock, ein letztes Restaurant, und er befand sich auf dem Damm nach Nahant. Ein Straßenkreuzer mit Blinklicht und heulenden Sirenen schoss hinter ihm her. Brian spürte sein Herz einen Schlag lang aussetzen. Demütig zog er nach rechts, bereit zur Aufgabe, aber da raste der schwarz-weiße Polizeiwagen an ihm vorüber. So wäre es für den Rest seines Lebens, wenn er die Flucht ergreifen würde.

Dank Freemans Karte hatte er keine Schwierigkeiten, sich in dem Gewirr schmaler Straßen zurechtzufinden, aus denen der größte Teil Nahants bestand. Carloyn Jessups Haus lag in Ufernähe am Ende einer kleinen Seitenstraße am südöstlichsten Punkt der Halbinsel. Das Grundstück war von bescheidener Größe, jedoch von den Nachbarn und dem größten Teil der Straße durch eine sorgfältig geschnittene, zweieinhalb Meter hohe Hecke völlig abgeschirmt. Das Haus selbst, eine Ranch mit angebauter Garage, die Platz für einen Wagen bot, stand etwas abseits auf einem kleinen Hügel oberhalb des Wassers. Die zur Straße gerichteten Fenster waren wenig beeindruckend, aber Brian vermutete, dass sich aus den Fenstern auf der anderen Seite ein spektakulärer Ausblick zum Hafen und der Skyline der City bot.

Da er nicht zu lange an einem Ort bleiben wollte, fuhr er kreuz und quer durch den Stadtteil. Als die Straßenlampen flackernd ansprangen, hatte er eine dunkle Seitenstraße gefunden. Dort konnte er den Taurus verlassen, ohne dass die örtliche Polizei übermäßig davon Notiz nehmen würde. Eine Begegnung von Angesicht zu Angesicht war die einzige ihm verbliebene Chance, die Wahrheit aus Jessup herauszubekommen.

Der Damm war ein Problem. Wenn Jessup entschlossen war, sich und Newbury zu schützen, und sie ihn in der Nähe wüsste, würde ein Anruf bei der Polizei genügen – das auf dem Festland gelegene Ende der kilometerlangen Straße wäre abgesperrt, bevor er von der Halbinsel herunterkäme. Ein weiteres Problem war, dass es ihm widerstrebte, im Auto sitzen zu bleiben. Die Besatzung eines Streifenwagens würde dem Taurus in der Seitenstraße so lange keine Aufmerksamkeit widmen, wie sie niemanden darin bemerkte. In der folgenden Stunde fuhr er mehrmals aufs Festland und wieder zurück und nahm dabei einmal sogar das Risiko in Kauf, sich von einem Burgerrestaurant etwas mitzunehmen. Zweimal kam er an einem Polizeiauto aus Nahant vorüber.

Um neun Uhr abends fiel Brian auf, dass in Jessups Wohnung weitere Lampen brannten. Er zog sich eine dunkle Windjacke über, nahm das Handy, stieg aus dem Taurus und eilte die verlassenen Straßen hinab in den Schutz der Hecke. Dann schlug er sich zur Seite des Grundstücks durch, die am Wasser lag. Hinter dem Haus war ein schmaler, gut gepflegter Rasen. Ein felsiger, etwa sechs bis sieben Meter langer Abhang zum Ozean schloss sich an. Der bewölkte Himmel sorgte dafür, dass das ganze Gelände im Dunkeln blieb, aber einiges Licht warf die City auf der anderen Seite über das Wasser.

Wie Brian erwartet hatte, bestand die Südseite von Jessups Haus fast ausschließlich aus Glas. Neben der Küche gab es eine etwa drei mal drei Meter große Veranda. Er schlug sich bis zum Rand des Geländes durch, ließ sich dann zu Boden fallen und schob sich über das Ufer ein Stück weit die glattgespülten Steine hinab. Von diesem günstigen Punkt aus konnte er deutlich Jessups Küche und Wohnzimmer einsehen. Er fischte ihre Telefonnummer aus der Tasche und hielt inne, als sie die Küche betrat.

Er war etwa fünfzehn oder zwanzig Meter entfernt, erkannte jedoch sogar aus dieser Entfernung, dass sie beunruhigt war. Immer noch in Rock und Bluse ging sie im Zimmer auf und ab. Dann blieb sie plötzlich stehen, holte eine Flasche aus einer Vitrine, goss eine Flüssigkeit in ein Glas und leerte es in einem Zug. Sie schenkte ein weiteres Glas voll, ließ es jedoch auf der Ablage stehen, kam zu den Schiebetüren und blickte über das Wasser auf die Stadt.

Brian rutschte weiter das feuchte, steinige Ufer hinab. Es war ihm unangenehm, sie so zu beobachten, aber je näher er ihr im Augenblick war, desto besser. Jessup wirkte abgespannt und sehr müde. Sie löste das dunkle Haar und schüttelte es aus. Es war Zeit, entschied Brian. Er wählte ihre Nummer und beobachtete erleichtert, dass sie auf das Klingeln reagierte. Freemans NA-Quellen hatten wieder einmal gesprudelt. Ihr Apparat war ein tragbares Telefon auf dem eingebauten Schreibtisch in einer Ecke der Küche.

»Hallo?«

»Dr. Jessup, Brian Holbrook hier.«

Als sein Name fiel, versteifte sie sich.

»Woher haben Sie meine Nummer?«, fragte sie.

»Ich stehe mit dem Rücken zur Wand. Verzweifelte Menschen können sehr erfinderisch sein. Tut mir Leid, Sie so anrufen zu müssen, aber wie Sie wissen, stecke ich ganz schön in der Klemme. Die Wahrheit ist, dass ich mich an niemanden wenden kann.«

»Sie müssen sich an die Polizei wenden, nicht an mich.«

»Dr. Jessup, gestern haben Sie und ich zusammen in der Chirurgie einem Mann das Leben gerettet. Ich halte Sie für eine bemerkenswerte Ärztin. Ich halte Sie ebenfalls für fair genug, dass Sie sich wenigstens anhören, was ich zu sagen habe. Und noch etwas ...«

»Ja?«

»Meiner Ansicht nach haben Sie versucht, meinem Vater dadurch das Leben zu retten, dass sie auf einer Operation statt auf Vasclear bestanden haben.«

Während der darauf folgenden Sekunden des Schweigens beobachtete Brian, wie sie das Glas von der Ablage holte und den Inhalt hinunterstürzte.

»Ich weiß nicht, wovon Sie reden«, sagte sie.

»Dr. Jessup, ich habe Phil Gianatasio nicht getötet. Er war mein Freund. Aber ich musste den Mann erschießen, der laut Zeitungsberichten eine Teilzeitkraft beim Sicherheitsdienst der Klinik war. Er mag als Teilzeitkraft an der Klinik gearbeitet haben, aber er hat Vollzeit als Auftragskiller für Newbury Pharmaceuticals gearbeitet. Ich habe ihn erschossen, weil er mich umbringen wollte. Und er wollte mich umbringen, weil ich gerade die Filmbibliothek des Herzkatheterraums mit den Davor- und Danach-Angiogrammen Nellie Hennesseys verlassen habe. Ich weiß, dass der Davor-Film nicht von ihr stammt, Dr. Jessup. Ich habe keine weiteren Patienten überprüft, aber ich gehe jede Wette darauf ein, dass eine genaue Untersuchung ihrer Filme das Gleiche ergeben hätte. Auch Phil hatte allmählich begriffen, was da abging. Deswegen haben sie ihn umgebracht. Deswegen haben sie die Filme verbrannt.«

»Wer sind *sie*?«

»Die Leute von Newbury. Meiner Ansicht nach steht Art Weber im Zentrum der Geschehnisse, obwohl ich nicht glaube, dass er die ganze Gesellschaft kontrolliert.«

Ein weiteres verräterisches Zögern. Jessup hatte sich inzwischen an den Kühlschrank gelehnt.

»Ich glaube Ihnen nicht«, sagte sie. »Wenn Sie Anschuldigungen vorbringen wollen, sollten Sie sich an die Polizei wenden. Ich werde jetzt auflegen ...«

»Bitte! Bitte, Dr. Jessup. Hören Sie bloß zu! Mein Leben hängt von Ihnen ab. Wie auch das Leben vieler anderer Menschen. Ich kann einfach nicht glauben, dass Sie nicht wenigstens zuhören werden.«

»Weiter«, sagte sie schließlich.

»Vielen Dank«, erwiderte er. »Ich weiß nicht, wie Sie so tief in die Sache hineingeraten sind, aber Sie verstehen wohl nicht völlig, was diese Leute getan haben. Alle Phase-I-Patienten ... die Patienten, die aufgrund Ihrer Behandlung mit Vasclear pulmonale Hypertonie entwickelt haben ... Newbury hat tödliche Unfälle bei denen arrangiert, die nicht an PH gestorben sind. Während Sie ein Phantom-Wundermittel erschaffen haben, indem Sie Patienten geheilt haben, die eigentlich gar nicht am Herzen erkrankt waren, hat Newbury diejenigen eliminiert, die möglicherweise den Zulassungsprozess für Vasclear hinauszögern konnten. Sie haben sie *umgebracht.*«

»Sie haben einen Beweis für Ihre Behauptung?«

»Sie sind mein Beweis, Dr. Jessup. Sie hätten meinen Vater einfach sterben lassen können, aber Sie haben versucht, ihn zu retten. Wenn Sie gewusst hätten, was Newbury den Phase-I-Patienten antat, wären Sie bestimmt an die Öffentlichkeit gegangen. Ich brauche Ihre Hilfe. Ich brauche Sie, um das zu tun, was rechtens ist.«

In dem darauf folgenden Schweigen sah er sie einen weiteren Drink nehmen.

»Ich ... ich weiß nicht, ob ich das kann«, meinte sie schließlich.

Sie ließ sich schwer auf einen Stuhl sinken und starrte blicklos durch die Schiebetür.

»Werden Sie wenigstens mit mir unter vier Augen reden?«, fragte er. »Ich brauche Sie zur Ergänzung einiger fehlender Bausteine. Wenn Sie dann nichts weiter unternehmen wollen, liegt das an Ihnen. Ich gehe das Risiko auch allein ein.«

Jessup war geschlagen – erschöpft. Das sah Brian jetzt.

»Wann?«, fragte sie.

»Sofort. Ich habe unter den Stufen zur Veranda hinter Ihrem Haus Anweisungen hinterlegt. Sie werden Ihnen sagen, wo Sie sich mit mir treffen sollen.«

Brian hatte ihr diese Lüge aufgetischt, um der Gefahr zu begegnen, dass Jessup die Polizei anrufen und den Damm nach Nahant absperren lassen würde. Sie hatte nach wie vor keine Ahnung, dass er sich auf ihrem Grund und Boden befand. Wenn sie jetzt auflegte oder jemanden anriefe, würde er einfach verschwinden. Wenn sie direkt herauskommen und sich dann später weigern würde, ihm zu helfen, müsste er sie fesseln, damit er verschwinden könnte.

Er duckte sich und behielt Jessup im Blick, als er zu einer Stelle schlich, wo er sich zwischen sie und die Schiebetür stellen konnte. Sie hielt das Telefon in der Küche fest umklammert, während sie über seine Forderung nachdachte. Schließlich, nach endlosen Minuten, öffnete sie die Tür und trat ins Freie. Brian drückte sich tiefer in die Schatten. Vorsichtig schaute sie sich um, ging daraufhin zu den Stufen und wich ein Stück zurück, damit sie darunter suchen konnte. Brian schoss aus seinem Versteck hervor und sprang auf die Veranda.

»Erschrecken Sie nicht, Dr. Jessup«, sagte er schnell. »Ich werde Ihnen nichts tun. Ich will bloß reden.«

Jessup stolperte einen Schritt zurück und sah funkelnd zu ihm auf, die Lippen zu einem überraschten Grollen verzogen. Einen Augenblick lang dachte Brian, sie würde auf ihn losgehen.

»Wie können Sie es wagen, sich so hier hereinzuschleichen und mich auszuspionieren!«, sagte sie heiser.

Eines musste er ihr lassen: Er hatte den Vorteil, größer zu sein und in überlegener Position zu stehen, dennoch wirkte sie völlig uneingeschüchtert.

»Dr. Jessup, mein Vater ist gestorben, weil ich das geglaubt habe, was ich über Vasclear gelesen habe und was darüber erzählt wurde. Jetzt ist mein Freund tot, ich musste einen Mann töten, und mein Leben geht den Bach hinunter. Das muss ein Ende haben. Ergebnisse fabrizieren ist die eine Sache. Aber Leute werden ermordet. Das können Sie nicht länger so weitergehen lassen.«

Jessup sah ihn weiterhin funkelnd an, aber Brian erkannte die Erschöpfung und die Verwirrung in ihrem Blick. Schließlich stieß sie den Atem in einem langen, geschlagenen Seufzer aus.

»Möchten Sie nach drinnen?«, fragte sie.

»Ich bleibe lieber hier.«

Er winkte sie zu einer Stelle am Rand der Veranda und breitete seine Windjacke auf dem Boden aus, so dass sie sich hinsetzen konnte.

»Der Tod Ihres Vaters tut mir wirklich sehr, sehr Leid«, meinte sie.

»Das weiß ich. Wenigstens haben Sie jetzt die Möglichkeit, die Sache irgendwie wieder gutzumachen.«

»Ich habe große Angst.«

»Wie ich auch.«

Jessup rieb sich erschöpft die Augen.

»Na gut«, sagte sie schließlich. »Wo soll ich anfangen?«

»Spielt keine Rolle. Ich muss alles über Vasclear wissen. Ich muss wissen, wie das geschehen konnte.«

»Vor vielen Jahren arbeitete Art Weber mit einer internationalen Ärztegruppe an einer Klinik im Amazonasbecken in Kolumbien. Dort entdeckte er Vasclear. Oder glaubte es zumindest. Ein Stamm primitiver Fleischesser lebte da, die jeden Tag eine bestimmte gekochte Rinde kauten. Sie wurden hundert oder noch mehr Jahre alt, ohne irgendein Anzeichen von Arterienverkalkung aufzuweisen. Art glaubte, den Jungbrunnen entdeckt zu haben, aber er benötigte Geld zum Analysieren der Inhaltsstoffe der Rinde, zum Isolieren der bioaktiven Substanz, zu ihrer Synthese und zum Testen. Ich weiß nicht, woher er die Leute kannte, die Newbury besitzen oder welchen Kuhhandel er mit ihnen geschlossen hat. Aber eines kann ich Ihnen sagen, er kann ein zu Tode erschrockenes Kaninchen dazu überreden, aus seinem Loch zu kommen.«

»Er hat einen Pakt mit dem Teufel geschlossen«, sagte Brian. »Mit der Russenmafia.«

Beeindruckt sah Jessup zu ihm hinüber.

»Genauer gesagt ist es die *Tschetschenenmafia*«, meinte sie, »obwohl ich davon überhaupt nichts wusste, bis alles schief ging.

Art zufolge hat selbst die *Russenmafia* vor den Tschetschenen eine Scheißangst.«

»Das glaube ich gern.«

»Die Leute hinter Newbury haben eine gewaltige Summe vorgeschossen, aber Art hatte ihnen auch klar gemacht, wie viel sie zu gewinnen hätten. Es hat drei Jahre Arbeit im Chemie- und Tierlabor gekostet, allein die bioaktive Substanz zu isolieren, die sie Vasclear tauften. Ich bin zur Leiterin der klinischen Forschungsabteilung ernannt worden, und Newbury hat im Gegenzug für die von mir geleistete Arbeit eine Vielzahl BHI-Projekte unterstützt. Alles schien gut zu laufen mit Vasclear, bis wir unsere klinischen Tests in Phase I begannen. Anfangs erwies sich das Mittel als durchaus viel versprechend. Aber dann gerieten zunächst die Tiere in Schwierigkeiten, insbesondere die Primaten, und anschließend einige der Patienten.«

»Eosinophilie, gefolgt von pulmonaler Hypertonie.«

»Genau. Art sagte seinen Partnern bei Newbury, dass sie zurück ans Reißbrett müssten. Sie erwiderten, das wäre ihnen Recht, solange er ihnen die -zig Millionen Dollar zurückerstattete, die sie bereits vorgestreckt hatten, plus Zinsen.«

»Aber wie hat er Sie dazu gebracht, bei der Fälschung mitzuspielen?«

Sie blickte beiseite. Selbst im Halbdunkel sah er ihre Wangen erröten. Sie und Art Weber waren ein Liebespaar!

»Es ... es stand sehr viel für mich auf dem Spiel«, sagte sie, sorgfältig ihre Worte wählend, »finanziell und auch sonst.«

»Verstehe schon«, meinte Brian und ersparte ihr so die Peinlichkeit, die Dinge beim Namen zu nennen.

»Art geriet absolut in Panik. Er sagte, die Leute von Newbury würden nicht zögern, uns beide umzubringen, wenn wir keine Möglichkeit finden würden, ihnen das Geld zurückzuerstatten. Da kam ich auf die Idee, bei Patienten fälschlicherweise eine Herzinsuffizienz zu diagnostizieren und diese dann zu heilen. Ja, die Idee stammte von mir, fast alles. Art hat einige Verfeinerungen entwickelt, aber den Rahmen habe ich errichtet. Wir haben sogar durchkalkuliert, wie lange das Mittel auf dem Markt sein müsste, ehe wir Newbury los wären.«

»Ich gehe jede Wette ein, dass das nicht sehr lang war«, meinte Brian.

»Der Schlüssel war, dass die FDA niemals ein eigenes Forschungsprogramm durchführen würde.«

»Und solange Vasclear niemandem schadete, wäre das allen egal.«

»Aber die Fälle und die Forschungsergebnisse mussten gut aussehen«, fügte Jessup hinzu, einen Anflug von Stolz in der Stimme.

»Was sie auch taten.«

»Einen EKG-Apparat so zu programmieren, dass er anomale Belastungstestergebnisse ausdruckte, war relativ einfach. Die Katheterisierungen waren die Herausforderung. Ich habe einen Vorratsbereich ausgesucht, der unterhalb des Herzkatheterraums lag. Dort unten haben wir eine Wohnung für unsere Techniker eingebaut, ebenso ein ausgefeiltes Elektronikzentrum, das mit dem Videomonitor im Labor gekoppelt war.«

»Ich kenne diesen Raum«, sagte Brian. »Der Killer, den ich erschossen habe, muss sich dort unten versteckt, wenn nicht gar dort gelebt haben.«

»Das wusste ich nicht«, beteuerte sie. »Sie müssen mir glauben. Das wusste ich nicht.«

»Ich glaube Ihnen. Bitte, fahren Sie fort.«

»Nun ja, ich habe zwanzig anomale Katheterisierungen zusammengestellt – genügend Auswahl, dass eine davon auf jeden Fall ein Duplikat der Anatomie bei fast jedem Patienten darstellen konnte.«

»Diejenige, die Sie für Nellie Hennessey benutzt haben, war sehr nahe dran.«

»Und das war nicht mal die Beste, die wir hatten.«

»Was war es also, ein elektronischer Schalter irgendwo?«

»Unter dem Fußpedal, das ich zur Kontrolle der Kamera benutzt habe. Wenn der Schalter umgelegt war, was ich normalerweise am Abend vor der Katheterisierung erledigte, wurde das Einbringen des Kontrastmittels, das auf den Monitor projiziert wurde, von unten eingespielt, wenn ich auf das Pedal trat. Es musste genau mit dem korrespondieren, was wir im Herzkatheterraum durchführten.«

»Aber es war nicht der Blick auf den Patienten.«

Völlig ernüchtert starrte Jessup über das Wasser hinaus.

»Nein«, sagte sie, »das war es nicht.«

»Entschuldigen Sie, wenn ich frage, aber stehen Sie und Art sich noch immer ... so nah wie zuvor?«

»Offenbar zieht er sich allmählich zurück, wenn Sie das meinen. Aber ja, wir haben noch immer eine Affäre. Es gab eine Zeit, da hätte ich wohl alles für ihn getan. Aber verstehen Sie mich nicht falsch. Ich würde davon auch profitieren. Zwei Millionen oder mehr allein im ersten Jahr, wenn alles gut ginge. Ich habe Geld, aber nicht so viel Geld.«

Brian rieb sich Anstrengung und Erschöpfung aus den brennenden Augen.

»Wir müssen einen Plan entwickeln«, meinte er. »Was sollen wir Ihrer Ansicht nach jetzt unternehmen?«

»Unternehmen?«, sagte die Männerstimme hinter ihnen. »Na ja, ich würde von euch erwarten, dass ihr gar nichts unternehmt.«

Brian und Jessup fuhren herum. Art Weber stand am Rand der Veranda und beäugte sie ruhig durch die Dunkelheit. Hinter ihm, in einem Halbkreis, standen Leon und zwei weitere Männer, allesamt bewaffnet.

Brian warf einen Blick zu Jessup hinüber. Er wollte sehen, ob sie ebenso schockiert über die Eindringlinge war wie er. Er musste nicht lange auf die Antwort warten.

»Art, er weiß alles«, sagte sie heiser. »Absolut alles.«

Weber trat vor und schlug ihr heftig mit dem Handrücken übers Gesicht.

»Ja, jetzt, du dummes Weibsstück!«, schnauzte er.

Kapitel 39

Minuten? ... Stunden? ... Tage? ... In einem wirbelnden Dunst aus Drogen und Schmerz war Brian jegliches Zeitgefühl abhanden gekommen. Er saß auf einem Holzstuhl in einem abgelegenen fensterlosen Raum, die Arme an den Handgelenken und die Beine an den Fußknöcheln gefesselt. Seine Rippen waren angeknackst, wenn nicht gar gebrochen durch die Schläge, die er auf Unterleib und Brust erhalten hatte, und so wurde jeder keuchende Atemzug zur Qual.

Zum ersten Mal bekam er nun langsam wieder einen klaren Kopf. Er erinnerte sich an die Prügel, die er in Carolyn Jessups Hinterhof von Leon erhalten hatte – heftige Fausthiebe und Fußtritte ins Gesicht und in den Bauch. Er erinnerte sich an den Stich von der ersten Injektion tief in den Muskel am Halsansatz. Da hatte er noch auf dem nassen Gras gelegen. Er erinnerte sich, in einen Leichensack aus Plastik verfrachtet worden zu sein. Er erinnerte sich, dass man seine lange Gestalt zusammengefaltet in den Kofferraum eines Autos gepfercht hatte. Anschließend erinnerte er sich an nichts mehr.

Rasch blinzelnd versuchte er, den Blick zu konzentrieren. Seine Augen waren verschwollen, die Gesichtsmuskeln steif und aufgedunsen. Mit der Zunge spürte er eine fleischige Leere, wo einmal ein Zahn gesessen hatte. Die Nasenlöcher waren von eingetrocknetem Blut verstopft.

»Wasser«, krächzte er. »Gebt mir Wasser!«

Hinter ihm regte sich etwas. Augenblicke später wurde ihm ein Plastikbecher an den Mund geschoben. Er spülte den Mund aus, bevor er schluckte, und trank dankbar. Langsam gewann er seine Sehfähigkeit zurück. Der Mann, der den Becher hielt, roch nach billigem Parfüm. Er war klein und stämmig, hatte einen dünnen Schnäuzer und leere braune Augen – der Fahrer, mit dem Freeman es draußen vor Brians Haus in Reading zu tun gehabt hatte. Der Raum war eine Mischung aus Wohnung und kleiner Küche, das Mobiliar zweckmäßig. An den weiß verputzten Wänden hingen keine Bilder. Drüben in der Ecke standen ein Fernsehgerät und ein Videorekorder.

Obwohl es dafür keine definitiven Hinweise gab, war Brian sich sicher, dass er sich tief im Bauch der Klinik befand, in dem Raum im Tiefgeschoss, an dessen Einrichtung Carolyn Jessup beteiligt gewesen war. Irgendwo, vielleicht unmittelbar hinter der grau gestrichenen Feuerschutztür gegenüber, befand sich der Kontrollraum, mit dessen Hilfe man die Videos auf den Monitor im Herzkatheterraum ein Stockwerk darüber überspielte. Es hätte ihn nicht überrascht, wenn dieser Raum ebenfalls mit Bildschirmen zur Überwachung der Korridore, Räume und Klinikbereiche ausgestattet gewesen wäre, die etwas mit dem Vasclearprogramm zu tun hatten.

Brian dachte über seine Gefangennahme nach. Einer der Tschetschenen musste Carolyn nach Hause gefolgt sein. Keine andere Erklärung passte zu Webers rechtzeitigem Erscheinen auf der Bildfläche. Jetzt war der Mann entschlossen, die Namen aller zu erfahren, denen Brian Informationen über Vasclear gegeben hatte. Er hatte Drogen benutzt – vermutlich Ketamin und so etwas wie Secobarbital. Er hatte physische Gewalt angewandt – Brian schmerzte nicht bloß der ganze Körper, er war sich auch sicher, dass der kleine Finger seiner linken Hand gebrochen war.

War die Folter beendet? ... War Weber davon überzeugt, alles zu wissen, was Brian ihm mitzuteilen hatte? ... Wie viel Zeit war verstrichen? ... War die Feierstunde für Vasclear vorüber? ... Was war mit Jessup geschehen? ... War er in einem dunklen Augenblick zusammengebrochen und hatte Teri erwähnt? ... Freeman und Marguerite?

Die Fragen brodelten in seinem Gehirn. Eines wusste er genau: Er würde diesen spartanischen kleinen Raum niemals lebend verlassen. Die Tür links öffnete sich, und es zeigte sich ein zweiter Raum – ein Schlafbereich, etwa halb so groß wie das Zimmer, in dem er sich befand. Er sah ein Bett und die Kante eines weiteren Betts. Auf einer Seite saß Carolyn Jessup. Man hatte sie offenbar ins Gesicht geschlagen, aber das Haar war ordentlich zurückgebunden, und sie wirkte ansonsten erstaunlich gefasst. Irgendwann hatte sie sich Arztkleidung übergestreift – weswegen, war Brian ein Rätsel.

»Ich werde dich nicht mehr fesseln, Carolyn«, hörte er Weber sagen, »aber du weißt, was geschehen wird, wenn ihr beide, du oder unser Freund auf dem Stuhl dort draußen, uns auch nur die kleinsten Probleme bereitet. Diese Männer haben ihre Anweisungen, und sie werden sie mit Freuden ausführen. Verstanden? ... Ja?«

»Ja.«

»Und Sie haben auch verstanden, Dr. Holbrook?«, fragte er. Er verließ rückwärts den Raum und wandte sich daraufhin Brian zu. »Sie werden die Verantwortung dafür tragen, wenn Dr. Jessup etwas zustößt.«

»Klar«, brachte Brian heraus. »Welchen Tag haben wir?«

»Tag? Warum, es ist Weihnachten. Meine Güte noch mal, anscheinend *ist* man grob mit Ihnen umgesprungen. Ich fürchte, Leon hat das, was Sie seinem Freund angetan haben, sehr persönlich genommen. Nicht wahr, Leon?«

Der hünenhafte Killer trat hinter Brian hervor und schlug ihm heftig über den Mund. Brians Lippen, bereits aufgesprungen und blutverklebt, platzten erneut. Er sog das Blut ein und sah funkelnd zu Leons grässlich vernarbtem Gesicht auf. Wilde Augen erwiderten ihrerseits funkelnd seinen Blick.

»Hör auf damit!«, schrie Carolyn.

Weber richtete einen manikürten Finger auf sie.

»Halt's Maul!«, fauchte er. »Das ist eine Warnung. Eine letzte Warnung.«

Er wandte sich wieder Brian zu.

»Ich fürchte, mit Ihnen bin ich noch nicht fertig«, meinte er. Er warf einen theatralischen Blick auf seine Rolex, und Brian fiel zum ersten Mal auf, dass Weber einen wunderbar geschnittenen Anzug und eine auffallende, teure Seidenkrawatte trug. »Wie Ihnen jedoch inzwischen aufgegangen sein dürfte, ist es der neunzehnte Oktober. Ich habe ein dringendes Geschäft mit dem Präsidenten der Vereinigten Staaten zu erledigen. Sie haben uns die Namen zweier Zeitungen und den Vater des armen, unglücklichen Phil Gianatasio genannt. Die sollten uns keine Probleme bereiten. Aber ich kann das Gefühl nicht los werden, dass Sie etwas vor uns verbergen.«

»Sie haben mein Telefon angezapft«, sagte Brian heiser. »Sie sollten alles wissen.«

»Dr. Holbrook, abgesehen von den uns allen bekannten wenigen Minuten sind Sie mehrere Tage lang gar nicht zu Hause gewesen. Aber seien Sie beruhigt, Doktor. Ihre kleinen Sünden sind in Sicherheit. Wir haben Ihr Telefon nie angezapft.«

»Aber ...«

»Ich habe jetzt nicht die Zeit, über irgendetwas mit Ihnen zu diskutieren. Aber nach meiner Rückkehr verspreche ich Ihnen eine Vielzahl schmerzlicher und sonstiger Debatten. In der Zwischenzeit, Leon, darf keinem von beiden etwas zustoßen, es sei denn, er macht Probleme. Dann lass es sie büßen. Wenn sie will, kann sie reinkommen und sich die Show im Fernsehen angucken, sogar mit ihm reden. Aber keiner von beiden darf allein gelassen werden – keine Sekunde lang. Ja?«

Leon grunzte und nickte.

»In Ordnung«, sagte er.

»Leons Englisch lässt ein bisschen zu wünschen übrig«, erklärte Weber, »aber ich verspreche euch, er versteht alles. Stimmt's, Leon?«

»Alles.«

Leons Lächeln zeigte nikotinfleckige Zähne.

Weber ging zum Fernseher hinüber und schaltete eine örtliche Station ein.

»Wenn ich richtig informiert bin«, meinte er, »überträgt Kanal Sieben die Vorgänge oben live. Unsere Spitzenverkäufer bei Newbury hatten alle Hände voll zu tun, Vasclear-Bestellungen aus der ganzen Welt entgegenzunehmen, und die Lastwagen stehen in den Startlöchern. Wenige Minuten nach Ende der Feierstunde sind sie auf der Straße.«

»Sie sind immer noch ein Arschloch und ein Verlierer«, meinte Brian.

Weber trat zurück und ließ zu, dass Leon Brian einen weiteren Schlag mit der offenen Hand ins Gesicht versetzte. Sein Kopf knallte gegen die Stuhllehne. Aus der gebrochenen Nase tropfte Blut. Seine Augen wurden glasig und tränten.

»Wir werden sehen, wer hier der Verlierer ist«, sagte Weber. »Ich bin in ein paar Stunden zurück. Ich muss anwesend sein, wenn der Präsident eine Unterschrift leistet. Zudem breiten sich einige Gerüchte über euch beide aus. Holbrook, von Ihnen erwarte ich einige zufriedenstellende Antworten.«

Er wandte sich um, blies Carolyn einen Kuss zu und ging. Brian saß reglos da und versuchte, die Gedanken zu ordnen. Hatte Weber die Wahrheit gesagt, dass er sein Telefon in Reading nicht verwanzt hatte? Wenn ja, wie hatte ...

»Brian, sind Sie in Ordnung?«

Carolyn war aus dem Bad gekommen. Sie hatte hässliche Schrammen über den Augen. Ihre Unterlippe war aufgeplatzt.

»Mir ist es schon besser gegangen«, brachte er hervor. »Woher haben Sie diese Kleider da?«

»Ich ... ich habe mich übergeben. Sie haben mich gezwungen, zuzusehen, während sie Sie verprügelt haben.«

»Bin ich froh, dass ich da nicht dabei war.«

Er wollte noch mehr sagen, doch ein plötzlicher Gedanke ließ ihn verstummen. Vielleicht hatte Weber Carolyn Versprechungen gemacht, falls sie bei Brian das erreichen würde, was die Drogen und die Schläge nicht fertig gebracht hatten.

Sie ging zum Waschbecken hinüber, machte ein Handtuch nass und säuberte ihn vorsichtig. Daraufhin zog sie einen Stuhl von dem kleinen Esstisch herüber und stellte ihn dicht vor ihn, so dass er ihr Gesicht erkennen konnte. Brian spürte, dass sie, wie er selbst, in Gedanken verzweifelt nach einer Fluchtmöglichkeit suchte. Wenn er ihr nicht vertrauen konnte, entschied er in diesem Augenblick, hatte er überhaupt keine Chancen. Aber er würde weder Teri noch die Sharpes erwähnen. Er bemerkte einen Mann im Schlafzimmer links vorn und einen weiteren, nämlich den mit dem schlechten Parfüm, rechts hinter sich. Leon, der jetzt dicht neben Jessup stand, war also Nummer drei, und alle hatten Schulterholster mit Waffen. Schlechte Karten.

»Das tut mir alles so Leid, Brian«, sagte Jessup, die ständigen Blickkontakt mit ihm beibehielt und bedächtig sprach – zu bedächtig, dachte er. »Alles tut mir Leid. Wissen Sie, ich habe, so unter uns Ärzten, an die vielen großartigen medizinischen Fälle gedacht, die wir über die Jahre hinweg gemeinsam behandelt haben.«

Worauf zum Teufel willst du ...?

Die Eindringlichkeit in Jessups Augen veranlasste ihn zu schweigen.

»Ja«, meinte er nach wie vor ratlos. »Ich erinnere mich.«

»Besonders beeindruckt war ich von diesem wunderbaren Gentleman, bei dem Sie mir eines Nachts in der Klinik geholfen haben. Walter irgendwas.«

Louderman. Brian warf einen Blick zu Leon hinüber, der einen oder anderthalb Meter entfernt an der Arbeitsplatte in der Küche lehnte. Er verzog keine Miene.

»Ein faszinierender Fall«, fuhr Jessup fort. »Ein wenig wie diese Hennessey – die Frau mit den unglaublichen Filmen, der Sie damals im Herzkatheterraum das Leben gerettet haben.«

Louderman ... Filme wie Nellies ... Plötzlich ging Brian ein Licht auf. Bei dem Feuer in der Filmbibliothek waren nicht alle Beweise für die Vasclear-Fälschungen vernichtet worden. Es existierte noch ein Videoset, das sorgfältig vor neugierigen Augen verborgen gehalten wurde: die Filme des Mannes, der beabsichtigte, der nächste Präsident der Vereinigten Staaten zu werden.

Brian nickte zum Zeichen, dass er verstand. Er blickte zum Fernsehgerät hinüber, wo eine Gameshow lief. Im Hippodome tat sich noch nichts.

»Sagen Sie, haben wir ihn wirklich in der Klinik gesehen?«, fragte Brian.

»Hm, wenn ich jetzt darüber nachdenke, so war es wohl eher in meiner Praxis«, entgegnete sie. »Wir haben sein Kardiogramm mit diesem speziellen EKG-Gerät aufgenommen, das ich dort habe – das ich erfunden habe. Das gleich neben dem Aktenschrank steht.«

In Jessups Büro. Loudermans Filme waren in dem Aktenschrank, zusammen mit dem manipulierten EKG-Gerät. Das war der Beweis, den er so verzweifelt gesucht hatte – der Beweis, der die Zulassung von Vasclear verhindern, Newburys Pforten schließen und ihn auf lange Sicht gesehen von der Mordanklage befreien konnte.

Jetzt schenkte Leon ihrem Gespräch offenbar mehr Aufmerksamkeit, aber sollte ihm klar geworden sein, dass die medizinischen Aspekte ihres Wortwechsels völliger Blödsinn waren, verbarg er es gut. Brian hatte keine Ahnung, wie sie sich befreien konnten, aber wenn er es die Treppe hinauf schaffen sollte, wollte er den Code zum Öffnen von Jessups Praxis kennen.

»An den Fall erinnere ich mich sehr gut«, meinte er und zuckte bei dem Schmerz in der Brust zusammen. »Er und ich, wir haben eine Stunde im Flur draußen gewartet, weil *wir nicht hineinkamen.*«

Jessup nickte.

»Ja«, sagte sie, »ich war der Ansicht, er hätte Probleme mit seinem untersten Halswirbel.«

7 – der unterste Halswirbel.

»Hm«, erwiderte er, »aber das war's nicht.«

»Nein. Wie ich mich entsinne, haben wir auch alle seine EKG-Kurven durchgesehen.«

Zwölf Kurven ... 7-1-2 ...

»Es überrascht mich, dass Sie sich daran erinnern.«

»Nicht leicht zu vergessen. Sie haben großartige Arbeit bei ihm geleistet. Insbesondere die Untersuchung seiner Herzkammern.«

Vier ... 7-1-2-4 ... Brian bedeutete ihr, dass er die Tastenkombination erkannt hatte, und prüfte das Tuch, mit dem seine Hände gefesselt waren. Es gab nicht nach. Wenn er die Knie an die Brust zog, könnte er vielleicht einen Tritt anbringen oder womöglich gar seinen Kopf zum Zuschlagen benutzen, aber die Fesseln um die Fußknöchel würden ihn daran hindern, sich gerade aufzurichten und das Gleichgewicht zu wahren. Außerdem wusste er nicht, wie viele Schläge seine malträtierten Rippen noch aushielten.

»Wie geht es Ihrem Herz?«, fragte Jessup mit einem Gesichtsausdruck, der besagte, er solle aufmerksam sein.

»Schmerzt ein wenig«, erwiderte er.

»Nun ja, solange Sie kein K. F. haben.«

K. F. – Kammerflimmern ... Das bedeutete einen tödlichen Herzrhythmus, gewöhnlich begleitet von einem Zusammenbruch und Anfall. Carolyn wollte, dass er sich bereit hielte, einen Herz-Kreislauf-Stillstand vorzutäuschen. Aber wann?

Er sah sie aufstehen und im Raum umhergehen. Auf dem Tisch stand eine halb volle Wodkaflasche. Sie nahm einen Schluck – niemand versuchte, sie daran zu hindern – und setzte die Flasche zurück. Eine Waffe. Als Nächstes wandte sie ihre Aufmerksamkeit dem Fernsehgerät zu. Noch immer keine Feier. Brian war einmal fast zur gleichen Zeit wie der Präsident vom Flughafen nach Boston gefahren. Der gesamte Kilometer lange Tunnel in die City musste geschlossen und geräumt werden. Zwei Rettungswagen, ein halbes Dutzend Motorradfahrer, mehrere Polizeiwagen und sechs oder sieben Limousinen bildeten den Autokonvoi. Ein Wunder, dass sie jemals rechtzeitig irgendwo eintrafen.

Jessup sah in den Kühlschrank und auf die Regale. Beides war praktisch leer. Schließlich löste sie die Schnur um ihre Hose und stopfte sich langsam und theatralisch das Top hinein. Anschließend verknotete sie die Schnur wieder um ihre schlanke Taille. Es war eine Bewegung, die jeder Mann mit einem Molekül Testosteron in sich ungeachtet seines Alters verführerisch gefunden hätte. Brian sah sehr wohl, dass beide Killer im Zimmer ihr volle Aufmerksamkeit schenkten. Sie schlich sich an Leon heran und gab ihr Bestes, dass er sich weiter an ihrem Körper interessiert zeigte. Sie beklagte sich, sie würde verhungern. Nur ein kleines Doughnut und eine Tasse Kaffee, gurrte sie und streifte ihn am Arm. Es war ein beeindruckender Versuch, das Ungleichgewicht zwischen ihnen etwas aufzuheben.

Unmöglich, dachte Brian, obgleich er ihr Mut zugestehen musste. Dann erstrahlte auf Leons Gesicht plötzlich ein breites Grinsen, und er tätschelte ihr den Hintern.

»Doughnuts«, sagte er, laut herauslachend.

Er fauchte dem Mann mit dem Schnauzbart maschinengewehrartig etwas auf Russisch zu. Der eilte heran und stellte sich vor Brian. Daraufhin rief er den Mann im Schlafzimmer herbei. Der dritte Killer, der viel jünger als die anderen beiden war, kam sogleich heraus und nahm Position an der Tür nach draußen ein. Er war groß und gut gebaut, wirkte jedoch höchstens wie gerade etwa zwanzig, wenn überhaupt. Schließlich fasste Leon Carolyn beim Arm und setzte sie auf das Sofa gegenüber dem Fernsehgerät hin.

»Bleiben!«, befahl er.

Dann verschwand er, nachdem er seinen Männern einige letzte Anweisungen gegeben hatte. Ihnen blieben fünf Minuten, dachte Brian. Im besten Fall zehn. Wenn es geschehen sollte, dann sofort.

»He«, sagte Brian zu dem Mann, der jetzt das Sagen hatte, »sprechen Sie etwas Englisch?«

»Ich sprechen Englisch gut«, erwiderte der stämmige Wächter, was sowohl Warnung als auch Prahlerei war.

»Hören Sie, mir ist nicht sonderlich gut.«

Brian wartete weitere dreißig Sekunden. Dann klappte er stöhnend zusammen und rang keuchend nach Luft.

»Was?«, fragte der Killer. »Was ist los?«

»Brian, ist es das Herz?«, schrie Jessup und sprang von ihrem Sitz hoch

Brian stöhnte noch lauter, ließ sich dann auf den Fußboden fallen, warf heftig den Kopf hin und her und tat, was er innerhalb der Grenzen, die die Fesseln ihm auferlegten, tun konnte, damit er aussah wie ein Mann mit einem Anfall. Jessup eilte zu ihm hinüber.

»Es ist sein Herz!«, rief sie aus. »Rasch, lösen Sie ihm die Fesseln, so dass ich mich um ihn kümmern kann.«

»Nein. Auf Leon warten.«

»Bis dahin ist er tot, du Dummkopf! Sieh ihn dir an!«

»Nein«, wiederholte der Mann.

»Du da drüben!«, sagte Jessup zu dem jungen Ganoven. »Dreh ihn auf den Rücken.«

Die beiden Wächter, die mit jeder Sekunden bestürzter wurden, tauschten hastig einige Worte in Russisch aus, während Brian weiterhin ächzte und rhythmisch mit den Beinen zuckte.

Schließlich beugte sich der jüngere Mann hinab und drehte Brian auf den Rücken. Brian sah, dass Jessup aufgestanden und beiseite getreten war und die Wodkaflasche hinter dem Rücken versteckt hielt.

»Jetzt!«, hörte er sie sagen.

Jessup knallte dem stämmigen Mann die Wodkaflasche über den Schädel, woraufhin er in einem Hagelschauer aus Glas und Alkohol zu Boden ging. Der jüngere Wächter wandte sich von Brian ab. Obwohl Brian durch die Tuchfesseln und den Schmerz in seiner Seite gehandicapt war und sich nicht allzu schnell bewegen konnte, erfolgte sein Angriff rasch genug. Er schwang beide Hände über den Kopf des Mannes. Das Tuch, das Brians Handgelenke fesselte, verfing sich an der Kehle des Wächters. Brian zog es fest und warf sich zurück. Der Tschetschene fiel schwer auf ihn, das Gesicht zur Decke gewandt.

Brian achtete nicht weiter auf den Schmerz in seiner Brust, den das Gewicht des Wächters hervorrief, und zog mit aller verbliebenen Kraft die Arme nach unten. Der junge Mann schlug wild um sich, aber er hatte keine Möglichkeit, sich umzudrehen. Sein Ellbogen war wie ein Speer, der Brian immer und immer wieder in die verletzte Seite stach. Dann hörten die Hiebe plötzlich auf. Der Körper des Mannes erschlaffte. Brian, dem das Blut aus der Nase in die Augen floss, hielt die Leine dennoch weiter fest gespannt.

»Sie können aufhören«, sagte Jessup. »Er ist tot.«

Brian schob den Leichnam beiseite, außerstande, den Blick von der heraushängenden violetten Masse abzuwenden, die einmal die Zunge gewesen war. Er war überrascht, wie wenig Bedauern er verspürte, ein zweites Mal getötet zu haben. Noch immer außer Atem kniete Carolyn neben ihm nieder und löste die Knoten.

»Ist der andere Kerl tot?«, fragte er.

»Nein. Ich glaube sogar, dass er wieder aufwacht.«

Brian half dabei, den halb bewusstlosen Mann auf den Bauch zu wälzen. Sie fesselten ihm Arme und Fußknöchel.

»Wollen Sie bleiben und Leon in einen Hinterhalt locken?«, fragte sie.

»Ich möchte nur hier raus. Ich bin nicht in der Form, Leon zu überwältigen.«

»In diesem Fall müssen wir so rasch, wie wir können, zu meinem Büro«, sagte sie. »Wenn wir diese Videos zum Hippodome rüberschaffen und Alexander Baird zeigen, was wir haben, können wir die Feierstunde immer noch beenden.«

»Ich werde jedem, der zuhören will, davon erzählen, wie Sie mir das Leben gerettet haben, das verspreche ich Ihnen«, meinte Brian, als sie ihm beim Aufstehen half. »Es wird was bringen.«

Jessup beugte sich herab, nahm den Revolver aus dem Schulterholster des Toten und hielt ihn Brian hin.

Er schüttelte den Kopf.

»Ein teurer Freund hat mir gestern einen weisen Rat gegeben. Die Chancen, dass jemand mich lieber erst erschießt und dann später Fragen stellt, würden sich beträchtlich erhöhen, sollte ich eine Waffe tragen.«

»Mir egal, wenn sie *mich* erschießen«, sagte sie und umklammerte die Waffe. »Ich habe so ein Ding noch nie in der Hand gehabt. Irgendwelche Kniffe?«

»Zielen und abdrücken, wie bei einer Kamera.«

Vorsichtig öffneten sie die Tür zum Kommunikationszentrum. Der Raum sah genauso aus, wie Brian ihn sich vorgestellt hatte – modernste Aufzeichnungsgeräte, ein halbes Dutzend Überwachungsbildschirme an der Wand.

Der Korridor draußen war verlassen.

»Gehen wir in die erste Etage und nehmen von dort aus den Aufzug zur vierten«, meinte Jessup.

»So, wie wir aussehen, halten wir uns doch besser an die Treppen.«

Carolyn zog ein Blatt Küchenrolle aus einem Behälter auf der Arbeitsplatte und wischte ihm ein wenig Blut aus dem Gesicht.

»Also die Treppen. Durchhalten, Brian. Es ist fast vorüber.«

»Das hoffe ich doch schwer«, meinte er. »Sagen Sie mir was«, fügte er hinzu, als sie den Flur zum Treppenhaus hinuntereilten. »Wie ist Art letzte Nacht zu Ihrem Haus gelangt? Hat man Sie verfolgt?«

Jessup überlegte mehrere Sekunden lang.

»Ich weiß es nicht«, erwiderte sie schließlich. »Ich bin eine Weile lang am Strand am Ende des Damms stehen geblieben, und da war alles völlig verlassen. Mein Wagen war der einzige auf dem kleinen Parkplatz. Wenn mir jemand gefolgt ist, weiß ich nicht, wie er es fertig brachte, dass ich ihn nicht entdeckt habe. Warum?«

»Es beschäftigt mich«, entgegnete Brian. »Mehr nicht.«

KAPITEL 40

WHDH-TV
Kanal 7

»Hier ist Kimberly Herrera mit einem Bericht aus dem Hippocrates Dome im White Memorial Hospital. Gerade eben hat der Präsident der Vereinigten Staaten in Begleitung des Leiters der FDA, Dr. Alexander Baird, unter tosendem Applaus der etwa vierhundert Anwesenden dieses altehrwürdige wunderschöne Auditorium betreten. Begrüßt wurden sie von den Senatoren Sal Giglia und Walter Louderman aus Massachusetts.

Die Atmosphäre knistert vor Spannung. Binnen kurzem werden Dr. Baird und der Präsident die notwendigen Dokumente zur Zulassung des Wundermittels Vasclear unterzeichnen. Das Medikament wurde von Newbury Pharmaceuticals aus Boston entwickelt und hier im berühmten Boston Heart Institute dem klinischen Test unterzogen. Anschließend wird der Präsident eine Verlautbarung unterzeichnen, mit der er diese Woche zur ›Nationalen Herzwoche‹ erklärt.

Die Menge, darunter eine Vielzahl hiesiger Honoratioren, ist nicht bloß von der Atmosphäre in Bann geschlagen, die der Besuch des Präsidenten erzeugt. Gleichermaßen beeindruckt ist sie von der gewaltigen Kuppel mit den Buntglasfenstern. Dabei handelt es sich um Darstellungen großer Augenblicke in der

Geschichte der Medizin. Die Kuppel befindet sich in der letzten Phase einer zweijährigen Restaurierung, die letztlich über fünf Millionen Dollar verschlungen hat. Wie wir erfuhren, stammt die Summe samt und sonders von privaten Sponsoren. Sie sehen, dass die Basis der Kuppel noch eingerüstet ist. Extra für diese Gelegenheit sind dort Scheinwerfer angebracht worden, die sie in unnachahmliches Licht tauchen.

Die Lichter erlöschen. Die Kuppel funkelt. Und nach einem letzten Händeschütteln hat der Präsident seinen Platz auf dem Podium eingenommen. Heute ist ein großer Tag für die Medizin im Boston, dem weltweit führenden Zentrum ...«

Angetrieben von Adrenalin, zugleich jedoch gebremst von seinen Verletzungen, folgte Brian Carolyn Jessup zu ihrem Büro im vierten Stock. Er konnte nicht genügend Luft in die Lungen bekommen, eintrocknendes Blut verstopfte seine Nase völlig, und seine Rippen reagierten schmerzhaft auf jede Bewegung. Dennoch schaffte er die sechs Treppen vom Tiefgeschoss, ohne anzuhalten. Wie Carolyn gesagt hatte – es war fast vorüber.

Angesichts des Ehrengastes der Klinik war es kaum überraschend, dass das Treppenhaus völlig verlassen war. Sie erreichten Jessups Büro, ohne einer Menschenseele begegnet zu sein. Jessup drückte den Code und entriegelte die äußere Tür zu ihrer abgedunkelten Suite. Rasch führte sie Brian durch den Empfangsbereich in das innere Büro. Der EKG-Apparat stand genau da, wo sie gesagt hatte. Daneben befand sich ein Aktenschrank aus Eiche mit vier Schubladen. Jessup stöhnte.

»Der Schlüssel ist an meinem Bund«, sagte sie.

»Kein Zweitschlüssel?«

»Meine Sekretärin hat einen, aber ich glaube, an *ihrem* Bund.«

Brian durchsuchte den Schreibtisch der Sekretärin und fand keinen Schlüssel, dafür aber einen ziemlich stabilen Brieföffner.

»Die Überweisung Senator Loudermans wegen einer Herzuntersuchung an mich war ein völlig unerwartetes Gottesgeschenk«, erklärte Jessup, während Brian versuchte, die Schubladen aufzuhebeln. »Es kam praktisch aus heiteren Himmel. Sobald wir einen Vasclear-Gläubigen aus ihm gemacht hatten, beschleunigte sich der Zeitplan für die Zulassung beträchtlich.«

»Aber er hatte keine Herzinsuffizienz.«

»Nein. Eine gute alte Ösophagitis.«

Nach wie vor konnte sie einen Hauch Blasiertheit nicht unterdrücken, bemerkte Brian. Als er sicher war, dass der Brieföffner gleich zerbrechen würde, sprang die Schublade heraus. Loudermans Filme befanden sich sauber beschriftet in einer kleinen Reisetasche aus weichem Leder.

»Wir müssen uns beeilen«, drängte Brian. »Leon ist vielleicht schon mit dem Kaffee zurückgekehrt. Sie sind bestimmt auf der Suche nach uns. Kommen Sie!«

Als sie sich der Tür zum Empfangsbereich zuwandten, meinte Brian: »Ich weiß nicht so recht, ob ich genügend vorzeigbar für den ...«

Da ertönte ein Schuss aus einer schallgedämpften Pistole und ließ ihn mitten im Satz innehalten. Er fuhr herum und sah gerade noch, wie Jessup eine Hand auf den Brustkorb drückte, sich einmal vollständig um die eigene Achse drehte und schwer neben dem Schreibtisch ihrer Sekretärin zu Boden ging. Auf der Türschwelle standen, die Pistolen im Anschlag, Leon und der stämmige Killer, den sie gefesselt hatten. Brian stöhnte auf. Ihm fiel ein, dass Carolyn vorgeschlagen hatte, direkt in ihr Büro zu gehen, ohne daran zu denken, dass der Mann auf dem Fußboden bei Bewusstsein war. *Dumm!* Aber nicht annähernd so dumm wie der Umstand, dem Mann nicht die Pistole abgenommen zu haben.

Als die beiden Killer in den Empfangsbereich stürmten, blickte er verzweifelt zum Fenster hinüber. Jessups Büro lag in der vierten Etage, aber ein Stockwerk darunter war ein Dach, und bis dahin mochte es vier Meter in die Tiefe gehen. Dort war die Beobachtungsstation des OP, überlegte Brian. Würde er die Nerven haben, sich mit dem Kopf voran durch die Fensterscheibe zu stürzen? Könnte er das überleben?

»Böö-ßer Doktor«, sagte Leon und grinste Brian grotesk durch die Bürotür an. »Bleib hier!«, befahl er seinem Begleiter auf Englisch.

Er trat einen Schritt vor. Brian sah, wie sich Carolyn hinter ihm allmählich wieder rührte. Ihr Wächter schenkte ihr keinerlei Beachtung, sondern schaute stattdessen an Leon vorbei zu Brian. Seine Unachtsamkeit sollte sich rasch als tödlich erweisen. Carolyns aus einem unmöglichen Winkel abgefeuerter Schuss erwischte den Mann direkt in die Stirn. Er taumelte noch zurück, da feuerte Jessup erneut. Diesmal schrie *Leon* auf und umklammerte seine Schulter. Carolyn gelang es, auf den Knien hinter den Schreibtisch in Deckung zu krabbeln, bevor Leon auf sie schoss.

Das war die Gelegenheit. Aus dem Empfangsbereich machte Brian einen Satz zur Tür, schlug sie zu und verriegelte sie. Erneut ertönte ein Schuss, dann noch einer. Er überlegte, die Frau aus der Fernsprechzentrale der Klinik anzurufen und Hilfe anzufordern, entschied sich jedoch rasch anders, als erst eine, dann eine weitere Kugel das Holz um das Türschloss herum zerbersten ließ. Stattdessen hob er Jessups schweren Lederschreibtischsessel hoch über den Kopf und schleuderte ihn mit aller Kraft durch das Fenster. Kühle feuchte Nachtluft strömte ins Büro. Draußen fiel ein windgepeitschter Regen aus einem pechschwarzen Himmel. Noch ein Schuss. Weitere Splitter.

Brian trat ein paar verbliebene Glasstücke heraus, steckte die Hand durch den Griff der Tasche mit Loudermans Filmen und ließ sich aus dem Fenster herab, bis er die Arme vollständig ausgestreckt hatte. Das Pochen in Brust und Finger machte die Anstrengung zur Qual. Er hatte sich offenbar verschätzt – das Dach war wesentlich weiter unten. Aber war das jetzt nicht gleichgültig? In dem Augenblick, als die Tür oben aufbrach, ließ er los.

Nachgeben und wegwälzen, war sein einziger Gedanke, während er durch den Regen stürzte. *Nachgeben und ...*

Er traf praktisch mit gestreckten Beinen auf das kiesgedeckte Dach und knickte unbeholfen zur Seite weg. Kein Nachgeben, kein Wegwälzen. Explosionsartig wich ihm die Luft aus den Lungen. Bereits angeknackste Rippen trennten sich noch weiter. Sein Kniegelenk sprang heraus, dann wieder herein. Er schlug mit der Schulter und einer Gesichtsseite auf nasse Steine, riss sich die Haut weiter auf, die sowieso schon arg mitgenommen war. Er war von dem Aufprall ziemlich benommen, brachte es jedoch fertig, auf die Stimme zu reagieren, die in seinen Gedanken kreischte:

Weiter! ... Weiter!

Brian wälzte sich vom Gebäude herab. Da fuhr eine Kugel nicht weit entfernt von seinem Hals in den Kies. Leon gab erneut einen Schuss vom Fenster oben ab. Diesmal zerriss die Kugel den Muskel von Brians Oberschenkel. Er schrie auf, schob sich jedoch weiter über das Dach. Er schaute sich um, und da ließ sich Leon, der nur einen Arm gebrauchen konnte, gerade aus dem Fenster herab.

Brian umklammerte Loudermans Angiogramm-Filme, kam mit letzter Kraft hoch und humpelte, das verletzte linke Bein nachziehend, über das Dach. Er betete, dass sich an seinem Ziel tatsächlich eine Feuerleiter befand. Stattdessen entdeckte er ein breites Gerüst, das vom Dach herabkam und sich eng an das nächste Gebäude schmiegte. Vor ihm, vielleicht fünfzig Meter entfernt, war die Nacht lichtdurchflutet. Scheinwerfer strahlten von mehreren Gebäuden durch den Regen herab. Sie waren auf eine einzige Stelle gerichtet: den Hipodome!

Wenn er nahe genug herankäme, könnte er die Tasche mit den Filmen durch das Glas schleudern und anschließend versuchen, am Gerüst entlang des Pinkham-Gebäudes herunterzuklettern.

Wenigstens der Beweis würde überleben. Der Hörsaal war vielleicht acht oder zehn Meter hoch, aber die Videos schienen ziemlich gut geschützt.

Brian blickte über die Schulter zurück und sah Leon gerade in diesem Augenblick auf dem Dach landen. Trotz seines verletzten Arms rollte sich der Killer, offenbar erfahren, anmutig herum und sprang katzengleich auf die Füße. Kein Linebacker, mit dem Brian je gespielt hatte, konnte sich so bewegen. Schmerzhaft schleppte er sich auf das Gerüst hinaus und humpelte durch den strömenden Regen zum Licht hinüber. Leon würde ihn bestimmt bald eingeholt haben. Die leuchtenden Farben des Dome kamen näher. Brian vernahm die hämmernden Schritte hinter sich. Ihm blieben bloß noch Sekunden. Es bestand keinerlei Hoffnung, vom Gerüst herunterzukommen, einen Weg zum Boden zu finden. Rasch faltete er die weiche Ledertasche um die Filmschachteln und wog sie dann in der Hand. Er warf sie wie einen Football, und in diesem Augenblick hämmerte Leons Waffe auf seinen Rücken ein. Der Beutel zerschmetterte das Buntglas etwa auf halber Strecke die Kuppel hinauf.

Brian hörte das Gekreisch von unten, stolperte mehrere Schritte voran und fiel, kaum einen halben Meter vom Rand des Glases entfernt. Sofort war Leon über ihm. Wütend packte er Brian vorn am Hemd, zog ihn auf die Knie und hieb ihm mit aller Macht den Lauf der Pistole in den Mund. Brian konnte nur noch die Augen schließen und auf das Ende warten.

»Geheimdienst! Waffe fallen lassen, sofort!«

Die Stimme kam aus dem Fenster des Gebäudes links hinter den beiden. Brian sah den Mann vom Geheimdienst, das Gewehr im Anschlag, auf dem Fenstersims kauern. Leons Griff lockerte sich. Langsam zog er den Lauf der Waffe zurück. Dann schwang er sie plötzlich zu dem Geheimdienstmann herum und feuerte. Der Schuss wurde sogleich von einer Salve Gewehrfeuer aus dem Fenster erwidert. Brian spürte förmlich, wie die Kugeln sich in Leons Körper bohrten. Der Gigant, der sein Hemd nach wie vor fest umklammerte, drückte ihn mit seinem Gewicht rückwärts über das Buntglas.

Brian durchbrach das Glas, und da ertönte von unten ein Aufschrei. Er wappnete sich gegen den tödlichen Aufprall, aber der Sturz endete nach einer ganz kurzen Strecke: Brian knallte auf das schmale Metallgerüst innerhalb des Dome. Leon traf ihn mit seinem vollen Gewicht, was ihm in einer Explosion des Schmerzes die Rippen in die Lungen trieb. Dann rollte der riesenhafte Killer langsam, schier unendlich langsam, zur Seite weg und verschwand aus Brians Sichtfeld. Einen Augenblick später hörte er den Aufprall von Leons Leichnam auf den Sitzen unten.

»Keine Bewegung, sonst sind Sie tot!«, kreischte ein Mann über ihm.

Brian lächelte schwach und schloss die Augen.

Keine Sorge, dachte er. *Ich werde mich eine Weile lang nicht rühren.*

Brian hatte keine Vorstellung, wie lange er dort lag. Als er jedoch die Augen öffnete, war er nach wie vor auf dem Gerüst. Ein Mann in dunkelblauer Windjacke kauerte über ihm und hielt eine Pistole auf eine Stelle genau zwischen seinen Augen gerichtet.

»Ich bin vom Geheimdienst, Holbrook. Denken Sie nicht mal dran, sich zu rühren. Sie stellen gerade eine Leiter an. Wir werden Sie auf ein Brett binden und hinablassen. Können Sie mich verstehen?«

Brian nickte bloß, weil er darauf konzentriert war, genügend Luft an dem ungeheuerlichen Schmerz in seiner Brust vorüberzuschieben. Augenblicke später krachte die Leiter gegen das Gerüst. Ein zweiter Geheimdienstmann und ein Rettungssanitäter kletterten mit einer Trage hinauf.

»Bleib einfach ruhig liegen, Mann«, sagte der Sanitäter. »Wir holen dich runter.«

»Auf dem Weg nach unten sind die ganze Zeit über Waffen auf Sie gerichtet, Holbrook«, warnte der Geheimdienstmann.

Brian blinzelte in den Regen, der durch das riesige Loch im Buntglas fiel.

»Ich verstehe Sie«, murmelte er.

Die Männer banden ihn auf die Trage, ließen ihn hinab und legten ihn auf eine fahrbare Liege. Der Hörsaal war jetzt fast leer. Zwei Ärzte und zwei Krankenschwestern aus der Notaufnahme machten sich sogleich an ihm zu schaffen. Eine der Schwestern beugte sich zu ihm herab.

»Brian, ich bin's, Sherry«, sagte seine Freundin aus dem Suburban. »Sherry Gordon.«

»Hallo.«

»Versuchen Sie nicht zu reden. Ich wollte Sie nur wissen lassen, dass Dr. Jessup in der Notaufnahme ist. Sie ist mehrfach getroffen worden, aber bei Bewusstsein. Sie hat nach Ihnen gefragt. Der Chirurg sagt, sie wird's überstehen. Sie bringen sie jetzt zum OP.«

Vielen Dank. Brian formte die Worte mit dem Mund.

Ein uniformierter Polizist löste den Mann vom Geheimdienst ab und schloss eines von Brians Handgelenken mit Handschellen an der Sicherungsstange der fahrbaren Liege an.

»Das ist nicht nötig«, meinte Sherry.

»Sie tun Ihre Arbeit, also lassen Sie mich die meine tun«, entgegnete der Polizist.

Augenblicke später trat Sherry zur Seite und machte Laj Randa Platz. Der Sikh, der in seinem dunklen Anzug und dem orangefarbenen Turban prächtig aussah, horchte Brians Brust ab und drückte ihm daraufhin sanft die Hand.

»Ich denke, Ihr rechter Lungenflügel ist kollabiert«, meinte er. »Ich werde Sie in die Notaufnahme hinunter begleiten und intubieren. Dann werden wir sehen, was sonst noch zu tun ist. Sie haben einen höllisch steinigen Weg ausgesucht, um zu zeigen, dass Sie jetzt genauso über Vasclear denken wie ich«, meinte er.

»Allerdings, das können Sie laut sagen.«

Sie wollten die Liege schon davonrollen, da blieben sie nochmals stehen.

»Kann ich mit ihm sprechen?«, hörte er eine vertraute männliche Stimme fragen.

»Nur ein paar Sekunden, Senator«, erwiderte der Polizist. »Nicht länger. Und bleiben Sie auf dieser Seite der Liege. Dieser Mann wird wegen Mordes gesucht.«

»Ich weiß.«

Walter Loudermans Gesicht tauchte über Brian auf. Es war vor Sorge gerötet.

»Was ist mit diesen Filmen, Holbrook?«, fragte er. »Warum tun Sie mir das an?«

Brian tat sein Bestes, ein Lächeln hervorzubringen, wobei er sich seines fehlenden Schneidezahns bewusst war. Er tätschelte dem Senator mit einer blutbeschmierten Hand den Ärmel. Seine Stimme war heiser und angestrengt.

»Darüber werden Sie nicht allzu lange im Unklaren bleiben«, erwiderte er.

Epilog 1
Eine Woche später

Eine Serie von Gewittern hatte für mehr Hektik als üblich auf dem Miami International Airport gesorgt. Art Weber war über die Verspätung seines Flugs nach Bogotá verärgert, zugleich jedoch dankbar um das Getümmel auf dem Flughafen. Alles diente dazu, unauffällig zu bleiben. Deswegen hatte er auch einen Billigflug gebucht.

Als Leon Kulruschtins Leichnam durch die Buntglaskuppel gekracht und wie ein Sack Zement auf den Sitzen des Hörsaals gelandet war, hatte Weber gewusst, dass es mit seinen Zukunfts- und Lebensplänen vorbei war. Jetzt musste er sogar rasch und entschlossen handeln, sonst wäre es mit seinem Leben vielleicht in einem viel wörtlicheren Sinne vorbei. In der allgemeinen Verwirrung und Panik war er aus dem Hörsaal geschlüpft und direkt zu einer Studiowohnung geeilt, die er in Cambridge unterhielt. Sie lag seinem Penthouse in Back Bay direkt gegenüber, dazwischen war nur der Fluss.

Er benutzte diese Wohnung nur sporadisch, gewöhnlich für exotischen Sex mit Frauen, die er bei teuren Begleitagenturen kaufte. Hauptsächlich war die Wohnung jedoch seine Absicherung gegen jene Art von Katastrophen, wie er sie jetzt Brian Holbrook zu verdanken hatte. Er hatte dort Kleidung, Gepäck, drei Pässe mit gültigen Nummern, mehrere Handfeuerwaffen sowie $100 000 in Zwanziger- und Fünfziger-Scheinen deponiert. Über die Jahre ihrer Zusammenarbeit hinweg hatte er mehr als drei Millionen von Newbury Pharmaceuticals abgeschöpft, aber dieses Geld befand sich bereits bei einer Bank auf den Cayman-Inseln in der Karibik.

Weber glaubte, dass er mehrere Tage zur Verfügung hätte, um so viel Distanz wie möglich zwischen sich und die Tschetschenen zu legen. Immerhin würden sie alle Hände voll zu tun haben, den Behörden aus dem Weg zu gehen. Danach würde die Suche nach ihm allerdings auf Hochtouren laufen. Ansprüche würden geltend gemacht, Belohnungen ausgesetzt, Schmiergelder gezahlt. In den Jahren nach dem Zusammenbruch der UdSSR hatte sich die locker untereinander verbundene tschetschenische Sippschaft weit über die USA verbreitet. Sie jagte selten jemanden, den sie nicht schließlich zu fassen bekam. Aber sie hatten niemals einen so findigen und einfallsreichen Mann wie Art Weber gehetzt.

Die Planung war der Schlüssel. Lange bevor er sie wirklich brauchte, hatte Weber seine Route nach Kolumbien ausgearbeitet und Männern Geld zukommen lassen, die ihm helfen würden, so lange zu verschwinden, wie er es für nötig hielt. Als er jetzt in der Schlange stand, um sein Gepäck aufzugeben, gratulierte er sich für sein rasches Handeln und die fehlerlose Vorbereitung seiner Flucht. In knapp fünf Stunden würde er Bogotá in Richtung Dschungel verlassen.

Ein Koffer stieß ihn in die Kniekehle.

»*Perdone usted, señor*«, sagte die verlegene junge Frau hinter ihm.

Weber drehte sich um. Sie war Anfang bis Mitte zwanzig, trug die weiße Plisseebluse und den farbenfrohen Rock einer Bäuerin und war absolut atemberaubend – kupferfarbene Haut, dickes pechschwarzes Haar, große dunkle Augen und einen Körper, bei dem ihm die Spucke wegblieb.

»Bitte, nichts zu entschuldigen«, entgegnete er in nahezu perfektem Spanisch. »Fliegen Sie nach Bogotá?«

Bevor sie die Frage auch nur beantworten konnte, hatte Weber sie im Geiste bereits ausgezogen.

»Das ist meine Heimat«, meinte sie etwas scheu.

»Das wird auch meine Heimat sein«, sagte er und zwang sich, den Blick von ihren prächtigen Brüsten zu lösen. »Meine Geschäfte werden mich monatelang dort festhalten.«

»Ihr Spanisch ist ausgezeichnet.«

Ihr Name war Rosalita, und sie kehrte von einem Besuch bei ihrer Schwester in Miami zurück. Als Weber seine Taschen aufgegeben hatte, war sie einverstanden, auf dem Flug den Sitz gleich neben ihm zu nehmen. Vor der Landung in Bogotá würde sie den Kopf auf seine Schulter legen, die Hände fest mit den seinen verschränkt. Und heute Abend ...?

Sie mussten noch über eine Stunde hinter sich bringen. Die Frau gehörte jetzt ihm – eine Belohnung für seine Voraussicht. Fünfzig Millionen und Carolyn Jessup in Boston oder drei Millionen und dieses unglaubliche Juwel in den Tropen. Die Wahl, hätte er sie treffen müssen, wäre ihm sehr schwer gefallen. Er schlug vor, einen Drink zu nehmen, und führte sie am Arm zu einer abgelegenen Bar. In der schummrigsten Ecke des holzvertäfelten Raums waren Plätze frei. Weber konnte den Blick nicht von ihren Brüsten lösen und zog jetzt die Schwindel erregende Möglichkeit in Betracht, dass sie vielleicht sogar Jungfrau war – Ton für ihn zum Kneten.

Eine Weile lang tauschten sie Belanglosigkeiten aus. Weber versuchte erfolglos, die Hände von ihr zu lassen. Schließlich legte er ihr den Arm um die schmale Taille und war hellauf begeistert, als sie nichts dagegen einzuwenden hatte.

»Du bist wirklich sehr, sehr schön«, flüsterte er.

»Und Sie sehen sehr gut aus und sind sehr überzeugend.«

Sie wandte sich ihm völlig zu. Ihr Duft war berauschend. Ihre Brust, die sie jetzt gegen ihn presste, war fest wie die eines Teenagers. Ihre Augen wurden weit. Ihre Lippen öffneten sich einladend. Weber blickte sich heimlich um, ob es nicht zu unverschämt wäre, sie zu küssen. Keiner der wenigen Barkeeper schenkte ihnen auch nur die geringste Aufmerksamkeit. Er zog sie zu sich und legte seinen Mund auf ihren. Ihre Lippen teilten sich, und ihre Zunge suchte die seine.

Als Weber den Schmerz unter den Rippen verspürte und ihm aufging, dass sie ihm ein Stilett in die Brust bohrte, hatte die fünfzehn Zentimeter lange Klinge bereits seine Herzscheidewand durchstoßen und war ihm tief ins Herz gedrungen. Die Frau drehte professionell die Klinge, um das Loch zu vergrößern, während sie seinen Mund so fest an den ihren sog, dass er nicht einmal hätte sprechen, geschweige denn schreien, können. Dann ließ sie ihn los und arrangierte seinen Leichnam so, dass er ganz natürlich dazusitzen schien. Schließlich kniete sie sich auf den Sitz neben ihn und legte die Lippen an Webers Ohr und eine Hand auf sein Geschlechtsteil.

»Nichts für ungut«, sagte sie.

Epilog 2
Einen Monat später

Das Hauptquartier der Food And Drug Administration in Rockville, Maryland, war ein gewaltiger grauer, erbarmungsloser Bau von dreizehn Stockwerken, der zwei Blocks einnahm. Brian parkte seinen Leihwagen unter einem wolkenlosen Novemberhimmel und betrat das Parklawn-Gebäude.

Es war an der Zeit, sich Teri zu stellen. Im Bewusstsein, dass er immer noch hinkte, ging Brian zur Pforte in der Haupthalle und wurde von dort zu ihrem Büro in die vierte Etage weiter verwiesen. Er wusste genau, dass sie sein Anruf und seine Forderung verwirrt hatten, sich in ihrem Büro und nicht bei ihr daheim oder sonstwo zu treffen. Aber sie musste erfahren, dass alles anders geworden war. Abgesehen von einem kurzen Telefongespräch am Tag nach seiner Notoperation, hatten sie nicht mehr miteinander gesprochen. Seitdem hatte er sie nicht mehr angerufen, auch keine Anrufe ihrerseits entgegengenommen.

Er verließ den Aufzug und betrat einen bescheidenen Empfangsbereich, der einem Dutzend Büros diente. Die FDA mochte sich ja vielleicht der Ineffektivität schuldig machen, dachte er, als er sich bei der Empfangsdame anmeldete, aber niemand konnte ihr vorwerfen, bei der Ausstattung mit Geld um sich zu werfen. Er setzte sich in einen abgeschabten Ikea-Sessel, ließ die Zunge über die Brücke gleiten, die seinen provisorischen Schneidezahn festhielt, und dachte an das, was er ihr sagen würde.

Du bist die aufregendste Frau, mit der ich jemals zusammen war und vielleicht jemals zusammen gewesen sein werde. Das würde der Wahrheit entsprechen, wäre jedoch nicht das, was Teri heute zu hören bekäme. Die Empfangsdame rief ihn auf und zeigte auf eine Bürotür, die sich in nichts von den Türen zu den anderen Büros unterschied, vom Namen *T. Sennstrom, M. D., Ph. D.* abgesehen. Brian klopfte einmal und trat ein.

Der Raum war klein, vielleicht vier mal vier Meter. An den Wänden standen stahlgraue Metallregale, die vor Manuskripten, Texten und Zeitschriften überquollen. Teri zog es vor, ihn an ihrem Platz hinter dem einfachen Schreibtisch zu empfangen, streckte jedoch die Hand aus, und er drückte sie. Sie trug einen schwarzen glatten Rock und eine lavendelfarbene Bluse – einfache Kleidung, die an ihr jedoch sensationell wirkte. Brian ließ sich in dem Sessel direkt vor dem Schreibtisch nieder. Dieses Gespräch würde nicht leicht werden, aber er wollte es auf angemessene Weise führen.

»Du siehst gut aus«, meinte Teri. »Eine fallen gelassene Anklage wegen Mordes steht dir.«

»Danke. Meine Nase nähert sich allmählich wieder ihrer ursprünglichen Größe, obwohl sie vermutlich nie mehr ihre ursprüngliche Form annehmen wird. Du siehst selbst ziemlich gut aus.«

»Ich war etwas bestürzt, weil du nie zurückgerufen hast.«

»Ich weiß. Phoebe hat mich jeden Tag im Krankenhaus besucht. Ich habe etliche Tage zur Erholung bei ihr verbracht. Wir ... wir haben irgendwann angefangen, darüber zu sprechen, wieder zusammenzukommen.«

»Ach? Deswegen hast du mich nie angerufen?«

Brian zögerte, zwang sich jedoch, den Blickkontakt beizubehalten.

»Eigentlich nein«, erwiderte er. »Nicht deswegen. Einiges hat mich beunruhigt, Teri – ausgesprochen beunruhigt. Ich möchte dir das mitteilen und sehen, wie du es aufnimmst.«

Sie blickte ihn merkwürdig kalt an.

»Weiter«, sagte sie.

»Nun ja, als ich geglaubt habe, ich würde Art Webers kleinen Kerker in der Klinik nie mehr lebend verlassen, hat er mir versichert, dass mein Telefon nicht verwanzt war. Er hat mir die Wahrheit gesagt, da bin ich mir sicher.«

»Und?«

»Und sein Mann Leon und ein weiterer Kerl haben mich im Bundesstaat New York erwartet. In Fulbrook. Woher haben sie gewusst, dass ich dorthin fahren würde, wenn sie mein Telefon nicht abgehört haben?«

»Vielleicht sind sie dir gefolgt.«

»Das glaube ich nicht, Teri. Ich habe mir immer wieder den Kopf zerbrochen, wem ich von dem Abstecher erzählt habe. Du bist die einzige gewesen.«

»Das ist Unsinn«, meinte sie, hatte jedoch jegliche Farbe verloren.

»Wohl kaum. Siehst du, es gibt noch was. Da war ein netter alter Knabe namens Elovitz. Bill Elovitz. Er hat die Todeslager im Nazi-Deutschland überlebt, aber nicht die Leute von Newbury Pharmaceuticals. Er ist umgebracht worden, weil ich angenommen hatte, er würde an pulmonaler Hypertonie leiden. Aber woher wussten sie fast genauso schnell wie ich von seiner PH? Ich werd's dir sagen, Teri. Ich habe es dir gesagt, und du hast es ihnen gesagt.«

»Aber ...«

»Dann ist Art Weber genau in dem Augenblick aufgetaucht, als sich Carolyn Jessup einverstanden erklärte, mir zu helfen. Sie ist sich sicher, auf ihrem Heimweg von der Klinik nicht verfolgt worden zu sein. Ich habe in meinem Gedächtnis nach jemandem gekramt, der wissen konnte, dass ich zu ihr fahren würde. Es hat nur zwei Menschen gegeben. Der eine war mein Betreuer von den NA, der für mich durchs Feuer gehen würde. Der andere warst du. Teri, wie viel hat dir Weber dafür bezahlt, dass du für ihn herumspioniert hast?«

»Brian, bitte. Das ist lächerlich.«

»Nein, ich fürchte nicht. Ich bin hunderte Male diese Fakten durchgegangen. Du hast auf Webers Gehaltsliste gestanden.«

In ihren Augen glitzerten Tränen.

»Ich hatte keine Ahnung, was da vor sich ging. Das musst du mir glauben. Weber hat mich einfach dafür bezahlt, dass ich Informationen weitergegeben habe. Mehr nicht. Ich habe nicht gewusst, was sie damit getan haben. Ich hatte keinen Grund zu der Annahme, dass mit Vasclear etwas nicht stimmte, bis ... bis du mir Dinge berichtet hast. Als mir klar wurde, was für ein Mensch Weber war, hatte er bereits Videos von ... von mir, wie ich Geld angenommen habe. Ich hatte Angst. Ich wusste nicht, was ich tun sollte.«

Brian schüttelte den Kopf.

»Wegen dir sind Menschen gestorben.«

So rasch die Tränen gekommen waren, so rasch waren sie wieder versiegt. Teri Sennstrom hob das Kinn.

»Wie kannst du es wagen, mir eine solche Schuld in die Schuhe zu schieben!«, fauchte sie. »Ich habe niemanden getötet. Eigentlich habe ich gar nichts so Illegales getan. Weißt du, ich reiße mir in diesem Job den Arsch auf für die lausige Bezahlung im öffentlichen Dienst. Ich habe innerhalb weniger Monate mehr von Art Weber bekommen, als ich hier während meiner ganzen Karriere gekriegt habe. Ich habe dieses Geld *verdient.*«

»Ich werde Dr. Baird mitteilen, was ich weiß«, sagte Brian.

»Du Schwein! Mach schon. Sag es ihm, und ich werde es abstreiten! Er liebt mich. Er weiß, welche Arbeit ich leiste. Mach schon!«

Brian seufzte. Das Gesicht, das er sich in seiner Fantasie vorgestellt, von dem er in so vielen Nächten geträumt hatte, war verkniffen und hässlich vor Wut.

»Eigentlich«, meinte er erschöpft, »wird es nicht auf dein Wort gegen meines hinauslaufen, Teri. Sondern auf dein Wort gegen deines.«

Er stand auf und öffnete die Tür. Dann drehte er sich zu ihr herum, zog den Reißverschluss an seiner Fliegerjacke herab und zeigte ihr den Kassettenrekorder, den er am Saum befestigt hatte.

»Das ist die Genugtuung für meinen Patienten, der erschossen wurde«, sagte er freudlos. »Darüber hinaus für meinen Vater und insbesondere für mich.«

Teri kreischte ihn so laut an, dass die Empfangsdame herbeigeeilt kam. Aber Brian schritt bloß an der Frau vorbei zum Treppenhaus. Teris Verwünschungen schallten noch immer durch den Empfangsbereich, als sich die Tür hinter ihm schloss.

Auf seinem Weg zurück nach D. C. und zu Phoebe und den Mädchen blieb er in einem kleinen Park stehen. Eine Gruppe Jugendlicher wählte gerade die Seiten für ein Spiel.

»Braucht ihr vielleicht einen Quarterback?«, fragte er.

Dr. Jessie Copeland ist ein Genie. Sie hat einen Miniroboter entwickelt, der Hirntumore operieren kann, aber Jessie ist auch in Gefahr: Ein brutaler Terrorist, der an einem inoperablen Hirntumor leidet, weiß von ihrer Erfindung und will sie zwingen, ihn zu heilen. Er erpresst Jessie, ihn zu operieren. Und sie weiß: Sollte sie versagen, müssen Tausende von unschuldigen Menschen sterben ...

»Eine überaus spannende Story um Gier und einen medizinischen Amoklauf.«
CHICAGO TRIBUNE

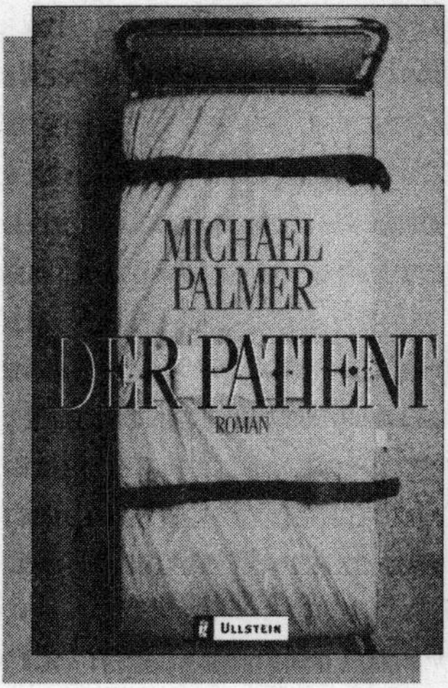

Michael Palmer

Der Patient

Roman